Louise Otto

Schloß und Fabrik
(Vollständige Ausgabe)

e-artnow 2018

Leseempfehlungen (als Print & e-Book von e-artnow erhältlich)

Ödön von Horváth
Gesammelte Werke: Romane + Erzählungen + Dramen + Gedichte + Autobiografie + Briefe (Vollständige Ausgaben): 145 Titel in einem Buch: Der ewige Spießer, ... Tag, Don Juan kommt aus dem Krieg...

Franziska Gräfin zu Reventlow
Herrn Dames Aufzeichnungen (Vollständige Ausgabe): Bohème-Roman: Begebenheiten aus einem merkwürdigen Stadtteil

Honoré de Balzac
Gesammelte Werke (65 Titel in einem Buch - Vollständige deutsche Ausgaben mit Illustrationen): Romane, Erzählungen und Essays: Vater Goriot, Glanz und ... Facino Cane, Die falsche Geliebte, Adieu...

Efraim Frisch
Zenobi

Charles Dickens
Schwere Zeiten (Vollständige deutsche Ausgabe): Gesellschaftskritisches Werk des Autors von Oliver Twist, David Copperfield und Große Erwartungen

Eugene Sue
Die Geheimnisse von Paris (Historischer Roman) - Vollständige deutsche Ausgabe

Gustaf af Geijerstam
Gesammelte Werke: Romane & Novellen (Vollständige deutsche Ausgaben): Frauenmacht, Die Brüder Mörk, Das ewige Rätsel, Gefährliche Mächte, Karin Brandts ... Die alte Bibel, Das gelbe Haus, Tant'...

Rudolph Stratz
Unter den Linden (Vollständige Ausgabe): Berliner Zeitroman aus den neunziger Jahren

Paul Scheerbart
Münchhausen und Clarissa (Ein Berliner Roman) - Vollständige Ausgabe

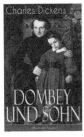
Charles Dickens
Dombey und Sohn (Illustrierte Ausgabe): Klassiker der englischen Literatur - Gesellschaftsroman des Autors von Oliver Twist, David Copperfield und Große Erwartungen

Louise Otto

Schloß und Fabrik

(Vollständige Ausgabe)

e-artnow, 2018
Kontakt: info@e-artnow.org
ISBN 978-80-273-1844-5

Editorische Notiz: Dieses Buch folgt dem Originaltext.

Inhaltsverzeichnis

Erster Band	13
Vorwort	13
I. Die Erziehungsanstalt	14
II. Ein Geständniß	19
III. Jaromir	25
IV. Nr. 18 in der Klosterstraße	32
V. Eine Genesende	39
VI. Trennungen	44
VII. Ein Empfang	50
VIII. Ein Fabrikarbeiter	55
IX. Sonntag-Abend	60
X. Der Rittmeister	65
XI. Wiedersehen	70
XII. Folgen eines Besuches	76
Zweiter Band	83
I. Zwei Freunde	83
II. Haussuchung	89
III. Wiedersehen	94
IV. Erklärungen	99
V. Ein Schreiben	105
VI. In der Fabrik	112
VII. Die Zwei	119
VIII. In der Schweiz	126
IX. Gesellschaft auf Schloß Hohenthal	132
X. Versuchungen	138
XI. Berathungen	143
Dritter Band	149
I. Ueberraschung	149
II. Die Brüder	154
III. Mutter und Tochter	161
IV. Zwei Werber	166
V. Ein Blick hinter die Coulissen	172
VI. Auf dem Schlosse	179
VII. Zwei Gesellschaften	184
VIII. Der Aufstand	188
IX. Ein Plan	193
X. Vereinigung	198

XI. Schluß

Erster Band

Vorwort

An dem Tage, wo ein Autor zu seinem Buche die Vorrede schreiben kann, sagt Jean Paul irgend wo, ist er glücklich.

Jean Paul hat mit diesem Wort so Recht, wie mit manch' anderm – ich fühle das jetzt und heute. Aber wenn ein Mensch eine glückliche Stunde hat, wie sie ihm selten kommt, so macht sie ihn öfter stumm, als beredt, so daß er zu all' denen, welche ihm begegnen, oder zu ihm kommen, nicht anders zu reden weiß, als durch einen herzlichen Druck der Hand.

Und so denn auch Euch, meine Leser, jetzt kein Wort weiter, aber Gruß und Handschlag von

der Verfasserin.

Meißen, im Januar 1846.

I. Die Erziehungsanstalt

»Was er mir ist? O, frage Blumenkelche,
Was ihnen wohl der Thau, der sie besprengt?«

Betty Paoli.

Zehn Uhr Abends. Um diese Stunde mußten in dem großen Hause des Herrn Doctor Nollin alle Lichter verlöscht und sollten alle Augen geschlossen sein. Und es waren viel schöne Augensterne, die da mit den Lichtern um die Wette zu leuchten aufhören mußten, statt daß manche von ihnen gewiß noch so gern abendlich geschwärmt und geblinkt hätten. Denn mehr als zwanzig junge Mädchen bewohnten dieses Haus auf der breiten, aber etwas einsamen Königsstraße einer Deutschen Residenz zweiter Größe. Herr und Madame Nollin leiteten nämlich ein Institut zur Erziehung und Ausbildung junger Mädchen aus den höheren Ständen. Das Institut war eben so vornehm, als kostspielig eingerichtet und daher auch nur von den Töchtern solcher Familien besucht, welchen Rang und Reichthum einen großen Aufwand gestattete. Dasselbe das erste der Residenz nennen zu können, war der Stolz von Madame Nollin.

Zehn Uhr Abends. Auch die junge Gräfin Elisabeth von Hohenthal hatte ihr Licht verlöscht und, der Hausregel folgend, das Lager gesucht. Aber sie richtete sich bald wieder unruhig auf, zog mit der kleinen Hand die Vorhänge ihres Himmelbettes auseinander, streckte das Köpfchen hervor und vom matten Mondlicht unterstützt, blickte und lauschte sie nach der nebenan offen stehenden Thüre, dann rief sie halblaut:

»Aurelie!«

Kichernd sprang auf diesen Ruf ein junges, leichtfüßiges Mädchen, in den leichten Schlafrock gehüllt, die niedlichen Pantoffeln, um Geräusch zu vermeiden, in den Händen, herein und warf sich in den Sessel neben Elisabeths Lager.

»Nun, gestrenge Herrin,« lachte sie, »da bin ich zu Dero Befehl – ich brenne nämlich vor Neugier, zu wissen, warum Du heute den ganzen Tag so blaß und schmachtend ausgesehen hast, und mit welchen großartigen Plänen Du umgingst, als Du heute Deine Stickerei drei Mal auftrennen mußtest, ehe sie sich vor kritischen Augen sehen lassen konnte – nun beichte –«

»Kann man nicht ernsthaft mit Dir reden, Aurelie?« fegte Elisabeth mit etwas vorwurfsvoller Betonung.

»Nun, warum denn nicht? Wer weiß denn, daß Deine Geständnisse so gewaltig wichtig sind? Aber wirklich, was hast Du denn?« und Aurelie, indem sie die letzten Worte mit liebreich theilnehmender Stimme sprach, nahm die Rechte der Freundin zwischen ihre beiden kleinen Hände.

»Thalheim,« begann diese, »ist heute abermals außen geblieben –«

»Nun, und was weiter?«

»Was weiter? Wäre nicht dies allein schon genug, um –«

»Um Dich zu ärgern? Möglich!« sagte Aurelie, indem sie zu gähnen begann, »es thut mir zwar sehr leid, daß du dadurch verhindert worden bist, Deinen letzten geistreichen Aufsatz vortragen zu können, daß Du heute sein Lob nicht eingeärntet hast – allein hat Deine heutige Sentimentalität keinen andern Grund, als diesen etwas lächerlich ehrgeizigen, so thut es mir wirklich leid um den Schlaf, den ich jetzt versäume.«

»Es sollte mir leid thun, hielte ich Dich von irgend einem Vergnügen zurück; ist Dir der Schlaf ein solches, dann, gute Nacht!« versetzte Elisabeth kalt und lehnte sich in die Kissen zurück.

Aurelie stand stumm auf, öffnete leise das Fenster und sah hinaus. Sie that dies nur, um ein wenig Luft zu schöpfen oder vielmehr um Zeit zu gewinnen, sich mit der Freundin wieder auszusöhnen; zu schnell wollte sie dieselbe aber nicht versöhnen, um sich selbst Nichts von ihrer eignen Würde zu vergeben. Bald jedoch ward ihre Aufmerksamkeit durch Stimmen, welche sich auf der Straße hören ließen, gefesselt.

Zwei männliche Gestalten gingen unten vorüber und die Lauschende hörte die Worte:

»So viel ist gewiß, dies ist das Institut, welchem sie angehören, aber wie aus einer so scharfbewachten Heerde gerade die Eine herausfinden, die man im Sinne hat und von der man nicht einmal weiß, ob sie Pauline oder Aurelie heißt –«

Das Wort »Heerde« klang Aurelien zwar etwas anstößig, sie konnte es nicht ohne Nasenrümpfen hören, doch als sie ihren eignen Namen verstanden hatte, strengte sie ihr Gehör auf's Aeußerste an, um vielleicht noch ein die erregte Neugierde befriedigendes Wort zu vernehmen, und so hörte sie noch eine zweite Stimme sagen:

»O, ich habe mir das Engelsgesicht zu deutlich gemerkt, um es je wieder vergessen zu können, wer sie auch sei, wie tyrannisch sie vielleicht auch bewacht sein mag, ich werde Mittel finden, mich ihr zu nähern.«

Die erste Stimme ließ darauf ein wieherndes Gelächter vernehmen – darüber schien die vorher friedliche Unterhaltung in ein Gezänk überzugehen, von dem Aurelie, da die Sprechenden sich immer weiter entfernten, kein Wort mehr verstehen konnte. Ueber diesem kleinen Vorfalle vergaß Aurelie ganz und gar, daß sie noch vor ein paar Minuten mit Elisabeth nicht im besten Vernehmen gewesen war – sie trat zu dieser und berichtete, mit einem »Denke Dir« beginnend, umständlich und pathetisch das Erlauschte und stellte in einem langen Wortschwall Tausend Vermuthungen auf, die sich daran knüpfen ließen.

Elisabeth hörte geduldig zu und sagte dann lächelnd: »Nun Du ein solches Abenteuer erlebt, bereust Du wohl nicht mehr die wenigen Minuten des verlornen Schlafes?«

Da besann sich Aurelie erst wieder, daß jene ihr vorhin gezürnt und sie sagte weich: »Vorhin wurdest Du mir böse – ich will Dir zugeben, daß mir mit Deinen Worten Recht geschah, und so soll es wieder gehen wie immer – ich bin vorlaut, Du bist stolz – wir gestehen uns dies ein, und ich selbst bin die Erste, welche nachgiebt. So ist denn wieder Alles bei'm Alten und fiel ich Dir vorhin in's Wort, so hast Du nun die Güte, es zu vollenden.«

Elisabeth drückte die dargebotne Hand und begann nach einer Weile mit niedergeschlagenen Augen: »Ihr nennt mich eitel und ehrgeizig und die Meisten der Gefährtinnen witzeln über mich. Ich bin es nicht, ich will nur den großen Vortheil nicht unbenutzt lassen, der mir zu Theil geworden, indem ein Thalheim unser Lehrer ist. Ich würde mich dieses Gefühlsunwerth fühlen, wenn ich nicht danach streben wollte, dies auch zu verdienen – – Aber wie kannst Du denken, nur Eitelkeit sei im Spiel, wenn ich darüber klage, daß Thalheim nicht gekommen?«

»Nun wirklich,« lachte Aurelie pfiffig, »da machst Du ein naives Geständniß, so bist Du wohl gar in Thalheim verliebt?«

»Welch' einfältiges Wort und welcher noch einfältigerer Gedanke! Siehst Du dort«, und Elisabeth legte sich mit dem Oberkörper ein wenig vor und deutete mit der Hand nach dem geöffneten Fenster, »siehst Da da oben den kleinen Stern am Himmel, der gerade unter dem Orion steht? Er ist verschwindend klein gegen dies glänzende Sternbild und Niemand, der jenes nennt, nennt und zählt ihn mit – aber deshalb ist er doch des Orion steter Begleiter. Was wär' es denn weiter, wenn ich jener kleine Stern wäre und Thalheim mein Orion? Wenn ich in seiner Bahn ihm nachwandelte, unzertrennlich von ihm und doch immer in derselben Ferne wie ein Stern neben dem andern?«

»Was schwärmst Du wieder?«

»Ja, so seid ihr,« seufzte Elisabeth und wieder den gewöhnlichen Gesprächston annehmend, sagte sie kurz: »Thalheim's Gattin ist dem Tode nahe, er will nicht von ihrem Schmerzenslager weichen und deshalb hat er sich bei uns entschuldigen lassen. Aber das ist nicht Alles. Erst gestern, als ich bei meiner Tante zum Besuch war, habe ich dort zufällig gehört, was mich in's Innerste bewegt hat.«

»Nun, das wäre? –«

»Thalheim soll so arm sein, daß er sich seiner Frau wegen die größten Entbehrungen auferlegt und jetzt durch ihre Krankheit in die größte Noth gestürzt Tag und Nacht allein an ihrem Lager wacht, jeden Dienst ihr leistet und unter den quälendsten Sorgen ringt. Ach, Aurelie, in diesem Augenblick, wo wir friedlich zusammen sprechen, kniet er vielleicht in Verzweiflung, daß er der sterbenden Gattin irgend einen Wunsch nicht erfüllen kann, an ihrem Schmerzenslager, und eine Hand voll elenden Goldes könnte sie zwar nicht dem Leben erhalten, aber es ihr doch leichter machen, zu sterben, und er wäre doch der niedrigsten aller Sorgen enthoben.«

»Das thut mir wirklich leid, wenn er so unglücklich ist – Armuth muß doch sehr schlimm zu ertragen sein – Aber wie können wir es ändern? Einem Bettler könnte man schon helfen – ihm aber nicht.«

»Es ist freilich hier nicht so leicht, aber doch nicht unmöglich. – Das ist es, worüber ich heute den ganzen Tag nachgedacht habe. Ich muß aber vor allen Dingen wissen, ob jenes Gerücht von Thalheim's Armuth wirklich wahr ist. Ich habe mich heute bei unserm Laufmädchen nach seiner Wohnung erkundigt und erfahren, daß eine Blumenmacherin mit ihm in einer Etage wohnt, zu ihr will ich morgen gehen und hoffentlich erhalte ich da genaue Auskunft, vielleicht wird es mir auch gar durch diese möglich, ihm helfen zu können, oder der Zufall giebt mir irgend ein andres Mittel an die Hand. Willst Du mich nun morgen zu der Blumenmacherin begleiten? Wir sagen, daß wir zu Deinem Verwandten Obrist Treffurth gehen, schicken an der Hausthüre den Bedienten heim, thun dann erst unsern Gang und begeben uns dann zu Treffurth's, wo der Bediente uns wieder abholen mag. Du kannst sie ja morgens von unserm Besuch benachrichtigen, den wir längst versprochen.«

Aurelie war mit Allem zufrieden, hatte vermuthlich aber heute weiter keine Lust, noch mehr von Thalheim zu hören, und sagte deshalb der Freundin herzlich, aber schnell gute Nacht und legte sich zur Ruhe. Sie überließ sich den Gedanken über die am heutigen Abend gehörten Worte, die ihr anmuthige heitre Bilder vor die Seele zauberten, bis der Schlaf dieselben in wirrer gaukelnder Weise fortsetzte. Aber aus Elisabeth's Augen schlich leise eine Thräne nach der andern und bis zum Morgengrauen entwarf sie sinnend einen Plan nach dem andern, wie sie ihren Zweck, Thalheim zu helfen, erreichen könne, und doch ward jeder dieser Pläne wieder von ihr verworfen. –

Elisabeth war das einzige Kind eines Grafen von Hohenthal. Schön, begabt mit einem glänzenden Verstande und mannichfachen Talenten war sie der Eltern Stolz; all ihr Streben, ihr Ehrgeiz war auf diese gerichtet. Schon frühe war es dahin gekommen, daß fast jeder von Elisabeth's Wünschen als Befehl galt, daß Alles im väterlichen Hause sich ihr unterordnete. Es konnte nicht anders kommen, als daß sie, dadurch irre geleitet, schon in früher Jugend etwas Herrisches und Gebieterisches annahm, das besonders die schwache, aber engelmilde Mutter zuweilen erschreckte und für das künftige Glück der theuern Tochter besorgt machte. Ein Hauslehrer und eine Gouvernante hatten Elisabeths Erziehung bis zu ihrer Confirmation geleitet; so war sie einsam, ohne Jugendgespielinnen, ohne Lerngefährtinnen aufgewachsen auf dem einsamen Stammschloß ihres Vaters. Den alten Grafen hielt auf denselben mittelalterliche Grille fest. Er konnte sich nicht mit dem neuen Zeitgeist befreunden, welcher allen alten Vorurtheilen, mithin auch der Würde des alten Adels den Krieg erklärt hat und seinen Feldzug gegen denselben allmälig immer siegreicher fortsetzt. Deshalb lebte er zurückgezogen auf seiner Herrschaft Hohenthal, wo er die ihn Umgebenden noch als seine Unterthanen betrachten und in ehrfurchtsvoller Ferne von sich halten konnte, wo man ihn trotz seines Stolzes, da er gerecht, freigebig und wohlthätig war, wie einen Vater und Fürsten verehrte und aus ehrfurchtsvoller Ferne mit Hochachtung zu ihm aufsah. Er hatte sich besonders, seit der Regent seines Vaterlandes diesem die mehr abgenöthigte als freiwillig verliehene Constitution gegeben hatte, nicht wieder entschließen können, in der Residenz zu erscheinen, welche durch die veränderte Zeitrichtung auch ein ganz verändertes Ansehen und Leben gewonnen hatte. Die Gräfin Hohenthal, die von fürstlicher Herkunft war, theilte die stolzen aristokratischen Ansichten ihres Gatten, doch in ihr hatten sie eine mehr poetische Grundlage und prägten sich auch poetisch und deshalb minder verletzend als bei dem prosaischen Grafen in ihrem sanften Charakter aus. Wenn der Graf mit allen neuen Zeitbestrebungen grollte, welche auf eine Ausgleichung der Verhältnisse, auf das Zunichtwerden veralteter Vorurtheile hinarbeiten, welche der Aristokratie die Uebermacht entreißen und bald jede frühere Willkühr und Ungebühr ihr unmöglich machen, war die Gräfin vorzüglich deshalb mit der Gegenwart zerfallen, weil alle jene äußern Lebensverherrlichungen, welche früher nur bei den höchsten Ständen zu finden gewesen, jetzt auch Eigenthum der bürgerlichen Stände wurden, welche, wie die Gräfin meinte, dieselben misbrauchten. Die Geldaristokratie, diese Geburt der neuen Zeit, die Macht in den Händen der Industriellen war es, welche ihr vornämlich die neue Zeit verhaßt machte, so daß auch sie, halb mit dem Leben zerfallen, es wünschenswerth fand, von seinen weitern Kreisen sich zurückzuziehen. Der nächste Nachbar ihrer Besitzungen trug jedoch noch unausgesetzt nicht wenig dazu bei, sie in der Trauer über die Sitten und aristokratischen Vorrechte entschwundener Zeiten zu bestärken. Es war dies Herr Christian Felchner, welcher vom Vater des jetzigen Grafen Hohenthal, als dieser durch einen Prozeß, den erst der Sohn gewann, seine Vermögensumstände sehr zerrüttet sah, ein ansehnliches Stück der zu den Hohenthal'schen Gütern gehörigen Ländereien gekauft und sie zur Anlegung einer großen Wollfabrik benutzt hatte. Graf Hohenthal, besonders durch seine Gattin dazu aufgemuntert, hatte dem Fabrikbesitzer enorme Summen geboten, um wenigstens theilweise und so viel, als irgend möglich, wieder den früher zu seinen Gütern gehörigen Grund und Boden in seinen Besitz zu bekommen – allein Christian Felchner war nicht der Mann, der, wo er einmal sich angesiedelt, sich wieder vertreiben ließ, nicht der Mann, der je seine Ansprüche vor den Forderungen einer Aristokratie der Geburt gemäßigt hätte. Auf die Anträge des Grafen gab Christian Felchner nur kurz zur Antwort: er könne durchaus nicht darauf eingehen; und als jener seine Anerbietungen noch steigerte und nachdrücklicher zu machen suchte, traf er eines Tages an einer Stelle, die seinen Park begränzte und in Felchner's Besitz war, eine Menge Arbeiter daselbst beschäftigt. Bald erhob sich an diesem Platz eine neue Spinnerei und bald schallte das Getöse der arbeitenden Dampfmaschinen weit hinüber in die stillsten Plätze des gräflichen Parkes, und die Fabrikarbeiter verzehrten an seinen mit prachtvollen Blumen und majestätischen Baumgruppen verschönertem Ausgang ihr Frühstück unter derben Scherzen oder rohem Gezänke. Der nächste Umgang des Grafen Hohenthal war ein Herr von Waldow, Rittmeister außer Dienst, dessen Rittergut auf der andern Seite das Eigenthum des Fabrikanten begränzte. Herr von Waldow hatte während eines flotten Militärlebens ungleich mehr ausgegeben, als eingenommen, und um sich seinen guten Namen zu bewahren und zugleich sein glänzendes Leben fortsetzen zu können, ließ er willig von seinem Besitzthum ein Stück nach dem andern an Felchner gelangen, so daß dessen Besitzthum sich immer weiter ausbreitete, und was Hohenthal ihm an seiner Westgrenze gern wieder streitig gemacht hätte, das trat im Osten Waldow mit Vergnügen an Terrain ihm ab. –

So verging Elisabeth's Kindheit einsam im Schloß des Vaters, ohne daß eine Gespielin dieselbe erheitert hätte. Lehrer und Gouvernanten, welche man ihr hielt, betrachtete sie nicht als Personen, denen sie Gehorsam schuldig sei, sondern als solche, welche ihrem Willen sich zu fügen hätten. Bei ihren bedeutenden Geistesgaben und Talenten, verbunden mit einem angebornen Triebe nach Wissen, und einem früh erwachten Ernste und geistigen Stolz entwickelte sie sich früh und schnell, so daß die, welche ihre Erziehung leiteten, dies Geschäft dennoch belohnend fanden, obwohl Elisabeth immer eigenwillig, oft herrisch sich gegen sie zeigte und zeigen durfte. So war sie siebzehn Jahr alt geworden, als eine Verwandte ihrer Mutter, Baronin von Treffurth, mit ihrer Tochter Aurelie auf einige Zeit nach Hohenthal zu Besuch kam. Aurelie war zwei Jahr jünger als Elisabeth, weniger schön, weniger talentvoll und lernbegierig als diese – aber lebendiger, kindlicher, heitrer. Frau von Treffurth bewohnte ebenfalls ein einsames Landgut und hatte deshalb beschlossen, die Erziehung ihrer ältesten Tochter in dem ersten Institut der Residenz vollenden zu lassen. Aureliens Abgang dahin war bereits bestimmt, und da sie und Elisabeth einander liebgewonnen hatten, so gab die Letztere bald den Wunsch zu erkennen, das elterliche Schloß auf einige Zeit mit jenem Institut zu vertauschen. Gräfin Hohenthal vernahm dies mit Freuden, denn sie hoffte auf diese Weise vielleicht den stolzen Eigenwillen ihrer Tochter brechen und im Kreise gleichfühlender Gespielinnen sie sanfter und zufriedener werden zu sehen, wie sie bis jetzt war.

So kam es, daß Elisabeth und Aurelie in Nollins Institut zusammen waren.

Als Elisabeth bei ihrer Ankunft sich die Namen ihrer Gefährtinnen hatte nennen lassen, ward bei jedem derselben ein »Comtesse« – »Baronesse« u.s.w. vorgesetzt, nur eines dieser Mädchen nannte man ihr kurzweg als Pauline Felchner.

Als Elisabeth die Genannte befremdet mit kaltem Blicke maß, sagte ein schnippisches Fräulein bitter: »Sie werden einander wohl nicht kennen, obwohl Sie eigentlich Nachbarinnen sind, denn Fabrikant Felchner's Dampfmaschinen hört man ja wohl bis in das Schloß des Grafen Hohenthal lärmen.«

»Nein, wir kennen uns nicht,« versetzte Elisabeth kalt.

»Es wäre auch anders nicht möglich,« nahm Pauline erröthend und mit bebender Stimme das Wort, »denn seit meiner frühesten Kindheit, wo ich mutterlos ward, bin ich vom Vaterhaus entfernt gewesen. Desto mehr,« fügte sie hinzu, indem ihre sanften blauen Augen unwillkührlich naß wurden, »sehne ich mich nun dahin zurück.«

Ward Pauline als das einzige bürgerliche Mädchen unter so vielen hochgeborenen zurückgesetzt und von diesen selbst geringschätzig behandelt, oder doch wenigstens allen Andern nachgesetzt, so hegte Elisabeth noch ein anderes Vorurtheil gegen sie; ihre Kameradin sollte die Tochter desselben Fabrikherrn sein, dessen Nachbarschaft mit dem Hohenthal'schen Schloß für dessen Besitzer schon so unbequem, als widerwärtig war. Zwar verschmähte es Elisabeth, die sanfte, bescheidene Pauline gleich den andern Mädchen absichtlich zu kränken und sich fühlbar über sie zu erheben, allein sie hielt sich immer fern von ihr, eine Annäherung schien zwischen Beiden unmöglich und sie waren gegenseitig nicht da für einander. Dies konnte Paulinen von Elisabeth aber weniger verletzen, als von jeder Anderen, denn für Elisabeth schienen überhaupt nur die Wenigsten da zu sein, nur an Aurelie schloß sie sich mit Wärme an, aber doch immer nur so, daß diese die geistige Ueberlegenheit Jener fühlte, sich ihr freiwillig unterordnete und ihr auch sonst in Allem zu Willen war.

II. Ein Geständniß

»Herz ward vom Herzen blutend losgerissen,
Und jetzt auf meinem Sterbelager muß
Ich Deines Anblicks süßen Trost vermissen.«

Betty Paoli.

In derselben Nacht, in welcher Elisabeth und Aurelie den Namen Thalheim flüsterten, wachte der, von dem sie sprachen, einsam und sorgenvoll am Krankenlager der Gattin.

Eine düster brennende Lampe beleuchtete matt das kleine Gemach. Die Fenster waren dicht verhangen. In der Nische des einen hing ein hölzerner Vogelbauer, dessen kleiner Inwohner zuweilen das bunte Köpfchen aus der dichten Federhülle hervorsteckte, als wolle er sehen, ob es noch nicht bald tage. Hie und da sang er auch leise unruhige Töne im Schlafe. Eine große Stutzuhr, deren prachtvolles Gehäus von Silber und Alabaster auffallend von der einfachen, ja armseligen Meublirung der Stube abstach, folgte mit hellem, forttönendem Klange den fliehenden Minuten. Außer ihr und den einzelnen Lauten des Vögelchens vernahm man Nichts, als die langen, unruhigen Athemzüge der Kranken.

In der dunkelsten Ecke des Gemaches saß der Gatte der Kranken in einem schwarzen Lehnstuhl. Sein Arm stützte sich auf eine Seitenlehne des Sessels, so daß die emporgehaltene Hand das müde herabgesenkte Haupt trug.

Thalheim mogte einige dreißig Jahre zählen. Die Züge seines Antlitzes waren von männlicher Schönheit und antiker Regelmäßigkeit; aber aus den leichten Furchen seiner hohen, breiten Stirn, Furchen, welche nur der Schmerz gezogen haben konnte, war bald zu lesen, daß manch hartes Geschick den Mann getroffen haben mogte, und die Blässe seines Antlitzes, das dunkle Feuer, das in seinen tiefblauen Augen brannte, das schmerzliche Zucken um den Mund, das die Oberlippe emporzog und ihn halb öffnete, so daß man eine Reihe großer mormorweißer Zähne gewahrte, deutete auch jetzt auf ein schmerzlichbewegtes Innere. Bei All' dem aber konnte Thalheim's Anblick auch in seiner jetzigen niedergebeugten Stellung weniger Mitleid, als Ehrfurcht erwecken. Etwas Unaussprechliches, Unnennbares prägte sich in seiner Gestalt, auf seinem Gesichte aus, etwas Heiliges, Unüberwindliches.

Er stand jetzt auf, denn die Kranke, welche er im Schlummer glaubte, hatte sich jetzt plötzlich rasch aufgerichtet und rief ungeduldig:

»Johannes!«

Im Augenblick stand er geräuschlos neben dem Bett und legte sanft seine Hand auf die fieberheiße seines Weibes, indem er flüsterte:

»Willst Du etwas, gute Amalie?«

»Sterben!« ächzte sie, indem sie beide Hände vor ihre Stirn schlug und das Haupt auf ihre Kniee legte. So zusammengebeugt seufzte sie laut und ungeduldig unter ihren Schmerzen. Er legte ihr die in einander gewühlten Kissen wieder zurecht, schlang den Arm sanft um ihre Schultern und wollte sie zärtlich aufrichten. Aber sie zuckte zusammen, als mache seine Berührung ihr Schmerz, verzog den Mund bitter und flüsterte ein zurückweisendes: »Geh!« und: »Laß!«.

Thalheim nahm seinen Arm zurück und blieb eine Weile schweigsam stehen, seine Augen weilten unverändert mit zärtlicher Theilnahme auf der Kranken, die jetzt ihren Kopf aufrichtete, und hastig flehend sprach: »Nur einen Wunsch erfülle mir noch, damit ich sterben kann –« auch mit bitter'm Tone hinzufügte: »Du kannst es – er kostet kein Geld.«

Thalheim warf einen Blick an die Decke des Zimmers, einen Blick, der den Himmel suchte – aber es schien kein Himmel über ihm zu sein, sein Blick traf nur die graue Decke. Amalie war schon lange krank, und er war arm – diese Armuth wagte er Niemand einzugestehen, denn in der Stadt, in der er jetzt lebte, hatte er keine Freunde, die er um Hülfe hätte angehen können, und Bekannte in Anspruch zu nehmen, war er zu stolz. Sein Gehalt reichte nur gerade hin, ihn mit Weib und Kind zu ernähren, weiter nicht – die lange Krankheit hatte ihn bereits in

Schulden und Verbindlichkeiten verwickelt, die ihm unerträglich waren, und um sie nicht noch zu mehren, um nicht sich und seine Familie noch immer tiefer in eines jener Labyrinthe des Elends zu führen, aus welchen der Rückweg so schwer zu finden ist, hatte er der Kranken hie und da einen jener grilligen Wünsche unerfüllt lassen müssen, an denen Kranke gewöhnlich so reich sind, und deren Erfüllung ihnen weder Erleichterung noch Freude giebt, deren Verweigerung sie aber unmuthig macht. Thalheim hatte das Bewußtsein, daß er mit Aufopferung aller seiner Kräfte Alles für seine Frau that, was ihm irgend möglich war. Er hatte nie ein Wort des Dankes, der Anerkennung von ihr verlangt, denn er sagte sich, daß er nur seine Pflicht thue, – aber statt eines milden Liebesblickes, nach dem er sich sehnte, gab sie ihm Vorwürfe. – Aber jener einzige Blick aufwärts und ein schnell wieder unterdrücktes Zucken um den Mund war Alles, wodurch er einen Moment seiner heftigen innern Bewegung einen Ausdruck geben mußte, er sagte mit unveränderter Freundlichkeit:»Und welchen Wunsch hast Du? Gewiß, ich werde Alles aufbieten, ihn Dir zu erfüllen!«

»Du weißt, daß ich sterben muß,« begann sie milder, als sie vorhin sprach, und er fiel ihr in's Wort und rief:

»O, sprich nicht so!«

Aber sie bat weiter: »Unterbrich mich nicht, um mich zu schonen, es ist mir ja Erleichterung, wenn ich einmal frei sprechen darf. Suche mir das nicht zu verheimlichen, was ich ja doch wünschen muß. Laß mich reden. Höre mir zu. Du hast es selbst mit angesehen, wie oft der Tod zu mir gekommen ist – er packte mich, warf mich hin und her, daß ich vor unsäglichen Schmerzen stöhnen und wimmern mußte, wie ein Kind – aber die Stunde ging vorüber, und der Tod mit ihr – ich blieb immer noch sein zuckendes Opfer – und nun ist es mir klar geworden, warum ich nicht sterben kann – ich soll nicht unversöhnt aus dem Leben gehen. Ich bedarf der Verzeihung zweier Menschen, an denen ich mich schwer vergangen habe – Deiner und seiner – – –«

Sie hielt inne – er sah sie fragend an und sprach kein Wort. Nach einer Pause fuhr sie fort: »Johannes! – Auf dem Sterbebette lass' mich nicht mehr heucheln. Nicht aus Liebe ward ich Dein Weib – in diesem Herzen hat ewig nur das Bild eines Andern gelebt!« sie sprach die letzten Worte kaum hörbar und mit niedergeschlagenen Augen, dann aber heftete sie dieselben weitgeöffnet ängstlich auf ihren Gatten, um zu erforschen, welchen Eindruck dieses Geständniß auf ihn mache.

Ueber seine ganze Gestalt rießelte es wie ein eisiger Schauer – seine Hände ließen die Bettpfoste los, auf die sie sich vorhin gestützt hatten – er sah auf sie, eben so starr, eben so fest, wie sie auf ihn – doch lag ein ungläubiges Forschen in diesem Blick und eine innige Zärtlichkeit, welche flehte: nimm das Wort zurück – ich verstehe Dich nicht.

Sie hielt diesen vertrauenden Liebesblick nicht aus, und indem sie ihr Gesicht abwendete, schrie sie auf: »Fluch mir lieber! Ich kann das eher ertragen, als Deine Engelmilde, als Deine blindvertrauende Liebe – – ich habe Dich geachtet, ich habe Ehrfurcht vor Dir gehabt – ich habe mir tausend Mal gesagt, daß Du edler, besser seiest, als all' die andern Männer – auch als er – mein Geist hat es mir gesagt, nicht mein Herz – mein Verstand, aber nicht mein Gefühl – und so habe ich Dich niemals lieben können, wie Du Dich geliebt glaubtest – niemals wie ihn – – und so habe ich doppelt gefehlt, an ihm, dem ich die Treue brach, und an Dir, dem ich Liebe heuchelte – ich habe Euch Beide unglücklich gemacht, Ihr müßt mir Beide vergeben, damit ich versöhnt aus dem Leben gehen kann.«

Johannes trat noch ein paar Schritte zurück und lehnte sich an den Ecktisch, auf dem die Nachtlampe stand – durch den kleinen Stoß an den Tisch tauchte das Lämpchen unter das Oel, auf dem es schwamm, und verlöschte. Amalie schrie auf – ihm gab der kleine Umstand die Fassung wieder – er erinnerte ihn daran, daß er ja der Wärter einer Kranken sei, welche Schonung bedürfe. Er nahm das Feuerzeug zur Hand, und gab der Lampe ihre Flamme wieder, sie brannte aber jetzt unruhiger, flackernder als zuvor. Johannes sah, wie Amalie im Fieber glühte – er warf einen besorgten Blick auf sie und setzte sich stumm neben ihr Bett.

»Bin ich keines Wortes mehr werth?« fragte Amalie seufzend.

»Du wolltest mir einen Wunsch nennen, den ich Dir erfüllen könnte,« sagte er ruhig und bezwang sogar das Beben seiner Stimme – »Warum nennst Du ihn nicht? Ich bin zu Allem bereit, was Du verlangst, wenn es in meiner Macht ist.«

»Versöhne mich mit ihm!« rief sie.

»Mit wem?« fragte er tonlos.

»Mit Jaromir von Szariny!« flüsterte sie und drückte ihr erglühendes Antlitz in die Kissen. »Ich kann nicht sterben, wenn er mir nicht vergeben! – Ach, lass' Dich beschwören,« fuhr sie fort, »der Tod lös't ja alle Bande der Convenienz, macht Alles gleich – im Angesicht seiner dürfen alle Schranken fallen und Seele zur Seele reden, wirf mit mir alle Vorurtheile bei Seite und erfülle meine Bitte, ich muß ihn sehen!«

»Wie wäre das möglich?« sagte Johannes bestürzt. »Ist der Graf denn hier? Und dann – und –« er war zu betroffen von dem nun eben Gehörten, in dem er ja noch gar keinen Zusammenhang fand, um darüber ruhig denken und sprechen zu können, und dabei sagte er sich selbst unaufhörlich, daß er die Tod kranke schonen, jede Aufregung vermeiden müsse – und doch war sein Herz so voll von eben darin erweckten Qualen, daß es Tausend verzweiflungsvolle Fragen, welche der Mund nimmer auszusprechen wagte, an die Gattin that.

»Ach, Johannes,« begann sie wieder, »ich habe Dir Alles sorgfältig verborgen, was mich gemartert hat bis zu dieser Stunde. Darüber bin ich oft launenhaft und hart gegen Dich gewesen, denn es ist nicht leicht, sein Herz zu einem Gefühl überreden zu wollen, zu dem es ewig nein sagt.«

»Aber Amalie, ich beschwöre Dich! –« sagte er mit gepreßter Stimme.

»Still, Johannes,« fiel sie ihm in's Wort, »ich weiß, was Du sagen willst, schone mich nicht – doch Du willst dies, und so will ich denn selbst für Dich reden. Du willst mich fragen, warum ich Dein Weib ward, da ich doch einen Andern liebte. – – – Ach, ich war ein thörigtes, eitles Mädchen. Jaromir studirte in meiner Vaterstadt – wir hatten uns gesehen, erst nur aus der Ferne, als wir uns schon liebten – der schöne, stolze Graf, der liebenswürdige Pole, um dessen Zuneigung sich die vornehmsten Frauen und Fräuleins der Stadt vergebens bemühten – er lag zu meinen Füßen, zu den Füßen des armen Mädchens, das Niemand kannte, Niemand beachtete, das um Lohn manche Stickerei für jene reichen Damen liefern mußte, die ihn in ihre Netze ziehen wollten. O, ich war selig! Meine Mutter machte erst Einwendungen gegen unser Liebesverhältniß, der Abstand der Verhältnisse machte sie mißtrauisch – aber Jaromir besiegte ihre Einwendungen – er wechselte den Ring mit mir, er erklärte uns, daß er selbst ziemlich so arm sei, wie wir, daß er ein Geächteter sei, dessen Güter der Russischen Krone verfallen, daß er keine Familie habe, die seine Wahl misbilligen werde, daß er, wenn er selbst ein andres Mädchen als mich lieben könne, doch zu stolz sei, als Bettler und Geächteter um die Hand einer Reichen und Hochgestellten zu werben – und Allem fügte er hinzu, daß er mich über Alles liebe und daß dies ja der beste Grund sei, ihn nicht abzuweisen. – Ach, wie beredt er immer sprach, und welch' selige Stunden wir verlebten, als meine Mutter selbst unsere Liebe beschützte! –« Und Amalie lächelte, als sie so sprach, und blickte vor sich nieder, in selige Erinnerungen versunken, Erinnerungen, welche eine solche Gewalt über sie hatten, daß sie jetzt ihrer Sprache einen lebhafteren Ausdruck gaben, daß vor ihnen die Schwäche des kranken Körpers zu weichen, seine Schmerzen aufzuhören schienen. Unter entsetzlichen Qualen rang Johannes während dieses Geständnisses, er vermogte nicht mehr, die begeistert Sprechende anzusehen, er blickte vor sich nieder, und blieb stumm.

Nach einer Weile begann sie wieder: »Niemand ahnte unser verborgenes Glück – Jaromir galt in der Gesellschaft als ein Sonderling, den nur die Einsamkeit reize – o, es war die Einsamkeit meines kleinen Zimmers, das für uns ein Paradies war. Aber so schön, so geistreich, wie er war, so unbedeutend kam ich mir neben ihm vor, und je leidenschaftlicher ich ihn liebte, desto häufiger quälten mich auch eifersüchtige Befürchtungen! – Ein halbes Jahr, nachdem wir uns kennen gelernt, ward er auf der Universität in Händel verwickelt, welche ihn zwangen, diese und die Stadt zu verlassen. Wir nahmen traurig Abschied, und gelobten uns ewige Treue. – Mein Leben ward furchtbar öde, da er fort war – wir schrieben uns oft, wenn auch die Mutter darüber schalt, daß ich Tage lang schrieb, ohne zu nähen, und über das viele Postgeld. Aber nun ward die Eifersucht zu meinem Dämon – ich hatte keine ruhige Minute mehr. Schrieb er mir einmal länger nicht, als gewöhnlich, so sprach ich im nächsten Brief meine Unruhe darüber aus, machte ihm Vorwürfe, nannte ihn untreu –« die Kranke unterbrach sich hier, sie fing an zu schluchzen, nach einer Weile sammelte sie sich wieder und fuhr fort: »So war in stiller Pein ein halbes Jahr verstrichen, da wurdest Du der Lebensretter meiner Mutter – sie war auf den vom Eise glatten Stufen gefallen, hatte den Arm gebrochen, Du hobst sie auf, brachtest sie zu dem Chirurgen, dann in unsre Wohnung – Du sahst, wie arm wir waren, wie wir noch ärmer werden mußten, da die Mutter nun nicht mehr arbeiten konnte, Du bezahltest den Arzt, Du halfst überall, und doch warest Du selbst arm. So war ich Dir gleich, als ich Dich kennen lernte, zu Dank und Lohn verpflichtet.«

»Verpflichtet? O, mein Gott!« rief jetzt Thalheim, sich vergessend, außer sich. »Pflicht – wo ich ein Herz bot für ein Herz, Dank und Lohn, diese Kinder des Hochmuthes und des Egoismus, wo ich nach wahrer Liebe mich sehnte! O, Amalie, wie jämmerlich klein mußt Du von mir gedacht haben!« Und er sprang mit diesen Worten auf, ging an's Fenster und drückte die brennende Stirn an die kühlen Glasscheiben.

»Bleibe hier, Johannes,« bat sie, »ich gestehe Dir jetzt meine Schuld, damit ich versöhnt sterben kann. Warum klagst Du in schmerzlicher Ueberraschung? Ich habe es Dir zuvor gesagt, daß ich Deiner Vergebung ja so sehr bedarf! Komm, komm!«

»Vergieb mir,« sagte er, »diese Aufwallung, ich will still anhören.« Und er setzte sich wieder auf seinen vorigen Platz, drückte schmerzlich-lächelnd Amaliens Hand, die sie ihm entgegen streckte, und sah dann aufmerksam lauschend vor sich nieder. Niemand konnte es ihm mehr ansehen, welche widerstreitenden Gefühle in seiner Seele tobten.

Die Kranke begann wieder: »Lass' mich kurz sein. Du gingest oft bei uns aus und ein, meine Mutter hing mit der wärmsten Hochachtung und zugleich zärtlichsten Mutterliebe an Dir – ich bewunderte Deine Großmuth, Deine Aufopferungen, Deine stete Milde – aber mir war ewig, als stündest Du auf einer kalten, klaren Höhe, die ich nimmer erklimmen könnte, die mich auch nimmer lockte. Da war es wieder einmal, daß mir Jaromir lange nicht geschrieben, ein Gerücht nannte ihn als den Liebhaber einer schönen verwittweten Gräfin – ich machte ihm eifersüchtige Vorwürfe, die er stolz ignorirte, endlich antwortete er aufgebracht, ich möge ihn nicht so unzart quälen, er thue es ja auch mir nie, denn er vertraue mir – – In diesen edlen Worten sah ich nur die Sprache der Gleichgültigkeit, mein Stolz überredete mich, daß er mich so sehr in seiner Gewalt zu haben glaube, daß neben ihm für mich jeder andere Mann verschwinden müsse – dafür wollt' ich ihn demüthigen, ich schrieb ihm begeistert von Dir, war auch freundlicher als zuvor gegen Dich, um ihm zu zeigen, daß noch andere edle Männer um meine Gunst sich bewerben könnten. O, er kannte mich nur zu gut! Er machte einen Scherz aus meinem Bestreben, seine Eifersucht zu erregen, wie er es durchschaute, und schrieb mir, daß er trotz dem meiner unveränderten Liebe gewiß sei – – ich hatte kaum diesen Brief, der meinen Stolz empörte, durchflogen, und ihn zürnend weggeworfen, als Du kamst, mir Deine Liebe gestandest, mir Deine Hand botest – und wenn ich nun Ja! sagte, rief eine teuflische Stimme in mir, so wäre Jaromir doch gedemüthigt, und ich sagte Ja in derselben Stunde, und meine Mutter kam und segnete uns.«

Amalie hielt erschöpft inne, und Johannes flüsterte zwischen den Lippen: »Unüberlegte, kindische Rache eines eitlen Mädchens, und meine wahre, riesenstarke Liebe!«

Sie fuhr nach einer Weile fort: »Du warst so gütig, so edel, ich sah mich so unendlich geliebt, Du übtest einen mächtigen Zauber über mich – meine Mutter dankte Dir ihr Leben und mehr, sie hatte längst gehofft, mit der Zeit werde mein Verhältniß zu diesem Jaromir enden, denn sie sah nicht ab, was daraus werden sollte – sie war glücklich über meine Handlung, ich war wie eine Träumerin – erst nach Wochen, als ein Brief Jaromir's anlangte, worde er sein Befremden über mein längeres Schweigen ausdrückte, und ängstlich zärtlich fragte: ob ich krank, oder was sonst geschehen sei? – da kam ich erst eigentlich zum klaren Bewußtsein dessen, was ich gethan hatte. Ich war in Verzweiflung – meine Mutter schrieb für mich an Jaromir, besinnungslos unterschrieb ich den Brief – ich ward krank, dadurch entging Dir mein tiefes Herzeleid. Ich hoffte immer noch, er würde wieder schreiben, mich beschwören, zu widerrufen – dann wollte ich mein Wort von Dir zurückverlangen, es möchte daraus entstehen, was da wolle. Aber er schickte mir meinen Ring wieder und schrieb kein Wort dazu. Da wollte ich glücklich sein – ihm zum Trotz. In solchen Momenten war ich dann so zärtlich gegen Dich, wie ich es nur immer gegen ihn gewesen – und es war doch nur eigentlich er, den ich in Dir liebkoste. Ach, ich habe untreu gegen ihn gehandelt, mein Gefühl konnte ihm nie untreu werden!«

Sie hielt wieder inne, von Erinnerungen überwältigt. – Das Nachtlicht flackerte unruhig, die Uhr im Zimmer schlug helltönend Mitternacht. –

Nach einer langen Pause begann Amalie auf's Neue: »Meine gute Mutter starb, ich wäre verlassen und hilflos gewesen, wenn Du Dich meiner nicht angenommen. Du führtest mich zum Altar. Ich mußte das Schicksal segnen, das mir in Dir diese Stütze gab – aber doch war ich nicht ruhig, nicht glücklich, ich konnte Jaromir nicht vergessen! – Ach, Johannes, kannst Du mir das Alles vergeben? Kannst Du mir es vergeben, damit ich ruhig sterben kann?«

»Vergeben ist eine heilige Pflicht,« sagte Johannes aufstehend und feierlich, aber mit gepreßter Stimme. »Ich vergebe Dir Alles!«

»Du vergiebst mir – nur aus kalter strenger Pflicht, nicht aus zärtlichem Herzen, Du vergiebst mir, weil es Deine strenge Tugend Dir so befiehlt –« flüsterte sie vorwurfsvoll, »doch ja, ich verdiene das – Du vergiebst doch – ich danke Dir! Aber vollende, kröne Dein Werk, wenn ich, mit Dir versöhnt, sterben darf, so versöhne mich auch mit Jaromir, ich habe an ihm unrecht gehandelt, wie an Dir, ich habe ihn unglücklich gemacht, wie Dich – –!«

Johannes sah sie fragend an und schwieg.

Nach einer Pause begann Amalie wieder hastig: »Du willst mich nicht verstehen – Jaromir ist hier, ich habe ihn wiedergesehen!«

»Auch noch das!« sagte Johannes tonlos.

»Einige Tage vorher, eh' ich krank ward, sah ich ihn unter meinen Fenstern vorübergehen – die fünf Jahre unsrer Trennung hatten ihn sehr verändert, er sah blaß und abgezehrt aus, und ein tiefer Gram wohnte in seinen früher so fröhlich glänzenden Augen, Mehrmals des Tages ging er vorüber, immer sah er herauf – aber ich bezwang mich, und verbarg mich immer hinter den Blumen am Fenster – nur ein Mal in der Abenddämmerung warf ich ihm eine geknickte Rose zu, an die ich einen Zettel mit den Worten gebunden hatte: ›Wir dürfen uns einander nicht nähern, aber mein Herz bewahrte für Jaromir immer dasselbe Gefühl.‹ Er drückte die Rose an seine Brust, bedeckte sie mit Küssen, und obwohl es schon dunkelte, sah ich doch an allen seinen Bewegungen die eines Glücklichen. Am andern Tag ward ich so krank, daß ich das Bett nicht wieder verlassen konnte. – Weiter habe ich ihn nicht gesehen und Nichts von ihm gehört, denn ich wagte nicht, Jemanden nach ihm zu fragen. Nun geht es mit mir zu Ende – ich kann nicht sterben, bis ich ihn nicht noch ein Mal gesehen, bis er mir nicht vergeben. Der Sterbenden darfst Du es nicht verweigern, den letzten Abschied von dem zu nehmen, der dem Herzen, das bald nicht mehr schlägt, Alles war.«

»Thue, was Dir Dein Herz gebietet,« sagte er, »Du bist mir für keinen Deiner Wünsche, Deiner Gefühle mehr verantwortlich, seitdem ich weiß, daß ich Deine Liebe nie besessen. – Du betrachtest Dich als eine aus dem Leben Scheidende – aber Du kannst Dich irren; Du betrachtest den Mann Deiner Liebe als einen durch fünf lange Jahre sich gleich Gebliebenen – und Du kannst Dich auch irren. Bedenke, daß es Dich dann reuen könnte, durch ein Wiedersehen, wie Du es ersehnst, dem Herkömmlichen, dem man Achtung schuldig ist, zuwider gehandelt zu haben.«

»Bemühe Dich nicht, mich von meinem Wunsch abzubringen –« fiel sie ihm bitter in's Wort, »seiner bin ich gewiß! Ich habe mich bezwungen, so lang' ich lebte, dem Tod gegenüber hört dies elende Spiel auf, wie bald das elende Leben. Ich bin eine hilflose Kranke, es steht in Deiner Macht, mir meinen letzten Wunsch nicht zu erfüllen, und mich unversöhnt und qualvoll sterben zu lassen – thu' es – und mein verzweifelnder, brechender Blick wird ewig vor Deiner Seele stehen – Du wirst –!«

»Spare Deine Worte,« sagte er mild zu der Heftigen, »gönne nun endlich Deinem Körper Ruhe, das viele Sprechen macht Dich matt. Ich will dem Grafen schreiben, daß er zu seiner sterbenden Amalie kommen soll – und er wird kommen.«

Aber länger konnte sich Johannes nicht beherrschen, er eilte zur Thüre hinaus in den finstern Vorsaal, riß draußen das Fenster auf und starrte in die Nacht hinaus.

Es wäre vergebens, schildern zu wollen, was ihn jetzt so heftig bewegte. Er liebte seine Gattin – und all' die Stunden, in denen er früher an ihrer Seite glücklich gewesen, sanken vor ihm in Nacht – er war auch um seine Erinnerungen betrogen – ein Betrug waren diese vier Jahre – sie hatte ihn nie geliebt.

III. Jaromir

> »Zu lieben mit dem reinsten, wärmsten Triebe,
> Bis Dir das Herz im Rausch der Weihe bricht –
> Und grüßt Dich dennoch keine Gegenliebe,
> Das ist der Leiden bitterstes noch nicht.«

Karl Beck.

In einer geschmackvoll meublirten Stube lag im modischen Schlafrock ein junger Mann auf dem weichen Sopha bequem und schief ausgestreckt. In der einen feinen, weißen Hand hielt er eine glimmende Cigarre, mit der andern, an der ein kostbarer Siegelring blitzte, hielt er die Blätter eines Romanes, der vor ihm aufgeschlagen auf dem Tisch lag und in dem er eifrig las. Der junge Mann hatte eines jener Gesichter, deren ganzer Ausdruck in den Augen ruht; wenn sie mit diesen vor sich nieder sehen, so ist das ganze Gesicht höchst unbedeutend, sind dieselben aber gerad aus oder aufwärts auf irgend einen Gegenstand gerichtet, so genügen sie allein, den, dem sie gehören, schön und interessant zu machen. Die Augen des Lesenden waren von einem dunklen Braun, aber so glänzend und hell bei dieser tiefen Dunkelheit, daß man oft nicht wußte, ob man sie licht oder dunkel nennen sollte. Lange Wimpern beschatteten sie, und gaben ihnen einen schwärmerischen Ausdruck. Die braunen Haare fielen zu beiden Seiten des blassen Gesichtes in leichten Wellenlinien, ringsum in gleicher Länge die Halsbinde berührend, herunter, ein kleiner Bart umgab den Mund, um welchen ein verächtliches Lächeln spielte.

Eine malerische Unordnung herrschte in der Stube. Bücher lagen auf den Stühlen, ja hie und da auch darunter. Leere Cigarrenkistchen standen auf einem Bücherbreie, und mancher gelbe Glacehandschuh steckte seine fünf Finger aus einem Winkel des Schreibtisches, wie bedenklich drohend, hervor. Ein feiner schwarzer Filzhut saß verwegen genug auf einer weißen Büste Göthes, und eine gefüllte Geldbörse lag zu den Füßen einer niedlichen Statuette der Taglioni. Auf einem Seitentisch lagen Briefe, Visitenkarten, Journale u.s.w. wirr genug durcheinander. An den Fenstern hingen mehrere zierliche Diophonieen von Porzellan, an den buntgemalten Wänden hingen einige werthvolle Stahlstiche in goldenen Nahmen und manche niedliche Stickerei, die als irgend ein brauchbares Meubel diente. Luxus und Nachlässigkeit, die doch immer noch geschmackvoll und, wenn man will, ästhetisch blieb, reichten einander in diesem Zimmer die Hand. Sein Bewohner war Graf Jaromir von Szariny. –

Die Thüre ward geöffnet, und ein junger Mann trat herein. Er war ziemlich lang und blond, hatte sehr lichte Augen, und sah überhaupt sehr farblos und sehr langweilig aus. Es war Baron von Füßli.

Die Herren begrüßten einander heiter und freundschaftlich, und Szariny entschuldigte sich leichthin, daß er noch nicht zum Ausgehen fertig sei, indem er die Zeit unbeachtet habe verstreichen lassen. Er schritt darauf zur Vollendung seiner Toilette, während sich Füßli in den Lehnsessel am Fenster warf und gähnend sagte:

»Aber, mein Bester, wissen denn auch Sie gar nichts Neues?«

»O, ich sage Ihnen, diese Residenz ist eines der langweiligsten Nester, die ich kenne, selbst auf dem Gute meines Oheims war es nicht langweiliger, und Berlin würde ich im Leben nicht verlassen haben, wenn nicht Bella auf den wahnsinnigen Einfall gekommen wäre, sich hier engagiren zu lassen – und ganz aufrichtig gestanden, auch sie fängt jetzt an mich zu langweilen. – Wäre sie nur noch einige Monate in Berlin geblieben, so war meine Leidenschaft ruhig abgekühlt, und ich hätte sie ruhig reisen lassen, statt daß ich den dummen Streich machte, ihr zu folgen. Sechs Wochen bin ich nun schon hier! Und warum? Um mich so zu langweilen, daß mir diese sechs Wochen wie eben so viel Monate, – ach, was sage ich, eben so viel Jahre erscheinen.«

»Nun,« versetzte Jener, »ich fange seit Kurzem an, mir einiges Amüsement zu versprechen. Neulich im Theater hab' ich ein bildhübsches, muntres Mädchen gesehen, von dem ich jetzt weiß, daß es eine Pensionärin des Nollin'schen Instituts ist. Sie war jugendfrisch, wie eine Obstbaumblüthe, hatte blitzende Augen, die sich munter und keck nach allen Seiten drehten, lebendige Beweglichkeit – kurz, ich glaube ein muntres Fischlein, das leicht zu fangen – und wenn es dann an meiner Angel hängt – wer weiß, im Nollin'schen Institut sind nur reiche Mädchen – –«

»Wahrhaftig, Sie amüsiren mich – ein hübsches Kind gefällt Ihnen auf dem ersten Anblick, und Sie knüpfen sofort weitläufige Combinationen daran, welche bis zum Traualtar gehen. – Alle Liebesverhältnisse arten in Langeweile aus – aber bis zur Langeweile des ehelichen Lebens nein, dahin soll es mit mir nicht kommen, daran können auch Sie nicht ernsthaft denken!«

Der Baron sagte achselzuckend: »Je nun, eine reiche Partie ist oft das einzige Mittel, einige finanzielle Lücken auszufüllen – man spielt eine neue Rolle in der Welt, wenn man das eigne Haus zum Mittelpunkt glänzender Feste machen kann. – Und was wollen Sie? Eine fashionable Ehe lös't doch nur ein Liebesverhältniß auf – das, welches wir mit unsrer Gattin hatten, bevor sie solche war – jedes andere wird dann nur um so pikanter.«

Jaromir lachte und sagte dann kopfschüttelnd: »Dann wählen Sie nur kein harmloses, unschuldiges Mädchen, sondern eine Kokette, die mit Ihren Grundsätzen übereinstimmt – sonst sollte mir das arme Wesen leid thun. Zu einer solchen Scheinehe bin ich zu stolz, zu stolz, einem Wesen meinen Namen zu geben, dem ich nicht für immer mein Herz zu geben gedenke – und da mich dieser Jugendwahn nicht mehr befallen kann – so bleibt es denn bei meinem Entschlusse.«

»Aber es ist göttlich!« rief der Baron mit lautem Lachen. »Wie wir hier über Sein und Nichtsein der Heirath philosophiren, während wir uns doch anders amüsiren könnten – wir machen eine Runde um die Stadt, und dann begleite ich sie zu Bella, sie war gestern göttlich als Lukrezia.«

»Gut, so wollen wir zu ihr gehen – nach einer großen Opernpartie ist sie immer angegriffen, schmachtend, sanft und macht weniger ihre eigenwilligen Launen geltend, als an Tagen, wo sie sich heiser melden läßt, und in ihrem Muthwillen ausgelassen lustig darüber ist, ihren Mitsängern und der Direction einen ärgerlichen Streich gespielt zu haben.«

Als sie zur Vorhausthüre heraustraten, kam der Briefträger die Treppe herauf. »Von der Stadtpost,« sagte er, und gab Jaromir einen Brief.

»Eine unbekannte Hand und ein T im Siegel –« bemerkte der Empfänger. –

»Eine unbekannte Hand – das ist in den meisten Fällen interessant, wenn es nicht von einem unsrer Handwerksleute und Lieferanten kommt – doch die Mahnbriefe sind immer unfrankirt. Es scheint eine niedliche Damenhand zu sein – so öffnen Sie doch nur, ich bin ungeheuer neugierig.«

»Nein, das ist eine Theologenhand,« sagte Jaromir, der in Folge eines unerklärlichen Gefühls sich beinahe scheute, den Brief zu öffnen und ihn sinnend in der Hand hielt. Endlich war das Siegel gelös't. Er las:

»Klingt Ihnen der Name Amalie noch bekannt? Amalie, die Sie einst liebten, ist eine Sterbende, und hat auf dieser Welt nur noch den einen Wunsch, sich sterbend mit Ihnen zu versöhnen, Ihre Vergebung zu erlangen. Wenn Ihnen je der letzte Wunsch einer Sterbenden heilig war, so kommen Sie heut' Nachmittag zwischen 4 und 6 Uhr in die Klosterstraße Nr. 18, zwei Treppen, links, wo Sie an der Thüre den Namen finden: Doctor Thalheim.«

Eine ganze Vergangenheit wachte plötzlich vor Jaromir auf – er starrte regungslos auf das Papier, und stand wie angewurzelt fest – – »Amalie, Thalheim – ganz recht, das war der Name ihres Gatten – –«

»Nun,« fragte der Baron, »wollen Sie ewig hier stehen bleiben? Worüber sind Sie so außer sich gerathen? Kommen Sie – Bella wird Sie wieder beruhigen.«

»Bella? Gehen Sie allein zu ihr, ich kann nicht mitgehen. – Aber was ist denn das?« fuhr er fort, auf das Papier starrend. – »Klosterstraße Nr. 18 – da wohnt ja Bella auch! –«

»Aber was haben Sie denn? So kommen Sie doch nur! – Was ist denn das für ein verhängnißvolles Billet, das Sie so gedankenlos, so verdreht macht – so lassen Sie doch sehen! – Oder ist es ein zu zartes Geheimniß, das einen Vertrauten nicht duldet?«

»Ja,« rief Jaromir, indem er den Brief einsteckte, »es ist ein Geheimniß, das einer frühern Zeit und einem frühern Menschen angehört, als der Szariny ist, der Ihr Freund ward!« und ruhiger fügte er in seinem gewöhnlichen Ton hinzu: »Rechnen Sie es mir nicht als Unart an, wenn ich Sie heute nicht zu Bella begleiten kann. –«

»Was, und Sie versprachen mir noch gestern, mich sobald als möglich bei ihr einzuführen?«

»Sie werden ihr auch ohne Einführung von meiner Seite willkommen sein – oder kommen Sie noch eine Augenblick in mein Zimmer, ich gebe Ihnen ein Billet von mir an sie mit, das ist der sicherste Weg zu ihr.«

Jaromir kehrte eilig wieder in sein Zimmer zurück, und schrieb, während der Baron langsam und kopfschüttelnd nachkam, hastig an seinem Schreibtisch:

»Leider ist es mir heute unmöglich, selbst nachzufragen, wie meiner schönen Freundin die gestrige Anstrengung bekommen ist. Ich lasse mich durch meinen vertrauten Freund, Baron von Füßli, bei Ihnen vertreten, der schon längst nach dem Glück Ihrer Bekanntschaft strebte. – Sie werden in ihm einen geistreichern und liebenswürdigeren Gesellschafter finden, als in ihrem ergebenen

Szariny.«

Er las diese Zeilen hastig vor, siegelte sie dann rasch ein, und trieb damit den Baron zum Fortgehen, indem er ihm nochmals zurief: »Sie werden Bella sehr schön finden, und ich bin es gern zufrieden, wenn sie alle Rechte, die mir ihre Freundschaft gewährt, auch auf Sie überträgt.«

Der Baron fand Jaromir heute so sehr in seiner von ihm so genannten Sonderlingslaune, daß er es wirklich für das Beste hielt, nicht neugierig in ihn zu dringen, und so ging er.

Als er fort war, warf sich Jaromir in das Sopha, nachdem er die Thüre verriegelt hatte, und sagte: »Endlich bin ich ihn los!«

Er lehnte sein Haupt mit der Stirn auf das Sophakissen, drückte noch beide Hände vor, als wolle er gar Nichts sehen von der Außenwelt, und versank in ein tiefes Sinnen.

Polen war gefallen, und Jaromir war in den ersten Jünglingsjahren mit seiner deutschen Mutter nach Deutschland geflüchtet. Der Vater war im Kampf geblieben – ein Bruder der Mutter nahm die armen Flüchtlinge auf seinem Gute auf. Die Gräfin Szariny, die in der letzten Zeit so viel erlebt hatte, alle Schrecknisse des Kriegs, alle Gefahren und blutigen Scenen der Revolution, den blutigen Tod des Gatten, den Verlust ihrer großen Standesherrschaft und all' ihres Reichthums, so daß sie zuletzt in rascher Flucht Nichts retten konnte, als das Leben des einzigen, theuern Sohnes und ihr eigenes – erlag bald so vielfachen Lebensstürmen und starb. Ihr Bruder, Graf Galzenau, versprach der Sterbenden, sich ihres Sohnes anzunehmen. Der Graf war verheirathet, und hatte selbst eine zahlreiche Familie, und ein im Verhältniß zu dieser und seinem Stand nicht eben beträchtliches Vermögen. Er selbst that für den Schwestersohn, was er thun konnte, aber die Seinigen sahen immer ein Wenig scheel auf den. Polenflüchtling, und behandelten ihn nie mit verwandtschaftlicher Herzlichkeit, sondern oft mit kaltem Stolz, mit verächtlicher Zurücksetzung. So lernte Jaromir früh das Leben von der ernstesten Seite kennen; er bezog ein Gymnasium, und dann die Universität. In den Ferien kam er nur auf den ausdrücklichen Wunsch seines Oheims in dessen Haus, wo er sich gedrückt fühlte. Jaromir war fest entschlossen, sobald als möglich die Wohlthaten seines Oheims nicht mehr anzunehmen, deshalb studirte er. – Aber was konnte es ihm nützen? Konnte ein vertriebener Pole auf eine Anstellung in Deutschen Staaten rechnen? – Er griff zu dem einzigen Mittel, welches ihm übrig blieb, um wenigstens im Augenblick eine kleine Quelle des Erwerbes sich zu öffnen – er ward Schriftsteller! Er hatte Genie – und er schrieb mit Begeisterung – er wählte den neuen Beruf nicht allein aus Noth, und weil keine Wahl ihm blieb, er war ihm zugethan mit Lust und Liebe. Aber trauriges Schicksal des Armen, der in Deutschland der Muse leben will, und zugleich auch gezwungen ist, von ihr zu leben! Jaromir entging ihm nicht – – – oft, wenn er sich gedrungen fühlte, die Feder zur Hand zu nehmen, und ein Lied niederschreiben wollte, wie er es tief im Herzen fühlte – oft warf er das kleine Blatt Papier wieder weg, auf das er die erste Zeile geschrieben, und griff nach einem großen Bogen, denn noch heute mußte der Journalartikel fertig sein, den er zu liefern versprochen hatte, und den man ihm gut bezahlte; das

Lied aber bezahlte ihm Niemand, kaum daß es im Winkel irgend einer Zeitschrift überhaupt auf einen Platz rechnen konnte, und so wurde es in der Geburt erstickt, der bestellte Artikel hingeschrieben ohne Lust und Behagen, und dann mit einem: »Gott sei Dank, daß ich fertig bin!« die Feder ärgerlich weggeworfen. Oder wenn er irgend eine Skizze, die ihm just durch den Sinn fuhr, für die er aber nicht gleich einen Verleger wußte, niederschreiben wollte, so sandte man ihm Polnische und Englische Blätter, und verhieß für die schnelle Uebersetzung ein gutes Honorar – und er übersetzte – – – dann warf er die Feder mit Ekel weg, und konnte sich oft lange nicht überwinden, sie wieder anzurühren, aus Verachtung vor ihr und sich selbst, daß er sie so oft halb gezwungen führen mußte. – Er hatte es seinem Oheim gesagt, daß er allein für sich selbst sorgen könne, und nur mit Mühe hatte dieser ihn vermogt, wenigstens so lange, als die Zeit seiner Studien bestimmt sei, für diese das Geld von ihm anzunehmen. Jaromir hatte jenen edlen Stolz unabhängiger Charaktere, der Nichts gemein hat mit jenem gemeinen Stolz auf Rang und Ansehen. Daher hielt er sich auch entfernt von der höhern Gesellschaft, die seinen Rang und Stand, aber nicht seine übrigen Verhältnisse kannte, und begierig den schönen, geistreichen jungen Mann in ihre Kreise zu ziehen suchte. Da dies vergebens war, erklärte man ihn für einen Sonderling und Grillenfänger – dadurch ward er nur noch mehr zum Gegenstand des allgemeinen Interesses, und manches zärtliche Briefchen kam auf einem geheimen Weg zu ihm, das ihm Theilnahme und Tröstung bei dem Kummer verhieß, der ihn zu drücken scheine. Er warf diese Billets, verächtlich lachend, in's Camin, und ging zu seiner Amalie. – Er hatte das schöne, arme Mädchen kennen und lieben gelernt – er sah sich von ihm angebetet, und gab sich mit aller Innigkeit des ersten Liebeserwachens in einem noch von keinem unlautern Gefühl entweihten Herzen demselben hin. – Er liebte Amalien wirklich und wahrhaftig mit der reinen Gluth, deren seine schwärmerische Seele fähig war, mit all' der edlen Hingabe seines starken Charakters. Daß sie ein armes, bürgerliches Mädchen war, das kümmerte ihn nicht – er war auch arm, und sein Grafentitel galt ihm Nichts. Er hoffte, sich später eine sorgenfreiere Existenz zu sichern, die er ihr bieten könnte, und ob seine Verwandten ihm über die Mesalliance zürnen würden – kümmerte ihn nicht, er war ihnen nicht mehr verpflichtet. Von seiner eignen, festvertrauenden Liebe schloß er auf die Amaliens – er hielt ihre Liebe für so fest, wie die seine, er war ruhig und glücklich im Besitz ihres theuern Herzens. Er wußte es, wie sie ihn liebte. – Mußte nicht auch sie es wissen, da er es ihr einmal gesagt, wie wechsellos und treu er sie liebte? Wozu bedurfte es immer neuer Wiederholungen? Sein schönes Vertrauen nahm sie für Kälte. Ihr Geständniß gegen ihren Gatten erklärt, wie es zwischen ihr und Jaromir zum Bruch kommen konnte. Er lebte, wie in ***, als er es hatte verlassen müssen, eingezogen und einsam. Er war bald wieder in literarischen Verbindungen, da er sie suchte, denn der angenommene Name, unter dem er schrieb, hatte einen guten Klang bekommen. Er dachte an sein Liebchen, und schrieb fleißig an einem größern Werke, auf das er manche Hoffnung für sich und Amalien baute. Wohl kränkte ihn zuweilen ihre Eifersucht, allein er hielt diese mehr für eine weibliche Laune, die nur auf der äußern Oberfläche erscheine, nimmer aber aus der Tiefe des Herzens komme – wußte er sich doch so frei von jeder kleinsten Regung, die einen Vorwurf verdient hätte. Es beruhte in Wahrheit: eine Polnische Gräfin, in deren Hause er zufällig wohnte, hatte ihn zu sich einladen lassen, und er hatte keinen Grund gehabt, die Einladung auszuschlagen. Aber bald fand er, daß es in ihrem Hause ein Wenig frivol zugehe, daß die Gräfin all' ihre Koketterie-Künste anwende, um in ihm einen galanten Ritter zu finden – da zog er in ein entlegenes Stadtviertel, und schickte der Gräfin eine Abschiedskarte. Ein Bekannter der Gräfin, der ihn in diesem Cirkel kennen gelernt hatte, traf ihn einige Zeit darauf zufällig, und als er ihm seine Verwunderung aussprach, daß er noch in Berlin sei, da er der Gräfin doch eine Abschiedskarte geschickt habe, sagte Jaromir: »Für die Personen, denen man Abschiedskarten schickt, ist man nicht mehr da – gleichviel, ob man die Stadt gewechselt hat, oder nur die Straßen.« – So selbstbewußt nun durch diese und ähnliche Handlungen Jaromir sich fühlte, von Amalien auch nicht den kleinsten Zweifel an seiner Liebe zu verdienen, so glaubte er auch nicht daran, daß sie im Ernst an seiner Treue zweifeln, und daß sie selbst je anders handeln und fühlen könne, als er – so fiel es ihm doch, wie er nun den Brief von Amaliens Mutter und seinen Ring mit der Anzeige ihrer Verlobung mit Thalheim erhielt, plötzlich wie Schuppen von seinen Augen. – Sie hatte ihn nie geliebt, nie geliebt, wie er allein geliebt sein wollte! – Sie hatte nie das große, heilige Gefühl verstanden, das ihn bewegte; er hatte seine edelsten Empfindungen, sein ganzes großes Herz weggeworfen an ein Wesen, das nur damit gespielt hatte! – Es war über ein Jahr vergangen, und er hatte keinen andern Gedanken gehabt, als den: Amalie! – Für sie hatte er gearbeitet, für sie gedarbt – für sie seine Nächte am Schreibtisch, oft seine Neigungen in der Literatur dem sicheren Erwerb geopfert – und jetzt sah er sich von ihr bei Seite geworfen, einem Andern geopfert! – Wäre sie ihm entrissen worden durch den Tod, durch irgend eine Allgewalt der Verhältnisse, er hätte es mit edler, männlicher Entsagung ertragen – aber durch ihre Untreue wurden die bittersten Gefühle in ihm rege, durch ihren Verrath sah er sich um das schönste Jahr seines Lebens schrecklich betrogen. Er mußte die Erinnerung an dieses Liebesglück fliehen denn dieses selbst erschien ihm jetzt als nichts Anderes, als eine ungeheure Lüge. Er schickte Amalien ihren Ring wieder, ohne ein Wort des Vorwurfs, ohne irgend eine Erklärung – sie war seinem stolzen, edlen Herzen plötzlich so verächtlich, als sie ihm erst theuer gewesen. Er suchte jeden Gedanken an sie zu verbannen – – aber wie nun die tödtende Leere ausfüllen, die dadurch in seinem Innern, in seinem ganzen Leben entstand? Er stürzte sich in einen Strudel von Zerstreuungen, er trank und spielte, und wenn der Schlaf nach durchschwärmten Nächten auf ihn herabsank, so fand er ihn selten nüchtern. Wenn er schreiben wollte wie sonst, und er allein in seiner stillen Stube saß – da stand Amaliens Bild plötzlich vor ihm, und er schaute es liebesselig an wie sonst – aber dann besann er sich, daß das Alles ja vorüber und Nichts gewesen sei, als ein langer Betrug, und sprang auf, floh das Nachdenken, floh die Einsamkeit, um nur auch ihrem Bild zu entrinnen, und suchte wieder den goldnen Stern der Vergessenheit im goldnen Wein, Dies wilde Leben stürzte ihn in Schulden, er hatte bald mit der entsetzlichsten Noth, den peinlichsten Sorgen zu kämpfen. Da erhielt er einen Brief seines Oheims. Ein Verwandter Jaromirs in Rußland hatte diesem geschrieben. Jaromirs Standesherrschaft war der Russischen Krone verfallen, und er selbst durfte nicht wieder dahin zurückkehren, aber der Verwandte, der auf Rassischer Seite stand, und daselbst viel Einfluß hatte, hatte es dahin gebracht, daß Jaromir sein übriges beträchtliches Vermögen erhielt. Das schrieb ihm Golzenau, und übersandte ihm die betreffenden Documente. Der arme Jaromir erwachte eines Morgens und fand sich reich. Er frohlockte, der Reichthum gab ihm ja die Mittel, sich zu zerstreuen, zu betäuben. Er verließ Berlin und ging auf Reisen. Nach einem Jahre kehrte er wieder zurück. Er war nunmehr auch ein gern empfangener Gast auf Schloß Golzenau – kam zuweilen dahin, weil der Graf ihn wie einen Sohn liebte, und weil er den alten Mann schätzte, der früher, trotz den Widersprüchen der eignen Familie, so väterlich an ihm gehandelt hatte. Jaromir hatte ihm Alles wieder erstattet, was er früher von ihm empfangen, und um so unbefangener konnte er ihm jetzt seine Dankbarkeit bezeugen. Uebrigens lebte Jaromir die folgenden Jahre in Berlin unter der großen Welt, der er so lange fremd geblieben war. Er galt für einen der ersten Salonherrn in diesen Kreisen und da er unter ihnen nicht nur seinem Aeußern nach der schönste, sondern zugleich auch der geistreichste war, da man es sich zuflüsterte, daß er ein Dichter, ein Journalist sei so gab dies seiner ohnehin bedeutenden Persönlichkeit noch einen besondern Glanz, der ihn für die Frauen besonder anziehend machte, und nicht wenig dazu beitrug, daß manch Männer ihn halb mit Neid, halb mit Furcht betrachteten. So beherrschte er die Gesellschaft durch hundert Eigenschaften, vor welchen eben diese Gesellschaft sich bewundernd neigt. Es war ein neues Leben im Aeußern für ihn aufgegangen. Er war ein andrer Mensch geworden. Er huldigte jeder Modethorheit, jeder Grille, die in ihm aufstieg – er war heute der dienstbare Sklave irgend einer schönen Frau, um sich morgen über sie lustig zu machen. Er ließ heute wirklich sein Herz und seine Sinne von irgend einer blendenden, weiblichen Erscheinung verführen, und morgen stand sie wieder vor ihm all' dieses Glanzes bar, den seine Phantasie um sie gewoben, und er wandte sich mit bitterm Lächeln ab. Er redete sich heute selbst ein, zu lieben und selig zu sein, wenn ein schönes Weib die Arme berauscht und berauschend um ihn schlang – aber morgen verhöhnte er das eigne Gefühl und lös'te zürnend das raschgeknüpfte Band. Er achtete nicht darauf, daß wohl viel Thränen still um ihn flossen, daß manche Wange bleich ward, die er einst geküßt –

er hatte längst aufgehört, an das weibliche Herz zu glauben, was galten ihm da noch weibliche Thränen, Seufzer und Worte? – Und sein eignes Herz blieb so leer und öde, wie eine Wüste, so hatte er ja das weibliche genannt. Er dachte nicht mehr an Amalien, die Erinnerung an sie war verloren. Nicht um den Gedanken an sie zu entfliehen, führte er ein zerstreuendes Leben – ihr Bild erschien ihm schon lange nicht mehr, sondern nur um die Leere seines Innern in den Augenblicken auszufüllen, wo er diese Leere am drückendsten fühlte, und jeder solcher Versuch zeigte ihm doch nur, welche vergebliche Mühe es war, ihn zu machen. – Er war noch Schriftsteller, und jetzt glücklich: er brauchte nicht mehr für Geld zu schreiben – diesen ungeheuern Fluch hatte ja der Reichthum von ihm genommen; er konnte schreiben, was der Geist ihm eingab, und er that es. In solchen Stunden war ihm dann am wohlsten. Aber seine Anonymität behauptend, war er zu der Gesamtliteratur in eine ziemlich schiefe Stellung gekommen. Seine Ansichten und Aussprüche machten ihm viele Freunde, und erwarben seinem angenommenen Namen Anerkennung – aber er war und blieb allein, da er sich eben nicht selbst dazu bekannte, der Träger dieses Namens zu sein. Nicht die warmen, ehrlichen Herzen, die mit ihm zugleich schlugen, und auf dem Tummelplatz der Journale kämpften für Freiheit und Recht, waren seine Gefährten, sondern jene vornehmen, blasirten Stutzer mit prunkenden Titeln und hohen Namen, deren Augen nicht weiter reichten, als bis in die goldumrahmten Spiegel geschmückter Salons, und denen die wirkliche große Welt, die über und außer ihrer sogenannten großen Welt lag, ein unbekanntes Reich war. Mit einigen von ihnen theilte Jaromir ein gemeinschaftliches Interesse: das Theater. Während jene aber zumeist die Operngucker auf die verführerischen Bewegungen der Ballettänzerinnen richteten, saß Jaromir sinnend im Schauspiel, im Lustspiel, in der Oper, und war ein aufmerksamer, kritischer Beobachter, ob die Darsteller ihre Rollen richtig auffaßten, ob sie ihre schwierigen Aufgaben lös'ten. Er hatte in dieser Zeit eine förmliche Leidenschaft für das Theater, für die Kunst, und ließ es dann an öffentlichen oder privaten Aufmunterungen oder Zurechtweisungen nicht fehlen, wo ihm dies der Mühe werth schien. In der Rolle der Norma sah er Bella zuerst, und noch nie hatte er gesehen, wie diese Rolle, welche alle Leidenschaften und Gefühle des weiblichen Herzens zur Anschauung bringt, so vollkommen dargestellt würde. Gesungen hatten wohl schon Andere diese Arien und Recitative eben so gut – aber Keine mit seelenvollerer Stimme, Keine hatte das Hochtragische in dieser Rolle so edel und richtig aufgefaßt, als Bella. Ihre schöne Gestalt, ihre anmuthigen Züge waren es nicht, was Jaromir zu ihr hinzog, sondern das große Künstlertalent, das ihn einen verwandten Genius, eine der seinen verwandte Begeisterung für die Kunst ahnen ließ. – Er mußte sich ihr nähern, aber es war nicht leicht, Zutritt bei Bella zu finden – sie war noch unvermählt, und lebte unter dem Schutze einer alten Verwandten, ziemlich eingezogen, und wußte ihre Schmeichler und Bewunderer immer in gehöriger Entfernung zu halten. Endlich aber, da Jaromir erst unter seinem Dichternamen einen Briefwechsel über ihre Kunst mit ihr angeknüpft hatte, nahm sie seinen Besuch an. Es währte nicht lange und Jaromir galt als Bella's Liebhaber. Eine Zeit lang war dieses Verhältniß eine Quelle reinen Glückes für Beide – aber bald bemerkte er, wie er sich getäuscht hatte, wenn er geglaubt, daß Bella's Dienst am Altare ihrer Kunst der einer Priesterin sei, welche in edler Begeisterung auf demselben Alles opferte. Es war wahr, Bella liebte ihre Kunst, sie weihte sich ihr mit Eifer und that sich selten in einer Rolle genug, denn sie hatte ihren großen Beruf begriffen – aber deshalb war sie nicht frei von jenem trotzigen Eigenwillen, jenen kleinlichen Ränken, mit denen Publikum und Theaterdirection sich so oft zum Besten haben lassen müssen. Der Weihrauch, den die enthusiastischen Berliner ihr streuten, verfehlte seine unheilvolle Wirkung nicht, sie ward eitler, stolzer, zugleich auch leichtfertiger und trotziger, als sie je gewesen war, und endlich überwarf sie sich in hochmüthiger Laune mit der Theaterintendanz, und vertauschte sofort Berlin mit der kleineren Residenz, in welcher sie jetzt lebte. Jaromir, obwohl er sie nicht mehr wirklich verehrte, wie einst, war doch noch zu sehr durch Hundert Bande zärtlicher Gewohnheit an sie gefesselt, als daß ihm Berlin ohne sie nicht bald hätte verödet sein sollen. Er folgte ihr also nach wenig Wochen in ihren neuen Wohnort. Noch eh' er sie selbst gehend von Berlin mit ihr entzweit, und sie waren nicht in friedlicher Stimmung von einander geschieden, ging er mehrmals an dem Hause vorüber, das man ihm als ihre Wohnung bezeichnet hatte. Er hoffte, auf diese Weise sie zufällig zu sehen, einen Wink, einen Ruf von ihr zu erhalten – lange war es aber vergebens, bis endlich eines Abends eine Rose zu seinen Füßen fiel, an welcher ein Zettel befestigt war. Wo anders her als von Bella konnte dieses Zeichen kommen, er drückte es entzückt an seine Lippen und las dann bei'm Schein der nächsten Laterne den Zettel. Es war offenbar hastig und mit zitternder Hand geschrieben – es war nicht Bella's zierliche Handschrift – aber in der Eile war es wohl möglich, daß sie so nachlässig geschrieben hatte. Er las verwundert lächelnd: »Wir dürfen uns einander nicht nähern, aber mein Herz bewahrt für Jaromir unverändert dasselbe Gefühl.«

Er wußte sich diese Worte nicht recht zu deuten – hatte Bella irgend ein andres Verhältniß angeknüpft, daß er sich ihr nicht nähern dürfe? Er mußte darüber Gewißheit haben, und eilte am nächsten Morgen zu ihr. Sie empfing ihn mit fröhlicher Ueberraschung. Er wollte endlich Ausschluß über die Rose – das war vergebens, denn sie war nicht von Bella gekommen – diese vermuthete endlich, eines ihrer Kammermädchen habe sich vielleicht einen schlechten Spaß damit machen wollen – man ließ die Sache auf sich beruhen, und vergaß sie bald in den ersten frohen Tagen zärtlichen Wiedersehens. Aber Wochen waren vergangen, und Jaromir erlag wieder dem Dämon, der ihn unaufhörlich verfolgte, seitdem er in der vornehmen Welt lebte: der Langeweile. Auch Bella war ihm langweilig geworden.

In solcher Stimmung erhielt er Thalheims Billet.

Er las den Namen: Amalie – und die Erinnerungen seiner frühen Jugend wachten wieder auf.

Nicht Amaliens Bild war es, was ihn jetzt am Meisten bewegte, denn er hatte längst aufgehört, sie zu lieben – ihn bewegte das Bild dessen, der er selbst in jenen Tagen gewesen war: glücklich und zufrieden bei allen Sorgen, denn er nannte ein Herz sein, für das er sich mühen, und an dem er dann ausruhen konnte – er hatte stolz und selbstbewußt in's Leben schauen können – er hatte markige Jugend- und Geisteskraft in sich gefühlt, die ganze Welt zu erobern, er hatte sich vertrauend in die Arme des bewegten Lebens geworfen, und fröhlich auf die eigne Kraft gebaut – er hatte wohl Schmerz und Kümmerniß empfunden – aber nie Langeweile – er hatte nie mit seinen Gefühlen gespielt, nie über das eigne Herz sich lustig gemacht, wie er es jetzt so oft that.

Und er streckte jetzt sehnend seine Arme aus nach dieser Vergangenheit, und er hatte sie für ewig verloren.

Amalie, die erste, die einzige reine und allmächtige Liebe seiner Jugend, war eine Sterbende – und sterbend, wie sie, das fühlte er, war sein besseres, unentweihtes Selbst!

Er drückte die Hände vor die Stirn und versank wieder in lange, bange Gedanken.

IV. Nr. 18 in der Klosterstraße

»Die Kette, die die Herzen band,
ist nun zerstückt, zerschellt«

Otto v. Wenkstern.

Die beiden Pensionärinnen, Elisabeth von Hohenthal und Aurelie von Treffurth, waren im Begriff, ihr Vorhaben auszuführen, welches sie in später Nacht beschlossen hatten. Sie wollten zu der Blumenmacherin gehen, welche mit Thalheim in einer Etage wohnte. Elisabeth, sonst nicht gewohnt, viel Zeit auf ihre Toilette zu verwenden, machte sie heute mit besondrer Sorgfalt. Sie war ganz in Weiß gekleidet, nichts Farbiges war in ihrem Anzug. Als sie in den Garten trat, wo Aurelie sie erwarten wollte, und die andern Mädchen versammelt waren, blieb Elisabeth in der Thüre stehen, weil sie die Gefährtinnen in Aufregung, wie es schien, in einem Streit gewahrte, und erst von fern sehen und hören wollte, was es gäbe, ehe sie sich in eine Sache mische, für welche sie vielleicht kein Interesse hatte. Sie lehnte sich an das von Ephen umrankte Portal des Einganges, die rechte Hand auf das zierliche Sonnenschirmchen gestützt, und blieb in lauschender Stellung.

Pauline Felchner stand in der Mitte der andern jungen Mädchen, welche theils mit hohnlachenden, theils hochmüthigen, zürnenden Blicken auf sie sahen.

»Solches Gesindel in unsre Gesellschaft zu bringen!«

»Ich habe es immer gesagt, sie taugt besser zu dem Bettelvolk, als zu uns – es ist ja ihres Gleichen.«

»Ihr Geld ist ja das Einzige, worauf sie stolz sein kann!«

So und ähnlich schallten die Reden von Paulinen's Gefährtinnen. Sie selbst brach endlich in Thränen aus und sagte: »Ihr mögt mich schelten, wie Ihr wollt, hättet Ihr nur das arme Mädchen in Frieden gelassen – ich bin es ja schon gewohnt, um Nichts von Euch verachtet zu werden.«

»O, sie thut noch hochmüthig –« sagte Aurelie, »aber dort steht Elisabeth – es ist Schade, daß sie nicht da war – ein Wort von ihr würde Paulinen so imponirt haben, daß sie nicht zu antworten wagte.«

»Elisabeth ist kalt und stolz, aber sie ist nicht ungerecht, sie hat mich niemals beachtet, aber sie ist nicht fähig, Jemandem absichtlich Unrecht zu thun,« sagte Pauline entschieden.

Elisabeth trat vor – sie sah Paulinen groß und verwundert an – womit hatte sie es verdient, um Paulinen verdient, daß diese eine so ehrende Meinung von ihr hegte? In diesem Augenblicke, als die stille Pauline ihre großen blauen Kinderaugen o vertrauend auf Elisabeth richtete, als suche sie bei ihr Schutz gegen die Unbilligkeiten der Andern, drang dieser Blick so tief in den Grund ihrer Seele, daß sie sich davon ungewohnt bewegt fühlte. Sie näherte sich ihr, ergriff ihre Hand freundlich und sagte: »Rede doch! Was giebt es?« Nie hatte Elisabeth so liebreich zu Paulinen gesprochen, wie sie jetzt diese wenigen Worte sagte – Pauline drückte ihr die Hand und ließ sie nicht wieder los, während sie ihre Rede nur an sie richtete:

»Wir waren hier bei einander, und warfen Reifen, als wir draußen an der Thüre eine weinende, bittende Stimme hörten, dazwischen scheltende Worte eines unsrer Dienstmädchen – dabei ward mein Name genannt – ich war deshalb Eine der Ersten, welche hinliefen, um zu sehen, was es gäbe. – ›Ich muß durchaus mit Mamsell Paulinchen sprechen, der liebe Gott wird's Ihnen segnen, wenn Sie mich zu ihr lassen –‹ hörte ich wieder sagen – da macht' ich rasch die Gartenthüre auf – und ein ärmlichgekleidetes, blasses Mädchen, ein altes Körbchen mit Blumen am Arm, stand vor mir. Es sah sehr leidend und kummervoll aus, und sein Anzug war aus vielen Stücken mühsam zusammengenäht. – – – Die Armuth mußte die andern Mädchen wohl sehr belustigen, sie brachen in ein lautes Gelächter aus, daß die Fremde hoch erröthete, und die Augen niederschlagend ein paar helle Thränen verschluckte. Ich nahm sie bei der Hand, indem ich ihr sagte, daß ich Pauline Felchner sei, und die Andern bat, doch nicht zu lachen – sie lachten aber nur desto mehr, sagten, ich habe wohl solche Jugendfreundinnen – die reichen Fabrikanten hätten immer Bettelvolk zu Verwandten, und ließen solche hämische Worte mehr fallen, so daß jene immer verwirrter ward, mir zu Füßen fiel, und schluchzend bat: ›Ach, Mamsell Paulinchen, meine Mutter hat Sie oft mit mir auf einem Arme zugleich getragen – jetzt liegt sie hier auf den Tod, und die kleinen Geschwister sterben vielleicht auch bald vor Hunger. Sie hat mir oft erzählt, wie gut sie es in Ihrem Hause gehabt – und wie ich nun hörte, daß Sie hier wären, so dacht' ich in meinem Innern: die hilft euch vielleicht. Ich sah einmal bei Doctor Thalheim's, wo ich die Aufwartung habe, ein Buch, auf welches Ihr Name gedruckt war – da fragte ich den guten Herrn Doctor, ob er Etwas von Ihnen wisse – und er erzählte mir, wie Sie hier so fromm und gut wären, daß Sie mir gewiß helfen würden – nicht mir, sondern der kranken Mutter, den hungernden Kindern – da faßt' ich mir ein Herz und lief her, und da bin ich nun –‹ sie hielt inne, und barg ihr Gesicht unter der Schürze, es war vielleicht das erste Mal, daß sie fremdes Mitleid in Anspruch nahm – und diese vornehmen Fräuleins antworteten ihr mit Gelächter –« sagte Pauline mit Bitterkeit, indem sie inne hielt.

»Es war auch ein ganz närrischer Auftritt,« sagte ein Fräulein – »die Bettlerin nahm sich sehr possirlich aus, und Pauline machte die Scene vollkommen, indem sie uns trotz dem besten Kanzelredner eine hochtrabende Strafpredigt hielt – ihr Eifer war es, über den wir natürlich noch mehr lachen mußten, und darüber, daß sich überhaupt ›Mamsell Paulinchen‹ unterstand, sich zu unsrer Gouvernante und Sittenrichterin aufzuwerfen.«

»Es kann sein, daß ich mich vergessen habe,« sagte Pauline, »aber ich war jetzt nicht die Erste von uns, der dies geschah –«

»Lass' das gut sein,« unterbrach Elisabeth. »Was antwortetest Du der Armen?«

»Ich hatte zum Glück in meiner Schürzentasche einen Thaler, da ich mir eben Etwas wollte holen lassen – den gab ich dem Mädchen mit dem Bemerken, daß ich nächstens zur kranken Mutter kommen würde. Wenn sie Thalheim zu mir geschickt, so würde er mir auch sagen können, womit ihrer Noth am Besten geholfen sei. – Sie wollte mir die Hand küssen, aber das duld' ich von Niemand, so umarmte ich sie, und bat sie, so schnell als möglich zur kranken Mutter zu gehen, und drängte sie fort, denn ich wollte sie so schnell als möglich den Demüthigungen hier entziehen – ich weiß ja, wie weh sie thun! Ich wollte dadurch, daß ich sie küßte, sie vergessen machen, was die Andern an ihr verbrochen – – und nun hast Du nur einen Theil von dem gehört, wie sie mich deshalb verhöhnen. – –«

Elisabeth fiel Paulinen um den Hals, und sagte: »Vergieb mir, daß ich Dich mit thörigtem Hochmuth gekränkt habe – ich habe Dich früher ja nicht gekannt – nun aber kenne ich Dich, und bitte Dich: sei meine Freundin! – Und Ihr Andern, wenn Ihr sie wieder kränkt – so kränkt Ihr mich auch. Das wird Euch freilich einerlei sein, und wie Ihr vorhin sie ausgelacht habt, so werdet Ihr mich jetzt auslachen – aber Du, gute Pauline, wirst nicht mehr allein und unverstanden unter uns sein!«

Und Pauline erwiderte innig die herzliche Umarmung, und vermogte weiter Nichts zu sagen, als: »Ich danke Dir!« und eine große, helle Freudenthräne fiel aus ihrem Auge auf Elisabeth.

Diese hatte eine solche Autorität bei sämmtlichen Pensionärinnen, daß ihr wenigstens in's Gesicht keine ein Wort zu erwidern wagte. – Einige griffen wieder zu den Reifen, als seien sie durch Nichts unterbrochen worden. Andere rümpften die Nasen, und tauschten halblaut spitzige Bemerkungen über die neue Freundschaft – nur Aurelie, die immer muthwillig, und in ungezähmter heitrer Laune war, sagte: »Ach, ich bitte Euch, welche sentimentale Scene! Ich glaubte eine solche heute wenigstens an einem ganz andern Ort, als hier, zu erleben, und niemals hätte ich mir träumen lassen, daß Du, Elisabeth, über eine Kinderei unsern wichtigen Ausgang ganz vergessen könntest! Ich warte schon lange auf Dich, und wir müssen sehr eilen, wenn Du nicht Dein ganzes Vorhaben aufgegeben hast. –«

»Ja, wir haben Eile,« sagte Elisabeth, »aber auch Du, Aurelie, konntest? –«

»O, ich war nicht im Geringsten besser, als die Andern. – Wenn ich aber eine zu erwartende Strafpredigt von Dir ohne Unterbrechung anhören soll, so muß ich mir dabei ein Liedchen singen.« Und indem sie dies gesagt hatte, fieng Aurelie an eine Tyrolienne zu jodeln.

Elisabeth antwortete nicht, nahm Aureliens Arm, und so gingen sie, von dem längst harrenden Diener gefolgt, schweigend durch die Straßen. Im Hause von Obrist Treffurth, als sie den Diener fortgeschickt hatten, sagte Elisabeth; »Es ist zu spät geworden, als daß wir Beide zu der Blumenmacherin gehen könnten, geh' Du nur immer herauf zu Deinen Verwandten, hier durch den Garten ist es nicht weit, und ich komme bald zurück.«

Aurelie sah sie erstaunt an: »Du willst uns Alle hofmeistern, und dies soll die Strafe sein, die Du für mich ausgesonnen hast,« sagte sie erbittert, »aber Du bist in meiner Hand, sobald ich Alles sage. – –«

»Du bist muthwillig, aber Du bist nicht hinterlistig – Du wirst mich also nicht verrathen – und wenn Du es thun könntest, so scheue ich auch das Unangenehme nicht, was mich allein trifft.«

Elisabeth schlüpfte schnell durch den Garten, und hatte dann nur wenig Schritte zu gehen, so stand sie in der Klosterstraße vor dem Hause Nr. 18.

Mit klopfendem Herzen trat sie hinein und eilte schnell die breiten, hohen Treppen hinauf. Sie hatte sich außer Athem gelaufen, und mußte ein Wenig ausruhen, als sie in der 2. Etage anlangte. An der Thüre links, die nach dem Hintertheile des Hauses zu führen schien, stand der Name: Doctor Thalheim. Unwillkührlich lief Elisabeth nach der entgegengesetzten Thüre, und zog hastig an der Klingel: Wenn er jetzt käme! dachte sie ängstlich. An dieser Thüre war ein großes, rothes Schild befestigt, worauf mit goldnen, stattlichen Buchstaben zu lesen war: »Blumenfabrik von Henriette Krauß.«

Ein Dienstmädchen kam heraus, bat Elisabeth, einzutreten, indem sie ihr auch eine zweite Thüre öffnete.

Es war ein großes, helles Zimmer, ringsum mit Glasschränken, in welchen die von Sammt und Seide und andern kostbaren Stoffen künstlich geschaffenen Blumen in den mannigfaltigsten Gestalten und Farben prangten. Aus einer Nebenstube schallte helles Gelächter vieler weiblicher Stimmen. Es war das Arbeitslocal – aus ihm trat jetzt die Leiterin dieses Geschäftes, Henriette Krauß, ein Mädchen von ungefähr dreißig Jahren, eine verblühte Schönheit, welche derselben durch etwas auffälligen, dabei nachlässigen Putz nachzuhelfen suchte. Ein Kind von etwa drei Jahren, mit einem braunen Lockenköpfchen und wunderbar großen, tiefblauen Augen drängte sich ihr nach.

»Womit kann ich dem Fräulein dienen?« fragte Henriette mit verbindlichem Knix, und Elisabeth verlangte ein Hutbouquet. Während sich nun das Gespräch um die Wahl dieser Blumen drehte und Elisabeth, dabei verlegen nachsinnend, wie sie wohl das Gespräch auf Thalheim bringen könnte, eine Anzahl blauer Blumen in der Hand hielt, sagte das Kind, sie groß ansehend:

»Blau gefällt dem Papa am Besten – nicht wahr blau? Und ich gehe auch blau,« fügte es, auf sein blaues Kleidchen deutend, hinzu.

»Geh hinein, Annchen,« sagte die Verkäuferin, »Du sollst nicht immer mit heraus kommen, wenn Damen da sind.«

»Ich habe aber die schönen Damen lieb,« versetzte die Kleine.

Elisabeth neigte sich zu ihr: »Mich auch?« fragte sie. »Kennst Du mich denn?«

»Nein,« antwortete Annchen kleinlaut, und fing an mit der goldnen Kette zu spielen, welche an Elisabeths Halse herabhing. Diese fragte:

»Wie heißt Du denn weiter, Anna?«

»Es ist das einzige Kind vom Doctor Thalheim, der mit mir in einer Etage wohnt,« antwortete Henriette für das Kind. – »Die arme Mutter ist so krank, überhaupt immer so häßlich gegen das liebe Kind, daß ich es seit mehreren Wochen ganz mit zu mir herüber genommen habe.«

Da war nun auf einmal Elisabeth der Erreichung ihres Zweckes so nahe!

»Ist die Doctor Thalheim ohne Aussicht auf Rettung krank?« fragte sie.

»Es wäre ihr wohl eine baldige Erlösung zu wünschen, freilich mehr noch für Mann und Kind, denn sie ist die grilligste Kranke, die mir vorgekommen, und dadurch ist die Noth auf's Höchste bei ihnen gestiegen – man sieht es dem Doctor an, wie viel er leidet, obwohl er es Allen zu verbergen strebt – er ist der edelste Mann, den ich kenne.«

Während die Blumenfabrikantin so sprach, spielte das Kind noch immer mit Elisabeths Fingern unter dem seidnen Handschuh, und diese sagte jetzt zu jener leise: »Ich mögte Etwas mit Ihnen allein reden, vor Allem darf es das Kind nicht hören.«

Letzteres war bald entfernt, und Elisabeth nahm Henriettens Hand und sagte: »Darf ich auf Ihre Verschwiegenheit rechnen? Ich bin beauftragt, diese Kleinigkeit an Doctor Thalheim gelangen zu lassen – aber ich wußte nicht, wie ich es anfangen sollte, um ihn nicht zu beleidigen, und zugleich auch zu dessen Annahme zu vermögen. Sagen Sie ihm, daß es aus der Hand des Reichthums kommt, die sich am Fröhlichsten öffnet, wo sie es für Nothleidende kann, daß man es für seine Gattin bestimmt, daß es die Dankbarkeit sendet – sagen Sie ihm Alles, wodurch Sie ihn bewegen können, es nicht zurückzuweisen, aber verschweigen Sie ihm, daß man mich als erste Mittelsperson gewählt hat – wenn Sie mich kennen sollten – verschweigen Sie überhaupt, daß es ein Mädchen Ihnen übergeben hat – wenn Sie es nicht verschweigen,« fuhr sie mit ängstlicher Stimme fort, »könnte es leicht traurige Folgen für die Personen haben, welche Thalheims beste Freunde sind –« mit diesen Worten gab sie an Henriette ein Couvert, welches eine Banknote von 50 Thalern enthielt, und empfing dafür das feierlichste Versprechen, sowohl der pünktlichsten Abgabe, als des strengsten Schweigens.

Als Elisabeth an der Vorhausthüre, welche ihr Henriette öffnete, eben den letzten Knix empfing, öffnete sich auch die entgegengesetzte Thüre. Eine Scene anderer Art hatte unterdeß in dem Zimmer Statt gehabt, zu welchem diese Thüre führte.

Es war eben vier Uhr vorüber, als Graf Jaromir von Szariny an Thalheims Thüre schellte.

Er öffnete selbst.

Sie standen sich gegenüber.

Sie standen sich gegenüber, Jaromir, dem die Braut, Thalheim, dem die Gattin untreu geworden – und Braut und Gattin waren eine Person.

»Man hat mich hierher beschieden –« sagte Jaromir.

»Es war Amaliens Wille,« antwortete Thalheim.

»Sind Sie Amaliens Gatte, und kamen die Zeilen, die ich diesen Morgen erhielt, von Ihrer Hand? – Nur dann habe ich das Recht, hier zu erscheinen.«

»Ich bin Thalheim – Sie werden unser Zusammentreffen hier seltsam finden, aber der Wille einer Sterbenden war mir heilig. Sie wartet jetzt auf uns mit Ungeduld, und deßhalb muß unsere Unterredung hier kurz sein. Es wird später Zeit sein zu einer nähern Erklärung. Amalie meint, nicht eher sterben zu können, bis sie Ihre Vergebung für ergangenes Unrecht und Weh erlangt hat. – Sie werden sie ihr nicht verweigern. Sie haben sich hier wiedergesehen –«

»Wiedergesehen?« fragte Jaromir, Thalheim unterbrechend, »ich habe gar nicht gewußt, daß sie hier ist. –«

Thalheim sagte, mit einem langen Blick auf den Grafen: »Sie hat Ihnen eine Rose mit einem Zettel zugeworfen, als Sie unter ihren Fenstern weilten –«

»Unter ihren Fenstern – die Rose kam von Amalien?« rief Jaromir, immer verwunderter und bestürzter. »Wahrhaftig, der Zufall treibt ein närrisch Spiel mit mir!« und ein bittres und schmerzliches Lächeln zuckte dabei um seinen Mund.

Thalheim starrte ihn verwundert an – auch um seinen Mund zuckte ein bittres Lachen – er verstand jetzt Alles: der Graf hatte Amalien längst vergessen, und nicht um ihret Willen sah er leidend aus, nicht um ihret Willen war er in diese Stadt gekommen – aus andern zarten Händen hatte er gehofft, Rosen und geschriebene Worte zu empfangen, als aus ihren – es war der Selbstbetrug der Liebe, welcher Amaliens Herz und Sinne gefangen genommen. So sagte er jetzt sehr ernst, beinah feierlich zu Jaromir:

»Herr Graf, Amalie glaubt sich von Ihnen noch geliebt – schonen Sie die Sterbende, ohne sie zu täuschen – vergeben Sie ihr als ein milder, mitleidiger Richter.« Er trat jetzt aus dem Vorsaal, in dem beide leise diese Unterredung geführt, in das Zimmer, in welchem Amalie angekleidet auf dem Bette lag, und sagte zu ihr mild:

»Bist Du stark genug, Szariny zu empfangen? Er wartet draußen.«

»Ich hörte seine Stimme längst, warum läßt Du ihn warten?« rief sie ungeduldig.

Szariny trat ein.

Welch ein Wiedersehen!

Er ein glücklicher, lebensfroher und lebensfrischer Jüngling, Sie ein glückliches, blühendes Mädchen – beide glücklich allein durch die zärtliche Liebe, in welcher sie für einander schwärmten und glühten – so hatten sie einst einander verlassen mit den heiligsten Liebesschwüren.

Vier Jahre waren seitdem vergangen.

Jetzt sahen sie sich wieder. Sie hatte ihn wieder erkannt, denn sie liebte ihn noch, und das liebende Frauenherz findet aus Tausenden den wieder heraus, dem es in Liebe schlägt – und trotz der Macht der Jahre, jedes äußeren Einflusses den Gemüthsbewegungen und Leidenschaften, äußere und innere Leiden, ja selbst Lebensverhältnisse und Tracht auf eine Menschengestalt und ein Antlitz ausüben. So hatte sie ihn erkannt. Aber hätte man ihm nicht gesagt, diese bleiche Kranke sei Amalie – er hätte es nimmer geglaubt.

Vielleicht hatten die innern, steten Kämpfe Amaliens – dieses stete Ringen in einem zuckenden Herzen, das es sich selbst nicht einmal wissen lassen will, wie es stündlich kämpft – dieses Ringen, das vielleicht nur die Frau mit seinen ganzen gräßlichen Qualen ganz verstehen kann, welche selbst an einen Mann gefesselt ist, den sie hochachten muß, aber für den ihr Herz sich vergebens bemüht, Liebe zu empfinden – vielleicht hatte dieses Ringen Amalien schon vor ihrer Krankheit verändert. Es hatte ihr inneres Leben verbittert – und dieses Verbittertsein prägte sich deutlich auf ihrem Gesicht aus, ihr Charakter war heftig und herrisch geworden, und dadurch, daß sie für Alles, was sie im Stillen litt, Niemand und nichts Anders verklagen konnte, als sich selbst, so nagte das Bewußtsein, nur selbst verschuldetes Weh zu tragen, und zwar durch Leichtsinn und Unrecht verschuldetes, nur um so zehrender an ihrem Innern. – Und weder dies Bewußtsein, noch die Reue, die sie verbergen mußte, war geeignet, sie ergeben und friedlich zu machen – sondern sie ward dadurch nur immer heftiger – und so war auch aus ihrem Antlitz längst jede Spur von Milde und Friede gewichen – ein unheimliches Etwas, das immer Unzufriedenheit und Unbehagen ausdrückte, war an dessen Stelle getreten. Anderen Frauen verleiht die Mutterwürde und das Mutterglück einen neuen, oft einen heiligen Zauber, auch dem Aeußeren, besonders dem Ausdruck der Züge – bei Amalien war das nicht so. Sie liebte ihr Kind nicht, denn es war das Kind eines ungeliebten Gatten, und da sie allein sich seiner mühsamen Pflege hatte unterziehen müssen, oft kämpfen mit täglichen Entbehrungen, und manches Opfer bringen mußte, so erschien es ihr oft eher eine Last als ein Glück – Mutter zu sein. Sie fühlte sich einmal nicht glücklich, und so ward Alles, was in andern Fällen geeignet ist, das Glück zu erhöhen, für die einmal Unzufriedene eine neue Quelle zur neuen Unzufriedenheit. Durch all' dieses hatte ihr Gesicht schon längst jeden Ausdruck von Milde und Lieblichkeit verloren. Nun hatte die Krankheit ihre Wangen bleich und hohl gemacht, ihre Augen waren matt geworden, und hatten ihren früher schönen Glanz verloren; ihren bleichen Lippen konnte man es nicht ansehen, wie glühend sie einst geküßt hatten, und so glich ihre ganze Erscheinung einer verwelkten Blume.

Jaromir stand erschüttert vor ihr. Es war eine lange, peinliche Pause.

Jaromir, als er so das Weib seiner heiligen, ersten Liebe vor sich sah, hielt den Anblick kaum aus. Er drückte die eine Hand vor die Augen, und ihm war, als sehe er so seine eigene Jugend selbst vor sich, verwelkt und vergiftet, und langsam dahinsterbend – diesem Weibe hatte er seine Jugend gegeben, und wie ein Gespenst, das keine Ruhe finden kann, stand sie jetzt vor seiner Seele – wie ein schöner Traum, den er nur ein Mal geträumt, nicht wieder träumen kann, und der ihn doch immer mit Erinnerungen quält. Er konnte sich nicht fassen, er stand regungslos da, und war keines Wortes mächtig.

Thalheim hatte das Zimmer verlassen.

»Nun Jaromir,« flüsterte endlich Amalie, »Du bist gekommen, aber Du hast kein Wort für mich?«

»Es liegt Viel zwischen dem Heut und unserer letzten Zusammenkunft,« sagte er, »aber auch eine lange Zeit ist seitdem verflossen, und wir könnten einander jetzt ruhig gegenüberstehen, wenn der Zufall uns anders zusammengeführt hätte, als heute und hier.«

»Als durch meinen Gatten, meinst Du? – Jaromir, kannst Du mir vergeben, wenn ich Dir sage, was ich um Dich gelitten?«

»Sei ruhig,« sagte er, »ich habe Dir längst vergeben. – Warum überhaupt diese Erinnerungen wecken an Schmerzen, die ja nun überwunden, an Kämpfe, die nun ausgekämpft sind? – –«

»Ja, ausgekämpft, wenn das Leben aus ist – bei mir nicht eher! – Jaromir – ich habe es wohl gesehen, wie Du verlangend nach meinen Fenstern spähtest, bis ich Dir die Rose sandte – ich sah, wie ich Dir noch theuer war, und deshalb dachte ich, wir müßten uns noch ein Mal in diesem Leben wiedersehen.«

Es war ihm peinlich – aber er nahm ihr ihren süßen Wahn nicht – Thalheim hatte ihn ja selbst gebeten, ihn zu schonen.

Eine Thräne trat in seine Augen, er nahm ihre Hand und die Thräne fiel darauf.

Amalie zuckte zusammen, die innere Aufregung rief einen heftigen Anfall ihrer Körperschmerzen herbei. Thalheim eilte sogleich in das Zimmer, und an ihr Lager. Es war ein heftiger Krampfanfall, der sie in Zuckungen hin und her warf. – »Ich sterbe!« stöhnte sie dazwischen. »Vergebt mir Beide!«

»Beide!« riefen Thalheim und Jaromir feierlich zugleich.

»Ich danke Dir,« sagte sie zu Jaromir. – »Seid Beide glücklich, ich segne Euch – jetzt sterb' ich schön und in Frieden.«

Ihre Augen schlossen sich, und so sank sie in die Kissen zurück. Aber der Tod kam noch nicht.

Es war nur eine Ohnmacht, welche auf diese Krämpfe folgte, und dann ein sanfter, stiller Schlaf.

»Mag sie es für einen Traum nehmen,« sagte Jaromir, »ich will sie verlassen, damit sie aufwachend mich nicht wiederfinde, und auf's Neue sich aufrege. – Doctor Thalheim – ich danke für Ihr Vertrauen – Amalie war meine erste Liebe – aber ich habe ihr entsagt von da an, wo sie freiwillig sich von mir wandte – für mich war sie nun längst gestorben – und wie auch jetzt ihre Krankheit sich gestalte, und welchen Ausgang sie nehme – für mich ist Amalie keine Lebende mehr, so hab' ich sie immer betrachtet, wenn ich jetzt einmal träumend meiner Jugend und ihrer gedachte – und so wird es immer bleiben.«

»Herr Graf,« versetzte Thalheim, »nur der sehnliche Wunsch einer Sterbenden konnte meine Aufforderung an Sie und diese Scene entschuldigen und heiligen – es ist in Ihrer Macht, mich und Amalien dem allgemeinen Spott preiszugeben – aber ich denke besser von Ihnen.«

»Das hoff' ich zu verdienen. Sie werden nie Ursache haben, es zu bereuen, mir gegenüber der Stimme des Gefühls gefolgt zu sein. Ob und wie wir uns auch wieder im Leben begegnen, wir werden es mit dem Bewußtsein können, einander vertrauen zu dürfen.«

So schieden sie von einander.

Als Thalheim die Vorsaalthüre geöffnet hatte, bot ihm Jaromir noch die Hand, die jener schweigend drückte.

Dies war der Augenblick, in welchem Elisabeth aus der entgegengesetzten Thüre trat, welche zu der Blumenfabrikantin führte.

Thalheim trat zurück und schloß die Thüre, ohne sie bemerkt zu haben. Aber sie hatte ihn und den Händedruck gesehen, mit dem er von dem Grafen schied, und war deshalb unwillkührlich einen Augenblick auf ihrem Platze stehen geblieben.

Jetzt begegnete ihr Auge dem des Grafen – sein Blick auf sie ward immer schwärmerischer, leuchtender – sie senkte schnell ihre Augenlider und eilte die Treppe hinab. Sein Weg führte ja auch hinunter, aber er folgte ihr nur langsam.

Für Amalien hatte er Nichts mehr empfinden können, als Mitleid – er empfand jetzt dasselbe beinahe für sich selbst. Ihr Leben schien vergiftet und elend geworden zu sein von dem Augenblick an, wo sie das Liebesverhältniß zu ihm aufgelös't hatte, und so war es ihm selbst auch ergangen. Von jenem Augenblick an hatte für immer seine glückliche Jugend mit all' ihren glücklichen Zukunftsträumen geendet – er war ein anderer Mensch geworden. Er dachte jetzt an dieses Jugendglück. – Da fiel sein Blick auf Elisabeth – – auf diese schlanke, weißgekleidete Gestalt mit den schwärmenden Augen, der stolzen Stirn und den ernsten, fest aneinander geschlossenen Lippen, diese ganze Erscheinung, um welche der Zauber der heiligsten Jungfräulichkeit schwebte, einer schönen Unschuld, welche doch nicht mehr die eines spielenden Kindes war – es war eine Unschuld, die Würde und Grazie zugleich hatte und von hohem Ernst zeigte neben dem Ausdruck unentweihten Engelfriedens.

Jaromir fühlte in diesem Augenblick ein neues Gefühl in seinem Herzen, das er aber nicht einmal zu fragen vermogte: woher kommst Du mir?

Als er so hinter ihr in ihrem Anblick verloren langsam die Treppe herabschritt, trat die Schauspielerin Bella aus dem Garten am Arme eines geschwätzigen Leutnants.

»Sie suchten mich in meinem Zimmer, lieber Graf?« sagte Bella zu Jaromir. »Vermuthlich um Ihr unartiges Billet von diesem Morgen wieder zurückzufordern, oder wenigstens dessen Ausdrücke zu corrigiren? Nun – kommen Sie als reuiger Sünder, wer weiß, ob nicht Vergebung für Sie zu hoffen ist – ich bin gerade in gnädiger Laune.«

Bella hätte zu jeder andern Stunde eher Jaromir begegnen und ihn wieder zu ihrem Sclaven machen können – aber nur jetzt nicht!

Der Contrast der Stimmungen und der Erscheinungen war zu groß – er fühlte plötzlich einen heftigen Widerwillen gegen Bella, und alle Höflichkeit, sogar alle gewöhnlichen Rücksichten vergessend, antwortete er heftig:

»Es thut mir leid, daß ich in meiner jetzigen Stimmung unfähig bin, Ihr Gesellschafter zu sein,« und eilte mit flüchtigem Gruß an ihr vorüber.

Elisabeth war eben zur Hausthüre herausgegangen, Bella hatte sie vorher auch begegnet, und war von der idealischen Schönheit des Mädchens überrascht gewesen. – Wer ist diese junge Fremde, fragte sie sich jetzt, mit welcher Szariny es wagt, sich in demselben Haus ein *rendez-vous* zu geben, welches ich bewohne, und mit der er es zugleich verläßt? Daß sie den höchsten Ständen angehört, sah man auf den ersten Blick. – Und trotz dieser stolzen Haltung und diesem hochmüthigen Ausdruck im Gesicht wagt sie es, um des Grafen willen, die Etiquette zu verletzen? – Ja, Szariny ist ein Zauberer! – Und indem Bella dies dachte, fühlte sie heute mehr, als jemals, welche Macht Jaromir über Frauenherzen besitzen müsse, da das ihre, das er so eben schwer verletzt, gerade heute glühender, als jemals, für ihn schlug.

V. Eine Genesende

> »Du aber, Mensch, dem Gott die Mittel gab
> Das Elend Deines Bruders zu vermindern –
> Du legtest ihm zu seiner Noth die Qual
> Der Täuschung noch und des Verlassenseins! –«
>
> *H. Riedel.*

Der Tag, wo Jaromir und Amalie einander wiedersahen, war für den Zustand dieser ein entscheidender gewesen. Eine große Krisis war in ihrer Krankheit eingetreten. Von diesem Tage an besserte es sich mit ihr.

Ihr Arzt erklärte bald, daß jede Gefahr für sie vorüber sei. Schon hatte sie wieder Kraft, das Lager zu verlassen.

Unterdeß waren die Sorgen in Thalheim's Familie auf's Höchste gestiegen. Henriette Krauß hatte ihm zwar Elisabeth's Geld gegeben, aber da sie hartnäckig den Namen der Person verschwieg, von der sie es empfangen, und da sie es an demselben Tag erhalten, an welchem Jaromir bei Thalheim gewesen war, so glaubte dieser nicht anders, als die Gabe komme von dem Grafen. Von ihm aber eine Gabe anzunehmen, vermogte er nicht; weder sein Stolz, noch sein Ehrgefühl duldeten es – er siegelte die Banknote ein, und ohne ein Wort hinzuzufügen, adressirte er sie an den Grafen. Dieser ließ durch öffentliche Blätter bekannt machen, daß er durch einen Irrthum eine Banknote von funfzig Thalern zugeschickt erhalten, und forderte zu einer Erklärung darüber auf. Die Erklärung blieb aus, er gab später eine gleiche Summe an die Armencasse der Stadt.

Thalheim versah wieder pünktlich sein Lehramt am Institut. Aber wie verändert fanden ihn die Pensionärinnen, als er wieder in ihrer Mitte erschien! Die stille, edle Heiterkeit, welche sonst oft über sein ganzes Wesen gehaucht war, und den hohen Ernst seines Antlitzes milderte, war spurlos davon verschwunden. Gram und Sorgen schienen immer tiefere Furchen in seine Stirn zu graben. Er brachte keine Freudigkeit mehr mit zu seinem Geschäft, denn alle Freudigkeit seines Herzens war verschwunden. Amalie hatte ihm gestanden, daß sie ihn hintergangen, daß sie ihn nie geliebt hatte. Der letzte Sonnenblick war mit dem kalten Wettersturm dieses einzigen Wortes für immer aus seinem ehelichen Leben verschwunden; diese ganze Ehe war für ihn selbst zu einer entsetzlichen Lüge geworden; und wie sollte er eine solche Lüge ruhig ertragen, dessen ganzes Reden und Handeln Wahrheit war? – Amalie war stiller, in sich gekehrter, sie behandelte den Gatten mit mehr Zartgefühl und Sanftmuth, als früher – aber das verhängnißvolle Wort war doch gesprochen worden, es konnte nicht wieder zurückgenommen werden. Thalheims Milde gegen sie war unveränderlich, wie früher – aber er näherte sich ihr mit keinem zärtlichen Wort, keinem innigen Blick mehr, er schlang nie mehr, wie sonst, seinen Arm um sie, er drückte keinen Kuß mehr auf ihre Lippen. Von Jaromir, von jener Stunde war zwischen ihnen niemals mehr die Rede, und doch stand die Erinnerung an sie immer lebendig vor Beiden, und also auch immer zwischen Beiden.

Thalheims Entschluß war gefaßt. Er hatte ihn lange geprüft und erwogen, nun stand er unerschütterlich fest. – Freiherr von Waldow und Graf Osten suchten für ihre beiden Söhne einen Lehrer, welcher dieselben zugleich als Mentor auf Reisen begleiten könne. Er hatte sich dazu gemeldet, und war mit Freuden angenommen worden. Der Gehalt, den man ihm zusicherte, war bedeutender, als sein bisheriger.

Er hatte diesen Schritt gethan, weil er fühlte, er könne nicht mehr an der Seite seiner Gattin leben, er mußte fort von ihr, andere Luft, andere Menschen um sich haben.

Er liebte seine Gattin – auch noch jetzt, wo er wußte, daß dieses Gefühl nie eine ähnliche Erwiderung gefunden. Ihre Fehler und Schwächen, die er nicht zu verkennen vermogt hatte, nahm er nicht für individuelle, er entschuldigte sie mit der Schwäche des ganzen weiblichen Geschlechtes. Amalie war sein nach Recht und Gesetz, nach dem Ausspruch und Segen der

Kirche, sein durch jahrelange Gewohnheit des innigsten Miteinanderlebens, und er liebte sie als sein trautes Weib – aber von jenem Augenblicke an, als sie ihm die ganze Wahrheit ihrer Gefühle gestanden hatte, ward dieses Verhältniß für ihn zu einer ungeheuern Lüge – er konnte sie nicht mehr vor Gott als die Seine betrachten, und daß er es noch vor den Menschen mußte, war ihm peinlich. Deshalb suchte er eine Stelle, welche ihm Gelegenheit bot, sich von ihr zu trennen, ohne daß deshalb ihre Umgebung ihr ganzes Verhältniß durchschauen konnte.

Auch ihn hatten Sorgen und Arbeit kränklich gemacht, der Arzt rieth zu einer Reise. Thalheim hatte dazu keine Mittel, wenn er nicht diese Reise selbst mit seinem Beruf als Lehrer oder mit irgend einem Amt verbinden konnte – er ergriff also die Gelegenheit, die jungen vornehmen Leute zu begleiten, und kehrte dann neugestärkt zu seiner Gattin zurück. Von diesem Standpunkt aus konnte seine Umgebung die Veränderung seiner Verhältnisse betrachten, obwohl nebenbei auch nicht gehindert werden konnte, daß andere Gerüchte darüber im Publikum umliefen.

Während er nun noch daheim weilte, und Amalie, welche wieder kräftig genug war, in den Zimmern umherzugehen, der neben ihr wohnenden Blumenfabrikantin den ersten Besuch gemacht hatte, und bei dieser unverholen klagte über die tägliche häusliche Noth, kam die Sängerin Bella auch herab, um für sich selbst einen Blumenschmuck auszuwählen.

Henriette Krauß war geschwätzig und gutmüthig zugleich, und erzählte Bella im Nebenzimmer, wie krank Amalie gewesen, und in welche Noth sie dadurch gekommen, und bat zugleich um eine Unterstützung für sie. Bella war leicht gerührt und immer überaus wohlthätig, sobald ihr dies keine große Mühe machte. Ihre Wohlthaten ertheilte sie immer auf eine einfache, vertrauliche und deshalb ungewöhnliche Weise. Sie schrieb einfach an Amalie:

»Die Glücksgüter auf der Erde sind ungleich vertheilt. Indem ich mir einen Abend das Vergnügen mache, öffentlich zu singen, verdiene ich zuweilen Hunderte. – Andere vermögen dies bei angestrengter Arbeit in Jahren nicht. Ich halte es also für meine Pflicht, wenigstens im Kleinen für eine Ausgleichung dieser Ungleichheiten zu sorgen, und da ich gehört habe, daß Sie minder glücklich sind, als ich, bitte ich, die beifolgende Kleinigkeit von meinem Ueberfluß anzunehmen. Lassen Sie aber von dem, was zwei Frauen unter sich ausmachen, keinen Mann etwas wissen, der männliche Stolz hat für mich oft etwas Beleidigendes. Wenn Sie mein Anerbieten nicht annehmen, kommt es in minder gute Hände, und das sollte mir leid thun. Bella.«

Mit diesen aufrichtigen Worten erhielt Amalie am andern Tag eine kleine Summe in Geld, welche durch die ungezwungene Art, mit der sie geboten ward, ihr doppelt willkommen war. Sie erfüllte den Wunsch der Geberin, sprach mit ihrem Gatten nicht darüber, und befriedigte davon einige Bedürfnisse, deren Nothwendigkeit dem Männerauge entgangen war.

Nach einigen Tagen, als sie auch die Treppen allein zu gehen wagen konnte, ging sie zu Bella, um derselben ihren Dank zu sagen.

Die Kammerfrau öffnete sogleich die Thüre, welche in das Zimmer der Sängerin führte.

Amalie trat ein.

Sie warf einen Blick im Zimmer einher und sank an der Schwelle mit einem Schrei bewußtlos in sich selbst zusammen.

Amalie hatte auf dem Sopha neben Bella Jaromir gesehen.

Nur einen Blick hat die unglückliche Frau hingeworfen: er hatte ihr gezeigt, wie schön und lebendig Bella war – wie geschmackvoll und prächtig Alles, was sie umgab, mit welchem feurigen Blick sie zu Jaromir aufsah, wie vertraulich ihre kleine weiße Hand auf seinem Arm ruhte. Mir diesem einen Blick sah Amalie, wie Jaromir es gewohnt sein müsse, diesen Platz einzunehmen – wie heiter er eben jetzt gescherzt haben mogte – sie liebten einander und waren glücklich und heiter – vielleicht waren sie verlobt – es war nur ein Moment, in dem Amalie dies Alles dachte, und in demselben Moment vergingen ihr die Sinne.

»Mein Gott, die arme Frau ist gewiß noch kränker, als sie denkt!« rief Bella, indem sie, aufstehend, die Klingel zog, und die Hingesunkene aufhob.

»Kennen Sie diese Frau?« sagte Jaromir, der auch aufgesprungen war, und mit unruhigen Blicken zu Amalien hinstarrte.

»Sie wohnt mit in diesem Hause,« sagte Bella unbefangen, »es ist die Frau des Doctor Thalheim, mit dem Sie neulich das geheime Geschäft abzumachen hatten, wodurch Sie so verstimmt, und deshalb so unhöflich geworden waren. Ach, ich weiß es noch recht gut.« Sie drohte dabei lächelnd mit dem Finger, und fuhr dann weiter fort: »Sie kommt das erste Mal zu mir, vielleicht ist es ihr erster Gang die Treppe herauf, und das wird sie zu sehr angegriffen haben.«

Jaromir verstand die Ursache von Amaliens Zustand besser, er schwieg jetzt, und griff nach seinem Hut, während eine eingetretene Kammerfrau sich um die Ohnmächtige beschäftigte.

»Warum wollen Sie nun plötzlich fort?« fragte Bella.

»Es ist besser, ich gehe jetzt, fragen Sie weiter nicht,« antwortete Jaromir in einem sanften Tone, aber mit jenem eigenthümlichen entschiedenen Ausdruck der Stimme, welcher keinen Widerspruch gestattet. Er warf noch einen Blick zurück auf Amalie und ging.

Dieser Blick brachte sie wieder zum Bewußtsein. Sie schlug in demselben Moment die Augen auf, als er die seinen eben wegwandte, und hastig das Zimmer verließ.

»Er geht,« flüsterte sie leise, dann suchte sie sich zu fassen, und stand auf.

»Ist Ihnen schon besser?« fragte Bella, indem sie sich wieder nach ihr umgewandt hatte.

»Ich bitte um Vergebung, daß ich gestört habe – man wies mich sogleich in dieses Zimmer, es war nicht meine Schuld, daß ich eintrat – ich wußte nicht, daß ich noch so schwach war.«

Amalie sagte dies mit zitternder Stimme, aber nicht ohne leise Bitterkeit, welche der Sängerin nicht entging. Sie konnte aber eher dazu jeden anderen Grund vermuthen, als den wahren, denn wie hätte sie je glauben können, daß Jaromir, um dessen freundliches Lächeln sich so manches schöne Weib umsonst bemühte, er, der in den höchsten Zirkeln lebend, schon von Manchem angewidert ward, was dem anmuthigsten und, wenn man so sagen will, ästhetischsten Luxus nicht genügte, daß er, der Alles besaß, was ein Leben beneidenswerth machen kann, Reichthum und Standesvortheil, Ruf und Ruhm, Jugend und Schönheit – in irgend einem Verhältniß stände zu einer armen, beinah häßlichen Frau, welche jetzt Krankheit und Elend fast zehn Jahre älter erscheinen ließen, als sie wirklich war? – Bella nahm Amaliens Ohnmacht für ein wahres Zeichen einer noch nicht gehobenen Krankheit, und den bittern Ton ihrer Stimme schob sie auf Rechnung eines kleinbürgerlichen, philiströsen Sinnes, welcher es unschicklich finde, eine Dame an der Seite eines schönen Mannes allein zu treffen – und ob zwar sich Bella gestehen mußte, daß durch Jaromirs plötzliches Entfernen es wirklich scheinen konnte, als hätte sie Ursache gehabt, sich nicht gern in seiner Nähe überrascht gesehen zu haben, so verdroß sie es doch, daß Amalie, welche gewiß kam, um ihr zu danken, ganz im Gegentheil davon sie mit einer Art von Vorwurf begrüßte.

Bella gerieth dadurch selbst unwillkührlich in eine bittere Stimmung gegen Amalien, welche sie gegen diese weniger freundlich erscheinen ließ, als sie außerdem gewesen sein würde.

Amalie begann wieder: »Ich kam nur, um Ihnen zu danken –«

»Lassen Sie das,« fiel ihr Bella in's Wort und wollte noch Etwas beifügen, als zum Glück für die ziemlich peinliche Stellung, in welcher sich beide Frauen einander gegenüber befanden, Baron von Füßly gemeldet ward, und auch sogleich eintrat.

Amalie bat um Erlaubniß, sich entfernen zu dürfen, um sich von der gehabten Ohnmacht auf ihrem Lager zu erholen.

Bella's Kammerfrau begleitete sie die Treppe hinab.

»Sagen Sie mir doch,« begann Amalie mit vertraulichem Tone, obwohl dabei ihre Stimme merklich zitterte, »kommt der Graf oft zu Ihrer Dame?«

»Meinen Sie den Grafen Szariny oder den Herrn, welcher eben jetzt kam? Sie wohnen mit uns in einem Haus, und sollten nicht wissen, was die ganze Stadt weiß?« gegenfragte die Kammerfrau.

»Mein Gott, so ist es wohl ihr Verlobter? – Den Graf Szariny mein' ich,« sagte Amalie immer aufgeregter.

Die Antworten der Kammerfrau blieben unbefangen: »Nun, das geht doch wohl nicht so schnell – eh' sich eine so gefeierte Sängerin, wie meine Herrschaft, zu einer Heirath entschließt, kann schon manches Jahr vergehen, und ein eben so gefeierter, als reicher Graf, wie dieser, findet es auch bequemer, den Liebhaber zu spielen, als den Ehemann. Die Sache ist einfach die, daß er schon in Berlin meiner Dame ihr größter Günstling war, und daß er ihr hierher nachgereist ist, um es wieder zu sein. – Natürlich ist meine Dame durch diesen Beweis von Anhänglichkeit sehr gerührt, denn sie weiß recht gut, daß es dem Grafen an Eroberungen weiblicher Schönheiten weder jemals gefehlt hat, noch fehlen kann, da er neben allen seinen bestechenden Eigenschaften zugleich eine sehr glänzende Partie ist – daher kommt es denn, daß sie sich von ihm sogar manche unhöfliche Sonderbarkeit gefallen läßt, die sie niemals einem andern Mann nachsehen wird. – – Aber es scheint, als würde Ihnen wieder unwohl? Sie zittern ja so, halten Sie sich fester an mich, damit Sie nicht etwa auf der Treppe hinsinken.«

Amalie zitterte allerdings heftig – sie dachte aber immer noch, sie habe nicht recht gehört, es sei vielleicht doch noch ein Irrthum möglich, und fragte wieder:

»Sie nannten den Grafen reich – ich habe geglaubt, er sei sehr arm – er habe in Polen Alles verloren.«

»Sie scheinen sehr über den Grafen unterrichtet. – Haben Sie ihn gekannt?«

»Nein, nein! – Aber man hört doch, was die Leute reden.«

»Er hat sein Vermögen wieder; jetzt ist es gewiß, daß er sehr reich ist – aber ich habe ihn manchmal darüber scherzen hören, wie elend er früher gelebt – dadurch ist er den Leuten nur noch interessanter geworden.«

»Leben Sie wohl,« sagte jetzt Amalie schnell, indem sie vor ihrer Thüre stand, und deren Schloß hastig erfaßte, wie um sich daran zu stützen, »ich danke für Ihre Begleitung.«

Sie öffnete schnell, ging hinein, verschloß die Thüre wieder hinter sich, und warf sich mit einem lauten. Schrei und krampfhaften Zucken auf ihr Bett.

Sie war allein.

Erst fühlte sie gar Nichts.

Dann kam sie nach und nach zum Gefühl, zum Gefühl eines einzigen riesenhaften Schmerzes.

Dann dachte sie über diesen Schmerz, über sein Entstehen, seine Ursachen, über Alles, was sie soeben erlebt, über Alles, was sie soeben gehört hatte.

Es schien ihr Alles plötzlich klar geworden: Jaromir hatte sie vergessen – er war reich geworden, er lebte in einer andern, in der großen Welt, er dachte ihrer nicht mehr, er verachtete sie vielleicht jetzt, und pries das Schicksal und ihre Untreue, die ihn vor einer Mesalliance bewahrt hatten. Er liebte Bella jetzt, wie einst sie, und war um Bella's willen hierher gekommen, um Bella's willen an diesem Hause vorübergegangen – und sie hatte geglaubt, es sei das unerloschene Feuer der Liebe für sie selbst, was ihn dazu treibe, sie hatte ihm die Blumen zugeworfen, und wer weiß, wie er sich darüber lustig gemacht hatte – sie hatte ihn zu sich beschieden, und er war gekommen, aus Mitleid gekommen – nur aus Mitleid, wo sie an Sehnsucht gedacht hatte. Vielleicht war er von ihrem Sterbebette in Bella's Arme geeilt, und hatte ihr die Scene, die sie sich so erhaben gedacht hatte, als eine Lächerlichkeit erzählt – hatte ihre Armuth gesehen, und das Geld, was Amalie durch Bella empfing, war gewiß aus seinen Händen gekommen, er hatte vielleicht diesen Weg gewählt, um sich so nicht verrathen und die Gabe abgewiesen zu sehen – und deshalb hatte sie Bella in ihrem Billet gebeten, es dem Gatten zu verheimlichen – wie sie bei diesen Gedanken ankam, verhüllte sie ihr Gesicht, und schrie auf:

»Es giebt keinen größern Fluch, als die Armuth!«

Sie hätte so gern das Geld zurückgegeben, das sie nun so drückte und so beschämte und so demüthigte – aber sie war es nicht mehr im Stande, sie besaß es nicht mehr, sie hatte es ausgegeben. Und wo war die Möglichkeit, bald im Besitz einer gleichen Summe zu kommen?

»Die Armuth darf ja keinen Stolz und keine Scham haben,« sagte sie stöhnend zu sich, »was bei den Reichen Tugend und Recht ist, ist bei den Armen Verbrechen und Unrecht.«

Von diesem einen Augenblick an war ihre Liebe zu Jaromir in Haß umgewandelt.

Sie war es zufrieden, ja sie war froh darüber, daß sich Thalheim von ihr trennen wollte. Für sie sorgen würde er, das wußte sie – seine Gegenwart aber, seine Nähe vermogte sie, wie nun sich Alles vor ihren Blicken enthüllt hatte, noch weniger ohne Scham zu ertragen, als selbst damals, wo sie ihm das Geständniß gemacht hatte, ihn nicht zu lieben. Denn wie sich jetzt

Amalie in ihren eignen Augen gedemüthigt fühlte, so fühlte sie sich es noch um so mehr ihrem Gatten gegenüber. Konnte er es nicht schon vielleicht längst wissen, daß Szariny Bellas Geliebter sei, daß er niemals mehr der einstigen Braut gedacht habe, welche ihm die Treue gebrochen? – Amalie fühlte, daß das, was ihr ihre heiligsten Gefühle geboten hatten – ohne daß sie selbst es geahnt, sie zu einer Lächerlichkeit geführt hatte – und man weiß, wie eher ein Unrecht Vergebung findet, als eine Lächerlichkeit; darum konnte Amalie jetzt um dieser willen am Meisten mit sich zerfallen. Von einer zu bereuenden That sich wieder zu erheben, würde sie Kraft gefunden haben – aber von einer Handlung, welche sie nicht als eine unbesonnen Fehlende, sondern als eine eitle Thörin erscheinen ließ, vermogte sie nicht, ihre niedergeworfenen Gefühle wieder aufzurichten. – Sie fühlte das Alles schon in dieser ersten Minute der bittern Enttäuschung, und wie um ihrem Groll nur in Etwas Luft zu geben, öffnete sie hastig eine Commode, nahm aus derselben ein kleines verschlossenes Kästchen, öffnete auch dieses, welches Briefe und verwelkte Blumen enthielt. Es waren Liebespfänder von Jaromir. Sie nahm sie heraus, öffnete die kleine Thüre des Ofens und warf die Blumen da hinein. Auch die Briefe wollte sie folgen lassen. Plötzlich aber zog sie die Hand wieder zurück, that die Briefe wieder in das Kästchen, und murmelte für sich:

»Liebespfänder können ja auch zu Rachepfändern werden – ich werde sie sorgfältig bewahren, wie sonst.«

VI. Trennungen

»Und ich sah's, und habe sinnend
An das Einst und Jetzt gedacht:
An ein Leben, das beginnend,
Und ein Leben, das vollbracht. –«

Eduard Mautner.

Elisabeth und Pauline waren die Wohlthäterinnen des kleinen Mädchens geworden, welches bei jener Gartenscene, wo es nach Mamsell Paulinchen gefragt hatte, so arg von den Pensionärinnen verhöhnt worden war. Durch diese mein schaftliche Handlung hatten sich jene Beiden einander sehr genähert, und einander liebgewonnen, indem sie sich gegenseitig, was unter Mädchen so zarten Alters allerdings selten ist, mehr Achtung abnöthigten, als sich gerade Vertrauen zollten. Die arme Christiane, so hieß das Mädchen, welches Paulinens Schützling war und in Thalheims Dienst stand, hatte zuweilen ein Wort über dessen häusliches Unglück fallen lassen, welches Elisabeth auf's Schmerzlichste erschütterte. »Ach,« sagte sie dann wohl zu Paulinen, »hast Du es gesehen, um wie viel ernster und bleicher er jetzt geworden ist? – So tief kann Armuth allein einen solchen großen Menschen nicht beugen, eher, eher kann dies vielleicht – unglückliche Liebe.«

»Kennst Du die Macht der Liebe?« sagte Pauline. »Mir klingt das Wort wie aus einem Mährchenlande, darin es wunderbare Formeln giebt, die man wohl niemals zu lösen vermag, ja, welche vielleicht nicht einmal eine Lösung haben – aber die Macht der Armuth, der bin ich schon hundertfach im Leben begegnet – ich glaube, das ist eine furchtbare Gewalt, welche aus guten Menschen Verbrecher machen kann, aus sanften Charakteren wüthende und erbitterte, eine Macht, welche auch die größten Geister so herabdrücken kann, daß sie ganz und gar von dem Staube, der sie wider ihren Willen herabzieht und seine Rechte fordert, bedeckt und überwältigt werden.«

Es war im Garten, wo die beiden Mädchen so allein in einer Laube sprachen – sie bemerkten nicht, wie Thalheim während Paulinens Rede sich ihnen genähert hatte; noch verbargen ihn grüne Ranken halb – auch hatten die Mädchen ihre Augen auf den Boden geheftet, und sahen Beide sinnend nieder. Elisabeth drückte Paulinens Hand, indem sie sagte:

»Vielleicht hast Du Recht – was ich Liebe nenne, muß immer nur erheben können, ja, beseligen, allein durch sich selbst – aber die Armuth muß niederdrücken, ja vielleicht gar vernichten.«

»Aber es ist auch ein Segen darin für die Andern,« begann Pauline. »Siehst Du, wen Liebe unglücklich macht, den muß man es schon sein lassen – aber wer durch Armuth unglücklich ist, dem kann man helfen – darum freue ich mich darauf, wenn ich in das Vaterhaus komme, ich werde dort wohl den Armen, denen mein Vater Arbeit und Brod giebt, noch manche Wohlthat erzeigen können. Wenigstens soll dies mein Streben sein – es wird dort in der friedlichen Einsamkeit mein Glück ausmachen. Die Gefährtinnen hier haben oft gesagt, daß ich mit ihnen Nichts gemein habe, daß ich zu den Niedriggeborenen gehöre – so will ich es beweisen, daß es mein Stolz sein soll, eine Schwester dieser Armen zu sein.«

Thalheim hatte mit einem schmerzlichen Lächeln diese naiven Worte eines unschuldigen Kindes angehört, welches es sich so leicht dachte, Elend zu lindern – aber um so mehr rührte ihn diese edle kindliche Gesinnung, und indem er jetzt vortrat, sagte er:

»Pauline – versprechen Sie es in die Hand Ihres Lehrers, niemals diesem edlen Vorsatz untreu zu werden – versprechen Sie es mir, wenn nicht die Schwester, doch die Freundin der Armen und Niedriggeborenen zu sein, und niemals die schönen Regungen des Mitgefühls dadurch ersticken zu lassen, weil Sie vielleicht gewaltsam daran gewöhnt werden, das Elend um sich zu sehen, weil Sie vielleicht eines Tages sich sagen werden: was ich thun kann, um die Noth zu verringern, ist nur ein Tropfen, den ich hinwegschöpfe von der Fluth des Unglücks, die Alles überschwemmt – – versprechen Sie mir das in dieser Stunde, wo ich Sie vielleicht zum letzten Male sehe!«

»Gewiß, ich verspreche es!« sagte Pauline gefühlvoll, indem sie ihre Hand in die seinige legte, die er ihr bot.

Aber Elisabeth blieb regungslos sitzen, und sah ihn starr an, keines Wortes fähig.

Er fühlte diesen Blick, verstand, was er fragte, und sagte erklärend: »Ja, ich komme, um Abschied zu nehmen. Man hat mich aufgefordert, ein paar junge Leute auf Reisen zu begleiten – ich fand es unnöthig, vorher davon zu sprechen – ich habe den Stellvertreter gefunden, der mich bei Ihnen ersetzt, und bin nun im Begriff, in wenig Tagen abzureisen.«

Elisabeth war todtenblaß geworden – sie senkte ihre Augen nieder, öffnete ihre Lippen, als ob sie sprechen wollte, brachte aber kein Wort heraus.

»Auch für Sie,« sagte er, indem er sich zu Elisabeth wandte, »habe ich ein letztes Wort. Sie werden dem Lehrer eine aufrichtige Mahnung gestatten – besonders jetzt, wo wir ohne fremde Zeugen sind, und wo ich von ihnen scheide, wo Sie bald meiner nur vielleicht wie eines ernsten Traumbildes gedenken werden.«

Sie winkte ihm mit einem flehenden Blick, zu reden, aber selbst vermogte sie Nichts zu sagen. Ihr Herz schlug laut und stürmisch, ihre Züge versuchten umsonst, die leisen Schauer, welche über Stirn und Wangen glitten, durch den Ausdruck der Ruhe zu verscheuchen.

»Meine erste Bitte,« sagte Thalheim, »ist an Beide. Versprechen Sie mir, einander Freundinnen zu bleiben! – Ich war überrascht, aber erfreut, als ich diesen Bund entstehen sah – versprechen Sie mir, ihn niemals zu lösen. Sie, Pauline, bedürfen es, an ein starkes, muthiges Herz sich zu schließen, und Sie, Elisabeth, bedürfen eine sanfte und milde Seele, um sich ausruhend an sie zu schmiegen – darum müssen Sie beisammen bleiben.«

Elisabeth umarmte Paulinen und Beide sagten: »Wir geloben Alles!« – »Alles, was Sie gebieten,« fügte Elisabeth erröthend hinzu.

»Vielleicht,« sagte Thalheim, »wird dieser Bund nicht ohne Prüfungen sein – und gerade deshalb freut er mich. – Sie werden Beide stark genug sein, sie zu bestehen, Sie werden zu stolz sein, um Ihre Neigung irgend einem Vorurtheile aufzuopfern – wenn Sie das Leben kennen lernen, so werden Sie finden, daß immer das Beste den größten Kampf kostet aber auch nur das Beste ihn verdient – dann wird es gut sein, wenn Sie sich vorher geübt.«

Er nahm Elisabeths Hand, sie zitterte krampfhaft in der seinen, er hielt sie so fest, daß sie nicht mehr zittern konnte, und sagte: »Sie schrieben einmal einen Aufsatz über das Bibelwort: ›Wem Viel gegeben, von dem wird man Viel fordern‹ – beherzigen Sie das wohl – machen Sie die großen Erwartungen wahr, zu denen Ihr Charakter berechtigt – und nun leben Sie wohl, und weihen Sie mir zuweilen einen Augenblick freundlicher Erinnerung.«

»Leben Sie wohl,« sagte Pauline unter Thränen, »wir werden Sie niemals vergessen, wir werden oft zusammen von Ihnen sprechen, vergessen Sie auch Ihre Schülerinnen nicht ganz.«

»Leben Sie wohl,« antwortete Elisabeth – sah ihn noch mit einem unaussprechlichen Blick an, und wie er ihre Hand los ließ, warf sie sich an Paulinens Brust.

Thalheim verließ schnell den Garten.

Jetzt erst brach Elisabeth in lautes Schluchzen aus – nach einer Weile sagte sie: »Es kann, es darf nicht sein!«

In diesem Augenblick kam Aurelie in den Garten und in die Laube. »Ei,« sagte sie lachend, »Ihr befindet Euch ja in einer ganz besonders zärtlichen Stellung – wenn diesem weinerlichen Duo etwa ein schmachtendes Finale vorhergegangen, wobei Thalheim, wie die Theaterkritiker sagen, einen glänzenden ›Abgang‹ gehabt, so bin ich froh, daß er von mir *in corpore* mit den andern Mädchen Abschied genommen, und mir nicht die Auszeichnung mit Euch zu Theil geworden ist.«

Die Beiden würdigten sie keiner Antwort. Dies gefühllose Geschwätz Aureliens drängte diese vollends und für immer aus Elisabeths Herzen.

»Nun, das ist ja allerliebst,« fuhr Aurelie spöttisch fort, »die Damen sind nicht einmal mehr so höflich, zu antworten, und ich kam gutmüthig genug hierher, um Dir, Elisabeth, zu sagen, daß ich mich wahrscheinlich verloben werde.«

»Was ist das wieder für ein schlechter Spaß?« fragte Elisabeth ärgerlich, und nachdem sie hastig ihre Thränen zurückgedrängt hatte.

»Gar kein Spaß – da ist der hübscheste Liebesbrief, das formellste Anhalteschreiben vom Baron von Füßly, derselbe, der sich auf den ersten Blick im Theater sterblich in mich verliebt hat, mich dort öfter gesehen, und im letzten Conzert so Viel mit mir gesprochen hat. Er weiß, daß heute mein Theatertag ist, und wenn ich ihm Hoffnung gebe, soll ich eine rothe Rose anstecken, außerdem eine weiße. Nach diesem Zeichen meines Einverständnisses will er bei meinen Eltern um mich anhalten. Ist das nicht allerliebst, mit sechzehn Jahren schon die Braut eines so zierlichen Herrn zu sein? Damit er ja keinen Zweifel hat, will ich lieber gleich einige rothe Rosen anstecken, und um mir diese zu holen, kam ich eigentlich herab.«

»Aber Aurelie – Du wirst doch keine leichtsinnige Uebereilung begehen?« sagte Elisabeth warnend.

»Laß jetzt Deinen Gouvernantenton, er macht keinen Eindruck auf mich, und ich habe jetzt nicht einmal Zeit, Dich anzuhören, denn meine Toilette muß heute besonders niedlich werden, und da brauch' ich wenigstens ein paar Stunden Zeit, und habe also gar keine dazu übrig, langweilige und abgeschmackte Moralpredigten anzuhören.«

Und indem sie dies sagte, entfernte sich Aurelie trällernd und tänzelnd.

»Pauline,« sagte Elisabeth, »ich muß Thalheim noch ein Mal sehen – noch ein Mal wenigstens! – Laß die kleine Christiane herkommen, wir können uns von ihr ja Blumen bringen lassen – sie muß dann für uns erfahren, wann Thalheim, und auf welcher Straße er abreis't – das Weitere wird sich finden.«

Ein paar Tage waren vergangen – der Morgen von Thalheims Abreise war angebrochen. Es war noch sehr früh. Amalie hatte ihm zum letzten Mal das Frühstück bereitet, sie war ihm freundlich behilflich, wie er sich reisefertig machte, aber sie sprachen Wenig zusammen. Die kleine Anna schlief noch sanft in ihrem kleinen Bettchen. Sie hatte sich die Wangen roth geschlafen, und ihr rechtes Händchen ruhte auf ihren goldnen Locken – so glich sie einer rosigen frischen Apfelblüthe mit goldenen Fäden. Der Vater neigte sich auf das Bettchen, ganz verloren in den holden Anblick des theuern, einzigen Lieblings – eine Thräne fiel aus des Vaters Augen.

Ach diese Thräne! Wie viel Sorgen und Schmerzen lagen nicht darin, wie viel bange Fragen an das Schicksal ohne Antwort, wie viel stumme Gebete gen Himmel.

Er zog seine Hand an die andere Seite des Bettchens, er reichte ihr über dasselbe hinweg seine Hand.

»Das ist eine heilige Stelle, an der wir stehen,« sagte er, »ich kenne keine heiligere. Ich verlasse Dich, weil wir jetzt nicht ohne Selbstvorwürfe, Heuchelei oder Bitterkeit und Kummer neben einander zu leben vermögen – wir werden so eher wieder Frieden finden, und vielleicht kommt noch ein Tag, der uns wieder durch Vereinigung glücklich macht. – Aber unsere Anna! Von ihr scheide ich mit schwerem Herzen. Du mußt ihr nun Beides sein – Vater und Mutter zugleich. Ach Amalie – nimm mir die Liebe unsres Kindes nicht! Laß es mein Bild rein und treu bewahren, bis ich es wieder einmal selbst an das Vaterherz drücken darf. Laß es fromm und gut werden, und störe den heitern Frieden seiner Unschuldsjahre nicht. Versprichst Du mir, Alles das wenigstens zu versuchen?«

»Ich verspreche,« sagte sie gerührt und drückte ihm die Hand. »Wenn ich Deinen Aufenthalt weiß so werde ich Dir zuweilen von Anna schreiben – und sobald sie es selbst kann, will ich sie lehren, den ersten Brief an ihren Vater zu schreiben.«

»So scheide ich ruhiger,« sagte er, »aber nun muß es sein – der Wagen wartet unten. – Lebe wohl, Amalie, lebe wohl, Anna!« Und er küßte das Kind noch ein Mal – es zuckte leise im Schlaf zusammen, aber schlief dennoch ruhig und ahnungslos fort.

Thalheim eilte die Treppe hinab, und sprang in den Wagen, in welchem Graf Osten ihn auf sein Gut, wo sein Sohn des Reisebegleiters wartete, abholen ließ.

Es war ihm seltsam zu Muthe, unendlich traurig und unendlich leicht zugleich – er hatte nun die Trennung hinter sich, mit all' ihrem Weh, und ein neues Leben vor sich – aber er hatte sich auch aus alten Banden gerissen, die ihn einst beglückt hatten – und immer mußte er wieder an seine kleine Tochter denken, und wie leicht Amalie sie falsch erziehen könnte – da wurde ihm bang und traurig zu Sinn.

Elisabeth hatte die Stunde von Thalheims Abreise erfahren. Sie fühlte nur, daß sie ihn noch ein Mal sehen müsse – weiter war sie sich in Nichts klar, aber dies Eine war bei ihr unumstößlichste Gewißheit geworden.

Beim ersten Morgengrauen war sie aufgestanden nach einer schlaflosen Nacht. Sie hatte sich angekleidet, und war leise aus ihrem Zimmer durch den Corridor und die Treppen hinab geschlichen. Alles im Hause schlief noch, und Todtenstille herrschte. Sie weckte den schlafenden Portier: »Oeffnen Sie mir die Hausthüre!« sagte sie ihm. Der Portier zauderte. Sie gab ihm ein großes Geldstück und sagte, auf den Nelkenstrauß deutend, den sie in ihrer Hand hielt: »Es gilt eine Ueberraschung bei einem Geburtstage, ich habe Niemand ein Geheimniß daraus gemacht, und wenn ich zurückkomme, werde ich Alles verantworten.«

Geld öffnet ja so viele Thüren – warum nicht auch die einer Erziehungsanstalt? Elisabeth durfte sie ungehindert verlassen. Die Entschiedenheit, mit der sie es als ein Recht verlangte, frappirte ihn – er dachte, um das zu wagen, müsse sie wohl wissen, daß sie es wagen dürfe – und so öffnete ihr der Portier.

Sie eilte hastig durch die noch ziemlich menschenleeren Gassen dem Thore zu, durch welches Thalheim fahren würde. Es war noch nicht fünf Uhr – um diese Stunde hatte er fort gewollt – das rasche Klopfen ihres Herzens benahm ihr oft fast den Athem, ihre Pulse bewegten sich fieberhaft, stürmisch – sie hatte gar keinen klaren Gedanken, nur auf einen Punkt richtete sich ihr Geist: sie mußte ihn noch ein Mal sehen – zum letzten Mal – alles Andere lag vor ihr in Nebel gehüllt, wie die Thäler und Bäche und all' die Fernen, über welche der Morgen erst leise aufdämmerte – nur die Berge hatte er schon mit blitzendem Sonnengold gekrönt.

Sie ging ein Stück auf der Straße fort bis zu einem kleinen Rasenhügel, auf dem eine Steinbank zwischen hohen Lindengruppen angebracht war. Hierher setzte sie sich, denn von hieraus konnte sie den Wagen schon von Weitem kommen sehen. Sie nahm ihren Hut ab, und legte ihn auf die Bank, damit er sie nicht etwa am Sehen hindere. Bange Minuten vergingen ihr – sie fühlte und dachte dabei aber sonst Nichts, weil sie immer nur auf den einen Punkt der Gegend hinstarrte, von wo der Wagen kommen mußte, der Wagen, den sie so sehnlich erwartete, und vor dessen Nahen sie doch auch wieder so zitterte, weil dann bald der Augenblick für immer vorüber sei, wo sie noch ein Mal vor dem theuern Menschen gestanden.

Jetzt wirbelten Staubwolken auf – ein zurückgeschlagener Wagen ward sichtbar – ein einzelner Mann saß darinnen – er war es – sie sprang auf den Wagen zu, wie er bei ihr vorüberfliegen wollte, warf den Strauß hinein, und rief: »Mein Lehrer!«

Er befahl hastig, den Wagen zu halten – er sprang heraus.

»Sie hier, Elisabeth?« fragte er sanft im Tone der höchsten Verwunderung.

Sie stand zitternd vor ihm mit gesenktem Blick, und wie die Morgenröthe am Osthimmel aufflammte, so erglühte auch ihr Gesicht wie im sanften Wiederschein – und gleichsam, als fühle sie jetzt bei Thalheims Befremden über ihr Hiersein, daß der Schritt, den sie gethan, vielleicht nicht nur ungewöhnlich, sondern auch unmädchenhaft sei, hauchte sie leise »Vergebung« und senkte ihr Haupt auf seine Hand herab, welche die ihrige hielt, so daß sie in einer gebeugten, halb knieenden Stellung vor ihm verharrte, bis er selbst sagte:

»Richten Sie sich auf, Elisabeth, Sie haben mir vielleicht noch Etwas zu sagen, zögern Sie nicht – ist es ein Wunsch, vielleicht ein Auftrag, ich werde wenigstens versuchen, Ihnen Nichts unerfüllt zu lassen.«

Sie richtete sich plötzlich auf mit aller Kraft, welche ihr zu Gebote stand, und sagte unter Thränen, lächelnd: »Ich habe um Nichts bitten wollen, als daß Sie diese Blumen mitnehmen – Nelken sind ja Ihre Lieblingsblumen – und deshalb kam ich hierher – und zu einem letzten Lebewohl.«

Sie hatte diese Worte mit ruhiger Fassung gesagt: »Ich werde Sie niemals vergessen, Elisabeth – ich habe es sie immer ahnen lassen: Sie sind meine theuerste Schülerin gewesen, und es wird mir eine süße Genugthuung sein, wenn Sie mir ein freundliches Andenken bewahren.«

Sie zitterte, und vermogte Nichts zu antworten, er nahm ihre Hand, führte sie zu der Steinbank unter den Linden, und sagte: »Ruhen sie hier aus in der schönen Morgenfrische, und lassen Sie uns Beide dieser Stunde ein dauerndes Andenken bewahren. Leben Sie wohl und glücklich.«

»Leben Sie wohl!« rief sie ihm noch nach, als er sie hastig verließ und in den Wagen sprang, blieb aber wie angewurzelt auf der Bank sitzen, an welche er sie geführt hatte.

Der Wagen rollte davon.

Sie sah ihm starr nach – wie er ganz verschwunden war, glitt sie von der Bank herab auf ihre Kniee, drückte die bleichwerdenden Wangen auf die kalte Steinplatte der Bank, und ließ ihr Antlitz von den feuchtgewordenen Locken verhüllen. So lag sie regungslos da. Ihr schwarzes Morgenkleid umfloß weit, wie das Trauerkleid einer Büßerin, die knieende Gestalt.

Nachdem sie eine lange Weile so gelegen, hauchte sie: »Nun ist Alles aus,« und wollte sich langsam erheben. Da – plötzlich, wie sie ihr Gesicht wandte, blickte sie in ein paar Augen, in welche sie schon ein Mal geblickt – sie erschrak – denn eine hohe Männergestalt hatte sich über sie geneigt – sie bemerkte es erst jetzt, als sie rasch und erbebend aufsprang.

Es war Jaromir von Szariny, welcher sich ihr genähert hatte.

Jaromir war nicht früh aufgestanden – für ihn war der heutige Tag noch gestern. Er hatte die Nacht mit Bekannten bei einem Trinkgelag zugebracht – er hatte wieder einmal für die Leere, die Unbefriedigtheit seines Herzens Vergessenheit gesucht in den goldnen Fluthen des Weines – er hatte sie auch gefunden, er hatte sich einige Stunden unbeschreiblich amüsirt, und wie Einer nach den Andern lärmend oder stumm gegangen war, so war er doch noch geblieben, und hatte Füßly und noch ein paar andere Herren mit zurückgehalten. Endlich waren sie auch aufgebrochen. Drinnen das große, durch geschlossene Laden gegen das Morgengrauen verwahrte Zimmer, in welchem Cigarrenrauch mit hellem Gaslicht kämpfte, in welchem der Dunst starken Weines und dampfenden Grogs eine betäubende warme Luft hervorbrachte, hatte wohl zu dieser nächtlichen Orgie gepaßt. – Aber wie paßte zu dieser Aufregung derer, welche sie gefeiert, nun die frische Morgenluft, in welche sie traten? Der reine, blaue Himmel mit dem sanften Morgenroth und ziehenden Silberwölkchen über ihnen? – Die geschäftige Thätigkeit, mit welcher die vom Schlaf noch rothen und frischen Gesichter der Dienstmädchen, welche zum Brunnen liefen? Wie die fröhlichen Morgenlieder, mit welchen die Handwerker zur Arbeit gingen? Wie das »guten Morgen«, was Vorübergehende ihnen zuriefen? »Gute Nacht!« sagten die vorhin so Heitern und Glücklichen plötzlich übelgelaunt und verstimmt zu einander, und an den verschiedenen Straßenecken sich trennend, ging Jeder, verdrießlich vor sich ausschauend, den Weg nach seiner Wohnung.

Jaromir war plötzlich ernüchtert – vielleicht auch noch nicht ganz – er fühlte nur auf ein Mal wieder, daß sich eine Last auf sein Herz senkte, welche er vorhin für immer abgeschüttelt zu haben meinte. So fremd und unharmonisch er jetzt seine eigne, verstörte Erscheinung fand in und mit dieser frischen, thätigen Morgenwelt – so unharmonisch kam ihm wieder sein ganzes Sein zur ganzen großen Erdenwelt, so unharmonisch seine innere Sehnsucht zu seiner Stellung im Leben, zu seiner Umgebung, der Gesellschaft vor – in seiner innern Gefühlswelt vernahm er wieder nur lauter schrillende Mistöne – er fühlte, daß er heute noch ganz derselbe zerrissene Mensch sei, wie gestern, ja daß er dies Bewußtsein heute nur tiefer hatte, als jemals. – Und so war er denn jetzt auch wieder unglücklicher und nüchterner als jemals erwacht aus dem kurzen Taumel des Vergnügens.

Er hätte heimgehen, und den Morgen verschlafen können, wie andere Male, sich in sein Lager vergraben, damit er auf ein paar Stunden wenigstens Nichts sehe und höre von dieser Welt, deren Treiben ihn eben jetzt so anekelte – aber er kehrte wieder um, als er an seiner auch schon offen stehenden Thüre ankam, und eilte die Straße entlang, durch das Thor, hinaus in's Freie.

Erst verdroß ihn die Lerche, die jubelnd neben ihm aus der Saat aufwirbelte, und sich in's Blaue des Himmels hineinstürzte – verdroß ihm der Thau, der in luftigen Silberketten von Grashalm zu Grashalm schwebte, sah er die Blumen, die groß und wunderbar dem jungen Sonnenstrahl entgegen die Augen aufschlugen, verdrießlich an. – Aber wie er so hastig immer weiter lief, und auf eine Höhe kam, von welcher herab er plötzlich einen weiten Blick thun konnte in die ganze lachende Gegend hinein: da ging ihm plötzlich das Herz auf – da fühlte er, daß die Erde so schön sei, und die Natur so reich – und immer heller ward sein Blick, und er sah die Natur an, wie eine erste, jungfräuliche Geliebte, von der ihn lange ein feindliches Schicksal und der eigne unstäte Sinn getrennt – die aber jetzt ihm entgegentrat in aller Anmuth einer erblühten Schönheit, und ihn wieder zu sich zu ziehen strebte an ihre treue Brust. – Da war ihm, als habe er hastig hintereinander viele Masken im wechselnden Spiel getragen, bald habe er sich für einen Salonmenschen, bald für einen Trunkenbold bald für einen theatralischen Liebhaber, bald für einen leidenschaftlichen Spieler ausgegeben, und so immer wieder eine Maske mit der andern vertauscht – jetzt aber hatte er sie alle weggeworfen, und in dem Spiegel, welchen ihm die Natur vorhielt, schaute er sein wahres Gesicht – er fühlte sich wieder, er erkannte sich wieder – er war ein Poet! –

Er war nicht mehr in Verzweiflung, er verachtete sich nicht mehr selbst, wie vorher, aber er fühlte, daß sein Herz schmerzlich allein sei – allein, unverstanden, und daß in der Sehnsucht, die Wünsche des Innern zum Schweigen zu bringen, eben dieses Herz sich so oft zum Unwürdigen verirrte. Er versank in tiefes Sinnen – endlich schienen seine Gedanken und Gefühle zu dem Resultat zu kommen, das er leise vor sich hin sprach: »Ideale, wie ein Dichterherz sie träumt, giebt es in der Wirklichkeit nicht – und einer wirklichen Erscheinung das Ideal, das ich ersehne, anzudichten – dazu reicht meine Phantasie nicht mehr aus!«

Wie er das gesagt hatte, war er auf der andern Seite der Höhe herabgeschritten – er stand jetzt auf dem Hügel, wo zwischen den Linden sich die Steinbank befand, vor welcher Elisabeth auf die Kniee hingeworfen lag.

Er blieb hastig, beinah erschrocken stehen – er erkannte sie wieder.

Es war dieselbe hohe Jungfrau, welcher er begegnet war, als er von dem erschütternden Wiedersehen Amaliens gekommen war. So begegnete ihm diese schöne Erscheinung zum zweiten Male – ja zum zweiten Male in einem Moment, wo in ihm all' seine Gefühle im Sturm sich erhoben hatten. Aber wie anders jetzt, als damals! Damals hatte ein leuchtender Friede auf ihrem Gesicht gelegen, mit festen, leichten Schritten war sie an ihm vorübergegangen – jetzt lag sie hier hingeworfen, wie innerlich vernichtet – ihre goldenen Locken bemühten sich vergebens, ihre Thränen zu verschleiern, ihre gefalteten Hände zeugten wohl vom Gebet, aber doch von keinem Gebet, das Frieden und Erhörung gefunden.

Langsam näherte er sich ihr, bis er ganz dicht neben ihr stand – da fuhr sie auf, und maß ihn mit einem langen, fragenden Blick der Bestürzung.

»Sie sind noch so jung, und schon so unglücklich?« sagte Jaromir mit der sanftesten Stimme des Mitgefühls.

Sie griff nach ihrem Hut, und wollte sich rasch entfernen, ohne zu antworten – da warf sie unwillkührlich noch einen vorübergehenden Blick auf ihn – und er erwiderte ihn so aus tiefster Seele, so ernst und voll innigster, schmerzlichster Theilnahme, daß sie leise sagte: »Schonen Sie mich!« und wieder in einen Strom von Thränen ausbrach.

»Fürchten Sie keine beleidigende Annäherung von mir,« sagte er mit sanftem Ernst, »ich werde Sie nicht stören, wenn Sie in diese morgentliche Einsamkeit flüchteten, um Ihren Schmerz auszuweinen – glauben Sie mir, ich kenne das, und ich weiß jede Thräne zu ehren! Bleiben Sie hier, ich störe Sie nicht, mein Weg führt nach der Stadt.«

»Ich kann nicht länger hier bleiben, ich muß zurück!« sagte Elisabeth.

»Nun dann,« antwortete er, »will ich bleiben an dieser Stelle, welche Thränen geheiligt haben.«

»Ich danke Ihnen, Sie scheinen auch nicht glücklich – mögen Sie an dieser Stelle mehr Beruhigung finden, als ich.« Nachdem sie diese Worte gesagt hatte, entfernte sie sich hastig.

Er setzte sich auf die Bank, welche sie verlassen hatte, sah ihr nach, und überließ sich dann wunderlichen Träumen.

VII. Ein Empfang

»O, meiner Mutter blasse Wangen,
Im ganzen Haus kein Stückchen Brod!
Der Vater schritt zu Markt mit Fluchen –«

Ferdinand Freiligrath.

Das Jahr hatte sich seinem winterlichen Ende genaht. Elisabeths sehnlichster Wunsch war, aus dem Institut, in dem ihr der Aufenthalt, nachdem es Thalheim verlassen, unerträglich schien, sobald als möglich zu scheiden. Ihre Eltern hatten diesen Wunsch erfüllt. Sie verließ die Residenz zu Weihnachten mit Paulinen zugleich.

Aber sie reis'ten in verschiednen Wagen, und zu verschiedenen Stunden ab. »Vielleicht,« sagte Pauline bei'm Scheiden, »vermögen wir uns in der ersten Zelt nicht wiederzusehen; wir wollen uns aber ein großes Zeichen unsres Einverständnisses geben, ein Zeichen, das unsere ganze Umgebung sehen soll: wir wollen am Christmorgen den armen Kindern bescheeren, Du denen des Dorfes, ich denen unsrer Fabrik. Willigst Du ein?«

»Von ganzem Herzen – es würde Thalheim freuen, wenn er unsern Entschluß ahnen könnte – aber wir werden uns bald wiedersehen, wir werden einander bleiben, was wir uns bisher gewesen sind.« Die Freundinnen fielen einander noch ein Mal in die Arme, und Pauline fuhr zuerst davon; bald folgte auch Elisabeth.

Pauline athmete frei und leicht auf, als sie die Residenz hinter sich hatte. Sie hatte dort außer Elisabeths Freundschaft, welche ihr doch auch erst in der letzten Zeit zu Theil ward, Nichts als Kränkungen erfahren, sie hatte sich überall zurückgesetzt gesehen – nur weil sie aus bürgerlichem Stande war. Nun war sie geschützt gegen all' die bittern Wirkungen dieser festsitzenden Vorurtheile, denn das traute Vaterhaus erwartete sie. Wie sehnte sie sich nach dem heitern Frieden dieses ländlichen Lebens, wie freute sie sich, in die Arme ihres theuern Vaters zu fliegen, den sie so lange nicht gesehen hatte. Mit welcher Zärtlichkeit und Umsicht gedachte sie seinen Wünschen nachzukommen, wie wollte sie sein Alter erfreuen und erheitern! – Seit ihren Kinderjahren war sie nicht wieder in die Fabrik des Vaters gekommen, wenn auch dieser selbst sie hier und da besucht hatte. Sie besaß ein großes Bild von dieser Fabrik. Wie schön erschien darauf das von Bäumen umgebene palastartige Wohnhaus – daneben die nicht minder großen Gebäude mir den vielen hohen hellen Fenstern, hinter denen viele Maschinen und Hunderte von Menschen arbeiteten! Wie malerisch nahmen sich auf diesem Bilde die Hütten aus, welche die Arbeiter bewohnten – und in der Mitte des hofartigen Platzes der kleine Thurm mit der Uhr, welche man weithin sehen konnte, und der großen, freischwebenden Glocke. Auch ein prachtvoller Garten mit Terrassen blühender Blumen und seltner Bäume fehlte nicht. »Und dieser reizende Aufenthalt,« dachte Pauline, »wird mein bleibender Aufenthalt sein, ist meine Heimath! Wie glücklich werde ich sein! –« Jetzt freilich war es Winter, wie sie ankam. Sie reis'te allein, ihr Vater und ihr ältester Bruder hatten nicht Zeit gehabt, sie abzuholen – ihr jüngerer Bruder wurde selbst erst später erwartet. Es that ihr doch leid, daß der Vater keine Zeit hatte für sein Kind, das er so lange nicht gesehen – doch sie dachte, es müsse wohl einmal so sein, und beruhigte sich dabei. – Sie hatte einen Tag lang zu fahren. Es war Abend geworden, als sie auf der Höhe ankam, von welcher aus sie die Fabrik zuerst konnte liegen sehen.

»Da,« sagte der Kutscher, und zeigte auf die seitwärts liegende Ebene, in welche sie jetzt einen Blick thun konnten.

»Dort ist das Haus des Vaters!« rief Pauline jubelnd, klopfte fröhlich in die kleinen Hände, und eine Thräne der Rührung und Freude fiel aus ihren Augen. »Aber was ist denn das?« sagte sie nach einem Weilchen, als sie genauer hingesehen hatte, »so helles Licht kann doch nicht in allen Zimmern sein? Und sogar draußen die Terrassen schimmern hell, und am Himmel breitet sich ein lichter Schein über das Ganze aus.«

»Ei, ja doch,« sagte der Kutscher, »der Herr Vater hat Ihretwegen illuminiren lassen. Das nimmt sich ganz schön aus!«

»Der gute, liebe Vater, wie lieb er mich haben muß!« sagte Pauline immer fröhlicher und gerührter.

»Ja, er hat es sich Etwas kosten lassen, Sie recht großartig zu empfangen,« versetzte der Kutscher wieder.

Sie hatten nur noch eine kleine halbe Stunde zu fahren – dann fuhren sie an den ersten Häusern vorbei, welche von Fabrikanten bewohnt waren.

»Da kommt sie!« rief eine Schaar versammelter Kinder, und näherte sich mit Hallogeschrei dem Wagen.

»Macht keinen solchen Lärm!« sagte eine barsche Männerstimme.

»Lassen Sie den guten Kindern immer ihren Spaß,« sagte Pauline zu dem Wagen heraus, der jetzt langsam fuhr, damit die Pferde vor dem nahen Lichtglanz sich nicht scheuen mögten. »Lassen Sie die Kinder, ich freue mich, wenn sie mich mit solchem Jubel empfangen.«

Ein grobes, bitteres Gelächter antwortete diesen Worten, es klang Paulinen so unheimlich und widerwärtig, daß sie sich beinah erschrocken in eine Wagenecke zurückzog. – »Halt's Maul, Canaillen!« antwortete der Kutscher auf dies Gelächter und knallte drohend mit der Peitsche.

Pauline erschrak vor diesen derben Redensarten eben so sehr, wie vor dem Gelächter, und wünschte um Alles bald vor dem Wohnhaus zu halten. Bis dahin war aber immer noch ein gutes Stück zu fahren.

Ein paar zerlumpte Frauen, die Eine von ihnen ein schreiendes Kind auf dem Arm, saßen auf einem Stein, an dem der Wagen nahe vorbei kam. Eine Rakete stieg als Zeichen der Ankunft vor dem Thurme auf, und die Glocke wurde gelauten.

»Gar noch Feuerwerk!« sagte die Eine der Frauen. »Machen's denn die Lichter nicht hell genug, unser Elend zu beleuchten?«

»Das ist doch wahrer Spott,« versetzte die Andre, »läßt sein sündhaft erworbenes Geld lieber in Feuerkugeln aufgehen, als daß er sich unsrer Noth erbarmte.«

»Laßt's nur gut sein, Else,« sagte ein zerlumpter Mensch, der hinzutrat, »der Feuerstrahl schreit für uns um Rache zum Himmel auf – und mag sich der Himmel nicht erbarmen, nun zum Teufel auch, wir haben ja Fäuste! Sind schwielig von der Arbeit geworden, werden schon gut dreinschlagen können« – und er schwang die Arme drohend in der Luft. Weiter fuhr er fort: »das sag' ich, Else, wenn Dir der Wurm auch noch verhungert an der Brust, wie die Andern, die auf dem Kirchhof liegen – da seh' ich nicht mehr mit ruhig zu.«

Pauline hörte das Alles mit Grausen – Schrecken und Angst erfaßte sie – sie riß hastig den Geldbeutel aus ihrer Tasche, nahm das Geld, was sich darin befand, heraus, ein paar Thaler in kleiner Münze, und warf es zum Wagen heraus:

»Nehmt, nehmt, wenn Ihr wirklich so arm seid, und seid nicht böse, wenn es nicht mehr ist!« rief sie hinaus mit ihrer kindlichen, von noch nie empfundnem Schauer bebenden Stimme.

Sie hörte nur noch, wie die Leute mit einem thierischen Freudengeschrei sich nach dem Gelde bückten, dann darum schlugen und zankten. Sie drückte den Sammthut fester an ihre Ohren, um nur diese rohen Stimmen nicht länger zu vernehmen. »Sind wir denn noch nicht vor dem Haus?« rief sie vor Angst ungeduldig dem Kutscher zu. »Wir wellen doch schneller fahren.«

Ein Betrunkner wankte noch vorbei und sang ein freches Lied. – »Fahr zu, Kutscher!« rief Pauline außer sich.

»Nun, was ist's denn weiter?« sagte der Kutscher kopfschüttelnd. »Das Fabrikvolk ist einmal nicht anders, so hört man's alle Tage, das werden Sie schon noch gewohnt werden.«

Endlich war das überstanden – der Wagen hielt.

Zwischen der Hausthüre stand der Vater der Ankommenden. Herr Felchner war ein kleines, mumienartig zusammengetrocknetes Männchen. Seine Gesichtsfarbe war gelb, die Haut lederartig und in vielen Runzeln zusammengezogen, die Nase war ungemein spitzig, und zwischen ihr und der Stirn befand sich ein tiefer Einschnitt. Die Augen lagen dicht bei einander, sie waren klein, grau und stechend, und konnten, ohne gerade schielend genannt zu werden, nach beiden Seiten verschiedene Blicke auf verschiedene Gegenstände werfen. Die Augenlider zeigten in diesem fahlen Gesicht die einzige Spur von Roth auf, besonders in den Winkeln.

Die Augenbrauen trafen über der Nase fast zusammen, und waren buschig und grau, die Haare spielten ebenfalls aus lichtem Braun in Grau hinüber, waren nur sehr spärlich und dünn, ebenso der Backenbart, den man eigentlich nur einen Versuch dazu nennen konnte, denn in der Nähe des Ohrläppchens erschien er wie förmlich ausgerissen – oberhalb und unterhalb dieser Stelle fanden sich aber einige Haarpartieen, die jedoch mehr einzelnen Stachelbüschen glichen, als einem Bart. – Herr Felchner trug einen grauen, abgetragenen Ueberrock, auf dem die Nähte weiß schimmerten, und die Aermelaufschläge von langem Gebrauch spiegelhaft glänzten, jeder seiner Knöpfe war gewissenhaft zugeknöpft vom obersten bis zum untersten Knopf, den dritten ausgenommen, weil das zu diesem gehörige Knopfloch ausgerissen war. Ein beschmutztes, bis zur Schmalheit eines Strickes zusammengedrehtes Halstuch von weißer Leinwand befand sich unter dem spitzen Kinn, die dürren Beine umgaben weit umschlotternde Beinkleider, welche nur bis zum Knöchel reichten, grauwollne Socken und ein paar buntgestickte Schuh, an derem einen sich der Lederbesatz an der rechten Seite widerspenstig von dem bunten Zeug getrennt hatte, so daß er noch wie eine zweite verschobene oder zu breite Sohle erschien – dies war das vollständige Bild eines Mannes, dessen Vermögen man nicht mehr nach Tausenden, sondern nach Millionen zählte, welcher neben dieser Fabrik, die er selbst bewohnte und verwaltete, noch im Ausland große Fabriken besaß, und dessen Reichthum Tausende von Menschen, denen er Arbeit und Elend zugleich gab, zu weißen Sklaven erniedrigte. Das war der Mann, welcher eine von solcher ahnungslosen reinen Kindlichkeit, einem so heitern Vertrauen für die Menschen und das Leben erfüllte, mit einer so warm für alle Menschen, für all' ihr Glück und ihre Noth schlagendem Herzen begabte Tochter besaß, wie Pauline.

»Guten Abend, mein Kind!« sagte er munter und zärtlich, als Pauline rasch aus dem Wagen in die Hausflur sprang, und sich in die Arme des harrenden Vaters warf. »Guten Abend, mein liebes Kind! – Aber Du siehst mir ja ganz erfroren und blaß aus, bist Du nicht warm angezogen? 's ist ja eben für eine Decembernacht gar nicht kalt. Nun komm nur herein in die Stube, da wird Dir schon warm werden, oder willst Du, ehe wir essen, erst oben in Deinen Stuben ablegen, mein Püppchen?«

»Nein, das ist nicht nöthig,« sagte Pauline.

»Nun, so komm nur herein, Kind, Du zitterst ja am ganzen Leibe!« Und der Vater schob sie in die große Stube im Erdgeschoß, wo der Tisch gedeckt war. Warum sie so zitterte, und so blaß aussah, konnt' er freilich nicht wissen.

Die große Stube war einfach eingerichtet, besonders trugen die Dielen Spuren von vielen schmuzigen Stiefeln. An der Oeffnung, aus welcher der heiße Luftstrahl der Dampfheizung hereinströmte, stand Georg, Paulinens älter Bruder, und ließ sich den heißen Strom an den Rücken wehen. Sie lief auf ihn zu und umarmte ihn. Er erwiderte den Gruß kalt, und als sie freundlich zu ihm sagte: »Nun, wie geht es, lieber Bruder? Wir haben uns lange nicht gesehen!« antwortete er finster:

»Wie soll's gehen? Es sind schlechte Zeiten, da weiß man wohl wie's gehen kann!«

»Was meinst Du?«

»Nichts als Aerger den ganzen Tag mit dem verfluchten Pack, das bald von der Arbeit laufen, bald höhern Lohn verlangen will, und noch Gesichter schneidet, wenn man ihm viel Geld oder gute Waaren auszahlt für Pfuscherarbeit.«

Pauline wandte sich an den Vater, der sich schon an die Tafel gesetzt und sie neben sich gewinkt hatte: »Lieber Vater, laß doch die vielen Lichter auslöschen – es blendet so, ich bin ja nun da.«

»Sie können immerhin noch ein Weilchen brennen, damit die Leute sehen, wie ich mein Kind empfange,« sagte Felchner schmunzelnd.

»Und brennen sie mir zu Ehren,« fiel ihm die Tochter wieder in's Wort, »so wollen wir sie heute auslöschen, und noch an einem andern Tage für mich anzünden.«

»Nun, meinetwegen, laß sie brennen oder auslöschen, aber jetzt wird gegessen.«

Georg setzte sich neben Felchner, Pauline stand noch ein Mal auf und rief zur Thüre hinaus: »Wer die Lichter angezündet hat, soll sie wieder auslöschen, die Illumination ist vorbei.« Dann setzte sie sich wieder auf den vorigen Platz. In demselben Augenblick läutete draußen die Glocke, es war sieben Uhr, und damit ward das Zeichen zum Abendessen gegeben. Der Tisch war noch für acht Personen gedeckt – es waren die unverheiratheten Factoren und Buchhalter Felchners, welche bei ihm den Tisch hatten. Sie traten rasch und geräuschvoll ein, mit einer stummen Verbeugung vor Paulinen, und nahmen stumm ihre Plätze ein. Pauline sah sie verstohlen der Reihe nach an, wie sie hastig zulangten, und unbeschreiblich schnell aßen, mit Messer und Gabel auf Teller und Tisch klirrend. Es waren noch einige junge Leute unter ihnen – aber alle hatten mürrische, halbvertrocknete, theilnahmlose Gesichter, in deren Falten es war, als ob lauter Zahlen verzeichnet stünden. Dieses stumme Essen, wobei Keines auf das Andere Rücksicht nahm, Keines dem Andern irgend einen tischnachbarlichen Dienst erwieß, hatte für Paulinen etwas Befremdendes, Widerliches, ja es kam ihr sogar thierisch vor – die Stille bei Tische war ihr namentlich peinlich. Felchner ließ jetzt einige Weinflaschen die Runde den Tisch hinab machen, indem er dabei sagte: »Wir wollen die Ankunft meiner Tochter feiern.«

Das war das einzige Wort, womit er diese den Anwesenden vorstellte – diese machten als Antwort darauf einige hastige Bewegungen mit Schultern und Köpfen, Bewegungen, welche wohl dankende Verneigungen vorstellen mogten, schenkten sich ein, tranken aus, standen dann auf, schoben geräuschvoll die Stühle zurück, und indem Einer nach dem Andern zur Thüre hinausging, murmelte Jeder halb unverständlich:

»Ich wünsche wohl zu schlafen!«

Der Fabrikherr und sein Sohn antworteten mit einem einzigen halbverschluckten: »Gleichfalls.«

Auch Pauline erhob sich, und sagte zu dem Vater: »Kann ich nun nicht mit Dir in Deine Stube gehen?«

»In mein Comptoir, Kind? Was wolltest Du dort?«

»Nein in Deine Stube, wo Du Dich aufhältst, wenn Du nicht arbeitest – oder in die Wohnstube, wo wir noch oft zusammen sitzen und traulich plaudern werden!«

»Nun, wenn ich nicht mehr arbeite, bin ich in dieser Stube hier, es ist meine und Deine Wohnstube.«

Die Magd räumte eben lärmend ab – der Kutscher trat ein, und nahm aus einem an der Wand befestigten colossalen Schlüsselschrank ein Bund klirrender Schlüssel, mit dem er wieder hinausging, kurz nachher lief ein Factor stumm durch die Stube in das Zimmer neben an, holte da ein Buch heraus, und ging mit demselben unter dem Arm wieder zu derselben Thüre hinaus, durch welche er gekommen.

Dieses geschäftige, rücksichtslose und stumme, aber doch keineswegs stille Thun kam Paulinen so ungewohnt und wunderlich vor, und machte darum einen so unfreundlichen, ja verletzenden Eindruck auf sie.

»Das ist meine Wohnstube?« sagte sie deshalb befremdet zu dem Vater.

»Nun, nun,« sagte er, »der glänzenden Stellung, welche Du einnehmen sollst, wird Nichts vergeben, wenn Du auch manchmal in einem weniger brillanten Zimmer bist. Du findest oben die schönsten für Dich, und wenn Gäste kommen, wie sie keine Prinzessin schöner haben kann; aber für gewöhnlich ist der Luxus unbequem, und da befinde ich mich in dieser Stube ganz gut. Willst Du hinauf, so mag Dich Deine Rieke hinaufführen, wenn Du etwa auspacken und Dich oben umsehen willst, Du wirst auch müde sein von der Reise.«

»Ja, sehr müde und erschöpft,« sagte sie. »Aber erst hätte ich eine Bitte an Dich, wenn sie nicht gleich heute von meinem Herzen herunter kommt, so kann ich nicht ruhig schlafen.« Georg hatte die Stube verlassen. Sie hing sich schmeichelnd an den Hals des Vaters, mit dem sie jetzt allein war.

»Herzensmädel,« sagte er, »ich kann Dir Nichts abschlagen – wenn's nur nicht wider meine Grundsätze ist.«

»Nein, das ist's gewiß nicht!« sagte sie zuversichtlich. »Ich bat Dich vorhin, die Lichter auslöschen zu lassen – erlaube mir, sie am Christmorgen wieder anzubrennen für die armen Kinder, die in unsrer Fabrik arbeiten, erlaube mir, diesen armen Kleinen zu bescheeren.«

Herr Felchner machte ein sehr böses Gesicht: »Das ist eine einfältige Idee, für solche Narrensspossen habe ich kein Geld, das ist wider meine Grundsätze. Geh' zu Bette und träume etwas Bessers, als solches dummes Zeug.«

»Liebes Väterchen,« sagte sie, »das ist nicht Dein Ernst, und wäre es: laß die Christbescheerung für mich nur halb so reich sein, wie voriges Jahr, und gieb mir die Hälfte für die Kinder.«

»Nein, mit solchen Narrheiten richtet man bei mir Nichts aus, das laß Dir ein für alle Mal gesagt sein, ich will von solchen Possen Nichts hören, das merke Dir!«

Herr Felchner ging aufgeregt in der Stube hin und her, und seine Augen blinzelten und funkelten unruhig und verdrossen nach beiden Seiten, seine Nase schien noch spitziger zu werden, als sie ohnehin schon war. Er nahm eine Prise, und nießte mehrmals so laut, daß Pauline bei jedem Male zusammenfuhr. Sie saß zitternd in der Sophaecke, und sah stumm vor sich nieder – nach langer Pause sagte sie schnell, und man hörte an ihrer Stimme, daß sie weinte:

»Wie wird sich nun die gräfliche Herrschaft über uns lustig machen – die Gräfin Elisabeth will allen Kindern des Dorfes bescheeren, um damit ihre Ankunft zu feiern, und ich soll nun zurückstehen.«

Der Fabrikherr stand horchend still: »Ist das wahr? Auch gewiß?«

»Wie könnt' ich es sonst behaupten? Du wirst es erfahren, man wird die Herrschaft rühmen, und uns verhöhnen.«

»Freilich, freilich, das ändert Alles – ich werde sie beschämen – unsre Bescheerung soll noch ein Mal so prachtvoll sein, als die ihrige, Du magst Alles besorgen, ich will Dir morgen das Geld dazu geben. Freilich, freilich, es wird mich ärgern, für die nichtsnutzigen Würmer – aber nun kann es einmal nicht anders sein, nun muß ich schon.«

»Herzensvater!« rief Pauline, ihn umarmend, und dankte mit liebkosenden Worten Tausend Mal. Aber so recht von Herzen ging es ihr doch nicht – sie schämte sich beinah vor sich selbst, daß sie nur dadurch zu ihrem Ziel gekommen war, daß sie hinterlistig, wie sie es nannte, ein minder edles Gefühl, als sie gewünscht hätte, in ihres Vaters Innerm hatte wecken müssen – ja, sie schämte sich mehr noch als vor sich selbst in ihres Vaters Seele hinein – und das that ihr noch weher. Sie nahm daher bald gute Nacht von ihm, und klingelte dem Mädchen, welches sie in ihr Schlafzimmer führte.

Ihr Vater hatte Recht gehabt, es war prachtvoll eingerichtet, wie das einer Fürstin, nur zu prachtvoll, es war durch Prunk überladen. Die Tapete war silbergrau mit rothen Blumen, die Vorhänge von gelber Seide mit goldnen Quasten, die Fußteppiche ebenfalls gelb mit rothen Kanten – es herrschte ein grelles, geschmackloses Bunt durch das ganze Zimmer – das Licht darin war so hell, daß es ihre Augen kaum aushalten konnten. Sie verlöschte es sobald als möglich, und begab sich zur Ruhe.

Da war sie nun in dem ersehnten Vaterhaus – und seitdem sie da war, hatte sie noch keine andern, als verwundende Eindrücke empfangen.

Glänzend im Lichtermeer hatte ihr die heimathliche Wohnung zuerst wie ein Feenpalast entgegengelacht – da hatte sie schon den schneidenden Hohn und die Jammerflüche des Elendes und der Noth gehört, von diesen Menschen gehört, in deren Mitte sie sich glücklich waltend träumte, von denen sie wähnte, daß ihr Vater auch ihnen Vater sei, und sie ihn kindlich verehrend liebten – und weiter ließ sie Alles an sich vorüberziehen, was sie in diesen wenigen Stunden erlebt – und es war Nichts, was sie hätte beruhigen, oder heitrer stimmen können. Sie seufzte. Aber sie war müde von dem tagelangen Fahren, der kalten Luft, von all dem Erlebten dieses Tages, dieses Abends, sie schloß die müden Augen, und schlief sanft und fest bis in den spätanbrechenden Tag hinein.

VIII. Ein Fabrikarbeiter

»Aus dem Munde des Heloten
Strömen die Räthsel des neuen Bundes.«

Alfred Meißner.

Elisabeth war bei ihrer Ankunft in dem väterlichem Schloß mit keiner Illumination empfangen worden, aber von einem zärtlichen Mutterherzen und einem glücklich stolzen Vater. Sie fühlte sich stolz und befriedigt, als sie wieder diese alten ehrwürdigen Räume betrat, welche sie seit Jahrhunderten in dem Besitz ihrer Väter wußte. Sie fühlte, daß sie hier Herrin sei, und dies Bewußtsein gab ihr wenigstens auf Augenblicke Befriedigung.

Die beiden Freundinnen hatten sich am Christmorgen das leuchtende Zeichen ihrer einigen Freundschaft gegeben. Nach dem Schloß hinauf zogen die Kinder der ärmeren Landleute und empfingen dort die Gaben, welche Elisabeth unter den flimmernden Christbäumen für sie ausgebreitet hatte – und zu derselben Stunde zog eine ungleich größere Schaar von Kindern in den ebenfalls glänzend geschmückten Saal des Fabrikgebäudes. Aber dies waren bleiche, schmächtige, dürftig in unreinliche Lumpen gehüllte Kinder, welchen man es ansah, daß ihre kleinen Hände und halbverkrüppelten Glieder schon an schwere Arbeit gewöhnt waren, auf deren Gesichtern man es las, wie oft ihr kleiner Mund mit den blassen Lippen umsonst nach Brod verlangen mußte, wie in diesen trüben, niedergeschlagenen Augen ein Ausdruck thierischen, stummen Duldens lag. Diese kleinen, blassen Kinder hatten einander seltsam angestarrt, wie man sie zu den schimmernden Christbäumen geführt, und ihnen dann die warmen Röckchen und Schuh mit den rothen Aepfeln und klappernden Nüssen gegeben hatte. Sie hatten die Gaben hingenommen ohne Dank und Jubel, beinah ohne Freude – und nur einem groben Instinkt folgend das Obst zum Munde geführt – so sehr ohnmächtig jeder Gefühlsregung hatte sie das tägliche Elend und die stete Arbeit gemacht, Pauline hatte laut weinen müssen, als sie diese unglücklichen Kleinen um sich versammelt sah – aber sie weinte nicht aus stiller Rührung, wie sie sich es wohl ausgemalt hatte, sondern aus tiefem, unendlichem Jammer, bei dem sie meinte, er müsse ihr ganz das weiche Herz durchschneiden.

Seitdem waren einige Tage vergangen, die Freundinnen hatten sich noch nicht wiedergesehen. Da sagte sich Elisabeth, daß sie, als die Höhergestellte, den ersten Schritt zu ihrer Wiedervereinigung thun müsse. Sie wußte, daß dies ihre Eltern kränken würde, aber länger, fühlte sie, durfte sie es ihnen nicht ersparen. Aber als sie sich anschickte in die Fabrik zu gehen, sagte sie noch nicht, wohin sie ihre Schritte lenkte.

Es war ein Sonntag Nachmittag. In der Fabrik ward gefeiert. Elisabeth hatte deshalb absichtlich diesen Tag gewählt, weil sie da weniger glaubte jenes Getreibe roher und lärmender Arbeiter dort zu finden, welches ihr so lästig war, und für das sie eben so viel Furcht als Abscheu empfand.

Sie ging allein durch den Park, an welchen bereits die ersten Fabrikgebäude grenzten. Es war ein kalter, heller Wintertag, denn seit Weihnachten war der Winter in seiner ganzen empfindlichen Strenge gekommen, eine große Menge Schnee war gefallen, und von einer spätern festen Eiskruste überzogen, lag er undurchdringlich über den Fluren. Die Sonne schien hell, aber ihr Strahl vermogte nicht, auch nur einen Thautropfen hervor zu locken. Auf den Tannen im Wald lagen die weißen Flocken wie dichte Federdecken, krächzende Krähen flogen darüber hin, und ihr Geschrei war der einzige Laut, welcher die winterliche Todtenstille störte. Nur Elisabeths Pelzstiefelchen hörte man auf den halb ganz verschneiten Wegen knarren, auf welchen man keine andere Spur eines Trittes gewahrte, als hier und da die kleine eines Eichhörnchens oder eines Hasen.

Sie wußte nicht, welchen Weg sie einzuschlagen hatte, als sie aus dem Park getreten war, und nun eine Menge kleiner, unregelmäßiger Wege gewahrte, die bald in diese, bald in jene Hütte, bald in dieses oder jenes Fabrikgebäude sich verliefen. Da kam ein junger Mann aus einer der Hütten. Er trug einen alten kurzen grauen Rock, einen rothen Shwal unter dem weißen herausgeschlagnen groben Hemdkragen um den Hals gewunden, wollne blaue Fausthandschuh, und eine hohe Pelzmütze, aus welcher ein rother Sack mit langer Quaste auf der linken Seite heraushing. Dieser an sich zwar nicht ungewöhnliche, zwar sehr abgetragene, aber doch reinliche Anzug, gab doch dem jungen Mann etwas Abenteuerliches – sein Gesicht aber machte auf Elisabeth einen seltsamen Eindruck, so daß sie ihn eine Weile aufmerksam betrachtete. Er hatte eine auffallende Aehnlichkeit mit Thalheim. Dieselbe lange, schmächtige Gestalt, dieselbe blasse Gesichtsfarbe. Auch das Haar zeigte dieselbe Farbe, nur daß es länger als das Thalheims zu beiden Seiten des Gesichtes lockig herabfiel. Seine Augen waren blau und glänzend. Aber auf diesem Gesicht, das übrigens noch das eines Jünglings von etwa 24 Jahren war, thronte neben dem Zug des Schmerzes, welcher es wie das Thalheims charakterisirte, nicht wie bei diesem jener heilige Friede, sondern eine bittre Unzufriedenheit, ein kecker Ungestüm, welcher Ausdruck jedoch nicht hinderte, daß dieses Gesicht, besonders wenn man es öfter und länger betrachtete, von edlen und liebevoll-milden Empfindungen zeugte.

An diesen Jüngling wandte sich Elisabeth mit der Frage: »Welcher von diesen Wegen führt zunächst in Herrn Felchners Wohnhaus?«

»Hier rechts, gerade aus, ich gehe jetzt auch dahin,« antwortete der Angeredete mit einer schönen klangreichen Stimme, welche nicht den entferntesten gemeinen Ausdruck hatte, ohne jedoch etwa einen sehr höflichen oder unterwürfigen Ton anzunehmen.

Nachdem sie durch verschiedene kleine Straßen und Höfe gekommen waren, langten sie vor der Hausthüre zu Felchners Wohnung an. Der Führer trat zur Seite, und nahm ehrerbietig die Mütze zwischen die Finger – ein Fabrikarbeiter trat aus dem Hause, und sagte, ohne Elisabeth zu grüßen, oder irgend auf sie zu achten: »Willst Du zum alten Herrn, Thalheim? Da wirst Du jetzt Wenig ausrichten, denn er hat ganz schlechte Laune.«

»Ist gleich,« sagte der junge Mann kalt. »Für uns wird er ja doch niemals gute haben.«

Elisabeth konnte sich des Ausrufs größter Ueberraschung nicht enthalten: »Sie heißen Thalheim?«

»Zu dienen, Franz Thalheim,« antwortete Jener mit einer Art von Selbstgefühl.

»Siehst Du,« sagte der Andre, »die Mamsell wird Deinen Namen wohl kennen, in der Stadt lesen sie Alles, was Du schreibst.«

Franz schüttelte mit dem Kopfe.

»Sie sind also wohl Literat?« fragte Elisabeth.

»Literat!« versetzte Franz. »Das Wort klingt zu vornehm für einen armen Fabrikarbeiter, welcher nur in seinen wenigen Mußestunden hier und da ein offnes Wort geschrieben hat für seine armen geplagten Brüder – und was ein schlichter Arbeiter in seiner Einfalt schreibt, lesen doch die vornehmen Leute nicht – –«

In diesem Augenblick hüpfte Pauline, welche soeben Elisabeth bemerkt hatte, durch eine rasch geöffnete Zimmerthüre und warf sich jubelnd an den Hals der Freundin. Sie zog sie mit sich die Treppe hinauf in eines jener mit Glanz und Bunt überladenen Prunkgemächer, welche ihr Vater speciell für sie bestimmt hatte.

»Was ist das für ein Mensch, der mich hierher geleitete, und der sich Franz Thalheim nennt?« fragte Elisabeth nach der ersten herzlichen Begrüßung. »Er sieht ihm so ähnlich!« fügte sie bei, indem sie sinnend vor sich nieder sah.

»Ja,« antwortete Pauline lächelnd, »das hättest Du wohl nicht gedacht? Er ist nur ein gewöhnlicher Arbeiter in unsrer Fabrik, aber ein jüngerer Bruder unseres Lehrers Thalheim.«

»Wär's möglich!« rief Elisabeth.

»Ja, dieser Franz hat mir es selbst erzählt, sein Vater ist Schuhmacher gewesen, und da sein ältester Sohn viel Anlagen gehabt, so hat er ihn zum Studiren bestimmt. Darüber ist aber der Vater gestorben, und da unser Lehrer das Studium nicht hat aufgeben wollen, so hat er sich auf der Universität sehr kümmerlich behelfen, und allerhand kleine Erwerbsquellen aufsuchen müssen. Die andern Knaben haben an die Erlernung eines Handwerkes gehen müssen, und so befindet sich denn seit Kurzem dieser Franz in unsrer Fabrik. Er ist nicht roh und ungesittet, wie die andern niedriggestellten Fabrikarbeiter, aber diese scheinen ihn mehr als irgend einen zu lieben, trotzdem, daß er ihnen manchmal mit strafenden Worten die Wahrheit sagt.«

»Ich hörte einen Andern davon sprechen, daß er schreibe – wohl für's Volk?«

»Ja, er hat einige einfache, aber rührende Geschichten geschrieben, welche die Noth der Fabrikarbeiter, der arbeitenden Classen überhaupt schildern – er hat mir selbst am Tage nach unsrer Christbescheerung ein Exemplar davon geschickt, und eine gefühlvolle Dedication für mich beigefügt. Bei dieser Gelegenheit war es auch, wo ich überhaupt zuerst von ihm hörte, ihn sah und er mir seine Familiengeschichte und die Verwandtschaft mit unserm Lehrer erzählte.«

»O, erzähle mir Alles wieder, es interessirt mich Alles, was ich von seinem Bruder höre, laß Nichts aus, erzähle, wie Du ihn zuerst sprachst, und was er sagte,« bat Elisabeth.

»Gern,« antwortete Pauline mit einem leichten Erröthen, »denn ich muß Dir gestehen, daß auch mich dieser junge Mann lebhaft interessirt, welcher so verschieden von den andern Arbeitern der Fabrik ist, mit denen ich hier und da gezwungen bin, ein Wort zu wechseln.«

»Es war an demselben Tag,« begann sie zu erzählen, »wo wir den Kindern bescheert hatten. Weder mein Bruder, noch mein Vater waren dabei gegenwärtig, denn die ganze Sache war ihnen unangenehm, mein Bruder hatte längst gestrebt, sie zu verhindern, und mein Vater mir nur auf lange Bitten die Erlaubniß dazu gegeben. Wie ich nun so die armen Kinder, die über den hellen Lichterglanz mehr vor Furcht, als vor Freude schrieen, an ihre kleinen Tische geführt hatte, vor denen sie mit halbblöden Blicken still und ohne sich zu regen standen, wie ich sie eben gestellt hatte – wie dann ihre Angehörigen, die sich zur Aufsicht der Kinder, und aus Neugier mit hereingedrängt hatten, den Raum der Stube erfüllten, wie von dieser meist in zerlumpte und unreinliche Sachen gekleideten Menge ein erstickender Dunst in der geheizten Stube entstand, und Viele dieser Leute unter sich unschickliche Späße machten, und in groben Ausdrücken sich unterhielten, wohl hier und da auch halblaut die Gaben tadelten, oder darüber lachten – so ward mir unheimlich zu Muthe, und ich fing an zu weinen. Mein Kammermädchen Friederike, welche ich mitgenommen hatte, mir bei der Bescheerung behilflich zu sein, erschien mir unter diesen Leuten wie das einzige mir gleichstehende Wesen, und als ob es meine beste Freundin sei, sucht' ich an ihrer Seite Schutz vor dieser beängstigenden Umgebung, und indem mich ein kalter Schauer überrieselte, sagte ich leise ausrufend zu ihr: ›O, mein Gott, und das sind auch Menschen, wie wir!‹«

»In diesem Augenblicke war es,« fuhr sie weiter fort, nachdem sie einige Momente lang in sinnendem Schweigen vor sich niedergesehen hatte, »als ich Franz Thalheim zuerst sah. Er stand mir zunächst, und hatte meine unvorsichtigen Worte gehört. Er warf einen unbeschreiblichen Blick voll Schmerz und Vorwurf auf mich, vor dem ich beschämt und zitternd meine Augen senkte – er öffnete den Mund zum Sprechen, und ich fürchtete tadelnde, vielleicht rohe Worte von ihm zu hören – ich fühlte, daß ich sie verdient hatte – aber er sprach mit sanfter, bescheidener Stimme, indem er aber ganz dicht neben mich trat, daß außer Friederiken Niemand weiter hören konnte, was er sagte. ›Ja, Fräulein, es sind Menschen, wie Sie, aber es ist eben ihr Unglück, daß man diesen Tausenden ihre Menschenrechte genommen, und deshalb sogar auch die Fähigkeit, sich über das Thier, zu dem man sie herabgestoßen, zu erheben.‹ Ich fühlte, daß in diesen Worten eine große Wahrheit lag, ja, ich empfand auch zugleich, daß ich ihm eine Abbitte, und für seine Klage ein tröstliches Wort schuldig war, und ich erwiderte: ›Mich jammert jede Noth, und was ich thun kann, um ihr abzuhelfen, will ich versuchen.‹ Er lächelte kummervoll bei diesen Worten, und statt der Antwort gab er mir eine dünne Broschüre. ›Ich bitte Sie, das zu lesen, wenn Sie einmal ein Wenig Zeit haben für diese Unglücklichen alle, welche Sie hier umgeben.‹ Dann trat er ehrerbietig mit einem Gruße zurück und sprach mit einer Frau, welche zwei kleine Kinder auf den Armen hatte. Diese kam dann auf mich zu und dankte mir, ihrem Beispiel folgten dann noch viele der Leute; Manche thaten es unmuthig und förmlich. Andere herzlich und mit Thränen, ich glaube, es geschah nur auf Franz Thalheims Aufforderung, daß sie mir dankten – ich hätte es ihnen gerne erspart, obwohl ich mir dabei sagte, daß es auch Hochmuth sei, ihren Dank nicht annehmen zu wollen, so gut als es Hochmuth sei, ihn zu fordern, – denn was mir bei diesem Dank unwillkührlich lästig war, waren die vielen unreinen, derben und schwieligen Hände, welche die meinen drückten, und die Annäherung dieser schmuzigen Lumpen, welche sie trugen.«

Pauline stand auf, und holte aus ihrem Bücherschrank eine Broschüre, welche sie an Elisabeth gab. Diese las den Titel.

»Aus dem armen Volke. Erzählungen von Franz Thalheim, allen Menschenfreunden gewidmet.« Auf das leere Blatt hinter dem Titel hatte der Verfasser geschrieben: »Dem Fräulein Pauline Felchner mit besondrer Hochachtung gewidmet.« – »Wie ein Engel in der Christnacht sind Sie unter uns, den armen Sclaven Ihres Vaters, erschienen. Sie wollen die Herzen dieser armen Kinder erfreuen, welche niemals eine Ahnung von dem gehabt haben, was man Glück der Kindheit nennt. Wir Alle segnen Sie dafür! Aber wir mögten Ihnen auch zurufen: vergessen Sie über den Segen, welchen Ihre Milde über diese unglücklichen Kleinen bringt, niemals, daß eben diese Kinder einem Elend entgegengehen, von welchem Sie gewiß keinen Begriff haben, Frost und Hunger ist noch das Geringste, das ihrer wartet – ihr Geist erstarrt ohne die Nahrung des Schulunterrichts, und ihr Herz vertrocknet mit ihrem kleinen Körper unter der anhaltenden Arbeit, zu welcher man sie benutzt, Ihre Sitten werden verderbt, alle ihre edleren Gefühle erstickt, weil man sie gänzlicher Verwilderung Preis giebt. Bei diesem Frevel an der menschlichen Würde rufe ich Ihnen zu: mögten Sie diesen Verstoßenen auch als ein Engel erschienen sein, welcher sie aus dem Abgrund emporhebt, in dem sie täglich immer tiefer versinken. – Vergeben Sie, wenn diese Worte zu kühn sind für einen armen Fabrikarbeiter, wie der Verfasser.«

»Ja,« rief Elisabeth erschüttert, als sie noch eine Weile in diesem Buche geblättert hatte, »das ist ein unabsehbares Elend, von dem ich bis jetzt Nichts gewußt habe,« und ihre Haut überlief ein leiser Schauer.

»Wie ich Alles gelesen,« sagte Pauline, »versuchte ich, meinem Vater Vorstellungen zu machen, ob er, wenn einmal Kinder arbeiten müßten, ihre Zahl nicht noch vermehren könnte, aber so, daß sie, einander ablösend, nur wenig Stunden des Tages arbeiteten, und Schulunterricht haben könnten. – Er antwortete mir: den hätten sie, und ob ich denn den Lehrer noch nicht kenne? Wie ich aber weiter sprechen wollte, ward er so böse, wie ich ihn noch niemals gesehen, und verbot mir bei seinem höchsten Zorn, jemals wieder über solche Dinge zu sprechen, welche ich nicht verstände – ja er lachte mich geradezu aus, und schloß endlich damit, daß ein längeres Leben hier mich wohl überzeugen würde, wie seine Arbeiter ganz glücklich wären, und auch alle Ursache dazu hätten, während nur Einige über Elend jammerten, weil ihre unverschämten Forderungen nicht erfüllt würden. Nach Allem, was er sagte, fühlte ich, daß ich gegen meinen Vater schweigen müsse.« Sie seufzte, und fuhr dann weiter fort: »Ich sagte ihm Nichts von Franz Thalheims Buche, ich verbarg es unter meinen andern Büchern. Ich schickte aber nach Thalheim, als eines Sonntags Nachmittags mein Vater in die Stadt im Schlitten gefahren war. Franz kam, ich will ihn nun so nennen, damit wir nicht immer an unsern Lehrer denken, oder ihn doch mit diesem verwechseln, denn auch die Fabrikarbeiter nennen ihn nur bei seinem Taufnamen. Franz trat leise ein, und blieb bescheiden mit der Mütze in der Hand an der Thüre stehen, aber er war nicht verlegen, wie ich gedacht hatte; wenn Jemand von uns Beiden verlegen war, so glaube ich eher, ich bin es gewesen. Ich hatte mich auf sein Kommen vorbereitet, und nun wußte ich eigentlich nicht, was ich ihm sagen sollte. Ich danke Ihnen für Ihr Buch, begann ich endlich, aber ich würde Ihnen rathen, damit vorsichtiger zu sein, wenn es in die Hand meines Vaters, Bruders oder irgend eines Factors unserer Fabrik käme, so könnten Sie wohl einen schweren Stand bekommen. – Franz erwiderte: ›Kann man die Wahrheit schonender sagen, als ich es gethan? Ich habe ja auch in diesem Buch gar nicht von den Einrichtungen dieser Fabrik gesprochen, sondern was ich versucht habe, ist weiter Nichts, als darauf aufmerksam zu machen, daß die Noth der arbeitenden Classe groß ist, und daß, wenn Einzelne unter ihnen zu Verbrechern herabsinken, nicht sie allein dafür verantwortlich sind, sondern diejenigen, denen es ein Leichtes gewesen wäre, sich ihrer Noth zu erbarmen, und welche es doch nicht gethan haben. Verzeihen Sie, wenn ich zu laut und zu heftig spreche,‹ setzte er hinzu, indem er wieder zurücktrat, und seine Augen senkte, ›aber ich kann nicht anders.‹ Ich suchte ihn darauf deutlich zu machen, wie glücklich es mich selbst machen würde, wenn ich all' dies Elend verschwinden sähe, wie ich aber selbst ganz unbekannt sei mit aller Leitung des Fabrikwesens, und wie es mir nicht zukomme, ich mithin auch nicht im Stande sei, andere Einrichtungen zu bewerkstelligen, durch welche die Arbeiter besser gestellt, und die Kinderhände erspart würden – ja daß ich nicht einmal wisse, ob dies wirklich möglich sei, wenigstens sagten mir Alle, welche Fabriken zu leiten hätten, es sei nicht möglich – und das mache mich selbst am Allertraurigsten. Unwillkührlich traten mir, als ich dies Alles sagte, Thränen in die Augen, und ich konnte nicht weiter sprechen. – ›Ja, ich glaube es wohl,‹ sagte er. ›Diejenigen, welche gern helfen möchten, können es nicht, und Alle die, welche es recht wohl vermöchten und sollten, die wollen nicht helfen.‹ Ich ließ das unbeachtet, und sagte: ›Ich ließ Sie rufen, ein Mal, um Sie zu warnen, von Ihren Büchern wo möglich meinem Vater Nichts wissen zu lassen, und dann wollte ich Sie bitten, da, wo Sie eine augenblickliche Noth welcher zu helfen ist, in den Familien unsrer Fabrikarbeiter sehen, mich davon zu unterrichten, und da werde ich Alles thun, was ich vermag. Oder haben Sie selbst nicht ausreichenden Verdienst? Nehmen Sie dies Geld für Diejenigen, welche es am Meisten bedürfen.‹ Er nahm, was ich ihm gab, mit leuchtenden Augen, sagte, er habe für sich schon Erwerb genug, aber er wisse Viele, die es brauchen könnten – und er drückte mir herzlich, mit edler Freimüthigkeit die Hand. Darauf fragte ich ihn, ob er ein Bruder des Doctor Thalheim in *** sei, und er erzählte mir kurz, was ich Dir bereits mitgetheilt. Ehe jener weiter gereis't war, hatte er Franz hier besucht, da er vorher ein paar Tage auf Waldow's Gut gewesen, und er habe gesagt, wiederholte mir Franz: Fräulein Pauline ist ein edles Mädchen, das, wo es kann, sich Eurer Noth annehmen wird.«

Elisabeth umarmte die Freundin, und sagte: »Also war es deshalb, als Thalheim Dir das Versprechen abnahm, ›immer, wenn nicht die Schwester, doch die Freundin der Armen und Niedriggeborenen zu sein –‹ es ist sein Befehl, sein Wunsch, darum ist er so heilig.«

Während dieses langen Zwiegespräches der Freundinnen war bereits das spärliche Sonnenlicht längst verlöscht, und der frühe Abend begann hereinzudunkeln. Elisabeth brach auf. Pauline schlug vor, sie zu begleiten, um sie noch länger sprechen zu können. Beide hüllten sich in ihre warmen Schleierhüte und dichten Pelzmäntel, und gingen.

Es war kalt.

IX. Sonntag-Abend

> »Es ist so leicht, die Menschen zu verachten,
> Weil sie die Quintessenz des Staubes nur;
> Viel größer ist's, sie liebend zu betrachten,
> Und kennen ihre arme Staubnatur!«
>
> *Alfred Meißner.*

Es war kalt, ach schneidend kalt draußen. Der Himmel schien sich immer höher wölben zu wollen, als mög' er gar Nichts mehr wissen von der armen erstarrten Erde, und die Sterne kamen funkelnd heraus, einer nach dem andern, und es war als wetteiferten sie alle mit einander im hellen Flimmern und Prunken.

Es war kalt, ach schneidend kalt drinnen. Drinnen in den elenden Wohnungen der Fabrikarbeiter. Auf den meisten Heerden war längst das letzte im Walde aufgelesene Reisholz verbrannt, und wo ja noch ein paar Stücklein Kohlenvorrath waren, da glimmten sie in einem alten großen Ofen, der nur die empfangene Wärme von sich gegeben hätte, wenn ein großes Feuer ihn hätte zu durchhitzen vermogt. Durch die halb mit Papier verklebten, mit Lumpen verstopften Fenster drang unaufhörlich ein eisiger Luststrom ein. – Auf verfaultem Stroh lagen die halbnackten Kinder, und rieben mit den blauen erstarrten Händen in den blöden Augen, die gar nicht zubleiben wollten, weil Frostschauer, die über die kleinen Gestalten liefen, sie immer wieder aufrissen. Die Mutter lag daneben in einer großen, weiten Bettstelle – das Weib lag weder auf Stroh, noch auf Federn, sondern auf den Latten des Gestelles, zum Kopf hatte sie die zerrissene Pelzjacke ihres Mannes, zur Decke einen alten wollnen Rock, den sie am Tage trug.

Es war kalt, ach schneidend kalt drinnen.

Dem Manne war es zu kalt, drum war er fortgegangen in die Schenke.

In der Schenke war es warm, da brauchte Niemand zu frieren, und Branntwein hatte der Wirth auch – und der Branntwein wärmte dann noch fort zu Hause die wenigen Stunden der Nacht bis die Glocke zur Arbeit geläutet ward.

Es war eine große von Rauch geschwärzte Stube. Einige Talglichter, meist schon herabgebrannte Stümpfchen, erleuchteten sie spärlich. Branntweindunst, der Qualm aus vielen Tabakspfeifen und das Athmen vieler Männer verdichteten die Luft in dieser Stube so, daß es den darin Versammelten unmöglich war, einander in größerer Entfernung, als der von ein paar Schritten, zu erkennen.

An zwei Tischen saßen Einige dieser Männer in zerlumpten Kleidern mit theils bleichen, theils vom Trunk glühenden Gesichtern, und spielten mit beschmuzten Karten, auf denen man kaum noch die Figuren unterscheiden konnte, Schafkopf und Solo. In ihren Augen las man theils ängstliche Spannung, theils verzweifelnde Gleichgültigkeit, theils den Ausdruck thierischen Abgestumpftseins gegen Alles, theils endlich eine halb wahnwitzige Lustigkeit, welche in ihren lärmenden Aeußerungen selbst auf die meisten Andern der Anwesenden einen widerwärtigen Eindruck machte. Die Aeltesten unter diesen Spielern waren die rohesten, so auch unter denen, welche trinkend, fluchend und schimpfend den übrigen Raum füllten.

Nur wenige der jüngern Fabrikarbeiter befanden sich unter dieser Gesellschaft, aber diesen Wenigen sah man es an, daß sie zu den Verworfensten und Liederlichsten gehörten.

Die Meisten der jungen Fabrikarbeiter waren in einer andern Stube versammelt, deren Anblick in der That nicht im Entferntesten den widerlichen Eindruck machte, wie jene.

Diese jungen Leute trugen zwar auch wenig bessere Kleidungsstücke, als die alten, aber sie waren meist reinlicher, und zum Wenigsten alle mit einiger Sorgfalt angelegt. Ihr Haar war glatt gekämmt und unverwildert.

Vor ihnen standen Gläser mit Vier, daneben lagen die kleinen Pfeifen, welche wenigstens jetzt nicht brannten. Kein Glas Branntwein, keine Karte war in dieser Stube zu sehen.

Sie saßen Alle an einer langen Tafel auf hölzernen Bänken sich gegenüber, und sangen.

Franz Thalheim und Wilhelm Bürger saßen obenan – sie waren Vorsänger.

Diese beiden jungen Arbeiter waren innige Freunde und hatten gemeinsam endlich die Einrichtung zu Stande gebracht, von welcher wir jetzt Zeuge sind.

Sie hatten die sämmtlichen unverheiratheten Arbeiter aufgefordert, mit ihnen zu einem Verein zusammen zu treten, dessen hauptsächlichste Regeln waren:

Keine Karten anzurühren.

Keinen Branntwein zu trinken.

Keine Schulden in der Schenke zu machen.

Sich von dem Fabrikherrn niemals Arbeitslohn voraus bezahlen zu lassen.

Dies war der negative Zweck dieses Vereins. Er hatte aber auch einen positiven.

Die Arbeiter hatten eine gemeinschaftliche Kasse, in welche jedes Mitglied wöchentlich eine Kleinigkeit beisteuerte. Aus dieser Kasse bezahlte man an den Schenkwirth, bei dem man Sonntags und Mittwochs Abends zusammenkam, das Bier gemeinschaftlich. Auch bezahlte man davon die Noten-, Sing- und Lesebücher, welche sich der Verein anschaffte, um gemeinschaftlich zu singen und zu lesen. In dieser Kasse hielt man immer auf einen kleinen Fonds, von welchem man auch, wenn eines der Mitglieder krank ward, dasselbe unterstützen konnte.

Diese Einrichtung war nicht ohne die heilsamsten Folgen für die Linderung der äußern Noth, und die Erhebung und Veredlung des Innern für Alle, welche ihr angehörten, deshalb war ihr nicht einmal der Fabrikherr entgegen, obwohl es ihm ziemlich einerlei war, wie es um die Moral seiner Arbeiter stand, und wiewohl ihm die Bedingung: »Sich von dem Fabrikherrn niemals Arbeitslohn vorausbezahlen zu lassen« ziemlich verdrießlich war, denn wenn dies die Arbeiter thaten, konnte er dann ihre Arbeit leicht zu einem geringen Preis erhalten, und hatte dadurch die Leute ganz in seiner Gewalt. Dies eben hatten die Arbeiter nur zu oft schon erfahren müssen, und suchten daher, eh' sie noch ferner zu diesem äußersten Mittel griffen, lieber, wenn sich ein Mitglied durch irgend einen Unglücksfall in dringender Noth befand, durch die gemeinschaftliche Kasse zu helfen, und wenn es auch oft nur in der Art eines Darlehns geschehen konnte.

Zum Kassirer war Wilhelm Bürger erwählt worden. Er saß jetzt obenan. Es war ein junger Mann, der einige Jahr über zwanzig zählen mogte. Seine Figur war klein und gedrungen, von kräftigem Gliederbau. Er hatte krauses, schwarzes Haar, dunkle Augen und eine frische, gesunde Gesichtsfarbe. Er trug eine Art Blouse von grau und schwarz melirter Wolle, eben solche Beinkleider, und ein roth und gelb gewürfeltes Tuch um den Hals geknüpft, daß zwei ziemlich lange Enden davon herabhingen.

»Ich dächte, drüben in der großen Wirthsstube ginge es recht laut zu? Da sind wohl schon wieder Einige trunken?« sagte Wilhelm, als der Gesang, welchen man soeben gesungen hatte, zu Ende war, und eine augenblickliche Stille herrschte, in welche plötzlich lautes Geschrei, wie von rohem Gezänk vieler Stimmen, herein schallte.

»Viele sind ja den ganzen Sonntag betrunken,« erwiderte einer der andern jungen Arbeiter. »Da kann es wohl bald zu einer Prügelei kommen.«

»Ich höre August's Stimme,« sagte wieder ein Andrer. »Der Junge sollte sich schämen, läßt sich da mit verführen von den Alten – nun die alten Arbeiter sind einmal von Jugend an den Branntwein gewohnt, können einmal nicht anders leben, Vielen thut er gar Nichts mehr – da mag es schon sein, aber der August sollte sich doch schämen.«

»Ja, er lacht uns nur immer aus,« versetzte ein Dritter. »Mich sollt's aber freuen, wenn ihn die alten Kerle drinnen einmal recht durchhieben.«

»Hätte es wohl verdient,« sagte Franz Thalheim, »aber daß eine große Prügelei wird, wollen wir doch nicht wünschen, da heißt es dann gleich in der Fabrik, es sei großes Unrecht geschehen und ein Exceß verübt worden, daß dabei die Unschuldigen mit den Schuldigen leiden müssen.«

Der Lärm, der hereinschallte, ward immer größer.

»Nun, wenn's was Ernstliches giebt, muß ich auch mit dabei sein!« riefen Einige der jungen Arbeiter, und sprangen hinaus.

»Mengt Euch doch lieber nicht hinein, und bleibt!« riefen Andre. Aber es war schon zu spät, Viele waren trotz der Warnung hinausgeeilt.

»Paß Du doch auf, daß sie keine dummen Streiche machen,« sagten Einige zu Franz. »Du hast ja schon manchmal gewußt, sie von Prügeleien und unvorsichtigem Gelärm zurückzuhalten.« Franz trat in den Hausflur. Die Thüre, welche derjenigen gerade entgegengesetzt war, aus welcher er kam, führte in die große Wirthsstube, in welcher die älteren Fabrikarbeiter zechten und spielten. Diese Thüre war jetzt weit aufgerissen, und Viele Derer, welche vorhin in dieser Stube saßen, hatten sich dazwischen gedrängt.

Im Hausflur wand sich ein junger Bursche – es war der vorerwähnte August – unter den derben Fäusten von einigen der älteren Arbeiter, deren Kräfte durch die Wuth verdoppelt erschienen, und deren Wuth durch die Trunkenheit verdreifacht war. Die entsetzlichsten Flüche und Schimpfworte sandte man von allen Seiten auf ihn.

»Was hat denn der August gethan?« fragte Franz die Umstehenden.

»Falsch gespielt! – Er hat dem alten Böttcher den letzten Dreier auch noch abgewonnen. Er hat uns Alle um's Geld betrogen – uns, wo zu Hause Frau und Kinder fast erfrieren und verhungern – uns hat er das Letzte abgewonnen – ist erst zwanzig Jahr, und doch so ein Gauner!« So riefen viele Stimmen zugleich, und grobe Schimpfreden hallten immer dazwischen.

»Nun aber die Prügelei hilft Euch doch zu Nichts – spielt nicht wieder mit ihm, seht ihn nicht mehr an, da wird er schon bestraft sein,« redete Franz zur Sühne.

»Können wir uns jetzt anders rächen, als wenn wir ihn zu Schanden treten?« rief Einer der Wüthendsten. »Sollen wir ihn etwa verklagen und einstecken lassen, daß wir dann wochenlang umsonst arbeiten können, weil man uns die Gerichtskosten vom Lohne abziehen würde?«

»Franz, Franz!« schrie der unglückliche August, welchen eine starke Faust an den Haaren gefaßt hielt und zur Erde auf die Steintafeln drückte, während ein Anderer einen Fuß, den ein schwerer mit Nägeln beschlagener Stiefel bekleidete, auf seinen Rücken setzte. – »Franz, ich habe schon Alles wieder herausgegeben – Du bist ja sonst menschlich und gerecht! Laß es nicht zu, daß sie mich todtschlagen!«

»Wir wollen ihn hinauswerfen,« sagte Franz. »Da seid Ihr ihn los, und Euer Aerger hat ein Ende, denn er kommt gewiß nicht wieder – das Geld hat er Euch doch herausgegeben?«

»Ja, das haben sie ihm alles wieder abgenommen, und sein eignes dazu,« schrieen Einige, welche gemäßigte Zuschauer abgegeben hatten.

»Nun,« sagte Franz, »so wollen wir ihn hinauswerfen,« und mit Riesenkraft schob er den Fuß des Einen von Augusts Schultern, und unwillkührlich ließ der Andere, welcher sein Haar gefaßt hielt, los, und Franz schleppte nun mit einem raschen Griff den Geschlagenen vor die Hausthüre und rief: »Nun lauf, wenn Du noch laufen kannst!«

August lief wirklich. Einige der Arbeiter sprangen ihm nach, Andere schimpften wenigstens hinter ihm her.

In diesem Augenblicke hörte Franz eine zarte, schluchzende Stimme rufen:

»Helft mir! Erbarmen, wenn ich noch unter Menschen bin!«

Franz kannte diese Stimme, er kannte auch diese Worte, welche er voll desselben entsetzlichen Vorwurfes schon einmal vernommen hatte. Wie ein zweischneidiger Dolch drangen sie wieder in sein Herz, aber wie ein Dolch, welchen eine reine Kinderhand führt, ohne zu ahnen, wie schwer sie verwunden kann.

Er kannte diese Stimme, und sprang in demselben Moment dahin, woher er sie kommen hörte.

Es war dunkel.

Er sah nur eine kleine weibliche, zitternde Gestalt neben einem taumelnden Mann, welcher ihren Schleier mit der einen Hand wegzog, und mit der andern ihren Arm hielt – dabei lachte er, und führte unanständige Reden.

Aber mit starkem Arm schleuderte ihn Franz auf die Seite, daß er taumelnd zu Boden fiel.

Pauline athmete auf – aber sie fürchtete auch den Befreier, und begann zu laufen.

»Gehen Sie lieber langsam,« sagte Franz. »Ich bin es, Franz Thalheim, ich werde Sie sicher bis in Ihr Haus begleiten, gehen Sie nicht schneller, als gewöhnlich, ich folge Ihnen, Sie haben Nichts zu fürchten.«

Er sagte dies mit so schmerzlich bewegter Stimme, weil es ihm weh that, daß nun Pauline vor jedem Fabrikarbeiter fliehen werde, da sich Einer erlaubt hatte, ihr roh zu begegnen – und Pauline errieth an dieser wehmüthigen Stimme, was in ihm vorging, und noch an allen Gliedern zitternd, blieb sie stehen, gab ihm ihre Hand, und sagte unendlich mild:

»Ich danke Ihnen, ich bin so erschrocken, daß ich kaum weiß, wie ich noch das kleine Stück bis nach Hause gehen soll – und Ihnen meinen Dank ganz auszudrücken, vermag ich jetzt auch noch nicht.«

Sie ließ diese kleine Hand mit dem weichen, gefütterten Handschuh in seiner groben Hand, welche nur leise ihre Fingerspitzen zu fassen wagte, und so ließ sie sich von ihm führen. Bald waren sie an dem Wohnhause angelangt – die Laternen davor brannten schon hell.

»Ich danke Ihnen nochmals,« sagte sie freundlich, »und wenn ich wüßte, womit ich Ihnen diesen großen Dienst besser als mit Worten vergelten könnte –«

»Nein, dafür dürfen Sie mich nicht bezahlen!« rief er rasch und wie außer sich – Pauline sah, daß bei diesen Worten seine Augen seltsam glänzten, und eine große Thräne in sie trat, während ein schmerzliches Zucken seinen Mund bewegte, und doch über sein ganzes Gesicht eine Art von Freudenglanz flog – er eilte hastig von dannen.

Friedericke kam Paulinen an der Treppe entgegen. »Da sind sie ja endlich, mein Fräulein! Mein Gott, welche Angst habe ich um Ihretwillen gehabt! Es ist schon acht Uhr vorüber, Sie sind ganz allein gegangen, und wir wußten nicht, wo Sie waren, um Ihnen Jemand entgegen zu schicken.«

Während Pauline ablegte, sich in den Lehnstuhl warf und die kleinen erstarrten Hände wärmte, erzählte sie: »Ich hatte meine Freundin bis an das kleine Haus begleitet, welches in der Nähe des Parkes steht, und in dem unser Oberfaktor mit seiner Frau wohnt. Da fing es sehr heftig an zu schneien, es schien uns vorübergehend, und da wir die Oberfaktorin allein zu Hause sahen, gingen wir Beide hinein, um dort die Schneewolke vorüber zu lassen. So kam es denn, daß wir dort länger blieben, als wir erst gedacht hatten, denn Elisabeth schickte einen Knaben nach ihrem Schlitten in's Schloß, und es dauerte ziemlich lange, ehe dieser kam. Dann hatte es aufgehört zu schneien, ich fürchtete mich nicht, da es so sternenhell war, und nahm nur den Knaben auf Zureden als Bedeckung mit, denn weiter war Niemand zu Hause. Als ich bei der Schenke vorüber kam –«

»Ach, liebes Fräulein, Sie zittern ja am ganzen Körper – es wird Ihnen doch Nichts begegnet sein?« sagte das besorgte Mädchen.

»In der Schenke war ein entsetzlicher Lärm – auf einmal umringte mich ein Trupp Männer und führten gemeine Reden – ich lief stumm fort so schnell ich konnte – da kam mir ein Trunkener von ihnen nach – faßte mich an – und was er sagte, mag ich nicht wiederholen – ich weinte und schrie nach Hilfe – da kam Franz – – er führte mich sicher hierher.«

Pauline hatte dies unter immer heftigerem Zittern erzählt, und sank jetzt ohnmächtig in die Kissen des Lehnstuhls zurück. Friedericke war auf's Theilnehmendste um sie beschäftigt, und weinte selbst mit über die doch bereits überstandene Angst ihrer Herrin. Als diese wieder zu sich kam, fragte sie:

»Ist mein Vater schon zurück?«

»Nein.«

»Wenn er kommt, so laß ihm sagen, es sei mir nicht ganz wohl, ich habe mich zeitig niedergelegt – sage aber Niemand, was mir begegnet ist – hörst Du, Niemand!«

»Wenn Sie es wollen, so kann ich schweigen, als wäre ich stumm,« versprach Friedericke. Pauline ließ sich von ihr entkleiden, und legte sich zu Bette.

Sie war so erschöpft, aber doch zugleich so aufgeregt, daß sie lange vergeblich zu schlafen suchte. Endlich gelang es – aber auch durch ihren Traum klangen immer noch die rohen, schreienden Stimmen hindurch, welche sie im Wachen so geängstet hatten, bis denn auch im Traum Franz Thalheims Bild wie das eines Schutzengels vor ihr auftauchte, daß sie selbst im Schlafe beruhigt und friedlich lächelte.

Auf Franz wartete man an diesem Abend vergeblich in der Schenke, er ging nicht wieder dahin, obwohl es erst acht Uhr war, und bis gegen zehn Uhr pflegten sie gewöhnlich dort beisammen zu bleiben.

Er ging in seine kleine Kammer, er zündete sich nicht erst seine kleine Oellampe an – er hing beim Sternenlicht den Rock, den er auszog, an seinen Nagel, den Shwal über den hölzernen dreibeinigen Schemel, und legte sich auf seinen Strohsack. Es war kalt, aber seine Wangen brannten. Zuweilen aber doch überrieselte ihn ein kalter Schauer – es kam aber nicht nur vom Frost und weil es kalt durch das kleine, in seinen Rahmen klappernde Fenster hereinzog – dieser Schauer kam in den Momenten, wenn er daran dachte, daß Pauline gesagt hatte:

»Helft mir, wenn ich noch unter Menschen bin!«

Und immer wieder mußte er daran denken. Sie hatte diese vielen Stimmen gehört, diese Stimmen Derer, welche arme Arbeiter waren, wie er auch – und sie hatte daran gezweifelt, unter Menschen zu sein – ja sie hatte ihn in der Angst ihres Herzens herausgeschrieen diesen ungeheuern Vorwurf! Ach, freilich! Sie hatte diese Trunkenen, diese rohen Schreier gehört, welche sich sogar mir niedrigen Worten an ihr vergangen hatten – an Menschenwürde hatte sie ja da wohl zweifeln müssen! Und ach, das war es ja eben – sie war auch vor ihm geflohen, denn er war ja auch unter diesen armen, unglücklichen Menschen ohne Menschenrechte, an deren Fähigkeit zur edelsten Menschenwürde Niemand glauben will – sie dachte nun es sei Keiner unter ihnen im Stande, Recht zu handeln – sie war auch vor ihm geflohen, als er sich ihr genähert.

Aber da leuchtete es wieder hell auf in seinem kummervollen Antlitz, und er sagte sich selbst, wie sich plötzlich besinnend: Nein – vor ihm war sie nicht geflohen – nur vor dem ungekannten Mann. Als er seinen Namen genannt, hatte sie ihm vertrauend die Hand gegeben – sie hatte ihn nicht hinter sich gehen lassen, wie einen Diener, wie er bescheiden gewollt – sie hatte ihm die Hand gegeben, und war neben ihm gegangen, wie neben einem Freund – und dann hatte sie ihm gedankt. Aber gewiß hätte sie ihn dafür gern mit irgend einer Gabe gelohnt – aber das sollte sie nicht, nein, dies Mal gewiß nicht, sie sollte ihn nicht bezahlen, wie die reichen Leute die armen für jeden Liebesdienst, womit sie oft so weh thun – sie sollte ihn nicht bezahlen, weil er ein paar Minuten so glücklich gewesen war.

Und so dachte und grübelte er noch lange fort, bis endlich der Schlaf kam, und mit ihm der Traum, und mit diesem Paulinens Bild.

X. Der Rittmeister

»Wie drunten die Puppen rennen,
So winzig, so käferklein,
Die selbst nicht vor Stolz sich kennen,
Will jede was Mehres sein.«

C. Schreiber.

Monate waren verstrichen – der Frühling war gekommen.
Der Frühling ist gekommen! Das war wie ein Jubelruf über die ganze, vom langen schweren Wintertraume erwachende Erde gezogen. Alle Fluren waren wieder grün geworden, alle Märzblümchen und Veilchen blühten wieder, alle Schwalben waren gekommen und suchten die verlassenen Nester wieder, und alle Lerchen sangen wieder – und dieser ganze lebende, lachende Frühling klang und blühte auch in manchem Herzen wieder.

Elisabeth und Pauline waren glücklich, als sie Beide, dem verschwiegensten Leben und Weben der Natur so nahe, den Frühling kommen sahen. Beide sahen sich jetzt öfter, und genossen die schönen Tage zusammen.

Zwar sahen Elisabeths Eltern diese Freundschaft so ungern, als Paulinens Vater sie gern sah, weil es ihm immer Freude machte, wo er die Aristokratie der Geburt sich vor der seinen, vor der des Geldes, demüthigen sah. Aber wie oft auch Anfangs die Gräfin sanfte Vorstellungen an Elisabeth versuchte, in welchen sie Pauline als einen unpassenden Umgang schilderte – Elisabeth erklärte fest und bestimmt, daß sie dieser Freundin nie entsagen werde – und so war Pauline auf Schloß Hohenthal vorgestellt und hatte immer freien Zutritt. Die Gräfin war zu hoch und fein gebildet, um je dem bürgerlichen Mädchen merken zu lassen, daß seine Gegenwart ihr unangenehm sei – sie behandelte es immer mit zuvorkommender Herablassung, aber zugleich mit kalter Förmlichkeit. Von dem Grafen galt dasselbe.

Uebrigens hatte man im Schloß den Winter ganz einsam verlebt. Nur Rittmeister von Waldow war mit seiner Gattin öfter gekommen – ein langweiliges, unbedeutendes, langsam alterndes Ehepaar – und einige andere alte aristokratische Herren, welche in der Nähe lebten, und an einem bestimmten Abend zum Spiel mit dem Grafen kamen. Unter diesen langweiligen Verhältnissen, fühlte die Gräfin selbst, wäre es Grausamkeit gewesen, Elisabeth Paulinens Umgang zu entziehen – allein das Frühjahr brachte die ebenbürtigen Nachbarn zurück, welche im Winter die Einsamkeit ihrer Landgüter mit dem Leben in der Residenz vertauscht hatten.

Es war also auch an einem schönen Frühlingsmorgen, als die beiden Freundinnen Arm in Arm durch die saftgrünen Wiesen gingen. Sie hatten sich Veilchen und Maasliebchen gepflückt, und um daraus kleine Kränze zu winden, setzten sie sich nebeneinander auf eine Bank.

Es war ein liebliches Bild. Pauline trug einen runden Strohhut mit flatternden Enden; ihr blondes Haar war darunter glatt gescheitelt, ihre kleine, zarte Gestalt umgab ein luftiges Kleid von rosaer Farbe mit einer Art von schwarzem, den Hals umschließenden Sammetmieder. Ihre ganze Erscheinung hatte etwas Idyllisches. Eine Art Gegensatz zu diesem Eindruck empfing man durch Elisabeths Bild. Um ihre langen blonden Locken hatte sie einen Tüllschleier geknüpft, ihre edle, schlanke Gestalt umschloß ein schwarzes Wollenkleid mit weiten Aermeln und einer langen Gürtelschnur um die zarte Taille, so glich sie halb einem Burgfräulein, halb einer Nonne vergangener Zeit.

Als so die beiden Mädchen im kindlichen Naturgenuß mit den Veilchen auf ihrem Schoos spielten, und ihre Blicke darauf gesenkt hatten, ahnten sie nicht, daß sie plötzlich der Gegenstand einer lebhaften Unterredung geworden.

Jaromir von Szariny und ein jüngerer Baron von Waldow, Neffe des Rittmeisters, waren in einem Seitenweg, und von ihnen ungesehen, vorübergegangen.

»Da ist sie wieder!« rief Jaromir, und blieb traumverloren stehen. Es befremdete ihn gar nicht, daß er die Unbekannte wieder sah, obwohl er sie am Wenigsten jetzt und hier erwartet hätte –

aber daß er ihr einst wieder begegnen werde, hatte ihm Tausend Mal sein Herz gesagt, und er hatte diesem seltsamen prophetischen Herzen immer geglaubt.

»Ah, Sie meinen die Damen dort, Schade, daß ich meine Lorgnette vergessen habe,« sagte Waldow nachlässig, indem er auch stehen blieb.

»Ich bitte Sie, Waldow, Sie waren schon öfter hier, Sie müssen die Damen dieser Umgegend kennen – sagen Sie mir endlich, wer dieses Mädchen ist!«

»Was denn endlich?« erwiderte Waldow, der die Dringlichkeit seines Freundes nicht begriff. »Ich habe sie noch niemals gesehen – doch ja, ich entsinne mich, gestern sah ich die Eine von ihnen mit dem alten Felchner, dem Fabrikanten, fahren, man sagte mir, es sei seine Tochter.«

»Seine Tochter? Aber welche meinen Sie?« fragte Jaromir ziemlich befremdet.

»Die Kleine.«

»Die Kleine – aber die Schlanke, wer ist sie?«

»Nun jedenfalls auch so ein Fabrikantenmädchen, vielleicht eine Untergebene, eine Verwandte – was weiß ich. Etwas Nobles kann es keines Falls sein,« sagte Waldow leicht, und fuhr scherzend fort: »Indessen Sie wissen, der Adelsverein erlaubt eine Mesalliance mit diesen schönen bürgerlichen Kindern, sobald sie die Töchter reicher Fabrikanten oder Bankiers sind, und man mit ihrer reichen Mitgift den Glanz eines durch die fluchwürdigen Verhältnisse dieser neuerungssichtigen Zeit herabgekommnen adligen Hauses wieder auffrischen und erhöhen kann. – Sie haben das freilich nicht nöthig, aber leider Gottes giebt es Leute mit sehr viel Ahnen, und doch keiner Aussicht auf ein andres Erbe, als einen Namen, und das gilt jetzt kaum so Viel –« er schnippte mit den Fingern, welche der gelbe Glacéhandschuh bedeckte, in die Luft, und fuhr dann geschwätzig plaudernd fort: »Kommen Sie, wir wollen diese Mädchen begrüßen, wir wollen uns einen Spaß mit ihnen machen, man kann dies mit diesen bürgerlichen Püppchen, ohne sie zu erzürnen, sie werden entzückt sein, in der Einsamkeit ihrer Dampfmaschinen und prosaischen Wasserwerke ein Abenteuer mit ein paar Löwen der feinsten Salons zu erleben. Kommen Sie –« und er wollte Jaromir am Arme mit fortziehen.

Gewaltsam widerstand dieser und hielt ihn zurück. »Sind Sie bei Sinnen – ich glaube, Sie wären im Stande, sich auch gegen dieses Mädchen einen unziemlichen Scherz zu erlauben,« rief er außer sich.

»Unziemlich oder nicht,« sagte Waldow, »darüber ließe sich ein langer Monolog halten – aber ich begreife wahrhaftig nicht, warum heute unpassend sein soll, was unter gleichen Verhältnissen Ihnen selbst sehr amüsant war – es kann auch nichts Spaßhafteres geben, als das halb verlegene, halb erzürnte Erröthen eines niedlichen bürgerlichen Dingelchens.«

Die Mädchen waren unterdeß, ohne das Geringste von dem zu ahnen, was man unweit von ihnen über sie verhandelte, und ohne die Sprecher nur zu sehen, einen Pfad herabgegangen, welcher sie von diesen noch weiter entfernte.

Um Alles in der Welt nicht hätte Jaromir das heilig stille Geheimniß seines Herzens von seiner Begegnung Elisabeths an diesen seichten Salonmenschen verrathen, und noch weniger wäre er im Stande gewesen, sich ihr mit ihm zugleich zu nähern – als Ausfluchtsmittel sah er daher nach der Uhr, und sagte:

»Aber Sie vergessen, daß uns Ihr Onkel um 10 Uhr zum Frühstück erwartet, und daß dieß schon vorüber ist – lassen Sie uns eilen, zurück zu kommen, nicht in allen Fällen ist es guter Ton, auf sich warten zu lassen.«

»Besonders wenn man selbst Appetit hat,« sagte Waldow, und indem er über der Aussicht auf ein gutes Frühstück die schönen Mädchen vergaß, ging er rasch mit Jaromir dem Herrnhause zu, wo sie jetzt Beide als Gäste wohnten.

Wirklich waren sie von dem Paar bereits zum Frühstück erwartet worden, bei dem sie noch einen fremden Gast fanden. Man stellte ihn als Hofrath Wispermann vor. Es war ein langer, hagerer Herr, den man, wenn man diese dünnen Beine und Arme, diesen langen Hals, auf welchem ein großes Haupt mit spärlichen braunen Haaren und einem leichenblassen, abgezehrten Gesicht sich befand, recht wohl für einen riesigen Schatten halten konnte.

Und dieser Schatten war ein Sohn des Aesculap, welchem einer der kleinsten deutschen Fürsten den Titel als Hofrath gegeben. Er hatte mit seinen Curen nirgend großes Glück machen können. Manche Patienten waren ihm unter den Händen gestorben, gerade in den Augenblicken, als er sich geschmeichelt hatte, daß er durch die starke Dosis einer modernen Arzenei, welche freilich aus giftigen Substanzen bestand, sie auf der Stelle und urplötzlich curiren werde. Wie sich nun die Sachen oft so ganz anders verhielten, als er vorausgesagt hatte, und endlich von allen seiner ehemaligen Freunde und Bekannten nur der Todtengräber und die Leichenfrau ihm treu blieben, erklärte er plötzlich aller modernen Medicin den Krieg, und ward ein Verkündiger des neuen Evangeliums vom Wasser.

Er hatte ein ziemlich ansehnliches Kapital zusammengespart, und es jetzt zur Anlegung einer Wasserheilanstalt, und zwar in der Nähe des Schlosses Hohenthal, benutzt, wo eine kleine Villa zu verkaufen gewesen war, welche er Hohenheim nannte. Eine kleine Anzahl elender Häuser umgaben sie, die meist von Fabrikarbeitern Herrn Felchners bewohnt waren.

Der Wasserdoctor machte nun Herrn von Waldow seine Aufwartung, um ihm die in allen öffentlichen Blättern pomphaft angekündigte Eröffnung seiner Wasserheilanstalt noch besonders mündlich anzuzeigen.

»Nun, das wird Leben und Gesellschaft in unsere Umgegend bringen,« sagte der Rittmeister vergnügt. »Gesunde werden die Kranken begleiten, und vielleicht entwickelt sich noch ein ganz comfortables Leben in unsrer Nähe.«

»Das wäre sehr schön!« stimmte seine Gemahlin ein. »Man brauchte dann nicht selbst in ein Bad zu reisen, wenn das Bad umgekehrt selbst zu uns kommt. Wie viel haben Sie schon Kurgäste, Herr Hofrath?

Diese naive Frage machte den langen Doctor ein Wenig verlegen, er sah vor sich nieder, scharrte mit dem Fuß, und sagte dann lispelnd: Bis jetzt ist nur ein kranker Herr da –« gleichsam aber als wolle er den für ihn niederschlagenden und beschämenden Eindruck dieser Antwort gänzlich vernichten, setzte er mit Nachdruck und Stolz hinzu: »aber es ist ein Engländer.«

Der jüngere Waldow konnte sich des Lachens kaum erwehren, und brach jetzt heraus: »Wahrhaftig, nur ein Engländer ist es im Stande, in einem verlassenen deutschen Erdwinkel der einzige Kurgast einer Wasserheilanstalt zu sein.«

»Man muß bedenken, wie früh es noch im Jahre ist,« sagte der Doctor sehr ernst.

»Und daß eine Schwalbe noch keinen Sommer macht,« fiel Waldow ein. »Aber wahrhaftig,« fuhr er begütigend fort, »ich versichere Ihnen, mein Herr Hofrath, Ihre Anstalt muß berühmt, von vielen Fremden besucht werden – es soll in der feinen Welt bald zum guten Ton gehören, ein paar Wochen in Hohenheim zu leben. – Alles kommt ganz darauf an, ob mein Freund, Graf Szariny, will: – erklärt er Hohenheim für berühmt, so wird es dasselbe auch in Kurzem sein – und daß ein Engländer gerade schon da ist, wird uns sehr zum Nutzen gereichen, man braucht da weniger aufzuschneiden. – Was meinen Sie, mein Freund?«

Jaromir hatte nur scheinbar dem Gespräch zugehört, seine Gedanken waren anders beschäftigt gewesen, er glaubte jetzt den Kern des Gespräches ganz richtig erfaßt zu haben, als er antwortete: »Man wird doch in Deutschland nicht immer so borniert sein, alles dumme Zeug nachzuäffen, was ein Engländer angiebt.«

Der Hofrath stand entrüstet auf.

Die gnädige Frau war unbeschreiblich verlegen.

Der Rittmeister nöthigte zum Trinken.

Jaromir sah sehr harmlos die ganze bestürzte Gesellschaft der Reihe nach an.

Waldow wußte sich nicht mehr zu helfen, und hielt sich laut lachend die Seiten – endlich sagte er: »Sie sehen, Herr Hofrath, an welchem fürchterlichen Spleen mein armer Freund bereits leidet – Sie werden eine glänzende Genugthuung von ihm erhalten, denn über kurz oder lang werden Sie ihn in Ihrer Anstalt finden.«

Eh' man über dieses Mißverständniß sich deutlicher erklären konnte, fuhr unten ein Wagen vor, und ein Diener meldete Herrn Felchner.

Der Rittmeister ward ein Wenig blaß. »Der Mensch kommt in Geschäften zu mir, welche keinen Aufschub leiden,« sagte er, und fügte eilig, wie sich besinnend hinzu: »Es betrifft Grenzstreitigkeiten und Ablösungsverhältnisse. Ich bitte zu entschuldigen, wenn ich mich in mein Zimmer zurückziehe.«

Auch der Wagen des Hofraths hielt unten, und so trennte man sich für den Augenblick schnell von einander. Die Gattin des Rittmeisters warf diesem einen flehenden Blick zu, und ging ebenfalls in ihr Zimmer – Waldow warf sich gähnend in eine Sophaecke, wo er alsbald entschlief, während Jaromir ein Packet Zeitungen ergriff, eine Cigarre anzündete, und damit in den Garten ging.

Es war ein unerquickliches Geschäft, was der Rittmeister mit Herrn Felchner abzuthun hatte.

Er trug auch hier seinen alten grauen Hausrock – diese Misachtung aller conventionellen Sitte im Haus eines Aristokraten war für ihn charakteristisch.

»Gehorsamer Diener,« sagte er im Eintreten, »wollte mir nur selbst die Antwort auf meine beiden Briefe holen, welche Sie mir schuldig geblieben sind.«

»Es freut mich, daß ich das Vergnügen habe, Sie selbst persönlich bei mir zu sehen,« sagte der Rittmeister höflich, aber Felchner fiel ihm in's Wort: »Sie entschuldigen, daß ich Ihre höflichen Redensarten unterbreche, allein wir Geschäftsleute haben immer nicht viel Zeit, dergleichen zu erwidern und anzuhören, und heute bin ich ganz besonders pressirt. Wir wollen uns einander nicht unnöthig mit höflichen Redensarten aufhalten. Mein Besuch, fürcht' ich, wird Ihnen nicht erwünscht sein, denn Sie werden wohl wissen, weshalb ich komme, sollten Sie sich dessen, was wir zusammen verabredet haben, jedoch gar nicht mehr erinnern, so werde ich mir selbst die Freiheit nehmen.« Mit diesen Worten zog Herr Felchner aus seinen großen Rocktaschen einige actenmäßig aussehende Papiere.

»Herr Felchner,« sagte der Rittmeister vertraulich, »wir haben immer gute Nachbarschaft gehalten, wir wollen nicht um eines solchen Bagatells willen –«

»Bagatell!« unterbrach ihn dieser, und seine kleinen Augen funkelten, seine Nase ward noch spitzer, als sie ohnehin war. »Bagatell! Wenn es Ihnen das ist, so zahlen Sie mir meine zehn Tausend Thaler aus! Für einen Fabrikanten giebt es kein Bagatell, dem Industriellen ist jeder Groschen ein Kapital, das seine Zinsen tragen muß, sonst stocken die Geschäfte – sprechen Sie nicht von Bagatell!«

»Beruhigen Sie sich, ich meinte nur nicht dieses Geld allein, sondern Geld überhaupt sei eine Bagatell dem Glücke uns nahestehender Personen gegenüber, von welchen ich mit Ihnen vor allen Dingen zu sprechen wünschte.«

»Ich verstehe Sie nicht, aber ich muß Sie bitten, zur Sache zu kommen, ich habe durchaus nicht viel Zeit.«

»Nun – Sie haben eine erwachsene, liebenswürdige Tochter –«

»Ja, wahrhaftig! Sie ist mein Stolz und meine Freude.«

»Ich habe einen einzigen Sohn, welcher jetzt auf Reisen ist –«

»Ich bitte – zur Sache, zur Sache!« und Herr Felchner rutschte ungeduldig auf seinem Stuhle hin und her.

»Wir sind Nachbarn, unsere Besitzungen stoßen aneinander –«

»Weiß es, weiß es, verschmelzen immer mehr in einander,« sagte Felchner höhnisch.

»Das ist auch meine Meinung,« fiel der Rittmeister rasch in's Wort, ohne den Hohn in der Stimme des Fabrikherrn zu bemerken, oder bemerken zu wollen, und fuhr freundlich fort: »Es würde Sie schmerzen, jemals Ihre Tochter weit von sich zu entfernen – nun, ich denke, Sie schlagen mit Freuden ein, Sie müssen meinen Sohn von früher kennen, Sie haben den Vortheil, daß Ihre Tochter Ihnen unentführt bleibt, den Vortheil ihrer Standeserhöhung – schlagen Sie ein, mein lieber Freund – wir wollen aus unsern Kindern ein glückliches Paar machen –« und der Rittmeister hielt dem Fabrikanten mit freundlichem Lächeln die Hand hin.

Dieser aber, statt, wie Jener wohl erwarten mochte, mit seiner Hand in die dargebotene einzuschlagen, schlug heftig mit dem Actenstück darauf, das er in der Hand hielt, warf aufspringend den Stuhl um, auf dem er gesessen, und zitternd vor Wuth brachte er nur die Worte heraus:

»Nein, das ist zu unverschämt.« Bleich stand er da, sein lederartiges Gesicht zuckte in jedem Fältchen seiner Haut, die zornsprühenden Augen drehten sich wild nach zwei verschiedenen Seiten, die einzelnen Haare seines Hauptes sträubten sich zur Decke.

Auch der Rittmeister sprang auf, und indem er einige Schritte gewissermaßen furchtsam zurücktrat, sagte er: »Welches Benehmen, mein Herr – in meinem Zimmer!«

»Ich frage Sie,« sagte Herr Felchner, auf's Aeußerste gereizt, »wie kamen Sie dazu, mir dieses unverschämte Anerbieten zu machen? Wie konnten Sie denken, ich werde die Hand meiner einzigen Tochter einem Krautjunker geben, ja einem Krautjunker, von dem ich noch dazu weiß, daß er in Kurzem ein Betteljunker sein wird, da ich die Wirthschaft seines Vaters kenne! Oder konnten Sie sich wirklich einbilden, ich solle es mir zur Ehre schätzen, wenn meine Tochter eine gnädige Frau würde? Die adligen Freier werden sich zu Duzenden finden, denn das Mädchen ist ein Engel, und wäre sie häßlich wie die Sünde, ihr Geld würde sie in den Augen altadliger Hungerleider doch zu einem Engel machen. – Aber bilden Sie sich nicht ein, daß heut zu Tage ein Industrieller noch Respect hat vor einem großen Wappenschilde und einem vornehmen Namen – Herr Rittmeister – das sind Bagatellen – Bagatellen, zu erbärmlich, sie nur zu beachten.«

»Es ist gut,« fuhr er ruhiger fort, nachdem er die heftige Rede abgebrochen und hochaufathmend frische Kraft zum Weitersprechen gesammelt hatte – »das Wort Bagatell bringt mich wieder auf die Ursache meines Kommens, und auf die zehn Tausend Thaler zurück, welche Sie für ein Bagatell erklärten, und welche ich Ihnen wahrscheinlich mit meinem Kinde schenken sollte – Sie haben das Vaterherz so in Wuth gebracht, daß ich beinah Narr genug gewesen wäre, darüber meine zehn Tausend Thaler zu vergessen – sie waren schon vor einem Monate gefällig – Sie werden meine Nachsicht zu schätzen wissen – ich bin da, um das Geld in Empfang zu nehmen.«

»Mein Herr Industrieller,« sagte der Rittmeister, der unterdeß mühsam nach Fassung gerungen, und vergebens überlegt hatte, wie er sich noch am Besten aus der Schlinge ziehen könnte, mit beleidigtem Ton in der Stimme und einem Anflug von Spott, »es ist mir unmöglich, mit Leuten, welche alle Rücksichten und Höflichkeiten aus den Augen setzen, auf die jeder Mensch von Bildung Anspruch macht, zu verhandeln, ich werde Ihnen Ihr Geld noch heute in Ihre Wohnung schicken –« und der Rittmeister kehrte dem Fabrikanten vornehm den Rücken, und war im Begriff, das Zimmer zu verlassen.

»Sie können bleiben,« sagte dieser, »ich werde gehen – Ihre elende Ausflucht ist eines Aristokraten des neunzehnten Jahrhunderts würdig. Sie haben das Geld nicht, ich sehe sehr wohl ein, daß ich es also nicht mitnehmen kann, und werde daher gehen. Brechen Sie aber Ihr Wort abermals, und ich erhalte das Geld nicht noch heute, so begebe ich mich morgen mit dieser Verschreibung zu den Gerichten, und Ihre Waldung ist mein Eigenthum. Ich empfehle mich Ihnen.«

Mit diesen Worten ging der kleine graue Mann zu der großen Flügelthüre hinaus, und fuhr dann in seinem glänzenden Staatswagen heim. Während er einen Blick auf die nahe Waldung warf, rieb er sich vergnügt die Hände, und sagte zu sich selbst:

»Es ist nicht möglich, daß er das Geld bis heute Abend schafft, der Wald ist also mein, und ich habe im Grunde keinen schlechten Handel gemacht. Den Wald lasse ich umhauen, benutze den Platz zu einer Bleiche, der Bach, welcher durchfließt, läßt sich zu einem Graben machen, und kann eine neue Walkmühle treiben – nein, nein, es ist wirklich kein schlechter Handel – es ist gut, wenn ich auf so billige Art, und ganz allmälig meinen Grundbesitz vergrößern kann«

Dem Rittmeister merkte man bei Tafel nicht an, welchen großen Aerger er kurz vorher gehabt, in welcher innern Aufregung er sich noch befand, welche schlimmen Sorgen er sich machen mußte. Er war der liebenswürdige Wirth, wie gewöhnlich.

Als man die Tafel aufhob, sagte er: »Ich muß heute noch einen Besuch bei Graf Hohenthal machen, wollen mich die Herren begleiten, so werde ich mich freuen, Sie vorstellen zu können.«

Jaromir und der Neffe waren mit Vergnügen dazu bereit.

XI. Wiedersehen

»Ein Thor, wer auch die Hefen schlürfte,
Weil er den Becher ausgeleert;
Wir wären, wenn's so enden dürfte,
Eines des Andern nimmer werth.«

Franz Dingelstedt.

Die Langeweile war es, welche Jaromir noch lange an Bella gefesselt hatte, obwohl sein Herz längst Nichts mehr wußte von diesem Bande. Auch hatte sich das Verhältniß geändert, früher war er der Sklave ihrer Launen gewesen, später mußte sie die seinen ertragen.

Zuweilen war er lange außen geblieben, aber endlich war er doch immer wieder zu ihr gegangen, weil er für die Stunden, die er bei ihr zuzubringen pflegte, doch nirgends andern Ersatz fand. Um es mit einfachen Worten kurz zu sagen: es fehlte ihm Etwas, wenn er lange nicht bei ihr gewesen war, und so ging er immer wieder zu ihr. Wollte sie ihn dann mit Vorwürfen empfangen, daß er so lange nicht da gewesen, so setzte er ihrer leidenschaftlichen Heftigkeit eine ernste, fast schwermüthige Ruhe entgegen, welche sie bald entwaffnete – ja sie selbst war auch so an ihn gewöhnt, daß sie oft über der Freude, den lang Vermißten wiederzusehen, vergaß, daß sie ihm hatte grollen wollen.

Einmal jedoch, als eine ganze Woche vergangen war, ohne daß Jaromir bei Bella gewesen war, erwachte die Eifersucht in ihr – sie fürchtete, daß er eine Andere liebe. Das schöne junge Mädchen – Elisabeth – fiel ihr wieder ein, mit welchem ziemlich zugleich sie einst Jaromir hatte das Haus, welches sie bewohnte, verlassen sehen. Zwar hatte ihr später Jaromir gesagt, daß er von Thalheim gekommen sei, mit dem er ein Geschäft abzumachen gehabt – sie mochte denken, ein literarisches – aber sie war sich doch genau bewußt, daß seit diesem Tage Jaromir's Stimmung verändert war, daß er von diesem Tage an aufgehört hatte ihr Sclave zu sein. Baron Füßly, welcher mit Aurelie Treffurth wirklich ein kleines Liebesverhältniß angesponnen, und bei ihren Eltern um ihre Hand geworben hatte, da er sie für eine gute Partie betrachtete, war zurückgewiesen worden, da umgekehrt Aureliens Eltern, welche von seinen Schulden und ausschweifendem, thatlosem Lebenswandel hörten, ihn für eine sehr schlechte Partie hielten, und ihre Tochter seinen Ueberredungskünsten dadurch entzogen, daß sie dieselbe aus der Residenz in ihren Familienkreis zurückriefen, wo Aurelie, die erst stolz darauf war, sich bald verheirathen zu können, es nun auch darauf war: einen Korb ausgetheilt zu haben, und sich über diese Trennung weiter nicht grämte. Füßly aber war über diese fehlgeschlagene Hoffnung ziemlich verstimmt, und suchte bei der schönen Schauspielerin seine üble Laune zu vergessen. Er fand auch ziemlich Gnade vor ihren Augen, und von ihm, als Jaromirs intimsten Bekannten, konnte sie wohl erfahren, welche Gesellschaften dieser jetzt besuche, und welches neue Interesse ihn fessele. Es wäre nun vielleicht in Füßlys Interesse gewesen, Jaromir bei Bella zu verdrängen, aber in seinem noch größeren war es, ihn sich zum Freund zu erhalten, denn außer von der Nachsicht seiner Gläubiger lebte Füßly jetzt nur noch von Jaromirs Großmuth. Daher suchte er Bella die reine Wahrheit zu sagen, daß Jaromir in keiner Gesellschaft eine Dame besonders auszeichne, daß er überhaupt meist nur in Herrengesellschaft gehe, und daß sein verändertes Benehmen wohl Nichts sei, als eine Dichterlaune, da er jetzt an einem größeren Werke arbeite. Bella war dadurch noch nicht vollkommen beruhigt, und verschmähte es nicht, auch durch ihr Kammermädchen, welche mit Jaromirs Diener vertraut war, über ihn Erkundigungen einzuziehen. Aber auch hier blieb es dabei: Jaromir erhielt weder Briefe oder Billette von einer Dame, noch schrieb er dergleichen an solche, ging auch nicht heimlich aus, noch fand sich überhaupt bei seinem ganzen Thun irgend etwas Geheimnißvolles. Bella konnte sich beruhigen.

Eines Tages, als er nach langer Abwesenheit wieder bei ihr eintrat, und wie gewöhnlich neben ihr auf dem Sopha Platz nahm, schmiegte sie sich zärtlich an ihn, und sagte:

»Ist es auch Recht, daß Sie jetzt über Ihren Dichtungen das wirkliche Leben ganz vergessen? Ist es Recht, daß Sie über Ihren Traumbildern Ihre Geliebte vernachlässigen?«

Er sah sie halb erschrocken an, machte sich von ihr los, stand auf, und sagte sehr ernst: »Also immer noch diesen Traum, Bella? Diesen Traum, aus dem ich längst aufgewacht bin, in dem ich Sie schon lange nicht mehr befangen glaubte.«

Sie erhob sich rasch, ihr Gesicht glühte. »Und das sagen Sie so ruhig. – Sie bekennen, daß Sie mich getäuscht haben, daß Sie eine Andere lieben!« rief sie außer sich.

Er schüttelte langsam die dunkeln Locken: »Getäuscht? Was sind alle Liebesverhältnisse, ja alle Lebensverhältnisse überhaupt anders, als eine Kette oft gezwungener, immer wenigstens absichtsloser Täuschungen? Ich eine Andere lieben? Nein, das ist für mein Herz vorbei – das hat gelernt, daß das Glück der Liebe nur ein Traum ist. In der Zeit, wo aus der knospenden Kindheit ein heiliger Zauberschlag die volle Blüthe reifer Jugend entfaltet – da liebt man ganz und wahrhaftig, da lebt man im lachenden Frühling, wo der Himmel ewig blau ist, und die ganze Natur grün und blühend und ein seliges Paradies. – – Aber jeder Mensch muß sein Paradies verlieren; die Einen treibt der Racheengel gewaltsam fort, die Andern kehren ihm langsam, aber freiwillig den Rücken, freiwillig – bis sie plötzlich gewahr werden, was sie verloren, und nicht mehr zurück können.«

Er hielt inne – er hatte begeistert, aber sanft gesprochen, als wenn er daheim allein an seinem Schreibtisch säße, und nur sein Papier zum Zeugen hätte – seine Augen glänzten, seine Lippen zuckten schmerzlich lächelnd, ein sanftes Roth lag auf seinen Wangen – sie hatte ihn nie schöner gesehen. Sie setzte sich wieder, und wagte Nichts zu entgegnen, endlich sagte sie:

»Sprechen Sie so weiter,« und während ihre Augen innig an ihm hingen, fuhr er fort:

»Was man später von Liebe spricht, so ist es ein Spiel, das man nicht mit dem fremden Herzen allein, sondern auch mit dem eignen treibt – aber das Spiel ermüdet, man läßt das Spiel auch fallen – und wenn es dabei zerbricht, so sagt man mit einem Seufzer, wie das Kind: ich habe Nichts dafür gekonnt; ich hab' es nicht zerbrechen wollen – oder man wendet sich mit Ekel ab – oder –«

»Jaromir!« fiel sie ihm außer sich in's Wort.

Er fuhr ruhig fort, wo er abgebrochen: »Oder man sagt einander: Wir sind zum Spielen zu alt, wir wollen das aufgeben, und nicht mehr kindisch sein – unsere Puppen taugen nicht mehr, sie sind schlecht geworden, wir wollen das elende Zeug bei Seite werfen, es soll uns nicht mehr quälen!« Er setzte sich wieder neben sie, und nahm ihre Hand:

»Bella, unsere Liebe war ein Spiel, unsere Freundschaft wird uns dauernd beglücken.«

Sie sah stumm vor sich nieder.

»Bella,« wiederholte er wieder, »erinnern Sie sich noch des Abends in Berlin, als Sie die Armida gegeben hatten? Sie waren wirklich diese allgewaltige Zauberin gewesen, welcher Niemand widerstanden hatte, Rinaldo nicht auch Jaromir nicht. Ich begleitete Sie in Ihre Wohnung. Sie waren erschöpft von der Anstrengung der Rolle – ich trug Sie halb ohnmächtig in Ihr Zimmer; ich legte Sie auf Ihr Sopha, und knieete zu Ihren Füßen – ich war nicht um Sie beschäftigt, Sie wieder zum Bewußtsein zu bringen, ich hielt nur Ihre kleine Hand zwischen der meinen, und schaute Sie unverwandt an – Sie kamen wieder zu sich, und wir lagen einander in den Armen, aber wir sprachen nicht. Wir waren allein, Ihre Verwandte lag krank in einem entfernten Zimmer, bei ihr waren Ihre Dienerinnen – – ich vergaß Alles, ich vermeinte in den Zaubergärten Armidens zu sein – von einer andern Wirklichkeit wußte ich Nichts, als von der, daß mich Armida in ihren Armen hielt.«

»Warum diese Erinnerung?« fragte sie erröthend. »Warum das jetzt?«

»Eben weil es eine Erinnerung ist, die niemals wieder Gegenwart werden kann,« versetzte er, und fuhr fort: »Wir waren allein, unsere Küsse wurden Flammen – da riefen Sie plötzlich: Schonung! Ich bin ein schwaches Weib – da besann ich mich, ich erwachte aus meinem Sinnentaumel – ich hatte mich einer Zauberin ergeben – an ein schwaches Weib hatte ich nicht gedacht – ich sagte: ja ich muß fort – und schied plötzlich. – Sie sind stumm?« fügte er nach einer Pause hinzu.

»Es ist nicht zart, daß Sie mich bei einer solchen Erinnerung zum Antworten zwingen wollen,« sagte sie, und sah vor sich nieder.

»Wir müssen einmal wahr gegen einander sein, sonst kann es zu keiner Freundschaft kommen, wie ich sie ersehne; wir müssen uns einander keine Erklärung schuldig bleiben. Wir haben ja keine That begangen, vor der wir erröthen müßten – und was Sie Hundert Mal auf der Bühne ohne Erröthen geschildert haben, und schildern gehört, das können wir ja einander auch ein Mal ohne Vorstellung und ohne Redepomp im wirklichen Leben sagen,« antwortete er ernst mit unveränderter, sanfter, freundlicher Stimme.

»Nun,« erwiderte sie, »seit jenem Abend sagte ich mir: Jaromir ist kein Lüstling, wie die andern Männer, er ist edler – ich muß ihn höher achten, als die andern – aber vielleicht hat er auch keine Leidenschaften, vielleicht auch kein Herz.«

»Es kann sein, daß man mir das Herz ertödtet hat,« sagte er dumpf, »erkältet wenigstens hat man es gewiß. – Nach jenem Abend sahen wir uns einige Tage nicht – ich war mit mir zufrieden. Ich prüfte mein Herz – ich fragte mich, ob uns Beide die Ehe beglücken könnte. – Sie lächeln?«

»Ich werde mich nie vermählen,« sagte Bella. »Sie wissen es, eine verheirathete Schauspielerin ist eine Art Amphibie – sie muß dem verwässerten Element der Ehe angehören, und doch zugleich auf dem Land der Bühne leben – sie wird weder vom Gatten, noch vom Publikum vernachlässigt sein wollen – und vielleicht wird sie es gerade von Beiden sein. Nein, nein! Niemand kann zweien Herren dienen, ich wäre eine sehr schlechte Gattin, und hätte dabei vielleicht auch die Aussicht, eine schlechte Sängerin zu werden,« fügte sie mit munterm Ton hinzu.

»Jetzt endlich sind Sie wieder Sie selbst,« rief Jaromir, »und legen die Sentimentalität ab, mit welcher Sie mich vorher empfingen, und die mir an Ihnen so fremd ist. – Was Sie da von sich selbst gestehen, dacht' ich auch, und noch mehr: wenn ich mir sagte, daß sie keine hingebende Gattin, und als solche auch nicht glücklich sein würden, so sagte ich mir auch noch, daß ich als Gatte vielleicht der unerträglichste, bestimmt aber der unglückseligste aller Menschen sein würde.«

»Das ist ein sehr naives Geständniß!« sagte Bella.

»Gewiß,« fuhr Jaromir lebhaft fort, »ich sagte mir, daß ich nicht einmal einige armselige Tage in der Ehe würde glücklich verträumen können, wie es doch die Andern im Stande sind, eben weil ich mir mitten in jedem leidenschaftlichen Rausch sagen konnte: morgen wirst Du nüchtern und ermüdet sein. Ich fühlte, daß Ihr Besitz mit einem elenden, gefesselten Leben zu theuer erkauft sei – und weil ich dies fühlte, erkannte ich, Sie nicht wahrhaft zu lieben, denn der Liebe ist kein Preis zu theuer! Und dazu, Bella, liebte ich Sie eben zu sehr – oder, wenn das deutlicher ist: Sie waren mir zu werth, ich stellte Sie zu hoch, um Ihnen Reue und Kummer zu bereiten. – Bella! Sie sind mir heute so theuer und so werth, ja so unentbehrlich, als irgend einmal – aber niemals haben Sie wieder jenes stürmische Verlangen in mir erweckt, wie an jenem Abend in Berlin –: urtheilen Sie, ob ich noch leidenschaftlicher Liebe fähig bin. Nein, ich habe Sie für immer begraben! – Und wissen Sie, wenn das war? – An jenem Tage, als Sie sich zuerst darüber beklagten, daß ich gegen Sie verändert und unhöflich gewesen. Ich sage Ihnen Alles. Meine erste Liebe war ein allmächtiges, heiliges Gefühl, das mein ganzes Dasein, mein ganzes Streben ausfüllte – meine erste Geliebte ward mir untren – begreifen Sie, was das heißt? Meine Liebe war mein Leben gewesen, sie allein hatte ihm Farbe und Glanz gegeben, und diese Liebe ward verhöhnt, in den Staub getreten, und dadurch ward mein ganzes Leben zu einem wesenlosen, finstern Schemen. O, es ging Alles sehr natürlich zu – es war gar nichts Außergewöhnliches – das Mädchen war gewiß sehr vernünftig,« sagte er höhnisch, indem er dabei innerlich zitterte – »es machte eine gute Partie – es war arm, und ich damals auch, und hätte auf mich noch lange warten müssen – der Andere wandte ihr den Brautkranz sogleich in's Haar – so Etwas geschieht alle Tage – warum nicht auch eines Tages mir? – Jahre sind vergangen, ich hatte meine Verzweiflung und das Mädchen vergessen – an jenem Tage, wo sie zuerst über mich klagten, stand ich an dem Sterbebette dieser Einstgeliebten – wohin sie mich verlangt hatte. Ich brachte keine Liebe mehr mit zu ihr – keine Liebe – sie war für immer aus meiner Brust gerissen – und das war der Fluch ihrer That! – Aber ich kam zu der Erinnerung von ehemals, ich hatte wieder das klare Bewußtsein von dem, was Liebe eigentlich sei, was sie einst aus mir gemacht, wie sie mich beglückt und erhoben hatte – und da fühlte ich, daß es für mich damit aus sei.«

Er hielt beinahe erschöpft inne, sie hatte sanft seine Hand ergriffen, und drückte sie theilnehmend, indem er fortfuhr: »Vielleicht begreifen Sie nun, daß mich plötzlich wieder jedes Liebesspiel anekelte, daß ich keinen zärtlichen Liebhaber spielen mag, da ich erkannte, daß ich nur ein Mal es wirklich gewesen, und außerdem Nichts als ein gemeiner Gaukler, der aber seine Kunst so weit gebracht hat, daß er sogar sich selbst zu betrügen gelernt! – Darum, Bella, fordern Sie keine zärtlichen Worte und Blicke mehr von mir, aber seien Sie meiner Freundestreue gewiß. Sie sind mir unentbehrlich, lassen Sie mich bei Ihnen die Stätte finden, wo ich meine besten Freuden genieße!«

Sie fühlte, wie Recht er hatte, sie hatte Mitleid mit ihm, sie war gerührt – und ihr Stolz war geschmeichelt, daß er sich nicht ganz von ihr losreißen konnte, ihrer Eitelkeit war genug gethan, daß er keine Andere liebte – sie selbst hatte auch keine tiefe Leidenschaft für ihn empfunden, aber sie vermißte ihn schmerzlich, wenn sie ihn entbehren mußte, und deshalb sagte sie in heiterm Tone:

»Nun, so sollen Sie denn das Recht haben, ein ungalanter Liebhaber zu sein, wenn Sie nur ein desto treuerer Freund sind – ich werde mir andere Anbeter suchen müssen, sie sind ja auch keine Seltenheit – aber treue Freundschaft ist eine, und so wollen wir denn davon ein musterhaftes Exemplar zu Stande bringen.«

So aufrichtig war dies neue Bündniß zwischen diesen Beiden geschlossen worden. Aufrichtig, denn was Jaromir verschwieg, das schlummerte selbst in seiner Seele Tiefen als ein ungelöstes, heiliges Räthsel.

Er hatte Elisabeth zum zweiten Male gesehen, er war von diesem Augenblicke an wieder ein begeisterter Dichter geworden. Aber er hatte nicht nach ihr geforscht, er hatte sie nirgends gesucht. Wie ein wunderherrliches Traumbild war sie ihm erschienen, so, sagte er sich, sollte sie in ihm fortleben. Warum auch diese himmlische Erscheinung hereinziehen in die gemeine Wirklichkeit? Sie würde in ihr doch auch in ein leeres Nichts zerfließen, so meinte er, und das wollte er sich ersparen; er wollte nicht auch dieses Ideal vernichten, um es mit zu den andern umgestürzten Göttern seines Innern und seines Lebens zu werfen, deren Fall er schon beweint oder verspottet hatte. Dieselbe Macht, welche sie ihm zwei Mal in den Weg seltsam geführt, die werde es auch noch ein drittes Mal so fügen, er wußte es – aber er fragte weiter nicht darnach, er bemühte sich nicht darum. Aber wie eine leuchtende Gestalt stand sie immer vor seiner Seele, und es gab Momente, wo er sinnend in selige Träumereien versank – sie kamen ihm dann, wenn er ihrer gedachte.

Der Frühling war gekommen. Bella nahm Urlaub zu einer Kunstreise. Jaromir hatte sich nun noch mehr, als je gelangweilt. Er hatte daher mit Vergnügen den Vorschlag eines seiner Bekannten, von Waldow, angenommen, ihn auf das Gut seines Oheims, welchen er früher schon einmal kennen gelernt, zu begleiten, um fern von der Stadt in Bergen und Thälern den Frühling in seinem ersten Kommen zu belauschen.

Und so hält denn jetzt der Wagen, in welchem der Rittmeister von Waldow mit seinem Neffen und Jaromir sitzt, im weiten Hofe des Schlosses Hohenthal.

Die Ankommenden wurden gemeldet, und in das Empfangzimmer geführt. Die Gräfin, eine sehr hohe Gestalt, mit edlen, feinen Zügen, welche noch im Alter Spuren einer stolzen Schönheit zeigten, saß auf dem Sopha – der Graf trat einige Schritte nach der Thüre den eintretenden Gästen entgegen. Jaromir ward vorgestellt, und mit besonderer Huld begrüßt. Bereits hatte man sich eine Weile ziemlich lebhaft unterhalten, und der Rittmeister dem Grafen fein zu verstehen gegeben, daß er ihn allein und in Geschäften zu sprechen wünsche; man stand eben auf, um, weil jetzt gerade die Sonne noch so warm schien, einen Spaziergang in den Park zu unternehmen, als sich eine Seitenthüre öffnete, und Elisabeth eintrat.

»Meine Tochter Elisabeth – Graf von Szariny – Herr von Waldow –« sagte die Gräfin.

Elisabeth verneigte sich mit einem leisen Erröthen, und einem Ausdruck der Ueberraschung im Blick, als sie diesen auf Szariny richtete.

Szariny verneigte sich tief, und warf einen seelenvollen, bittenden Blick auf sie, welcher zu flehen schien: verrathe unser Geheimniß nicht – laß es vor diesen gleichgiltigen Augen Niemand sehen, daß es heute nicht zum ersten Male ist, wo wir uns gegenüber stehen – – denn er hatte es auf ihrem Antlitz gelesen, daß sie ihn erkannt hatte. Ihn selbst hatte ihre plötzliche Erscheinung geblendet – er war nicht gleich eines Wortes fähig, aber er war zu sehr Weltmann, um länger, als durch einen Augenblick stummer Bestürzung sein Erstaunen zu verrathen.

Der Rittmeister ging mit dem Grafen in dessen Zimmer. Die beiden jungen Herren begleiteten die Damen des Hauses in den Park. Jaromir wußte sich davon keine Rechenschaft zu geben – aber er war nicht im Stande, mit Elisabeth eine Unterhaltung anzuknüpfen, er ging an der Seite der alten Gräfin, welche in ihrer frühesten Jugend Jaromirs Mutter, ehe dieselbe nach Polen gezogen war, als Mädchen gekannt hatte, und daher mir warmer Theilnahme Jaromir nach derselben befragte. Dadurch kamen sie Beide in ein mit Innigkeit geführtes Gespräch, welchem Waldow wenig Aufmerksamkeit schenkte, und er schien an Elisabeths Seite schlendernd diese mit seinem seichten Salongeschwätz mehr zu langweilen, als zu unterhalten.

Man nahm in einem sonnigen Bosquet Platz, da die Gräfin niemals weit zu gehen vermogte, als plötzlich hinter einem meldenden Diener eine lange, hagere Gestalt mit klapperdürren Beinen einhergeschritten kam.

»Hofrath Wispermann« – ward angemeldet, und erschien auf einem leichten Wink der Gräfin unter tiefen Verbeugungen.

»Mein Gott,« sagte Waldow, noch eh' Jener herzutrat, halblaut zu Jaromir und Elisabeth, zwischen denen er saß, »da ist wieder dieselbe stereotype Gestalt von heute Morgen, welche ich nun nicht anders, als den Unvermeidlichen nennen werde – denn jetzt ist gewiß kein Haus und Schloß in unsrer Nachbarschaft, in welchem sein Schatten nicht erschienen.«

Wie der Hofrath mit bei der Gesellschaft saß, war natürlich wieder die neue Wasserheilanstalt der Kern des Gesprächs.

Elisabeth fand das sehr langweilig, und da sie in nicht geringer Entfernung ein Maiblümchen blühen sah, so ging sie hin und bückte sich, dasselbe zu pflücken.

Jaromir stand auch auf und folgte ihr, indem er sich stellte, als sei er der Meinung, sie wolle etwas Verlorenes aufheben. »Ach, Sie wollten nur das arme Maiblümchen pflücken, das so silberschön aus dem feuchten Moose hervorschaut,« sagte er, wie sich berichtigend.

Sie zog die Hand von dem zarten Stengel wieder hinweg, den sie noch nicht geknickt hatte, und sagte, zu ihm aufblickend:

»Soll das eine Bitte sein, das Maiblümchen nicht zu pflücken? Es ist das erste, welches ich blühen sehe in diesem Frühling.«

»Das erste – ja alles Erste muß man schonen,« sagte Jaromir. »Dann freilich brechen Sie es wenigstens nicht eher, als bis alle seine kleinen Glöckchen aufgeblüht sind – morgen ist der erste Mai, den haben sie einläuten wollen.«

»Alles Erste muß man schonen,« wiederholte Elisabeth sinnend. »Warum alles Erste gerade – warum nicht alles Letzte?«

»O,« sagte er, »weil alles Erste von hoher Bedeutung ist – eine erste Blume und eine erste Begegnung und ein erstes Wort.«

Sie erröthete leicht, und sagte nur, auf den Rasen umschauend:

»Es werden bald noch mehr nachfolgen.«

»Das lassen Sie mich hoffen,« erwiderte er.

Sie waren nur wenige Schritte von der sitzengebliebenen Gesellschaft entfernt gewesen, und traten jetzt wieder zu dieser zurück.

Der Rittmeister und der Graf kamen jetzt auch in den Garten – Beide sahen sehr aufgeregt und verstimmt aus, und bemühten sich vergebens, diese Stimmung den Anwesenden zu verbergen.

Der Rittmeister mahnte zum Aufbruch. Die Aufforderung der Gräfin, zum Abend zu bleiben, ward von ihm unter einem unbedeutenden Vorwand höflich abgelehnt. Man empfahl sich einzeln von einander. Jaromir sagte dabei zu Elisabeth: »Geben auch Sie mir die Erlaubniß, Sie öfter zu sehen, wenn ich hier bleibe?«

Und Sie antwortete leise: »Bisher waren Ihre Gedichte für mich eine angenehme Gesellschaft, warum sollte es nicht ihr Dichter sein.«

Er blickte sie froh überrascht an – aber er antwortete weiter Nichts, denn Waldow trat eben hinzu, um auch Abschied zu nehmen.

Jaromir wandte sich jetzt an den Wasserdoctor, welcher ihm seine Impertinenz, wie er die Zerstreuung und das daraus entstandene Mißverständniß von demselben Morgen nannte, noch nicht vergessen, ihn deshalb nur scheel und von der Seite angesehen hatte, und übrigens seiner Nähe ausgewichen war, und jetzt nur eine steife Neigung mit dem Kopfe machte, als der junge Graf auf ihn zutrat, dieser aber sagte freundlich:

»Ich werde mir morgen erlauben, Ihrer Anstalt einen Besuch abzustatten, und wenn mir die Localitäten gefallen, auf einige Wochen mich dahin zurückziehen.«

Da auf einmal heiterte sich das Gesicht des Hofrathes urplötzlich auf, es war, als hätten bisher lauter Gewitterwolken dasselbe verdunkelt, und ein einziger unerwarteter Westwind trieb sie alle auseinander, und machte sie spurlos verschwinden. Der Doctor erwiderte mit einem tiefen Bückling, und begann lächelnd und schmunzelnd einen langen Sermon zu halten, wie sehr ihn die Bekanntschaft des Herrn Grafen ehre und freue, und wie er dem Himmel nicht genug für den günstigen Zufall danken könne, diese Begegnung herbeigeführt zu haben. Eine zweite Rede, welche er über die vortreffliche Einrichtung seiner Anstalt halten wollte, ersparte Jaromir sich und ihm, indem er versicherte, sich das Alles lieber morgen am schicklicheren Orte erklären zu lassen, und sich mit den andern Herren, mit denen er gekommen war, entfernte.

XII. Folgen eines Besuches

> »In jenen Räumen des lebendigen Todes
> Zeigt Deine Hand das Elend kalt und tief,
> Die Noth – die Kinder mordet, wie Herodes,
> In deren Schaar vielleicht ein Heiland schlief.«
>
> *Alfred Meißner.*

Als die drei Herren wieder in dem Hause des Rittmeisters angekommen waren, zog sich Letzterer sogleich in sein Zimmer zurück, um nöthige Geschäftsbriefe zu schreiben, wie er sagte. Er hatte vorher eine lange Unterredung mit seiner Gemahlin, welche sich nach dieser bei den jungen Herren entschuldigen ließ, und wegen Kopfschmerzen auf ihrem Zimmer blieb.

»Im Grunde ist es sehr langweilig hier,« sagte Waldow, als er bei dem einsamen Abendessen Jaromir gähnend gegenüber saß.

»Wissen Sie,« begann dieser, »daß mir Ihr Wort von diesem Morgen nicht wieder aus dem Sinne will: es ist leicht, Hohenheim berühmt zu machen?«

»Gewiß eine göttliche Idee von mir!« rief Waldow »Wir wollen den Ort in die Mode bringen – Sie brauchen sich nur zu entschließen und die Presse in Bewegung setzen, sie für diese Idee gewinnen, und wir erreichen unser Ziel – die Presse ist eine Macht –«

»Ja, eine Macht, der man selten gestattet, etwas Großes und Gutes zu bewirken, und welche man dafür doch negiren mögte, der man aber ungestört gewähren läßt, wenn es ihr einmal gefällt, eine Narrheit zu erfassen – und es soll mir Spaß machen, dies den Leuten zu zeigen.«

»Sie brauchen nur einige emphatische Artikel über Hohenheim zu schreiben, eine Novellette, welche dort spielt, und unser Ziel ist erreicht.«

»Ich werde noch mehr thun – ich werde selbst nach Hohenheim ziehen.«

»Sie scherzen.«

»Mein voller Ernst. Ich habe mich bereits bei dem Wasserdoctor vorhin angemeldet.«

Waldow hielt sich vor Lachen die Seiten, wie seine Gewohnheit war – und er hatte sie nöthig, denn er pflegte immer ungewöhnlich laut und lärmend zu lachen. »Das ist göttlich! Ich an Ihrer Stelle würde das bis über's Jahr versparen, wo der Ort Mode ist – jetzt werden Sie sich mit dem Engländer allerliebst amüsiren, und das Spazierenlaufen zu dem einsamen Brunnen, die frugale Kost muß eine süperbe Sache sein.«

»Die Narrheiten der Kur werde ich nicht mitmachen – was ich will, ist nur, mich in eine romantische Natureinsamkeit zurück zu ziehen, dort ungestört zu arbeiten, der tödtlichen Langeweile des Salonlebens mich zu entziehen, und was mir dabei Spaß machen soll, ist, nach und nach die Kurgäste ankommen zu sehen, von deren Kommen ich die einzige Ursache sein werde, und die doch niemals weder dies, noch überhaupt einsehen werden, daß sie doch eigentlich nur mystificirt sind. Man muß endlich raffinirte Mittel ersinnen, um sich die Langeweile zu vertreiben.«

»Ein königlicher Spaß!« rief Waldow ein Mal über das andere. »Sie verdienten dafür den rothen Adlerorden oder eine Civilverdienstmedaille.«

»Scherz bei Seite,« sagte Jaromir, »vielleicht können wir Eines oder das Andere dem unvermeidlichen Hofrath verschaffen, der natürlich auch ein berühmter Mann werden muß – ein Glück, daß er bereits Hofrath ist – das empfiehlt sehr – wir wären sonst auch noch in die Verlegenheit gekommen, ihm einen Titel zu kaufen. – Morgen fahren, reiten oder gehen wir hin, und dann schildere ich sogleich mit poetisch begeisterter Feder den reizend gelegenen Ort als ein wahres Paradies. Die Anstalt wird als im ersten Erblühen geschildert, in der aber bereits ein reicher Graf, ein junger Pole, ein berühmter Schriftsteller und Engländer eingetroffen sind. Dabei ist nicht die geringste Lüge, denn die ersten drei Personen vereinige ich alle in einer, und ich werde da sein. Die Umgegend wird als eine von vielen der ersten aristokratischen Familien bewohnte geschildert – einige Sagen werden von den Schlössern, welche sie bewohnen, mit eingewebt.«

»Und vergessen Sie nicht, einzuschalten, daß schöne Burgfräuleins und hübsche Fabrikkinder in dieser Umgegend zu sehen sind. – Apropos – es war also kein Fabrikmädchen, sondern Comtesse Elisabeth, welche wir diesen Morgen sahen; indessen find' ich es höchst sonderbar, daß sie so vertraut mit dieser Tochter ihres bürgerlichen, gemeinen Nachbars that. – Nun, und wie gefiel Ihnen Elisabeth? Ich muß gestehen, mein Geschmack sind diese schlanken, kalten Damen nicht. Wie gefiel sie Ihnen?«

»Ich urtheile selten nach erstem, flüchtigem Eindruck,« sagte Jaromir ausweichend, und fuhr dann wieder, zu dem ersten Thema schnell zurückkehrend, fort: »Ich lasse meine romantische Schilderung von Hohenheim die Runde durch mehrere Journale machen – gefällige literarische Freunde ersuche ich, kleine Notizen daraus noch auszumalen, meinen Bekannten in meinem letzten Wohnorte und Berlin schreibe ich privatim – und es müßte in der That seltsam zugehen, wenn es nicht innerhalb weniger Wochen für viel fashionabler gälte, in die Wasserheilanstalt nach Hohenheim zu wallfahrten, als nach Gräfenberg, und selbst nach Teplitz, Baden, Kissingen u.s.w.«

»Nun, und Niemand wird darüber erfreuter sein, als ich, da eigenthümliche Verhältnisse es für mich vortheilhaft machen, einige Monate bei meinem Onkel noch auszuhalten, wo man, wie Sie sehen, nicht immer auf's Beste unterhalten wird.«

Während so diese Beiden frohgelaunt den Abend heiter verplauderten, befand sich der Rittmeister unterdeß in einer ganz andern Stimmung; seine Laune war viel eher grau in grau zu nennen, als rosenfarben.

Er hatte vorher im geheimen Zwiegespräch dem Grafen von Hohenthal den höchst unangenehmen Fall vorgetragen, welcher ihn nöthigte, entweder sogleich zehn Tausend Thaler zu schaffen, oder einen der besten Theile seiner Besitzung zu verlieren. Er hatte zuerst von dem Grafen die bittersten Vorwürfe erhalten, daß er, wie dieser sich ausdrückte, eher zu einer gemeinen Krämerseele seine Zuflucht genommen, als zu einem Genossen seines Standes, und daß er ihn wenigstens nicht früher von dem ganzen unglückseligen Contract unterrichtet habe. Es müsse ihm doch viel leichter werden, den Wald an einen adligen Besitzer abzutreten, als an einen Industrieritter, der ihn gewiß umhauen, und als Brenn- und Nutzholz verwerthen lasse, und das schöne Wild daraus vertreibe, so daß, wo bisher in der feierlichen Waldstille nur die Flinte eines herrschaftlichen Jägers geknallt, bald der elende Lärm irgend einer Fabrik sich werde hören lassen. Endlich fragte der Graf, was der Rittmeister denn nun zu thun gedenke? Dieser meinte, wie ihm keine Wahl bliebe, als entweder noch vor Nacht dieses Geld an Herrn Felchner zu schicken, oder gewärtig zu sein, daß dieser morgen von dem Walde Besitz nehme. Dies war dem Grafen ein so entsetzlicher Gedanke, daß er sogar seine Ausführung für eine Unmöglichkeit erklärte – endlich öffnete er seinen Sekretär, sah viele Fächer und Papiere durch, und überreichte nach langem Suchen und Zählen dem Rittmeister fünf Tausend Thaler in Staatspapieren und Actien. Mehr war ihm für jetzt nicht zur Hand, in acht Tagen, sagte er, würde es ihm möglich sein, auch die andere fehlende Hälfte der Schuldforderung zu liefern. Er ließ sich darüber von dem Rittmeister eine Bescheinigung geben, und gab ihm selbst schriftlich das Versprechen, in wenig Tagen ihm fünf Tausend Thaler auszuzahlen, damit sich dieser dessen als einer Beglaubigung Herrn Felchner gegenüber bedienen könnte, da dieser Nichts mehr auf seinen Credit gab.

Der Rittmeister mußte sich nun wieder zu einem höflichen Brief an den Fabrikherrn entschließen. Er legte die fünf Tausend Thaler und die Bürgschaft des Grafen Hohenthal für das fehlende bei, und bat nun, sich noch einige Tage zu gedulden. – Der Brief war ein seltsames Gemisch von höflichen Redensarten, kriechenden Bitten und aristokratischen Anmaßungen. – Er sandte diesen Brief sogleich durch einen erpressen Boten an Herrn Felchner.

Dieser saß eben mit Pauline, Georg und den Factoren beim Abendessen, welches so hastig und schweigsam eingenommen ward, wie immer, als man ihm des Rittmeisters Brief überbrachte. Er riß das Siegel verdrießlich auf – »sollte er doch noch das Geld aufgetrieben, und mich so um den guten Handel, den ich so leicht mit dem Walde gemacht hätte, betrügen?«

Als er gelesen, und die Papiere durchgesehen, stand er halb ärgerlich, halb lächelnd auf, und ging in sein Comtoir. Hier schrieb er an den Rittmeister: »Euer Hochwohlgeboren haben mir kein baares Geld geschickt, sondern elende Papiere, zum Theil von sehr relativem Werth. Wer wird eine Schuldzahlung in Actien annehmen? Die Bürgschaft des Grafen Hohenthal ist für mich ohne Werth, denn sie ist nicht gerichtlich. Ein Mann, ein Wort – ich habe sechs Wochen Geduld gehabt, und Ihnen heute erklärt, daß dieselbe zu Ende ist. Bemühen Sie sich ja nicht weiter, mit höflichen Redensarten mich andern Sinnes zu machen. Ich schicke Ihnen Ihre Papiere wieder, und übergebe morgen unsere Sache dem Gericht.«

Er versiegelte Alles, und gab das Paquet dem Boten des Rittmeisters. Dann rief er seine Tochter.

»Mein Kind,« sagte er freundlich, »ich habe heute in Deinem Namen einen Korb ertheilt, ist Dir das recht, oder hättest Du schon Lust, Dich zu verheirathen?«

»Nein, gewiß nicht, lieber Vater,« sagte Pauline halb erröthend, halb lachend. »Es kann auch nur ein Scherz von Dir sein, denn ich wüßte nicht, wer könnte im Ernst um mich angehalten haben.«

»Ei doch, es ist gar kein Scherz – der junge Baron von Waldow, dessen Vater dadurch aus seinen Schulden kommen wollte – ein neues Mittel für einen Vater – in der That ein neues Mittel, sonst suchen nur die adligen Taugenichtse eine reiche Partie, um ihre Schulden zu bezahlen, und ihr faules und lockres Leben bequem fortsetzen zu können – aber der Speculationsgeist dieser Herren macht immer riesenhaftere Fortschritte – jetzt suchen die herabgekommenen adligen Gutsbesitzer für ihre Söhne die Goldfischchen zu angeln, um durch einen guten Fang zugleich sich selbst mit aufzuhelfen – eine sehr bequeme Art, sich zu bereichern, eine allerliebste Industrie! – Wie, oder wärst Du etwa selbst gern gnädige Frau geworden, Pauline – auch wenn – –«

Der Alte hatte sich selbst immer mehr in Heftigkeit geredet, so daß Pauline, um ihn zu begütigen, die kleine Hand auf seinen Arm legte, und sanft sagte: »Aergere Dich nicht unnütz, ich habe gar keine Lust, an's Heirathen zu denken, und die adligen Herren sind mir eben so uninteressant gewesen, als die bürgerlichen.«

»Das ist gut, Kind,« sagte der Fabrikant, »denn ich sage Dir, wenn ein reicher Graf kommt und um Dich wirbt, ich werde es mir noch überlegen, aber das sage ich Dir, ehe ich zugebe, daß so ein herabgekommener Krautjunker, der Nichts hat, und Nichts gelernt hat, und Nichts verdienen will, eh' ein solcher Tagedieb Dein Mann wird – eher gebe ich Dich lieber dem Geringsten meiner Leute, der seine Sache versteht, und redlich arbeiten gelernt hat.«

Pauline wußte nicht, wie es kam, aber die letzten Worte ihres Vaters thaten ihrem Herzen wohl.

Ein Factor trat ein, um eine Geschäftsangelegenheit mit Herrn Felchner zu besprechen, und das Zwiegespräch hatte ein Ende.

Der Abend war noch schön, die Dämmerung brach nur langsam herein, und Pauline ging noch in's Freie. Sie war noch nicht lange im Garten, und hatte sich nur eben in die stille, knospende Hollunderlaube gesetzt, als Franz Thalheim leise in den Garten trat, und sich schüchtern näherte, und ehrerbietig grüßte.

»Guten Abend,« sagte sie freundlich, »was bringen Sie mir?«

»Ja, Fräulein, ich komme schon wieder,« antwortete er traurig, »und immer nur mit Bitten –«

»Lassen Sie die Bedenklichkeiten,« fiel sie ihm mild in's Wort, »ich habe es Ihnen ein für alle Mal gesagt: es ist nicht in meiner Mache, der allgemeinen Noth abzuhelfen, und dabei mein einziger Trost, wenn ich im Kleinen sie lindern kann.«

»Und Sie werden Niemals müde werden, unser guter Engel zu sein, auch wenn Sie für uns leiden müssen?« sagte er flüsternd, fragend.

»Ich verstehe Sie nicht recht,« antwortete sie, »aber sagen Sie mir, welche Bitte Sie herführt.«

»Ein Kind, ein Mädchen von sieben Jahren, hat die Hand nicht zeitig genug unter der sägenden Dampfmaschine weggezogen, und dadurch ist ihm der Arm halb zersägt und abgerissen worden.«

Pauline verhüllte ihr Gesicht und ward bleich. »O, mein Gott, ein Kind!« seufzte sie leise.

»Die Mutter hat die kleine, halb todte Lise mit zu Hause genommen. Einer von uns, der es mit angesehen, bat den Factor, er möge nach dem Chirurgen schicken, von welchem Herr

Felchner seine Leute curiren läßt, denn die armen Eltern haben Nichts, wovon sie dem Chirurgen seinen Weg bezahlen könnten, und ohne Geld – Sie wissen ja – –«

»Mein Vater wird gewiß –« begann Pauline.

Aber Thalheim fiel ihr in's Wort: »Ach nein, leider kennen wir Herrn Felchner besser – wir haben zur Antwort erhalten, daß es eine lächerliche Zumuthung wäre, wenn er für jedes Kind, das rein aus bloßer Ungeschicklichkeit einen Schaden nähme, sorgen solle – dann würden wohl gar die Arbeiter ihre Kinder versichtlich verstümmeln, damit sie gut gepflegt würden, und faullenzen könnten – ach, Fräulein, so schlecht denken die Reichen von den armen Leuten.«

Pauline warf einen flehenden Blick zum Himmel, aber sie wußte Nichts zu antworten. Franz fuhr fort:

»In ihrer Verzweiflung lief die Frau zu dem Factor, um von seiner Frau nur ein wenig alte Leinwand zu erhalten, damit sie selbst das blutende Kind wenigstens reinlich verbinden könnte – der Factor stand selbst an der Thüre, er warf sie zum Hause hinaus, und sagte, daß die Bettelei jetzt gar nicht aufhörte – da kam ich dazu, ich sagte der Unglücklichen, ich könne ihr vielleicht Leinwand verschaffen – da bin ich nun, und bitte um weiter Nichts, als um ein paar Stücke alte Leinwand.«

»Ich komme gleich wieder,« sagte Pauline, und lief schnell in das Haus.

Monate sind vergangen seitdem Pauline in ihres Vaters Fabrik lebt und Franz Thalheim unter den Fabrikarbeitern als den gebildetsten und intelligentesten, ja zugleich als den besten und edelsten kennen gelernt hat. Sie hatten Beide einander ihr Versprechen gehalten – er, daß er ihr mittheilte, wo in den Familien der Fabrikarbeiter einer augenblicklichen größten Noth abzuhelfen möglich war – sie, indem sie dann Nichts unversäumt ließ, die beste Hilfe zu bringen.

So war er mehrmals zu ihr gekommen, so hatten sie gemeinschaftlich gehandelt. Immer aber war er in ehrerbietiger Ferne von ihr geblieben, immer war sie ihm mit gleich unbefangener Freundlichkeit begegnet.

Er hatte es immer so einzurichten gewußt, daß er in den Stunden zu Paulinen kam, wo er Herrn Felchner entweder fern, oder doch beschäftigt wußte, denn wie er ihn kennen gelernt, fürchtete er, daß er gewiß auch der Wohlthätigkeit seiner Tochter Schranken setzen würde, sobald er von derselben eine hinreichende Kenntniß erhielte – und aus gleichem Grunde, wiewohl ihn Pauline aus kindlicher Schonung für ihren Vater nicht auszusprechen wagte, hatte sie Thalheim gebeten, nicht immer zu sagen, woher die Hilfe kam. So bestand zwischen Beiden ein stillschweigendes Einverständniß, und der Schleier des Geheimnisses war über ihren Bund gebreitet – dies Alles trug dazu bei, denselben eine freilich nie ausgesprochene, aber größere Innigkeit zu geben, als er außerdem vielleicht für sie gehabt hätte.

Jetzt trat Pauline aus dem Hause wieder in den Garten, einen schweren Korb am Arme, und sagte zu Franz:

»Führen Sie mich zu der armen Mutter – ich will selbst hingehen.«

Franz war im ersten Augenblick fröhlich überrascht – nach einer kleinen Pause sagte er aber: »Sie wurden schon vorhin blaß, wie ich Ihnen nur von dem zerrißnen Arm des Kindes sagte – es wird Ihnen widerlich sein, diesen Anblick wirklich zu haben – wer weiß, vielleicht halten Sie ihn gar nicht einmal aus.«

»Halten Sie mich nicht für so schwach – und wird mir der Anblick weh thun – die andern Leute müssen ihn ja auch haben, und empfinden dabei gewiß dasselbe.«

»Aber die Wohnung der großen Lise ist sehr schmuzig und schlecht, die Frau selbst ist roh, und war durch die Verzweiflung heute zur Wuth aufgestachelt – sie wäre im Stande –« er hielt plötzlich inne, und fügte dann bei: »ersparen Sie es sich.«

»Was wäre die Frau im Stande? Warum reden Sie nicht aus? Sie wissen, daß Sie vor mir Alles sagen dürfen.«

»Sie wäre im Stande, Sie verletzende Reden hören zu lassen, weil Sie heute Schlimmes erfahren.«

»Sie würde Grund dazu haben, uns zu verurtheilen – es war in unserm Dienst, daß ihr Kind verunglückt ist – sie hat von meinem Vater harte Worte hören müssen, der Factor hat sie noch

79

härter behandelt – sehen Sie, deshalb will ich hin, ich fühle, daß ich diesen armen Leuten eine Genugthuung schuldig bin.«

»Mein Fräulein – Sie sind mehr als ein Engel der Armen!« rief er mit Begeisterung. »Sie wissen, was die reichen Leute niemals glauben wollen, daß es auch für die armen Leute süßer ist, das Brod, um das sie betteln müssen, mit einem freundlichen Blick geboten, als mit einer zürnenden Miene vor die Füße geworfen zu erhalten –« er faßte ihre Hand, er hatte es nie wieder gewagt seit jenem Wintersonntagabend, wo er ihr Beschützer gewesen war, und sie ihm die ihrige gegeben hatte – aber jetzt konnte er nicht anders, er faßte sie mit raschem Drucke.

Sie erwiderte diesen leise, sah ihn mit einem unbeschreiblich innigen Blicke an, und sagte sanft: »Wer hat mich denn gelehrt, die Gefühle dieser Unglücklichen zu verstehen?«

Beider Augen glänzten feucht – in diesem Glanz spiegelte Eines das Bild des Andern zurück – so standen sie einander still gegenüber, ihre Lippen schwiegen, nur diese Blicke sprachen, diese Blicke erzählten das ganze Geheimniß von zwei gleichschlagenden Herzen, und ihre Hände blieben sanft in einander.

Nachdem so eine stille, feierliche Minute über sie hingezogen war, sagte Pauline: »Wir gehen zusammen – lassen Sie und nicht länger zögern.«

»Ja, wir gehen zusammen!« rief er fröhlich. »Ich widerspreche Ihnen nicht mehr.«

Sie zog ihre Hand aus der seinen, er nahm ihr den Korb ab, welchen sie trug, und folgte ihr. Die Dämmerung brach immer schneller herein. Bald stand Franz vor einem kleinen aus Holz und Lehm erbauten Hause still, Die Hausthüre stand offen. Er wies auf eine kleine, schmuzige Treppe von Holz, welche hinauf führte, er bat Paulinen, hinauf zu gehen, und folgte ihr mit dem Korbe, der Druck auf eine verrostete, feuchte Thürklinke öffnete die armselige Kammer, in welcher die Frau wohnte, welche man in der Fabrik nicht anders, als »die große Lise« nannte.

Auf einem Haufen von verfaultem Moos und Stroh, das ein alter Fetzen von grobem Zeug von vielen Schlitzen und Löchern nur wenig überdeckte, lagen zwei wimmernde Kinder, ein Knabe von etwa zehn, und ein Mädchen von sieben Jahren, in einem andern Winkel hockten noch zwei kleine Mädchen, die etwa fünf und vier Jahre zählen mögten. Alle diese Kinder sahen bleich und abgezehrt aus, und ihre Augen glotzten stumpf und blöde vor sich aus; durch den matten Schein der düster brennenden, kleinen Oellampe wenig beleuchtet, ward ihr Ansehen noch unheimlicher, und sie glichen in den schmuzigen Lumpen, in welche sie gehüllt waren, mit den struppigen Haaren, die ungekämmt in die ausdruckslosen Gesichter hereinhingen, eher unheimlichen Kobolden, als lebenden Menschenkindern. Ein Tisch, auf welchem das rauchende Oellämpchen unter einigen andern halb zerbrochenen und berußten irdenen Geräthen stand, und daneben zwei alte hölzerne Stühle mit zerschlitztem Leder beschlagen, und eine alte Lade – das war der ganze Hausrath einer Familie.

Zwei Frauen standen in dieser Stube; die eine war hager, aber von riesenhafter Größe. Sie hatte mit einem bunten Tuch um den Kopf die schwarzen Haare aufgebunden; ihr Gesicht war bleich und starr – aus ihren Augen und dem Zucken um ihren welken Mund sprach ein verwilderter Ausdruck. Das war die lange Lise, die Mutter dieser vier Kinder.

Die andere Frau war eine Fabrikarbeiterin, welche Frau Martha genannt ward, und welche nur aus Mitleid mit zu der langen Lise gegangen war. Sie war kleiner, als diese, aber von stärkerem Gliederbau, hatte ein rothes, offnes Gesicht, und war in der äußern Erscheinung weniger abschreckend, als Jene, vor welcher Pauline gleich auf den ersten Anblick einen innerlichen Schauer empfand. Pauline war nun zwar schon an das Rohe und Abschreckende bei Manchem dieser Proletarier gewöhnt, aber sie erschrak doch wieder, als die lange Lise sich rasch nach ihr umdrehte, und mit zorniger Stimme heftig fragte:

»Was giebt's?«

»Ich bringe Euch Leinwand, um das Kind zu verbinden, das –«

Liese ließ Pauline, welche mit schüchterner Stimme, fast zitternd gesprochen hatte, nicht ausreden, sondern sagte halb lachend:

»Nun, wenn Eure schöne, weiße Leinewand nur wieder ganz machen könnte, was Eure verfluchten Maschinen zerreißen – ja, ja Eure verfluchten Maschinen, die der Teufel erfunden hat –

aber Ihr könnt Euch darauf verlassen, wir haben gerade Lust, ein Mal Gottesgericht zu halten mit unsern schwachen Händen über diese Teufelswerke – wenn sie auch die Hände unsrer armen kleinen Kinder zerdrücken, unsre Fäuste sind stark genug, mit den Maschinen einmal ein Ende zu machen.«

»Ich bringe etwas Essen für Eure Kinder – und wenn Ihr selbst Hunger habt –« sagte Pauline, und hatte, indem sie suchte sich zu stellen, als habe sie die drohende Rede nicht gehört, während dessen den Korb geöffnet, den Franz herein getragen hatte. Dieser hatte sich entfernt, und sie nahm Brod aus dem Korb, welcher noch andere Lebensmittel enthielt, und gab den beiden kleinsten Mädchen ein paar Semmeln, welche gierig darüber herfielen.

»Da thut Ihr ein Gotteslohn,« sagte Frau Martha.

Die lange Lise aber sagte in demselben Tone, wie vorher: »Ja, die Würmer sind alle dem Verhungern nahe – dort der Junge, der hat sich schon lange zu Schanden gearbeitet – das kann kein Kind aushalten, tagelang auf dem Bauche kriechend zu arbeiten – konnt's auch nicht länger, nun liegt er da, und wenn er nicht schläft, wimmert er und will essen, und wo soll's herkommen? Mir haben sie neulich auch vom Lohne abgezogen, nun bringen sie mir heute auch die kleine Lise als Krüppel von der Arbeit – wer soll nun verdienen? Nun muß man's so mit ansehn, wie Eins nach dem Andern verkommt, die man erst unter Angst und Weh auf die Welt gebracht hat. Was? Verkommt? Todt gemacht werden die Kinder von Euch in Eurer verfluchten Fabrik!«

Pauline wußte vor Erschütterung Nichts zu sagen, sie sah sich ängstlich nach Franz um, aber er war nicht da, und so sagte sie zu Martha: »Haben denn die Kinder keinen Vater, der für sie arbeitet?«

Martha zischelte ihr leise in's Ohr: »Das ist's ja eben – fragt darnach lieber nicht, da wird sie vollends wüthend.«

Aber die Warnung kam zu spät, die lange Lise hatte die Frage gehört, und fuhr jetzt heraus: »Vater, der für sie arbeitet? Ei ja doch, auf dem Zuchthause! Haben wohl einen Vater die armen Würmer, 's sind keine unehelichen Kinder, deren ich mich schämen müßte – aber seht einmal, da war der Winter so hart, und die Kinder halb erfroren und verhungert – und wie der Lohntag kam, da hieß es, mein Mann habe Fehler in seiner Arbeit, und statt des Lohnes bekam er gar Nichts, nur harte Worte – da ist er in seiner Wuth hingegangen, und hat gedacht, eh' die Kinder verhungern, mag es werden, wie's will – und was sie mir heute an Lohn verweigert haben, das hol' ich mir, es ist mein ehrlich Verdienst, und ich bin kein Spitzbube, sondern die sind's, die mir meinen Lohn nicht geben – aber es war zum ersten Mal in seinem Leben, drum hat er's nicht geschickt angefangen, und sie haben ihn erwischt, nun sitzt er – denn hören Sie, wir haben ein gutes altes Sprüchwort unter uns, das heißt: die kleinen Diebe hängt man, die großen läßt man laufen. Seht, so habt Ihr uns Alles genommen: erst den Lohn, dann den Mann und Vater, dann den Jungen hier, der's nicht lange mehr machen wird, und heute ist nun auch das Mädel zum Krüppel geworden, und soll dran sterben, denn Ihr wollt mir nicht einmal den Chirurgen schicken, und werft mich selber zur Thüre hinaus.«

Pauline faßte sich, und fiel ihr in's Wort: »Der Chirurg wird bald kommen, wir haben schon nach ihm geschickt, an all' Eurer Noth bin doch ich nicht Schuld, und bin hergekommen, weil Ihr mich dauert – und wenn Ihr noch Etwas wollt, so sagt es mir, oder wenn Ihr später Etwas braucht, sagt es Franz –«

Lise aber hörte nicht mehr, sondern kauerte bei ihren wimmernden Kindern nieder, und sagte, indem sie die weiße Leinwand um den verstümmelten Arm des Mädchens wand, mit zürnender Verzweiflung: »Das macht doch Niemand wieder ganz!«

Martha sagte zu Pauline: »Ihr seid ein gutes Mamsellchen, aber geht lieber.«

Pauline folgte der Weisung. Franz hatte unten auf sie gewartet.

»Ach, Franz,« sagte sie, »solches Elend, und ein gütiger Gott!«

»Wenn auch die Engel so fragen, die er sendet, was sollen dann die armen Menschenkinder?« versetzte Franz.

Zweiter Band

I. Zwei Freunde

>»Doch zittert nicht! Ich bin allein,
>Allein mit meinem Grimme;
>Wie könnt' ich Euch gefährlich sein
>Mit meiner schwachen Stimme?«
>
>*Georg Herwegh.*

Dem schönen Maisonntag war eine gleich schöne, gleich milde Mainacht gefolgt.

Es war zehn Uhr vorüber und die Arbeiter aus Herrn Felchners Fabrik, welche unter sich den Verein der unverheiratheten Arbeiter und Junggesellen gestiftet hatten, traten eben aus der Schenke, denn dies war die Stunde, welche nach dem einen Paragraphen der Statuten ihres Vereins zum Nachhausegehen bestimmt war.

Mit dem gewohnten Wunsche einer guten Nacht trennten sich die jungen Männer und Jeder schlug den Weg nach seiner Wohnung ein. Wilhelm Bürger und Franz Thalheim gingen Arm in Arm und blieben auch bei einander, als sich die Andern trennten. Ein Dritter gesellte sich jetzt zu ihnen, es war August, derselbe Jüngling, welcher mit den alten Arbeitern falsch gespielt hatte und dafür von diesen so unmenschlich geschlagen worden war.

August war noch sehr jung, aber er war immer ein ziemlich lüderlicher Bursche gewesen. Als Franz den Verein der unverheiratheten Fabrikarbeiter bildete, war August nebst einigen Wenigen der jungen Leute nicht mit dazu getreten, weil sie es für eine lächerliche Zumuthung erklärten, dem Genuß des Branntweins und dem Kartenspiel zu entsagen. Am Tage nach jenem Vorfall aber war August zu Franz gekommen und hatte ihm für seinen Beistand gedankt, für diesen Beistand, welcher eigentlich in Nichts bestanden hatte, als im Hinauswerfen. Franz hatte ihn sehr kalt und ernst empfangen; sie hatten folgendes Zwiegespräch gehabt:

»Du hast falsch gespielt, also betrogen,« sagte Franz; »das ist in allen Fällen ein schweres Vergehen und eine große Schlechtigkeit; allein durch den besondern Fall wird dieses Thun noch verächtlicher, als es schon ist. Du hast Diejenigen betrogen, welche die Verhältnisse zu Deinen Kameraden gemacht haben und in welchen Du Deine Brüder lieben solltest; Diejenigen, welche eben so arm sind wie Du und sich ihr Geld eben so sauer verdienen müssen – Du weißt es, wie viel Mühe und Schweiß an dem Gelde hängt, welches ein Fabrikarbeiter in seiner Tasche trägt, und Du hast es ihnen doch betrügerisch abgenommen; Du hast Denjenigen ihr armseliges Eigenthum schmälern wollen, welche davon ihre nothleidenden Frauen und ihre elenden Kinder ernähren müssen – Du hast Dich also auch an diesen hilflosen und hilfsbedürftigen Geschöpfen versündigt. Wahrlich, wenn ich Dich der verdienten Züchtigung der Kameraden entzog, an welchen Du so himmelschreiendes Unrecht begangen, so war es nur, weil ich fürchtete, die Trunkenen mögten Dich in ihrer blinden, tollen Wuth noch todtschlagen und dadurch sich selbst mit zu Verbrechern und Strafwürdigen machen – das wollte ich ihnen ersparen und so half ich Dir zur Flucht.«

»Du sprichst härter, als Du denkst,« sagte August; »ich weiß wohl, daß die leichtsinnigen Streiche, wie ich sie mir wohl zuweilen und auch gestern habe zu Schulden kommen lassen, ein Gräuel sind, aber ich weiß eben so gut, daß Du jene Rohheiten verachtest, welche sich die Andern gegen mich erlaubten, und daß Du mich ihnen eben so gut aus angebornem Edelmuth entzogst, als aus kluger Voraussicht der Dinge, welche daraus entstehen konnten. Ja, Franz, ich gebe wohl denen Recht, welche Dich einen gescheiten Kerl nennen, aber ich habe ihnen mehr als ein Mal geantwortet: sein Herz ist noch größer, als sein Kopf.«

»Ich sehe nicht ein, warum Du mir schmeicheln willst –«

»Ich rede nur unbefangen Alles heraus, was ich denke, ich habe Dich immer lieb gehabt –«

»Und wenn das wäre – warum hast Du die Verbindung verhöhnt, welche ich mühsam mit unsern Genossen zu Stande gebracht habe, warum bist Du nicht mit dazu getreten, sondern hast es uns sogar erschwert, wie Du nur konntest? – Versuche nicht, Dich herauszureden, denn ich weiß Alles!«

»Alles weißt Du nicht, und um Dir dies zu erzählen, bin ich eben hergekommen, mein Geständniß soll mein Dank sein. Du wirst bald sehen, daß ich, wenn ich zu Eurer Verbindung getreten wäre, eine viel größere Schlechtigkeit begangen hätte, als dadurch, daß ich mich weiter nicht mit Euch einließ.«

»Das ist eine sonderbare Rede – und wenn Du vielleicht auch im Lügen geschickt sein solltest, wie Du es gestern im Betrügen warst, so bitte ich Dich doch, mich damit nicht unnütz aufzuhalten.«

»Du wirst es bald bereuen, wenn Du mich zum Zorne reizen willst, aber ich werde Dich beschämen, indem ich Dir ruhig die Wahrheit erzähle. Ich war mit Anton eines Sonntags in die Stadt gegangen, es war vor ein paar Monaten, als Du uns immer zu dem Arbeiterverein Vorschläge machtest, die Sache aber noch nicht zu Stande gekommen war. Wir saßen in einer Bierstube, in welcher sich noch viele Arbeiter aus andern Fabriken befanden, auch manche Bürger und andere Leute, welche sich wohl noch etwas mehr dünkten. Ein langer, dürrer Mann, der mir zu diesen Letztern zu gehören schien, kam auf uns zu, nachdem ich gesehen hatte, wie ein anderer Arbeiter, der nicht mit bei Felchner ist, aber Anton kannte, auf diesen den dürren Mann aufmerksam gemacht hatte. Er fragte uns, ob wir in Felchner's Fabrik arbeiteten, und als wir bejahten, fragte er uns nach Tausend Dingen aus, wie Viel wir ihrer wären, ob wir untereinander zusammenhielten, ob wir im Ganzen zufrieden oder unzufrieden wären. Wir sagten ihm unbefangen die Wahrheit, daß wir Alle fleißige Arbeiter wären, aber doch wenig verdienten, und daß besonders es erbarmungswürdig sei, wie man die Kinder behandele. – Er schien sehr mitleidig zuzuhören und fragte weiter, ob wir Nichts thäten, dieser Noth abzuhelfen, oder ob wir nicht unsere Unzufriedenheit aussprächen. – Da sprach Anton von dem Vereine der unverheiratheten Arbeiter, welchen wir bilden wollten. Wie Jener das hörte, nahmen seine Augen einen ganz eigenen Ausdruck an, halb wie vor Schreck, halb wie vor Freude. Dem ungeachtet fragte er nicht weiter danach, sondern ließ sich nur von unsern Familienverhältnissen erzählen, ich sprach von meiner armen, kranken Mutter – Anton war sehr verdrießlich, weil er im Schafkopf seinen letzten Groschen verloren hatte und nicht wußte, was er darauf antworten sollte, als der Wirth die Zeche verlangte. Kaum sah dies der dürre Mann, als er für Anton bezahlte und uns noch Jedem ein großes Glas Schnaps geben ließ. Er sagte, daß Diejenigen, welche uns zu einem Vereine bewegen wollten, wo wir sogar dem Branntwein entsagen sollten, unmöglich uns wohl wollen könnten, und daß alle solche Vereine für uns höchst lästig und gefährlich werden könnten, wir hätten ja dann gar keine Freiheit mehr, wenn wir nicht einmal mehr trinken, spielen und in die Schänke und herausgehen dürften, wenn wir Lust hätten. Nachher sagte er, wir mögten nur bald wieder kommen, wir gefielen ihm, er käme jeden Sonntag an diesen Ort und er würde sich freuen, uns zu treffen. Ich war einmal hinausgegangen, während dem hatte er mit Anton heimlich gesprochen, wie ich wohl merkte, denn während ich nun, aufgehetzt von Jenem, ganz gegen den Verein war und es dann Dir und Allen offen sagte, auch wegblieb, sagte Anton: ich trete dazu, sonst weiß man ja gar nicht, wie es dabei hergeht. – Am nächsten Sonntag beredete mich Anton, wieder mit hin in die Schänke zu gehen, wo wir den langen, dürren Mann getroffen hatten – er war auch richtig wieder da, er gab mir Geld für meine arme Mutter, und Anton gab er auch welches. Er sagte, wir sollten nun wenigstens alle vier Wochen in die Schänke kommen, wo wir ihn treffen würden, und ihm aufrichtig erzählen, was etwa unterdeß in unsrer Fabrik und unter uns Arbeitern vorginge; es wäre zu unser Aller Vortheil, zum Vortheil der ganzen arbeitenden Classen, besonders aber solle es unser Schaden nicht sein. – Die Sache schien uns auch gar nicht so übel, besonders da wir aufgeregt waren und es wenigstens in meinem Kopfe nicht mehr ganz klar herging, denn er ließ uns sehr viel Branntwein einschänken. Dennoch fragte ich ihn, wer er sei, und warum er sich so um unsre ganzen Angelegenheiten bekümmerte? Er nannte sich Stiefel und daß er das nur aus menschenfreundlichen Absichten thue, weil ihm unsere Lage am Herzen liege und es nothwendig sei, daß er darüber alle mögliche Notizen sammele, dann könne er vielleicht durch Schrift und Wort dazu beitragen, unsere Lage zu verbessern. – Wie wir nun das nächste Mal wieder beisammen waren, gestern, nannte ihm Anton Deinen Namen und gab ihm das Buch ›Erzählungen aus dem armen Volke,‹ welches Du geschrieben und nach der Aufschrift allen Menschenfreunden gewidmet hast. Stiefel nahm es mit derselben sonderbaren Miene, mit welcher er damals die Erzählung von der Bildung Eures Vereins anhörte und rief: ›Ein Fabrikarbeiter, der solche Sachen schreibt, ist ein entsetzlicher Mensch, nun, dessen wird man sich bald zu bemächtigen wissen – hier habt Ihr noch mehr Geld und wer mir von Euch noch Etwas von seinen Schreibereien bringt, der erhält das Dreifache – aber wo möglich Ungedrucktes, Papiere, die er geheim hält. –‹ Da ging mir plötzlich ein Licht auf, ich ward zornig, ich warf ihm das Geld in's Gesicht und sagte, ich bin kein Judas, der seinen Bruder an einen Elenden verräth, der vielleicht die Macht hat, ihm Uebles zu thun – und damit lief ich schnell fort aus der Stube, aus der Schänke, aus der Stadt gerade Wegs heim. Da fand ich meine kranke Mutter hungernd und frierend und sie machte mir Vorwürfe, daß ich ihr kein Geld mitbringe, wie früher – ich konnt' es nicht ertragen, sie so vor mir zu sehn, bittend und fluchend, matt vor Hunger und Frost, wimmernd unter unsäglichen körperlichen Schmerzen – ich war noch trunken, es kochte in mir vor kalter, stiller Wuth – ich ging in unsre Schänke – ich spielte falsch – es war ja nicht für mich, es war für meine Mutter – ich spielte auch erst falsch, als ich sah, daß ich anders nicht gewann, denn ich dachte, ich wär' es in der Stunde wohl werth gewesen zu gewinnen, wo ich den Versucher von mir abgeschüttelt hatte wie eine giftige Schlange, die mich schon umringelt hatte. – – Nun weiß ich Alles, und wenn ich mit in Euren Verein treten könnte – nun thät ich's gern. –«

»Sie werden Dich jetzt nicht aufnehmen,« sagte Franz, der mit wachsendem Interesse seinen Bericht angehört hatte. »Komm aber nächste Mittwoch mit mir hin, wir wollen sehen, was sich thun läßt.«

Franz hatte für diesen Abend Wilhelm und einige der vertrautern Freunde auf das, was er unterdeß erfahren, vorbereitet, und August war dann aufgefordert worden, sein Geständniß noch ein Mal zu wiederholen. Er hatte es gethan, Alle waren nun wüthend auf Anton geworden – dieser aber hatte mir ruhiger Miene August's Aussage bestätigt, aber es Allen zugeschworen, daß er Stiefel wirklich für einen Menschenfreund gehalten, der ihr Bestes wolle, daß er ihm auch in diesem Vertrauen Thalheims Buch gegeben habe, daß ihm aber mit August zugleich die Augen aufgegangen wären, als man eine Schlechtigkeit von ihnen verlangt habe, und er auch, nachdem er Stiefel noch tüchtig die Wahrheit gesagt, die Schänke verlassen habe. Er suchte sich aus Allem herauszureden und man konnte ihn nur dafür bestrafen, daß er Branntwein getrunken habe, und unterwarf sich auch reumüthig der üblichen Strafe. August versprach man erst dann in den Verein aufzunehmen, wenn er einige Wochen lang dem Spiel und Branntwein entsagt und sich überhaupt ordentlich aufgeführt habe. Diese Probe hatte er bestanden und er ward nunmehr gern unter ihnen gesehen. Um dem Herrn Stiefel näher auf die Spur zu kommen, hatten sich an mehrern Sonntagen Franz oder Wilhelm mit August oder Anton selbst zur Schänke in der Stadt begeben wo er gewöhnlich sich eingefunden hatte, aber sich niemals wieder sehen ließ. Auch der Wirth, welcher übrigens versicherte, gar Nichts als den Namen von ihm zu wissen, sagte aus, daß er seit jenem Sonntag sich nie wieder eingestellt habe. – Man sah sich genöthigt, diese Sache auf sich beruhen zu lassen, da alle Bemühungen fruchtlos geblieben waren. – –

An dem Maiabend, an welchem August sich zu Wilhelm und Franz gesellte, sagte er zu den beiden Freunden:

»Ihr könnt Euch darauf verlassen – Stiefel ist da.«

»Stiefel – Du hättest ihn gesehen?«

»Saht Ihr nicht auch den Einspänner, der vorhin auf der Straße nach Hohenheim fuhr – und den langen dürren Mann drinnen? Das war er.«

»Was kann er nur wollen?« sagte Wilhelm.

»Wenn Du Deiner Sache gewiß bist, warum sagst Du es erst jetzt und theiltest es nicht oben Allen mit?« fragte Franz.

»Weil ich dem Anton nicht traue,« sagte August ernst.

»Das ist nicht schön von Dir, Dein ewiges Mißtrauen,« versetzte Franz. »Sieh, Du bist gar nicht besser gewesen als er, wir haben Dir Alles vergeben und vergessen, Niemand beargwohnt Dich, und Du allein willst Anton, der wie Du nur getäuscht worden ist und dann auch richtig bekannt hat, noch verdächtigen. – Geh', das ist ein häßlicher Zug, den mögte ich nicht bei Dir finden!«

»Weil ich allein den Anton kenne –« murmelte August.

»Lass' das alte Lied!« meinte Wilhelm. »Und wenn nun auch – Gefahr hat's ja doch nicht, sind wir denn etwa auf unrechten Wegen, daß wir Verräther zu fürchten hätten? Ist denn unser Verein eine geheime und gefährliche Verbindung? Weiß nicht Jedermann darum? Und hat denn nur Herr Felchner das Geringste dagegen einwenden mögen und können? Und ich dächte doch, weiter ginge die Sache Niemandem Etwas an.«

»Aber Franz hat wieder ein Buch geschrieben: ›Die Rechte des Armen – den Verzweifelnden gewidmet.‹ – Mir ist vor ihm bange,« antwortete August, »mir ist als könne daraus noch Unheil für Dich kommen, obwohl ich gerade nicht recht begreife, wie aus einem Buche irgend etwas Gefährliches entstehen könne. Aber mir ist innerlich angst.«

»Das lass' Dich nur nicht kümmern,« sagte Franz ruhig, »mein Buch enthält Nichts als eine Schilderung von dem Loose der Fabrikarbeiter, wie es Jedermann kennt, der nur irgend einmal aufmerksam in einer Fabrik sich umgesehen hat. Ich habe nicht das Geringste übertrieben, bin nirgends von der Wahrheit abgewichen, habe überhaupt gar Nichts gethan, als einfache Thatsachen geschildert. Aufmerksam sollen die Leute werden auf unsere Noth, das ist es ja, was ich damit bezwecke. Wenn noch andere Leute, als die Fabrikherren, welche von unserm Elend sich mästen – und welchen es deshalb freilich nicht sehr erwünscht sein mag, daß es allgemein bekannt wird, wie sie uns behandeln – wenn also noch andere Leute von unserm Elend hören, so werden weise Gesetzgeber und gerechte Regierungen uns doch vielleicht ein besseres Loos verschaffen. Ich denke von den Menschen nicht so gering. Ich glaube, vieles Schlimme und Unheilvolle besteht nur deshalb in der Welt, weil allein Diejenigen, welche darunter leiden, es kennen, den Andern es aber fremd bleibt und daher sie, welche die Macht und gewiß auch den Willen hätten zu helfen – nur eben deshalb nicht mit ihrer Hilfe kommen, weil sie gar nicht wissen, daß man ihrer bedarf und wie viel es zu helfen giebt!«

Wilhelm versetzte: »Du hast immer noch gutes Zutrauen zu den Menschen, ein viel besseres als sie verdienen – unsre täglichen Erfahrungen könnten Dich eines Andern überzeugen.«

»Nun, wir werden ja sehen, wer von uns Recht behält. In meinem ersten Buche habe ich mich nur an die Menschenfreunde gewendet, in meinem zweiten an die Verzweifelnden – ich denke, man muß es mit Beiden versuchen!« sagte Franz.

»Ja,« rief Wilhelm, »vielleicht helfen die Menschenfreunde, wenn sie einsehen, daß sie es außerdem mit Verzweifelnden zu thun haben.«

August schüttelte den Kopf und sagte: »Auf alle Fälle ist es doch besser, wenn Ihr auch meint, daß uns Stiefel nicht schaden kann, wir suchen dahinter zu kommen, wer und was er eigentlich ist und was er will; aber nur wir Dreie, denn von den Andern sind einige täppisch und geschwätzig, sie könnten Alles verderben. – Das ist mein erster Vorschlag und mein zweiter, daß wir jetzt ein wachsames Auge auf Anton haben.«

»Um ihn vor ungerechten Beschuldigungen zu sichern,« sagte Franz etwas aufgeregt und fügte gelassener hinzu: »Mit Deinem ersten Vorschlag bin ich einverstanden.«

»Ich auch,« sagte Wilhelm. »Ueber Nacht kommt guter Rath, wir wollen's beschlafen.«

»Nun denn gute Nacht,« erwiderte August, »und Du, Franz, sei nicht böse. Bei Gott, Franz, wenn ich minder Dein Freund wäre, würde ich auch minder bedenklich sein!«

Franz drückte ihm die Hand. »Es ist gut, Du bist ein braver Junge geworden – gute Nacht!«

August schlenderte der Hütte zu, in welcher seine alte Mutter krank lag, und verschwand in der Thüre.

»Es ist ein guter Junge«, wiederholte Franz; »seitdem er sich aus seinem unordentlichen Leben herausgerissen hat, ist Keiner fleißiger und im Guten beharrlicher, als er.«

»Bei Alle dem bin ich froh, daß er nicht länger mit uns ging,« sagte Wilhelm, »ich habe noch Etwas mit Dir allein zu reden – es hat mir schon lange auf dem Herzen gelegen und muß nun endlich einmal herunter.«

»Wir wollen ein Stück in diese Allee gehen und uns dort auf der Steinbank unter der Linde ein Wenig niedersetzen,« gab Franz an.

Als sie sich gesetzt hatten, begann Wilhelm: »Du bist seit einiger Zeit verändert – wenn wir Alle beieinander sitzen und unter Gesang und harmlosen Reden uns von den Mühen des arbeitvollen Tages erholen – so bist Du oft still und zerstreut, und wenn wir Dich aufmuntern, so fährst Du wie im Traume auf und besinnst Dich endlich, wo Du bist. – Das Loos der unglücklichen Brüder hat Dir immer Kummer gemacht, das Elend, das Dich umgiebt, hat immer an Deinem theilnehmenden Herzen gefressen. Ein Dichter, der noch andere Träume, ein Schreibender, der noch andere Dinge zu denken hat, als wir andern nüchternen Menschenkinder, bist Du immer gewesen – allen diesen Dingen kann man Deine Veränderung nicht zuschreiben – auch bist Du ja nicht immer traurig – zuweilen glänzt Dein Auge in lauter stiller Freude. – Ach! Ich weiß recht gut, was allein über einen Menschen solche Macht hat.«

Franz sah stumm vor sich nieder und scharrte mit seinen Füßen im Sande.

Wilhelm fuhr fort: »Franz! Du gehst oft in Herrn Felchners Haus und wenn Du zurück kommst –«

»Wilhelm! Wilhelm!« rief Franz mit einem flehenden Tone, als wolle er sagen, schone mich! fügte dem Ruf aber weiter Nichts hinzu; doch Wilhelm fuhr dumpf fort:

»Ich verstehe Dich – wärest Du weniger verschlossen gewesen – wer weiß, es wäre dahin nicht gekommen, es wäre mir leichter geworden, sie zu fliehen – hättest Du nicht geschwiegen – es wäre besser gewesen – ja wohl, wäre besser gewesen!«

»Wilhelm – um Gottes Willen – Du auch – Du auch?«

»Ja, ich habe sie auch lieb, wie ich noch kein anderes Mädchen geliebt, ich habe sie so lieb, wie sie irgend Jemand lieb haben kann, so lieb wie Du!«

»Wilhelm! Du sprichst es aus, Du wagst es – was ich niemals wagte, niemals gewagt haben würde? – Mir ist, als faßtest Du mit einer ruhigen festen Hand nach meinem Herzen, rissest es mir aus der Brust und sprächest kalt, indem Du es mir vor die zuckenden Augen hieltest: so sieht Dein Herz aus – Du Frevler!«

»Es muß sein – Du oder ich! – Ich habe Dir Freundschaft geschworen bis in's Grab – wir dachten damals nicht, daß ich Dir meinen Eid bewähren müßte am Grabe meiner Liebe. Franz, ich entsage ihr, sobald ich nur weiß, daß Du ihr Deine Liebe gestanden.«

Franz fiel ihm ins Wort: »Wie dürft' ich das wagen?«

Aber Wilhelm fuhr ununterbrochen fort: »Sobald ich nur weiß, daß sie gern Dein ist –«

»Bist Du von Sinnen?« rief da Franz außer sich. »Wie kannst Du von Deiner Entsagung sprechen? In dem Sinne, wie Du das Wort meinst – da müssen wir ja Beide entsagen! – Wie kannst Du mich für so frech, so anmaßend halten, daß ich diesem Engel gegenüber ein Wort der Liebe auszusprechen wagte? Und verstummt nicht jedes schmerzliche Gefühl, das mich fern von ihr zuweilen überfällt, sobald ich ihr gegenüber stehe, ihr folge? Dann fühle ich weiter Nichts, als das unaussprechliche Glück, diese sanfte Heilige unsre unglücklichen Brüder segnen zu sehen, und in ihren Augen die Thräne des Mitleids zu erblicken für die leidenden Armen – und dann fühle ich nur Dank gegen Gott, daß er, der in ihrem Vater uns einen Tyrannen, uns in ihrer Tochter doch zugleich einen hilfreichen Engel sandte.«

Staunend rief Wilhelm: »Vater – Tochter – von wem sprichst Du denn? Wer ist Friederikens Vater?«

»Friederike?« rief Franz in gleich staunendem Tone. »Friederike – Du liebst Friederiken?« Und wie er erkannte, daß nur ein Mißverständniß ihm das selbst nur leise geahnte Geheimniß seines Herzens entrissen, lehnte er sich zurück an die Linde, drückte wider ihre rauhe Rinde seine heiße Stirn, wie um sich zu verbergen, und flüsterte: »Vergiß, was Du mich hast sagen hören!«

»Du liebst Friederiken nicht – aber Du kennst sie, Du sprachst sie oft – noch gestern sah ich Dich bei ihr stehen – es preßte mir schier das Herz entzwei.«

»Ihre Herrin hat sie lieb, es ist ein gutes Mädchen – und wenn Du sie liebst, wird sie Dich, denk ich, wieder lieben und Ihr werdet glücklich zusammen sein. Und Du hast gedacht, ich stände dieser Liebe und diesem Glück entgegen?«

»Nun ja – ich wußte, wie die Liebe thut – wußte es nur gar zu gut, darum verstand ich Dein verändert Wesen, das den Andern ein Räthsel – und da ich wohl sah, daß Deine Augen leuchteten, wenn Du in das Wohnhaus des Fabrikherrn gingst, so wußt' ich, daß Du dort die finden müßtest, welche Du liebest – – nun versteh' ich es anders – das hatte ich nicht denken können! Vielleicht werde ich einst glücklich sein – und Du? – Armer Freund!«

»Nein, nicht arm!« sagte Franz sich aufrichtend. »Sie wird mich nie aus ihrer Nähe verbannen, sie wird mich immer dazu wählen, den Segen auszuspenden, welchen sie für die Nothleidenden hat, Sie wird mich zuweilen freundlich ansehen, wenn ich im Vertrauen auf ihre Großmuth in ihrem Namen gehandelt habe – ich werde glücklich bleiben, wie ich es geworden bin, seitdem ihre Erscheinung verklärend hereintrat in mein Leben. Komm, Wilhelm, wir wollen ruhig nach Hause gehen und schlafen und von ihnen träumen.«

II. Haussuchung

»Auf des Lagers Kissen schlummert
Kalt die lieblichste der Leichen.«

F. Freiligrath.

In der Residenz, in der Stube Amaliens, der Gattin Gustav Thalheims, stand ein kleiner schwarzer Sarg.

Eine schöne blasse Kinderleiche lag darin im weißen Sterbekleidchen, einen Rosenkranz in den blonden Locken – die ganze kleine Gestalt zur Hälfte mit Blumen überdeckt.

Die kleine Anna war gestorben. Amalie kniete an dem Sarge ihres einzigen Kindes.

Der Schmerz einer Mutter ist riesengroß und meerestief, wie kaum ein zweiter in der Welt. Fast jede Mutter, die ein todtes Kind beweint, wird zu einer heiligen *mater dolorosa*, vor welcher selbst jeder Fremde in ehrfurchtsvoller Ferne stehen bleibt. Eine heilige Würde ist in dem Schmerz einer Mutter, welche an das Wehe denkt, unter dem sie das Kind geboren, welches nun wie ein Theil von ihr selbst losgerissen worden und dem Grabe verfallen ist, während sie doch unter den Tausend Dolchstichen, unter welchen ihr blutendes Herz zuckt, noch beten kann: »Der Herr hat's gegeben, der Herr hat's genommen – sein Name werde gepriesen.«

In Amaliens Schmerze war das Gepräge dieser ehrwürdigen Heiligkeit verdunkelt. Erst jetzt, als ihr das anvertraute Kleinod für immer entrissen war, begann sie zu empfinden, welches Glück sie in demselben besessen, und es traf sie als ein entsetzlicher Vorwurf ihres eigenen Innern, daß sie das Kind nicht mit wahrer Mutterzärtlichkeit geliebt, weil es das Kind eines ungeliebten Vaters war. Und so war denn ihr Schmerz eine anklagende Verzweiflung, denn sie sagte sich selbst, daß ihr das Kind vielleicht nicht genommen worden wäre, wenn sie ihm eine bessere, zärtlichere Mutter gewesen; ja, sie machte sich selbst den Vorwurf, vielleicht auf eine leicht verletzte Gesundheitsregel nicht genug geachtet zu haben und dadurch selbst sogar vielleicht mit Theil an der schnellen und so unheilvollen Krankheit zu haben. So brachte ihr der Schmerz nicht den heiligen, stärkenden Thau frommer Ergebung und Erhebung, sondern nur verwundende Stacheln, welche sie sich selbst wie im grausenhaften Spiel wechselnd in ihr blutendes Innere stieß und herausriß.

Als sie jetzt in dieser Stimmung an dem kleinen Sarge stand, in welchem in wenig Stunden ihr die schwarzen Träger auf immer ihr einziges Kind, ihr bestes Besitzthum forttragen würden, ging die Thüre auf und ein junger Mann in der grünen Uniform eines gemeinen Soldaten trat herein. Er war groß und schlank gewachsen, hatte lichtbraunes, lockiges Haupthaar und langen Schnurrbart – ein freundliches offenes Gesicht, das Munterkeit und Gutmüthigkeit zeigte. Erschrocken blieb er zwischen der Thüre stehen, als er sah, daß er in die Engelkammer eines verblichenen Kindes gekommen – dann ging er auf Amalien zu, nahm ihre abgezehrte Hand, schüttelte sie treuherzig und sagte, indem eine helle Thräne auf seinen Schnurrbart rollte:

»Das ist ein sehr trauriger Empfang, Frau Schwägerin! – Kennst Du mich denn noch?« fügte er nach einer Weile hinzu, wo sie wortlos dagestanden und ihm mechanisch ihre Hand überlassen hatte.

»Ja, Bernhard,« sagte sie. »Es ist gut, daß Du mich nicht vergessen hast und mit zu mir kommst, es ist gut – Du darfst doch wohl meiner Anna das letzte Geleit mit geben?«

»Ja, ich will's – sieht wie ein Engel aus, das arme Kind, sieht wahrlich dem Vater ähnlich.«

Der Eingetretene, der dies sprach, war Bernhard Thalheim, der jüngste der drei Brüder. Er war unter die Soldaten gegangen, weil er kaum wußte, was er sonst hätte ergreifen sollen. Er sah den Brüdern ähnlich, aber seine Gesichtszüge hatten nicht den schwärmerischen, ernsten Ausdruck jener Beiden, er sah freundlicher, wenn man so sagen kann, einfach-gutmüthiger, aber auch ungleich unbedeutender aus, als sie. Er hatte ein vortreffliches Herz, aber seine geistigen Fähigkeiten, wenn er sie gleich den Brüdern besaß, hatten doch nur eine höchst untergeordnete Ausbildung erlangt – er schien aber damit glücklicher zu sein als Jene, denn, wie gesagt, sein ganzes Ansehen zeigte von einem heitern, lebensfröhlichen Charakter.

»Weiß es der Bruder schon?« fragte er jetzt leise mit betrübtem Tone.
Amalie schüttelte das Haupt und sah starr vor sich nieder.
»Es wird ihn sehr erschüttern!« seufzte Bernhard. –
»Schreib Du es ihm – ich kann es nicht!« ächzte sie.
»Ein trauriges Geschäft – aber wenn du willst – nun da will ich es Dir schon zu Liebe thun, glaub' es wohl, daß es Dir schwer wird zu schreiben.«
»Es ist, als habe Dich mir der Himmel zur Hülfe, zur Erleichterung hergeschickt – daß Du gerade jetzt kommen mußtest. –«
»Ja, unser ganzes Bataillon ist hierher versetzt worden – ich bleibe nun hier – es ist doch Schade, daß Gustav nicht mehr da ist.«
Sie hörte nicht weiter auf ihn, denn sie lauschte auf ein Geräusch von Tritten, die unten im Hausflur klangen – dann die Treppe heraufkamen – nun immer näher und näher – die Thüre ging auf – – sie stellte sich vor den Sarg, legte sich mit dem halben Leib darauf, schlang ihre Arme darum und rief außer sich: »Sie dürfen nicht, sie dürfen nicht!«
Die schwarz gekleideten Träger waren eingetreten – die Leichenfrau war ihnen gefolgt – sie ergriff den schwarzen Sargdeckel mit den versilberten Zierrathen. –
Ein junges Mädchen mit blondem Haar trat ein und zog Amalien sanft von dem Kinde auf – helle Thränen fielen dabei aus den Augen des Mädchens. »Kommen Sie mit herauf, arme Frau,« bat es, »hier können Sie doch nicht bleiben.«
»Ich kann nicht fort!« sagte sie mit herzzerreißendem Schrei und sank an dem Sarge ohnmächtig zusammen. Das Mädchen kniete neben sie und legte das bleiche Haupt der unglücklichen Mutter auf ihren Schoos, indem sie leise sagte:
»Es ist am Besten, wenn sie bewußtlos ist – nun eilt, daß Ihr die Leiche hinausbringt, ehe sie wieder zu sich kommt.«
Die Träger befolgten den Rath, Bernhard selbst drückte den Sargdeckel darauf; weil die Leute ihn hastig und geräuschvoll aufhoben, nahm er ihn ihnen ab, damit es ohne Lärm geschehe; das Mädchen dankte ihm dafür mit einem innigen Blick. Wie aber die Träger den Sarg zur Thüre hinaustrugen, stießen sie damit wider die Pfoste – es klang hohl und dumpf – dieser Ton brachte Amalie wieder zu sich, sie verstand ihn – schrie auf, wollte nachspringen, aber die Thüre war in's Schloß geworfen; das Mädchen zog Amalie mit sich auf das Sopha, wohin Amalie, ohne ohnmächtig zu sein, aber wie vor Verzweiflung erstarrt sich ziehen ließ und regungslos sitzen blieb.
Die beiden Frauen waren allein.
Eine Stunde mogte vergangen sein, wo sie so stumm und unbeweglich nebeneinander gesessen hatten.
Amalie hatte ihr Logis, das sie früher mit ihrem Gatten bewohnt, mit einem kleineren in der Vorstadt vertauscht. Das Mädchen, welches bei ihr saß, war die Tochter des Hauswirthes, eines Korbmachers und hieß Auguste. Sie hatte ihrer einsamen Hausgenossin getreulich beigestanden bei der Pflege des kranken Kindes – sie hatte auch in den herbsten Stunden des Leides die Unglückliche nicht verlassen. Sie fühlte wohl, daß sie keinen Trost für sie hatte, aber sie wollte sie ihrer Verzweiflung nicht allein überlassen. So saß sie auch jetzt still weinend neben ihr und hatte ihre Arme um die im Schmerz wie Erstarrte geschlungen.
Ein starkes Pochen an der Thüre schreckte sie auf von den marternden Gedanken, welche sie sich so lange überlassen hatten.
»Es wird mein Schwager sein,« sagte Amalie tonlos. »Er wird wieder zurückkommen – es wird nun Alles vorbei sein! –«
Auguste stand auf und öffnete die Thüre; befremdet trat sie einen Schritt zurück – ein fremder, langer, dürrer Mann stand draußen – hinter ihm ein Polizeidiener.
»Zu wem wollen die Herrn?« fragte Auguste schüchtern, bestürzt.
»Wohnt hier nicht die Frau des Doctor Thalheim?« fragte der Lange.
»Dort ist sie –« sagte Auguste.
Amalie blieb ruhig sitzen: »Ich habe Alles angezeigt, alle Gebühren entrichtet.«

»Sie haben schon Alles angezeigt, Frau Doctorin?« sagte der Lange verwundert, aber vor Freuden schmunzelnd. »Desto besser, dann werden Sie sich die Behörden zu großem Danke verpflichtet haben.« Plötzlich mäßigte er sich jedoch in seiner Freude und sagte: »Allein, wenn ist dies gewesen – man würde mich sogleich davon unterrichtet haben.«

»Vor drei Tagen, in derselben Stunde, wo sie gestorben war, wie es das harte Gesetz will.«

Der Lange und der Polizeidiener sahen einander unbeschreiblich albern an und schienen sich schweigend zu befragen. Endlich sagte der Lange zu Amalien: »Aber wovon sprechen Sie denn eigentlich?«

»Mein Gott! Sie fragen noch – wovon – ach, wovon!« und sie schrie laut auf und verfiel in Zuckungen.

Auguste eilte zu ihr und sagte zu den Männern: »Aus Barmherzigkeit, schonen Sie die Unglückliche – sie spricht von ihrem einzigen Kinde, das man so eben begraben hat.«

Die Beiden sahen sich einander verdutzt und albern an, wie vorher.

»Das ist ein sehr übler Zufall,« sagte der Lange verdrießlich.

»Was wollen Sie noch – ist nicht Alles in Ordnung?« fragte Amalie, sich wieder aufrichtend, nach einer Pause, während welcher die Beiden mit ihren Blicken ringsum das Zimmer gemustert hatten.

»Wir sind nicht deshalb gekommen,« sagte der Lange. »Wir sind gekommen, einige Fragen an Sie zu richten, welche sie uns gefälligst beantworten werden.«

Amalie schwieg.

»Zuerst,« fuhr Jener fort: »Ihr Mann hat einen Bruder, welcher Franz heißt?«

»Ja!«

»Er ist Arbeiter in der Fabrik des Herrn Felchner bei Hohenthal?«

»Ja!«

»Er ist diesen Morgen bei Ihnen angekommen?«

»Nein!«

»Nein? – Leugnen Sie nicht – es wird Ihnen Nichts helfen, die Polizei täuscht man nicht so leicht.«

»Ich habe keinen Grund Etwas zu leugnen, das meinen Mann und seine Brüder betrifft,« sagte Amalie beleidigt. »Er hat zwei Brüder, sein jüngster Bruder Bernhard ist gestern Abend mit dem Militär hier angekommen, bei dem er steht, und vorhin bei mir gewesen – – jetzt hilft er mein Kind begraben – –« und bei den letzten Worten ward ihre Stimme wieder undeutlich und sie versank wieder in ihren Schmerz.

Die Beiden machten wieder ihre betroffenen und verdutzten Gesichter.

Auguste zeigte als nächsten Beweis auf Bernhards Soldatenmantel, welchen derselbe zurückgelassen hatte.

»Sie kennen aber Ihren Schwager, den Fabrikarbeiter Franz Thalheim?«

»Er ist nur ein Mal vor drei Jahren ein paar Tage hier gewesen.«

»Das ist wunderlich.«

»Gar nicht – denn die armen Fabrikarbeiter haben kein Geld, das sie verreisen könnten, um ihre Angehörigen zu besuchen. –«

Der Lange flüsterte dem Polizeidiener zu: »Das ist eine bedenkliche Aeußerung, sie ist also auch schon angesteckt, wir müssen vorsichtig sein – wer weiß, gelangen wir hier nicht zu überraschenden Resultaten – –« dann fuhr er laut fort, gegen Amalien gewendet: »Sie stehen im Briefwechsel mit diesem Schwager?«

»Nein.«

»Aber die Brüder pflegten einander zu schreiben?«

»Das ist natürlich.«

»Ihr Mann schreibt Ihnen oft?«

»Das ist ebenfalls natürlich – aber mein Herr, ich sehe nicht ein, warum sie mich hier wie eine Delinquentin verhören, und zwar über Familienangelegenheiten, über welche man durchaus Niemand Rechenschaft schuldig ist –« sagte Amalie schnell und ziemlich heftig.

»Wer mir das Recht giebt? –« sagte der Lange. »Die Polizei –« und er wies auf den Polizeidiener.

»Frau Doctorin,« sagte dieser, »Sie werden sich in die Fragen und Anordnungen des Herrn Polizeicommissairs fügen.«

Dieser trat jetzt zu dem Pulte, an welchem der Schlüssel steckte und öffnete es. – »Mein Herr! Was fällt Ihnen ein?« rief Amalie außer sich und sprang auf.

»Keine Widersetzlichkeit!« mahnte der Polizeidiener und hielt sie am Arme.

»Fremde Männer kommen in mein Haus und forschen nach meinen Familienangelegenheiten – bei einer armen hilflosen Frau, deren Mann abwesend ist und sie beschützen könnte – deren einziges Kind man begrub,« jammerte sie. Auguste weinte und sagte beruhigend:

»Sie haben ja kein Unrecht zu verbergen, lassen Sie ihnen immer ihren Willen – Ihr Widerstand wäre doch fruchtlos.«

Der Polizeicommissair hatte jetzt ein Fach mit Briefen herausgezogen und sah sie flüchtig durch, die meisten schob er unbefriedigt auf die Seite. »Es ist Keiner von Franz Thalheim darunter –« sagte er heimlich zu dem Polizeidiener. »Das ist nur ein verdächtiger Umstand mehr, der Doctor wird diese Briefe als zu gefährlich verbrannt oder mitgenommen haben. –« Jetzt zog er ein kleineres Fach mit Briefen heraus, es enthielt nur diejenigen, welche Thalheim an seine Gattin geschrieben hatte, seitdem er von ihr getrennt war.

Amalie trat wieder hinzu und sagte: »Mein Herr, was zwischen Gatten verhandelt wird, gehört doch mindestens nicht vor die Augen der Polizei –«

»Fürchten Sie Nichts!« sagte der Commissair mit widerlichem Lächeln. »Die Augen der Polizei vergessen sogleich wieder, wenn sie auch Etwas erfahren sollten, das nicht vor ihr Forum gehört – nur was vor diesem Forum bedenklich und gefährlich erscheint, bewahrt ihr Gedächtniß treu – und darin läßt sie sich nicht täuschen und irren.«

Während er dies mit Nachdruck sagte, hatte er wieder einen Brief entfaltet und indem er ihn überflog, nahmen seine Augen einen ganz eigenen Ausdruck an, halb wie vor Schreck, halb wie vor Freude. Es war der erste Brief, welchen Thalheim an seine Gattin geschrieben, er datirte von dem Gute des Rittmeisters Waldow und die Stelle, welche solch' eigenthümliches Leben in das Gesicht des Polizeicommissairs brachte, lautete:

»Ich bin bei Franz gewesen – ich habe die Noth und das Elend gesehen, welches dort unter den Fabrikarbeitern herrscht – ach, Amalie, dieser Armuth gegenüber haben wir in beneidenswerthem Reichthum geschwelgt! – Ich habe Franz das Versprechen gegeben, daß, wenn mir in meinem neuen Wirkungskreise Zeit bleibt, mich mit literarischen Arbeiten zu beschäftigen, ich auch über die Noth der Fabrikarbeiter schreiben werde. Vielleicht wird mir auf meiner Reise Gelegenheit, darüber noch anderweite Notizen zu sammeln. Franz selbst schreibt in seinen Mußestunden, aber diese einfachen Stimmen mitten heraus aus dem Volke werden wohl von alle Denen gehört, für welche sie laut werden, welche das geschilderte Elend theilen, aber nicht von Denen, welche es verbreiten, und Denen, welche die Macht und Pflicht haben es aufzuheben und zu lindern. Darum fiel er mir weinend um den Hals, als wir von einander Abschied nahmen und sagte: Leb' wohl Du – nun doppelt mein Bruder, wenn Du derselben Sache dienen willst, welcher ich mich geweiht habe!«

Diesen Brief wollte der unberufene Leser erst in seine Brieftasche schieben – er besann sich aber anders und notirte nur die angezogene Stelle stenographisch. In den andern Briefen fand er nichts Beachtenswerthes, außer daß er sich den jedesmaligen Ort anmerkte, von welchem aus sie geschrieben waren. Jetzt griff er nach einem kleinen hölzernen Kästchen, zwischen dessen Schluß unterhalb des Deckels ein Stückchen beschriebenes Papier hervorschimmerte. »Hier sind auch Briefe darin –« sagte er. »Das Kästchen ist verschlossen – es thut mir leid – aber ich muß um den Schlüssel bitten.«

»Das ist unmöglich,« rief Amalie. »Ich kann es beschwören, daß es der Polizei ganz gleich sein kann, den Inhalt dieses Kästchens zu erfahren – und wenn Sie gekommen sind, um nach Papieren von Franz, von meinem Gatten in meinen Sachen herum zu spüren, so wiederhole ich nochmals – ich will es beschwören – von ihrer Hand finden Sie kein Wort in diesem Kästchen.«

»Dieser Eifer macht die Sache nur um so verdächtiger – ich muß durchaus Sie bitten, zu öffnen.«

»Um keinen Preis –« sagte sie außer sich, aber fest.

»Es thut mir leid,« bemerkte darauf der Polizeicommissair mit feinem Lächeln, »aber es muß sein, –« und ehe Amalie es nur bemerken, noch weniger verhindern konnte, hatte er ein kleines Instrumentchen aus seiner Westentasche geholt und mittelst desselben das Schloß des Kästchens geöffnet.

»Aus Barmherzigkeit,« rief Amalie, als sie es sah und fiel auf ihre Kniee.

Jener bemerkte es nicht – sein Gesicht strahlte vor Freude und Staunen. »Jaromir von Szariny!« rief er leise für sich. »Das ist ja der anonyme Publizist – nun ist kein Zweifel mehr.« Er sah die Briefe alle eifrig durch, schien aber unzufrieden mit ihren Inhalt zu sein und daß er keine mit neuerem Datum fand – sie waren alle schon vor sieben Jahren geschrieben.

»Ich werde Nichts ausplaudern,« sagte er zu Amalien, welche Auguste wieder von der Erde aufgehoben hatte. – »Nur eine Frage: Sind Sie noch mit dem Grafen Szariny in Verbindung?«

Sie wandte sich tief verletzt ab und antwortete nicht.

»Ich muß Sie um aufrichtige Antwort bitten – es ist die letzte Frage, welche ich an Sie zu richten habe – ich bedauere Ihnen lästig gewesen zu sein und wir werden uns dann sogleich entfernen – es wäre vielleicht meine Schuldigkeit gewesen, einige dieser Briefe mitzunehmen, allein aus schonenden Rücksichten gegen Sie habe ich es unterlassen – meine Schonung gegen Sie verdient wahrlich nicht diese Halsstarrigkeit von Ihrer Seite – antworten Sie; Niemand wird es erfahren. Sind Sie mit dem Grafen Szariny noch in Verbindung?«

»Nein – er war mein Verlobter, ehe ich in meinem jetzigen Gatten eine andere Wahl traf – – aber nun lassen Sie diese Qualen endigen, die Sie jetzt über mich brachten, während mein Kind begraben ward – als sei dies nicht schon entsetzlich genug – –« rief Amalie und verhüllte ihr Gesicht.

»Bedauere herzlich, Ihnen lästig geworden zu sein und daß wir an solchem Unglückstage kommen mußten,« sagte der Polizeicommissair mit schlecht erheuchelter Theilnahme und ging. Der Polizeidiener folgte ihm.

Amalie war schon zu sehr von dem Jammer der letzten Tage angegriffen, als daß sie sich eigentlich hätte klar darüber bewußt sein sollen, was jetzt vorgegangen war, als daß sie fähig gewesen wäre, nur Etwas davon zu begreifen. Sie war nur froh, daß die fremden Männer sich wieder entfernt hatten, daß sie nun wieder ungestört ihrem Schmerz um ihr verlornes Kleinod, um ihr gestorbenes Kind nachhängen konnte.

Ihr Schwager Bernhard kam wieder zurück. Er ging schweigend auf sie zu und drückte ihr die Hand – sie seufzte tief und sagte dann: »Ich danke Dir – ist doch eine verwandte Seele dabei gewesen, ich hätt' es nicht vermocht.«

»Ich habe die erste Hand voll Erde auf den hinabgesenkten Sarg geworfen für Dich, dann eine für Gustav, dann für mich selbst –« sagte er und verschlang eine Thräne.

Nun war es wieder lange stumm in dem kleinen Zimmer zwischen den drei Menschen.

Nachher stand Auguste auf, trat zu Bernhard und erzählte ihm Alles, was während seiner Abwesenheit vorgekommen war und ihr so räthselhaft und unheimlich erschien.

Ihm war es so nicht minder – er verstand es gar nicht, fragte zu wiederholten Malen und ward doch nicht klüger. Endlich fuhr er heraus:

»Donnerwetter! Wär' ich da gewesen – ich hätte die Kerle die Treppe hinunter geworfen – trotz Polizei – nicht einmal die Spürnasen vor solchem Elend ehrfurchtsvoll ein Weilchen zurückzuziehen!«

Dieser Vorfall hatte sich an dem Tage vorher ereignet, an welchem Franz Thalheim so unbesorgt war über die Ankunft des langen dürren Herrn Stiefel.

III. Wiedersehen

»An dem hellsten Sommertag,
Unter Zweigen lichtdurchbrochen,
Bei der Lerchen Jubelschlag
Hab' ich Dich zuerst gesprochen.«

Betty Paoli.

Einige Wochen waren seit dem Tage vergangen, an welchem Graf Hohenthal und Rittmeister Waldow sich vergeblich bemüht hatten, Herrn Felchner zu einer kleinen Gestundung zu vermögen – er war im Recht gewesen und er hatte von diesem Recht Gebrauch gemacht – der Wald war ihm als Eigenthum zuerkannt worden.

Jaromir hatte eine der Hütten, welche zu der Wasserheilanstalt Hohenheim gehörten, für sich gemiethet und vollkommen Alles das ausgeführt, was er mit Waldow in Bezug auf die Heilanstalt verabredet hatte. Ehe er sich ganz in dieselbe begab, war er noch auf ein paar Wochen zurück in die Residenz gereist, um dort seine Angelegenheiten in Ordnung zu bringen, da er vorher seine Abwesenheit nicht auf eine längere Dauer berechnet hatte. Zugleich benutzte er die Zeit dieses Aufenthaltes dazu, den idyllischen Aufenthalt in Hohenheim mit entzückenden und glänzenden Farben in einigen aristokratischen Zirkeln so verführerisch zu beschreiben, daß ihm beim Abschied mehr als ein Mal, und von mehr als einer Person das Wort entgegentönte: »Ich denke, wir sehen uns wieder – in Hohenheim.«

Vollkommen befriedigt von den Resultaten dieser Wochen, vollkommen ermüdet und gelangweilt von der Gesellschaft in der Residenz, dagegen aber auch nach seiner elenden Hütte sich sehnend – vielleicht auch noch verlangender nach Etwas mehr kam er in Hohenheim an.

Der Restauration der Wasserheilanstalt gegenüber, welche ein speculativer Gastwirth auf Zureden des Wasserdoctors für einen geringen Pacht übernommen hatte, befand sich eine Baute aus Brettern, welche man den Kursalon zu nennen beliebte. Er war nach vorn geöffnet, von einigen Bäumen umgeben, mit Markisen von grauer Leinwand versehen und sein Fußboden mit grobem Kies bestreut. Weiß angestrichne Lattenbänke, ebenfalls weiß gefirnißte Tische und ein Duzend Feldstühle mit Sitzen von groben Gurtbändern, dies war das Meublement dieses Salons, welcher dazu bestimmt war, daß die Kurgäste zu den Stunden in ihm sich versammelten, wo sie ein solches Mittelding von freier Luft und Bretterschutz gegen diese wünschenswerth fanden. In der That, ein Aufenthalt, welcher mehr als einfach war.

Jaromir hatte ihn sogar zu einem Lesesalon gemacht, indem er gefällig genug war, diejenigen Journale, welche er vermöge seiner literarischen Verbindungen zugeschickt erhielt, daselbst zur allgemeinen Lectüre auszulegen. Niemand war glücklicher als Hofrath Wispermann, in Jaromir eine so gute Acquisition gemacht zu haben, er überhäufte ihn dafür mit Artigkeiten, wiewohl es ihn im Stillen verdroß, daß der Graf durchaus seine ärztliche Behandlung, seine Bäder verschmähte.

Gleich am ersten Nachmittag nach seiner Ankunft besuchte Jaromir diesen Salon.

Der junge Waldow traf am Eingang mit ihm zusammen. »Hierher ist fast mein täglicher Spazierritt,« sagte er, »um zugleich jeden neuen Ankömmling mustern zu können und zu erfahren, wie er die göttliche Romantik dieses Ortes findet, mit welcher Ihre Schilderungen ihn so reichlich versehen haben. – Dort sitzt ja ein ganzer Klubb – lassen Sie uns die Gesellschaft erst aus der Ferne in Augenschein nehmen. Lorgnetten heraus! Dort das rothbackige Gesicht des Engländers mit dem großen Mund, der die verhältnißmäßig gleich großen Vatermörder zu küssen scheint, kennen wir schon – er behauptet ewig dieselbe stereotype Figur – er sitzt allein und liest in einem Buche. Mein Himmel! Was muß der Mensch nicht Alles schon zusammengelesen haben, wenn er's immer so treibt wie hier – ich habe ihn noch niemals anders als lesend gesehen, ich kann mir ihn auch gar nicht anders vorstellen. Wie jene Wilden, welche, als sie die ersten Reiter sahen, glaubten, Mensch und Roß wären ein Wesen, so scheint mir der Engländer mit seinem Buch durchaus ein Ganzes zu bilden. Den eleganten Herrn mit den gelben Glacehandschuhen und der rothen Sammtweste kenne ich und werde Sie nachher einander vorstellen. Es ist ein Kammerjunker von Aarens, der sich nur Courmachens halber hier aufhält – er ist nämlich hierher gegangen, weil er den Grafen Hohenthal kennt und eine reiche Partie beabsichtigt – er ist seit einer Woche hier und schon sehr oft in dem benachbarten Schloß gewesen.«

Jaromir hatte zuletzt aufmerksamer als Anfangs zugehört, den eben Besprochenen mit prüfenden Blicken gemustert und sagte jetzt ruhig: »Der Mensch sieht sehr unbedeutend aus.«

»Was ihn aber bedeutend machen kann, ist ein alter Name, bedeutendes Vermögen und große Gunst, welche er an seinem Hof genießt. Den Herrn zwischen ihm und unsern Doctor, eben so lang und dürr wie dieser, aber mit einer so ausgesucht maliziösen Miene, kenne ich nicht, es muß ein neuer Ankömmling sein. Der Geheimrath von Brodenbrücker daneben hat sich bis jetzt schrecklich gelangweilt, er ist aus Gefälligkeit für seine Frau, welche vollkommnes Pantoffelregiment geltend macht, hierher gekommen, denn sie will nämlich gern in jeder Mode den Ton angeben und hat sich es deshalb nicht nehmen lassen, krank zu sein und von einem gefälligen Arzt in eine Wasserheilanstalt geschickt zu werden. Sie scheint eine sentimentale Kokette zu sein, bei welcher man sich Etwas erlauben darf. Nun kommen Sie, ich stelle Sie den Herrschaften vor, Ihr Name wird frappiren, wenn ihn nicht etwa der Doctor schon ausgeplaudert hat. Bemerken Sie wohl, welche schmachtenden Blicke die Geheimräthin auf uns wirft – ich glaube, es ist ihr lange nicht so wohl geworden, die einzige Dame in einem Badeort zu sein.«

Waldow trat jetzt mit Jaromir zu der Gruppe und stellte diesen vor:

»Graf Jaromir von Szariny.«

Der Name frappirte allerdings – aber obwohl die Geheimräthin vor freudigem Erschrecken beinah in eine Ohnmacht gefallen wäre, war doch Niemand davon in gleichem Maaße betroffen, als der fremde, lange, dürre Herr. Als er Szariny's Namen nennen hörte, nahmen seine Augen einen ganz eigenthümlichen Ausdruck an, Schreck paarte sich mit Freude. Sein ganzes Wesen schien verändert zu werden, er sah vor sich nieder, als beachte er den Grafen weiter nicht, aber wer ihn aufmerksam beobachtet hätte, würde gewiß bemerkt haben, wie sich seine Ohren sichtlich spitzten, als er diesen Namen hatte nennen hören.

Als Jaromir einige Worte mit dem Wasserdoctor sprach, stellte ihm dieser seinen Nachbar als: »Herr Schuhmacher, Doctor Juris,« vor.

Es wurden nur wenig Worte gewechselt. Diese Gesellschaft behagte Jaromir wenig, und als Waldow sich nach einem Stündchen wieder zum Nachhauseritt anschickte, brach auch er auf, ließ seine Droschke anspannen und fuhr hinauf nach dem Schloß.

Elisabeth saß auf dem Balkon, zu welchem man aus dem Gesellschaftszimmer gelangte und welcher über dem Hauptportal sich erhob. Sie war so in das Lesen eines Buches vertieft, daß sie erst, als der Wagen auf den Steinplatten des Hofes rasselte, durch das Geräusch aufmerksam gemacht wurde und hinab sah. Die Droschke hielt vor dem Haupteingang. Jaromir hatte Elisabeth längst gesehen – jetzt grüßte er, als er bemerkte, daß sie aufstand und ihn gewahr ward. Sie trat von dem Balkon in den Saal – er aus dem Hof in die Hausflur, Sie war ein Wenig in Verwirrung, denn ihre Eltern hatten einen Spaziergang in den Park gemacht, an dem sie nur aus zufälliger Laune nicht Theil genommen hatte. Sie wußte nicht, wenn sie zurückkehren würden, wohin sie ihre Schritte gerichtet hatten – es war eben so gut möglich, daß sie in den nächsten Minuten, als daß sie erst nach Stunden zurückkommen würden. Sie wollte Jaromir's Besuch abweisen lassen, aber er hatte sie gesehen und gegrüßt, sie konnte sich nicht selbst verleugnen lassen – in dem Augenblick ihrer Unschlüssigkeit meldete ein Diener den Grafen.

»Haben Sie gesagt, daß der Graf und die Gräfin ausgegangen sind?«

»Ja, zu Befehl – der Herr Graf beauftragte mich, ihn bei Ihnen zu melden.«

Sie sah noch einen Augenblick schweigend vor sich aus, dann sagte sie: »Ich erwarte den Herrn Grafen.«

Der Diener entfernte sich – gleich darauf trat Jaromir ein.

Die gewöhnlichen Begrüßungen fanden statt. Sie sagte ihm, daß ihre Eltern ausgegangen wären und daß sie nicht wisse, ob sie dieselben bald oder später zurück erwarten dürfe. Er bemerkte, daß er sie, Elisabeth, bei seiner Ankunft auf dem Balkon gesehen, und daß nicht seine Gegenwart Ursache sein solle, die freie Luft mit der des Zimmers zu vertauschen.

So traten denn Beide hinaus auf den Balkon.

Die Gegend breitete sich malerisch vor ihnen aus in lichter Frühlingsklarheit. Das hochgelegene Schloß beherrschte auf höherem Bergesrücken ein großes Panorama.

Es war ein schöner Nachmittag – man wußte nicht, war es noch Frühling oder schon Mitte des Sommers. Gegend und Luft gaben die Wonnen von Beiden. Der Himmel war ein glänzendes, lachendes Blau, die Luft ein ewiges lindes Wehen. Durchleuchtete Wölkchen zogen wie leichte Silberschleier hin und her und warfen kleine wandelnde Schatten auf die Gegend. Rechts erhob sich eine lange Hügelkette, die dem Berge sich anschloß, auf welchem die Burg stand. Die einen waren mit düstern Tannen und Fichten bewachsen, an welchen die jungen, hellgrünen Triebe wie zarte Finger von viel Tausend emporgehobenen Händen sich aufwärts streckten, als schwören auch die ernsten Gestalten der Tannen fröhlich dem Frühling Treue. Und so dicht war die Waldung, daß sie, wo das Auge zu ihr in die Ferne schweifte, wie ein großes weiches Bett von schwellendem Moos aussah, in dem sichs gut liegen und ruhen müsse. Andere Hügel waren von grauem Gestein nur spärlich von dunkeln, roth blühendem Moos und lichtgrünem, niedrem Gras bedeckt und mit getrennt stehenden Birken bewachsen. Ihre weißen Stämme standen aufgerichtet wie heilige Friedensstäbe mit grünen, wehen den Kränzen geschmückt. Zwischen diesen Hügeln trat ein kleiner Fluß hervor und schleppte mit seinen blau und silbern blinkenden, tanzenden Wellen geduldig das Flößholz – die abgehauenen Glieder des Waldes – herab in's Thal, dann stürzte er sich brausend über ein hohes Wehr und die Scheite sprangen kühn und lustig mit dem Wasser taumelnd hinüber. Geradeaus that dem Blick ein weites Thal sich auf, die Landstraße zog sich durch und auf ihr wirbelte gerade jetzt eine läutende Heerde lichtweißer Schaafe eine gelbliche Staubwolke auf. Links gränzte an das Schloß der weite Park. Seine Eichen standen im prangendsten Jugendgrün und ihre stolzen Kronen überragten die andern Bäume. Alle Gesträuche blühten bunt dazwischen. Hier schlängelte eine Allee weiß blühender Kirschbäume sich wie eine lange Guirlande durch die blumigen Wiesen. Dort glich eine Gruppe von Apfelbäumen, deren rothe schwellende Knospen sich eben erschließen zu wollen schienen, einem riesenhaften, leicht hingeworfenen Rosenkranz. Und aus all' diesem malerischen Gemisch von Bäumen, Blüthensträuchern und Grasplätzen schimmerte hier ein weißer kleiner Marmortempel, wie ein ernstes Mausoleum hervor, wehten dort die Fahnen und Glöckchen eines japanischen Lusthauses, wie im heitrem Spiel grüßend mit Flattern und Läuten, erhob sich an einer andern Stelle ein grauer Thurm, und so noch manches abenteuerliche, malerische Gebäude. In weiter Ferne begränzte ein hoher Berg mit einer verwitterten Burgruine den Horizont. Balsamische Blumendüfte zogen wie wallender Weihrauch von den Frühlingsopfern der Erde aus den nahen Gartenbeeten empor und eine Schaar wirbelnder Lerchen tummelte sich wie trunken im Aetherblau.

Jaromir und Elisabeth hatten eine Weile stumm nebeneinander gesessen und bewundernde und entzückte Blicke auf die reichen Naturschönheiten dieser Landschaft geworfen. Jetzt sagte Jaromir:

»Es ist das erste Mal, daß ich unwillkürlich durch Sie angeregt in Naturbetrachtungen versinke – vergeben Sie, wenn ein Blick auf dieses feierliche Frühlingswalten ringsum mich zu lange stumm gemacht.«

Sie sagte mit einem leichten Erröthen und ohne aufzusehen: »Mein früheres Zusammentreffen mit Ihnen fand außerhalb der gewöhnlichen Schranken und auf befremdende Weise Statt – ich fühle, daß ich Ihnen dafür eigentlich eine Erklärung schuldig wäre, aber ich weiß dennoch nicht, wie ich sie Ihnen geben könnte, und indem ich gerade fordern muß, mir sogar den Versuch dazu zu ersparen, fühle ich, daß ich vielleicht Viel von Ihnen verlange, wenn ich Sie bitte, ohne zu gering von mir zu denken, diese frühere Begegnung wo möglich zu vergessen – für sich selbst und für Andere.«

Sie ließ einen Moment ihre schönen Augen mit einem flehenden Ausdruck auf den seinen ruhen, dann senkte sie wieder die langen Wimpern, während er rasch das Wort nahm:

»Vergessen?« sagte er mit sanfter Stimme. »Vergessen? Sehen Sie da unten die weiße Blume, welche ihr Haupt der Sonne zugekehrt hat, soll sie auch vergessen, daß der Lichtstrahl auf sie fiel, welcher ihren Kelch erschloß? Soll dort der Wanderer, den Sie von dem höchsten Berge langsam herabsteigen sehen, auch vergessen, daß er einen entzückenden Anblick dieser weiten Frühlingslandschaft genossen, der ihn vielleicht trunken schwärmen machte, wie der Blick in ein seliges Eden? Warum vergessen? Nein, ich werde ewig an diese Stunde denken müssen,« rief er schwärmerisch vor sich aussehend, »sie ist ein Theil geworden von meinem Leben.«

Elisabeth schlug die Augen nieder und schwieg.

Nach einer Pause begann Jaromir wieder, aber ruhiger: »Sie schweigen – vielleicht weil Sie die Sprache seltsam, finden, welche ich führe, vielleicht weil Sie Ihnen ungeziemend erscheint – aber wenn Sie mir vergönnen, aufrichtig fortzufahren – so werden Sie mir vergeben, wenn Sie es nicht schon jetzt thun.«

»Sie sind ja Dichter,« sagte Elisabeth, »da muß Ihnen schon gestattet werden, Ihre Träume auszusprechen, in welcher Form Sie wollen – weiß man doch, daß es eben poetische Träumereien sind, was man hört.«

»Dieser Dichter hatte lange Zeit vergessen, daß er einer war, bis Sie ihn wieder dazu machten –« antwortete Jaromir und fuhr dann fort: »Sehen Sie, Ihnen allein gegenüber darf ich doch wahr sein? Sie haben es ja eben ausgesprochen, daß ich ein Dichter sei – nicht jedem Wesen entschleiert ein solcher seine Seele – und darum, als ich Sie das erste Mal in diesem Schlosse sah, als ich unerwartet in der Tochter dieses Hauses das weinende Mädchen wieder erkannte, das ich einst fern von hier begrüßt, da fesselte nicht allein das Erstaunen meine Zunge, daß ich es nicht aussprach, wie Sie mir nicht ganz fremd seien, sondern ich blieb darüber stumm, weil diese Begegnung immer ein süßes Geheimniß meiner Seele geblieben war, das ich nun nicht auf ein Mal mit gleichgültigen Worten gleichgültigen Ohren und Herzen Preis geben konnte. Und dann – ich wußte ja nicht, ob es nicht vielleicht auch Ihr stilles Geheimniß war, das keine Zeugen und keine Mitwisser duldete, an jenem Tag und an jener Stelle sich auszuweinen? Und lieber noch hätte ich mich selbst verrathen, als Sie!«

»Ich danke Ihnen für diese Rücksicht. Thränen, mit denen man sich in die Einsamkeit flüchtet, um sie auszuweinen, werden von Andern verstanden –« sagte Elisabeth.

Er fuhr fort: »Sie waren gewiß an jenem Morgen so früh aufgestanden, der Schmerz hatte Sie nicht ruhen lassen – bei mir war das Anders, ich kam von einer festlich durchschwärmten Nacht – aber wessen Herz in diesen Stunden schmerzlicher gezuckt haben mag – das Ihre unter Ihren Thränen, das meine unter meinem Lachen – wer mögt' es entscheiden? Ich habe das Wort nicht vergessen, das Sie zu mir sagten: ›Sie scheinen auch nicht glücklich zu sein!‹ So hatten Sie mich allein verstanden, eine Fremde – unter all' den Hunderten, welche mich zu kennen meinen, welche mir täglich versicherten: ich sei der glücklichste Sterbliche.«

»Ich hatte Ihnen schon einmal begegnet, wo Sie noch trauriger aussahen –« fiel sie ihm rasch in's Wort, aber sie hielt plötzlich inne und erröthete und fragte sich mädchenhaft schüchtern im Stillen, ob sie nicht unvorsichtig zu Viel gesagt.

Fast war es auch für Jaromir zu Viel, zu viel überraschende Freude, daß sie dieses sagte – ihm wars, als müsse er ihr zu Füßen fallen, oder ihre Hand fassen und drücken, oder sie selbst in seine Arme ziehen – aber er bezwang sich, er blickte sie nur noch inniger an, doch wagte er nicht, sie zu berühren, oder sich ihr leidenschaftlich zu nähern – er sagte sich, daß er das schöne Vertrauen, mit dem sie ihn allein bei sich empfangen, nicht mißbrauchen dürfe. »Ja«, sagte er, »damals lag auf Ihrer Stirn, in Ihren Blicken leuchtender, ungetrübter Friede und ich dachte, so müss' es immer sein – damals meinte ich nicht, daß ich nach wenig Monaten Sie so wiedersehen würde, wie es geschah. Jener erste Moment, in welchem ich sie sah, ist einer der erschütterndsten meines Lebens gewesen, ich werde ihn nie vergessen, und als ich Sie zum zweiten Male sah – darf ich es Ihnen gestehen? so hätt' ich dem Leben fluchen mögen, das auch aus Ihren Augen Thränen preßte, das auch Sie schon so schmerzlich fassen und bewegen konnte! Aber ich lernte auch von Ihnen – ich hatte oft das Weh meines Herzens übertäuben wollen in rauschender Lust, aber ich dachte dann, es sei besser, gleich Ihnen dies Leid auszuweinen in Gottes freier Natur, an der Brust der mütterlichen Erde – und so that ich – und so kam ich auch hierher, um in der heiligen Frühlingswelt alle kleinen menschlichen Schmerzen zu vergessen – und mir ist, als würde das Herz gesund, wenn es wie hier neben lächelnden Blumen und wirbelndenden Lerchen schlagen kann –« er wollte noch mehr sagen, aber er hielt inne.

»Das Herz wird still, wenn es wie hier auf dieser Höhe dem Himmel näher schlägt,« ergänzte Eisabeth, »ich bin jetzt zufrieden. Ich genieße den Fühling – was will man mehr?«

»Die Nähe verwandter Seelen,« sagte Jaromir.

»O, ist man nicht selber reich genug, dem Wald, dem Bach, den Blumen allen verwandte Seelen zu geben? Und bringt nicht jede Schwalbe, die sich in unsrer Nähe anheimelt, nicht jede Lerche, die aus der Saat zum Himmel jubelnd emporschwirrt, jede Nachtigall, die im Stillen und Dunkel sich hören läßt, die verwandte Seele mit, nach welcher wir uns sehnen? Fühlen Sie nicht, daß das Lied, welches von dem wechselnden Vögelchen da drunten im Garten ertönt, alle die Regungen zur Sprache bringt, über welche Sie mit sympathisirenden Wesen sich unterhalten mögten? Nun und warum nicht mit diesen gefiederten Sängern?« fragte Elisabeth.

»Nun, wer von uns Beiden ist denn der Poet?« sagte Jaromir lächelnd.

In diesem Augenblick traten der Graf und die Gräfin in den Saal. Jaromir und Elisabeth hatten sie vorher nicht bemerkt – sie standen jetzt schnell überrascht auf und traten zu ihnen in den Saal.

Die Unterhaltung war allgemein und kam nicht aus der Sphäre des gewöhnlichen Conversationstones heraus. Jaromir hielt das nicht lange aus und entfernte sich sobald als es schicklich war.

Später sagte die Gräfin zu Elisabeth: »Du ließest gestern den Kammerjunker von Aarens abweisen, weil Du allein warst, und nimmst heute im gleichen Falle den Grafen Szariny an – ich liebe solche Inconsequenzen nicht.«

Elisabeth verließ ohne Antwort das Zimmer.

IV. Erklärungen

»Doch wehe, wehe dem Mittellosen,
Wenn sich der Leib zusammenbricht,
Da rettet nicht des Weibes Kosen,
Da rettet die Pflege der Mutter nicht,
Da helfen nicht die Gebete der Kleinen.«

Karl Beck.

Ein paar Wochen waren vergangen, seitdem Pauline sich von Franz hatte zu der langen Liese führen lassen. Pauline hatte ihn unterdessen nur von Weitem gesehen, wenn er in die Fabrik oder an den Zahltagen in ihres Vaters Comptoir ging; sie war ihm auf ihren Spaziergängen, auch wenn sie dieselben nach dem allgemeinen Feierabend machte, niemals begegnet, und niemals hatte er sie im Garten aufgesucht, wie sonst, um irgend eine Angelegenheit, eine Bitte für die Unglücklichen, für welche er sich schon so oft verwendet hatte, vorzutragen. Nur ein Mal war sie ihm nahe in der Hausflur begegnet, wo er mit andern Arbeitern bei einem Factor gestanden hatte, der sie eben Alle ziemlich hart anließ. Franz hatte Paulinen einen schmerzlichen Blick zugeworfen, zum Sprechen war der Moment nicht geeignet gewesen. Den Chirurgen hatte sie gleich, als er das erste Mal zu den verunglückten Kindern auf Ihr Geheiß gekommen war, im Voraus bezahlt. Sie hatte Nichts wieder von diesen armen Leuten gehört, denn sie selbst war nicht wieder hingegangen, da sie nach dem ersten Empfang der langen Liese recht wohl einsehen gelernt, wie diese ihren Besuch weniger als eine Art Genugthuung, sondern mehr als Verhöhnung betrachte. Ihren Bruder oder die Factoren nach der langen Liese und ihren Kindern zu fragen, hielt eine innere ängstliche Scheu sie ab.

Eines Abends saß Pauline allein im Garten wie gewöhnlich, denn um diese Stunde allein spazieren zu gehen wagte sie nicht, weil sie immer fürchtete, daß sie, wenn sie Fabrikarbeitern begegnete, von diesen roh behandelt werden mögte, oder doch wenigstens unziemliche Redensarten anhören müßte. Sie war sehr traurig, denn sie hatte auch Elisabeth lange nicht gesehen. Herr Felchner war sehr gegen den Grafen erbittert, seitdem dieser versucht hatte, sich mit in die Waldow'sche Angelegenheit zu mischen und jetzt auch vor Gericht gegen ihn auftretend gestrebt hatte, es dahin zu bringen, daß der Fabrikherr den Bach – welcher nun durch sein neu erlangtes Gebiet floß – aber zugleich durch Hohenthal'sche Besitzungen ging – nicht zu einem Graben einengen und zum Treiben irgend eines Mühlwerks benutzen dürfe. Es war darüber ein Prozeß entstanden, welchen man nach der Art, wie er unter aristokratischen Einflüssen betrieben ward, eine ziemlich lange Dauer vorhersagen konnte. Herr Felchner liebte aber Alles mit Dampfschnelligkeit zu betreiben. Er hatte daher gegen den Grafen, der ihn dies Mal so hinderlich in den Weg trat, den giftigsten und bittersten Haß gefaßt und seiner Tochter streng verboten, wieder in das Schloß seines Todfeindes zu gehen. Diese war an Strenge gegen sich von ihrem Vater wenig gewöhnt, denn er begegnete ihr immer mit der zärtlichsten Liebe und ließ sie in Allem frei walten. Nur durfte sie niemals versuchen, ein Wort zu seinen industriellen Einrichtungen zu sagen, oder für die gedrückten Arbeiter eine freundliche Bitte vorzubringen. Er hatte ihr dies mit leidenschaftlicher Heftigkeit ein Mal für immer verboten und da sie bemerkte, daß sie durch ihre Vorstellungen meist nur gerade das Entgegengesetzte von dem, was sie zu erreichen wünschte, eintreten sah, so hatte sie für immer auf solche verzichtet. So wagte sie aus kindlicher Ehrfurcht wenigstens nicht sogleich das Verbot des Vaters in Bezug auf Schloß Hohenthal zu übertreten, da sie hoffte, er werde es vielleicht eher zurücknehmen, wenn sie ihm Gehorsam zeige, so lange noch die erste Heftigkeit seiner Erbitterung währte. Elisabeth selbst war nicht in die Fabrik gekommen, weil leichte Unpäßlichkeit sie im Schlosse zurückhielt.

Noch niemals war es Paulinen einsamer vorgekommen, als jetzt, wo sie sinnend allein im Garten weilte.

Ein Gruß weckte sie aus ihren traurigen Träumereien.

»Guten Abend, Mamsellchen.«

Es war eine kleine dicke Frau mit rothem Gesicht, welche vorüber ging und den Gruß hinein rief. Pauline erkannte sie; es war die gutmüthig aussehende Frau, welche sie bei der langen Liese getroffen hatte.

»Guten Abend, Frau Martha,« sagte Pauline, »lauft doch nicht so vorüber. Was macht die lange Liese mit ihren armen Kindern?«

»Sie haben mich gleich erkannt?« sagte Martha schmunzelnd. »Sonst merken sich die feinen Mamsellchen uns arme Weiber nicht so leicht; das ist hübsch von Ihnen. Was die lange Liese macht? Da mag sich Gott erbarmen, die flucht Tag und Nacht. – Sie wissens wohl gar nicht, daß die Kinder Beide todt sind, der Junge und auch die kleine Liese!«

»Todt – Beide?!« rief Pauline, »Das ist ja entsetzlich!«

»Freilich wohl – aber ein Glück ist's doch auch, daß sie starben, was hätte aus den elenden Krüppeln werden sollen? Und gut noch, daß sie Beide wenigstens gleich an einem Tage starben, da sind sie auch in einen Sarg und ein Grab gekommen und dadurch Kosten erspart worden.«

Ein leichter Schauer überrieselte Pauline, als sie diese Rede hörte, es war ein neuer tiefer Blick in das Elend der Armuth, die sich über den Leichen geliebter Kinder noch damit trösten muß, daß sie wenigstens zugleich starben, damit nur ein Sarg für zwei nöthig war.

Martha fuhr fort: »Ja, wenn es nur wenigstens Nichts kostete, der Tod ist ja auch nicht umsonst, wenn gleich das Sprichwort so heißt – nicht einmal die Sprichwörter wollen auf die armen Leute passen. Ich kann sagen, mir wird wohl manchmal Angst, wenn die lange Liese so flucht und dazwischen lacht und schluchzt, daß sich's greulich mit anhört – denn da weiß sie nicht mehr, was sie spricht, und versündigt sich gar gegen den lieben Gott im Himmel droben. Aber wahr ist's, schlecht hat sie's gehabt ihr Leben lang – ich und mein Mann, wir sind Beide gesund, und der Junge ist's auch, nun da mag's schon sein, wenn man auch wenig verdient, wenn man nur arbeiten kann und gesund ist, da ist unser eins schon zufrieden – aber wie ist nun die lange Liese selber elend geworden und wie sahen die Kinder jammervoll aus, die sie mit in die Fabrik schleppt – halten's einmal nicht aus und muß doch froh sein, wenn sie nur arbeiten dürfen. Wenn Sie mir's nur gesagt hätten, wie die Kinder starben, ich hätte vielleicht Etwas thun können.«

»Ja, ich unterstand mir's nicht und dem Franz sagt' ich's ein Mal, weil der Sie doch heimgeführt hatte – aber er schüttelte den Kopf und sagte: ich gehe nicht wieder hin, geht lieber selbst – und sehen Sie, da dacht' ich in meinen Gedanken: wenn's der Franz nicht mehr wagt, da wag' ich's auch nicht.«

»Franz sagte: er wage nicht mehr zu mir zu gehen?« sagte Pauline mit dem Tone ungläubiger Verwunderung.

»Nun ja, er sagte wenigstens: ich gehe nicht wieder hin.«

»Er gehe nicht wieder zu mir?«

»Nun ja, es ist, als ob Sie Sich darüber verwunderten – ich dachte seiner Rede nach, Sie hätten es ihm verboten, oder gesagt, daß er zu oft käme.«

»Niemals, niemals! Sehen Sie Franz zuweilen?«

»Selten, doch trifft es manchmal, daß er mit meinem Manne zusammengeht, denn der hält große Stücke auf ihn.«

»Nun dann sagen Sie ihm, daß ich es seltsam fände, daß er mir sein Wort nicht mehr hielte – er wird schon wissen, was ich meine.«

»Schon gut – aber da steh' ich hier so lange und schwatze und wollte heute Abend noch Manches arbeiten.«

»Damit Ihr nicht umsonst hie geblieben seid, so wartet noch einen Augenblick,« sagte Pauline und ging in das Haus.

Nach einer Weile kam Friederike mit einem Korb Eßwaaren heraus, welchen sie der Martha übergab. »Etwas davon mögt Ihr der langen Liese geben.«

»Das Mamsellchen ist gar gut,« rief Martha, »ich hab' es immer gesagt. Ich lasse mich schönstens bedanken, der liebe Gott mag's ihr vergelten, die Armen haben Nichts zu geben als fromme Wünsche.«

So ging denn Martha ihres Weges. Friederike that auch einige Schritte weiter und sah sich überall um. So stand sie eine Weile. Da rief plötzlich eine Stimme:

»Also endlich einmal!« Es war Wilhelm Bürger, welcher hinzutrat und ihre Hand erfaßte.

»Guten Abend, Wilhelm.«

Wilhelm hatte gleich am andern Tage, als er erkannt hatte, daß es ein großer Irrthum von seiner Seite gewesen, seinen Freund Franz für seinen Mitbewerber zu halten, Friederiken am Feierabend am Brunnen aufgesucht und ihr einfach gesagt, wie lieb er sie habe. Das gute Mädchen hatte verschämt und erröthend das angehört, und ihm durch einen herzlichen Händedruck versichert, daß sie ihm gar nicht gram sei, daß sein Wort ihr eine wahre Herzensfreude gegeben. So pflegten sie nun seitdem sich oft auf gleiche Weise zu sehen. Wilhelm war heute ziemlich ernst und sagte nach einer Weile:

»Ist es wahr, daß Deine Herrschaft, ich meine Mamsell Paulinchen, seit einiger Zeit so kränklich ist?«

»Da habe ich Nichts davon bemerkt – das müßte ich wissen.«

»Verändert sieht Sie mir auch nicht aus – gleichwohl hat es der junge Herr, ihr Bruder Georg gesagt.«

»Was hat der gesagt? Er weiß gar Nichts von ihr, denn die Beiden sind verschieden wie Tag und Nacht.«

»Du weißt, daß sie den Chirurgen für das Kind der langen Liese bezahlt hat.«

»Und daß sie mit Franz selbst zu dem unglücklichen Kinde gegangen ist, seitdem sind aber Wochen vergangen und Franz hat sich nicht wieder blicken lassen, wie doch sonst.«

»Es ist ihm schwer genug geworden.«

»Warum ist er also nicht gekommen? Und was meinst Du mit dem jungen Herrn und dem Chirurgen?«

»Das wollt ich ja eben erzählen.«

»So rede schnell, denn ich kann jetzt nicht lange hier bleiben und weiß wirklich nicht, was Du eigentlich zu sagen hast.«

»Drum eben lass' mich zu Worte kommen. Wie der Chirurg das zweite Mal wieder gekommen ist, hat er Franz aufgesucht und gesagt, es sei unrecht von ihm, daß er Fräulein Pauline immer so mit Erzählungen von Unglücklichen quäle, und sie dann berede, das Elend selbst mit anzusehen. Eine junge zärtliche Dame, wie sie, könne so Etwas nicht vertragen, sie werde dadurch selbst noch krank, weil es sie immer so angreife; ihre Gesundheit sei dadurch schon ganz zerrüttet – sie setze ihr Leben auf's Spiel, wenn sie es noch länger so treibe; sie selbst habe freilich davon keine Ahnung, um so mehr sei es jedes Menschen Gewissenssache, sie zu schonen. Franz war ungläubig gewesen – ich war es auch, dann sagte ich mir: die armen Leute müssen in diesem Elend leben und es selbst ertragen und die vornehmen Leute sollten gleich daran sterben, wenn sie es nur ein Mal erzählen hören, oder von Weitem einen flüchtigen Blick darauf werfen?«

»Mein Fräulein ist ganz wohl – und was will denn der Chirurg von ihr wissen, der sie niemals behandelt hat? Sie hat Gott sei Dank noch gar keinen Arzt gebraucht, seitdem sie hier ist. Und dieses alberne Mährchen hat Franz glauben können?«

»Er hat es auch nicht so recht geglaubt, aber ängstlich hat es ihn doch gemacht. Sie gönnen uns diesen Engel nicht!« sagte er ernst und bitter – aber wie er es sich näher überlegte, so hatte die Sache doch auch etwas Wahrscheinliches – »diese Mädchen sind einmal so zart,« sagte er, »und wäre ich dann daran Schuld, daß sie wirklich litte – ich vergäb' es mir nie – und geistig leidet sie durch mich – nein, nein, ich will ihr Nichts mehr sagen – –« so meint' er.

»Aber welch' dummes Zeug!« rief Friederike: »Und warum hat er da nicht mich gefragt, oder warum es Dir nicht aufgetragen?«

»Er hat sich genug mit seinen Gedanken gequält und wie sie ihm nicht mehr Ruhe ließen, ist er selbst hergegangen, um sie zu sehen oder Dich zu sprechen. Der junge Herr hat ihn da zuerst getroffen und gefragt, zu wem er wolle? Er habe jetzt hier Nichts zu thun. Er hat Dich genannt, da hat ihn Georg sehr hart angelassen und gesagt – aber das ist zu hart!«

»Was hat er gesagt? Rede nur gerade heraus!«

»Er hat gesagt, daß ihn seine Schwester beauftragt habe, nicht länger den Skandal zu dulden, daß ihre Dienstmädchen mit den Fabrikarbeitern unpassenden Umgang hätten und daß es so schon eine Schande sei, daß die Christiane –« Wilhelm hielt inne und besann sich, daß er hier nicht weiter fortfahren könne.

Friederike ward roth und sagte: »Das ist eine Niederträchtigkeit! Die Christiane wäre lange aus dem Hause, wenn er sie nicht selbst hielte, und wir wissen recht gut, wer an ihrem Unglück Schuld ist – die armen Fabrikarbeiter nicht, aber so will er freilich thun. Und nun gar dem Franz gleich das Schlechteste unterzuschieben – und nur weil er nach mir gefragt hat; das ist abscheulich!« Sie stampfte mit dem Fuß und hielt die Schürze vor das von Zorn und Scham zugleich geröthete Gesicht.

»Natürlich hat da Franz seine Mäßigung doch ein Wenig verloren,« fuhr Wilhelm fort, »er ist heftig geworden und der Herr hat ihm für immer verboten, das Wohnhaus zu andern Zeiten zu betreten, als wenn er zum Zahltag in das Comtoir kommen muß. Nun siehst Du, wie Alles gekommen ist; Franz ist seitdem ganz traurig, nur manchmal sagte er: ›ich mögte doch wissen, ob ihr Alles so recht ist, ob sie es weiß, oder ob es sie nicht einmal wundert, daß ich nicht mehr komme –‹ gestern sprach er auch so und weinte – nun wenn so ein starker Junge weint wie der Franz einer ist, das kann ich nicht gleichgültig mit ansehen, da wendet sich mir das Herz im Leibe um. Da sagt' ich mir: heute mußt Du mit Friederiken reden.«

»Weißt Du was?« sagte diese. »Mein Fräulein ist auch recht verdrießlich gewesen, daß Franz nie mehr gekommen, denn von All' dem, was Du mir erzählt hast, weiß und ahnt sie kein Wort – ich muß jetzt fort von Dir, wir haben schon zu lange geplaudert – wenn Du Franz triffst, so geh' mit ihm dort drüben in der Allee ein Weilchen hin und her – wer weiß, macht nicht mein Fräulein noch einen Spaziergang dahin, und Franz darf ein paar Worte mit ihr sprechen, wo es Niemand gleich gewahr wird – denn das merk' ich nun schon, dem saubern Herrn Bruder ist es ein Gräuel, daß sie für die armen Leute menschenfreundlich fühlt und da helfen mögte wo er nur thrannisirt – leb wohl! Wir wollen sehen, ob wir uns heute noch wieder treffen.« Mit diesen Worten und einem raschen Händedrucke hüpfte Friederike fort.

Pauline war allein in ihrem obern Zimmer und hatte schon ein Mal vergeblich nach dem Mädchen geschellt. Als es jetzt eintrat, fragte sie: »Warum kommst Du so spät?«

»Ich bitte Tausend Mal um Vergebung,« sagte Friederike, »ich sprach einige Worte mit meinem guten Wilhelm.«

»Du weißt,« begann Pauline mit ernstem, warnendem Tone, »daß ich gegen Eure Neigung Nichts habe, allein –«

»Liebes Fräulein,« fiel ihr Friederike in's Wort, »ich fragte ihn nach Franz und da hatte er so Viel zu erzählen – ich wäre sonst nicht so lange geblieben.«

Pauline vergaß die mahnende Rede, welche sie begonnen hatte und fragte rasch: »Was sagte er Dir da? Vergiß nicht, Alles genau zu wiederholen, denn durch das, was ich von der Frau Martha erfuhr, ist mir Franz noch wunderlicher vorgekommen.«

Friederike kam diesem Befehle getreulich nach. Als sie Alles erzählt hatte, ward Pauline immer nachdenklicher. »Es ist klar,« sagte sie, »mein Bruder will nicht, daß die Fabrikarbeiter zu mir Vertrauen fassen und daß ich die Schattenseiten einer großen industriellen Anstalt, wie die unsere ist, kennen lerne, er will nicht, daß ich mich mit diesen armen Leuten in eine gewisse Art von Verbindung setze. Er verachtet sie nur und meint vielleicht, sie um so williger zu jeder Arbeit zu finden, je ärmer und unglücklicher sie sind. Es ist gewiß, daß er den Chirurgen zu diesem seltsamen und abgeschmackten Märchen von meiner Krankheit verleitet hat. So werde ich freilich in Zukunft noch behutsamer sein müssen, als ich bereits war, damit er mich nicht hindert, irgend ein Elend zu lindern, wo ich kann und will.«

Friederike hatte ihrer Herrin nicht gesagt, daß sie Wilhelm und Franz in die Allee bestellt habe, sie verschwieg es auch jetzt, aber sie suchte Paulinen dahin zu einem kleinen Spaziergang zu bewegen, indem sie ihr beredt den schönen Sternenabend draußen schilderte und die leuchtenden Johanniswürmchen, die gerade in jener Allee sich jetzt so lustig tummeln sollten. Pauline willigte endlich ein, da der Weg nahe und überhaupt dort einer ihrer Lieblingsplätze war.

Franz stand dort allein. Was er für Paulinen fühlte, hatte er dem Freund einmal gestanden, obwohl er selbst es sich noch niemals zu gestehen gewagt hatte, obwohl er es, was nur ein Mal seinem Innern zur Aussprache entlockt worden war, wieder in seines Herzens Tiefen zu verbergen strebte. Was er jetzt gelitten, wußte Wilhelm auch, und er gönnte dem Freunde die Stunde der Genugthuung, welche jetzt vielleicht für ihr schlug, so aufrichtig aus vollster Seele, daß er sie ihm durch seine Gegenwart nicht stören wollte – denn ein Zartgefühl, welches bei den feinen, geglätteten Menschen der Salons fast gänzlich in seiner Ursprünglichkeit verloren gegangen ist und nur als leere Etikettenform noch hier und da zur Erscheinung kommt, sagte diesem einfachen, unverdorbenen und unverbildeten Arbeiter, daß seine Gegenwart vielleicht den Freund stören könne, dem er, ohne es zu wollen, ein Geständniß seiner Liebe entlockt hatte, welches nun nicht mehr zurückzunehmen war, aber von dem, welchem das stille Geheimniß gehörte, doch gern wieder vergessen gemacht worden wäre.

Friederike, welche diese Gründe für Wilhelms Außenbleiben nicht ahnen konnte, weil sie Thalheims wahre Gefühle nicht kannte, und welche vielleicht auch dann Wilhelms Zartgefühl nicht ganz würde verstanden und getheilt haben, schmollte in Gedanken ein Wenig mit ihm, daß er die schöne Gelegenheit, ein Wenig mit ihr zu plaudern, ungenützt vorüber gehen ließe.

»Guten Abend, Franz!« sagte Pauline freundlich zu diesem.

Er zitterte fast, als er diese sanfte Stimme wieder hörte, welche er Wochen lang nicht mehr, nur in seinen Träumen gehört hatte. »Sie sprechen so sanft zu mir,« rief er erschüttert, »nicht wahr, Sie zürnen mir nicht, wenn ich –«

»Wenn Sie eine Zeit lang Ihres Versprechens uneingedenk sein konnten, das Sie mir gaben, als ich nicht lange hierher gekommen war, oder daß Sie denken konnten, ich möge mein Wort nicht mehr halten – weiter habe ich Ihnen Nichts zu vergeben. Ich weiß – aber erst seit heute – Alles – daß man Sie über mich getäuscht und hintergangen hat – aber ich versichere Ihnen, daß ich an unserm damaligen Versprechen, daß Sie mich von jeder augenblicklichen Noth unsrer Fabrikarbeiter, welcher abzuhelfen möglich ist, unterrichten sollten, und daß ich dann Alles thun würde, was ich vermöge – gar Nichts geändert wissen will, und daß wir ihm treu bleiben wollen, nur – mit mehr Vorsicht als bisher, da es Leute geben kann, welchen es nicht recht ist, daß ich die Wunden verbinde, welche sie erst geschlagen.«

Franz schwieg.

»Ich ehre ihr Schweigen,« fuhr sie fort. »Sie wissen, daß Diejenigen, welche mir nahe stehen, die Ursache sind, welche uns verhindern sollte, unser Versprechen zu halten, und Sie mögen deshalb keine Klagen wider sie erheben – ich ehre das, denn Vorurtheile sind gewiß auf beiden Seiten, und diejenigen, in welchen ein Mensch erzogen ist, leben mit ihm fort und beherrschen ihn, so daß er von einem andern Standpunkt aus ungerecht erscheint, wo er auf dem, welchen er nun einmal einnimmt, von Gerechtigkeit reden kann. Ich aber bin in den Lehren Ihres Bruders erzogen, welchem ich in der Stunde, wo er von mir Abschied nahm, gelobte – ich weiß es noch wörtlich wie einen Eid, den er mir abnahm, er sagte: ›Versprechen Sie mir, wenn nicht die Schwester, doch die Freundin der Armen und Niedriggeborenen zu sein und niemals die Regungen des Mitgefühls ersticken zu lassen, weil Sie vielleicht gewaltsam daran gewöhnt werden, das Elend um sich zu sehen, weil Sie vielleicht eines Tages sich sagen müssen: was ich thun kann, um die Noth zu verringern, ist nur ein Tropfen, den ich hinwegschöpfe von der Fluth des Unglücks, die Alles überschwemmt.‹«

»Ach, in diesen Worten erkenn' ich meinen Bruder.«

»Die Zeit ist schon da, wo ich mir das sagen muß,« fuhr sie fort, »aber niemals wird die Zeit kommen, wo ich diesen Schwur brechen werde.«

»Ja,« rief er begeistert, aber mit Thränen, »wenn mehr Herzen schlügen wie das Ihre, wenn mehr Augen wie die Ihrigen sähen, Augen, welche, wenn sie gleich von Kindheit auf an den Glanz des Goldes und die bunten Flitter des Reichthums gewöhnt, doch nicht davon geblendet sind, wie die jener Tausend, welche dann das, was außer dem Bereich ihrer eigenen Lebensverhältnisse liegt, nicht blos unter lauter falschen Lichtern, grauen Nebeln und düstern Spinnengeweben, sondern so wie es wirklich ist gewahrten. Wenn Diejenigen, welche zufällig unter seidnen Betthimmeln geboren wurden, nicht das gleiche Bruderbild verleugnen wollten, weil es vielleicht auf elendem Stroh zur Welt kam – wenn sie nicht fortgesetzt die edle Menschengestalt verhöhnen wollten, weil die Lumpen sie nur schlecht bedecken und die Verwilderung des Elendes sie häßlich macht – vielleicht würde es anders, vielleicht könnte noch Alles gut werden. Der Arme verlangt ja so Wenig! Nur einen kurzen heitern Frühling für sein Kind, wo es nicht zu friern und zu hungern braucht, wo es lernen darf, wie man ein Mensch wird! Aber hier diese Kinder! Sie werden zu niedrer Thierheit herabgedrückt, und wie die heilige Wassertaufe den Teufel austreiben soll aus den Kindern – so ist es hier umgekehrt! Der Engel, der das Kind in's Leben begleitet, wird mit Gewalt aus der reinen Seele des Kindes gejagt, und in der heißen Hölle, wo die Dampfmaschinen arbeiten, zu denen man es schickt, da kommen all' die finstern Teufel zu ihnen, welche Alle quälen, die zu ewiger Erniedrigung, zu ewiger Stumpfheit im Leben verdammt sind. – – Und wenn dann diese Kinder, welchen man kaum ein Wort von Christus gelehrt hat, auf dessen Namen sie doch getauft sind – wenn sie dann Männer werden – Männer, welche eine gleich abstumpfende Arbeit verrichten, wenn sie auch mehr Kraft dazu brauchen, als bei der, zu welcher sie als Kinder gezwungen waren, dann verachtet man sie, weil sie fluchen und trinken und rohe Worte haben und endlich vielleicht gar einmal auf den Gedanken kommen, blinde Rache zu üben an ihren Peinigern – was dann? Ich gehöre selbst zu diesem ausgestoßenen Geschlecht, und doch graut mir vor ihm, denn ich kenne es! Ach, daß es mehr gerechte Menschen gäbe, welche sich des Armen erbarmten! Nicht ihren Reichthum, nicht ihre Schätze brauchten sie ihm zu geben – aber nur nicht ihn für immer auch des Reichthums, des innern Lebens zu entblößen, das entehrende Brandmahl ewiger Unfähigkeit ihm aufzudrücken! Es könnte gut werden, wenn man die Kinder zu guten Menschen erzöge, statt zu blöden Sklaven – es ist ja der Vortheil Aller, daß überall gute Pflanzen getrieben und erbaut werden. – Niemand zieht ein Beet Unkraut in seinem Garten – wenn man nur das bedächte – es würde Alles gut.«

Franz hatte sich im Selbstvergessen zu so langer schnell und feurig gesprochener Rede hinreißen lassen. – Plötzlich hielt er inne – ein schrillendes, widerliches Gelächter klang höhnisch durch die friedliche Abendruhe, und da verstummten plötzlich seine Lippen.

Pauline, die mit ängstlicher Spannung seinen Worten gefolgt war, schrak jetzt zitternd zusammen vor diesem lauten, gräßlich hallenden Gelächter.

Friederike, die etwas entfernt gestanden, drängte sich rasch und dicht an ihre Gebieterin.

Das Gelächter hatte die lange Liese ausgestoßen, welche jetzt mit raschen Schritten des Wegs gekommen war.

»Könnte noch Alles gut werden?« rief sie mit unheimlicher, wie wahnsinniger Stimme. »Würde Alles gut? Was denn? 's liegen viel Kinderleichen auf dem Kirchhofe, von den verfluchten Maschinen zerrissen – das wird doch nicht wieder gut, die stehen nicht wieder auf und kämen Engel vom Himmel! Gute Menschen aus Kindern – ei ja doch, gute Menschen, die gut arbeiten und gutwillig sich die Kinder verderben und sterben lassen – immer Eins von Beiden, verderben – sterben – verderben – sterben.«

Sie sang die letzten Worte mit kreischender Stimme ab und ging ihres Weges.

»Sie ist wohl wahnsinnig geworden?« fragte Pauline schaudernd.

»Das nun wohl so eigentlich nicht – aber so ist ihre Art – sie ist in Verzweiflung über ihre Kinder,« versetzte Franz.

»Gute Nacht, Franz,« sagte Pauline und gab ihm die zitternde Hand.

Er drückte sie leise und sagte: »Ich darf es nun nicht wagen – durch Wilhelm und Friederike mögen Sie erfahren, wo wir um Ihre Hilfe bitten mögten.«

So trennten sie sich.

V. Ein Schreiben

> »Ich bin erwacht, ich fühle Kraft –
> Die Lumpen reiß' ich von den Gliedern,
> Aus freier Seel' die feige Angst,
> Den Schlaf von meinen Augenlidern,
> Der Liebe Bündniß will ich schließen,
> Nicht länger hassend einzeln stehn,
> Des Lebens Wohlthat mit genießen,
> Nicht länger hungernd zu nur sehn.«
>
> *Herrmann Püttmann.*

Franz war aufgeregt aber glücklich von dannen gegangen. Pauline hatte ihn nicht von sich verbannt, wie er zuweilen gewähnt hatte, sie war nicht krank, wie man sich bemühte ihn glauben zu machen; sie war sogar stark genug, sich dem Willen derer, welche sie zunächst umgaben und welche, wie es nur zu klar war, sich bemühten, ihre Bestrebungen des Wohlthuns zu hemmen, ihnen Schranken zu errichten – zu widersetzen. Das gab ihm hohe Freude. Er hatte sie verloren geglaubt für sich, verloren für all' die Armen, welche das Schicksal zu seinen Brüdern und Schwestern gemacht hatte, verloren für sie, welche bei ihrem Nahen die Erscheinung eines Engels segnen sollten.

Und es war nicht so! Sie war nicht ihm verloren, nicht ihnen! Sie hatte ihm auf's Neue die Hand zu diesem schönen Bunde gegeben.

Wer weiß? sagte er sich hoffend. Sie ist noch nicht lange hier und schon sind viele Thränen getrocknet worden und Manches ist besser geworden, als es jemals war. wer weiß, ob nicht, wenn sie länger hier weilt, noch bessere Zeiten kommen! Ob sie nicht auch ihren Vater zu milderen Gesinnungen zu stimmen vermag und nicht nur die Wunden heilt, die seine Härte schlägt, sondern seine Härte schwinden macht, daß Alles besser wird!

Als er eben so zukunftsfreudig vor sich hinging, kam Wilhelm ihm entgegen. Er rief:

»Da hat man mir einen Brief an Dich gegeben – es ist nicht die Hand Deiner Brüder auf der Aufschrift – auch lautet sie nicht wie gewöhnlich, ›an den Fabrikarbeiter Franz Thalheim,‹ sondern dem Namen ist noch beigefügt: ›Verfasser der Erzählungen aus dem armen Volke.‹ Sieh' einmal, wie schön sich das ausnimmt; ich glaube, Du hast einen Namen – nun man merkt es doch, daß Deine Eltern gute Bürgersleute waren und Du nicht im Straßenkoth geboren bist, wie unser einer.«

Franz erröthete, als er einen Blick auf die Aufschrift geworfen, die ihm allerdings sehr schmeichelhaft erschien. »Es ist zu dunkel zum Lesen hier,« sagte er, »komm mit in meine Kammer, wir zünden die Lampe an und lesen zusammen.«

Sie traten in das Haus und stiegen hinauf in die kleine Kammer, welche Franz bewohnte. Bald brannte die kleine Lampe und erhellte düster und spärlich den elenden Raum. Franz hielt den Brief nahe an die düstre Flamme, öffnete das dunkle Siegel und sah zuerst auf der letzten Seite nach der Unterschrift. Es war unterschrieben: »Mehrere gleichgesinnte Fabrikarbeiter.« Ort und Datum waren nicht angegeben.

»Das ist seltsam,« sagte Franz, »und das Schreiben ist so lang.«

»Weißt Du was?« sagte Wilhelm. »Du hast gewiß davon gehört, wie es seit einiger Zeit unter denen, welche sich um die Staatswirthschaft bekümmern, oder doch darum bekümmern mögten, Mode geworden ist, an Diejenigen, welche in diesen Angelegenheiten einflußreiche Schritte gethan haben, oder thun könnten, ein Schreiben zu richten, welches von Einem verfaßt und von Vielen unterschrieben wird.«

»Ja, man nennt das eine Adresse,« sagte Franz.

»Nun sieh! Vielleicht haben diese Fabrikarbeiter in Bezug auf Dein Buch, das sie doch auf der Aufschrift erwähnten, eine solche beifällige Adresse an Dich verfaßt. Wenn sie auch ihre

Namen darunter gesetzt hätten, so wären uns dieselben doch unbekannt gewesen und deshalb ist es gleich, wenn sie es unterlassen haben. Das ändert in der Hauptsache ja doch Nichts.«

»Nun lass' uns lesen,« sagte Franz, »Deine Ansicht gefällt mir wohl, aber ich weiß nicht, ob Du Recht hast – ich kann nicht glauben, daß man mir eine solche Ehre erweisen würde.«

»Ei, alle Donnerwetter!« rief Wilhelm heftig, »ich wüßte nicht, warum Jemand Dir nicht dieselbe Ehre erweisen könnte, wie Denen, welche oft unnützere Bücher schreiben, als Du und weniger Herz für die Sache haben, welche sie führen wollen, als Du.«

Franz seufzte und sagte: »Wir wollen doch lieber lesen.« Wilhelm sah über seine Achsel hinweg mit in das Papier.

Das Schreiben begann:

»Lieber Franz Thalheim! Wir nennen Dich Du, weil wir alle Menschen, Du nennen, die wir in allgemeiner Liebesvereinigung als unsere Brüder anerkennen. Dich nennen wir aber ganz besonders mit Stolz und Freude Kamerad, denn Du hast es öffentlich ausgesprochen, daß Du dem armen Volke angehörst, für das Du leben willst bis zu Deinem Tode. Wir danken Dir, daß Du Worte gefunden hast, das Elend Deiner Mitbrüder in ergreifenden Geschichten vor aller Welt zu schildern.«

»Wir sind Dir für dies und alles Andere sehr dankbar, was Du bisher im Dienst unserer guten Sache gethan hast, aber um so mehr hoffen wir auch, daß Du nicht dabei stehen bleiben wirst, den Menschen zu zeigen, daß dieses Unglück besteht – sondern daß Du auch auf diesem Wege weiter schreiten und sagen wirst, wodurch diesem Unheil allein zu helfen.«

Franz seufzte und sagte, ehe er weiter las: »Es wird diese gleichgesinnten Brüder freuen, wenn sie mein zweites Buch sehen werden: ›die Rechte des Armen – den Verzweifelnden gewidmet.‹ Es enthält manchen Vorschlag, wie dem Uebel, wenn nicht gänzlich abzuhelfen, doch zu steuern wäre – aber freilich – wenn kein Fabrikbesitzer darauf eingeht – –«

»Lies nur weiter,« sagte Wilhelm gespannt.

Franz las: »Wir wollen Dir in kurzen Abschnitten einige von den Ansichten mittheilen, welche wir zu den unsrigen gemacht haben. Männer, hochgebildete und gelehrte, welche es aber gut mit dem armen Volke meinen, haben das ausgesprochen, was wir Dir jetzt in kurzen Bruchstücken zu lesen geben, damit Du zu derselben Einsicht über unsere Gegenwart und Zukunft kommst, wie wir und danach Dein Streben und Wirken regeln lernst.«

In dem Brief waren nun einige Stellen aus communistischen Schriften angezogen, in welchen die Grundlehren des Communismus mit feuriger Beredtsamkeit und scharfsinniger Dialektik entwickelt waren. Mit glänzenden Farben ward dies System als das einzige angepriesen, in welchem allein das Heil der gesammten Menschheit zu finden sei – ja, der als zu erwartend und unausbleiblich geschilderte Sieg des Communismus ward geradezu als eine historische Nothwendigkeit, als eine zweite Welterlösung dargestellt, welcher die in Irrthum und Unnatur befangene Menschheit bedürftig sei.

Franz Thalheim rief unter dem Lesen einmal über das andere dazwischen, »das ist Wahnsinn – das verstehe ich nicht!« aber Wilhelm sagte fieberhaft aufgeregt:

»Ich bitte Dich, lies weiter – ich versteh' es auch noch nicht – aber es klingt wie lauter Musik vor meinen Ohren und klingt so in meinem Herzen wieder!«

Sie lasen weiter und immer verführerischer klangen ihnen die neuen Auffassungen von Menschenrecht und Lebenswonne, welche sie aus dem Briefe gewannen.

Wilhelm rief wie bezaubert: »So Etwas hab' ich in meinem Leben noch nicht gelesen – mir schwindelt! Vor meinen Blicken geht eine neue Welt auf bei diesen großen, herrlichen Worten – ich habe wohl manch' Mal schon gedacht, daß doch dies ganze Leben, welches jetzt alle Menschen führen, die Einen gezwungen, die Andern freiwillig – eine Tollheit ist, eine Niederträchtigkeit – aber ich habe es noch niemals gesagt, nun sagen es Andere statt meiner!«

Franz verwieß ihm seine Rede und sagte ruhiger: »Diese Leute singen das Lied der Armuth aus einem ganz anderm Tone, als man es zu hören gewohnt – aus einem anderm Tone, als gut ist. Es kann Niemand froh werden, der es so hört. Es ist als wenn Jemand zu einem Krüppel sagte: Du könntest ein schöner Mensch sein, wenn Du nicht als ein Krüppel zur Welt gekommen wärest – er kann es doch nicht ändern – oder zu einem Menschen: Du bist eigentlich ein Engel, aber in eine irdische Gestalt gezwungen, die Deiner höheren Entfaltung hinderlich ist. – – Wie soll der Krüppel, wie der Mensch das ändern können?«

Erst hatte das Schreiben von den Prinzipien des Communismus gehandelt und davon begriff der gesunde Verstand der schlichten Arbeiter nicht das Geringste. Franz hatte Lust, diese Theorien geradezu für hohle Hirngespinste müssiger Köpfe zu erklären, welche, selbst in einer spitzfindigen Philosophie gefangen und von ihr irre geleitet, es dennoch wagten, die Philosophie zu verhöhnen – nur Wilhelm ließ sich von diesen ihm, wie er selbst sagte, unverständlichen Redensarten blenden und bestechen. Aber in dem weitern Verlauf der Schrift ward die Sache des Communismus von der praktischen, von der unmittelbar in's Leben greifenden Seite angefaßt, und endlich schloß der ganze Brief mit einem Aufruf an alle Arme, namentlich alle arme Arbeiter zu innigster Vereinigung, damit es durch sie gelingen möge, die Reichen und Besitzenden all' ihrer Vortheile über die sogenannten untern Schichten der Gesellschaft verlustig zu machen.

Der Schluß des Schreibens lautete:

»Auch Dich, Franz Thalheim, rufen wir auf, Deine und unsere unglücklichen Brüder darauf aufmerksam zu machen, daß die Zeit einer neuen Ordnung der Dinge nahe herbeigekommen ist. Du hast die Kraft dazu, unser Werk unter Deinen Genossen zu fördern – so fördere es unter Deinen Mitarbeitern in der Fabrik durch erklärende und überzeugende Reden, fördre es durch Deine Schriften in weiteren Kreisen. Sehen wir, daß Du dieß thun willst und daß es Dein eifrigstes Bestreben ist den unglücklichen Millionen Deiner Brüder zu helfen – so wirst Du bald wieder von uns hören, so werden wir gemeinschaftlich berathen können, auf was wir Dich jetzt nur durch einzelne, bruchstückweise Erklärungen aufmerksam gemacht haben!«

»Sei uns herzlich gegrüßt, wenn Du wirklich einer der Unsern bist und grüße alle Deine Kameraden, die es auch sind.«

Der Brief war hier zu Ende.

Franz starrte vor sich nieder und stand regungslos.

Die Lampe flackerte ungewiß auf, dann ward sie trüber und trüber. –

Draußen fuhr der Wagen des Fabrikherrn mit vier munter wiehernden Pferden an dem kleinen Haus, in welchem Franz weilte, rasselnd vorbei, daß die Scheiben zitternd, klagend und grollend zugleich in den lockern Fensterrahmen klirrten.

Hundert Mal schon mogte dieser Wagen so vorbeigerasselt sein, wie jetzt und die beiden Arbeiter hatten nicht darauf geachtet – sie hatten nicht darauf geachtet, wenn eben so oft schon die Scheiben unruhig mit einander gemurmelt hatten – jetzt horchten sie Beide auf und riefen Beide zugleich – Wilhelm mit wildem Gelächter des Hasses, Franz unendlich schmerzlich bewegt:

»Da fährt er hin!« –

»Die Laternen seines Wagens blitzen durch den hereinbrechenden Abend,« sagte Wilhelm, »und so fährt er hin durch die Dunkelheit. – Jetzt auf einmal begreif' ich Alles.«

Wilhelms Augen glänzten im dunklen Feuer, die Adern auf seiner Stirn schwollen, seine ganze Gestalt schien größer zu werden, indem er sich hoch aufrichtete. Mit feierlicher, gehobener Stimme sagte er:

»Ja, die Zeit ist gekommen, wo die Armen ihre Rechte wiederfordern dürfen! Daß ich wüßte, wer diese erhebenden Worte geschrieben, diese herrliche Verkündigung eines neuen Evangeliums! Daß ich hineilen könnte zu diesen armen Brüdern, welche zu solcher Erkenntniß gelangt sind, daß ich ihnen sagen könnte: wir wollen zusammen stehen, zusammen handeln!«

Franz nahm seine Hand und sah ihn an. »Du auch, Bruder, Du auch?« sagte er erschrocken. »Was faßt Dich an? Beginnt schon das Gift zu wirken, welches aus diesem Schreiben uns entgegenhaucht? Läßt sich Dein Verstand so bald umnebeln, daß Du schon jetzt zu taumeln beginnst? Ach! diese Worte bethören Dich, diese schlimmen Worte, welche verführerisch klingen, wie Worte des Teufels.«

»Lass' den Teufel aus dem Spiel!« lachte Wilhelm, »mahne mich nicht an die elenden Mährchen! Vor hohlen Schrecknissen zu erzittern habe ich aufgehört – die armen Leute brauchen wahrhaftig nicht erst an eine Hölle da drüben zu glauben.«

»Wilhelm, lästere nicht!« mahnte Franz. »Ich hätte nicht geglaubt, daß dies Schreiben voller Trugschlüsse und Widersprüche Dich so packen, so überwältigen könnte! Es klingt freilich schön, wenn sie sagen: die Liebe, die allgemeine Menschenliebe, welche in den Himmel geflohen ist, als die kindische, junge Erde sie noch nicht zu fassen vermogte, wird ihren Wohnsitz wieder an dem Orte, wo sie geboren und genährt ward, in der Menschen Brust haben. Wir werden unser wahres Leben nicht mehr vergebens außer und über uns suchen – wir werden es in uns tragen, in uns selbst und werden es so wiederfinden in den Andern, in dem Verbande der ganzen Menschheit! – Ach es klingt wohl sehr schön, wenn man so Etwas liest – aber es klingt auch nur so – es ist ein tönendes Erz, es sind Worte ohne Sinn und Verstand. Kannst Du Dir eine menschliche Gesellschaft denken, in welcher Alle zufrieden, Alle in harmonischer Gleichheit leben? – Du mußt das verneinen, Du kannst Dir nicht einmal eine Vorstellung von einem solchen Zustand machen und willst doch Schritte thun, ihn heraufführen zu helfen? Und jetzt willst Du sie thun – und wie? Können ein paar Menschen und noch dazu arme, ausgestoßene, zum Theil verwilderte Menschen das Bestehende umstürzen, und eine neue Ordnung der Dinge heraufführen? Verändert können, müssen unsere Zustände werden – aber nicht durch einen Umsturz aller gegebenen Verhältnisse, sondern durch deren vernünftige Weiterentwicklung und Fortbildung. Ach Wilhelm, ich hätte Dich für verständiger gehalten, hätte nimmer geglaubt, daß Du dem Verführer ein so williges Ohr liehest!« –

»Verführer – nein, Erretter! Das ist nicht die Sprache der Heuchelei, welche man sonst nur zu hören gewohnt ist – es ist die Stimme der Wahrheit, welche mich mächtig ergreift. – Gieb' ihn her, diesen Brief – ich eile damit in die Schenke, ich lese ihn vor in unserm Kreis und man wird mir mit Jubelgeschrei zuhören – komm mit – gieb den Brief!«

»Bist Du rasend?« rief Franz abwehrend. »Nimmermehr! – Komm zu Dir! Bedenke, welches Unheil Du anrichten würdest, wenn sie den frevelhaften Worten dieses Briefes Beifall riefen, wenn Dein erhitztes Gemüth sie zu gleicher blinder Hitze fortrisse, Du setztest Alles auf's Spiel!«

»Du hast Recht, daß Du zur Vorsicht räthst,« sagte Wilhelm gefaßter – »ja, sie könnten Alles verderben, und meine eigne frohe Wuth könnte jetzt vernichten, was wir erst im Dunkeln bauen müssen – Du bist verständiger – ich werde noch Nichts sagen, aber ich muß hinaus in's Freie – mir wirbelts im Hirne – mir ist, als wollt' es mir die Brust zersprengen – mir ist, als hätt' ich in meinen Armen Kraft, eine Welt ihrem gewohnten Gang zu entreißen und Alles zu zertrümmern. Leb' wohl! – oder gehst Du mit?«

Franz sagte: »Ich bleibe hier. – Aber Du versprichst mir, von diesem Briefe keinem etwas zu sagen? Du versprichst, wenigstens jetzt und bis Du Die selbst darüber deutlicher geworden, von diesen Gedanken nicht zu reden, welche dies Schreiben in Dir erweckt hat? Um Deiner selbst willen – um der guten Sache willen – gleichviel, ob die Sache die gute sei, welche ich dafür halte, oder diejenige, welche Du dafür hältst – versprich es, jetzt nicht von diesen Dingen zu reden!«

»Ja, ich versprech' es! Ein Wort ein Mann!« sagte Wilhelm ernst.

»Es ist gut, ich glaube Dir –« versetzte Franz. »Gute Nacht!«

»Gute Nacht – wenn Du jetzt schlafen kannst,« sagte Wilhelm mit wilder Stimme, die halb wie Gelächter klang, und ging fort.

Franz war allein.

Er setzte sich auf den hölzernen Schemel vor den Tisch, auf welchem die Lampe stand und das verhängnißvolle Schreiben lag.

»Ich will es jetzt nicht noch ein Mal lesen,« sagte er zu sich und schob es in den Tischkasten, in welchem seine Papiere und Schreibereien lagen. Dann verlöschte er die Lampe, sie sollte nicht umsonst brennen. Das Oel ist theuer und ein armer Arbeiter muß das bedenken. Die Julinacht draußen war hell, durch das kleine offen stehende Fenster der Kammer schauten die Sterne hell zu ihm herein, sie leuchteten ihm genug zu seinen verworrenen Träumereien. Er hatte seinen Ellenbogen auf den Tisch gestemmt, das Haupt in die Hand gestützt. So sann er. Bald rieselte es wie eisiger Schauer über seine ganze Haut, bald fühlte er sein Herz, seine Schläfe, seine Adern heftig pochen – dann glitt eine große Thräne langsam, sehr langsam und sehr heiß über seine bleiche Wange.

Er flüsterte leise für sich. Solch' stillgeführtes Selbstgespräch allein mit sich oder mit seinem Gott war für ihn eine Art von Bedürfniß geworden. Seine Genossen verstanden ihn ja nicht – nicht einmal Wilhelm, das hatte er erst jetzt wieder erfahren. Ein Wesen gab es freilich, das ihn vielleicht verstanden hätte – aber von all' diesen Dingen wollte er ja nicht einmal zu der schweigend verehrten Geliebten sprechen, selbst wenn er es gekonnt hätte.

Jetzt sprach er zu sich:

»Und was haben sie denn nun da Anderes gesagt und geschrieben, daß es mich so gewaltsam bewegt hat? Waren es nicht hier und da meine eigenen Worte, was ich da las? – und doch wirbelt mir das Hirn, brennt meine Stirn – mir ist, als sei ich plötzlich fieberheiß hinausgestoßen in eine große Nacht und läge da ringend in Fieberphantasieen mit tausend bleichen, wilden und wesenlosen Spukgespenstern, die ich nicht zu verscheuchen vermögte, die immer wieder sich zu mir herandrängten in ihre wirbelnden Kreise, mich mit fortzureißen, daß ich selbst nicht mehr weiß, wo aus, noch ein. Ich zürnte Wilhelm, daß er den verführerischen Stimmen dieses Schreibens, die mir doch so wahnwitzig, ungerecht und gotteslästerlich sind, ein so williges Ohr lieh, daß er sich ganz von ihnen bethören ließ – und doch hallten sie auch mir immer wieder, wie harmonisches Getön in den Ohren, in der Seele und wollen mich auch umstricken und überwältigen.« –

»Es ist fast vergebens, daß ich sage: hebe Dich von mir, Versucher! Er will nicht gehen – es ist als habe meine Seele keine Macht mehr über ihn! –«

Er lehnte sich wie erschöpft an die Wand zurück und fuhr fort: »Das sind auch die Versuchungen der Armen, von denen die Reichen nichts wissen, sie werden wohl auch oft hart versucht von ihren Schicksalen, von ihren Wünschen – und selbst aus ihrer eklen Uebersättigung an den Bedürfnissen des lüsternen Lebens, selbst durch ihre Befriedigung, ihre Uebersättigung entspringt ihnen eine neue Quelle der Versuchung – aber wie unerschöpflich dagegen ist doch die, welche zugleich mit dem Leben des Armen entquillt und es nimmer verlassend durchfluthet.«

»Den Armen quält der Hunger, der Frost, der Mangel an Allem, was zu den Lebensbedürfnissen gehört – und sich von irgend einer dieser Qualen zu befreien, weiß er dein gesetzliches Mittel. Denn wie er auch arbeiten mag – seine Arbeit wird so gering bezahlt, daß sie nimmer jene schlimmen Begleiter des Armen verbannen kann, welche von dem Augenblick an, als er auf hartem schlechten Lager geboren wird, ihn mit schauerlicher Treue auf allen seinen Wegen begleiten – – aber am Schlimmsten ist doch der Versucher, der zu dem Armen tritt und ihn höhnisch fragt: warum bist Du arm? Habe den Muth, es nicht mehr sein zu wollen und Du bist es nicht mehr – und Tausende Deiner Brüder sind es nicht mehr – – aber diesen Muth zu haben, ist ein Verbrechen – – das sieht wohl der Arme ein und schaudert vor dem Verbrechen zurück – er will es nicht begehen, er kann standhaft bleiben – er kann den Versucher immer sieghaft bekämpfen, aber er kann ihn nicht vernichten – er kann den Feind seiner Ruhe nicht verbieten, wiederzukommen.«

»Wenn einst diese Versuchungen aufhören könnten – wenn eine in Liebe und Gleichheit verbrüderte Gesellschaft sie unmöglich machte? Wenn alle Menschen es vermöchten in heiliger Eintracht neben einander zu leben, daß nicht die Einen darben müßten, wo die Andern mitten im Ueberfluß sich noch unbefriedigt fühlen?«

Nachdem er eine Weile still und sinnend am Fenster gestanden, stumm in die Nacht hinaus und empor zu den Sternen geschaut hatte, trat er wieder zurück an den kleinen Tisch, auf dem die verlöschte Lampe stand. Er zündete sie wieder an, setzte sich nieder, nahm Feder und Papier zur Hand und begann zu schreiben. Er wußte es: wenn so in ihm alle Gefühle in Aufruhr waren, wie jetzt, dann kam der Gott des Liedes über ihn. In Versen versuchte er es, den gewaltigen Sturm seines Herzens ausrasen zu lassen, indem er ihn durch die Worte und Töne, welche er ihm gab, zwar noch vermehrte und erhöhte, aber ihn so auch wohlthuend und weihevoll für seine Seele machte.

So schrieb er jetzt:

Es zieht ein Ahnen durch die Menschenseelen
In banger Lust, in des Verlangens Pein,

Als könnten Erd' und Himmel sich vermählen,
Als könnte auch die Menschheit glücklich sein.
Doch alles Leben ist ein dumpfes Quälen,
Vergeblich Jagen nach des Glückes Schein,
Es ist ein Ringen ohne Rast und Frieden,
Denn alle Ruh ist aus der Welt geschieden.
Und ob auch ringsum Freudenblumen blühen –
Wer ist, der sie zum Heil der Menschheit bricht?
Die Menschheit ringt im Staub, in dumpfem Mühen,
Der Arme weiß von anderm Ziele nicht,
Der Sclave kann nicht für das Recht erglühen,
Von dem nur leis' die innre Stimme spricht.
Ein großer Fluch ist in die Welt gekommen,
Er lastet schwer – er wird nicht weggenommen!
»Den Armen ist das Himmelreich beschieden –«
Einst klang dies Wort als Tröstung durch die Welt,
Der Mensch soll dulden, leiden nur hienieden,
Der Glaube ist es, der ihn aufrecht hält!
Im stillen Hoffen auf des Himmels Frieden
Ertragen alles Leid, wie's Gott gefällt,
So heischen es die frommen Christuslehren,
Durch Himmelstrost die Erde zu verklären.
Doch warum nur die Armen so ermahnen?
Warum, nur sie verweisen auf das Dort?
Warum daß nur auf ihren Lebensbahnen
Das Grab erscheint als einzger Friedensort?
Warum? – und wieder naht ein banges Ahnen –
O flieh', Versucher, fliehe von mir fort!
Die Menschen nur – nicht Gott ist zu verklagen,
Die Menschen, die den Gott an's Kreuz geschlagen.
Ach käm' er, diese Welt erlösend, wieder
Und stiftete ein irdisch Liebesreich,
Wo alle Menschen nicht nur Glaubensbrüder,
Wo sie in Wahrheit all' einander gleich,
Dann käm' der Himmel zu der Erde nieder,
Dann wär' gelöst der Fluch von Arm und Reich,
Und Millionen sänken Brust an Brust
Und würden sich des Daseins Glück bewußt!
O daß er käme zu der armen Erde
In dieser bösen unglücksel'gen Zeit –
Auf daß es Frieden bei den Menschen werde,
Auf daß er sie aus ihrer Schmach befrei'
Und durch die Liebe alles Sein verklärte,
Das jetzt durch Druck und Sclaverei entweiht.
O daß ein Gott zu uns herniederkäme
Mit unserm Wahn auch unser Leid uns nähme! –

Er stand auf, legte die Feder weg, trat an's Fenster und faltete seine Hände.

»Schöner Traum,« sprach er wieder, seine sinnende Stirn in die rechte Hand drückend: »vielleicht erfüllbar auf einem schönern Sterne! – Vielleicht, daß da oben unter diesen Tausenden strahlender Kugeln, auch eine solche Erde ihre ewigen Bahnen zieht, auf der alle Wesen in brüderlich heiliger Eintracht vereint leben – vielleicht, daß dort dieser Traum mehr ist, als ein müssiges Spiel der Phantasie – aber hier kann er nimmer zur Wirklichkeit werden, auf dieser unfähigen Erde mit diesen schwachen Wesen, die sich Menschen nennen. Wir haben ja mit uns selbst nie Frieden im Innern – wir können nicht, wir dürfen nicht im geträumten seligen Frieden leben – wir müssen kämpfen, damit wir unsere Kraft üben, kämpfen und ringen.«

»Wir sollen uns nehmen, was man uns verweigert? Wir sollen die Reichen zwingen, mit uns zu theilen. – Und unser Gewissen? Und unser Gott?«

»Ha! Das ist es! Auch mit der Religion wollen sie ein Ende machen – auch den Glauben nennen sie eine Dummheit! Und da wachen laut in meiner Brust Tausend Stimmen auf und schreien dagegen – da ist mir, als rissen sie mir mein Herz aus, während ich noch athme – und ließen mich allein in einer Nacht – nicht sanft und mild und hell wie diese – in einer Nacht ohne Sterne.«

»Ach, seht Ihr auf mich herab Sterne des Himmels, gebt mir Licht!«

»Es war auch einmal so eine Stunde, wo ich den Himmel fragte, ob es einen Gott gebe! Da lebte meine Mutter noch und hört' es und ward bleich – und sank auf ihre Knie nieder und betete einen frommen Spruch und weinte laut. Sie faßt' es gar nicht, daß man so fragen könnte, und meinte vor Schauder zu sterben. Was ist's denn nun weiter? fragt' ich sie noch. – Weiter? Es ist Alles – sagte sie. – Wenn Du keinen Gott mehr hast, bist Du auch kein Mensch mehr – – Sie wußte es nicht zu erklären – aber ich ging fort, dachte lange darüber nach und fühlt' es: sie hatte Recht.«

»Mir ist, als hört' ich das dunkle Wort meiner Mutter von den Sternen herüber.«

»Und die Armen – die Reichen?«

»Ach, nur Menschenrechte den Armen, sonst nützt es ihnen auch nicht, daß sie Gott haben!«

»Gebt uns Menschenrechte – gieb uns Menschenrechte, o Gott!«

»Sollen wir sie uns selbst nehmen?«

»Hebe Dich von mir, Versucher!«

VI. In der Fabrik

»Laut läutet das Herz der Jungfrau!
Mit ihres Gebetes rauschender Harfe
Begrüßt sie den Aufgang der Liebe,
Des großgeaugten Sterns.«

Karl Beck.

Kammerjunker von Aarens erschien graziöser und eleganter als je auf Schloß Hohenthal. Vor einigen Tagen hatte ihn Elisabeth abweisen lassen – er hoffte sie heute mit ihren Eltern zu treffen und wollte sie durch unwiderstehliche Liebenswürdigkeit dafür bestrafen, daß sie sich bei seinem letzten Besuche unsichtbar gemacht, sie sollte dies bereuen.

Die Gräfin Hohenthal hatte ihn empfangen, er war siegesbewußt eingetreten, sie hieß einen Diener Elisabeth rufen. Die Augen des Kammerjunkers leuchteten, er that einen Griff in die gebrannten Locken, kräuselte mit zwei Fingern den Schnurrbart, warf einen verstohlnen Blick in den Spiegel und lehnte sich selbstgefällig auf dem Sessel zurück. Da kamen Tritte – er wähnte schon Elisabeths seidnes Kleid rauschen zu hören – die Thüre öffnete sich – er sprang auf und warf sich in eine unnachahmliche Stellung – aber statt der Ersehnten trat ein Diener ein und sagte:

»Das gnädige Fräulein ist vor einer Viertelstunde ausgeritten. Sie hat den Portier beauftragt, wenn nach ihr gefragt würde, da im Augenblick ihrer Entfernung die gnädige Frau Gräfin wohl noch Mittagsruhe halte, zu sagen, sie sei nach der Fabrik geritten und werde vielleicht erst in ein paar Stunden wiederkommen.«

Aarens machte ein bestürztes und einfältiges Gesicht, er hatte bei dieser Enttäuschung alle Fassung verloren. Die Gräfin rang mühsam danach, die ihrige zu erhalten.

»Ist meine Tochter allein ausgeritten?« fragte sie.

»Der Reitknecht hat sie begleitet – weiter war Niemand bei ihr.«

»Es ist gut.«

Der Diener war entlassen.

»Liegt die Fabrik besonders schön, daß Ihre gnädige Fräulein Tochter dahin Ausflüge macht, noch dazu einen Ausflug von einigen Stunden?«

»Ich war niemals dort,« sagte die Gräfin ausweichend, »mir ist alles Fabrikwesen zuwider, ich habe eine, glaub ich, angeborene Abneigung dagegen.«

»Diese theile ich vollkommen. Sowohl der Lärm dieser Maschinen, wie die Rohheit Aller, welche damit umgeben, ist das Abschreckendste, was ich kenne. Und nun besonders dieser Herr Felchner! Man zeigte mir ihm neulich im Cursaal. Er kam mit vier Pferden angefahren wie ein Fürst – und aus dem Staatswagen stieg das kleine, zusammengedörrte Männchen, in dem schäbigsten grauen Anzuge, den man sich denken kann. Sein Benehmen war auch von der größten Unhöflichkeit, es war, als sage er mit jedem Blick: ich bin hier der Erste, denn ich bin der Reichste. Nein! Es giebt nichts Entsetzlichers, als diese Geldmenschen, diese Industriekönige.«

»Gewiß –« sagte die Gräfin und hätte das Thema gern auf einen andern Gegenstand gelenkt, aber Aarens war einmal im Zuge und fuhr in gleichem Tone fort:

»Von seiner Tochter erzählt man die fabelhaftesten Dinge, ich selbst habe sie noch nicht gesehen, es soll ein niedliches Kind sein, welches auch fürstlich erzogen worden und erst seit Kurzem hier ist. Sie soll sich aus Ermangelung anderer Anbeter die hübschesten Fabrikarbeiter zu ihrem Umgang wählen – nicht etwa die Factoren, Buchhalter und Commis, die ihr vielleicht ebenbürtig sind, sondern Menschen der ausgeworfensten Classe, die um den niedrigsten Tagelohn arbeiten – in der That, das ist ein göttlicher Stoff zu einem Lustspiel – Seirbe sollte ihn benutzen.«

»Das ist ja unmöglich,« sagte die Gräfin, »ein Mädchen von so guter Erziehung kann niemals so weit herabsteigen, und wenn sie auch von bürgerlichem Herkommen und die Tochter eines gemeinen Vaters ist.«

»Eben darin liegt der größte Spaß – der Vater ist in Verzweiflung über diese Aufführung seiner Tochter und bewacht sie deshalb streng – aber sie weiß ihn zu hintergehen. Wenn man nicht fürchten müßte, es wäre zu widerwärtig, müßte es eigentlich interessant sein, dies Mädchen einmal zu sehn.«

Die Gräfin litt während dieser Rede unbeschreiblich, sie wollte es nicht zugestehen, daß dies Mädchen Elisabeths Freundin sei, und war doch gewiß, daß binnen Kurzem ein Zufall oder Elisabeth selbst es dem Kammerjunker verrathen würde. Die Gräfin konnte Paulinen nicht übel wollen, sie konnte nicht glauben, was Aarens von ihr erzählte, aber sie sah ungern die Freundschaft Elisabeth's mit diesem bürgerlichen Mädchen, welches die Tochter eines Mannes war, der ihr wie der ärgste Feind ihres Hauses erschien. Aber sie wußte, daß in dieser Sache ihren Vorstellungen Elisabeth kein Gehör gab, und dafür hatte ihr ja nun eben der gegenwärtige Augenblick einen Beweis geliefert. Der Umgang der Freundinnen hatte ihr abgebrochen geschienen seit den Differenzen zwischen dem Grafen und dem Fabrikanten – und jetzt wußte sie die Tochter auf dem Wege nach der Fabrik!

Elisabeth war noch keine Viertelstunde fort, wie sie dem Portier aufgetragen hatte zu sagen, als man nach ihr schickte, sondern erst wenig Minuten. Sie war schon entschlossen gewesen auszureiten, um Paulinen zu sehen, denn das Bedürfniß nach freundschaftlicher Mittheilung ließ sie nicht länger zögern – aber als sie Aarens ankommen sah, ließ sie sogleich ihr Pferd vorführen und entfernte sich. Sie wußte selbst nicht warum, aber Aarens war ihr nicht nur langweilig, sondern sogar widerlich und dies beinahe um so mehr, als ihre Eltern von ihm meist Abend's sprachen und seine Gesellschaft gern hatten.

Elisabeth war der Fabrik schon ziemlich nahe, und die Ungeduld, ihr Ziel bald zu erreichen, ließ sie ihr Pferd zur Eile antreiben, als sie einen einsamen Wanderer des Wegs kommen sah, sie erkannte ihn und ließ plötzlich ihr Thier langsamer gehn. Es war Jaromir. Er hatte sie längst erkannt, er stand still und grüßte. Ein seelenvoller, inniger Blick, ein frohes Lächeln schöner Ueberraschung begleiteten den üblichen Gruß. Aber er wagte nicht sie anzureden. Sie warf ihm einen gleich frohen, innigen Gruß zu und ritt langsam vorüber. Nach einer Weile kehrte er um und folgte ihr, das Auge fest auf die schöne Gestalt der Reiterin gerichtet. Auf dem kleinen Hügel blieb er stehen, von dem aus man die nahe tiefer liegende Fabrik übersehen konnte. Er sah, wie Elisabeth ihr Pferd vor dem Hauptgebäude anhielt, wie ein junges Mädchen heraustrat und der Absteigenden um den Hals fiel, dann das schöne Thier, das sie hergetragen, schmeichelnd mit der kleinen Hand klopfte. Er besann sich, daß dies dasselbe Mädchen sei, mit welchem er hier Elisabeth zuerst wiedergesehen, und welches ihm Waldow als die Tochter des Fabrikanten bezeichnet hatte. So freute sich jetzt Jaromir, als er in Elisabeth eine neue ungewöhnliche Eigenschaft bei einem Mädchen ihres Standes und ihrer Erziehung entdeckte, sie fröhnte also keinem Vorurtheil, nach welchem: sie ihr Vertrauen abmaß, wie es das Herkommen wollte!

Es war gerade vier Uhr und die Glocke läutete zu der Feierstunde des sogenannten Halbabend. Die Arbeiter ergingen sich im Freien. Es fiel Jaromir ein, daß er zu ihnen hinabgehen wolle, ob man ihm vielleicht eine oder die andere interessante Maschine zeigen, ob er vielleicht eine oder die andere Notiz von Wichtigkeit über industrielle Einrichtungen und Erfindungen erhalten könne. Er ging also hinunter und auf die vier ersten Arbeiter zu, welche ihm begegneten. Es war Franz neben August; Wilhelm neben Anton.

August stieß Franz an und sagte: »Sieh einmal, das ist ein schönes Herrchen – wer weiß, am Ende ein Freier für unser Mamsellchen.«

Franz warf einen prüfenden Blick auf Jaromir und sagte ernst: »Ja, er hat Etwas in seinem Gang und seinem Gesicht, was die andern vornehmen Leute nicht haben – er sieht vornehmer aus als sie Alle – aber das macht bei ihm nicht nur der Anzug – es ist, als käm' es von innen heraus, als hab' er einen vornehmen Geist.«

»Ich mögte wohl wissen, wie unser eins aussähe in solch' feinem Rock,« meinte August, »ich glaube närrisch genug, und doch, wenn wir Geld hätten, könnten wir uns eben so anziehen, und wenn wir nicht zu arbeiten brauchten und den ganzen Tag faullenzen könnten, hätten wir auch solche Hände – sieh' einmal, die sind so weiß, wie sie bei uns kein Mädchen hat, nur etwa Mamsell Paulinchen.«

Der so Gemusterte trat jetzt zu den Arbeitern und sagte leicht:

»Guten Tag, meine Herren.«

Er hatte sich diese Redensart einmal angewöhnt, seitdem das Jahr 1830 nicht mehr hatte dulden wollen, daß der Aristokrat den Bürger anders als Herr anrede, und da er recht wohl fühlte, wie ein Dutzend Jahre später mit der Zahl der Jahre auch die Zahl der Fordernden sich ins Ungeheure vermehren mußte, so dehnte er seine Redensart »meine Herren« von den Bürgern auch gern auf die Proletarier aus, und in dieser unwillkürlichen Gewöhnung lag ein viel tieferer Sinn, als er selbst sich träumen ließ. Er sagte also:

»Guten Tag, meine Herren.«

Über die Gesichter der so Begrüßten zog es wie ein augenblicklicher Sonnenschein, so erfreuen kann ein armseliges, gedankenlos hingesprochenes Wort. Aber Wilhelms Gesicht verfinsterte sich noch schneller, als eine schwarze Gewitterwolke einen Sonnenblick vernichtet, denn auch so verwunden kann ein armseliges Wort, und indes die anderen höflich ihre schlechten Mützen abnahmen, antwortete er düster:

»Wir sind keine Herren, wir sind arme Arbeiter.«

»Sind Sie ihrer viele hier?« fragte Jaromir.

»Ein paar Hundert«, antwortete Anton und spitzte die Ohren, »Weiber und Kinder nicht gerechnet.«

Eine Schar blasser, in Lumpen gehüllter Kinder hatte sich müde auf einen sonnigen Platz gelegt, einzelne von ihnen kauten an harten Brotrinden, andere warfen auf diese neidische Blicke. Jaromir warf einen mitleidigen Blick auf diese armen Geschöpfe und sagte:

»Diese Kleinen sehen sehr müde aus.«

»Ist wohl ein Wunder!« versetzte Wilhelm bitter. »Sie müssen den ganzen Tag beschwerliche Arbeiten verrichten so gut wie unsereiner, drum sind sie froh, wenn sie ein paar Minuten in der Sonne ausruhen können.«

»Den ganzen Tag? Gehen sie denn in keine Schule?« rief Jaromir verwundert.

»Sonnabends nachmittags, wo wir um vier Uhr Feierabend haben« sagte August, »brauchen sie gar nicht zu arbeiten, da kommt ein Lehrer aus der Stadt heraus, ein abgedankter Unteroffizier, und prügelt sie, weil sie wieder vergessen haben, was er ihnen vor acht Tagen vorher gesagt – das heißt, sie in die Schule schicken.«

Jaromir flüsterte für sich: »Mein Gott! Auch in Deutschland?«

August fuhr fort: »Die Faktoren versichern uns, daß sie da genug lernen, denn was sie für's Leben brauchen, lernen sie ja eben bei der Fabrikarbeit. Zu lesen und zu schreiben braucht ein Mensch nicht, der es doch nie weiterbringen kann, als bis zu einem armen Fabrikarbeiter.«

Jaromir warf einige kleine Münzen unter die Kinder, welche mit tierischem Geschrei darüber herfielen, die Geldstücke einander wieder gegenseitig wegzureißen suchten, sich darum prügelten und herumzerrten, es war ein trauriges Schauspiel! Ein kleiner Knabe stellte sich schreiend vor Jaromir hin und jammerte, indem er die leeren Hände zeigte:

»Ich hatte ein großes, rothes Stück, die Andern haben es mir wieder weggerissen.«

»Schäme Dich!« sagte Franz. »Du weißt, daß Du nicht betteln sollst.« Er fuhr fort, während Jaromir noch ein kleines Geldstück für das Kind suchte. »Herr, nun werden Sie gewiß sagen, daß die Fabrikkinder eine böse Brut sind – so ist's auch, sie fluchen wie alte Sünder, sie führen häßliche Reden und machen sich freche Späße, sie betteln und stehlen, sie betrügen und balgen sich untereinander – und wenn diese Kinder groß werden, so wachsen ihre Laster mit – Herr! Sie haben Mitleid für diese Elenden, ich sehe es Ihnen an, sonst hätten Sie sie auch nicht beschenkt – d'rum sag' ich's Ihnen: was können diese Kinder dafür, daß man sie wild aufwachsen läßt und zu Verbrechern erzieht?«

In diesem Augenblicke mahnte die heftig gezogene Glocke wieder zur Arbeit – Alles lief wieder in die Fabrikgebäude. »Wir müssen an die Arbeit,« sagte Franz zu Jaromir, der ihn staunend angesehen hatte, während er sprach, »wollten Sie etwa zu Herrn Felchner – dort ist das Wohnhaus.«

Jaromir folgte Franz, der mit den Andern schnell zur Arbeit laufen wollte. Er sagte: »Ich mögte mich wohl ein Wenig umsehen und auch noch länger mit Ihnen reden, kann ich Ihnen nicht folgen?«

Franz schüttelte mit dem Kopf. »Das geht nicht, umsehen dürfen Sie sich wohl, aber nicht gleich so mit einem Arbeiter hereingehen, und reden können wir eben auch nicht viel bei der Arbeit, das würde übel vermerkt werden – dort kommt gerade der junge Herr Felchner selbst, der kann Ihnen ja Alles am Besten zeigen.«

»Die Fabrikherrn beschreiben die Sachen wohl anders als die Arbeiter –« sagte Jaromir, »doch ich danke für Ihre Gefälligkeit –« damit drückte er Franz einen Thaler in die Hand und wandte sich schnell nach Georg Felchner, welcher unweit von ihm stehen geblieben war.

»Ich danke, Herr,« sagte Franz, »das kommt in unsere gemeinschaftliche Casse, und ich danke Ihnen im Namen aller meiner Kameraden.« Damit ging er eilends, wohin ihn die Glocke rief.

Jaromir wandte sich an Georg: »Mein Herr, ich bin fremd hier – es würde mir interessant sein, wenn ich mich in dieser Fabrik umsehen dürfte – man hat mir Sie als den Besitzer bezeichnet und ich frage deshalb bei Ihnen um Erlaubniß an?«

Georg sah gerade fast noch mürrischer als gewöhnlich aus, doch bemühte er sich ziemlich höflich zu sagen: »Ich bin eben im Begriff, in dies Gebäude rechts zu den neuen Dampfmaschinen zu gehen, welche wir kürzlich haben aus England kommen lassen, wenn Sie mich begleiten wollen, so stehe ich gern zu Diensten, Ihnen die Sache zu erklären. – Zwar Sie sprechen wohl auch Englisch?«

»Allerdings.«

»Nun dann können Sie es Sich auch von dem Engländer selbst erklären lassen, welcher dort die Oberaufsicht hat und den wir uns mit den Maschinen zugleich haben kommen lassen, er spricht nur ganz schlecht Deutsch, außer mir und meiner Schwester kann Niemand hier Englisch, und so macht er uns zuweilen viel zu schaffen. Es entstehen immer Mißverständnisse zwischen ihm und den Leuten, oder diese lachen ihn gar aus.«

»Es muß lästig sein, in einer solchen Fabrik einen Ausländer im Dienst zu haben.«

»Bah – wir sind froh, daß wir ihn haben.«

In diesem Augenblick kam ein Factor auf Georg zu und sagte aufgebracht: »Der alte Andreas kam wieder halb betrunken zur Arbeit und stieß wider eine Walze, daß wir Mühe genug hatten, den größten Schaden zu verhindern – ganz so ist es aber nicht abgegangen.«

»So soll man ihm, dem Andreas, am Lohn abziehen,« versetzte Georg ärgerlich.

»Der Schaden ist größer.«

»Desto schlimmer – auf seine Kosten kommt man einmal bei diesem Volke niemals, es soll nur eine Warnung sein, daß er sich ein ander Mal besser in Acht nimmt.« Während der Factor sich entfernte, fuhr Georg fort: »Nichts als Aerger und Unkosten bei diesem rohen Volke; das dann noch immer thut, als wären schlechte Zeiten, diese Leute verdienen wahrhaftig ihr Geld mit Sünden.«

Während dieser hingeworfenen Aeußerungen waren sie in das Innere der Fabrik getreten. Georg gab Jaromir in der Kürze die nöthigsten Erläuterungen, die sich mehr auf die Einrichtungen einzelner Maschinen im Besondern, als auf diese der Fabrik im Allgemeinen bezogen. Jaromir schien zwar sehr aufmerksam zu sein, lieh diesen Worten aber doch nur ein halbes Ohr; seine Blicke ließ er öfter über die jammervollen kleinen Gestalten und blöden Gesichter der Kinder gleiten, oder über die mürrischen und thierischen Züge der ältern Fabrikarbeiter, oder über die gemeinen und böswilligen Erscheinungen der Frauen; seine Gedanken aber weilten noch in ganz anderem Kreise. Elisabeth war bei Georgs Schwester – er war ihr so nahe und sollte sie nicht sehen – sie hatten denselben Weg zurückzulegen – und er sollte sie allein lassen?

Er sagte jetzt zu Georg: »Sie haben Sich so bereitwillig für einen Fremden bemüht, nehmen Sie dafür meinen verbindlichsten Dank, und wenn Sie einmal den Namen Jaromir Szarinh hören, so erinnern Sie Sich meiner.«

Georg machte eine stumme Verbeugung und sagte dann: »Sie sind wohl ein Gast der neuen Wasserheilanstalt?«

»Allerdings; die romantische Umgebung hat mich einige Zeit hierher in die freie Natur gelockt.«

»Da haben Sie aber einen weiten Weg gemacht, Sie werden das bei der Rückkehr empfinden, wenn Sie nicht erst eine Weile bei uns ausruhen wollen.«

»Sie werden mich sehr verbinden, wenn Sie mir dies erlauben wollen, allein ich muß fürchten, Sie in Ihren Geschäften zu stören.«

»Erlauben Sie mir, Sie in das Wohnhaus zu begleiten, und entschuldigen Sie dann, wenn ich Sie wieder auf einige Augenblicke verlasse.«

Man trat in das Haus. »Wo ist mein Vater?« fragte Georg eine Magd, die in der Hausflur beschäftigt war.

Sie antwortete: »Er hat sich in das Comptoir mit zwei Rechnungsführern eingeschlossen und mir den Auftrag gegeben, Jedermann zu sagen, er sei nicht zu Hause, kein Mensch dürfe ihn vor dem Abend stören.«

»Sie entschuldigen,« sagte Georg zu dem Grafen, ohne durch die allzunaive Antwort der Magd im Mindesten in Verlegenheit gesetzt zu werden, »das ist so Brauch in unserm Geschäftsleben, es läßt uns wenig Zeit für andre, Dinge und für andre Menschen.« Dann fragte er die Magd wieder: »Ist meine Schwester in ihrem Zimmer oder unten?«

»Sie wird Besuch haben,« antwortete die Magd, »und sagte mir, ich solle sie nicht unnöthiger Weise rufen.«

Jaromir lachte, diese Art und Weise Jemand zu empfangen, der einen Besuch machen will, kam ihm sehr spashaft vor, Georg aber fuhr hitzig auf: »So werde ich wohl selbst Pauline fragen müssen, ob es ihr gefallen wird, meine Anordnungen für nöthig oder unnöthig zu halten.«

Kaum hatte er dies ganz ausgesprochen, als Pauline an Elisabeths Arm die Treppe herab kam. Die Mädchen waren im Begriff, in die Gartenlaube zu gehen. Man ward einander vorgestellt, und ging dann gemeinschaftlich in den Garten und nahm da in der Laube Platz. Nach wenig Augenblicken entfernte sich Georg.

Elisabeth und Pauline erzählten Jaromir wechselsweise, wie sie zusammen erzogen und Freundinnen geworden wären und sich nun unbeschreiblich glücklich fühlten, gerade in dieser Einsamkeit einander so nahe zu sein. Jaromir hörte mit Vergnügen zu und warf manchen innigen Blick auf Elisabeths leuchtende Augen.

Eine glückliche Stunde zog sich über die drei Menschen hin, eine Stunde, die nach ihren besten Momenten sich nicht beschreiben, sondern nur fühlen läßt. Ein Sommerabend still und heiter, an dem die Heimchen flüsternde Weisen unter wallenden Grashalmen zirpen, wo die Abendblumen ihre geheimnißvollen Blüthenkelche scheu und vorsichtig öffnen, Düfte wunderbar aushauchen, große goldne Augensterne allmälig aufschlagend, wo Schmetterlinge darüber hinziehen, in mystischen Kreisen von Blüthe zu Blüthe tanzend. Und wieder über den Schmetterlingen empor schwingen sich freudetrunkene Lerchen, schmettern ihre Lieder hoch in die Lüfte, lassen ihre lieblichen Töne wieder leise fallen und wieder klingen zu den lauschenden Feldern und Gärten. – Da ist es, als richteten sich alle Halme auf und lauschten, als fragten alle Blumen mit emporgeschlagenen Augen zum Himmel auf, woher die wunderreichen Lieder tönten – und auch das weichgewordene Menschengemüth lauscht empor und wird wonnetrunken und still – und doch ist nichts Aeußerliches geschehen, nichts Neues, nichts Unerlebtes.

So war es auch jetzt den drei Menschen in der Laube. Pauline fühlte sich froh und verstanden, deßhalb zufrieden und heimisch, zum ersten Mal so recht heimisch in der Heimath, in der sie hinter lauter bekannten Gesichtern lauter fremde Seelen finden mußte. Jaromir und Elisabeth waren glücklich, ein ganzer Frühling blühte und sang in ihren Herzen und eine lachende Sonne strahlte wärmend darein. Ihre Worte waren aber nicht anders als das Heimchenzirpen, das Duften und Blühen der Abendblumen, das farbige Spielen der Schmetterlinge, das Singen der Vögel rings um sie – nicht außerordentlicher, nicht neuer, nicht unerlebter. So wie diese Heimchen, Blumen, Schmetterlinge, Vögel schon an Tausend Abenden zu gleicher Naturfeier sich vereinigt, so wie es die drei Menschen schon oft selbst mit angesehen und erlebt hatten, so waren sie auch jetzt sich bewußt, noch niemals eine stillglücklichere Stunde verlebt zu haben, als diese, und doch war ihre Unterhaltung einfach und konnte alltäglich klingen und verriet Nichts von der Herzen tiefinnerster Bewegung, außer, daß zuweilen das Feuer poetischer Beredtsamkeit von Jaromir's Lippen flammte, daß seine Worte den Klängen der Lerche selber glichen, welche sich in das obere Himmelblau stürzte, indem die scheidende Sonne noch ihre Flügel vergoldete.

Es fiel Elisabeth schwer, an den Aufbruch zu denken; – Jaromir blieb so lange unter dem Vorwande, daß er Georgs Rückkunft erwarten wolle; aber als jetzt Elisabeth aufstand, von dem hereindämmernden Abend erinnert, fragte er doch: Ob er sie begleiten dürfe?

»Mein Pferd habe ich weggeschickt,« sagte sie, »weil ich den kleinen Rückweg zu Fuß machen wollte, und da ich noch am Tage zurückzukommen dachte und ein nachfolgender Diener mir lästig ist, hab' ich auch diesen nicht bestellt, wollte vielmehr um Paulinens Begleitung bis an den Park bitten – in unserm Park geh' ich ja doch allabendlich allein.«

»Nun,« sagte Pauline, »so brechen wir zusammen auf.«

Die Mädchen baten nun Jaromir, zu warten, bis sie ihre Hüte und Hüllen aus dem oberen Zimmer geholt, und entfernten sich deßhalb. So eben ward Feierabend geläutet. Jaromir trat aus dem Garten auf den freien Platz vor dem Hause.

Wilhelm und Anton kamen vorüber, sie stießen einander an, wie sie ihn gewahr wurden, und Anton sagte: »Er ist immer noch da und treibt sich hier ganz allein herum. Glaubst Du nicht, daß das Etwas zu bedeuten hat? Und wer es wüßte, ob Gutes oder Schlimmes?«

»Nun, was könnte denn noch Schlimmes kommen? Anton, ich hoffe jetzt: Es giebt Leute, welche sich unsers Elendes erbarmen wollen, welche es gut mit uns meinen; gelehrte Leute, welche schreiben und was Rechtes gelernt haben, die sagen es gerade heraus, daß man uns Unrecht thut, und solche Leute müssen jetzt in unsrer Nähe sein – ich weiß es gewiß – wer weiß, ob er nicht Einer von ihnen ist – er schien doch freundlich zu sein.«

»Und nun ist er noch immer hier,« sagte Anton, »am Ende hat er den Feierabend abgewartet, um noch mit uns zu sprechen.«

In diesem Augenblick kamen Pauline und Elisabeth aus dem Haus und Jaromir ging mit freundlicher Anrede auf sie zu.

Die Arbeiter entfernten sich kopfschüttelnd, zusammen murmelnd.

In heitrer Unterhaltung wie vorher war die Stelle am Eingang des Parkes bald erreicht, an welcher Pauline von Jaromir und Elisabeth scheiden wollte. Die Freundinnen hielten sich eben umschlungen, als ein Wagen vorüber fuhr. Es war ein leichter zurückgeschlagener Phaeton, ein einzelner Herr saß darin – man würde weder ihn noch seine Lorgnette bemerkt haben, wenn er nicht ein hämisches: »Guten Abend –« aus dem Wagen der Gruppe zugerufen hätte.

Es war Kammerjunker von Aarens, welcher mit diesem Gruß, und indem er langsamer als erst vorüber fuhr, die Erkannten niederzuschmettern glaubte. Aber sowohl Elisabeth als Jaromir dankten unbefangen in gewohnter Art und Weise.

»Wer war denn die Dame, welche jetzt das Paar allein läßt?« fragte Aarens auf Paulinen deutend, welche den Rückweg antrat, seinen Kutscher.

»Die Tochter des Fabrikanten Felchner?« antwortete dieser.

»Was – Kerl, ist das wahr?« rief Aarens außer sich.

»Bestimmt, ich kenne sie genau –« versetzte der Kutscher.

Aarens schlug ein Gelächter auf und rief ein Mal über das andere: »Das ist göttlich, himmlisch – unvergleichlich!«

Unterdeß ging Jaromir an Elisabeths Seite dem Schlosse zu.

Sie sprachen Wenig – ihre Herzen schlugen zu laut und doch auch zu befriedigt, als daß sie hätten sprechen können. Sie gingen langsam, aber das Schloßthor war bald erreicht, an dem sie sich trennten.

Wie sie einander guten Abend boten, fragte er nun leise, ob sie morgen Nachmittag zu Hause sei, und sie antwortete ein freudiges, leises: »Ja.«

Später traf Anton wieder mit Franz zusammen. »Was nur der fremde Herr so lang in der Fabrik wollte?« fragte er.

»Ich glaube wohl, daß Du in Allen Spione siehst, seitdem Du mit einem Stiefel zusammen gewesen.«

»Höre,« sagte Anton, »hat Dich das Mährchen auch angesteckt, Stiefel soll hier sein? Der, den August dafür hält, hat dunkle Haare und keinen Bart – und Stiefel hat rothes Haar und langen Bart um's ganze Kinn.«

Später gefragt, mußte August dies selbst zugeben, man lachte ihn aus und ermahnte ihn, ein anderes Mal besser Acht zu geben – Stiefel werde nicht wagen, je wieder in ihre Nähe zu kommen, versicherte Anton.

VII. Die Zwei

»Denkt Euch der Herren Wandergang,
Voran des Bettlers Kleid als Fahne!«
Alfred Meißner.

Es war Abend. Die Geheimräthin von Vordenbrücken hatte mit dem jüngern Waldow ein empfindsames Stelldichein in irgend einem romantischen Bosquet, ihr Gatte saß allein zu Hause und dachte zum tausendsten Mal darüber nach, wie schlimm es sei, eine schöne Frau mit einer reichen Mitgift zu haben. Eine Frau, welche jedem eifersüchtigen Vorwurf des Gatten sogleich den andern entgegen setzen konnte, recht wohl zu wissen, daß er mehr um ihre Staatspapiere, als um ihr Herz geworben habe, eine Gattin, welche es immer geltend zu machen wußte, daß ohne ihren Reichthum ihr Gatte eine unbedeutende Rolle in der Gesellschaft spielen würde, und daß er deßhalb sie niemals in der glänzendsten Ausstattung derjenigen Rolle beschränke, welche sie selbst sich einmal vorgenommen, zu behaupten. So mußte er alle ihre Launen dulden, sie überall hin in die große Welt begleiten, wo er selbst sich und Andere langweilend eine erbärmliche Figur spielte, mußte ihre Liebhaber als Hausfreunde verbindlich willkommen heißen, und jetzt hatte sie es gar dahin gebracht, ihm durch seine Aerzte zu beweisen, daß der Gebrauch einer Wassercur in einer entfernten Wasserheilanstalt für seine Gesundheit ganz unerläßlich sei. Er hatte vergebens versichert, daß er sich ganz wohl fühle und einen ordentlichen Abscheu gegen alles Wassertrinken habe – gerade deshalb fand man die Wassercur für ihn um so unabweißlicher nothwendig. Die zärtliche Gattin versicherte, daß sie sich ewig Vorwürfe machen würde, wenn sie zugebe, daß der Gemahl die Pflege seiner Gesundheit in gleicher Weise vernachlässige wie bisher – daß sie darauf bestehen müsse, daß er ärztlichem Ausspruche sich füge, und daß sie ihn selbst begleiten werde, um den gewissenhaften Gebrauch des Bades selbst zu überwachen. Frau von Vordenbrücken gehörte mit zu den durch die Journale Mystifizirten; sie hatte gelesen, daß jetzt die Wasserheilanstalt zu Hohenheim der fashionableste Kurort Deutschlands sei – so durfte sie dort nicht fehlen. Die Kur selbst zu brauchen, fand sie langweilig und bürdete sie deshalb ihrem Gatten auf. Da dieselbe sehr viel Zeit erforderte und die Abendluft dabei gemieden werden mußte, konnte sie um so mehr ohne seine stäte Nähe und Begleitung ihren Vergnügungen ungehemmt nachgehen.

Als jetzt der Geheimrath sich in diese unerquicklichen Betrachtungen seines ehelichen Lebens versenkte, hörte er ein bedächtiges und zugleich eiliges Klopfen an der Thüre. Auch ein Thürklopfen kann voll tiefster Charakteristik sein – das jetzt gehörte war es: es war das Klopfen eines Menschen, welcher in allen Dingen sehr vorsichtig zu Werke geht und doch zugleich immer sehr pressirt ist.

Der Geheimrath rief laut: »Herein!« erfreut eine Unterbrechung seines Gedankenkreises zu finden, und schritt schnell der Thüre zu, um zu öffnen.

Ein langer dürrer Mann mit einer ausgesucht maliziösen Miene trat ein.

»Guten Abend, mein lieber Doctor Schuhmacher!« rief der Geheimrath. »Ihr Besuch freut mich außerordentlich – ich hätte Sie längst schon gebeten, mir denselben öfter zu gönnen – allein Sie schienen mir immer mit so viel wichtigen Dingen beschäftigt, so pressirt, daß –«

»Wirklich schien ich das?« unterbrach Schuhmacher und machte dabei ein bestürztes und ziemlich albernes Gesicht. »So hätte ich dies Mal meine Rolle wirklich schlecht gespielt?«

»Ihre Rolle? Ich verstehe Sie nicht recht – aber nehmen wir Platz. Sie werden mir doch heute Ihre Gesellschaft nicht sogleich entziehen?«

Schuhmacher setzte sich. »Wenn wir ungestört sind,« sagte er; »mich führt allerdings eine Angelegenheit von größter Wichtigkeit zu Ihnen. – Aber vielleicht ist in Ihrem Nebenzimmer Gesellschaft – oder Ihre Frau Gemahlin – –?«

»Ich bin vollkommen einsam – es ist dies nicht das Local dazu, viel Gesellschaft zu empfangen, und was meine Frau betrifft, so ist sie ausgegangen, und ich denke, sie wird noch lange nicht wiederkommen –« der geduldige Ehemann konnte dabei doch einen leisen Seufzer nicht unterdrücken.

»Nun so bin ich zur guten Stunde gekommen,« sagte Schuhmacher geheimnißvoll, »denn die Unterredung, welche ich mit Ihnen haben werde, wird allerdings keine Zeugen dulden – – es ist doch Niemand von Ihren Dienstboten im Vorsaal oder nebenan? Sie erlauben, daß ich nachsehe und die Thüren verschließe.«

Der Geheimrath versicherte wiederholt, daß Niemand in der Nähe sei, Schuhmacher untersuchte aber doch zu bessrer Vorsicht alle Thüren, verschloß dann die äußere, setzte sich und begann:

»Daß ich mich hier befinde, geschieht nicht etwa, um die Mode mitzumachen, oder diese lächerliche Cur zu brauchen.«

Der Geheimrath biß sich in die Lippen – Schuhmacher stellte sich, als ob er das nicht bemerke und fuhr fort:

»Ich bin von Amtswegen hier, und Nichts konnte mir bei der wichtigen Angelegenheit, welcher ich mich schon seit längerer Zeit unterzogen habe, mehr zu Statten kommen, als daß in dieser Gegend, welche der geheime Schauplatz staatsgefährlicher Bewegungen ist.«

Der Geheimrath schrak auf: – »Staatsgefährliche Bewegungen! Hier! In der That, ich erstaune! Wie sollte hier der Sitz einer staatsgefährlichen Bewegung sein, wo es weder eine Universität, Akademie, noch irgend ein Institut giebt, in dessen Schooße sie keimen oder sich verkriechen könnte? Staatsgefährliche Bewegung hier, wo es keine gefährlichen Menschen giebt – weder Advocaten, noch Künstler, Literaten und andere unnütze Subjekte, aus deren rebellischen Köpfen demagogische Pläne kommen könnten – hier!«

»O, mein theurer Freund, Sie mißkennen die Zeit, Sie stellen sich auf den Standpunkt, welchen wir vor dreißig oder auch vor zehn Jahren einnahmen. Jetzt gilt es ja gar nicht mehr, vor den Burschenschäftlern mit ihren schwarz-roth-goldnen Tiraden auf der Hut zu sein, auch haben wir nicht den schäumenden Julirausch zu fürchten, welcher achtzehnhundertunddreißig auf ein Mal aus den Bürgern ganz aparte Menschen machen wollte – nein, vor diesen Dingen fürchten wir uns nicht mehr. Die Deutschthümelei ist, wie Sie wissen, vollkommen erlaubt, denn die Majestäten sprechen ja selbst von einem einigen Deutschland und die Toaste auf dieses sind vollkommen offiziell. Auch die Julimänner machen uns Nichts mehr zu schaffen, es ist ihnen ja unbenommen, in den Ständesälen schöne Reden zu halten und einander Adressen zu schicken. Daß dies Alles ohne weiteren Erfolg bleibt, wird uns ergebenen Dienern der Regierung und der Polizei ein Leichtes zu bewerkstelligen – aber hier haben wir es mit einem ungleich gefährlicheren Feinde zu thun – und deßhalb – um meinen Satz von vorhin zu beenden, konnte mir Nichts erwünschter kommen, als die Anlegung dieser Wasserheilanstalt. Sie gab mir Gelegenheit, hier einen längern Aufenthalt zu nehmen, ohne mich irgend Jemand verdächtig zu machen, ohne den wichtigen Zweck meines Hierseins irgend wem zu verrathen.«

»Ich begreife jetzt immer noch nicht klar, wo Sie hinaus wollen – denn die Nachricht von den Unruhen der Eisenbahnarbeiter ist doch zu neu, bedarf noch der Bestätigung.«

Schuhmacher fiel dem Geheimrath in's Wort: »Unruhen, Eisenbahnarbeiter – was wollen Sie damit?«

»Also ist es nicht gegründet?« fragte der Andere gelassen. »Daß Sie es hätten lange vorausahnen können, schien mir mindestens unglaublich.«

»Ich bitte Sie um Gottes willen,« rief Schuhmacher außer sich, »was wollen Sie mit den Eisenbahnarbeitern? Was wissen Sie?«

»Sie wissen also Nichts?«

»Foltern Sie mich nicht länger, reden Sie heraus.«

»Nun, da Sie es nicht wissen, ist es gewiß nur ein leeres Gerücht – meine Wirthsleute erzählten mir, die Arbeiter an der nächsten Bahn – Sie wissen, man arbeitet jetzt ungefähr sieben Stunden von hier – hätten ihre Arbeit eingestellt, um einen höhern Lohn zu erzwingen.«

»Das wäre ja entsetzlich! Und wenn soll das geschehen sein?«

»Ich glaube erst heute.«

»Sonst hätt' ich es wissen müssen – ich muß sogleich mit Ihren Wirthsleuten sprechen, die Geschichte von ihnen selbst hören. – Waren sie dort?«

»Ich glaube, Ihr Sohn arbeitet dabei und ist eben zurückgekommen, um sich so aus der Schlinge zu ziehen.«

»Theuerster Freund! Erweisen Sie mir vor allen Dingen die Gefälligkeit, lassen Sie diesen Menschen unter irgend einem Vorwand zu sich kommen, fragen Sie ihn geschickt aus und erlauben Sie mir, im Nebenzimmer Ihr Gespräch mit anzuhören, es wird dies ungleich zweckmäßiger sein, als wenn ich sogleich selbst mit ihm rede.« Schuhmacher rannte aufgeregt, bestürzt und nachsinnend zugleich in der Stube hin und her. Der Geheimrath maß ebenfalls das Zimmer, aber mit langsamen, abgemessenen Schritten. – Beide waren nachdenklich, jeder in seiner Sphäre und seiner Weise.

Der Geheimrath trat an's Fenster – drunten im Hof war sein Diener beschäftigt, Stiefeln zu putzen und schäkerte dabei mit einer muntern Bauerdirne, welcher er drohte, mit der Bürste voll Schuhwichse über ihr flachsblondes Haar zu fahren, wenn sie sich noch länger gegen einen Kuß sträube. In diesem allerliebsten Kriege war er eben nahe daran, Sieger zu werden, als der Ruf seines Herrn vom Fenster herab diesem ein unerwartetes Ende machte.

»Was steht zu Befehl?« schrie der Diener, mühsam seine üble Laune verbergend, als Antwort hinauf, während die Dirne kichernd und verschämt in den Kuhstall eilte.

»Ist unten der Sohn der Wirthin zu Hause, der vorhin angekommen ist?«

»Gnädiger Herr, ich werde zu Dero Befehl erst nachsehen,« war die umständliche Antwort.

»Was giebts?« rief mit Stentorstimme ein kleiner stämmiger Bursche aus dem Hause heraus – es war derselbe, von dem die Rede war, der Eisenbahnarbeiter Adam, welcher das Frag- und Antwortstück von Herr und Diener mit angehört hatte und jetzt heraustrat.

»Wollten Sie wohl einmal zu mir heraufkommen,« rief der Geheimrath dem Burschen zu, »ich wünschte mit Ihnen zu sprechen.«

Der Bursche nahm ehrerbietig die Mütze ab und sagte höflich aber mit grober Stimme: »Ich komm gleich.«

Schuhmacher gab dem Geheimrath die Hand. »Die Regierung wird es Ihnen Dank wissen, wenn Sie auch dieser Angelegenheit sich annehmen!« sagte er feierlich. »Fragen Sie den Menschen geschickt aus – ich gehe in das Nebenzimmer,« und damit huschte er schnell zur Thüre hinaus, als er bereits schwerfällige Tritte auf der Treppe hörte.

Adam trat ein und drehte stumm die Mütze in der Hand.

»Man hat mir gesagt,« begann der Geheimrath, »daß Sie Arbeiter bei der Eisenbahn sind?«

»Ja,« war die kurze Antwort.

»Ist es wahr, daß die Leute dabei heute ihre Arbeit eingestellt haben?«

»Sie hatten's im Willen.«

»Sie wollten nur und es ist nicht geschehen?«

»Das weiß ich nicht so genau.«

»Guter Freund, antworten Sie mir ordentlich und ohne Scheu – es liegt mir sehr Biel daran, über diese Sache Etwas zu erfahren – und es soll sein Schade nicht sein, wenn ich Wahrheit zu hören bekomme.«

»Der Herr haben wohl viel Actien dabei?«

»Nein – keine einzige – ich habe einige Leute, welche ich für zuverlässige und gute Arbeiter hielt, zur Arbeit bei dieser Bahn empfohlen, sie sind angenommen worden und es sollte mir leid thun, wenn sie sich mit bei den Unruhstiftern befänden, oder auch, wenn sie nicht mit zu diesen gehörten, aber mit unter ihnen, unschuldig mit den Schuldigen leiden müßten. Erzählen Sie mir also Alles aufrichtig und wie es kommt, daß Sie Sich heute hier befinden, da doch weder Feiertag noch Sonntag ist?«

»Ja sehen Sie,« sagte der Bursche treuherzig und durch die freundliche Art, mit welcher der Geheimrath zu ihm sprach, zutraulich gemacht, »das ist ein närrisches Ding – das Beil war mir auf den Arm gefallen, ich konnte nicht ohne große Schmerzen arbeiten, da dacht' ich: es ist besser, Du gehst jetzt für krank nach Hause – und so bin ich denn da. Feiertag steht heute freilich nicht im Kalender – auf der Bahn wird aber wohl welcher gewesen sein.«

»Wie so – die Leute mögen nicht mehr arbeiten? Ist denn der Lohn so gering?«

»Nun, Viel setzt es freilich nicht, indessen, wir waren gerade nicht unzufrieden, wir hier aus der Gegend wußtens nicht anders. Aber da sind viel Ausländer unter uns, die hetzten uns auf und meinten, sie hätten bei andern Bahnen viel mehr gehabt. Nun wollten wir die und jene Erleichterung haben – wir kamen deshalb ein; Alles in Ordnung und Friede. Darauf hieß es, unsere Sache wäre verschickt und wir bekämen gewiß bald Erleichterung und manchen Vortheil. Ein paar Wochen vergingen – auf einmal hieß es: nun käme die Erleichterung – nein und wissen Sie, was das war?«

»Nun?«

»Es ist zu närrisch! Man machte uns bekannt, daß, wenn wir an unsre Angehörigen Briefe mit Geld schicken wollten, wir kein Porto zu bezahlen brauchten. Nun da schlag Einer ein Rad! Könnten wir so Viel Geld verdienen, daß wir welches wegschicken könnten, so würde gewiß Keiner klagen und das Porto würden wir da vielleicht auch noch zusammen bringen können.«

»Nun – und Ihr waret also damit nicht zufrieden?«

»Gnädiger Herr, wir, die wir vorher nicht gerade unzufrieden gewesen waren, wir lachten nur über so eine Verordnung und ließen es gut sein – die Andern aber murrten und sagten, sie ließen es nicht gut sein – – Da wird aber einem ehrlichen, ruheliebenden Kerle, wie ich nicht wohl bei solchen Gesichtern, bei solchem tückischen Treiben. – Wie mir nun der Arm jetzt weh that, nahm ich's für ein Zeichen, 's sei wohl das Beste, jetzt wegzugehen. Nun calculirt' ich: Keiner von uns soll arbeiten, bis man ihm höhern Lohn verspricht – gut! Verspricht man den höhern Lohn und geht Alles vergnügt und lustig an die stehen gelassene Arbeit, so geh' auch ich vergnügt und lustig mit daran – läuft es aber schlecht ab – zwingt man uns, wieder wie erst um denselben Tagelohn zu arbeiten, hetzt' uns wohl gar mit Soldaten dazu und bestraft die, die es erst anders gewollt haben – muß man's wohl auch gut heißen, denn wer die Macht hat, hat das Recht, und das Recht muß wohl immer gut sein. – Dann, calculirt' ich, arbeit' ich auch wieder mit, aber Niemand kann mir Etwas anhaben, denn ich bin gar nicht da gewesen, sondern krank zu Hause wie der Teufel los ging.«

»War also etwas Bestimmtes beschlossen?«

»Weiter gar Nichts – als gestern, wie es von der Arbeit heim ging, sagt' es Einer dem Andern: Bruder, morgen machen wir gleich früh Feierabend – keine Hand rührt Etwas an – und wer doch an die Arbeit gehen will, dem soll's bald vergehen, wir werden keine großen Umstände mit ihm machen, er mag seine Knochen wahren – so hieß es, und so sagte man weiter: wenn sie dann kommen und fragen, was das heißen solle, daß wir Feiertag machten, so antworten wir, daß wir für so geringen Lohn etwas Besseres thun könnten, als uns den ganzen Tag zu plagen; wenn man uns nicht verspräche, uns täglich wenigstens einen Groschen zum Lohn zuzulegen, so mögten die Herren Actionaire die Bahn mit eignen hohen Händen fertig bauen – wir fragten dann den Geier danach. So würden sie schon klein zugeben, hofften die Leute – – mir aber ward gar nicht wohl zu Muthe und wie ich schon sagte – da macht' ich mich in der Stille auf und ging heim – daß ich fortgelaufen, kann kein Mensch sagen, denn ich habe dem Aufseher meinen gelähmten Arm gezeigt und Urlaub genommen.«

»Das ist eben so pfiffig gehandelt, als treuherzig gesprochen,« sagte der Geheimrath – »eigentlich hätten Sie aber den Aufsässigen Gegenvorstellungen machen sollen.«

»Habe wohl – aber was nutzt das? Da schimpfen sie Einen gleich einen feigen Lumpenhund, eine Schafnatur und was der Ehrentitelchen mehr sind, und was man zum Frieden redet, das hilft nicht das Geringste. – Wer am Meisten schreit, schimpft und flucht, der ist ihnen dann der rechte Mann, vor dem haben sie Respect, auf den hören sie, den machen sie zum Führer – und sonst Keinen.«

»Und das waren Ausländer oder –«

»Herr!« fiel ihm Adam in's Wort und seine Stirn ward plötzlich zornroth – aber eben so schnell, als er das eine Wort gesagt, brach er auch ab und schwieg wieder. – Der Geheimrath hatte Recht; Adam war wirklich so pfiffig als treuherzig; bei der letzten Frage errieth er plötzlich, daß man ihm zum Angeber machen wollte, und dagegen empörte sich seine redliche, Deutsche Natur. Adam war ein echter Typus Deutschen Charakters. Er war nicht gerade unzufrieden, aber da man ihm gesagt hatte: er verdiene es eigentlich, bessere Arbeit zu haben, als eben diese, so dachte er, ein höherer Lohn sei freilich mitzunehmen und eine schöne Sache – aber er fürchtete sich, dazu einen entscheidenden Schritt zu thun, ein Mal, weil er überhaupt träge zur That war und lieber geduldig wartete, bis, wie ihm die Ausländer höhnend zuriefen: die gebratenen Tauben ihm einmal aus der Luft in den Mund geflogen kämen; – und dann aus angestammter Liebe zu Frieden und zur Ordnung, aus christlicher Ergebung in die einmal bestehenden nothwendigen Uebel, aus angeborner Unterwürfigkeit und treuem Gehorsam gegen Vorgesetzte, aus Achtung einmal übernommener Pflichten. Dazu gesellte sich ihm die Furcht der Erfahrung, daß eben, wer die Macht habe, immer Recht behalte, und daß einige arme Arbeiter gegen diese Macht, welche sie beherrsche, nicht das Geringste würden ausrichten können, weder im Guten, noch im Bösen. Deßhalb also mogte er nicht gemeinschaftliche Sache mit den Widersetzlichen machen und zog sich deshalb mit guter Art ganz von dem Schauplatz zurück, auf welchem jene wahrscheinlich ein elendes Trauerspiel aufführen würden; – und weil er sich sagte, daß er darin ganz verständig und nach seinem besten Gewissen handle, so war er unbefangen genug, dem fremden Geheimrath den wahren Sachverhalt zu sagen. Als aber dieser nach den Führern zu fragen begann, begriff Adam plötzlich, daß nun seine fernere harmlose Aufrichtigkeit häßliche Angeberei sein würde, daß man ihm nun, weil er mit den Kameraden nur keine gemeinschaftliche Sache habe machen mögen, zu deren heimlichen Feind machen wolle, und daß er vielleicht zu ihrem Verderben beitrage, wenn er die Fragen, welche man nun ihm vorlegen mögte, eben so offen und arglos beantworte wie die früheren. Gegen diesen Gedanken schon empörte sich die Deutsche Ehrlichkeit und biedere Freundestreue so heftig in seiner redlichen Brust, daß er den Geheimrath auf die erste verfängliche Frage mit einem plötzlich herausgestoßenen: »Herr!« förmlich anfuhr. Aber sich sogleich im Innern unwillkürlich selbst zurechtweisend, daß eine solche Heftigkeit wider den ihm doch eigentlich zur andern Natur gewordenen Respect gegen vornehme Leute und Beamte sei und in dem Gefühle, daß Vorsicht zu allen Dingen gut, fügte er dem aufgebrachten »Herr!« höflich hinzu:

»Führer gab es eigentlich ja gar nicht, denn das Ganze war doch nur so ein schnelles Vorhaben und keine lange vorher abgeredete Sache. Einer raunte es dem Andern zu, wie ich schon gesagt: morgen arbeiten wir nicht und das war Alles. Und wie ich sah, daß sie fest entschlossen waren und Gegenrede nur Drohungen hervorrief, so macht' ich mich aus dem Staub.«

»Und wie es nun wirklich abgelaufen, davon wissen Sie Nichts?«

»Wie sollt' ich auch? Weil ich eben fort ging, ehe der Teufel los war – gleich gestern Abend. Die Nacht blieb ich dann im nächsten Dorf und heute Mittag bin ich vollends hierher gegangen.«

Der Geheimrath ging aufgeregt im Zimmer hin und her, Adam wünschte je eher je lieber von ihm loszukommen, und da er wohl merkte, daß, da Jenem so sehr Viel daran zu liegen schien, über die Sache mehr zu wissen, er wohl noch manche Frage würde beantworten sollen, wie er's vielleicht nicht ohne Verlegenheit konnte, so kam ihm ein guter Gedanke, um fort zu kommen, und er sagte: »Heute ist gerade der Tag, wo der Bote Martin von hier nach dem der Eisenbahn nächst gelegnen Flecken geht und Abends wieder zurückkommt, von dem könnte man wohl Etwas erfahren, ich will doch zusehen, wo er steckt, zurück kommt er immer um diese Stunde und dann kann ich Ihnen wohl mehr erzählen.«

Dies Mal kehrte sich das Verhältniß um; die Maus hatte die Katze gefangen. Der Geheimrath ging glücklich in die Falle – er entließ nach diesem Vorschlag Adam gern. Dieser wußte recht gut, daß Martin immer erst einige Stunden später zurückzukommen pflegte – unterdeß kam die Nacht und er selbst war des Verhörs enthoben.

Schuhmacher trat nun wieder aus dem Nebenzimmer.

»Was sagen Sie – Freund?« sagte der Geheimrath mit einer vielsagenden Miene.

»Freund! Das ist ein furchtbares Complot! Gewiß ein sehr weit verzweigtes, dem auf den Grund zu kommen wir Alles aufbieten müssen!« rief Schuhmacher.

»Und Sie wußten davon Nichts?«

»Davon?! Mein Gott im Himmel, nein! Das ist Alles ganz heimlich gekommen – wie der Dieb in der Nacht!«

»Und was führte Sie sonst zu mir? Und was ließ Sie sonst von staatsgefährlichen Bewegungen in unsrer Nähe sprechen? Von gefährlichen Feinden der Regierung und der bestehenden Ordnung, die Sie mich wollten nicht unter Studenten, Schriftstellern und Bürgern, sondern in den untersten Classen der Gesellschaft kennen lehren – wenn Sie mich an die Eisenbahnarbeiter –«

»Eisenbahnarbeiter, Eisenbahnarbeiter!« fiel ihm Schuhmacher hitzig in's Wort. »Wer hat an Eisenbahnarbeiter gedacht! Durch diese Entdeckung tritt die ganze Sache in ein neues Licht, in eine neue Phase! – Fabrikarbeiter – so hieß meine Loosung und das haben Sie übersehen können! Und ich habe die Eisenbahnarbeiter übersehen – – o, da sind ungeheure Fehler geschehen – es ist himmelschreiend –« und in hitziger Wuth wie ein Mensch, der mindestens ein verlorenes Königreich bejammert, rannte er in der Stube auf und nieder – endlich warf er sich erschöpft in einen Lehnstuhl – athmete tief auf, fuhr sich mit dem seidnen Schnupftuch über die Stirn, auf welcher große Schweißtropfen standen – athmete tief auf – und hatte die verlorne Fassung wieder. – Gewohnt, sich immer zu beherrschen, im Leben oft die verschiedensten Rollen durchzuführen, die unähnlichsten Masken vorzunehmen, war es ihm eine ordentliche Wohlthat, wenn er sich einmal ohne Zeugen sah, vor welchen er nöthig hatte, seinen innern Bewegungen zwängende Hemmketten anzulegen – dann überließ er sich denselben ganz, ließ sie eine Weile toben, bis er dann nach diesem Aufruhr, sobald er einmal den Entschluß faßte, wieder gefaßt zu sein, gleichsam zu sich selbst sagte: Nun ist's genug, und im Moment all' seine Ruhe wieder hatte.

Mit dieser begann er jetzt: »Es sind die Arbeiter in Felchners Fabrik, auf welche ich schon seit einem halben Jahr ein wachsames Auge geworfen habe. Einer von ihnen, Franz Thalheim genannt, hatte ein Buch geschrieben: ›Aus dem armen Volk – Allen Menschenfreunden gewidmet.‹ Dieses Buch war mir in die Hände gefallen – es enthielt die allerübertriebensten Schilderungen von der Noth der arbeitenden Classen. Ein Arbeiter derselben Fabrik hatte mir dies Buch gegeben. Sie wundern sich, wie ich mit einem solchen Menschen zusammenkam? – Nun wohl, es war schon längst von communistischen Verbindungen in Deutschland unter dem Fabrikvolk die Rede gewesen – man hatte sie aber noch nie entdecken können – ich hatte mich verbindlich gemacht, daß ich, wenn und wo solche existirten, sie auch würde ausfindig zu machen vermögen. Aber ich wußte. wie ich es anzufangen hatte. Ich begab mich hier in die nächste kleine Stadt – unter einem andern Namen – ich nannte mich Stiefel – und mit einer falschen Haartour unkenntlicher gemacht, begab ich mich in die Vierstuben und Schänken und suchte Verkehr mit diesen Leuten, um ihre Stimmung zu erforschen. Endlich gelang es mir, einen der Fabrikarbeiter bei Felchner mir ganz dienstbar zu machen. Von ihm hab ich immer die gewissenhaftesten Berichte erhalten über das, was seine Kameraden vornahmen. Nachdem ich ihn geworben, kehrte ich wieder in die Residenz zurück und durchspähte andre Distrikte, wenn auch nicht mit gleichem Erfolg. Eines Tages entdeckte ich, wie jener Franz Thalheim einen Bruder als Gelehrten in der Residenz habe, welcher sich plötzlich auf eine auffallende Weise von Weib und Kind trennte und seine Stelle aufgab – Niemand wußte so eigentlich, weshalb? – Daß er sich auch mit Schriftstellerei beschäftige, war längst bekannt – und solche Menschen sind immer verdächtig. Ich erfuhr, daß er später, bevor er mit einem jungen Grafen eine weite Reise angetreten, sich hier bei seinem Bruder aufgehalten habe. Nach allen Erkundigungen, die ich einzog, erschien mir dieser Mensch als ein Radicaler von der gefährlichsten Sorte. Verdacht häufte sich auf Verdacht – ich stellte bei seiner Frau eine Haussuchung an. Sie wollte sich widersetzen – denn sie mogte fürchten. Leider schien ihr Mann sehr vorsichtig gewesen zu sein – er mogte alle Papiere, Korrespondenzen und Mannscripte, welche gegen ihn zeugen konnten, mitgenommen haben. Aber aus einigen Stellen in den Briefen, welche er an seine Frau geschrieben, wurden doch alle meine Vermuthungen bestätigt. Dieser Thalheim reiste jedenfalls als ein communistischer Missionair – er reiste nach der Schweiz, Belgien und Frankreich – vermuthlich, um sich dort am Heerde des Communismus neue Funken und Feuerbrände zu holen, welche er in den unterirdisch ausgehäuften Zündstoff werfen könnte. Aber welch' überraschende Entdeckung mußte ich noch machen! Der freimüthige und berühmte Schriftsteller: Graf Jaromir von Szariny war ebenfalls in Verbindung mit diesen Thalheims! Ich fand Briefe von ihm aus früherer Zeit – die Gattin wollte es zwar leugnen, daß diese Verbindung noch bestände – allein wie fand ich es bestätigt, als ich diesen Szariny hier traf. Er hat sich hier angesiedelt, um sich nun in unmittelbare Verbindung mit den Fabrikarbeitern zu setzen. So eben berichtete man mir, daß er gestern den Muth gehabt, sich in der ganzen Fabrik herumführen zu lassen, die Arbeiter aufzuhetzen, Geld unter sie, besonders unter die Kinder zu vertheilen, und – –«

In diesem Augenblick hörte man das Rauschen eines Seidenkleides – die Geheimräthin kam zurück. Die Unterhaltung unter vier Augen war abgebrochen.

»Kommen Sie morgen früh zu mir, ich – oder viel mehr die Regierung bedarf Ihrer Dienste,« sagte Schuhmacher zum Geheimrath, als er sich entfernte.

VIII. In der Schweiz

> »Horch wie die Reuß im Sturze in's Thal jetzt nieder klingt,
> Und wie ein Gemsenjäger von Fels zu Felsen springt;
> Sieh, wie der Vollmond drüben aufglüht so roth wie Blut
> Und lauf dem Gotthard mälig erlischt die Opfergluth.«
>
> *Anastasius Grün.*

An demselben Abend, wo die Zwei die wichtige, für Beide nur zu schnell abgebrochene Unterredung geführt hatten, arbeitete Schuhmacher noch bis tief in die Nacht für das Wohl des Vaterlandes. Er ging noch ein Mal all' diese mühsamen und erzwungenen Zusammenstellungen und Beziehungen durch, in welche er hungernde Fabrikarbeiter mit einem ernsten, unglücklichen Privatgelehrten, der zwei vornehme junge Leute auf Reisen begleitete, mit einem schwärmenden Dichter, dem seine erste Liebe gelogen hatte und der eben jetzt willen- und ahnungslos eine neue strahlendheiße Flamme in seinem Herzen aufglühen und von ihr sich leiten ließ, so glücklich gebracht hatte. Auf dieselbe geschickte Art hatte nun Schuhmacher auch die ganze schlechte Presse und Tagesliteratur mit der Noth geistig und körperlich verkümmernder Kinder in eine harmonische Einheit gebracht und nun war er damit beschäftigt, in dieses aus so verschiedenen Elementen geordnete Ganze auch die widersetzlichen Eisenbahnarbeiter in passender Weise einzureihen.

Während seine an mühsamen Combinationen und geschickten Erfindungen so schöpferische Seele über diesem Chaos ineinander geworfener Umstände finster brütend lag, stand einer von Denen, in dessen Inneres er so gern einen Spionenblick geworfen hätte, weit von ihm entfernt und sah dem Alpenglühen zu. Und hätte Schuhmacher doch zu dieser Stunde in die klare hohe Seele dieses Edlen blicken können – er würde dadurch beschämt vielleicht die eigne Erbärmlichkeit gefühlt oder doch vielleicht einmal an die argwohnvergiftete Brust geschlagen haben und von sich selbst beschämt worden sein. –

Gustav Thalheim, der Aelteste der drei Brüder, weilte in der Schweiz.

Die Beiden jungen Leute, welche er begleitete, Karl von Waldow und Eduin von Golzenau, hatten sich auf's Liebendste an ihn angeschlossen. Karl war ihm sogleich mit heitrer Freundlichkeit entgegen gekommen. Er war das, was man einen »guten Jungen« zu nennen pflegt. Er schloß sich leicht und schnell an Jedermann an und pflegte allen augenblicklichen Eindrücken zu folgen. Er war leichtsinnig, aber mit dem besten Herzen von der Welt. Sein Gemüth war ungleich hervorstechender, als sein Geist. Immer gefällig, munter, aufgeregt ließ er, wenn er vielleicht auch nicht zu Uebereilungen zu verführen war, sich doch eben so leicht zum Guten leiten – und so war es für ihn ein Glück, bei guten Anlagen aber Mangel an Grundsätzen und jeder Art von Tiefe und Charakterfestigkeit der ernst-freundlichen Leitung eines Menschen wie Thalheim anvertraut worden zu sein, der er sich dann auch mit kindlicher Hingabe überließ.

Anders war es mit Eduin. Er hatte anfangs eine Vorurtheil gegen den aufgedrungenen Mentor, denn er glaubte mit achtzehn Jahren vollkommen mündig zu sein, um seinen Weg durch die Welt allein und selbstständig zurücklegen zu können. – Ein tiefer Ernst, ein hochfliegender und weitstrebender Geist waren die Grundtypen seines über seine Jahre hinaus entwickelten Wesens. Meist verschlossen, in sich gekehrt, ja abstoßend, war er nicht der Mann, der Anfangs auf Jemanden einen angenehmen Eindruck hätte machen können. Dabei war er wortkarg und hölzern, so jedoch, daß man nicht wußte, ob diese Eigenschaften Folgen eines eitlen Dünkels oder knabenhafter Schüchternheit waren. Thalheim war Menschenkenner genug, um bald zu finden, wie ungleich mehr es lohne, nach der Liebe und dem Vertrauen dieses schwerzugänglichen Herzens zu streben, als nach dem Karls, daß sich jedem freundlich Entgegenkommenden sogleich fröhlich öffnete und sonder Rückhalt anschloß. Lange Zeit sah er sich von Eduin nur mit kalter Höflichkeit behandelt. Ein an sich unbedeutender Vorfall hatte aber Alles geändert.

Die drei Reisenden hatten einst einen Ausflug zu Pferd gemacht. Die Dunkelheit hatte sie übereilt, als sie auf dem Rückweg waren, es brach eine Gewitternacht herein mit kaum aufhörendem Blitzen und Wetterleuchten. Davor scheute Karls Pferd, warf den Reiter ab und entfloh. Thalheim war um den Verwundeten beschäftigt. Eduin suchte das Pferd wieder zu fangen und bracht' es triumphirend zurück. Nachher sagte Thalheim: »Mir wär' es das schönste Geschäft, im Stillen Wunden zu verbinden und Balsam aufzulegen – für Sie taugt es besser, in's Weite zu jagen und widerspenstigen Trotz zu besiegen – so will ich die Jugend – einst war ich auch so.«

»Und es wird Zeit, daß ich anders werde?« antwortete Eduin kalt und höhnisch fragend.

»Nein – es wird höchstens Zeit, daß Sie Anderes als ein Roß bezwingen lernen – denn das Wort ist so wahr als alt: Wem Viel gegeben, von dem wird Viel gefordert werden –« versetzte Thalheim.

»Meinen Sie – daß ich lernen soll, mir selbst die Zügel überzuwerfen? – O, der Mühe hat mich ja mein Vater überhoben,« sagte Eduin gereizt, »er hat mir ja die Zügel selbst umgelegt und dann zur Leitung in geübte Hände gegeben.«

Thalheim nahm seine Hand und sah ihn fest an, indem er ruhig sagte: »Sie wollen mich beleidigen – Womit hab' ich das verdient? Wenn ich noch ein Jüngling wäre, würde ich mich in Ihre Arme werfen und sagen: Wir denken gleich in Allem – lass' uns Brüder sein! Vor funfzehn Jahren würd' ich dies gekonnt haben – aber ich weiß es wohl: das Alter muß vergebens betteln gehn um die Liebe der Jugend, weil man in jeder Falte des Angesichtes die Linie eines strengen Richtmaaßes zu sehen wähnt – und doch! – Eduin, wären wir uns früher begegnet – wir hätten uns einander ebenbürtig gefunden – nun trennt uns die Kluft der Jahre und wenn ich über sie hinweg meine Arme nach Ihnen ausbreite, so stehen Sie argwöhnisch mir gegenüber und bleiben fern –« eine große Thräne war in sein Auge getreten – da lag plötzlich Eduin zu seinen Füßen – erst jetzt verstand er die liebesstarke Seele dieses hohen Menschen.

Eduin rief: »Vergeben Sie meinem Stolze – Ihre Freundschaft schien mir ein unerreichbar hohes Gut – ich sagte mir Tausend Mal, daß es Knabenthorheit sei, darum zu werben – und im gleichen Maas, als ich Sie liebte, mogt' ich nicht von Ihnen mich lenken lassen – ich wollte Ihnen gegenüber kein Kind sein, weil ich danach strebte, von Ihnen geliebt zu werden.«

Diese Stunde, als der liebgewordene Zögling endlich dieses stolze Geständniß an Thalheims Herzen ausweinte, war für diesen die schönste, welche er seit langer Zeit empfunden.

Und so hatte von da der stolze, schwärmerische Jüngling sich mit der innigsten Zärtlichkeit an Thalheims Herz gehängt, und oft forderte er in jugendlichem Aufwallen edelster Gefühle das Schicksal heraus, ihm den Augenblick zu schicken, wo er dem geliebten Freund beweisen könne, daß er bereit sei, für ihn zu leben und zu sterben und Alles zu thun und zu dulden und hinzugeben, was das Leben bieten und das Sterben erschweren könne.

Monate waren seitdem schon vergangen. Jetzt weilten die Drei in der Schweiz. Nun eben waren sie an dem Ort angekommen, wo sie die nächsten Briefe zu finden erwarten konnten. Karl und Eduin empfingen Briefe aus den väterlichen Häusern mit herzlichen Grüßen und fröhlichen Nachrichten von allseitigem Wohlergehen. Auch für Thalheim lagen zwei Briefe bereit, der eine von Amalien, der andere von Bernhard, seinem Bruder. Er wunderte sich, daß ihm dieser geschrieben, denn der Briefwechsel zwischen diesen beiden Brüdern war immer unbedeutend gewesen und hatte sich nur auf einfache Notizen beschränkt, damit sie nur nicht ganz außer Verbindung kämen – aber hierher hatte er ihm ja nicht einmal seine Adresse gegeben. Weil ihm dies Schreiben so befremdlich vorkam, so öffnete er dies zuerst und warf einen hastigen Blick hinein – und wieder und wieder – und sah schärfer hin, denn vor seinen Augen flimmerte es und die Buchstaben schwankten alle unruhig auf dem Papier vor ihm hin und her – sie schienen alle zu zerfallenden, morschen, schwarzen Kreuzen zu werden, die auf einem Kirchhof schief untereinander stehen und im Mondlicht am Charfreitag, wo alle Gräber sich erschrocken aufspalten, darauf ruhelos hin und wieder wanken, sich neigen und beugen – und doch immer schwarze Kreuze bleiben, Kreuze auf einem Kirchhof – so sagten auch ihm die Buchstaben immer dasselbe, obwohl er es ihnen nicht zugeben, durchaus nicht glauben wollte – sie stellten sich doch immer wieder so vor ihm zusammen, daß er lesen mußte:

»Dein Kind ist todt – Dein einziges Kind Deine Anna!«

Er saß da in sich zusammengesunken – er wagte kaum zu athmen, am Wenigsten zu denken. Mechanisch griff er nach dem andern Brief, der von seiner Gattin kam. Das Datum, welches er trug, war ein um vier Wochen späteres. Bernhards Brief hatte wahrscheinlich schon länger als jener hier gelegen.

Er las. Nochmals fand er das Gräßliche bestätigt.

Amalie schrieb ihm:

»Unser Kind ist todt. Ich hatte lange nicht die Kraft, Dir das Entsetzliche zu schreiben – nun Du es bereits durch Bernhardt weißt, finde ich den Muth eher.«

Sie schilderte ihm herzzerreißend ihren Jammer um den Verlust ihres einzigen Kleinodes – herzzerreißend die Leiden der letzten Stunden des so frühe Engel gewordenen Kindes – dann fuhr sie fort:

»So ist auch das letzte Band gelöst, das uns noch zusammenhielt, und so ist auch dies der letzte Brief, welchen Du von mir erhältst. Betrachte mich auch als eine Gestorbene, als sei ich mit unserm Kinde zugleich begraben worden. Wollte Gott, es wäre so! Für Dich wenigstens soll es so sein. Binnen Kurzem verlasse ich meinen jetzigen Wohnort und werde Gesellschafterin bei einer vornehmen und hochgeachteten Dame – frage nicht das Weitere, spähe nicht danach, wohin wir gehen, Du sollst es nicht erfahren – auch nicht durch Deine Brüder, denn deshalb habe ich es auch ihnen verschwiegen. So lange ich noch die Mutter Deines Kindes war, so lange ertrug ich es, von Deiner Güte, welche ich so oft gemißbraucht, auch den Unterhalt für mich zugleich mit dem anzunehmen, was Du mir zur Erziehung unseres Mädchens sandtest. Nun hab' ich keinen Zweck mehr im Leben, für Dich bin ich gar Nichts mehr – und da es denn einmal gelebt sein muß, so ist es nun meine Schuldigkeit, mir nun die Mittel zur Existenz selbst zu verschaffen. Ich habe dazu das passendste Mittel ergriffen, indem ich Gesellschafterin werde.«

»Ich danke Dir nochmals für alle die Güte und Langmuth, mit welcher Du mich in den Jahren unserer unglücklichen und qualvollen Ehe behandelt hast. Ich habe sie nicht verdient, wie ich ja überhaupt Dich selbst und Deinen Besitz niemals verdiente und verdienen konnte. Du warst ein höheres Wesen neben mir – Du hättest mich niemals lieben sollen – so tief habe ich unter Dir gestanden, das habe ich wohl gefühlt – und eben weil Du so hoch über mir warst, konnt' ich Dich nicht lieben – Deine Größe drückte mich nieder – und um selbst weniger diesem beschämenden, lastenden Gefühl zu erliegen, strebte ich Dich zu verkleinern.«

»Auch Du wirst es mir niemals vergeben können, daß ich die Kette ward, welche Dich in niedere Verhältnisse bannte, statt daß Du mich erheben wolltest. Wir haben uns gegenseitig das Leben erschwert, ohne daß wir es gewollt haben – es ist gut, daß wir getrennt sind – so wirst Du mich vergessen und Alles, was ich Dir sein sollte und nicht sein konnte und von mir ist der Druck genommen, als eine Heuchlerin durch's Leben gehen zu müssen.«

»Ich bin allein und grenzenlos elend – aber eben weil ich allein bin, so trage ich's leichter – so kann ich eher Ruhe finden. Deine Liebe und Größe wird mir nicht mehr zur Qual, und der Gedanke an Jaromir hat für mich keinen Stachel der Liebe mehr – denn wenn ich jetzt noch an ihn denke, so geschieht es nur mit Haß und Verachtung. – Mein Kind ist todt – ich fange nun an, auch darüber ruhiger zu denken, denn es tröstet mich, daß es ein Mädchen war, und daß ein Mädchen zu keiner andern Bestimmung geboren wird, als zu der: unglücklich zu sein.«

»Lebe wohl und für immer – vergieb mir, daß ich Dir viele Jahre Deines Lebens hindurch Glück und Frieden gestohlen habe – ich kann Dir diesen Raub nicht vergüten – aber ich will ihn wenigstens nicht noch vergrößern.«

»Noch Eines: Du bist durch die Ehe zu unglücklich geworden, als daß ich glauben sollte, es triebe Dich zu einer zweiten Verbindung, Sollte es aber einst so sein, und ich schleppte mich immer noch unglücklich durch's Leben, so wird wohl auch unsere gerichtliche Scheidung kein Hinderniß finden – wäre es dennoch, so will ich kein Mittel scheuen und jedes Opfer bringen, das im Stande ist, sie zu bewerkstelligen – und müßt' ich mich selbst – ehrlos nennen. Nur in diesem Falle suche meinen Aufenthalt zu erfahren – außerdem, dies Versprechen nehm ich Dir ab: frage niemals nach mir.«

Noch ein Mal brachen alle Wunden seines Herzens auf – zwar hatte er nie mehr an eine Widervereinigung mit Amalien gedacht, zwar hatte er gestrebt, die Liebe zu ihr aus seinem Herzen zu reißen, seitdem er wußte, daß sie sein innigstes Gefühl niemals wahrhaft erwidert hatte – aber noch oft war sein lang und treugehegtes Gefühl stärker gewesen, als sein männlich stolzer Wille, und oft noch hatte er jenes als Sieger gefunden. So begann jetzt in ihm ein neuer Sturm – ihm war zu Muthe wie einem Schiffbrüchigen, der das Schiff, auf dem er bisher heimisch durch die wechselnd trübe und klare Fluth des Lebens gesteuert, unter sich zerkrachen sieht und Weib und Kind und all' seine Habe von den wilden Wogen verschlungen und da und dorthin getrieben. – Alles ist untergegangen, begraben, hinweggespült – und nur obenauf schwimmt die schöne blasse Leiche eines Kindes – die gebrochenen Augen, die starren weißen Händchen nach der Stelle zu gerichtet, wo in weiter Ferne der einsame Vater verlassen und verzweifelnd steht.

Bei diesem letzten Bilde weilte er am Längsten und immer wieder.

Eduin und Karl traten zu ihm und wollten ihre fröhlichen Nachrichten vom Hause für die seinen austauschen – aber als sie den Verehrten so erschüttert und wie in Verzweiflung zusammengesunken vor sich erblickten, wie sie ihn noch niemals gesehen, da traten sie ehrfurchtsvoll von ihm zurück.

Er hatte ihr Eintreten bemerkt und stand auf.

Er ergriff Beider Hände und sagte ruhig, indem eine helle Thräne aus seinen Augen fiel: »Sie können den großen Kummer, den ich heute erfahren, kaum ahnend begreifen; ich hatte ein einziges Kind – ich habe Ihnen zuweilen von meinem kleinen Mädchen gesprochen – – es ist todt.« –

Die Beiden waren zu bestürzt, als daß sie vermogt hätten, Etwas zu erwidern, sie drückten ihm nur innig die Hand und sahen zu Boden. Karl weinte, Eduin warf sich heftig an die Brust des Trauernden.

»Ich bin Ihres Mitgefühls gewiß,« sagte Thalheim nach langer Pause, »aber lassen Sie mich jetzt allein mit meinem Schmerz in die Berge gehen, ergehen Sie Sich jetzt zusammen mit heitern Genossen – ich werde ruhiger werden wenn ich in der Einsamkeit mit meinem Schmerze trauliche Zwiesprache halten kann.«

»Alles, was Sie wollen!« sagten Beide.

Und so ging Thalheim allein hinaus.

Und so stand er jetzt einsam auf einer Höhe und sah dem Alpenglühen zu, als sei seine Seele ruhig und ganz verloren in den Anblick eines großartigen Schauspiels.

In den Thälern war es schon Nacht – aber die Höhen glänzten noch leuchtend in Gold und Purpur und Himmelblau.

Wie hohe Könige, so ragten die ewigen Alpen empor; wie auf festen Thronen von weißem Marmor, Stahl und Silber – so glänzten die Gletscher; – auf Teppichen von grünem Sammet mit bunter Blumenkante gestickt – so waren die Matten und Felder – wie auf solchen Thronen saßen die großen Könige, die weiten Mäntel von schneeigem Hermelin umhangen, die das Abendroth zugleich zu schönen Purpuren färbte, goldne Strahlenkronen auf den ernsten Häuptern, von denen die silbernen Locken und Bärte ehrfurchtgebietend niederflossen. Und darüber hinweg die blaue Luft als herab sich senkenden Thronhimmel mit goldner Sternenschrift. – Aber mit einem Mal, gleichsam wie aus der Tiefe aufgestiegen, krochen schwarze Wolken schattend und unheimlich zu den Füßen dieser Throne heran, lagerten trotzig vor ihren Füßen sich nieder; wuchsen endlich immer höher auf, übereinander sich zu dicken Knäueln ballend und verdichtend; wuchsen endlich herum um die Purpurmäntel mit den Kragen von Hermelin und verhüllten sie ganz wie mit grauen häßlichen Decken, und so immer höher, immer weiter, bis nur noch die goldenen Königskronen wie mit unvernichtbarer und unerreichbarer strahlender Herrlichkeit in stolzer Ruhe über sie hinwegglänzten.

Aber da begann ein Murmeln, Grollen und Rollen in den finstern Wolken – dann wurde es lauter, wilder, heftiger, endlich riß eine gelbe Blitzesschlange nach allen Seiten hinzüngelnd die dichteste Wolkenschicht auseinander, und furchtbar krachend wetterte zugleich ein dröhnender

Donnerschlag wie erderschütternd vom Himmel nieder. Mit Eins brach die Blitzschlange von ihrem geheimnißvollen Lager auf und hervor – mit Eins fand der Donner seine furchtbar dröhnenden Posaunentöne, mit denen er aus der Höhe hernieder rief wie der Engel des Weltgerichts – und mit Eins sanken plötzlich die goldnen Kronen von den blassen Stirnen und silberweißen Locken der Könige. Nun begann ein tobender Kampf der Elemente, es war, als hätten alle die Waffen ergriffen, eines wider das andere, und schleuderten jetzt ihre unheilbringenden, lärmenden Geschosse.

Und Mitten in diesem Aufruhr stand Thalheim und bot seine Locken dem Sturm.

Ein Gewitter in der Alpenwelt! Da mogte wohl dem, der es noch nimmer erlebt, zu Muth sein, als gehe die Welt aus ihren Fugen!

Aber nicht geringer war der Aufruhr in der Brust dieses schmerzerschütterten Menschen, der jetzt Mitten in diesem Toben stand. Er faßte zuweilen krampfhaft mit der Hand nach der Stelle seiner Brust, hinter welcher sein zuckendes Herz schlug, um zu fühlen, wie viel Schläge es wohl noch thun und zugleich aushalten könne, ehe es ganz breche und vielleicht still stehe.

Er hatte nicht darauf geachtet, wie in diesem Augenblick eine elegante Dame am Arm eines vornehm aussehenden Herrn an ihm vorübereilte.

In der nächsten Hütte suchten die Beiden Obdach vor dem Regen, der jetzt prasselnd und strömend niederfiel.

Thalheim stand noch in dem Wetter und achtete es nicht. Ein zweiter Donnerschlag rollte jetzt hinter dem ersten her, vergrub sich immer tiefer zwischen die Berge, in die Thäler, weckte immer neuen Widerhall aus allen stummen Felsen und rauschenden Wäldern – es war, als würden viel Hundert Kanonenschlünde auf ein Mal thätig und ließen dröhnende Laute hören, welche nimmer wieder enden und sich zur Ruhe finden wollten.

Da auf einmal faßte Eduin Thalheims Arm und bat: »Ach kommen Sie herab in die Hütte, hier kann Sie der Blitz erschlagen – oder wenn das nicht, so durchnäßt der strömende Regen Ihre Kleider und Sie können sich erkälten.«

Thalheim sah erst erschrocken, dann aber freundlich auf den besorgten Jüngling, der, als das Wetter losbrach, die Angst ihn zu suchen getrieben durch Sturm und Regen – sie schritten miteinander den Berg herab.

Da stieß Eduins Fuß auf einen kleinen glänzenden Gegenstand, nach dem er sich bückte und ihn aufhob. Auf der schnellen Flucht vor dem Wetter betrachtete er ihn nicht näher und steckte ihn zu sich.

Auch diese Beiden suchten jetzt in der Hütte Schutz, in welche vor ihnen die Dame und der Herr getreten waren. Diese Beiden saßen im Hintergrund auf einer alten Bank, und die durch den herabsinkenden Abend und das aufsteigende Gewitter zugleich entstandene Dämmerung ließ ihre Gesichtszüge nicht weiter unterscheiden. Eine muntere Bäuerin, die Bewohnerin der Hütte, stand am Eingang derselben und rief Thalheim und Eduin gleich freundlich entgegen, doch bei ihr einzutreten, bis das Wetter vorüber sei. Die Beiden blieben an der Thüre stehen und sahen von innen dem Toben draußen zu.

Eduin zog jetzt den kleinen Gegenstand heraus, welchen er vorher gefunden hatte. Es war ein großes, goldenes Medaillon, am Rand mit Perlen besetzt. Ein leichter Druck öffnete es. Es zeigte auf Elfenbein gemalt das Bild eines schönen blassen, jungen Mannes. Immer spähender, verwunderter betrachtete Eduin das Bild und rief endlich aus: »Das ist mein Vetter Jaromir, nicht nur die Aehnlichkeit täuscht mich – er ist's gewiß und wahrhaftig, da steht unten in das goldene Blättchen eingegraben sein Name.«

Thalheim starrte auf das Bild. »Er ist's!« sagte er langsam, ward noch bleicher als vorher und verstummte sogleich wieder, denn dieser Name ließ ihn auf's Neue in ein tiefes Meer schmerzlich grollender Gedanken versinken.

»Was? Sie kennen ihn auch,« rief Eduin überrascht, »und haben mir nie davon gesprochen, wenn ich Ihnen von ihm erzählte, wie er mir schon von Kind auf ein Vorbild war? Mit tiefster Innigkeit hab' ich ihn immer geliebt und seine schöne Mutter, die, als sie mit ihm in das Haus des Vaters kam, mich zu ihrem Liebling machte und mich immer auf dem Schoos wiegte, ist meine früheste und liebste Erinnerung! Wie er dann eine Zeit lang unser Schloß mied und erst wiederkam, nachdem er reich und berühmt geworden, da sagt' ich mir wohl oft: so will ich auch handeln und werden wie er! – Und er hatte mich auch recht lieb und war oft vergnügt mit mir und schickte mir immer gleich jedes seiner Lieder. Nun habe ich ihn seit ein paar Jahren nicht gesehen und plötzlich muß ich hier in den Schweizer Bergen sein Bild finden. Sollte er gar selbst hier sein? Aber nein! Das eigne Bild führt man ja nicht mit sich!«

In diesem Augenblick trat die Dame, die bisher im Hintergrund gesessen, schnell vor auf Eduin zu und sagte: »Nun ich hier so unerwartet diese begeisterte Lobrede auf meinen Freund gehört, darf ich mich wohl als Eigenthümerin dieses Bildes bekennen und dem glücklichen Zufall danken, der mir zu der Wiedererlangung des verlornen Kleinodes verhilft und noch dazu durch einen Verwandten des Grafen – wenn ich recht gehört?«

Thalheim erkannte die Dame und zog sich von ihr zurück, indem er unwillkürlich leise für sich sagte: »Bella!«

Eduin aber stand wie bezaubert vor dem schönen Weibe, glühende Röthe schoß auf seine Stirn, er zitterte unwillkürlich und hielt, keines Wortes mächtig, das Bild hin. Die Schauspielerin Bella reiste von Paris durch die Schweiz zurück nach Deutschland. Jaromir's Bild begleitete sie immer, sie trug es meist an ihrem Halse, denn wie leichtsinnig sie auch zärtliche Verhältnisse knüpfen und lösen mogte – ihn zählte sie nicht mit in die Categorie ihrer gewöhnlichen Liebhaber, für ihn bewahrte sie in ihrem Herzen einen besondern Platz. Sie betrachtete ihn mit andern Augen, als die Männer, welche sie so lange zu ihren Sklaven machte, bis sie ihrer überdrüssig war; sie ehrte ihn als ihren Freund, und ihr Gefühl für ihn war ein bleibendes, unveränderliches, aber einfaches Immergrün, während sie wohl für Andere stärkere Gefühle hegte, die aber eben so schnell wieder abblühten, als sie sich vorher entfaltet hatten und aufgewuchert waren. So konnte sie jetzt neben Einem ihrer Anbeter, der ihr von Frankreich gefolgt war, die lebhafteste Freude empfinden, das verlorne Bild des Deutschen Freundes wieder zu erlangen; so konnte es sie überraschend beglücken, hier plötzlich sein Lob von jugendlich begeisterten Lippen zu hören.

Sie nahm jetzt das Bild aus der zitternden Hand des jungen Mannes und sagte: »So habe also ich das Vergnügen, Deutsche Landsleute hier zu finden und diesen dankbar verpflichtet zu werden? Darf ich vielleicht um den Namen des Freundes des Grafen Szariny bitten – dem ich so viel verdanke?«

»Eduin von Golzenau!« sagte dieser schüchtern und stand da wie trunken, verloren in Bella's Anblick.

Draußen aber fuhr ein Wagen vor – es war der Bella's, der Franzose ergriff ihren Arm, um sie an diesen zu führen. Sie zog eine Karte aus einer Brieftasche, gab sie Eduin und sagte: »Ich darf jetzt nicht länger säumen, sonst verfehl ich die Eilpost, mit welcher ich weiter reisen muß. Vielleicht wird mir ein ander Mal Gelegenheit, Ihnen besser danken zu können.«

Sie stieg in den Wagen und fuhr davon.

Eduin war stumm geblieben – jetzt warf er sich ungestüm an Thalheims Brust und weinte laut.

IX. Gesellschaft auf Schloß Hohenthal

»O heilge Stunde, wo in Gottes Strahl
Zwei Menschenherzen ineinander schauen.«

Betty Paoli.

Bei dem letzten Besuch des Kammerjunkers von Aarens auf Schloß Hohenthal hatte ihn die Gräfin, da er auch ihren Mann so wenig als Elisabeth getroffen, für den andern Tag zum Mittag geladen.

Wie an jenem Tag Elisabeth zurückgekommen, hatte ihre Mutter ihr noch ein Mal die ernstlichsten Vorstellungen gemacht, wie unpassend ihr Umgang mit dem Mädchen eines Mannes sei, welcher ein Feind ihres Hauses wäre, weil sie diesen Umgang selbst verwerfe, indem seine Tochter nicht mehr das Schloß besuchen dürfe, mit einem Mädchen, dem die ganze Umgegend gemeine und unpassende Handlungsweisen vorwerfe und es dadurch in den übelsten Ruf bringe.

Weiter hatte Elisabeth die Mutter nicht sprechen lassen, sie hatte Aufschluß und Rechenschaft verlangt, wer sie über Pauline so ganz umgestimmt, und endlich – da wenigstens früher die letzten Ansichten die Gräfin nicht hatte äußern können, da sie gewußt, daß Aarens dagewesen – diesen errathen. Dadurch wuchs ihr vorgefaßter Widerwille gegen ihn bis zum heftigen Unwillen.

Sie betheuerte ihrer Mutter, daß sie Paulinen nur um so mehr liebe, als fade Gecken sie zu verkleinern strebten. Zuletzt fügte sie bei, daß sie Graf Szariny in der Fabrik getroffen.

Als Aarens kam, so war Elisabeth ihm gegenüber stumm, streng und ernst.

Eine seiner ersten Bemerkungen war natürlich die, daß er unendlich bedauerte, sie gestern nicht getroffen zu haben, daß aber sein widriges Schicksal ihn doch wieder in Etwas dadurch habe aussöhnen wollen, daß er sie noch am Abend wenigstens gesehen – mit dem Grafen Szariny und einem kleinen, unbekannten Mädchen.

»Mit meiner liebsten Freundin, Pauline Felchner, welche ich besuchte – wie Ihnen wohl meine Mutter gesagt hat –« erwiderte Elisabeth mit stolzem Tone.

»Und wohin Sie Graf Szariny begleitete?«

»Von wo er mich zurückbegleitete, da er dort einen Besuch gemacht hatte und ich den Weg zu Fuß zurücklegte.« Aarens wußte auf diese Strenge und Unbefangenheit ihr lange Nichts zu erwidern, bis er sich von der Verwunderung über die letztere ein Wenig erholt, und dazu bedurfte es bei ihm einiger Zeit. Er knüpfte also ein unbedeutendes Gespräch mit der Gräfin an, das nachher allgemein ward. Während dem überzeugte er sich, daß er durch einen beleidigenden und spöttelnden Ton gegen Elisabeth Nichts ausrichte, und er suchte daher so liebenswürdig, sanft und zärtlich als möglich zu erscheinen. Sie blieb ihm gegenüber unverändert.

Das Diner war vorüber, die späteren Nachmittagstunden rückten heran. Elisabeth hatte es zu arrangiren gewußt, daß man den Kaffee in einem hochgelegenen Pavillon des Gartens einnahm, von dem aus man einen Theil der nach dem Schlosse führenden Straße übersehen konnte. Zuweilen warf sie dorthin einen spähenden Blick – und jetzt schlug ihr Herz höher und sie bemühte sich ein fröhlich aufsteigendes Roth der Wangen zu unterdrücken – denn sie sah aufwirbelnden Staub – bei einem zweiten Blick zwei Reiter, und bei einem dritten erkannte sie Jaromir auf seinem Rappen – sie zerpflückte ein paar Grashalme und hatte Aarens Frage überhört: ob sie die Morgenoder Abendpromenade schöner und genußreicher finde?

Er mußte ihr die Frage noch ein Mal wiederholen und dann sagte sie sinnend: »Die Morgen sind schön, denn da kommt man jugendfrisch aus den Armen des Schlafs und der Träume, die ganze Schöpfung ist wie neu geboren und wir sind es selbst mit ihr – man weiß noch Nichts von Zwang, man lebt noch halb im Traume fort und schämt sich nicht, wahr und unverstellt zu sein.« Sie dachte, als sie dies sagte, an den Morgen ihres letzten Abschiedes von Gustav Thalheim und ihrer ersten Rede mit Jaromir – aber sie dachte zugleich an den gestrigen Abend, als sie weiter hinzusetzte: »Aber die Abende sind auch schön – nur in ganz andrer Weise; da zieht ein wonniges Träumen durch die ganze Natur, und die Natur theilt es der Menschenseele mit, und da drinnen haust es sich ein in dem klopfenden Herzen, in dem dann zugleich wie im Freien alle Nachtigallen laut zu schlagen anfangen und alle Nektargefäße verhüllender Blüthen sich öffnen.«

Ihre Gedanken weilten bei Jaromir, den sie so eben gesehen, es war ihr, als wenn sie schon mit ihm spräche, und jetzt hielt sie plötzlich inne, als sie sich besann, daß Aarens es war, der ihr gegenüber stand und zu dem sie in solcher Weise geredet.

Aarens, obwohl er sich über diese Sprache verwunderte, fand doch, daß er Elisabeth nie schöner und hinreißender gesehen, als in diesem Augenblick – und er war eitel genug, sich diese plötzliche Gehobenheit ihres ganzen Wesens zu seinem Gunsten auszulegen.

Elisabeth entfernte sich auf einige Augenblicke bis zur nächstgelegenen Laube, sie war seltsam bewegt – ihr war, als müsse sie einen freien, unbeobachteten Blick zum Himmel emporschicken, weil sie jetzt sich im Innersten so wunderbar selig durchschüttert fühlte, weil ihr war, als strahle der blaue Himmel gerade in ihr Herz und wohne in diesem.

Auch dies augenblickliche Entfernen und die ruhige Freudigkeit, welche, als sie zurückkam, auf ihrem Gesicht thronte, legte Aarens zu seinen Gunsten aus, und er wollte eben wieder ein empfindsames Gespräch mit ihr beginnen, als ein voraneilender Diener: Graf Szariny und Herr von Waldow meldete, welche ihm langsam folgten. Aarens hatte große Lust, mit dem Fuße zu stampfen, da er dies aber als Mensch von gutem Ton unmöglich konnte, biß er sich die Lippe beinah blutig und wünschte nur stumm, aber von Grund der Seele aus, die lästigen Ankömmlinge in's Pfefferland, in die Hölle, oder zu allen Teufeln; nur so weit als möglich weg. Diese christlichen Wünsche halfen ihm aber leider nur sehr Wenig, denn statt sich zu entfernen kamen, die Beiden immer näher und ein innigerer, zwei Menschen beglückenderer Blick ward noch nie gewechselt, als der erste, mit welchem sich Jaromir und Elisabeth begrüßten. Zum Glück war Aarens noch zu sehr verblendet von der ersten Wuth über die Ankunft der neuen Gäste, als daß er hätte diesen Blick bemerken sollen.

Aber wenn auch dieser erste Blick ihm entging, so sah er doch bald, daß zwischen diesen Beiden ein geheimes, süßes Einverständniß walten müsse, das ihm unerträglich war. Er sann nach, wie er dies stören könne, und war während des ersten Gesprächs ziemlich schweigsam.

Nachher sagte er leicht und halblaut zu Jaromir, aber doch laut genug, daß es wie zufällig Elisabeth hören konnte. »Nicht wahr, ein niedliches Kind die kleine Felchner? Ich sah Sie gestern mit ihr. – Sie stehen bei ihr in großer Gunst, wie ich höre?«

Jaromir sagte unbefangen aber ernst: »Sollten Sie das Fräulein auch kennen?«

»Nun, Sie brauchen nicht gleich eifersüchtig zu sein,« sagte in demselben leisen Tone wie vorher, doch zugleich ironisch lachend, Aarens. »Ich kenne Sie nur von Ansehen und habe ihr noch keinen Besuch gemacht – aber man bemerkt unser Flüstern –« und rasch gegen die Gesellschaft gewendet, fuhr er laut fort: »Ich erging mich eben im Lobe von des Grafen Kunstgeschmack, der sich in allen Dingen, welche er auswählt und anordnet, bewährt – auch in der Wahl seines Pferdes und Reitzeuges.«

Da ein Gespräch von Pferden beginnen konnte, war Waldow ganz in seiner Sphäre; er richtete deshalb sogleich mehrere Fragen an Jaromir, welche dessen Pferde betrafen, so daß dieser ihm antworten mußte, während er gern Aarens, dessen Reden und Benehmen ihm befremden mußte, etwas Zurechtweisendes hätte erwidern mögen. Der Graf Hohenthal selbst nahm an dem Pferdegespräch lebhaften Antheil, ließ es nicht sogleich wieder sinken, und so kam es, daß dies Mal Aarens ungestraft davon kam. Von den Pferden kam das Gespräch auf Thierquälerei, der alte Graf legte in diesem Punkt das größte Zartgefühl und den jugendlichsten Enthusiasmus für alle diesen Punkt betreffende Vereine an den Tag – und um nur die Unterhaltung endlich von dem lieben Vieh hinwegzubringen, ging Jaromir von der Thierquälerei zur Menschenquälerei über.

»Es ist wahr, den Thieren wird oft eher geholfen, als den Menschen – so will's die moderne Barmherzigkeit.«

»Natürlich, weil die Menschen sich selbst helfen können –« sagte Aarens.

»Das sagen Sie – nicht ich,« versetzte Jaromir – »Was meinen Sie dazu, wenn nun die untern Classen beschließen, sich selbst zu helfen, und wir haben dann z.B. einen Aufstand der Eisenbahnarbeiter wie der jetzige?«

»Also wäre es wirklich gegründet?« sagte der Graf Hohenthal. »Ich glaubte den Nachrichten meiner Leute nicht.«

Die Gräfin ward todtenblaß und sagte: »Mein Gott, was wollen denn diese Menschen? Ach, es ist eine entsetzliche Zeit, in welcher wir leben müssen!«

»Gewiß,« fügte Aarens bei, »eine widerwärtige Zeit, wo nicht einmal mehr der gemeinste Pöbel in seinen Schranken bleiben will. – Doch wozu hat man Soldaten? Es ist Frieden, und da einmal das Militair da keine Beschäftigung hat, so benutze man es hier und mache es zu seiner Hauptaufgabe, diese Volkshefe, wenn es nicht anders möglich, durch die Gewalt der Waffen im Zaum zu halten.«

»Das wäre ja fürchterlich – Brüder gegen Brüder – das könnte doch kaum der äußerste Punkt der Nothwehr entschuldigen. – Sie denken wie ich, Graf Szariny?« fragte Elisabeth.

»Ich denke wie Sie, aber ich weiß, daß Ansichten, wie die des Herrn von Aarens, in den höchsten Kreisen sehr viel Vertreter finden – ich befürchte Schlimmes –« sagte der Gefragte.

Elisabeth fühlte sich plötzlich von einer schrecklichen Angst erfaßt. »Das sind Dinge, von denen ich früher keinen Begriff hatte. Ich sah die untern Classen immer nur von fern, wie sie friedlich ihre Arbeit verrichteten, vom Morgen bis zum Abend, und dabei zufrieden aussahen. Diese Leute, sagte ich mir, wissen es nicht anders, ihr mühvolles Tagewerk ist ihnen wohl gar eine freundliche Gewohnheit; die Leiden, welche sie äußerlich treffen, sind ihnen vielleicht nicht härter, als diejenigen, welche die Wohlhabenden und Reichen geistig empfinden und in ihrem Herzen durchzukämpfen haben.«

»Und so ist es auch,« unterbrach sie ihre Mutter, »diesen Leuten ist nicht Entbehrung, was uns so scheint – sie sind in vielen Dingen glücklicher, der Hunger würzt ihr Mahl, von der Arbeit ermüdet schlafen sie auf hartem Lager besser, als wir auf weichen Polstern, der Feierabend giebt ihnen genußreiche Stunden, die gewiß so wohlthuend sind, daß wir uns gar keinen Begriff davon machen können.«

»Gewiß,« nahm Aarens das Wort, »es ist Nichts als wahre Sittenverderbniß, was den Pöbel unzufrieden machen kann; Faulheit, Trunksucht und Ausschweifungen aller Art sind die Ursachen des Elendes, welches sich öffentlich zur Schau stellt, um unsere Augen auf sich zu ziehen, unser Mitleid zu erregen, damit wir ihm die Mittel geben, ein sittenloses Leben fortzusetzen.«

Elisabeth nahm hastig wieder das Wort, das man ihr vorher abgeschnitten hatte, und sagte: »Ach nein, nein! Jetzt weiß ich es anders! Wir brauchen hier nicht weit umzuspähen, um die Noth der untersten Classen in ihrer ärgsten Gestalt zu erblicken – und seitdem ich sie gesehen, seitdem hab' ich mich oft Hundert Mal gefragt, was es denn eigentlich sei, das diese Unglücklichen noch dazu vermöge, freiwillig die härtesten Arbeiten zu verrichten, da sie für ihren geringen Tagelohn sich doch nie eine glückliche Stunde kaufen können. Das Gewissen? Die Moral? – Kann das Menschen zurückhalten, deren Sitten man so verdorben schildert und die man wirklich entsittlicht hat? Und wenn sie tagtäglich gegen sich unrechte Bedrückungen erfahren, könnten sie dann nicht einmal sagen: Wenn Jene gegen uns unredlich sind, warum wollen wir es nicht wieder gegen sie sein? – Und seitdem ich mir dies gesagt habe, seitdem überfällt mich oft ein entsetzliches Grauen – denn wenn sich der Pöbel entfesselt und aufsteht, welche Schrecknisse werden dann über uns Alle hereinbrechen? – Und Sie sagten: es sei wirklich geschehen?«

Jaromir antwortete, indem seine Augen bewundernd in Liebe und Stolz an Elisabeth hingen: »Noch ist weiter Nichts geschehen, als daß ein paar Hundert Eisenbahnarbeiter einen erhöhten Lohn fordern und unterdessen Nichts gethan haben, als ihre Arbeiten friedlich eingestellt – das ist ja noch keine Empörung. Vielleicht ist es ein wohlthätiges Warnungszeichen für alle die, welche die Macht hier zu helfen oder zu bedrücken in den Händen haben, daß es besser sei, den armen arbeitenden Klassen freiwillig Concessionen zu machen, ehe sie einmal in wilder Raserei den Versuch machen sollten, die Ordnung der Dinge umzukehren und sich reich und die Reichen arm zu machen. Für's große Ganze ist so vielleicht, wenn auch gerade nur indirect, dieser gefährlich aussehende Schritt der Eisenbahnarbeiter von guten Folgen.«

»Ich vernehme hier seltsame Ansichten,« sagte der Graf Hohenthal; »kaum weiß ich, ob ich recht höre und sie für Scherz oder Ernst nehmen soll – aus dem Mund meiner Tochter wenigstens klingen sie mir befremdend. – Und auch Sie, Graf, können Sie wirklich glauben, daß die Eisenbahnunternehmer sich von ihren Arbeitern werden Vorschriften machen lassen? Ist es denn nicht schon entsetzlich genug, daß jetzt jeder Bürger sich anmaßen mögte, auch mit regieren zu können, und daß ein verblendetes Zeitalter ihm dies wirklich als ein Recht einräumt – sollen wir es auch noch erleben, daß der unterste Pöbel nun dem Bürger nachdrängt und auch auf seine Weise im Lande Vorschriften machen mögte?«

Jaromir zuckte die Achseln, er kannte den starren Aristokratismus des Grafen, mit dem dieser noch festwurzelte in einer Weltanschauung früherer Zeiten, aus welcher es unmöglich war, ihn in eine neue zu versetzen. Der Stamm war in jener Zone allein ernährt zu fest und altersgrau geworden, um jetzt noch der Versetzung fähig zu sein, darum und aus Rücksicht gegen den Hausherrn und gegen Elisabeths Vater sagte er, um ihn nicht zu beleidigen, nur leicht: »Freilich, hätte man gedacht, daß es so kommen werde, so würde man dem Bürger auch noch länger verweigert haben, was man ihm zugestand, halb freilich gezwungen und von den Verhältnissen gedrängt, aber doch auch halb freiwillig.«

Elisabeth, die auf Jaromirs Antwort ängstlich gespannt gewesen war, weil sie zwischen ihm und dem Vater einen Zusammenstoß fürchtete und Nichts lieber vermied, vernahm diese ruhige Antwort, welche sogar eine doppelte Deutung zuließ, mit Freude, und um nun das Gespräch von diesem Gegenstand hinwegzulenken, machte sie darauf aufmerksam, daß auf dem Platz, welchen man bis jetzt eingenommen hatte, die Sonne so vorgerückt sei, um sie bald Alle zu bescheinen, und daß man ihn deßhalb wohl mit einem andern vertauschen könne.

Der Vorschlag fand Beifall und beendete glücklich ein Gespräch, in welchem so verschiedene Ansichten aufgekommen waren.

Man hatte sich kaum an den andern Platz begeben, als zum Beweiß, wie man die Gastfreiheit auf Schloß Hohenthal zu schätzen wußte, Rittmeister von Waldow und Geheimrath von Bordenbrücken mit ihren Frauen anlangten.

Der Vorgang bei dem Eisenbahnbau war und blieb aber einmal die große Neuigkeit des Tages und ward jetzt abermals Stoff der Unterhaltung.

Der Geheimrath that äußerst geheimnißvoll, versicherte aber, daß er genau wisse, daß sofort Militair requirirt worden sei, und daß dies gewiß wieder zur Ordnung verhelfen werde. Daß einige Ausländer, welche auch bereits verhaftet wären, die inländischen Arbeiter aufgehetzt, die hoffentlich selbst einsehen würden, wie sehr sie im Unrechte wären. Im Ganzen sei die Sache höchst unbedeutend, kaum der Rede werth,« man habe nur unnützen Lärm gemacht, die Leute wären dort gar nicht unzufrieden, wie er selbst von den Besserdenkenden gehört. – Alles sei auch mit daher entstanden, daß man in den Zeitungen lauter Lügen verbreite, wie man in Frankreich und England höhern Lohn erzwinge, daß die Deutschen Arbeiter es auch so haben könnten, daß sie selbst schuld wären, wenn man sie schlecht bezahle – so sei die freche Tagespresse mit ihrem Geschrei an Allem Schuld u.s.w.

Der Geheimrath spielte das Berichtigungsbüreau in eigner Person ganz *comme il faut*, auch, daß er sich in einem Athem viel Mal widersprach, paßte vollkommen zu dieser Rolle.

Die so vergrößerte Gesellschaft blieb auf der Gräfin Aufforderung bis zum Abend im Schloß vereinigt.

Der Abend dämmerte für die Jahreszeit früh, trübe und kühl herein, und man beschloß, sich zum Souper in das Schloß selbst zu begeben. Durch den Park hatte man bis dahin ein ziemliches Stück Wegs zurückzulegen.

Elisabeth neben Jaromir war ein Wenig zurückgeblieben von den Andern. Sie lenkte jetzt in eine Seitenpromenade ein, welche von den Uebrigen nicht betreten wurde, und sagte zu ihm: »Wenn wir einen Umweg von zehn Schritten machen, kann ich Ihnen meinen Lieblingsplatz zeigen, zu dem ich immer gehe, wenn ich mit der Natur allein sein will, um zu lesen oder zu träumen.«

»Wie dank' ich Ihnen, wenn Sie mich zu dieser geweihten Stelle führen!« sagte er. »Und jetzt, wo Niemand da ist, um uns zu widerlegen, Niemand von all' Denen, welche es noch nicht begreifen können oder nicht begreifen wollen, daß man ein warmes Herz hat für alle Menschen, und für die Unglücklichsten das wärmste, jetzt kann ich Ihnen sagen, wie laut mein Inneres jubelte, als ich Ihre Worte hörte – die mir bezeugten, daß Sie anders dachten, wie – nun wie man sonst denkt, wenn man in einem Schlosse unter den Augen ehrwürdig-stolzer Ahnenbilder erzogen!«

»Und haben Sie nicht ein gleiches Loos und denken doch auch wie ich?« sagte sie.

»O, doch nicht gleich! Doch muß ich verwundert fragen, woher Sie die Armuth und ihr Unglück und ihre Versuchungen kennen gelernt haben? Ich kenne sie – denn mir waren sie alle Genossen!«

»Ihnen? Ihrer Phantasie – Ihren Dichterwerken.«

»Warum sollt ich mich schämen, Ihnen die Geschichte meiner Armuth zu erzählen? Meine Mutter hatte aus Polen flüchten müssen, glaubte sich dadurch ihrer Güter verlustig. Ein Verwandter, Graf Golzenau nahm mich, den Knaben, auf und ließ meine Erziehung vollenden. Wie ich zum Jüngling geworden, konnt' ich es nicht mehr ertragen, von Anderer Güte zu leben, da ich sah, wie Tausende neben mir sich auch ohne Vermögen und fremde Unterstützung durch's Leben schlagen mußten – ich nahm Nichts mehr an von meinem Verwandten – und so lebt' ich in Armuth und Dürftigkeit während meiner schönsten Jugendjahre – und daher kenn' ich die Armuth und ihr Unglück und ihre Kämpfe und ja – auch ihre Versuchungen.«

Er konnte niemals dieser Zeit denken, ohne bis in seine innersten Tiefen erschüttert zu werden; so hielt er auch jetzt inne, als sie im Gehen in eine kleine Rotunde gekommen waren, und lehnte sich auf eine kleine weiße Marmorsäule, mit der einen Hand seine Augen bergend, mit der andern nach der Elisabeths fassend. Sie gab sie ihm willig, drückte die seine innig und trat näher zu ihm.

Die Rotunde, in welcher sie standen, war von hohen Eichen gebildet, die dicht nebeneinander standen, daran eine Hecke weißer und rother Rosen. Wilder Wein rankte an den Eichenstämmen empor und zog seine grünen Guirlanden von einem zum andern, sie so mit einander verbindend. Wie ein kleiner Thron vor der Rosenhecke unter diesem grünen Thronhimmel von Eichenlaub und flatternden Ranken erhob sich ein schwellender Moossitz, zu dem zwei Stufen führten, ebenfalls mit sammetnen Moos wie mit einem grünen Teppich überkleidet. Zwei kleine weiße Marmorsäulen erhoben sich daneben, auf der einen stand mit goldenen Buchstaben eingegraben: »Träume!« auf der andern: »Ruhe!«

An einer dieser Säulen lehnte jetzt Jaromir.

»Das ist mein Heiligthum, in das ich Sie führen wollte!« sagte Elisabeth.

Er warf erst jetzt einen Blick auf seine Umgebung und rief davon bezaubert aus: »Ja, das ist eine heilige Friedensstelle!« Und indem er Elisabeth zu der Moosbank führte, sagte er lächelnd: »Nehmen Sie Ihren Thron ein, Königin!«

Sie wollte nicht die Stufen hinauf und sagte: »Zu längerem Weilen haben wir keine Zeit – die Andern –«

»Und wozu diese Andern?« fiel er ihr in's Wort. »Wir haben bei ihnen schon schöne Stunden verloren – warum ihnen unausgesetzte Opfer bringen? Wenigstens für einige Momente können wir uns ihnen entziehen!« und er drängte mit sanfter Gewalt Elisabeth auf den Sitz und warf sich selbst auf die oberste Stufe, so daß er zu ihren Füßen saß.

»Elisabeth!« flüsterte er, und ihre Hand immer noch in der seinen haltend, sah er mit einem unbeschreiblichen Liebesblick zu ihr auf.

Sie las in diesem Blick, was er ihr zu sagen hatte, eine süße Beklemmung überfiel sie – aber mit jungfräulicher Schüchternheit suchte sie seinem Geständniß auszuweichen, es noch zu verhindern, und sagte sanft aber ein Wenig zitternd: »Sie sagten mir, wie Sie zum Verständniß der Armuth gekommen, und ich bin Ihnen das Gleiche noch schuldig. Ich hatte im Institut, wo ich erzogen ward, einen Lehrer, den ich auf's Innigste verehre. Durch lange Krankheit seiner Gattin und ich weiß nicht, durch welches Mißgeschick noch, lebte er in der tiefsten Armuth, die er Jedermann verbarg. Aber ich habe erfahren, wie schrecklich auch dieser hohe Mensch darunter gelitten – und er lehrte uns Mitleid haben mit dem Elend und der Noth der Niedriggeborenen; und als er zum letzten Mal von uns Abschied nahm von mir und von meiner guten Pauline, welche Sie gestern kennen lernten, so mußten wir ihm versprechen, auch in den Armen und Unwissenden den Menschen zu ehren und ein liebendes Schwesterherz ihnen zu bewahren. Pauline hat den größten Wirkungskreis dies zu beweisen und sie thut's, und durch sie hab' ich hier die Noth der ärmsten Classen gesehen, vielleicht in ihrer schlimmsten Gestalt.«

Er hörte ihr zu, ganz in ihrem Anblick versunken, er zog ihre Hand an seine Lippen und blieb so darauf ruhen. Dann sagte er: »So hat vielleicht nur dies Unglück, das Sie gesehen, düstere Schatten auf ihr Jugendleben geworfen, so sind Sie vielleicht nur unglücklich gewesen für Andere, und nicht, weil Sie selbst ein Leiden traf? Elisabeth! Dies Selbstvergessen – diese Engelmilde – –«

Sie unterbrach ihn: »Denken Sie nicht zu schön von mir!« sagte sie. »An jenem Tage, in jener Morgenfrühe, als Sie mich allein und weinend fanden, hatte ein egoistischer Schmerz mich niedergeworfen – ich hatte den letzten Abschied – vielleicht für's ganze Leben von meinem verehrten Lehrer genommen. Jetzt hab' ich in das Unvermeidliche mich fügen lernen, aber daß ich ihn entbehre, hat mich noch manche Thräne gekostet.«

»Elisabeth! Wenn Sie den Freund verloren, der ihr Lehrer war – werden Sie den andern Freund verstoßen – den andern Freund, Elisabeth – der Sie liebt?«

Sie neigte sich zu ihm herab – er erhob sich von seinem Sitz zu ihr hinauf. – »Jaromir!« flüsterte sie leise und hing zitternd in seinen Armen.

Nach ein paar Minuten selig stummer Berauschung des Einen im Anschauen des Andern, wo bei dem innigen Anschmiegen ihre Augen einander wiederspiegelnd eine ganze wunderreiche Traumwelt öffneten, schreckten sie ein paar Vögel, die ein liebejauchzendes Brautlied sangen, aus süßem Selbstvergessen auf.

»Wir müssen in das Schloß!« sagte sie, entwand sich seinen Armen und ließ nur ihre kleine Hand in der seinigen, an der sie ihn aus der Rotunde zog.

»Und wenn ich jetzt gehorche – darf ich morgen diese Stätte wieder betreten – wenn wir allein sind?« fragte er.

»Ich ruhe dort alle Nachmittage aus –« sagte sie schüchtern.

»So sind wir morgen dort wieder vereinigt!« gelobt' er.

Als sie jetzt wieder zur Gesellschaft, die bereits im Schlosse angelangt war, zurück kamen, war bei dieser das Gespräch über die Eisenbahnarbeiter wieder im größten Schwunge. Der Rittmeister hatte es jetzt glücklich in eine neue Phase gebracht, indem er, ein trauriger Beweis der täglich herabkommenden Aristokratie, diesen traurigen Umstand dem Ausschwung der Industrie zuschrieb. Er konnte es niemals Herrn Felchner vergeben, daß er seinen Wald in Besitz genommen und für Pauline die Hand seines Sohnes Karl ausgeschlagen habe. Er schimpfte also jetzt auf die Thyrannei aller Fabrikherren und nahm ihnen gegenüber die arbeitenden Classen in Schutz. Am Ende vereinigte man sich gar dahin, über die Ablösung zu klagen, die Abschaffung der ganzen Frohndienste als ein Werk zur Entsittlichung darzustellen, es schrecklich zu finden, daß auch der gemeine Mann auf dem Dorfe jetzt lesen und schreiben könne und diese für seinen Beruf ganz unnützen Dinge auch so unnütz anwende, daß er z.B. Zeitungen lese und daß nur aus dieser Ueberbildung alles Unheil komme. Denn die Eisenbahnarbeiter würden sich jetzt nicht erhoben haben, wenn die Presse sie nicht aufgereizt, daß aber die größte Ungerechtigkeit doch die sei, daß jetzt gemeine Bürgerliche, Industrielle die Herren der Welt wären, und daß gegen diese, weil sie eben nicht viel besser als sie selbst, der niedere Pöbel sich zu empören wage, während er vor einem adligen Wappenschild immer noch Respect gehabt.

Man war so in das Gespräch vertieft, daß nur Aarens die Verspätung des Paares bemerkt hatte, aber doch ihren wirklichen Grund noch nicht ahnte.

X. Versuchungen

»Auch Dich beschimpfte man als Knecht –
So oft die Stirn Du wolltest heben.
Doch bist Du Mensch und hast ein Recht
Auf Deinen Antheil Lenz und Leben!«

Alfred Meißner.

Einige Tage später, als man eben Feierabend in der Fabrik des Herrn Felchner geläutet hatte, gingen Wilhelm und Franz miteinander von der Arbeit nach Hause.
»Franz, weißt Du es schon?«
»Ich weiß Alles!«
»Und wußtest es wirklich schon voraus, wie Du vorhin sagtest?«
»Wußt' es!«
»Und warum hast Du es verschwiegen?«
»Das ist einfach – damit nicht auch wir mit in's Unheil kämen.«
»Nein, so ist es nicht – Du hast sie in das Unheil gebracht – Du bist an Allem Schuld!«
»Ich? Bist Du rasend?«
»Mögt' es bald fein, Franz, rasend vor Wuth – seit Du nicht mehr der ehrliche Kerl bist wie sonst, der Leib und Leben gelassen hätte für die Kameraden, wenn's zu helfen gegolten – jetzt bist Du feig und ängstlich geworden.«
»Wilhelm! Nimm Dich in Acht! Das dürfte mir außer Dir Keiner sagen! Und rede vernünftig, ich weiß nicht, wo Du hinaus willst mit Deinen Beschuldigungen.
Nun schau – Du sagst, gleich am ersten Abend, wie es geschehen, sei der Adam aus Hohenheim zu Dir gekommen und habe Dir gesagt, daß die Eisenbahnarbeiter jetzt Feiertag machten.«
»Ja, das ist wahr.«
»Warum hast Du das uns nicht gleich gesagt; hätten wir es gewußt, so hätten wir gemeinschaftliche Sache mit ihnen machen können – wir hätten den Tag auch gefeiert.«
»Daß Ihr rasend genug gewesen wäret – und die Soldaten hätten uns dann mit dem Bajonnette zur Arbeit gehetzt, wie sie es an der Eisenbahn gemacht haben. Dort arbeiten sie nun wieder gerade wie vorher, für dasselbe Geld, nur daß sie ein paar Tage Lohn eingebüßt haben, wo sie Nichts machten. Traurig freilich, daß es so ist, daß nicht einmal der sogenannte freie Arbeiter seine Arbeit verwerthen kann wie er will, und daß man aus dem, was sonst jeder Handwerker, jeder Kaufmann darf: seine Arbeit, seine Mühe bezahlt zu nehmen wie er will, den um Tagelohn arbeitenden Armen ein Verbrechen macht. Aber es ist ein Mal so! – Das haben auch die Eisenbahnarbeiter vorher wissen können – und unter ihren Verhältnissen ist, was sie thaten auch wirklich Unrecht, denn es ist ein Wortbruch, da sie sich vorher anheischig gemacht hatten, um den ihnen einmal bewilligten Lohn zu arbeiten – sahen sie, daß sie es so nicht länger aushalten konnten, so hätten sie wenigstens einen gesetzlichen Termin abwarten sollen, wo sie die Arbeit in Ruh und Friede kündigen konnten.«
»Aber das würde ihnen auch Nichts geholfen haben – im besten Falle hätten sie dann doch nur die Wahl gehabt: entweder für den kargen Lohn fortzuarbeiten, oder plötzlich arbeitslos – zu verhungern.«
»Nun freilich schlimm genug, daß es so ist – aber wie kommst Du dazu, mir Vorwürfe zu machen?«
»Wenn wir gewußt hätten, daß unsere entfernten Kameraden sich erhoben, so würden wir ihnen gefolgt sein und gemeinschaftliche Sache mit ihnen gemacht haben. Dann wären wir ihrer gleich mehrere Hunderte gewesen und die paar Soldaten hätten Nichts vermögt.«
»Nun, und was wäre denn dabei noch herausgekommen, da Du erst selbst sagst, daß wir auf diesem Wege nicht zu unsrem Rechte kämen?«

»Auf diesem Wege freilich! – Aber was haben wir denn zu verlieren, warum sollten wir nicht einmal Alles wagen? warum nicht wider die Reichen zu Felde ziehen – sie mögten dann sehen, ob denn wirklich in ihrem Gold ein allmächtiger Gott wohne, daß wir gar Nichts gegen sie ausrichten könnten!«

»Bruder, Bruder – lass' diese frevelhaften Reden!«

»Ei ja doch – frevelhaft! Und was sind denn die Handlungen der Reichen? Nenne mir doch einen Frevel, den nicht sie an uns verübt haben? Wir sind schon im Mutterleibe verflucht und von der Berechtigung als Menschen zu leben ausgeschlossen – und so geht es fort, Fluch an Fluch und Frevel an Frevel über uns, an uns, durch unser ganzes elendes Leben, und so geht es wieder fort auf unsere Kinder und Kindeskinder. – Aber nein! So soll es nicht länger fort gehen seit dem Tage, wo mir jener Brief an Dich die Augen mit Eins geöffnet!«

»Ach, jener Brief, wär' er nimmer gekommen!«

»Nein, das war ein Glückstag, wo er kam, den hab' ich als meinen Feiertag roth angestrichen im Kalender.«

»Wilhelm – meinst Du, ich habe nicht Alles das, was Du vorhin aussprachst, in meinen bösen Stunden auch gedacht, Tausend Mal mir gesagt, mir wiederholt, immer wieder und wieder? Denkst Du nicht, ich habe oft Stunden lang in das unselige Papier gestarrt, es weggeworfen, wieder hergeholt, immer noch ein Mal durchgelesen – und dann mit mir gerungen und gekämpft Tag und Nacht? Auf meine Kniee bin ich gestürzt und das Vaterunser, wie mich's allabendlich die Mutter beten lehrte, da ich ein Knabe war, ist mir wieder durch die Seele gezogen, und auf die Lippen trat immer das einzige Gebet: führ' uns nicht in Versuchung!«

»Ja wenn Du immer noch denken willst: beten hilft!«

»Mir half's – ich habe überwunden, ich brauchte nachher nicht mehr zu beten, ich hatte endlich die Kraft, daß ich sagen konnte: Hebe Dich von mir, Versucher! Und da ward ich sein los.«

»Daß Du ein Feigling bist, mag ich nicht glauben – so bist Du ein Schwärmer, und mit solchen Leuten fängt man Nichts an.«

»Sieh einmal, Wilhelm!« sagte Franz mit milder treuherziger Stimme und Thränen traten dabei in seine Augen und mit seiner einen Hand ergriff er die Wilhelms, mit der andern klopft' er ihm freundlich auf die Schultern: »Sieh einmal, Wilhelm, wir waren einander die besten Freunde, waren uns Herzensbrüder! Wir hatten immer einerlei Meinung und haben zusammen manche gute Einrichtung zu Stande gebracht unter unsern Kameraden, wir haben das Beste gewollt und gestrebt, der allgemeinen Noth entgegen zu arbeiten, und haben nie Etwas für uns gewollt, oft unsere letzten Groschen hingegeben. Für einander haben wir noch manches Härtere ertragen, aber mehr noch, als daß wir selbst Eines für das Andere zu Aufopferungen fähig waren, freute und stärkte es uns, daß wir in Allem gleich dachten, daß wir miteinander all' diese Tausend Dinge besprechen konnten, welche für unsere Kameraden ein fremdes Gebiet sind – und daß dann Keiner von uns einen Gedanken oder ein Gefühl aussprechen, das nicht der Andere schon gehabt hatte, oder dann wenigstens sogleich erfassen und theilen konnte – und wie anders ist das jetzt geworden! Es ist, als ob wir einander gar nicht mehr verständen – und obwohl wir noch allabendlich uns zusammenfinden, mit einander plaudern, so will's niemals mehr werden wie sonst – und obwohl Du mich gerade immer aufsuchst, begegnet mir doch Keiner der Kameraden so hart wie Du.«

»Weil eben Keiner wie ich so auf Dich gebaut und vertraut hat – und sich nun so von Dir hintergangen sieht!«

»Hintergangen? Doch ich begreife, wie Du das meinst – weil ich nicht Deinem unsinnigen Verlangen nachgegeben habe und unsere Genossen aufgehetzt, wie es einzelne Ausländer unter den Eisenbahnarbeitern gemacht haben.«

»Nicht allein deshalb habe ich mich in Dir getäuscht, sondern weil Du auf einmal nicht einsehen willst, was allein vernünftig ist – Du, von dem ich immer besser dachte, als von mir selbst, den ich für verständiger hielt als mich und all' die Andern –«

»Ach, so thu' dies nur auch das eine Mal, mißtraue Dir und Deiner unzufriedenen Heftigkeit, die Alles verderben wird – traue nur dies Mal meiner ruhigen Ueberlegung – ich habe das sonst nie von Dir gefordert, jetzt fordre ich's – Dich verblendet Leidenschaft – Du hast Dich irre führen lassen.«

»Nein! Ich habe nur zum ersten Mal begriffen, wie lange ich irre geleitet gewesen bin, wie wir Alle es sind, wie die ganze Gesellschaft es ist – jener Brief hat mir die Augen geöffnet. Du hast es nicht hindern können, ich habe mir daraus wenigstens eine Stelle abgeschrieben, und sie Einigen mitgetheilt.«

»Wilhelm – um Gottes Willen, welche?«

»Diese –« sagte Wilhelm und zog ein beschmutztes Blatt Papier hervor, auf welchem stand:

»Wir wollen nicht mehr länger geduldig unser elendes Leben fristen – wir haben Alle gleiche Rechte, gleiche Ansprüche auf gleiche Genüsse. Unsere Bitten rühren nicht die versteinerten Herzen der Reichen, freiwillig geben sie kein Theilchen ihres Besitzes ab. Es wird Zeit, daß wir ihnen nehmen, was sie uns nicht geben wollen. Wir haben ja Nichts zu verlieren, wir können schon einmal Etwas wagen. Ja wir können Alles wagen – es ist unsre Pflicht. Die Reichen mögen sich in Acht nehmen, wir werden sie aus ihrer behaglichen Ruhe aufschrecken. Wir haben Nichts mehr zu verlieren, denn wir haben schon Alles verloren durch ihre Erpressungen, ihre Betrügereien, ihren Privaterwerb, ihr Erbrecht. Sie haben zu verlieren, was sie uns entzogen – und das müssen sie verlieren. Man will uns sagen: das Bestehende dürfe nicht umgestürzt werden! – Aber wodurch ist das Bestehende gut und unverletzlich gemacht? Es ist schlecht, soll man das Schlechte beibehalten? Aendern hieße die Ordnung stören, sagt man. Aber der jetzige Zustand ist kein geordneter, er ist eine Unordnung, da dem Einen mehr Recht gegeben ist, als dem Andern. Wäre es Ordnung, wenn Millionen hungern und mit der Armuth kämpfen, während einige Tausend Reichthümer aufhäufen und mehr haben als zu einem glücklichen Leben nothwendig? – Die Noth wird größer und größer – es handelt sich um Sein und Nichtsein des größten Theils der Menschheit – wir müssen siegen oder sterben! – Nicht ewig wollen wir die Diener der Reichen sein, wir haben gerechte Ansprüche an das Leben und das Leben soll uns unsern Antheil nicht länger verweigern!«

Wilhelm hatte das laut gelesen und sagte jetzt: »Und bist Du noch nicht überzeugt? Mein Wahlspruch ist: Wir müssen siegen oder sterben! Aber bisher hat unsere Loosung wie ein häßlicher Reim darauf gelautet: Wir müssen kriechen und verderben! Denkst Du noch immer so?«

»Es sind schlimme Zeiten jetzt und grausame Gesetze herrschen! Ich habe das offen vor aller Welt gesagt, eh' Ihr Andern noch daran dachtet – aber es werden einst bessere Zeiten kommen und auch die Armen werden ihre Menschenrechte finden – aber nicht dadurch, daß sie dieselben verletzen und sich auch noch des letzten Scheines davon, welchen man ihnen gelassen hat, sich freiwillig entledigen. Ich weiß, daß meine Bücher allein mit ihren Bitten und ihren Anklagen Nichts ändern können – aber sie helfen dazu beitragen, daß man unsere Sache prüfen lernt, daß hochherzigen Menschen, welche bis jetzt mit edler Begeistrung ihre Pflichten ein Volk zu vertreten, oder für die Freiheit und den Fortschritt in geistreichen Schriften zu kämpfen – zu genügen glaubten, wenn sie die Sache der Bürger führten – daß diesen die Augen aufgehen werden, daß es noch unter der Classe der Bürger eine noch tiefer gestellte giebt, welche auch einen großen Theil des Volkes ausmacht, und die sie bisher übersehen konnten, – dann werden sie auch unsre Sache führen und so wird es auf dem Wege friedlicher Fortentwicklung auch für uns besser werden.«

»Wenn vorher noch Millionen zu Grunde gerichtet worden sind.«

»Und wenn es so sein müßte – sie werden zu Grunde gehen auch auf anderem Wege. – Siegen oder sterben, soll Deine Loosung sein? Aber siegen werden die nicht, die Du in einen ungerechten und ungleichen Kampf führen möchtest, die dann von keiner Ordnung Etwas wissen und nur einem unklaren, wilden Drange mit Rachegefühlen und entfesselten Leidenschaften überlassen bleiben, um mit diesem Unheil zu stiften – nicht nur Unheil für die Reichen, sondern auch Unheil für die Armen. Siegen werden diese in Unwissenheit und Druck aufgewachsenen Massen nicht gegen eingeübte Heere, gegen die geistige Ueberlegenheit! Und sterben? Sterben werden vielleicht ihrer Viele, und das mögte sein, denn sie sind dann erlöst – aber Viele, viel Tausende werden nicht sterben und als Lohn für ihren kühnen Versuch in immer härtere Sclaverei, in immer größeres Elend zurückgestoßen werden. Willst Du dies Loos auf Deine unglücklichen Brüder wälzen?«

Wilhelm hatte mit immer finstrer werdenden Mienen zugehört – jetzt schüttelte er Franz's Hand heftig, ließ sie los und sagte dann mit dumpfer Stimme: »Du überzeugst mich nicht anders, gieb Dir weiter keine Mühe mehr, von nun an trennen sich unsre Wege, bis Du vielleicht doch noch zur Erkenntniß kommst und den meinen betrittst.«

Hastig ging er zur Thüre hinaus, Franz sprang ihm nach – Wilhelm drängte ihn zurück: »Lass' es gut sein,« sagte dieser, »es wird mir schwer, Dich nicht mehr als Bruder zu betrachten – aber ich trage nicht die Schuld! Vielleicht besinnst Du Dich noch anders – doch nein! Du wirst freilich Nichts gegen unsere Fabrikherrn unternehmen – er ist ja der Vater Deines Liebchens! Sich! Vor der Versuchung hättest Du Dich bewahren sollen. Das vornehme Fräulein hat Dir's angethan – daß Du nun zu keiner That mehr kommen kannst, die ihr vielleicht ein schönes Thränchen kosten könnte – aber schau doch! Wenn sie arm wäre und Du reich, so könnte sie doch Dein werden – so wird sie's nimmer. – Wie, hättest Du nun nicht Lust, die Ordnung der Dinge einmal umzukehren?«

Franz stand erschüttert still – vorher hatte es ihm nie an Worten gefehlt, den Freund, der nun sein schlimmster Gegner geworden, zurück und zurecht zu weisen – jetzt war er plötzlich verstummt.

»Hab' ich's getroffen?« rief Wilhelm triumphierend. »Gut! Ich lasse Dir noch ein Mal Bedenkzeit. Verächtlich ist es und dumm zugleich, wenn Du unsere Thrannen und all' seine Helfershelfer, Deinen Thrannen und den Tyrann Deiner Brüder schonen willst um eines hübschen Kindes willen, das sich zum Zeitvertreib und aus Langerweile zu Dir herabgelassen – aber edel wär's, wenn Du auch Etwas wagtest, sie Dir zu erkämpfen, und was außerdem vielleicht mißlänge, würde durch die Liebe gelingen! Ich lasse Dich mit Deinem Herzen und Deinem Verstand allein – die werden Dir's noch deutlich vortragen, wie ich's meine.«

Er ging.

Franz war wieder allein in seinem Kämmerchen, allein mit dem aufgeregten Innern, in dem jetzt Wilhelm geschickt einen neuen Kampf aufgeregt hatte.

Daran hatte Franz noch nicht gedacht, was Jener jetzt mit rohen Worten und plötzlich angeregt hatte.

Als der Mann des Volkes mit sich gerungen und all' jene Versuchungen bekämpft hatte, welche in ihm selber rege geworden, oder von außen zu ihm herangetreten waren, so hatte er immer nur das große Ganze vor Augen gehabt, er hatte niemals an den besonderen Fall, niemals gerade an sich selbst, seine eignen Verhältnisse und seine nächste Umgebung gedacht. Er hatte sich nur als Einen betrachtet, der, aus der Masse des verdumpften Volkes aufgewacht, gewahrte, wie er und Alle, welche in Armuth und Niedrigkeit bei drückender Arbeit beschwerliche Tage abhaspelten, um die einfachsten Menschenrechte gebracht seien. Er bemühte sich, dies verlorene heilige Eigenthum vieler Tausende wieder erringen zu helfen, indem er die Noth der Arbeiter vor aller Welt erzählte, indem er durch den Verein der jungen Arbeiter unter diesen selbst sittliche und bessere Elemente zu ihrer Geltung zu bringen suchte. Als nun jenes anonyme Schreiben mit seinen verführerischen Theorien, seiner glänzenden Beredtsamkeit und seinen goldnen Verheißungen ihn so erschütterte – ganz neue Gesichtskreise ihm aufschloß und ihm die Welt durch ein seltsam verkehrt geschliffenes Glas ansehen ließ, daß er Mühe hatte sich mit seiner geistigen Anschauung noch in dieser wirr gewordenen und verrückten Weltordnung zurecht zu finden – als er darin weiter den offenbaren Aufruf zur Empörung und Gewalt gelesen – so hatte er dies Allgemeine noch immer nicht auf seine besondern Verhältnisse bezogen.

Er war einige Augenblicke schwenkend geworden – er hatte so viel neue Lebensansichten vernommen, wie sie ihm bisher noch niemals durch die Seele gezogen waren, und er mußte ihnen erst genau in die Augen sehen, ehe er sie verwerfen, eh' er die unreinen Geister, welche sich an ihn herandrängten, von sich stoßen und verdammen konnte. Er hatte nur geprüft, ob diese neue Weltanschauung die rechte sei, oder seine alte – und da er erstere falsch gefunden, hatte er sich mit Abscheu von ihr abgewendet. Es war ihm nicht gelungen, Wilhelm zu einer gleichen Ueberzeugung zu bringen, das hatte Franz für Wilhelm mitleidig gestimmt, aber diesen gegen ihn erbittert. Sie waren nun einander Gegner geworden, denn wenn Wilhelm unter den Kameraden die Ansicht zu verbreiten suchte, daß sie auch recht gut wie die reichen Leute leben könnten, sobald sie nur den Muth dazu hätten und nicht von alten unseligen Vorurtheilen sich zurückhalten ließen, arbeitete nun Franz wieder entgegen und sagte, daß auf gesetzlichem Wege mit Ruhe viel Mehr erreicht werden könne, als wenn man es versuchen wollte, sich mit Gewalt gegen die hergebrachte Ordnung der Dinge aufzulehnen.

Am Tage vor dem Aufstand der Eisenbahnarbeiter hatte nun Franz ein zweites anonymes Schreiben, durch einen unbekannten Knaben überbracht, erhalten, in welchem ihm der fremde Schreiber anzeigte, daß die Eisenbahnarbeiter einen ersten entscheidenden Schritt thun würden – ihre Arbeit einstellen, höhern Lohn fordern und wenn man dies nicht bewillige, wieder zerstören würden, was man bisher gebaut. Wenn die Fabrikarbeiter zu gleicher Zeit muthig genug wären, ihr verhaßtes Joch abzuschütteln, so sei vielleicht der Augenblick gekommen, wo die neue Welterlösung sichtbar beginnen könne. Man würde sich dann vereinigen und alle Arme auffordern, mit Theil zu nehmen an dem großen Kriegs- und Siegeszug der Armen wider die Reichen.

Dies Schreiben hatte Franz sogleich verbrannt, damit es nicht in unrechte Hände falle, am Wenigsten in die Wilhelms, von dem er jetzt Alles fürchtete. Er selbst hatte sich entschieden, aber traurig abgewendet von diesem Bilde kommenden Elendes, welches das jetzige nicht lindern, sondern nur vermehren könne.

Als nun jetzt Wilhelm ihm vorwarf, daß er vielleicht nur um Paulinens willen eine verwegene That scheue, so riß ihn diese Beschuldigung in ein tobendes Meer innerer Zweifel und harter Seelenkämpfe wieder hinein. So roh und abscheulich ihm auch Wilhelms Worte klangen, er war mißtrauisch und streng gegen sich selbst und prüfte sich genau, ob dennoch nicht in irgend einem kleinen Winkel seines Herzens er einen Altar für Pauline wie für eine Heilige aufgerichtet habe, auf dem er all' seine andern Gelübde und Schwüre opfere.

Aber er fand sich ohne Schuld.

Und wie er so ihrer dachte, da trat ihr Bild in aller mädchenhafter Lieblichkeit vor ihn hin, da meinte er den innigen, liebenden Blick ihres Auges zu sehen und den zärtlichen Händedruck der kleinen weichen Hand zu fühlen – und da gellten ihm plötzlich wieder Wilhelms Worte in die Ohren: »wenn sie nun arm wäre und Du reich, so könnte sie doch Dein werden! – Wie? Hättest Du nun nicht Lust die Ordnung der Dinge umzukehren?«

Sein ganzer Körper zitterte in unaussprechlichem Verlangen, sein Herz schlug höher in brünstigem Sehnen.

Was litten denn die Andern, daß sie wider die gesellschaftliche Ordnung murrten? Hunger, Frost, niederbeugende Noth und lästige Arbeit – aber er litt Tausend Mal mehr!

Ihm war jetzt, als habe an ihm allein sich die Gesellschaft versündigt, denn sie nahm ihm die Geliebte!

Dieses Gefühl, das er so rein und heilig in seinem Innern trug, ward es nicht zum Verbrechen, zur Tollheit gestempelt von der Gesellschaft? Und was gab es denn noch Großes und Schönes auf der Welt, wenn nicht dies Gefühl seines Herzens dazu gehörte?

Aber was half es, daß dieses Herz so in inniger Liebe, daß es so groß und begeistert schlug – dies Herz schlug ja unter Lumpen, und die, für welche es schlug, hätte ihren zarten Leib mit blinkendem Gold bedecken können, wenn sie es nicht verschmäht hätte.

Welch' eine unvernünftige Gesellschaft, welch' eine frevelhafte Unordnung in den bestehenden Verhältnissen mußte das sein, die um solcher Erbärmlichkeit willen zwei gleichschlagende Herzen für immer auseinander riß?

War es nicht gerecht und natürlich, sich wider eine solche Ordnung der Dinge zu empören?

Er konnt' es nicht mehr aushalten in der engen Kammer, er lief hinaus, fort in die Nacht, in's Freie.

XI. Berathungen

»Sie hörens nicht, sie schlummern gut,
Der Mahnung Zeichen kann nicht frommen.
So mag denn über Dich, Du Brut,
Du stolze Brut, das Aergste kommen!«

A. Meißner.

Ein paar Wochen waren seit dem Tage vergangen, an welchem der Geheime-Polizeirath Doctor Schuhmacher mit dem Geheimrath von Bordenbrücken die lange geheime Unterredung gehabt, in welcher sich die beiden geheimen Männer erst so schwer über Eisenbahnarbeiter und Fabrikarbeiter verständigt hatten. Dieser Unterredung war am nächsten Tage eine gleich geheime gefolgt, in welcher der Geheimrath von Doctor Schuhmacher seine ganz besondern, geheimen Instructionen empfangen hatte.

Man sieht, wie geheim diese ganze Verbindung der beiden Würdigen und Alles, was damit zusammenhing, war.

Schuhmacher hatte jetzt nämlich seine werthe Person möglichst zu schonen, da er im Augenblick auf die bei ihm beliebten Vertleidungen, wo es galt, irgend Etwas auszugattern, das an sich nicht verdächtig war, sich aber doch bei einem geschickten Verfahren verdächtig machen ließ – nicht eingerichtet war und sie ihm auch im gegenwärtigen Moment und unter den jetzigen Verhältnissen nicht anwendbar schienen. Er hatte daher den Geheimrath zu seinem und seiner Regierung Vertrauten gemacht und theilte ihm jetzt eine der wichtigsten Rollen in dem Drama zu, von dem er in dem Aufstand der Eisenbahnarbeiter bereits ein kleines Vorspiel gesehen zu haben meinte – dem Drama, dessen Mitspieler er auskundschaften und das ganze Stück selbst auffinden, vielleicht auch gar erst verfertigen helfen wollte. Die Eisenbahnarbeiter waren vorher der genauen Beobachtung Schuhmachers entgangen, – den Fabrikarbeitern hatte er ein anderes Loos zugedacht – sie sollten ihm Mindestens eine bedeutende Gehaltzulage aus dem geheimen Fonds, einen Orden, vielleicht auch einen Titel und einige goldene Uhren und Dosen einbringen. Den Geheimrath machte er gleiche lockende Aussichten, um seinen Eifer gehörig anzuspornen und in allen Fällen seiner gewiß zu sein, was um so mehr wirkte, als Bordenbrücken einmal mit tiefster Indignation geäußert hatte, daß er der einzige Geheimrath in der Residenz sei, welcher keinen Orden habe, was Schuhmacher zu der Bemerkung Anlaß gab, daß dies gerade so ein Gefühl sein müsse, wie wenn man in einer Gesellschaft geschwänzter Affen der Einzige sei, welcher keinen Schwanz besitze, oder was dasselbe sei, unter lauter Herren, welchen der Zopf hinten hängt, kurz geschorenes Haupthaar habe.

Der Geheimrath hatte vorzüglich zwei Aufträge zu besorgen, zwei Pflichten zu erfüllen: Sich in Szarinys Nähe zu drängen, ihn wo möglich zum Hausfreund und Anbeter seiner Gemahlin zu machen und dadurch gelegentlich auszuhorchen, und dann bei dem Fabrikherrn Felchner selbst sich Eingang zu verschaffen, ihm einige Warnungen zukommen zu lassen und sich durch ihn selbst über den Stand der Dinge in der Fabrik unterrichten zu lassen und von seinem Standpunkt aus sich darin zu orientiren

Während dem war Schuhmacher auf einige Tage an den Ort gereist, wo die Eisenbahnarbeiter wieder friedlich und geduldig wie vorher um denselben Lohn arbeiteten und wo man drei der sogenannten Rädelsführer vor der Hand durch Einsperren unschädlich gemacht hatte. Um diese drei war es Schuhmacher vorzüglich zu thun. Einer seiner Freunde und geheimen Bundesgenossen in solchen Sachen, wo auch die Regierung selbst die geheimen Bundesgenossen, die in Nacht und Dunkel für ihre Wohlfahrt wachen, nicht verschmäht, hatte ihm geschrieben, daß aus dem sitzenden Kleeblatt auch nicht das Mindeste heraus zu bekommen sei, als was alle Welt schon wisse, und daß der Grund hierzu sonst in Nichts Anderm zu suchen sei, als daß die drei wirklich nicht schuldiger als die Anderen wären, und daß sie also gar Nichts auszusagen hätten. Dieser Brief seiner Creatur mit dieser Bemerkung kam nun Herrn Schuhmacher äußerst bedenklich und gefährlich vor, denn seine Marime war stets die, da, wo aus Mangel an Thatbeständen und Stoff überhaupt sich Nichts feststellen ließ, durch ein geschicktes Verhör so Viel als möglich herauszuklügeln und dann doch noch bogenlange Protocolle zu erhalten, wo man erst ganz hatte an allen Aussagen verzweifeln wollen. Um über diese edle Kunst seinem Vertrauten einige sachgemäße Winke zu geben, reiste er selbst zu demselben.

Die zwei von Vordenbrücken übernommenen Aufträge gewissenhaft zu erfüllen, war nicht so leicht, als es auf den ersten Augenblick den Schein haben konnte, denn Jaremir schien ihm wenig geneigt zu sein und hatte wenigstens seitdem die schmachtenden Blicke seiner Frau ganz unbemerkt gelassen. Gleich an demselben Tag, wo dem Geheimrath der neue Auftrag zugekommen, hatte er erfahren, daß Jaromir nach Schloß Hohenthal geritten sei, und dies bestimmte ihn, sogleich dort mit seiner Gemahlin auch einen Besuch zu machen.

Wenn nun auch an diesem Tage weder er, noch seine Frau Fortschritte in der Gunst des Grafen machten, vielmehr Beide wie gewöhnlich von ihm ziemlich so gut wie ganz ignorirt blieben, so brachte der Geheimrath doch heraus, daß Jaromir und Elisabeth sich der Eisenbahnarbeiter angenommen und überhaupt zu Gunsten der armen Leute und der arbeitenden Classen gesprochen hatten und namentlich über die Nachricht von der Requirirung des Militairs sehr aufgebracht gewesen wären. Als fabelhaftes Curiosum theilte Aarens dem Geheimrath diese wahre Nachricht mit.

Ein paar Tage später machte er eine Spazierfahrt nach der Fabrik und fragte nach Herrn Felchner.

Herr Felchner war nicht ganz wohl und lag in der Wohnstube auf dem Sopha. Pauline saß am Fenster mit einer mühsamen Arbeit im Stickrahmen beschäftigt. Ein Kätzchen schnurrte zu ihren Füßen und spielte mit dem kleinen Schlüsselbund, das von Paulinens Gürtel herabhing.

Der Geheimrath ward von einer Magd draußen sofort und ohne weitere Meldung hereingeschoben. Er stand darüber etwas verdutzt an der Thüre und machte sein Compliment, indem er, sein Wort an Paulinen richtend, welche aufgestanden und ihm mit einer leichten Verbeugung entgegengekommen war sagte:

»Ich habe wohl die Ehre, mit Fräulein Felchner zu sprechen? Habe ich das Vergnügen, Ihren Herrn Vater daheim zu treffen, so mögte ich Sie bitten – –«

Herrn Felchners Anzug bestand nämlich in seinem alten grauen Rocke, seinen niedergetretenen und zerriss'nen gestickten Schuhen, über welche graue Socken herabhingen, um den Hals ein strickartig zusammengedrehtes weißes Tuch, ohne Vorhemdchen und Weste; und so hatte er sich jetzt nur halb vom Sopha erhoben und den Eintretenden mit seinen kleinen blitzenden Augen angeschielt, dessen Gruß nur mit einem leichten Kopfnicken erwidernd.

Jetzt aber stand der Genannte auf, schlug die Arme à la Napoleon ineinander und that einige Schritte nach dem Geheimrath zu, warf ihm aus seinen grauen Augen einen durchbohrenden Blick voll Stolz und Ironie zugleich zu und sagte seine Rede unterbrechend: »Mein Herr, was beliebt?«

»Mein Vater ist selbst hier!« sagte gleichzeitig Pauline als Antwort auf den Herzutretenden zeigend.

Der Geheimrath suchte sich schnell von seinem Staunen zu fassen, daß dieser kleine dürre Mann in diesem schmuzigen Anzug hier der Hausherr sei, der Besitzer der Fabrik, der Besitzer von Millionen! Der Erstaunte sagte mit höflichem Kratzfuß: »Es sollte mir leid thun, wenn ich vielleicht in der Mittagsruhe gestört –«

Der Fabrikherr war Menschenkenner genug, um zu bemerken, daß ein adeliger, ein sogenannter vornehmer Herr vor ihm stand, aber es war immer seine größte Lust, wenn er einen von diesen Leuten demüthigen konnte, und daß dieser jetzt sein Herrn Felchner's unhöfliches Liegenbleiben auf dem Sopha zu seinem Gunsten mit der Mittagsruhe entschuldigen wollte, fiel ihm der Fabrikherr beinah ärgerlich in die zierlich wohlgesetzten Worte, indem er hastig sagte:

»Ich bitte, mein Herr, keine Umstände, ich habe nicht geschlafen, die Zeit der Mittagsruhe ist bei mir längst vorüber – aber ich bitte, kommen Sie zur Sache, unsereins hat selten viel Zeit, und ich liebe die unnöthigen Worte nicht.«

»Ich muß dennoch wiederholen, daß es mir leid thut, wenn ich gestört habe – man schob mich ohne Meldung in dies Zimmer, ich konnte nicht vermuthen, sogleich in ein Wohnzimmer zu kommen – ich bin Geheimrath von Bordenbrücken und mein Wunsch ist einzig, Ihnen einen nachbarlichen Besuch zu machen.«

»Ah, wenn es so ist, Sie sind sehr gütig, freue mich, das Vergnügen zu haben –« sagte der Wirth nun freundlicher und nöthigte den Besucher neben sich auf das Sopha – »ich glaube, es sei Jemand, der mich in Geschäften zu sprechen wünsche.«

Das nun endlich eingeleitete Gespräch schränkte sich eine Zeitlang um alltägliche und gleichgültige Dinge. Endlich fand der Geheimrath Gelegenheit, die Unterhaltung auf den Aufstand der Eisenbahnarbeiter zu bringen.

»Ja, das Volk wird täglich unverschämter,« sagte der Fabrikherr. »Wo es eine Eisenbahn zu bauen giebt, kommt auch gleich lauter Gesindel aus aller Herren Ländern herzugelaufen, verlaufene Müssiggänger, welche sonst nirgends Arbeit bekommen haben. Die Leute verdienen Viel bei leichter, gesunder Arbeit in freier Luft – da wird's ihnen zu wohl, sie werden übermüthig, so ist es denn auch hier gekommen. Hätten sie schlechtern Lohn und wären sie abhängig und auf lange Zeit gebunden, so wäre es ihnen nicht eingefallen zu revoltiren, nur wo zu Viel gute Zeit ist, wird das Pack unverschämt im Fordern.«

»Wie Recht haben Sie – es sind schlimme Zeiten. Viel verschuldet an solchen gesellschaftlichen Uebeln die sogenannte Volksaufklärung, für welche eine gewisse Partei sich rastlos abmüht und der sogar die Regierungen viel zu wenig Hemmung in den Weg legen; dieses Streben nach Volksaufklärung ist recht eigentlich der furchtbare Krebsschaden der Gegenwart, durch den noch Viel edle Säfte zu Grunde gehen werden – das fehlte noch! Auch den Pöbel aufzuklären –«

»Wirklich gelingen wird dies niemals, da ist Nichts zu fürchten.«

»Aber müssen nicht Erreignisse wie das letzte ängstlich machen? Es zeigt, wie der Pöbel freilich nicht leicht aufgeklärt, aber desto leichter aufgeregt ist – und daß es nicht an einzelnen Subjekten fehlt, welche ihn aufregen. Glauben Sie nicht, daß es solche Leute giebt, welche, wie es Thatsache ist, daß sie unter die Eisenbahnarbeiter sich gemischt, auch unter die Fabrikarbeiter sich mischen, und die verderblichsten Lehren verbreiten?«

»Ich verstehe Sie nicht ganz – meine Arbeiter weiß ich im Zaum zu halten, das können Sie versichert sein.«

»Ich meine, daß der Communismus –«

Herr Felchner unterbrach diese Meinung mit einem lauten höhnischen Gelächter und rieb sich vergnügt die Hände. »Nein, mein Herr, vor einer Sache, die bloß auf dem Papiere steht, erschrecke ich nicht. Ich habe auch einmal Etwas über diesen romantischen Unsinn gelesen und die ganze Sache als ein höchst albernes Mährchen erkannt.«

»Wenn auch die Verwirklichung des Communismus noch ein Mährchen ist und so Gott will, immer bleiben wird, die Communisten selbst sind leider keine Mährchenfiguren.«

»Ich mögte wohl einmal ein solches Exemplar sehen, ein Exemplar von einem leibhaftigen Communisten *comme il faut*.«

»Nun, vielleicht haben Sie nicht weit danach zu suchen, vielleicht finden Sie deren Einige unter Ihren eignen Arbeitern.«

»Sie sind, wie Sie vorhin sagten, erst seit ein paar Wochen in unserer Nachbarschaft und wollen mich meine Arbeitsleute kennen lernen, in deren Mitte ich wohne, welche ich meist habe aufwachsen sehen, mit denen ich täglich seit vielen Jahren in Berührung komme und von denen ich weiß, was für Menschen es sind – und Sie wollen sie mich erst kennen lehren – das ist sehr komisch!«

»Um manche Dinge im rechten Licht zu sehen, ist oft ein entfernter Standpunkt nöthig.«

»Und was für Dinge gehen denn in meiner Fabrik vor? Ich bin auf Ihre Mittheilungen in der That sehr gespannt, klären Sie mich auf.«

»Nennt sich nicht Einer unter Ihren Arbeitern Franz Thalheim?«

»Einer meiner geschicktesten und fleißigsten Arbeiter, ein ordentlicher Mensch wie Wenige.«

»Sie wissen, daß er schreibt?«

»Mein Gott, ja! Er ist von besserm Herkommen, als die andern Arbeiter, und hat eine gute Erziehung gehabt – darauf bildet er sich nun Viel ein, und während die Andern dumme Streiche machen, sitzt er allein zu Hause, schreibt und dünkt sich vielleicht ein großer Dichter zu sein. Das läßt mich sehr gleichgültig und geht mich Nichts an, denn er ist immer der Erste und Letzte bei der Arbeit – was er außerdem treibt ist seine Sache.«

»Was er aber schreibt, regt die Arbeiter auf.«

»Davon habe ich noch Nichts bemerkt – auch können die meisten meiner Arbeiter gar nicht lesen. Und mag er ihnen seine Geschichten vorlesen – die regen sie nicht auf, denn sie handeln unter Fabrikarbeitern, und wie es da zugeht, wissen sie ja alleine – auch wird ihnen eine solche Lectüre über so Alltägliches nicht im Geringsten zusagen.«

»Es kommen aber doch Stellen darin vor –«

»Nun, Sie haben ihm wohl gar die Ehre angethan, das Ding selbst zu lesen? Beruhigen Sie Sich, mein Herr, ich kenne diesen Pöbel – Bücher regen ihn nicht auf, und wollten meine Arbeiter Manifeste und Adressen aneinander erlassen, ich ließ' es geschehen, denn das schadet ihnen und mir Nichts. Das Beste ist aber, daß gleich gar Keiner Lust zum Lesen und Schreiben hat, außer eben dieser Franz, der in seiner Art ein Sonderling ist.«

»Er ist vermuthlich gescheid genug, seine communistischen Principien weniger in seinen Büchern zu vertreten, als sie gleich praktisch einzuführen.«

»Ich sag' es Ihnen nochmals, vor diesem Popanz ›Communismus‹ erschreck' ich nicht.«

»Ich habe mir sagen lassen, daß unter Ihren unverheiratheten Arbeitern ein Verein besteht, welcher auf den Grundsatz der Gütergemeinschaft sich gründet.«

Herr Felchner ward jetzt zum ersten Mal aufmerksam und spitzte seine Ohren. Der Geheimrath bemerkte diesen Eindruck seiner Worte und fuhr fort:

»Franz hat diesen Verein gestiftet.«

»Ich weiß das, und obwohl mir die Sache unnütz vorkam, mogte ich es ihnen doch nicht verbieten, nach ihrer Art zusammenzukommen. Ich weiß, daß sie diesen Verein deshalb gestiftet haben, um lieber zu singen als Karte zu spielen und statt Branntwein Bier zu trinken – das kann mir ziemlich gleich sein, es ist ihre Sache.«

»Mein Herr,« sagte der Geheimrath sehr ernst, »Ihr eigenes Wohl hängt davon ab, aber auch das Wohl des Staates, daß der Communismus keine Wurzel fasse – ich hielt es für meine Schuldigkeit, Sie auf das aufmerksam zu machen, was ich erfuhr: durch jenen Verein, welcher Ihnen so unschädlich scheint, haben Ihre Arbeiter den ersten Schritt zur Verwirklichung des Communismus gethan. Es herrscht Gütergemeinschaft unter ihnen, sie helfen einander und stehen Einer für Alle und Alle für Einen – sie singen zusammen Lieder auf eine neue goldne Zeit und Bundeslieder, welche ihren Bund fördern, seine immer größere Ausbreitung und Ewigkeit in Aussicht stellen – sehen Sie dies noch lange Zeit ruhig mit an, so werden Sie es erleben, daß sie einen gleichen Versuch wagen, wie ihre andern Verbündeten die Eisenbahnarbeiter – nur daß etwas Langvorbereitetes auch in seinen Folgen bedeutender ist und sich gar nicht übersehen läßt.«

»Meine Arbeiter,« sagte der Fabrikherr, »werden ihre Arbeiten nicht einstellen, um einen höhern Lohn erzwingen zu wollen – sie kennen mich zu gut, sie wissen, daß ihnen dies Nichts helfen würde – dazu sind sie klug genug.« – Noch ein Mal gab sich Herr Felchner, dem aber jetzt gar nicht recht wohl zu Muthe war, eine zuversichtliche und selbstgefällige Miene.

»Ja,« sagte der Geheimrath, »ich theile Ihre Ansicht – Ihre Fabrikarbeiter werden es klüger anfangen, als die Eisenbahnarbeiter, denn sie haben die schönste Zeit mit gehöriger Muße in ihren nächtlichen Vereinen ihre finstern Maaßregeln zu prüfen und zu überlegen, was am Besten zu thun sei. Doch ich überlasse Alles Ihrer eignen Klugheit, es war nur meine Schuldigkeit, Sie darauf aufmerksam zu machen, daß, wenn Sie Ihren Arbeitern nicht bald ihre ungesetzliche communistische Verbindung verbieten – die Regierung, welche bereits begonnen hat sie zu überwachen, sich genöthigt sehen wird, zu thun, was Sie selbst unterließen – denn sie darf nicht dulden, daß Andere es zulassen, daß unter ihren Augen der Boden, auf welchem die gesellschaftliche Ordnung ruht, unterwühlt wird. Ich habe die Ehre, mich Ihnen zu empfehlen und bitte meinen guten Willen und meine Freimüthigkeit nicht übel zu deuten; vielleicht untersuchen Sie wenigstens die Sache genauer – aber was Sie etwa beschließen mögen, so bitte ich nur, alles Aufsehen zu vermeiden, dies könnte nur schaden und Alles verderben.«

Der Geheimrath empfahl sich. Herr Felchner war wirklich bestürzt, er geleitete ihn bis zur Thüre und sagte artig: »Ich danke für Ihre Bemühungen in meinem Interesse – eine fernere Antwort behalt' ich mir vor, bis ich selbst Ihnen meinen Besuch abstatten werde.«

Pauline war während dieser ganzen Scene zugegen gewesen; als das Gespräch auf die arbeitenden Classen gekommen war, hatte sie weiter keinen Theil mehr daran genommen. Sie hatte sich wieder an ihren Stickrahmen gesetzt, sie war so still als möglich gewesen, um ihre Anwesenheit vergessen zu machen. Mit der ängstlichsten Spannung war sie jedem dieser Worte gefolgt, und als Franz Thalheim's Name genannt worden, hatte sie vor innerer Aufregung kaum gewagt zu athmen. Die Beschuldigungen, welche gegen ihn vorgebracht wurden, fielen mit Centnerlast auf ihr Herz – sie wußte ihn unschuldig, aber sie zitterte für ihn, wenn ihres Vaters Argwohn geweckt werde, und er war geweckt – sie sah es an seinen Mienen, seinen blitzenden Augen. Sie kannte sein Wesen – daß er plötzlich dem Geheimrath gegenüber, dem er erst beinah Antworten voll verächtlicher Geringschätzung gegeben, verstummte – daß er zuletzt ihn höflich und aufgeregt beim Abschied hinaus begleitete – daß er jetzt von der Thüre zurückkommend mit ineinander geschlagenen Armen im Zimmer mit langen Schritten heftig hin und her rannte – das waren böse Zeichen!

Sie stand auf und warf ängstlich fragende Blicke auf ihn.

»Schenk mir ein Glas Wein ein,« rief er ihr jetzt zu, »mir ist, als bekäm' ich Schwindel – diese verdammte Spürnase – mir ist, als wenn ich plötzlich in einen offnen Abgrund sähe, der mich hinabzöge und all' mein Hab und Gut – und auch Dich mein Kind.«

Sie reichte ihm das Glas: »Setze Dich, lieber Vater,« bat sie, »Du bist so aufgeregt.«

Er setzte sich und nahm ihre Hand, sie streichelte ihm mit kindlichem Lächeln die Stirn, wie um ihn zu besänftigen. So saßen sie lange still neben einander. Es war, als ob die zärtliche Sorgfalt der Tochter ihm wirklich wohlthue, ihn beruhige, aufheitre. Er nahm ihre Hand und sagte ziemlich mild zu ihr:

»Hör' einmal, Kind, Du bist ja oft unter das gemeine Volk gekommen – ich weiß es wohl, wie Du mitleidig hingelaufen bist in manches schmuzige Haus, wenn irgendwo Kinder und Alte krank lagen – Du bist oft mitten hineingekommen unter das Gesindel – und das legt seiner Rohheit keinen Zügel an, wenn auch die Tochter seines Herrn dabei ist – rede einmal gerade heraus: was sagt denn das Gesindel von mir – und was sagst Du von ihm? – Glaubst Du, daß der Geheimrath Recht hat? Sage einmal Alles, wie Du's selber denkst!«

Pauline warf einen Blick aufwärts, der ein Gebet um Kraft und Segen war. Die Stunde war jetzt plötzlich gekommen, die sie so oft ersehnt und die sie nie zu erleben geglaubt hatte – die Stunde, wo ihr der Vater selbst ein freies Wort gestattete für die Unglücklichen, deren Loos sie täglich bejammerte, und aus welchen ihr Vater so leicht glückliche, vielleicht auch gute Menschen machen konnte.

»Mein Vater,« begann sie und wünschte sich alle Beredtsamkeit der überzeugendsten Redner und wünschte, daß all' jene Hundert, für welche sie sprechen wollte, im Stillen mit ihr um Segen für ihre Worte beten mögten. »Mein Vater, die Leute sind gut – und wenn Hunger, Frost, Krankheit, oder irgend eine Noth sie unzufrieden macht, so murren sie gleich laut und machen sich mit Schimpfen und Fluchen Luft – aber heimtückisch sind sie nicht und finstere Pläne spinnen sie nicht – dazu sind sie viel zu unwissend und wie Kinder. Aber sie klagen und murren wohl, wenn ihnen von ihrem Lohn abgezogen wird und die Factoren sie schlecht behandeln, und wenn ihre Kinder bei der angestrengten Arbeit zu Krüppeln werden und erliegen. Die Noth unter ihnen ist groß, mein Vater, und sie selbst sind daran unschuldig – ich habe es mit angesehen. – Ach, und Vater! Das Sprichwort könnte wohl einmal wahr werden: Noth kennt kein Gebot – die Noth der Armuth lehrt nicht beten, die macht Verbrechen! Und wenn sie einmal etwas Verzweifeltes thun könnten – wie der Geheimrath meint – so thun sie es nur, weil sie vorher haben verzweifeln müssen. – Darum laß' sie nicht verzweifeln – Vater, wir sind reich genug und bleiden's auch, wenn Du die Arbeiter ein wenig besser bezahlst, auch wenn die Kinder nur den halben Tag arbeiten statt den ganzen; und wenn Du sie in eine Schule schickst, so werden brauchbare und gute Menschen aus ihnen, vor denen Du Dich dann niemals zu fürchten hast.«

»Deine Vorschläge sind eben wie die eines Kindes –« sagte der Vater freundlich. – »Aber Du glaubst, daß der Geheimrath Unrecht hat?«

»Das hat er gewiß – aber es ist traurig, daß Du doch immer fürchten mußt, diese Menschen könnten sich einmal an Dir rächen, Vater! Mein Herz hat dabei geblutet – aber ich habe es hören müssen, daß sie Dich einen – Tyrannen nannten –«

»Mädchen!« Doch sie ließ sich von der Mahnung nicht stören und fuhr heftiger fort. »Von Hunderten Thrann genannt zu werden! Und es kostete Dich kein Opfer, sondern nur scheinbar wäre Deine Einnahme verringert, wenn Du durch Milde und Nachsicht – der Wohlthäter dieser Hunderte würdest – wenn Dich dann ihren Vater nennten – wenn sie Dich liebten statt Dich zu fürchten.«

Sie umschlang ihn innig, heftig. »Nun,« sagte er, »ich sollte es einmal versuchen mit der Milde, um Dir zu beweisen, daß dieser Pöbel anders ist, als Du denkst.«

»Versuch es und ich habe gesiegt!« rief sie frohbegeistert.

Er lächelte sie mild an.

Die Thüre ging auf und Georg trat ein und sagte: »Zwei Arbeiter haben so eben den Factor Eckert, weil er ihre unverschämte Forderung nicht erfüllt hat, im Finstern aufgelauert und ihn fürchterlich durchgeprügelt, daß er jetzt kein Glied rühren kann.«

Der Fabrikherr erhob sich wüthend und stieß Paulinen bei Seite: »Das sind Deine vortrefflichen Menschen, Närrin!« rief er höhnisch und heftig zugleich. – »Du wirst es wohl auch noch begreifen lernen. – Der Geheimrath hat Recht – einen Factor prügeln – das sieht sehr nach communistischen Grundsätzen aus, wo Alle gleich sind.«

Pauline warf auf Georg einen Blick voll schmerzlich bitterer Anklage und eilte hinaus.

Es war dieselbe späte Abendstunde, in welcher Franz, von Wilhelm wie von einem bösen Versucher aufgestachelt, auch in's Freie gelaufen war.

Pauline war kaum in höchster Aufregung ein Stück gegangen, als ihr Franz begegnete.

Sie wußte nicht, was sie that, sie stürzte wie außer sich auf ihn zu und rief: »Franz! Ich sehe Unheil über Sie kommen, über uns Alle – aber Sie sind am Meisten bedroht. – Wie können Sie Sich retten?«

Er verstand sie nicht – aber er hielt ihre Hand in der seinen; er sah ihr mit glühenden Blicken, wie er es noch nie gewagt hatte, in das bleiche, geängstete Angesicht.

So schnell als möglich erzählte sie ihm die Unterredung des Geheimraths mit ihrem Vater, dann die ihrige. – Er hörte gespannt zu. – Wie sie ihm auch ihre Worte zu ihrem Vater wiederholt hatte, sagte er mit innigstem Ton, aber schmerzlich bewegt:

»Sie sind eine Schwester aller Unglücklichen, ich zähle Sie mit unter diesen.«

Sie verstand ihn – »Franz!« rief sie mit leisem Vorwurf und lehnte das goldne Lockenhaupt an seine Schulter.

Selige Schauer durchzogen ihn – er wagte nicht, sie zu küssen, er beugte das Knie vor ihr und verstummte vor Entzücken.

Wilhelm hatte von fern gestanden – er hatte Alles mit angehört – jetzt lachte er höhnisch erfreut vor sich nieder und zog sich vorsichtig zurück.

Dritter Band

I. Ueberraschung

>»Mein Herz, ich will Dich fragen,
>Was ist die Liebe? – Sag'!
>Zwei Seelen, ein Gedanke,
>Zwei Herzen und ein Schlag.«
>
>*Friedrich Halm.*

Jaromir fühlte ein neues Leben, einen neuen Lenz in sich. Es gab für ihn Stunden, wo er sich selbst nicht mehr erkannte, wo er sich ganz wie verwandelt vorkam. Mit welch' neuem Reiz lag jetzt das Leben wieder vor ihm, wie füllte wieder ein seliger Hochgedanke seine ganze Seele aus, ein Hochgefühl, an das er lange nicht mehr geglaubt, das er oft im bittern Unmuth seines unbefriedigten Herzens, im Uebermuth seines stolzen Geistes verspottet und verlacht hatte. – Und wieder gab es andere Stunden für ihn, wo eine ganze Reihe zuletzt verlebter Jahre vor ihm wie ein böser Traum versunken, wo er sich wieder Jüngling fühlte und alle Begeisterung, alle süßen Schwärmereien seiner Jugendjahre wieder empfand. Er war wieder Poet aus der Fülle seines Herzens, und jene seligen Momente kamen ihm wieder, wo in lauter, rauschender Sphärenmusik ein ganzer Himmel urewiger Harmonieen im Innern einer Menschenbrust aufweckt, die so lange wogen und dringen und nicht zur Ruhe kommen wollen, bis sie eine äußere Erscheinung gefunden – ein Lied, das jubelndes Zeugniß ablegt von ihrem Dasein, ihrer Macht und Herrlichkeit.

Ein seliges Liebeleben vereinigte ihn mit Elisabeth.

Und sie, die ernste, verschlossene Jungfrau, weihte ihm die ersten vollsten Blüthen eines Gefühls, dem bisher ihr Herz kaum eine leise Ahnung gezollt hatte. Man konnte ihr Inneres einer hohen weißen Lilie vergleichen, die schlank aufgesprossen ist und deren Blüthen über Nacht in heiliger, schweigender Ruhe bei melodischem, gleichförmigem Quellengeriesel träumend groß geworden sind und im weißen silberreinen Glanze viel heilige Geheimnisse in sich selbst noch ungeahnt und schlummernd verschlossen halten. Da strahlt der Morgenstern hell und tagverheißend auf die Blüthenkrone, der erste Morgenthau hängt sich an sie, mit einem zarten, durchsichtigen Perlenschleier sie noch verklärend, vorahnend schlägt die erste Lerche ihr Lied ihr vorüber im dunkeln Morgengrauen empor – es klingt mit seltsamer Bewegung wieder im Blumenkelch – er richtet sehnsüchtig sein Haupt noch höher auf – aber er bleibt verschlossen. Nun graut es im Osten – nun fallen alle Nebel, wirbeln und singen alle Vögel zugleich – ein heiliges Schauern zieht erschütternd durch die ganze Natur, regt sich in der höchsten Eiche, wie im kleinsten Halme – ein tausendstimmiger Jubel bricht los – als plötzlich die Sonne aufgegangen und mit viel Tausend strahlenden Liebesbändern die ganze Schöpfung an ihr unsterbliches Herz zieht. Und einer dieser allmächtigen Strahlen rührt auch an den verschlossenen Lilienkelch – und die Blüthenseele wacht aus ihrem Traum auf, thut ihre verhüllenden Blätter auseinander, öffnet sich dem heißen Lichtglanz und läßt ihn segnend eindringen in ihre goldenen Tiefen, daß köstliche Nektartropfen darinnen hervorperlen. – Dieser hohen Lilie glich Elisabeth. Gleich einem strahlenden Morgensterne hatte einst Gustav Thalheim ihr nahe gestanden, zu dem sie mit heiligen Vorgefühlen emporschaute – aber Jaromir war ihr als eine leuchtende Sonne aufgegangen, ihr tief in's Herz gedrungen, so daß es all seiner Schönheit Fund seines Reichthums sich dadurch erst selbst bewußt geworden war und immer vollendeter Beides entfaltete. –

So war denn das ganze Maileben glühender keuscher Liebe für sie angebrochen. –

In den ersten sonnigen Stunden des Nachmittags eilte Jaromir täglich in den Park von Hohenthal und in die stille, von Bäumen verschwiegen beschattete Rotunde, in welcher er Elisabeth zuerst seine Liebe gestanden hatte. Dort harrte er dann – und harrte selten vergebens – bis die Geliebte unter den Bäumen hervor ihm entgegentrat und zart erröthend in seine geöffneten Arme sich warf. Nur zuweilen, wenn Gäste zu Mittag im Schloß waren, blieb sie aus oder flog nur eilend hin zu ihm, um ihn nach wenig Momenten wieder fortzutreiben. Denn noch lag der zarte Schleier des Geheimnisses über ihrer Liebe und es war, als hätte Keines von Beiden ihn heben mögen. Zwar machte er jetzt noch öfter als vorher Besuche in Elisabeths Familie und ihre Eltern empfingen ihn gern, obwohl es schien, als ob sie Aarens noch mit freundlicherer Auszeichnung willkommen hießen.

So waren denn auch eines Nachmittags Elisabeth und Jaromir in der Rotunde bei einander. Er hatte ihr einen Strauß Rosen mitgebracht und wollte jetzt, daß sie diese sich zum Kranze winde.

»Wir wollen hier die kleinen Marmorsäulen unsers heiligen Liebestempels umkränzen,« sagte sie, »wir dürfen wohl heute ein geheimes Fest feiern, denn heut' ist es ein Jahr, daß wir zuerst uns sahen.«

»Sei mir nicht böse,« sagte er und küßte sie innig, »aber ich brachte Dir dazu die Rosen mit, um zu sehen, ob Du auch diesen Tag im treuen Gedächtniß bewahrt haben würdest.«

»Nun, dafür, daß Du mich erst prüfen wolltest, verdientest Du wohl eine Strafe – geh, pflücke mir Eichenlaub, indeß ich die Kränze zu winden beginne –« erwiderte sie lächelnd.

Er gehorchte. »Das ist ja eine Scene, wie aus dem Sohn der Wildniß,« sagte er, als er mit den gepflückten Zweigen sich zu ihren Füßen setzte und ihr die Blumen zureichte.

Sie lachte und begann, um das Bild zu vervollständigen, mit ihrer schönen melodischen Stimme zu singen:

>»Mein Herz, ich will Dich fragen,
>Was ist denn Liebe? – Sag'!
>Zwei Seelen, ein Gedanke,
>Zwei Herzen und ein Schlag!«

Er hatte sie noch niemals singen hören – sie liebte es nicht, vor fremden Zuhörern auf Bitte oder Geheiß zu singen, sie that es nur in den Stunden, wo es ihr innerstes Bedürfniß war, dann lag ihre ganze Seele in ihrem Gesange, und so auch jetzt. Von Bewunderung hingerissen lauschte er bezaubernd den hellen Tönen, die so frei und freudig wie jubelschlagende Lerchen hervorflatterten aus der Brust seines theuern Mädchens. Er ließ sie das Lied vollenden, ohne sie zu unterbrechen, und bat dann nur einfach:

»Sing' es noch ein Mal!«

Und sie antwortete der Bitte nur dadurch, daß sie es noch ein Mal sang.

Die Augen halb geschlossen vor sich niedergesenkt hörte er ihr träumend zu – wie oft hatte er sonst Bella's Töne bezaubert gelauscht – aber nie hatten sie ihn so im tiefsten Innern angegriffen, wie dieser einfache seelenvolle Gesang Elisabeths. Es war die Sprache glühender, oft wilder Leidenschaft, welche er aus Bella's Tönen hörte, Sirenenklänge, die mit wunderreichem Zauber verderbendrohend ihn umstricken – die ihn erst hinschmelzen ließen in weicher Wollust, rasend vor glühendem Verlangen, dann vernichtet in sich selbst zusammensinkend – bis er plötzlich ernüchtert, besonnen, aber innerlich ermattet und zerrissen aufwachte wie aus einem fieberheißen Traum. Aber jetzt, wo Elisabeth sang, war ihm als stimmten droben im Himmel alle Engel dazu ihre Harfen und spielten dazu auf ihren feinsten Saiten Elisabeths einfache Worte als heilige Gebete nach, es war ihm, als stimme die ganze Schöpfung vor leisem Jubel zitternd sanft mit ein in das Liebeslied. Wie Orgelgetön und Glockenklang, wie Vögelgesang im Mai, wie ein Liebespän einer seligen Schöpfung, den fromme betende Menschen und eine ganze gottdurchgeisterte Natur zusammenstimmend aufsteigen lassen – so zog es jetzt durch seine Seele.

Und als sie geendet hatte und er noch immer träumend vor sich niederblickte, sagte sie lächelnd:

»Nun, mein Lied hat wohl gar das große Kind in Schlummer gesungen?« Und wie sie ihre Wange an die seinige lehnte, sah sie eine helle Thräne in seinem Auge – sie küßte sie ihm hinweg, und unaussprechlich selig hielten sie einander in den Armen.

Sie hatte zwei Guirlanden vollendet und wand sie um die Marmorsäulen. Die schönsten Rosen hatte sie noch zurückbehalten.

»Aus diesen winde Dir selbst eine Krone!« bat er.

Sie begann das anmuthige Geschäft von Neuem. Er saß neben ihr; sie umschlungen haltend, sah er über ihre Schultern hinweg ihren regen Fingern zu.

Da rauschte es plötzlich wie von Tritten und im Grase schleppendem Seidenzeuge – Elisabeth sah auf, sprang erschrocken empor – die Rosen fielen von ihrem Schoos zu ihren Füßen – ein Ausruf der Ueberraschung drang aus ihrem Munde.

»Du streust mir Blumen, Elisabeth!« rief lachend eine jugendfrische Stimme. Sie kam von einer jungen Dame mit einem hübschen muntern Gesicht, zu dem schwarze Locken und ein blumengeschmückter Strohhut recht gut paßten.

»Aurelie!« rief Elisabeth – und die jungen Verwandtinnen umarmten und bewillkommten sich mit Herzlichkeit.

Jaromir ging einstweilen in dem nächsten Gange etwas unbehaglich hin und her.

»Aber wie kommst Du hierher?«

»Gerade hierher? Nun sieh – ich wollte Dich überraschen, obwohl ich nicht wissen konnte, daß meine Ueberraschung für uns Beide so groß sein würde.«

»Du bist noch immer muthwillig. – Aber wie kamst Du gerade hierher?«

»Durch meinen vortrefflichen Ortssinn und Deine getreue Beschreibung diese Platzes. Du hattest mir in einem Deiner Briefe diese Rotunde beschrieben und erzählt, daß Du alle erste Nachmittagsstunden hier allein zubrächtest – was freilich der Wahrheit nicht ganz gemäß war –«

»Aurelie, doch – damals!«

»So, nur jetzt ist es anders – ich nahm mir also vor, ehe Du etwas von meiner Ankunft erführest, ehe ich das Schloß beträte und Deine Eltern begrüßte, Dich hier zu überfallen. Im Park war ich noch ziemlich bekannt und so ist es gerade kein Wunder, daß ich mich zurecht fand.«

»Und Tausend Mal willkommen, Du Gute! Wir werden uns Viel zu erzählen haben –!«

»Ja, nun beichte – Dein Ritter dort wird seiner Irrgänge müde werden –«

»Ich werde Dich ihm vorstellen – aber Eins, Aurelie! Du bist die Vertraute unsers Geheimnisses – vergiß das nicht – wir lieben uns – aber Du bist die Erste, welche es erfährt –«

»Das würde für mich sehr schmeichelhaft sein, wenn es minder zufällig wäre – um so neugieriger bin ich – Dein romantischer Hang hat Dich am Ende einem Dichter oder Künstler entgegengeführt, der nicht recht in unsere Verwandtschaft paßt. – Hab ich Recht oder nicht? –«

»Beides zugleich –« und Elisabeth rief »Jaromir« und stellte ihm Elisabeth vor: »Meine Cousine, Aurelie, von Treffurth.« Dann nannte sie ihr seinen Namen –

Sie war fröhlich erstaunt – »Ich begreife Deine Wahl,« sagte sie halblaut zu Elisabeth und gegen Jaromir gewendet, fügte sie hinzu:

»Und über die Ihrige erstaun' ich gar nicht – auch hört' ich Manches aus der Schule schwatzen – Elisabeth wollte immer nur Gedichte von einem neuesten Dichter lernen und war deshalb auf einem ihrer Hauslehrer gar nicht gut zu sprechen, welcher behauptete: die neuen Dichter taugten alle nicht und gerade die, welche die Besten hießen, wären der Leute Verderben – was würde er gesagt haben, wenn er jetzt, wie sonst so oft, mich auf der Wanderung hierher begleitet hätte.«

So scherzte Aurelie ungezwungen und muthwillig, wie immer ihre Weise gewesen war.

Die Drei nahmen auf den Moosstufen neben einander Platz, so gut es eben gehen mogte.

»Aber nun erzähle, wie Du eigentlich hierher kommst,« sagte Elisabeth zu Aurelie, »so allein und überraschend – und Du siehst eher aus, als ob Du von einem Spaziergang kämst, als von einer Reise!«

Aurelie nahm ihren Hut ab, knöpfte die Handschuh auf, zog sie aus, wickelte sich aus der seidnen Mantille heraus, warf Alles zusammen neben sich in's Gras und sagte lächelnd:

»Sieh, da wirst Du Dich wundern; ich bin nicht etwa gekommen, um wie sonst Euer Gast zu sein – ich bin nun Eure Nachbarin und wahrscheinlich Ihre nächste, Herr Graf!«

»Ich wohne in der Wasserheilanstalt;« sagte dieser.

»So ist mir, hab' ich gehört,« fuhr Aurelie fort, »und ich wohne auch da –«

»Du? – Nicht möglich!« rief Elisabeth.

»Ich glaube, ich bin noch im Stande, Deinen Neid zu erregen,« plauderte Aurelie neckend weiter, »ich bin mit Oberst Treffurth hier, meinem Onkel. Die Tante ist schon lange kränklich, wie Du weißt, und der Arzt rieth ihr die Wasserkur. Seit der Verheirathung ihrer Tochter fühlt sie sich sehr verlassen und einsam, und da sie zu kränklich ist, um nur irgendwie dem Hauswesen noch vorstehen zu können, hingegen einer weiblichen Pflege und Umgebung bedarf, so hat sie sich eine Gesellschafterin in's Haus genommen. Erst hatte die Tante ihre Tochter in deren neue Heimath begleitet, mit dem festen Entschluß, sich selbst dort anzusiedeln – allein das gebirgige Klima hat ihr nicht zugesagt, die Aerzte haben es ihr als eine Unmöglichkeit geschildert, daß sie dort länger als ein paar Wochen zubringen könne, ohne ihre Gesundheit ganz zu untergraben. So hat sie denn nachgeben und ihren frühern Wohnort behalten müssen. Sehr verstimmt kam sie dahin zurück und bat mich zu ihr zu kommen, um ihr wenigstens auf kurze Zeit die Tochter zu ersetzen zu suchen. Wie ich nun ankam, war bereits davon die Rede, daß sie eine Wasserheilanstalt besuchen solle – es fragte sich nur welche? Ich war natürlich gleich für Hohenheim um Deiner Nähe willen, doch flüsterte man sich in der Residenz leise zu: eigentlich sei die hiesige Anstalt erbärmlich, und Alles, was man darüber geschrieben und lobpreisend gefabelt, sei Nichts als eine Mystification des Publikums, eine neue Art Marktschreierei, welche der Wasserdoctor von Hohenheim zu seinem Vortheil erfunden habe.«

Jaromir lachte und sagte: »Man thut dem guten Doctor Unrecht – an der ganzen Mystification sind Sie allein Schuld, Elisabeth, das will ich Ihnen ein Mal später erklären, da Sie jetzt ungläubig lächeln.«

Aurelie sagte: »das wäre wirklich so allerliebst, als seltsam – aber um meine Erzählung fortzusetzen: die Nähe von Hohenthal in dem neuen Badeort wirkte endlich auch entscheidend auf meine Tante und schneller als mit dem Entschluß ging es mit unsrer Abreise, daher erhieltst Du auch keine vorbereitende Nachricht. Gestern am späten Abend sind wir hier eingetroffen und haben uns nothdürftig placirt. Onkel und Tante folgen mir in einem Stündchen zu Euch nach. Unterdeß mag die Doctor Thal – –« Aurelie unterbrach sich plötzlich: »Ach, das hab' ich Dir noch gar nicht einmal gesagt. Die Gesellschafterin meiner Tante ist nämlich niemand Anders, als die Doctor Thalheim, die Frau unsers Lehrers, welchen Du so schwärmerisch verehrtest und welcher –«

Elisabeth fiel ihr in's Wort: »Nicht möglich!« rief sie. »So haben sie sich ganz und für immer getrennt? Und hat er ihr auch sein Kind nicht länger anvertrauen mögen?« Sie war zu sehr überrascht von Aureliens Neuigkeit, zu gespannt auf deren Antwort, als daß sie hätte bemerken sollen, wie ein leises, bitteres Zucken, eine vorübergehende schauernde Blässe der Bestürzung über Jaromirs vorhin so glückstrahlende Züge flog – auch ward er bald dieser äußern Bewegung Meister; doch Aureliens Blick war zufällig während derselben auf ihn getroffen; jetzt fuhr sie fort:

»Ich glaube, die Thalheim hat gesagt, sie sei von ihrem Mann geschieden, ihr Kind ist gestorben – das mag sie noch zusammengehalten haben, jetzt soll er gar nicht mehr nach ihr fragen. Man könnte wirklich neugierig sein zu wissen, was eigentlich zwischen den beiden Menschen vorgefallen, es hieß ja immer, er sei der beste Gatte von der Welt, und auf einmal, als sie kaum von der schwersten Krankheit genesen, verläßt er sie, um sich auf einer Reise zu amüsiren. Verdenken kann ich's ihm nicht, denn häßlich ist sie und furchtbare Langeweile mag er auch bei ihr gehabt haben. Aber daß er das nicht schon viele Jahre vorher empfunden hat! Da nannte man aber die Armuth sein einziges Unglück! Du weißt es ja selbst.«

»Aber vielleicht ist sie doch nicht sein größtes gewesen, oder vielleicht war sie es allein, die ihn bestimmte, die Reiseofferte von Graf Golzenau anzunehmen;« sagte Elisabeth.

»Sie lebten in Noth?« fuhr Jaromir hastig heraus – »und Golzenau – ich besinne mich – dieser Thalheim, welcher mit meinem Vetter Eduin Golzenau reist, ist derselbe, dessen Gattin jetzt hierher kommt, ist Ihr Lehrer, von dem Sie, Elisabeth, mir noch jüngst mit Begeisterung sprachen. – Sie hatten mir seinen Namen nicht genannt.«

»Der nämliche, Jaromir,« sagte Elisabeth. »Aber Sie sind so bewegt, nehmen Antheil an diesem Thalheim? – Sie kennen ihn ja – vor einem Jahr, als wir uns zuerst sahen, kamen Sie von ihm.«

»Und eine neue Liebe ging in meinem Herzen auf!« rief er, den ganzen Sturm seiner aufgeregten Empfindungen in diese Worte pressend und zog ihre Hand heftig an seine zuckenden Lippen.

Sie nahm diese Aufwallung für den einfachen Ausdruck der überwältigenden Erinnerung an jene erste Stunde, wo zwei Menschen sich begegnen, welche trotz der Bewegung ihrer Herzen dabei und der wunderbaren, unerklärten Empfindung, welche in ihre Seelen schlägt, auch nicht ahnen können, daß einst ein Himmelsgefühl und ein Himmelsglück sie vereinigen werde – und so blickte sie ihn zärtlich an und vergaß darüber, was sie und er noch im letztverwichenen Moment gesprochen.

Nach einem Augenblick des Schweigens sagte Elisabeth zu Aurelie: »Durch den Rittmeister von Waldow, der mir zuweilen von der Reise seines Sohnes erzählte, habe ich auch von Thalheim sprechen hören – auch lebt ihm ein Bruder hier –«

»Ein Bruder?« sagte Aurelie. »Nun da wird die Doctor Thalheim gewiß um so weniger ausgehen, als sie dies schon zum voraus erklärt hat – es wird ihr unangenehm sein, da ihr Gatte Nichts mehr von ihr wissen will, in der Gesellschaft mit einem Schwager zusammentreffen.«

»In der Gesellschaft? – Das wird sie nicht!« lächelte Elisabeth. »Franz Thalheim ist Fabrikenarbeiter –

Aurelie schlug ein lautes Gelächter auf und sagte ungläubig: »Du bist sogar witzig geworden, Elisabeth.« –

Unterdeß hatte Jaromir an seine Uhr gesehen: »Man wird Sie im Schloß erwarten, es ist Zeit, daß ich gehe, sagte er und entfernte sich nach kurzem Abschied.

II. Die Brüder

»Ich bin gewandert, hab' gesehen,
Es steigt empor ein böses Zeichen,
Ein Kampf liegt in den ersten Wehen,
Ein Kampf der Armen und der Reichen.«

Alfred Meißner.

Der Geheimrath von Bordenbrücken hatte seine Mission vollkommen erfüllt. Gewiß hatte er den Orden, um den er sich bewarb, schon jetzt verdient. Wenigstens hatte er sich alle mögliche Mühe darum gegeben und kein Mittel gescheut, zu irgend einem Resultat zu gelangen, durch das er sich den Dank seiner Regierung verdiene. Um jeden Preis wollte er Entdeckungen von der größten Wichtigkeit über staatsgefährliche Verbindungen und Umtriebe machen. Wo er nur einen Keim dazu fand, wollte er daraus wo möglich eine Giftpflanze erziehen und sie dann frohlockend ausreißen.

So hatte der Geheimrath auch den unheimlichen Funken in die Seele des Fabrikherrn geworfen – war er dort einmal eingedrungen, so werde es ihm, daß wußte er, an weiterem Brennmaterial und Zündstoff nicht fehlen.

Der Geheimrath war ein geschickter Rechenmeister, sein Exempel traf bei der Probe.

Herr Felchner hatte Tag und Nacht keine Ruhe mehr. Er theilte seine Unterredung mit dem Geheimrath seinem Sohn mit. Georg war von Charakter fast noch finsterer und hartherziger als sein Vater. Herr Felchner, der Vater, war ein Thrann gegen Alle, die von ihm abhingen, aber er war es um eines Zweckes willen: er war es aus Ehrgeiz, der reichste und industriellste Mann in seinem Vaterland zu sein. Alles, was er war und besaß, hatte er seiner Klugheit, seinem Fleiß und seiner Ausdauer zu verdanken, denn er hatte zuerst mit einem geringen Geschäft und klein angefangen. Darauf war er stolz und auf diesem sichern Fundament baute er nun mit rastlosem, unermüdlichem Eifer weiter. Es war seine Freude, wenn er durch seine Geldmacht den Adel demüthigen konnte, es war sein Stolz, bei dem großen Grundbesitz, den er sich nach und nach erworben, bei der Masse der Leute, welche er beschäftigte und welche dadurch Alle von ihm abhängig waren, selbst eine Art von Souverain vorzustellen, es war sein Ruhm, die Industrie durch alle zweckmäßige Neuerungen zu bereichern und sie in seinen Fabriken und durch dieselben auf eine immer höhere Stufe zu heben – und es war so seine Lebensaufgabe, in Allen diesem noch weiter zu schreiten –: das Mittel dazu war erhöhter Reichthum: Sich diesen zu verschaffen, war ihm kein Mittel zu gering, zu kleinlich und schimpflich – so bald sich dies Alles nur unter einem Schein des Rechtes verbergen ließ. So lag seinem Handeln immer noch eine Idee, ein Zweck zum Grunde, und so war er nicht hart und grausam, weil er es unter allen Verhältnissen gewesen sein würde, sondern er war es nur unter den gegebenen, er glaubte so sein zu müssen, wenn er den Platz ganz ausfüllen wollte, auf den er sich gestellt, den er für sich gehörig in Anspruch genommen.

Aber anders war es mit Georg. Er war Nichts als eine todte Maschine. Er hatte nicht einmal einen Ueberblick über den weiten Geschäftskreis seines Vaters – er stand still auf dem Platz, auf welchen ihn dieser gestellt. Er war einer jener Zahlenmenschen, welche ihr Leben lang niemals gedacht, sondern immer nur gerechnet haben. Aber darüber waren alle edleren Regungen seines Herzens erstorben. Der Grundzug seines Characters war böse Härte geworden. Glückliche und heitere Gesichter waren ihm förmlich unerträglich – sobald er solchen begegnen mußte, ward er noch mürrischer als gewöhnlich; – daß es so kam, war der Neid seines Herzens, weil er selbst für Freude und Glück ganz unempfindlich geworden war; aber er war dies auch für Schmerz und Trauer. In ihm war immer nur eine Empfindung lebendig: der Aerger und seine Aeußerungen bestanden in Härte und Grausamkeit. So ärgerte er sich stets über die Fabrikarbeiter, und weil er sich über sie ärgerte, haßte er sie, und weil er sie haßte, mißtraute er ihnen, und weil er ihnen mißtraute, behandelte er sie mit der ausgesuchtesten Strenge.

Es war natürlich, daß er jetzt, als ihm sein Vater die Warnungen des Geheimrathes mittheilte – dieselben begierig in sich aufnahm, das Mißtrauen des Vaters vergrößern half und zu verstärkter Strenge gegen die Arbeiter rieth.

Und so kam es, daß am nächsten Lohntag jedem der ledigen Arbeiter angekündigt ward, daß man ihm am nächsten Lohntag ein paar Groschen von seinem Lohn abziehen werde, dafern er wieder in den Arbeiterverein in die Schänke gehe, hinter dessen gefährliche und aufrührerische Zwecke man endlich gekommen sei. Man wolle keine weiteren Nachforschungen anstellen, aber Jeder möge sich hüten, wieder Aehnliches zu versuchen – und der Verein sei jetzt ein für alle Mal unwiderruflich aufgelöst.

Der Eindruck, welchen diese Maaßregel auf Alle, welche sie betraf, machte, war ein sehr verschiedener.

»Das leiden wir nicht! Wir sind freie Arbeiter! Wir sind keine Sclaven, keine Bedienten! – Man darf uns keine solchen Vorschriften machen! – Wir wollen doch sehen, wer dazu ein Recht hat!«

So redeten die Arbeiter unter einander hin und her im ernsten lauten Zorn.

Nachher klang es anders – da kamen all' die Aber hinterdrein, gar viel und mannichfaltig – all' die Aber der armen Leute.

Da hieß es nun wohl so:

»Aber was wollen wir thun? – Wie wollen wir's anfangen uns zu widersetzen? Leicht zwar ist's gethan, zusammenzukommen wie gewöhnlich; aber dann, dann kommt der Lohntag, dem wir jedes Mal so sehnsüchtig entgegen harren – kommt der Lohntag und kein Lohn! Denn wird unser Lohn noch mehr geschmälert, so müssen wir verhungern und elend zu Grunde gehen. – Wollen wir klagen vor Gericht? – Die Gerichtsklagen sind theuer und den armen Leuten helfen sie nicht! – Wer die Macht hat, hat das Recht! –«

So sprachen die Arbeiter hin und her und sahen traurig und nachdenklich vor sich nieder.

Anton hatte seine Ohren überall.

Wilhelm hörte mit innrer Freude all' das Murren der Zornigen, sah vergnügt all' die große Bestürzung. Nun werden sie es wohl einsehen,« sagte er für sich, »nun werden sie's nicht mehr lange tragen!« Aber laut und zu den Andern sprach er nur:

»Da seht Ihr es! Wir sind freie Arbeiter, wir können die Freiheit haben zu verhungern – wir sind keine Sclaven – unser Herr kann uns fortjagen, wenn wir ihm nicht zu Willen sind – aber so ist es einmal, dem Reichen gehört die Welt – bis sich einmal das Ding umkehren und der Reiche der Welt gehören wird.« Zu Franz sagte er dann halblaut: »Was meinst Du nun, Bruder? Was Du mühsam Jahre lang ringend aufgebaut, um Deine Kameraden für Menschenwürde zu erziehen, um sie zu sittlicher Erstarkung zu führen, um sie vor der äußersten Noth zu bewahren – das sinkt nun Alles in Nichts zusammen vor dem Machtwort des reichen Thrannen. Was meinst Du nun? Glaubst Du nun, daß es für uns besser werden könne, so lange wir die Sclaven der Reichen bleiben, so lange wir vor jeder Selbsthülfe feig zurückschaudern?«

»Laß' mich jetzt, Wilhelm!« bat Franz mit wehmüthiger Stimme, »laß' mich, bis ich mit mir selbst zu Rathe gegangen; zu unerwartet kam der Schlag.«

Wilhelm lachte höhnisch.

Nach dem Feierabend ging Franz auf der Straße nach Hohenheim. So entmuthigt, so niedergeschlagen wie jetzt, war er noch niemals gewesen. Wie ein Schlag aus blauem Himmel war ihm diese neue unerhörte Strenge des Fabrikherrn gekommen. Er hatte ja von Anfang an Nichts gegen den Verein gehabt, als ihn Franz zuerst davon benachrichtigt und sogar um seine Zustimmung gebeten hatte. Woher nun dieses plötzliche Mißtrauen gegen eine Sache, welche man nie mit dem Schleier irgend eines Geheimnisses umhüllt gehabt hatte? Woher diese plötzliche Härte?

Franz sann lange darüber nach, doch immer vergebens. Und je weniger er einen Grund herausfand, welcher diese außerordentliche und unerwartete Maasregel des Fabrikherrn hätte rechtfertigen können, desto trüber und unheimlicher ward ihm zu Muthe – eine ungeheure Angst vor kommenden Dingen begann sich wie ein drückender Alp auf seine Seele zu lagern. Diese Ankündigung, die ihm und allen Arbeitern heute geworden, – war sie nicht der Vorbote nahenden großen Unheils? Glich sie nicht dem ersten schmetternden Blitz, dem ersten rasch abbrechenden Donnerschlag, die ohne die Gewitterschwüle der Luft durch lindernde Regentropfen zu kühlen aus finsterm Gewölk hervorbrechen? Und dann ist es wieder still, todtenstill und keine Bewegung am Horizont. Nur daß die schwarzen Wolken immer größer wachsen, immer höher sich aufthürmen, ohne doch sichtlich weiter von ihrer Stelle zu rücken, ihre dunkeln Massen mit schneehellen Spitzen schmücken, mit rothschillernden Streifen durchziehen – so daß der Beobachter des Wetters wohl sieht: das ist mehr als ein Gewitter, das mit vorübergehenden Schrecken der Erde Segen bringt – das verkündet schlimmen Hagel, das wird sich nicht eher entladen, als im gräßlichen Wolkenbruch. Auf die todesängstliche stille Erde, die unter dieser drohenden schwarzen Last sich nicht zu rühren wagt, wird plötzlich das Entsetzen hereinbrechen – und sie wird ohnmächtig aufschreien unter den fürchterlichen Kampf der Elemente, aber unhaltbar werden die großen Hagelkörner herunterstürzen und die Bäume zerbrechen, die nicht geduldig sich beugen wollen, die junge Saat zerstampfen, die hilflos dasteht, und unter allen Früchten ringsum eine furchtbare Ernte halten vor der Zeit. Und tosende Wasserschlünde wird der Himmel öffnen, die werden zusammenströmen mit den Wassern auf der Erde und sie aus ihren friedlichen Betten aufjagen, heraushetzen auf blumige Wiesen und Felder und über sie hinweg bis hinein in die schutzlosen Häuser armer Menschen. Und dann, wenn das Werk der Zerstörung vollendet sein wird, dann wird von droben ein ruhiger blauer Himmel herniederlachen auf all' den Jammer unten, und kleine Silberwölkchen werden im spielenden Tanz erzählen: das Unwetter sei nun vorbei und komme nicht wieder, es herrsche nun wieder lauter Klarheit und Ruhe. Als ob nun Alles gut sei! Als ob es Nichts sei, eine zertrümmerte Ernte! Als ob die vernichteten Hoffnungen von Tausenden Nichts wären!

So zog es durch Franzens Seele. So hatte er das bestimmte Vorgefühl wie vor solch' gräßlichem Gewitter. So legte es sich wie ein drückender Alp auf seine Brust. Da drinnen fühlte er es bestimmt: so werde es kommen.

Wer so die niedern Arbeiter tagtäglich freiwillig und friedlich sieht an ihre einförmigen und schweren Geschäfte gehen, der ahnt wohl nicht, welch' ungeheure Kämpfe oft mögen ausgekämpft werden in diesen stummen Herzen, die hinter einem groben grauen Hemd und unter einer zerrissenen Jacke schlagen. – Und wenn auch öfter noch vielleicht diese Herzen kein Verlangen haben, weil der hungernde Magen daneben eine beredtere Sprache als sie gelernt hat, wenn auch all' diese Sinne durch frühe Gewöhnung thierisch abgestumpft sind und nur aus Gewohnheit ein lästiges Leben fortführen, ohne ein anderes zu begehren, weil ihnen von ihrer Geburt an vorgesagt worden ist: das sei ihr Loos – und sie für sich niemals ein anderes erstreb'bar hielten: ach, so trifft doch doppelte Qual diejenigen, welche aus ihrer dumpfen Lebensnacht aufgewacht sind und sich doch ausgeschlossen sehen von All' dem, was man eigentlich Leben nennt. Dann beginnt jenes Ringen des innern Menschen wider das Loos, zu dem der äußere Mensch durch seine Geburt verdammt ist. Und wer nun frommer Sieger bleibt in solchen Kämpfen, vielleicht der härtesten von allen, welche den Menschen beschieden sind, dessen wartet dafür kein Wort der Anerkennung, kein Hauch der Bewunderung, kein leuchtendes Ziel und kein ehrender Kranz – kaum daß von ihm die Welt sagt: er thut seine Pflicht; sie sagt entweder: es ist so seine Bestimmung, was kann er Anderes wollen? Oder sie spricht gar nicht von ihm – denn von dumpfen Maschinen, die man sich nur zu einem bestimmten Gebrauch hält, pflegt man nicht zu sprechen.

Wer mogte diese Kämpfe ahnen, in welchen Franz täglich mit sich selber rang? Wer diese Versuchungen, welche gleich der lernäischen Hydra, wenn er sich Sieger wähnte, ihm immer wieder ein neues Haupt züngelnd und gifthauchend entgegenbäumten?

Und jetzt rang er wieder.

Er hatte sich jenseit des Grabens der Straße, auf welcher er ging, unter einen Baum geworfen und starrte, die Hände krampfhaft vor seine Brust gedrückt, vor sich nieder. Zwei große schwere Thränen rannen ungehemmt über seine bleichen Wangen.

»Da ist er ja!« rief plötzlich eine Stimme und ein Mann sprang rasch über den Straßengraben hinweg und stand vor Franz.

Der Wandrer glich ihm – und doch auch wieder nicht. Er war größer als Franz, seine Haare waren von lichterem Braun, seine Augen hatten einen sanfteren und milderen Glanz. Der Schnitt der Gesichter war gleich wie ihre Blässe und in den Furchen Beider las man große geistige Kämpfe verzeichnet. Aber während man es Franz ansah, daß eben jetzt diese Kämpfe am Heftigsten tobten, schienen sie bei dem Andern überwunden und der Ausdruck eines ruhigen Schmerzes lagerte auf seinem Antlitz, welches beinah etwas Heiliges und Verklärtes hatte. – Einem fremden Beobachter wäre vielleicht noch aufgefallen, daß diese Beiden, die sich bis auf den Unterschied der Jahre, denn Franz mogte um zehn Jahre weniger zählen als Jener, so ähnlich sahen, in ihrer Kleidung um so unähnlicher erschienen. Denn während Franz Beinkleider von grobem Tuch, eine geflickte und zerknitterte Leinwandblouse und einen alten rothen Shawl um den Hals unter den groben Hemdkragen geschlungen trug, erschien jener in dem feinen, modernen und netten Anzug eines Mannes von Welt.

Aber die Bruderherzen schlugen in gleicher Liebe zu einander, gleichviel ob unter feinen Stoffen, ob unter Lumpen.

»Franz!«

»Gustav!«

So riefen sie sich gleichzeitig einander zu. Und sie schüttelten einander die Hände und sahen sich an mit allen Freudenzeichen des Wiedersehens.

»Du bist schneller wieder zurückgekommen, als ich dachte,« sagte Franz.

»Waldow bekam auf einmal das Heimweh und ward kränklich. Befragte Aerzte riethen zur Heimkehr; Golzenau trieb auf einmal auch dazu an – und so reisten wir Alle hierher zurück, da Waldows Heimath unserm Wege näher lag, als Golzenau. Ich begleite Eduin nach einigen Tagen, welche wir hier zubringen, zu den Seinigen. Er will sich durchaus nicht von mir trennen, wahrscheinlich treten wir dann nach ein paar Wochen des Weilens im Vaterland eine neue Reise nach Norden an, da er den Süden so bereitwillig aufgab. – Aber Franz, Du weintest, wie ich Dich zuerst sah?« sagte Gustav Thalheim.

»Weint' ich? – Nun es kann wohl sein – wundern muß man sich freilich, wie man noch weinen kann! Ach, es ist gut, daß Du da bist – ich muß Viel mit Dir reden, vielleicht weißt Du Rath, wo ich rathlos bin! – Aber nicht hier – um diese Fabrik herum muß jetzt die Luft verpestet sein, muß einen neuen Wellengang erfunden haben für den Schall, daß er gleich bis in die Ohren des Fabrikherrn trägt, was man spricht, aber verändert, verschlimmert – auch weht der Herbstwind schon rauh über die Stoppeln – Du wirst frieren, weil Du aus Süden kommst. – Aber wo gehen wir hin – in meiner Kammer ist's vielleicht auch nicht mehr geheuer – wer kann's denn wissen?«

»Komm mit mir,« antwortete der Doctor Thalheim, »ich bewohne bei Waldow eine einsame Stube, dort wird uns Niemand belauschen, wenn Du Etwas zu fürchten hast, dort können wir uns einander näher erklären, denn noch verstehe ich Dich nicht.«

So gingen sie denn zusammen dem Gute des Rittmeisters von Waldow zu.

Unterwegs fragte der Doctor Franz, ob er Etwas von Amalien wisse.

Franz verneinte. Er wußte es selbst noch nicht einmal, daß das Kind gestorben war – weder Amalie noch Bernhard hatten ihm geschrieben.

Von diesen traurigen Verhältnissen sprachen sie zusammen, bis sie an das Ziel ihrer Wanderung kamen. Gustav führte den Bruder in seine Stube:

Hier sind wir ungestört,« sagte er und zog ihn neben sich auf das Sopha.

Die Stube war zwar etwas altmodisch eingerichtet, Gardinen und Meubles waren von ziemlich verblichener Pracht – aber es war doch immer einst Pracht gewesen und die eingedrückten Polster gaben noch immer weich und elastisch genug nach, um in ihrer Bequemlichkeit einem Proletarier ziemlich wunderlich vorzukommen. Er schüttelte den Kopf darüber wie über all' die zierlichen, künstlichen Geräthe des Zimmers. Es mischte sich kein Neid und keine Bitterkeit in seine Worte, als er zu dem Bruder sagte: »Du gehörst jetzt zu der Classe der Reichen und vornehmen Leute –« denn er gönnte ihm das Alles; aber er sagte es doch.

»Bruder,« sagte Jener, »ich weiß wohl, daß Du unglücklich bist – aber noch, als ich vor Jahresfrist hier von Dir Abschied nahm, versichertest Du mir: Zuweilen habest Du doch Stunden, wo die Arbeit Deine Lust sei, Du strebtest nicht über Dein Loos hinaus – und drück' es Dich auch ein Mal hart, nun so erhebe Dich doch der Gedanke, daß Du all' Dein Streben Deinen Kameraden weihtest und daß es Dich erhöbe, danach zu trachten, soviel, als Dir möglich sei, zur Verbesserung der Lage der arbeitenden Classen beizutragen. – Denkst Du nun anders?«

»Du hältst mir ein Bild meines Selbst vor, wie es einst war und wie es bald ganz zertrümmert sein wird Ja! Ich bildete mir das ein! Was ich schrieb, sollte die Augen einflußreicher Menschen, der Schriftsteller, der Bürger auf die Noth der Armen lenken – was ich that, sollte, da ich anders nicht helfen konnte, die Kameraden hier eines besseren Looses werther machen. Und so geschah es auch. Mit einem von ihnen, Wilhelm, welcher fühlte und dachte wie ich, stiftete ich einen Verein unter uns unverheiratheten Arbeitern. Ich habe Dir einmal seine Statuten mitgetheilt. Dadurch ward Vieles besser. Trunkenheit und Spiel verschwanden bei den Jüngern. Dadurch, daß wir aus einer gemeinschaftlichen Casse uns unterstützten, wenn Einer in unverschuldete Noth kam, so daß wir nicht nöthig hatten, uns unsere Arbeit von den Factoren vorausbezahlen zu lassen, büßten wir weniger an unserm Verdienst ein. Wir redeten ein vernünftiges Wort zusammen, sangen kräftige Lieder zu Trost und Erheiterung, lasen wohl auch hier und da ein nützliches Buch zusammen – und so kam manches Gute. Das Alles ist nun hin! Wir dürfen nicht mehr in unsrer besondern Stube zusammenkommen, keine Lieder mehr singen – Alles nicht mehr, was wir bisher gethan – spielen und uns betrinken aber – ja das dürfen wir!«

Gustav bat erschrocken theilnehmend um weitere Erklärung. Franz wußte seine Worte durch weiter Nichts zu ergänzen, als durch den außerordentlichen, drohenden Befehl von diesem Morgen. Dann fuhr er fort:

»Aber ist denn das etwa Alles? Unter diesem kleinen Haufen elender Arbeiter, von deren Dasein die Classe der bevorrechteten Menschen kaum mehr Notiz nimmt, als von einem Ameisenbau – werden die seelenerschütterndsten Trauerspiele aufführend gedichtet. Es giebt auch bei uns nicht nur äußerliches Elend und körperliche Schmerzen – wir haben all' die andern auch in fürchterlicher Größe. Ich bekam einst ein Schreiben von Ungenannten, das die Gleichheit aller Menschen predigte, von unsern Rechten sprach den Reichen gegenüber und das endlich zum Widerstand gegen sie alle Armen aufforderte – Wilhelm ward ein Opfer dieser Ideen – wir sind seitdem unserer Freundschaft nicht mehr froh geworden.«

»Aber Du, Franz – Du? So will der wahnsinnige Communismus auch hier sich einnisten?«

»Ich habe oft Tag und Nacht gerungen – aber davon nachher. Nach einigen Wochen bekam ich einen zweiten Brief – er zeigte mir an, daß die Eisenbahnarbeiter hier in der Nähe aufstehen würden – der Sieg müsse den Armen bleiben, sobald sie nur wollten – wir wären ja einige Hundert – es gelte, ein Heldenbeispiel zu geben – die Andern würden folgen – der Tag der Erlösung sei nahe für die Armen –«

»Franz – und was thatest Du –?«

»Meine Antwort war – Schweigen. Du bist der Erste, der von diesem Brief erfährt –«

»Gott sei Dank, daß Du aushieltest in der Versuchung, mein starker Bruder!«

»Sie war groß – und wenn nun gar noch Reue käme? Die Eisenbahnarbeiter haben es nun schlimmer als früher, Einige von ihnen sind im Gefängniß. – Und wir? Wir haben es nun auch schlimmer. – Und was hatten wir denn weiter zu verlieren? Und wenn ich nun aus dem Brief kein Geheimniß gemacht hätte – und die Kameraden wären seiner Mahnung alle beigesprungen – und viel Hundert Arme wären plötzlich aufgestanden wie ein Mann und hätten ihr Recht gefordert von den Reichen – was hätten sie denn beginnen wollen im ersten Schrecken? Nun büßen jene armen Brüder traurig ihre Kühnheit; und wenn nun ich daran Schuld wäre? Sie hatten Vertrauen zu mir, sonst hätten sie ja an einen Andern von uns ihre Mahnung schicken können – und ich habe ihr Vertrauen gemißbraucht – ach, das ist ein häßlicher Vorwurf – –«

»Franz, um Gottes Willen, Deine Gefühle verirren sich gräßlich, Deine Gedanken werden wirr –«

»Und laß' mich Alles sagen, dann richte, ob es mir nicht zu vergeben, wenn es so wäre, daß meine Seele die gewohnten Gedankengänge verlernte. – Du kennst ja Paulinen, Du bist ihr Lehrer gewesen – ich liebe sie – ja, ja – und sie liebt mich auch!«

»Die Tochter des Fabrikherrn?« rief Gustav in äußerster Erschütterung.

»Ja, und wer anders ist Schuld daran als Du? Du hast ihr Mitleid gelehrt mit den Armen und Gleichheit der Menschen – und so bist Du es, dem wir unsre Seligkeit und unsern Jammer danken!«

Es verging lange Zeit, bevor die Brüder wieder zusammensprachen, sie waren Beide zu schmerzlich bis in ihre innersten Seelentiefen durchschüttert. Der Eine von der Mittheilung, wie er sie noch niemals über seine Lippen hatte gleiten lassen, der Andere von dem Ueberraschenden und Erschreckenden des Gehörten.

Endlich begann Franz wieder gefaßt: »Du bist ja jetzt weit herumgekommen, Du bist ja in jenen Staaten gewesen, wo die Bürger freier sind, als bei uns, und die Arbeiter nur desto gedrückter – dort sagt man ja, es gähre überall, dort wohne das, was Du Communismus nennst? Erzähle!«

»Ja, es will sich überall regen mit unheilvollen Zeichen. Gefährliche Verbindungen gründen sich auf gefährliche Systeme, die auf den Umsturz aller bestehenden Verhältnisse hinaus laufen –«

»Aber, Gustav, was soll endlich werden? Du nennst jene Systeme gefährlich – gefährlich sind sie für die wenigen Tausende, welche jetzt im Besitz und im Rechte sind – aber für die Millionen Rechtloser und Enterbter sind sie doch die einzige Rettung! – Meine Geduld geht zu Ende; ich schwöre sie ab. Wenn ein edles Volk unter schändlichen Tyrannen Fessel nach Fessel um sich schlagen sieht – so empört es sich endlich gegen seine übermüthigen Herrscher – die Armen sind alle ein großes unglückliches Brudervolk – warum sollen sie es nicht auch thun? Warum sollen die Armen nicht: »Freiheit und Gleichheit!« rufen? Wir wollen ein großes Brudervolk werden – brüderlich die Arbeit theilen, brüderlich den Genuß – und hat man uns jetzt mit Gewalt unglücklich gemacht – warum sollen wir nicht versuchen, durch Gewalt glücklich zu werden? –«

»Du appellirst an die Gewalt – Dein Gefühl sagt Dir, daß die Gewalt der Reichen ein Unrecht, ein Verbrechen ist – und was würde die Gewalt der Armen Anders sein?« Gustav griff nach einem Buche, das unter andern Büchern und Papieren auf dem nächsten Tische lag. »Jene Leute,« sagte er, »deren Lehren zum Theil in dem Schreiben enthalten sind, welches man an Dich gerichtet hat, meinen es vielleicht redlich mit der Menschheit, ich will sie nicht verdächtigen. Sie lieben die Menschheit und ihre Noth hat ihnen in's Herz geschnitten – und so haben sie einen Plan ausgesonnen, die ganze Welt zu beglücken, welcher auf den ersten Anschein viel Bestechendes hat, weil er durch ein allgemeines Band der Liebe die Menschen zu vollkommner Gleichberechtigung vereinen will. Aber darin ginge die persönliche Freiheit zu Grunde – und eine solche Gemeinschaft, in der ein Jeder seine bestimmte Arbeit zu genießen bekäme, dafür aber nie mehr zu hungern und zu frieren, nie für sich selbst zu sorgen brauchte – hat ihre Vorbilder bei dem Loos der Amerikanischen Sclaven und der Russischen Leibeigenen. Dawider empört sich der freigeborene Mensch, dessen Glück im Streben beruht. Und empörte sich nicht Dein Herz dagegen, als man Dir Deinen Gott und Dein Vaterland nehmen wollte? Jenes System des Communismus macht die Menschen zu Sclaven, denn es zwingt einen Jeden zur Arbeit, es macht sie zu Kindern, denn es nimmt ihnen die Freiheit des persönlichen Willens – aber noch mehr – es macht sie zu Thieren, denn es nimmt ihnen Gott und mit ihm alle Menschenwürde, es nimmt ihm die Familie und würdigt die Liebe der Gatten herab zu einem gemeinen sinnlichen Triebe – ja, es würdigt den Menschen noch unter das Thier, denn es reißt auch die Kinder von den Eltern und spricht ein Verdammungsurtheil aus über diese heiligsten Bande des Blutes! – Aber es giebt noch Andere, welchen die Noth der Erde eben so an's Herz geht, welche es auch ehrlich mit der Menschheit meinen, welche aber statt wahnsinnig zu zerstören mit klarem Blick und regem Fleiße fortbauen. Höre wie ein Solcher spricht.« Und Gustav schlug das Buch, das er ergriffen hatte, auf und las:

»Die Aufgabe der Menschen ist Vervollkommnung; Vollkommenheit würde sie tödten. Dem Gang der Vervollkommnung durch rohe Gewalt vorgreifen wollen, heißt nur die Unvollkommenheit verlangen. Die Ansprüche aller Menschen auf politische Rechte wie auf Glück und Gut sind gleich; die Theilung aber durch Gewalt bewerkstelligen wollen heißt nur die Rollen tauschen und den Bevorrechteten zum Rechtlosen, den Besitzenden zum Armen machen um den Kampf der Gewalt auf's Neue hervorzurufen. So lang es Vernunft giebt, muß auf sie vertraut, so lang es ein Recht giebt, muß an seinen Sieg geglaubt werden. Wer Vernunft und Recht verwirklichen will, wende auch Vernunft und Recht dazu an.«

»Das Gewordene hat auch sein Recht. Es muß umgewandelt, nicht zerstört werden. Ist das Gewordene als Zweck nicht gut, so ist es gut als Mittel. Man denke nur daran es zu gebrauchen. Die Lage von Millionen unsrer Brüder ist beklagenswerth. Aber wie sie mit dem Gewordenen zusammenhängt, so muß sie auch in dem Gewordenen ihre Heilung finden. Das Gewordene in unserm Ganzen ist der Staat. Im Staat müssen wir die Mittel zur Besserung suchen. Gebt kein Gehör jenem leichtfertigen, die Nothwendigkeit des Entwicklungsgesetzes überspringenden Zerstörungsgeist, welcher glaubt die Welt zu bessern, wenn er sie umkehrt. Halten wir die gewordene Welt fest, aber reformiren wir sie durch Vernunft und Recht, durch Ueberzeugung und Gesinnung. Wir alle zusammen haben wenig Rechte im Staat, aber die Armen haben gar keine; so streben wir dahin, ihnen Rechte zu verschaffen, damit sie sich Glück verschaffen können. Wir haben wenig Mittel dazu, so gebrauchen wir um so mehr diejenigen, die wir haben. Es giebt noch viel vernünftige und rechtliche Leute unter den Besitzenden. die sich uneigennützig dem Streben anschließen, dem Menschen zu erringen, was dem Menschen gehört, und die zu Opfern wie zu Kämpfen bereit sind. Und diejenigen, die fühllos genug sind, sich aus Eigennutz diesem Streben entgegenzusetzen, werden wir zu überzeugen wissen, daß gerade der Eigennutz sie bewegen soll, sich ihm anzuschließen. Wir werden jener Blindheit den Staar stechen, welche glaubt, ihren Besitzstand zu sichern, indem sie ihm durch feindliche Abwehr gegen die Gleichberechtigung nur erbitterte Gegner schafft; wir werden sie besiegen jene Blindheit des Besitzes, welche ihr Interesse zu wahren glaubt, indem sie sich der Blindheit der Gewalt anschließt und dienstbar macht. Wir werden sie verbannen, jene Verstocktheit des Egoismus, welche Alles behalten will, um endlich Alles zu verlieren.«

»Nur ernsten redlichen Willen, aber keine Gewalt! Die Gewalt stürzt aus der Luft, sobald sie nicht mehr umgangen werden kann; aber wer sie herabruft, ist ein Frevler an der Vernunft und an der Menschheit. Welche einzelne Gestaltungen ein friedlicher Kampf um die Besserung unserer Zustände uns noch bringen wird und wie viel Geduldproben wir noch zu bestehen haben werden, das vermag kein Mensch vorher zu bestimmen. Das aber präge man sich ein: es giebt keinen zweiten Schritt ohne den ersten, es giebt keinen wahren Fortschritt ohne Ueberzeugung, und die Früchte des gesellschaftlichen Fortschrittes haben keine Dauer ohne den politischen!«

»Und wenn auch das Billigste als Verbrechen betrachtet wird, wir dürfen dennoch die Geduld nicht verlieren; je mehr Hindernisse desto festeren Willen! Ein schlechter Soldat im Kampf der Politik, der wegen eines Flintenschusses aus der Festung die Belagerung aufgibt! Aber es war bis jetzt unser erster Fehler, daß wir kämpften wie die Wilden: im Anlauf sind sie stürmisch, in Schlichen sind sie thätig, aber in ehrlicher, offener Schlacht nehmen sie die Flucht, so bald der erste Mann fällt.«

Gustav hielt inne. Franz sagte: »Es beginnt schon wieder ruhiger in mir zu werden – vielleicht wird mir das Loos: der erste Mann zu sein – welcher fällt. Könnt' es die Sache der Armen fördern! – – Aber hier meine Hand, Bruder – ich will die Geduld nicht verlieren!«

Noch lange sprachen die Brüder zusammen und Franz stärkte die edle Seele an der gestählteren und zuversichtlicheren des ältern Bruders.

III. Mutter und Tochter

»Fester ist der Seelen Band als Eisen,
Heiliger als Opfer ihre Gluth.«

Karl Haltaus.

Einige Tage nach Aureliens Ankunft saß Elisabeth allein in ihrem Zimmer. Sie warf wehmüthige Blicke zum Fenster hinaus auf die abgemäheten Saatfelder, von denen die Stoppeln öde und starr gleichsam zum Himmel in trostloser Eintönigkeit aufklagten, daß man ihnen ihre goldenen Halme genommen, mit denen sie einst ein wogendes Spiel aufführen konnten zur Ehre der Schöpfung. Auch drüben der Wald begann sich schon zu färben, rothe und gelbschillernde Stellen wurden darin bemerkbar, wo vorher nur grüne Schattirungen sich gezeigt hatten. Und recht still war's draußen geworden, kaum daß noch hier und da eine wirbelnde Lerche aufflatterte oder ein Heimchen still verborgen im Grase zirpte auf der Wiese, die schon zum zweiten Male gemäht ward – aber stumm geworden waren all' die fliegenden Sänger im Walde, auf dem Felde und im Garten. Die im Lenz den ganzen Tag lang von Zweig zu Zweig geflogen waren, um vom frühen Morgen bis zum späten Abend sorglos frei und froh ihre Lieder zu singen, die saßen jetzt still in den heimischen Nestern bei der jungen Brut und lehrten ihr, sich putzen und fliegen und Nahrung suchen – Lieder lernten sie ihnen nicht, das nutzlose Singen trage doch Nichts ein, meinten sie, das lernten sie schon allein und dächten dann, sie hätten nichts Anders zu thun, so leichtsinnig und schlimmgeartet sei nun jetzt einmal die Jugend. Die klugen alten Vögel! Sie betrügen sich nur selbst – aber sie sind nicht klug genug, um diese Rolle lange durchzuführen – im neuen Lenz suchen sie all' ihre alten Lieder wieder hervor und probiren und musiciren, daß es eine Lust ist. Aber jetzt waren sie alle still und schwiegen verständig. Die Pyrolen schüttelten gar schön die goldenen Gefieder, breiteten die glänzenden schwarzen Schwingen aus und riefen einander mit ihrem verabredeten Zeichen, dem Pfeifenaccord zusammen zum großen Fluge nach Süden. – Unten am Teiche wanderten zwei Störche bedächtig nebeneinander und setzten mit ernsthaftem Geklapper Tag und Stunde der Reise fest.

Elisabeth sah dem Allen träumend zu, und wie jetzt auch noch ein herbstlich kalter Wind ihr entgegen wehte, so zog auch ein unheimlicher Schauer durch ihre Seele, der ihr bisher fremd gewesen. Die Vögel, die sich zur Reise rüsteten, mahnten sie daran, daß bald nach ihnen ihr Sänger fortziehen, daß ihr Jaromir die sterbende Natur mit der lebendigen Stadt vertauschen werde. Sie malte es sich aus, wie der Park veröden werde ohne ihn.

Auch ein kleiner Auftritt von gestern kam ihr nicht wieder aus dem Gedächtniß und trug dazu bei, ihre trübe Stimmung zu erhöhen. Sie hatte nämlich gestern im Gesellschaftszimmer einen Band Gedichte von Jaromir liegen lassen. Aarens war dagewesen und hatte ihn zur Hand genommen, man hatte über die Gedichte und den Dichter gesprochen und der Graf Hohenthal hatte Aarens aufgefordert, eines oder das andere davon vorzulesen, da ihm noch alle unbekannt seien. Aarens hatte mit lächelnder Miene ein Freiheitslied aufgesucht und vorgetragen, das dem Grafen wegen seiner radicalen Tendenz höchlichst mißfiel – er wollte ein anderes hören, Aarens suchte ein anderes: »An die Frauen« – und sagte, der Titel lasse doch auf einen zarteren Inhalt schließen – aber in diesem Lied wurden die Worte: Frau und frei als zwei Synonymen gebraucht und die Frauen aufgefordert, auch nicht zurückzubleiben im würdigen Dienst der neuen Zeit – dies Lied empörte die Gräfin noch mehr als den Grafen, sie fand es ganz unverträglich mit der Achtung und zarten Ergebenheit, welche sie für ihr ganzes Geschlecht in Anspruch nahm, Aarens machte bittere Bemerkungen, fügte bei: an Achtung gegen die weibliche Würde dürfe man bei einem Menschen wie Szariny nicht denken – blätterte dann in dem Buch und erklärte nachher: die Gedichte wären alle in dieser Weise und warf es mit verächtlicher Miene weg. Elisabeth hatte während dessen unaussprechlich gelitten, jetzt wußte sie sich nicht mehr zu fassen – sie nahm das Buch und sagte erzwungen ruhig: »Ich kenne diese Gedichte besser als Sie, Herr von Aarens, und werde nun selbst eins vorlesen« – ihr Vater wollte das erst überflüssig finden, sie ließ sich aber nicht abbringen und las eine Ballade, welche ein mittelalterliches Sujet behandelte und nun wirklich dem Grafen sehr gefiel. – Sobald sie dieselbe aber zu Ende gelesen, entfernte sie sich mit dem Buch, um es nicht länger entweihen zu lassen. – Der angenehme Eindruck verwischt sich aber schneller, als der unangenehme, und so ging es auch dem Elternpaar mit Jaromirs Gedichten. – Später, als Aarens ging, sagte er beim Abschied zu Elisabeth mit einer besonders feierlichen und zärtlichen Miene, daß er am andern Tag wiederkommen werde – und bis dahin bitte er alle guten Genien bei ihr ein freundliches Wort für ihn zu reden. –

Dies Alles zusammen machte Elisabeth heute wehmüthig, verstimmt, unruhig.

Da ging die Thüre ihres Zimmers auf und ihre Mutter trat ein. Es war dies ungewöhnlich – auch sah sie besonders feierlich aus und deshalb schrak Elisabeth bei ihrem Kommen unwillkürlich leise zusammen.

»Mein Kind,« sagte die Gräfin, sie umarmend, »Du bist mir seit einiger Zeit ausgewichen, Du hast bemerkbar ein Alleinsein mit mir vermieden – und so komme ich denn zu Dir in Dein Zimmer – –«

»Liebe Mutter!« rief Elisabeth und schmiegte sich mit Vergebung suchenden Augen an sie und zog sie neben sich auf das Sopha.

»Wir sind hier am Ungestörtesten,« begann die Gräfin, »wir können hier gegen einander Alles aussprechen, was wir auf unsern Herzen haben – und die Scheidewand wird fallen, welche sich seltsam zwischen uns aufgerichtet hat.«

Elisabeths Augen senkten sich zu boden, sie schwieg, obwohl die Mutter eine Antwort von ihr zu erwarten schien. Letztere fuhr endlich fort:

»Nicht nur, daß Du seit einiger Zeit verschlossen gegen mich geworden bist, Dein ganzes Wesen hat sich verändert, zuweilen habe ich Dich weich und gefühlsinnig gesehen oder kindlich heiter wie sonst niemals – aber dann wieder bist Du ernst und kalt und loderst dennoch dabei mit einer Art Feuerbegeisterung für Dinge auf, für welche ich diese Begeisterung am Allerwenigsten billigen kann.«

»Mutter,« sagte Elisabeth, diesen letzten Punkt gerade festhaltend, um dadurch das Gespräch vielleicht auf eine allgemeinere Bahn zu bringen und sich ein Examen zu ersparen, welches ihr jetzt zu drohen schien, »Du siehst die Dinge in einem andern Lichte, als wir, die Jugend von heute, sie sehen. Wenn Du statt in dieser Zurückgezogenheit mit der Welt fortgelebt hättest, so würde Dir Vieles weder auffallend noch befremdlich vorkommen, das mich in tiefinnerster Seele bewegt. Du hast es oft selbst gesagt, daß die Welt anders geworden sei seit Deiner Jugend, und daß Du deshalb Dich von ihr zurückgezogen, um so Wenig als möglich von diesen Veränderungen gewahr zu werden – das durftet Ihr wohl thun, Du und der Vater, Ihr hattet Eurer Zeit gelebt und ihr genug gethan und sie Euch – aber die nach Euch kommen, müssen nun wieder ihrer Zeit leben und dürfen nicht nach Vergangenem zurücksehen – und so geht es von Geschlecht zu Geschlecht –«

»Elisabeth,« unterbrach sie die Gräfin in zürnendem Ton, »diese Sprache hätte ich nie gewagt gegen meine Mutter zu führen.«

Das Mädchen sah bestürzt vor sich nieder und küßte mit einem Seufzer die Mutterhand – es fühlte eben, daß es nichts Unehrerbietiges gesagt und daß nun nie ein inneres Verstehen mehr möglich sei, wo nicht zwei verschiedene Menschen, sondern zwei verschiedene Zeiten sich einander unvereinbar gegenüberstanden.

Nach einer kleinen Pause begann die Mutter wieder: »Ich meinte, es gebe für Frauen nur ein Gefühl, welches die Charaktere verwandeln, die Herzen aufregen und erheben könne – ich dachte, diese Zeit sei jetzt für Dich gekommen – aber Dein ungleiches Benehmen machte mich wieder irre – nun sah' und seh' ich oft, wie unweiblich Du an männlichen Dingen Interesse findest – und nun weiß ich nicht, was ich denken soll!«

»Nenne nicht unweiblich, Mutter, was –«

»Suche mich nicht wieder von dem abzuleiten, was ich jetzt mit Dir zu besprechen habe. Ich habe mir nun Dein Wesen erklärt: Du siehst Dich geliebt – aber weil Dein Herz kalt und stolz ist, so will es keinem sanften Gefühl Einlaß geben, es wehrt sich dagegen – –«

»Ach Mutter – wie kannst Du so Dein Kind verkennen? Wie seltsam denkst Du von mir!«

»Ich glaube nicht, daß ich mich täusche – Du siehst, wie zärtlich und ergeben Dich Aarens liebt –«

»Aarens?!«

»Wie ihn selbst Deine Kälte nicht ändert, wie geduldig er Deine Launen erträgt – ende dies unwürdige Spiel Deines Uebermuthes! – Aarens warb gestern um Deine Hand – er hat das Jawort Deiner Eltern und heute wird er sich das Deinige holen.«

Elisabeth sprang auf: »Ist das Dein Ernst? Kann das Dein Ernst sein?«

»Welche Frage! Hast Du mich jemals scherzen hören über solche Dinge?«

»Und wie soll ich glauben, daß Aarens, nachdem ich es ihm nie verborgen, so weit dies Zartgefühl und feine Sitten erlauben, daß ich nicht eine einzige Sympathie für ihn habe – daß er eitel und thörigt genug ist, sich einzubilden, ich werde ihm meine Hand geben?«

»Elisabeth – diese Einbildung theilen Deine Eltern!«

»Ich weiß vor Verwunderung nicht, was ich sagen soll – um Liebe kann man doch nur bei dem Herzen werben, das man feix nennen möchte! Und Du und der Vater, Ihr konntet Euch so in mir täuschen, um ein Wort zu geben, das Ihr heute doch wieder zurücknehmen müßt? – Ihr glaubtet, ich liebe ihn, denn sonst –«

»Wir werden Aarens mit Freuden Sohn nennen und Dein verletzter Eigensinn wird sich endlich darüber beruhigen, daß wir so handelten, wie es von jeher bei unsern Ahnen Sitte gewesen – auch meinen Gatten bestimmte mir die Wahl meiner Eltern und ich lernte ihn innig und treu lieben – weil er mir bestimmt war. Das Beispiel einer Mutter heischt Ehrfurcht und Nachahmung von der einzigen Tochter. Ich erwarte das von Dir. Jetzt will ich Dich allein lassen, damit Dir Zeit wird zu überlegen, daß hoffentlich auch Deine neue Zeit den Gehorsam für den Elternwillen nicht zum Mährchen gemacht hat.«

Die Gräfin war aufgestanden und nach der Thüre gegangen, um sich zu entfernen. Sie ward jetzt von Elisabeth zurückgehalten, durch deren aufgeregte Seele jetzt plötzlich ein Gedanke schoß. »Meine Mutter,« sagte sie stumm zu sich selbst, »ist zu mir gekommen, damit ich kindlich mein Herz vor ihr öffne – sie muß meine Liebe zu Jaromir errathen haben und es kränkt sie, daß ich ein Geheimniß vor ihr habe. Und es mir zu entlocken, sprach sie vorhin von Liebe, ich schwieg – und um mich dafür zu bestrafen, um mir zu zeigen, daß dieser Mangel an Vertrauen von mir, mir selbst verderblich werden könne, hat sie das Mährchen von Aarens ersonnen – vielleicht auch hat er wirklich um mich angehalten und sie droht nun mit dem Jawort, wenn meine Weigerung keinen andern Grund angiebt, als den, ihn nicht zu lieben.« –

Und wie Elisabeth dies Alles mit Blitzesschnelle gedacht hatte, warf sie sich um den Hals der Mutter und sagte weich und zärtlich, beinahe fröhlich:

»Vergebung, meine Mutter, für meine Verschlossenheit – aber Du hast das Mittel gefunden, sie zu beendigen, und mein Jaromir wird mir vergeben! Aber wenn Du es wußtest, daß ich ihn liebte, so hättest Du auch denken sollen, daß ein Herz, das einem Jaromir gehört, niemals auch nur an den Vorschlag einer Verbindung mit einem Aarens glauben kann!«

»Mädchen!« rief die Gräfin in äußerster Bestürzung. »Bist Du bei Sinnen? Was denkst Du? Von wem sprichst Du?«

»Mutter, magst Du mir Wahres gesagt haben oder Erdichtetes,« sagte Elisabeth ernst, nun doch wieder in ihrer Voraussetzung irre gemacht, »ich habe Dir auf Beides nur eine Antwort zu geben: vergib mir, daß ich Dir nicht schon früher die unendliche Seligkeit meines Herzens gestand: Jaromir von Szariny liebt mich – und keine Gewalt der Erde kann mich zwingen, einem andern Mann anzugehören.«

»Szariny! – O, ich hätt' es denken sollen – daß ein poetischer Schwärmer und Schwindler auch mein Kind bethören sollte!«

»Mutter!«

»Und der Graf warb um Deine Hand!«

»Er gestand mir seine Liebe.« –

»Und Du?« –

»Was ich ihm erwiderte, weiß ich nicht, nur daß ich ihm bewieß, ich fühle wie er – meine Seligkeit überwältigte mich.«
»Und er warb um Deine Hand?«
Elisabeth schwieg.
»Er warb bei Dir um Deine Hand?
»Mutter, wir lebten selige Stunden im Genuß der Gegenwart.«
»Ich weiß nicht, ob ich staunen, zürnen oder weinen soll – Du hast eine Liebesverbindung im Geheimen mit einem Abenteurer eingegangen – ohne daß er von Dir oder Deinen Eltern Deine Hand begehrt und zugesagt erhalten hätte?«
»Ich kenne ihn besser als Alle.«
»Hat er Dir erzählt, wie viel Frauen er schon vor Dir betrogen?«
»Mutter!«
»Bist Du kindisch genug zu glauben, Du wärest die erste Liebe eines solchen Menschen?«
»Darnach habe ich nicht zu fragen.«
»Und wenn er frühere Verhältnisse leichtsinnig knüpfte und löste?«
»So hatten ihm die Herzen, die er fand, nicht genügt – und er durfte sie brechen – für ein armes Mädchenherz ist es schon Glück, um einen Jaromir zu verbluten.«
»Welche widerliche Schwärmerei – und dies beneidenswerthe Loos will mein verblendetes Kind sich schaffen!«
Elisabeth brach in Thränen aus und sank erschöpft in das Sopha, weinend sagte sie: »es ist umsonst – wir verstehen einander nicht. Du weißt nicht, wie man liebt – Du hast es niemals gewußt, oder doch vergessen – ich liebe Jaromir – und ich bin stolz genug, es Dir zu wiederholen, daß ich seine Liebe besitze – weiter habe ich Nichts zu sagen – durch dies Geständniß ist schon Alles bestimmt, wie ich handeln werde.«
»Ich werde Deinen Vater von Deinem Geständniß benachrichtigen.«
»Thue es – vielleicht ist er mir ein milder Richter und ein gütiger Vater wie immer.«
Die Gräfin öffnete die Thüre, um hinaus zu gehen. Plötzlich blieb sie zwischen der Thüre stehen und starrte streng vor sich aus.
»In der That, Herr Graf,« sagte sie im Tone strafenden Erstaunens.
Jaromir von Szariny verneigte sich ehrerbietig und ohne Bestürzung.
»Sie verzeihen,« sagte die Gräfin sehr kalt und stolz, »daß ich frage, was Sie in diesen Theil des Schlosses führt?«
»Ich wollte um die Gunst einer Unterredung mit Ihnen bitten – man sagte mir, daß Sie Sich in das Zimmer der Gräfin Elisabeth begaben – aber,« fügte er sich unterbrechend schnell hinzu, »kann ich die Ehre haben, Sie auf Ihr Zimmer zu begleiten, wo ich mich entschuldigen will?«
Elisabeth, als sie diese Stimme hörte, eilte zur Thüre und sagte: »Treten Sie ein, Graf.«
Sie wollte hinzufügen, daß sie kein Geheimniß vor ihrer Mutter habe, aber mit stolzer Scheu hielt sie plötzlich das Wort zurück: »die Zimmer sind ja gleich und das nächste wohl das beste,« setzte sie erzwungen leicht hinzu.
Die Gräfin nahm stumm auf dem Sopha Platz und sah ihn nun mit durchbohrenden Blicken an, als wollte sie sagen: erklären sie mir endlich, mein Herr!
»So hab' ich es gewollt,« sagte Jaromir, »ich hoffte, Elisabeth bei Ihnen zu finden, gnädige Gräfin, als ich vorhin kam, um endlich mein volles Herz auch vor Ihnen zu entlasten – es war nicht so – ich durfte hoffen, Sie hier zu finden, ich eile hierher, und im Augenblick, wo ich die Thüre öffnen will, um zu der großen Kühnheit meiner Bitte auch diese kleinere zu fügen – treten Sie mir entgegen – aber Ihre Tochter ist neben Ihnen! Das giebt mir meinen Muth wieder – nicht ich allein wollte vor Sie hintreten und um Ihr schönstes Kleinod Sie bitten – nur neben Elisabeth finde ich den Muth, Ihnen zu sagen: Segnen Sie mit Ihrem mütterlichen Seegen unsre Liebe.«
Er hatte die Hand der bestürzten Gräfin gefaßt und küßte sie. Elisabeth sank zu ihren Füßen und richtete die überströmenden Augen mit flehenden Blicken zu ihr empor.

Die Gräfin erhob sich kalt – Elisabeth sprang rasch von ihren Knieen empor, schmiegte sich, als wollte sie gleichsam im Liebestrotz ihres stolzen Herzens dem Geliebten eine Genugthuung geben, innig an ihn und verbarg von der Mutter abgewendet ihre weinenden Augen an seiner Brust.

Die Gräfin sagte mit frostiger Höflichkeit: »Herr Graf, Sie verzeihen, Ihr Antrag selbst wie seine Art und Weise haben mich überrascht, so muß ich, bevor ich Ihnen eine Antwort darauf gebe, mit meinem Gemahl Rücksprache nehmen, der anders über die Hand meiner Tochter verfügt hatte.«

Jaromirs Stolz war verletzt – er sagte mit erzwungener Ruhe: »So erlauben Sie mir, Sie zu dem Herrn Grafen zu begleiten.«

»Begleiten Sie mich in das Empfangzimmer – ich werde ihn auf Ihr Erscheinen vorbereiten,« sagte die Gräfin.

Elisabeths Herz schlug stürmisch, jetzt brach sie beinah heftig in die Worte aus: »Nein, Mutter – wo die Herzen so laut schlagen, müssen sie auch einmal ein Recht haben und an kein Ceremoniel sich binden. Komm, Jaromir – Hand in Hand wollen wir zu unserm Vater gehen und ihn bitten: segne Deine Kinder. Wir wollen ihm erzählen von unsern seligen Herzen, wie sie in einander jubelnd zusammenschlagen – und wie sie brechen müssen, das eine getrennt von dem andern. Ich will ihn daran erinnern, wie oft er gesagt hat, er kenne kein andres Glück, als das meine zu schaffen und wie jetzt dazu die Stunde gekommen sei. Er hat mir noch keinen Wunsch verweigert, warum denn gerade diesen einen? Und wie muß ihn die Wahl seiner Tochter ehren, wie stolz muß sie ihn machen! – Komm, mein Jaromir, mein Vater wird uns segnen – und dann meine Mutter auch – Du wirst es ihr vergeben, wenn sie nicht anders über uns entscheiden will als zugleich mit dem Vater!« Sie hing ihren Arm in den seinen, um mit ihm der Mutter zu folgen, die in tiefem Unmuth schweigend vor ihnen herging.

»Elisabeth,« rief Jaromir begeistert – »erst jetzt, wo ich um Deinen Besitz werben will, zeigst Du mir, welche Kühnheit es ist, Dich für ewig sein nennen zu wollen.«

Sie standen an der Thüre zu des Grafen Zimmer – Elisabeth öffnete.

IV. Zwei Werber

»O sich, es schließt mein ganzes Leben
Vor Dir sich auf, mein bestes Sein:
Um Dich zu werben und zu streben,
Dir meine ganze Kraft zu weih'n.«

Franz Dingelstedt.

An jenem Morgen, an welchem Jaromir um Elisabeths Hand warb, war er vorher dem Geheimrath von Bordenbrücken begegnet, welcher so eben den zehnten Becher kalten Brunnenwassers glücklich hinabgewürgt hatte. Getreu seinem Plan, sich so viel als möglich an den Grafen zu drängen, hatte auch jetzt der Geheimrath ein Gespräch mit ihm angeknüpft und seinem Spaziergange sich angeschlossen.

So kam es, daß sie zusammen an dem Haus vorübergingen, welches der Oberst Treffurth mit seinen Angehörigen bewohnte. In der Stube des Parterres stand ein Fenster auf und eine Dame lehnte in demselben. Der Geheimrath sagte fragend zu ihm: »Bieten wir der Frau Oberst einen Morgengruß?«

Jaromir warf einen Blick in das Fenster – er sah auf Amalien – er hätte sie wohl kaum erkannt, wenn er nicht gewußt hätte, daß sie hier sei und dies Haus bewohne – in diesem Augenblick begegneten Amaliens Blicke den seinigen und im Moment darauf stieß sie einen Schrei aus und warf das Fenster zu.

Jaromir blieb stumm.

Der Geheimrath aber hatte Alles beobachtet. Er hatte recht wohl gesehen, daß nicht die Oberst, sondern Amalie am Fenster war. Daß ein Verhältniß zwischen Beiden bestanden hatte, wußte er vom Doctor Schuhmacher – Dank dessen Haussuchung bei Thalheim! – er wußte nur nicht, ob es noch jetzt bestand, oder ob Jaromir es gelöst hatte; er glaubte das Letztere, zugleich auch, daß Amalie ihn nicht aufgeben wolle und absichtlich ihm hierher nachgereist sei. Dies schien ihm das Wahrscheinlichste und so hatte er es auch bereits Aarens erzählt. Da er nun gern Jaromir sich verpflichten wollte und ihm auch zugleich zeigen, daß er selbst ihm vielleicht auch gefährlich werden könne, so sagte er jetzt vertraulich leise zu ihm:

»Die Erscheinung dieser Person hier in unsrem kleinen Kreis, wo wir Alle wie eine Familie leben könnten, ist mir in Ihre Seele zuwider.«

Jaromir sah mit unverstellter Verwunderung den Sprecher an und sagte unbefangen: »Man sieht sie ja nicht einmal in Gesellschaft.«

»Aber dennoch – hüten Sie Sich – ich habe in diesem Punkte traurige Erfahrungen gemacht, und wie mir scheint, werden dieselben auch für Sie nicht ausbleiben.«

Jaromir ward jetzt wirklich etwas verlegen, da er sich die Worte des Geheimraths gar nicht zu deuten wußte, obwohl sie ihn als wahr trafen. – So hatte vielleicht Amalie selbst sich ihres früheren Verhältnisses gerühmt? Der Geheimrath, als er dies bemerkte, hatte sich für jetzt selbst genug gethan und hatte vollkommen Grund, es zu vermeiden, daß Jaromir von ihm Rechenschaft fordere, wie er in den Besitz seines Geheimnisses gekommen – deshalb eilte er sogleich auf den daherkommenden Aarens zu und sprach mit ihm leise einige Worte, während welcher der jenen begleitende Wasserdoctor, der lange dürre Hofrath Wispermann, seine Worte an Jaromir richtete.

Aarens und der Hofrath waren nicht sobald vorüber, als der Geheimrath sich mit leuchtenden Augen zu Jaromir wendete – denn jetzt hatte er die Gelegenheit in Händen, diesen zugleich zu verwunden und doch auch ihm einen Dienst zu leisten, der Anspruch auf die größte Dankbarkeit hatte.

»Ich mißbrauche das Vertrauen,« sagte der Geheimrath, »welches Aarens in mich setzt – aber der Wunsch, Ihnen, theurer Freund, einen Dienst leisten zu können, läßt mich alle andern Rücksichten vergessen.«

»Ich bitte,« antwortete Jaromir kalt und stolz, »beschweren Sie meinetwegen Ihr Gewissen nicht.«

»Sie werden bald anders denken – Aarens flüsterte mir zu, daß er gestern vom Grafen Hohenthal und seiner Gemahlin das Jawort zu einer Verbindung mit ihrer Tochter erhalten habe.«

»Wie? – Das ist nicht möglich!«

»Er versichert es auf seine Ehre.«

»Das ist seine gewöhnliche Redensart.«

»Aber bedenken Sie, Graf.«

»Es ist unmöglich! Das ist Alles, was ich bedenken kann!«

»Dennoch – bedenken Sie – wie kann er heute erzählen, was ihn, wenn er es widerrufen müßte, in den Augen aller Welt lächerlich machte? – Dazu ist er viel zu stolz und eitel.«

»Seine Eitelkeit verführt ihn selbst, sich das als gewiß zu denken, was er wünschen mag.«

»Sprechen Sie vielleicht aus Erfahrung?«

»Herr Geheimrath!«

»Ereifern Sie Sich nicht – glauben Sie mir, Ihrem alten Freund, ich meine es aufrichtig mit Ihnen und sehe als unparteiisch und unbetheiligt ganz klar in dieser Angelegenheit: Sie sind vielleicht des Herzens der jungen Gräfin gewiß – Aarens ist, wie er mir sagt, des Willens der Eltern gewiß – und daraus entsteht ein sehr natürlicher Conflict und jetzt haben Sie Beide gleiche Macht auf dem Kampfplatze. – Es ist gewissermaßen die neue und die alte Zeit, welche hier zusammenkämpfen – sehen wir zu, welche in den Gesetzen des Schlosses Hohenthal vertreten wird: – Sonst warb man zuerst bei den Eltern, die Einwilligung der Tochter war Nebensache – jetzt will man es umgekehrt machen – mir scheint aber, als widersetzte man sich auf Schloß Hohenthal sehr standhaft dem neuerungssüchtigen Zeitgeist.«

Jaromir war wirklich zu bestürzt, als daß er den Geheimrath hätte unterbrechen sollen – auch fühlte er nur zu gut, daß dieser eigentlich vollkommen Recht habe. – Wie er dazu kam, von diesem Manne so in allen seinen Geheimnissen, in den ältesten wie in den neuesten ausgekundschaftet zu sein, dieser Umstand vermehrte zwar im Allgemeinen seine Bestürzung, aber es fiel ihm doch jetzt weit weniger auf, als es zu anderer Stunde der Fall gewesen sein würde, und darüber nachzudenken, hatte er gleich gar keine Zeit – er drückte dem Geheimrath wirklich herzlich die Hand und rief:

»Ich muß sie jetzt veranlassen – Tausend Dank für Ihre Theilnahme, für Ihre Nachricht und ein ander Mal bessere als jetzt.«

Er stürmte fort in seine Wohnung.

Der Geheimrath sah ihm lachend nach und war jetzt außerordentlich mit sich selbst zufrieden.

Jaromir warf sich schnell in einen eleganten Anzug und eilte nach Schloß Hohenthal.

Er lief eine Seitentreppe hinauf, von welcher er wußte, daß sie gleich aus dem Garten nach Elisabeths Zimmer führte. Er hatte es noch nie betreten, nur ein Mal Elisabeth bis hinauf begleitet. Die Vormittage brachte sie dort meist allein zu, das wußte er. Seine plötzlich erregte Angst, die Dringlichkeit des Momentes, sagte er sich, berechtigte ihn zu Allem – Elisabeth werde ihm verzeihen – und im Uebrigen vertraute er seinem guten Stern. Er lauschte an der Thüre – wie erschrak er, als er Elisabeths weinende Stimme hörte – darauf die aufgeregte der Gräfin – er hörte die ganze letzte Hälfte ihrer Unterredung – wie gering die Gräfin von ihm dachte, mit welch' zuversichtlicher Liebe, welch' zärtlicher Begeisterung Elisabeth von ihm sprach – und so faßte er seinen Entschluß.

Als die Gräfin öffnete, hatte er bereits die kleine Lüge ersonnen, als sei er mit dem Vorsatz gekommen, bei ihr um Elisabeths Hand zu werben – aber er segnete den Zufall, der Alles so für ihn gefügt hatte.

Nun waren sie zusammen zu dem Grafen geeilt. Er war nicht wenig verwundert, als er so unangemeldet und zu so ziemlich früher Stunde Jaromir eintreten sah und noch dazu an Elisabeths Hand.

»Mein Gemahl – Du wirst,« begann die Gräfin.

Elisabeth fiel ihr in's Wort und sagte gleichzeitig: »Du wirst verwundert sein, mein theurer Vater, über unser Kommen – sollen wir es entschuldigen, aufklären mit vielen Worten? Unsre Herzen sind dazu zu voll, wir haben nur ein Wort zu sagen: Laß Jaromir durch mich Deinen Sohn werden!« Und sie hing sich an den Vater mit süßer schmeichelnder Umarmung und einer Thräne in den sanften Augen.

Zugleich faßte Jaromir nach der Hand des Grafen und sagte: »Vergeben Sie dem liebebangenden Herzen, wenn ich nicht nach hergebrachten Formen, sondern mit dem Ungestüm allmächtiger Gefühle um die Hand Ihrer Tochter werbe.«

Die Gräfin stand äußerlich ruhig und kalt fern von der Gruppe und sah auf ihren Gemahl – er warf einen fragenden Blick auf sie, denn er stand bestürzt und unschlüssig und wußte so zu sagen gar nicht, woran er eigentlich war.

Elisabeth bemerkte diesen Blick und sagte: »Die Mutter hat uns auf Deine Entscheidung verwiesen – sie sagte, Du habest etwas anders über meine Hand verfügt. – Du hattest Dich in mir getäuscht, als Du das thatest, denn Du wußtest nicht, daß ich Jaromir liebte; denn das weißt Du, daß ein Herz, welches liebt wie ich, nicht mit einem Andern und also ohne Herz zum Traualtare treten kann – diese Schmach, dieses Elend, dieses Verbrechen könntest Du nie auf mich bürden wollen und nie würdest Du mich willig finden, ein solches Verbrechen zu begehen! – Nein, so hast Du niemals von mir gedacht, Du willst mein Glück und weiter Nichts – segne uns jetzt – und so machst Du mich selig – so selig wie es weiter kein Herz ist auf der Welt.«

»Als das meine!« rief Jaromir und sank mit ihr zu den Füßen des Grafen.

Er stand noch immer regungslos – auch die Gräfin stand regungslos – nur daß sie jetzt nicht mehr auf den Grafen, sondern zu Boden sah – das Herz der Mutter begann in ihr eine Sprache zu reden für die flehende Tochter, welche jetzt leise zu schluchzen begann.«

Aber als der Graf noch immer schwieg, erwachte Jaromir's stolzer Sinn, und er sprang auf – er zog Elisabeth mit sich empor und rief:

»Hör' auf zu bitten, Elisabeth – sie verstehen uns nicht – sie haben nie geliebt – sie verstehen unsre Sprache nicht – sie wissen nicht, was sie thun! – Zum letzten Mal denn,« rief er mit verzweifelnder Stimme, indem er sie küßte.

»Jaromir!« rief sie und umschlang ihn fest.

Er machte sich los und führte sie zu ihrer Mutter – er machte dieser eine kalte Verbeugung und wollte gehen.

Aber das Mutterherz ertrug nicht den brechenden Blick der zusammensinkenden Tochter. Sie ging auf Jaromir zu:

»Ihr Stolz,« sagte sie, »bezeichnet Sie als einen Verwandten und Theilnehmer an unsrem größten Familienfehler, und wenn Stolz dem Stolz begegnet, so müssen sie sich an einander brechen oder es giebt ein Unheil. – Bedenken Sie, mein Sohn, daß, wenn Sie Sich darüber empören wollen, daß Eltern über ihr heiligstes Eigenthum nach ihrem besten Ermessen verfügen wollen – es sie wohl kränken kann, wenn sie ohne ihr Wissen sich ihres Rechtes über ihr schönstes Kleinod schon verlustig sehen.«

Zugleich war der Graf zu Elisabeth getreten und führte sie jetzt in Jaromir's Arme.

»Du brichst das Wort, das ich gestern gab,« sagte er, »ich will es zurücknehmen – ich betrachte Euch als Verlobte, als meine Kinder – und die Welt betrachte Euch so – aber unter Jahresfrist dürfen Sie mir mein Kind nicht entführen – und den Elternsorgen dürfen Sie es nicht verargen, wenn wir den, dem wir unser einziges Kleinod anvertrauen, eh' dies unwiderruflich geschieht, noch näher kennen lernen mögten.«

Kaum hörten die Beseligten den ziemlich ernst gesprochenen Nachsatz vor Glück und Ueberraschung.

»Jetzt aber laßt mich allein,« sagte der Graf Hohenthal, »vielleicht habe ich noch Zeit, mein gegebenes Wort schriftlich zurückzunehmen. – Sie, Szariny, bleiben doch den Tag über bei uns, und wir besprechen und erörtern dann alles Nähere, was unser neues Verhältniß betrifft.«

Die Gräfin blieb noch bei ihrem Gatten.

Jaromir und Elisabeth entfernten sich.

»Wir gehen doch in den Park?« fragte sie – und so lenkten sie ihre Schritte die breite Treppe vor dem Schloß hinab. Sie gingen Arm in Arm und konnten jetzt auch nicht sprechen, sondern waren nur Eines verloren im Anschaun des Andern. So hatten sie nicht gleich bemerkt, wie so eben Aarens mit festen, siegesbewußten Schritten aus dem großen Hofthor trat und der Treppe zuschritt. Elisabeth an Jaromir's Arm! Das brachte ihn außer Fassung – aber er baute zu fest auf seinen Sieg – es konnte nur eine Höflichkeit sein, wie sie Elisabeth ja auch von ihm selbst schon zuweilen angenommen hatte.

Jetzt stand Aarens grüßend vor dem Paare.

Elisabeth überlegte schnell, daß sie, wenn sie jetzt unbefangen Jaromir als ihren Bräutigam vorstelle, ihrem Vater eine schwere Pflicht und Aarens eine Kränkung ersparen könne, indem er dann glauben werde, Jaromir habe um sie angehalten, eh' sie selbst von Aarens Werbung erfahren – im Augenblick bedachte sie nicht, daß jener um so beleidigter sich fühlen könne, wenn man nicht einmal seine Werbung gegen die Jaromir's in die Waagschaale geworfen, und so stellte sie, bedacht und unbedacht zugleich, Jaromir als ihren Bräutigam vor und fügte bei:

»Und so bitt ich denn den werthen Freund unsres Hauses, uns auch in Zukunft ein solcher zu bleiben!« Sie sagte dies mit der freundlichsten, herzlichsten Stimme, denn so glücklich, wie sie jetzt war, hätte sie gern auch nur lauter glückliche Menschen um sich gesehen, und empfand daher Mitleid für den Getäuschten.

Er stand wie vom Donner gerührt.

Nach einer Weile sagte er sehr gezwungen: »Ich werde nachher die Ehre haben, Ihnen Glück zu wünschen – jetzt erwartet mich Ihr gnädiger Herr Vater.«

Damit eilte er die Treppe hinauf.

Die beiden Glücklichen aber gingen in die Rotunde, welche so oft schon zum Tempel ihrer Liebe geworden war – um auch jetzt dort vor einander die selig klopfenden Herzen zu entlasten.

Zu derselben Stunde, in der Jaromir nach Schloß Hohenthal ging, hatte sich Gustav Thalheim nach der Fabrik des Herrn Felchner begeben, um dort seinen Besuch zu machen. Zwar hatte der Rittmeister von Waldow versucht, ihn zurückzuhalten, hatte Herrn Felchner als einen gemeinen, groben und unerträglichen Menschen geschildert, mit dem ein wohlerzogener Mensch gar nicht verkehren könne – denn der Rittmeister konnte es niemals vergessen, daß sein schöner Wald mit all' seinen stolz und aristokratisch hochgewachsenen Bäumen ein Eigenthum des Fabrikanten geworden war, der mit diesen Bäumen nun seine Fabrik heizte. – Zwar hatte der Rittmeister Paulinen, die ihm einst für seinen Sohn eine so wünschenswerthe als nun unerreichbare Partie gewesen – als eine überspannte Närrin geschildert, welche mit den untergeordnetsten Arbeitern auf eine seltsame Weise verkehre – aber Thalheim ließ sich nicht in seinem Entschluß irre machen und seufzte nur innerlich, daß auch hier in dieser Abgeschiedenheit gerade das Edelste und Weiblichste einer zarten weiblichen Natur so falsch beurtheilt werden konnte.

Als Thalheim in die Fabrik kam und nach Herrn Felchner fragte, sagte man ihm, daß er in die Stadt gefahren sei und vor Abend nicht zurückkäme.

Er fragte nach dem Fräulein.

»Ich will sie suchen,« antwortete die Magd, »warten Sie – unten wird gescheuert, weil der Herr nicht da ist – kommen Sie mit herauf.«

Thalheim folgte der vorauseilenden Magd und sie schob ihn in eines jener Prachtgemächer des oberen Stockes, welche gar nicht benutzt wurden und in denen daher eine schwüle, dumpfe Luft herrschte.

Die Ueberladung, der Luxus dieses Gemaches, dessen Einrichtung in einer geschmacklosen Ueberhäufung prachtvoller Meubles und kostbarer Kleinigkeiten bestand, machte einen höchst widrigen Eindruck auf Thalheim und versetzte ihn in eine peinliche Stimmung.

Pauline ließ lange auf sich warten.

Endlich trat sie ein – die Magd hatte ihr nur gesagt, ein Herr warte auf sie – wie groß war ihr Erstaunen, als sie jetzt den Lehrer wieder erkannte! Sie bot ihm herzlich die Hand und hieß ihn mit froher Ueberraschung willkommen.

Thalheim erzählte, wie es gekommen, daß er jetzt für einige Tage hier sei.

»Sie treffen außer mir noch zwei Menschen hier, die sich innig dieses Wiedersehens freuen werden,« sagte sie leise erröthend, »Ihren Bruder und Elisabeth,« und hastig fügte sie bei: »waren Sie schon auf Schloß Hohenthal?«

»Ich beabsichtige, von hier dorthin zu gehen.«

»Das trifft sich gut – so darf ich hoffen, daß wir zusammen dahin fahren – ich beabsichtigte dies schon, da ich Elisabeth lange nicht gesehen.«

»Sie leben hier in gut nachbarlichem Verhältniß?«

»Nicht mehr so ganz – es gab Differenzen zwischen unsern Eltern – Sie hatten nur zu Recht: unsrer Freundschaft standen Kämpfe bevor – aber wir hielten sie aus – Elisabeth kam dann wohl noch zu mir – aber ich mußte des Vaters Geheiß befolgen – heute aber ist er in die Stadt gefahren in Geschäften, weil ihm eine neue Handelsspeculation gelungen ist – er war sehr vergnügt und sagte – ich möge ihm eine Bitte nennen, er werde sie gewähren, und so –«

»So baten Sie darum, die freundlichen Beziehungen zum Schloß wieder anknüpfen zu dürfen?«

Sie schwieg und sah vor sich nieder, wie um zu prüfen, ob sie Etwas sagen oder verschweigen solle – dann begann sie und eine Thräne glänzte in ihrem Auge:

»Sie kennen ja doch einmal die Einrichtungen in unsrer Fabrik, warum Ihnen nicht die Wahrheit sagen? – Die Freundschaft gilt mir viel – aber ihrer bin ich ja doch sicher und selbst wenn es nicht wäre, warum nicht ein Gefühl meines Herzens der Zufriedenheit vieler Unglücklicher zum Opfer bringen? Ich bat meinen Vater: den Arbeitern, denen er gestern gebot, ihren Verein aufzuheben – denselben doch wieder zu gestatten.«

Thalheim ergriff ihre Hand und drückte sie mit warmer Herzlichkeit, indem er wehmüthig fragte: »Es war umsonst?«

»Umsonst – er ward zornig – er sagte, das sei keine Bitte für mich – und so that ich erschreckt die zweite, die er gewährte.«

»Und da wir denn einmal auf diese beängstigenden Zustände gekommen sind – waren es nicht fremde Einflüsterungen, welche Ihren Vater dahin brachten, etwas zu verbieten, das er Jahre lang wenigstens als unschädlich geduldet hatte?«

»Ja, ein Fremder sagte ihm, daß communistische Principien sich hier eingeschlichen, daß er das Schrecklichste erleben würde – er war lange ungläubig, und je schwerer er sich erst zum Mißtrauen bringen ließ, um so hartnäckiger beharrt er nun in demselben.«

»Aber wenn ein Fremder ihn nach der einen Seite hin mißtrauisch machen konnte – vermöchte nun nicht ein andrer Fremder dasselbe nach der andern Seite? Sollte es ihm nicht einleuchten, daß es gefährlich ist, den Unglücklichen durch Härte zur Verzweiflung zu treiben? Sollte man nicht von dieser Seite ihn warnen können? – Ich gestehe, um deswillen thut es mir leid, Sie allein getroffen zu haben.«

»O, wagen Sie das nicht – Sie am Wenigsten – er mißtraut Ihrem Bruder – er könnte das Schrecklichste vermuthen. Es ist Alles vergebens! Er hört auch kein Wort von mir mehr an über diesen Punkt – und mein Bruder ist noch mißtrauischer und strenger als der Vater. – Ach, ich sehe das Fürchterlichste kommen – aber der Blick der ungehörten Kassandra ändert Nichts an dem kommenden Unheil – es wird kommen, schrecklich kommen über uns Alle und seine Opfer fordern – und dann wird Alles sein wie vorher!« Pauline sagte dies mit so tiefem Grausen, daß kalte Schauer über ihren Körper rieselten und sie sichtbar zu zittern anfing.

»Sie haben ein trauriges Loos, Pauline, nur weil Sie ein Herz für die Menschheit haben.«

Sie raffte sich zusammen und stand auf: »Wir wollen einander nicht erweichen,« sagte sie, »ich glaube, ich werde noch viel Kraft brauchen! – Drunten läutet eben die Mittagsglocke. – Wollen Sie vielleicht mit Franz sprechen? Unterdeß mach' ich mich zur Fahrt zurecht und bestelle den Wagen.«

Er stand auf, stimmte bei und ging.

Unten traf er bald auf Franz, der mit gesenktem Haupt daher kam. Er schüttelte ihm die Hand und sagte, daß er von Paulinen komme.

Franzens Augen leuchteten: »Begreifst Du nun, wie Alles kommen mußte?« fragte er traurig. Andere Arbeiter gingen vorüber, machten böse Gesichter und murmelten mit einander: »Habt Ihr gesehen – was er für einen Bruder hat, sieht aus, wie was Rechtes.«

»Der bringt ihm vielleicht noch den Verstand zu Recht, das ist so Einer, die's mit dem Volke halten, wenn's der Franz auch nicht zugeben will – ich weiß es besser! Er kommt aus der Schweiz, wo die armen Leute viel aufgeklärter sind als hier und besser zusammenhalten – und wo auch Leute, die fein angezogen gehen wie er, mit denen zusammenkommen, die in schlechten Blousen und geflickten Lumpen gehen wie wir!« sagte Anton.

»Was Du nicht immer wissen willst!« meinte ein Anderer.

»Wißt Ihr's, zischelte ein Dritter, »der Alte ist heute verreist, und wenn die Kaße nicht zu Hause ist – nun da wißt Ihr schon.«

»Bleibt er über Nacht weg?«

»Nein – das nicht.«

»Nun, da ist auch Nichts – die Mäuse können nur die Nacht tanzen und pfeifen – die Nacht muß es losgehen!«

»Ja, die Nacht! Und mag der alte Kater selber das Zusehen umsonst haben!«

»Pst, Brüder, pst!« ermahnte Wilhelm. »Wenn Jemand Euch hört – und wenn Ihr auch murmelt – jetzt, hat jedes Steinchen im Wege ein Ohr.«

Die Burschen gingen ruhiger vorüber.

Jetzt fuhr der Wagen vor und Pauline stieg ein – der ältere Thalheim kehrte um und setzte sich zu ihr. Franz blieb am Wege stehen, bis der Wagen vorbeifuhr. Seit jenem Abend, wo sie von ihrem Gefühl überwältigt an seine Brust gesunken war, hatte er noch weniger als vorher gewagt, sich ihr wieder zu nähern – aber jetzt in dieser Entfernung, in diesem Moment konnte er es schon wagen, ihr einen Blick zuzuwerfen, in dem seine ganze Seele lag und sie erwiderte ihn mit einem gleichen.

Dann besprachen die Beiden noch Manches, das sie einander nur immer werther machte und näher brachte.

So kamen sie gerade kurze Zeit nach Aarens im Schloß an. Man sagte ihnen, daß der Graf und die Gräfin im Augenblick nicht zu sprechen wären, die Comtesse aber sei in der Rotunde.

Dorthin eilte Pauline mit dem Lehrer.

V. Ein Blick hinter die Coulissen

»Ich will Euch sagen was in's Ohr:
Die Hungersnoth ist vor dem Thor,
Die Leute klagen nicht, sie jodeln und scherzen,
Und das ist schlimm! Ich kenne die Menschenherzen.
Wollt ihr, daß noch zu dieser Noth
Ein Glaubenskrieg mit überreizten Nerven
In stille Hütten mag den Pechkranz werfen?«

K. Beck.

Schreiben des Pater Xaver an den Pater Valentinus.

»Gesegnet sei der heilige Loyola! Er läßt die Seinen niemals sinken und die Seinen niemals ihn.

Verleugnen müssen wir ihn zuweilen – aber dafür straft er uns nicht – das vergilt er uns tausendfach.

Du in Deiner glücklichen Einsamkeit, welche Dir gestattet, in friedlicher Stille den Pflichten unsers heiligen Ordens zu leben, Deinen frommen Wandel mit einen freudigen Gehorsam fortzusetzen, der keine Selbstverleugnung von Dir fordert, da Alles, was er Dir auferlegt, als natürlich von Dir übernommen werden kann – wirst Dir kaum einen Begriff machen können von all den künstlichen Mitteln und mühevollen Combinationen, zu welchen unser Orden oft greifen muß, um sich seine Weltherrschaft nicht entreißen zu lassen. Du in einem glücklichen, gesegneten Lande lebend, das wir als unsere Heimath betrachten dürfen und in dem Alles still, gläubig, fromm und friedlich zugeht, wirst Dir auch davon keinen Begriff machen können, wie unser Leben in einem Lande ist, in dem das verderbliche Licht der Aufklärung täglich größere Fortschritte macht, in einem Lande, in dem der größere Theil der Einwohner aus Ketzern besteht!

Hier war der Spruch unsers Heiligen schon eingetroffen: sie hatten uns verjagt wie Wölfe, aber wir hatten uns verjüngt wie Adler.

Schon wagten wir es wieder die Länder siegesbewußt in unsere Klauen zu fassen, schattend unsere weitreichenden Flügel über die Völker auszubreiten, daß es Nacht ward bei ihnen – schon dachten wir, es sei die Zeit gekommen, daß wir zugreifen könnten, uns unserer Beute zu versichern, sie zu zerfleischen, ihr das Herz zu entreißen, das doch ein Mal unwillig und aufrührerisch gegen uns schlagen könnte.

Aber wir hatten uns getäuscht, schrecklich getäuscht!

Wir erlebten nur einen kurzen Triumph und dann eine um so schmerzlichere Niederlage.

Die Franzosen hatten ein entsetzliches Buch gegen uns geschrieben – das in das verführerische Gewand eines Romans gekleidet, berechnet war, unsern heiligen Namen auf's Neue vor aller Welt zu brandmarken. Das war schon entsetzlich! Und auf den Namen Eugen Sue ward der tausendstimmige, einhellige Fluch unsrer ganzen Brüderschaft für alle Zeiten geworfen! – Ach, ein Fluch, der leider ohnmächtig abgeprallt ist, denn er hat uns vorher verflucht und alle Welt mit ihm.

Vor den Büchern der Deutschen fürchteten wir uns nicht, obwohl sie wie eine große Schneelawine über uns hereinbrachen! – Es begann damit förmlich in Deutschland ein ganz besonderer Zweig der Literatur zu grünen und zu blühen, den man höhnisch geradezu »Jesuitenliteratur« nannte – als ob unser heiliger Orden selbst solche gotteslästerliche Bücher verfaßt hätte, oder als ob sie recht für ihn allein bestimmt gewesen wären!

Nun, wir dachten die deutschen Bücher sind ja immer so ziemlich unschädlich gemacht – wir fürchten diese guten Deutschen nicht, die theils aus Schwärmerei, theils aus Speculation der Buchhändler so viel abscheuliche Bücher zur Welt bringen! Wir ließen sie schreiben und phantasieren.

Aber wer hätte das diesem Büchervolke zugetraut? Die Franzosen hatten nur ein Buch gegen uns gehabt – die Deutschen hatten diesmal gar eine That.

Es war entsetzlich – an allen Ecken und Enden brannte es plötzlich lichterloh. – –

Das wenigstens weißt Du – die Kunde von diesem plötzlichen Unheil ist auch bis in Deine glückliche Abgeschiedenheit gedrungen, wiewohl das schöne Land, in dem Du lebst, von ihren traurigen Folgen unberührt geblieben ist. Ich wiederhole Dir nicht erst das allgemein Bekannte.

Wär' es ein Ketzer gewesen, der sich so gegen uns empört hätte! Man ist ihr Zetergeschrei schon gewohnt, es macht keinen Eindruck auf das Herz der heiligen Mutterkirche!

Aber es war ein Priester unsers Glaubens, ein Priester von Rom geweiht, ein Kind und Diener unsrer Kirche, der das Herz der Mutter und Herrin mit dem weitreichenden Speer seines Wortes traf.

Das war's.

Das Kind entlief der Amme und sagte, es sei mündig.

Wie dies Alles geschah, sahen wir nur eine Aussicht, die uns reizte und lockte – es gab Gährung in den Gemüthern – der Bruder fing schon an wider den Bruder zu murren – das Volk blickte mit ängstlicher Spannung zu seinen Fürsten. –

Das war das Einzige, was wir bei all' dem, was geschehen war, mit Jubel sahen.

Vielleicht – riefen wir – vielleicht kann das zu Etwas führen.

Bürgerkrieg! Religionskrieg! Worte, vor denen die andern Menschen schaudern – unsern Ohren haben sie immer wie Musik geklungen! Ja, das war immer unser Element; wenn es jetzt über die Lande hereinbräche, so würden wir uns dabei wohl befinden und bei der allgemeinen Verwirrung wieder im Trüben fischen können – vielleicht in blutiger Weise beides: Seelen und Geld.

Die Hauptsache ist, auf alle Dinge gefaßt zu sein.

Betrachtet man die Gegenwart mit klarem, ruhigem Blick, so kann man sich eigentlich keine Aussicht auf einen Bürgerkrieg und Religionskrieg machen – die Civilisation und die Begriffe der Menschenwürde sind dazu zu weit vorgeschritten. Man liebt den Frieden. Man glaubt an die friedliche Entwicklung aller Dinge. Auch sogar diejenigen Regierungen, welche dem Zeitgeist nur die allergeringsten Concessionen machen, suchen wenigstens immer den Schein zu bewahren, als wären sie dem Fortschritt hold – und überall geht es so, wenn auch ziemlich unmerklich, gleich dem Wachsthum der Eiche allmählich vorwärts. An diese friedliche Erfüllung ihrer Wünsche, einer Entfaltung segensreicher Zustände gleichsam von innen heraus glauben die meisten politischen Parteien in Deutschland – und von ihrem Standpunkt aus die Sache besehen, muß man es mit glauben – und so sind, wie gesagt, gar keine Aussichten zu blutigen Kriegesscenen im deutschen Lande, wie man sie früher erlebt hat.

So scheint für uns denn die Zeit gekommen, wo wir auch in unsrer Macht uns bedroht sehen, wo diese zu wanken scheint, wie die ganze alte Zeit selbst, auf welche wir sie gründen.

So müssen wir uns denn neue Stützen suchen für unsre Macht, da die alten morsch werden und zu zerfallen drohen, trotz all' unsrer Bemühungen ihnen eine ewige Dauer zu sichern.

Wir wollen zusehen, wie weit wir mit unserm alten Systeme noch kommen – mit dem Systeme, wonach wir durch Krummstäbe, Kronen, Thronen und Scepter die Welt regieren.

Aber daneben wollen wir noch ein neues System verfolgen, das wir sofort in Bereitschaft haben, wenn das alte uns keine guten Dienste mehr thun will. Diesem Systeme gemäß wollen wir es mit dem Volke halten.

Jenes alte System gründet sich auf die alte Zeit – unser neues System wird sich auf die neue Zeit gründen. Wenn dann der Tag käme, wo die Freunde des Fortschrittes und Lichtes in Deutschland meinten, gesiegt zu haben, und nun jubelnd die alte Zeit zu Grabe trügen, so würden wir doch der allgemeinen Vernichtung entgangen sein – wir würden unerkannt der Siegesfahne der neuen Zeit folgen – wir würden unerkannt hinter dem Sarge der alten Zeit hergehen – und nicht etwa als Leidtragende, sondern als lachende Erben.

Und wenn man uns jetzt vertreiben will als Wölfe, so werden wir uns dennoch wieder einschleichen wie Lämmer und verjüngt wiederkommen wie Adler.

Es war von jeher eine unsrer bewährtesten Ordensregeln: *divide et impera*. Halten wir daran fest.

Es könnte doch sein, daß die neue Zeit, von welcher jetzt die Radicalen nur so viel in fieberhafter Aufregung träumen und schwärmen, einst doch vielleicht von diesen Radicalen heraufgeführt und zur Wirklichkeit werden könnte.

Nun denn, wohlan! Wir wollen gemeinschaftliche Sache mit diesen Radicalen machen!

Ich sehe meine Brüder erschrocken zurückfahren. – Gemeinschaftliche Sache mit dieser Partei, welche mit ihrer verwegnen Leuchte all' unser Thun der Welt gezeigt hat, durch deren Bestrebungen es so hell geworden ist, daß wir – wenn dieses Licht noch heller und strahlender brennt, kaum noch einen dunklen Schlupfwinkel finden werden, in den wir uns verkriechen können und aus dem wir uns doch niemals wieder werden heraus wagen dürfen, um in unserm eignen Interesse zu wirken?

Ihr Kurzsichtigen, ihr Kleinmüthigen!

Wißt Ihr denn nicht, daß man aus einer Leuchte eine Brandfackel machen kann, die mit rother, unheimlicher Gluth Alles niederbrennt und verwüstet? Und solche zerstörende Gluth, wobei es viel schwarzen Rauch, graue Wolken und erstickenden Dunst giebt – ist denn nicht sie auch gerade unser Element?

So wollen wir es machen mit dem Lichte der Aufklärung der Radicalen und sie sollen, ohne daß sie selbst es bemerken, uns noch dazu vortrefflich in die Hände arbeiten.

Also: *divide et impera!*

›Reform!‹ ist jetzt das allgemeine Loosungswort des Tages geworden. Alle, die dem Fortschritte huldigen, verlangen Reform – darin sind die Parteien einig – aber höchst uneinig sind sie über die Begriffe, welche sich mit diesem allgemeinen Ausdruck verbinden lassen.«

Die Liberalen wollen Volksvertretung, den sogenannten constitutionellen Fortschritt – sie wollen neben einer Reform des Staates auch eine Reform der Kirche.

Die Radicalen wollen Volksherrschaft – Glaubensfreiheit – nach der Kirche fragen sie weiter nicht.

Die Sozialen wollen Reform der Gesellschaft – und die Eifrigsten unter ihnen nicht erst Reform, sondern Aufhebung des Staates und der Kirche – allgemeine Gleichheit.

Das sind die Communisten.

Mit den Communisten müssen wir es halten.

In den Communisten müssen wir unsere Helfershelfer suchen, die unsere Sache am Besten fördern helfen – es giebt keine andere Partei, von welcher wir gleiche für uns segensreiche Dienste erwarten könnten. Gelingt ihr Werk, so ist auch das unsere gelungen – so ist die Zeit nicht fern, da wir uns abermals verjüngen werden wie Adler. Gerade unter diesen Menschen, welche als unsre fürchterlichsten Gegner erscheinen, indem sie die heilige Kirche selbst, in der ja bisher all' unser Heil und der Grund unserer Herrschaft und Macht ruhte, nicht erst bekämpfen – sondern auf eine gotteslästerliche, abscheuliche Weise geradezu negiren und deshalb aufheben wollen – gerade unter diesen werden wir unsere Erretter suchen und finden – man denke an das alte Wort: daß die Extreme sich berühren.

Diese Communisten gehen damit um, die Ordnung der bestehenden Dinge umzukehren. Nun! Vielleicht ist auch für uns die Zeit gekommen, wo wir dies wünschen müssen – wo es mit all unsrer Kraft ein vergebliches Bemühen ist, den Rossen der Zeit, die wir so lange glücklich zurückhielten, noch länger in die Zügel zu fallen und ihren Lauf und den Fortschritt aufzuhalten. Trotz unseres unermüdlichen Widerstandes sind sie dennoch unmerklich vorwärts gegangen und haben uns selbst mit nahe bis an einen Abgrund gezogen. Nun denn! Man muß sich in Alles zu schicken wissen. Wollen die Rosse nicht wieder zurück, wollen sie nicht sich wieder einfangen lassen, um noch länger still zu stehen –: so hetzen wir sie selbst nur um desto schneller vorwärts, daß sie wilde Sprünge machen, Alles zerschlagen und zerstampfen und, das rechte Ziel verfehlend, endlich todtmüde niederstürzen – dann sind wir wieder schnell und dienstfertig bei der Hand, die gestürzten Rosse aufzurichten und zu ewigem Stillstand wieder zurückzuführen in den alten Stall.

Um nun auf das Nähere und auf Thatsachen überzugehen: der Communismus predigt das Himmelreich auf Erden. Und mit dieser Predigt wendet er sich an alle Diejenigen, welchen freilich bis jetzt die Erde nichts weniger sein kann als ein Himmel! An die Armen, Niedriggeborenen, Unerzogenen, Entsittlichten wendet man sich zuvörderst mit dieser neuen Lehre – mit einem Wort an die niedrigsten Classen, an die untersten Schichten der Gesellschaft, deren Hefe: die Proletarier, den Pöbel. Also an die Mehrzahl der Menschen – an den großen Haufen. Und an den Orten, wo sich dieser in der tiefsten Erniedrigung, Verwahrlosung, Rohheit und Unwissenheit befindet, wird es am leichtesten sein, ihn zu alle den Dingen aufzureizen, welche endlich – wenn auch auf langen Umwegen – zu uns führen.

Wir haben bisher unsere Herrschaft doch meist auf die Macht und den Glanz der Hochgestellten gebaut – jetzt müssen wir sie neu gründen, auf das Elend, auf den Schlamm der in Gemeinheit und Erniedrigung Versunkenen. Einzelne passende Werkzeuge für unsere Zwecke mußten wir uns immer unter ihnen wählen – aber jetzt gilt es mehr, jetzt gilt es nicht bloß Einzelne passend zu verwenden, jetzt gilt es, sich der Menschen zu bemächtigen, durch die Massen zu wirken.

Es ist keine Frage: die Massen leiden –

Alles Unglück macht die Menschen zu Verbrechen fähig, von denen sie im Glück sich nimmer Etwas träumen ließen – der Hunger aber vollends macht die Menschen zu reißenden Thieren.

Trachten wir also uns allen Reformen zu widersetzen – gleichviel, ob sie von weisen Regierungen oder von schwärmerischen Oppositionsparteien ausgehen – welche sich damit beschäftigen, den Nothstand der armen Arbeiter zu lindern und durch Volkserziehung und eben so milde als weise Gesetze auf eine allmähliche Hebung der untern Classen hinzuwirken. Führen wir in der Stille Krieg mit diesen Regierungen, mit dieser Opposition und halten wir es nur mit einer Partei – mit den Communisten. Aber diese dürfen nicht ahnen, daß wir ihre Freunde sind, so wenig als jene, daß wir ihre Feinde. Es gilt, sich jetzt mehr als jemals in undurchdringliches Dunkel zu hüllen.

So groß als die Communisten sie schildern wollen, ist die allgemeine Noth nicht – besonders sind die Massen noch gar nicht zum Bewußtsein ihres Elendes gekommen. Wir müssen also streben, sowohl sie dahin zu bringen, als auch die allgemeine Noth der Armen und Arbeitenden selbst noch in der Wirklichkeit zu vergrößern.

Der Communismus predigt das Himmelreich auf Erden. Er will es in seinem Wahnsinn dadurch verwirklichen, daß er Staat und Kirche als von ihm unmenschlich und unnatürlich genannte Einrichtungen aufhebt, daß er Politik, Religion, Volkssitte, Vaterlandsliebe – alle diese Dinge, für welche Jahrtausende lang die Menschen aller Zonen und Zeiten lebten und starben – als Trugschlüsse verwirrter Menschengeister erklärt, aus denen endlich die ganze zu Verstande gekommene Menschheit wieder heraus müsse, wenn sie nicht länger ein sinnloses Treiben fortsetzen und darüber zu Grunde gehen wolle. Der Communismus will das Himmelreich auf Erden verwirklichen, indem er ferner Gütergemeinschaft verlangt, Aufhebung des Capitals, Abschaffung des Geldes, jenes wesenlosen Dinges, welches nach ihrer Meinung als ein entseeltes Gespenst, das vergebens nach seinem Leibe jagt, (denn es hat eigentlich Beides: Seele und Körper – und doch auch wieder Beides nicht!) und die Menschen von einander trennt, indem es ihre Verbindung vermitteln will. So sollen künftig diese verbrüderten Menschen (was, nebenbei gesagt, unendlich langweilig sein muß!) zusammen wohnen in schönen bequemen Palästen, wo Niemand mehr zu hungern und zu frieren braucht, sondern für Alle das Haus geheizt und der Tisch gedeckt ist. Ihr ganzes Leben soll Genuß sein, Genuß der freien Liebe und aller andern sinnlichen Freuden, und dafür soll ein Jeder nur täglich zwei Stunden arbeiten – und diese Arbeit ihm selbst ein Genuß sein.

Das ist das Ideal der Communisten.

Trachten wir danach, dieses Ideal verwirklichen zu helfen, oder lassen wir vielmehr sie mit ihrem redlichen Willen und ihrem verblendeten Verstand danach streben – denn sobald sie *terra rasa* gemacht haben für die ganze Menschheit, sobald sie die Millionen friedlich eingepfercht haben in die großen Ställe, in welchen sie ausruhen und sich nähren können von der gleichen Weide zu gleichem Theil – alsbald werden sie auch des Hirten wieder bedürfen, die Heerde in Ordnung zu halten.

Damit diese Gleichheit in Arbeit und Genuß niemals gestört werde, wird eine so organisirte Gesellschaft einer Beaufsichtigung, einer Bewachung bedürfen, wie sie bisher ohne Beispiel gewesen in der ganzen Welt – denn die ganze Weltgeschichte weiß nichts Aehnliches! – Und dann werden wir an unserm Platz sein.

Wir werden dann diese Aufsichtsführungen uns zu verschaffen wissen – und dann wird die Zeit unsrer glänzendsten Herrschaft kommen.

Lange Jahrhunderte hindurch haben wir die menschliche Gesellschaft über uns zu täuschen gewußt – so wird es uns auch nicht an Mitteln fehlen, diese neue Gesellschaft zu täuschen. Wir werden das Regiment über sie in unsere Hände bringen, ohne daß sie ahnt, in welchen Händen es ist.

Und wenn sie gleich auf einige Zeit unsere Kirche abgeschafft haben, so werden wir sie doch in Kurzem wieder herrlich aufbauen.

Denn das bezeugt die Geschichte und alle Erfahrung: es wohnt tief in jeder Menschenbrust ein religiöses Bedürfniß. Ein Bedürfniß, für sich selbst ein höheres Wesen zu fühlen und zugleich ein verwandtes Höchstes über sich anzuerkennen.

Dieses Bedürfniß wird auch in dieser Gesellschaft wieder erwachen, denn der Mensch von heute ist immer noch gleich dem Menschen von Jahrtausenden und bei aller Fähigkeit zu Vervollkommnung ist doch die Menschennatur an sich keiner Veränderung fähig.

Wenn nun dieses religiöse Bedürfniß wieder erwachen, sich zur Geltung bringen und seine alten Rechte fordern wird – um so ungestümer und brünstiger als man sie ihm ganz nehmen wollte und genommen hatte – und hier berühren die Extreme sich wieder – dann werden wir unsere Masken und Mäntel von uns werfen können! Dann werden wir wieder vor der sehnsüchtigen Menge erscheinen und werden wieder zu ihr reden: Sehet da die Herrlichkeit des Herrn, seiner Diener und seiner Kirche – wir sind bei Euch gewesen allezeit, auch da Ihr es nicht ahntet und werden bei Euch bleiben bis an der Welt Ende! – Und wir werden erzählen, wie man den jetzigen Zustand der Dinge uns allein verdanke und es wird leicht sein, ihnen weiß zu machen: Jesus sei der erste Communist gewesen – denn wir haben uns ja niemals gescheut, diesen heiligen Namen zu manchen frevelhaft scheinenden Dingen zu gebrauchen, welche aber eben durch seinen Namen geheiligt wurden – und wir werden uns als seine treuesten Diener bekennen und sagen, es sei gleich, ob wir nun Jesuiten oder Communisten hießen. Wir thätten ja schon seit Jahrhunderten Gütergleichheit gehabt und gleiche Arbeit in unsrer Gemeinschaft, damals habe die Welt, die böse Welt, die ja eben damals in so großer Unordnung befangen gewesen, uns dafür oft verfolgt – wir wären längst die Märtyrer für den Communismus gewesen – nun aber mit seiner Verwirklichung habe unser System gesiegt. Und man wird uns glauben und zujauchzen, man wird sich wieder betrügen lassen, wie vordem, und mit Freuden das Regiment unsern geweihten Haiden übergeben.

Dann werden wir unser Ziel erreicht haben! Vieler Selbstverleugnung wird es bis dahin bedürfen – aber sie wird uns herrlich vergolten werden und der heilige Loyola wird seine treuen Diener nicht verlassen.

Wir werden siegen in diesem Zeichen.

Jetzt gilt es also, auf dieses große Ziel hinzuwirken.

Ueber den Blick in diese große Zukunft dürfen wir das Nächste nicht übersehen.

Wir müssen die Parteien wider einander aufstacheln.

Wir müssen den Communismus überall in der Stille ausbreiten helfen – und wo er noch gar nicht da ist, da müssen wir den Teufel an die Wand malen, damit er komme. Dies ist eine Maxime, eben so schön und bewährt, als es das Sprichwort selbst ist.

Um zu zeigen, wie man dies machen muß und wie nützlich für unsern Zweck dies Verfahren ist, will ich unter Hunderten nur ein kleines Beispiel aus einem deutschen Staate anführen, in dem wir jenes Verfahren kürzlich mit viel Glück in Anwendung brachten.

Wir wußten gleichzeitig durch anonyme Briefe, welche wir ganz und gar nur mit Stellen aus communistischen Büchern von den entschiedensten Verfechtern dieser Doctrinen ausfüllten – damit man sie um so weniger für ein Werk unsers frommen und rechtgläubigen Ordens halte – Eisenbahnarbeiter und Fabrikarbeiter aufzuhetzen, ihnen communistische Lehren beizubringen, ihr eignes Elend vorzuhalten und sie wider die bestehenden Verhältnisse aufzureizen. Die Eisenbahnarbeiter waren für unsere Lehren ziemlich zugänglich, es waren Ausländer unter ihnen, denen diese Dinge bereits nichts Neues waren – und welche, wenn sie auch an der Möglichkeit ihrer Ausführung zweifelten, doch die Inländischen mit aufreizen halfen – und so kam es, daß sie jüngst aufstanden, ihre Arbeiten einstellten und einen höhern Lohn verlangten.

Mittlerweile hatten wir unter den Arbeitern der nahen Fabrik eines Herrn Felchner auf einen der jüngern Arbeiter unser Augenmerk geworfen. Dieser, Franz Thalheim, besitzt, eine ungewöhnliche Intelligenz für seinen Stand bei einem schwärmerischen aufopfrungsfähigen Herzen. Er hatte einige keine Schriften geschrieben, welche, allerdings weit entfernt von communistischen Tendenzen, doch die Rechte des armen Volkes vertreten und sein Elend zur Sprache bringen. Wir glaubten, es sei leicht, aus ihm einen Verbreiter des Communismus zu machen, wie wir ihn nur wünschen konnten. Leider scheint es, daß wir gerade in ihm uns verrechnet haben – er hat ein zu strenges Rechtsgefühl, um einer Auflehnung gegen das gesetzlich Bestehende fähig zu sein, um Etwas auf anderen als gesetzlichen Wegen erringen zu wollen, auch hat er zu Viel gesunden und unverblendeten Menschenverstand, um von einem im Augenblick noch unpraktischen System sonderlich Notiz zu nehmen. Auf ihn also – das haben wir erkannt – werden wir schwerlich zählen dürfen – desto leichter ging durch ihn einer seiner vertrautesten Kameraden in die Falle.

Jetzt haben wir in dieser Fabrik Alles in die beste Gährung gebracht und zwar durch die verschiedenartigsten Mittel.

Zuerst wußten wir – auf unserm gewöhnlichen Wege – einigen Regierungsbeamten zuzuflüstern, daß in jener Fabrik – als sich noch nicht das geringste Verdächtige dort zeigte – gefährliche Verbindungen bestünden und daß dort sich von einem Menschen, der sich auf derartige Sachen verstände, ein staatsgefährliches Complott entdecken ließe. Begierig, diese Entdeckung zu machen, setzte sofort der geheime Polizeirath Schuhmacher alle seine geheimen Maschinerien in Bewegung, um durch Entdeckung dieser gefahrdrohenden Zustände sich Ansprüche auf den Dank seiner Regierung zu erwerben. Er scheute kein Mittel, um zu seinem Ziele zu gelangen. Vortrefflich arbeitete er uns in die Hände. Einer seiner Helfershelfer mußte – worüber wir besonders frohlocken – den Fabrikherrn selbst warnen und zu größerer Beaufsichtigung seiner Leute auffordern. Dies geschah – und nun werden wir es bald erleben, daß diese Strenge und Vorsicht bewerkstelligt, was unserm Zureden und Vorspiegeln allein nicht gelungen wäre: – die Fabrikarbeiter werden sich empören, und wenn sie gleich damit Nichts thun, als blind in ihr Unglück rennen – so ist es doch von da an eine beglaubigte Wahrheit: der Communismus spukt in Deutschland und greift schon zu praktischen Mitteln – und dadurch ist für uns schon Viel erreicht: wir können von da an den Communismus als Popanz brauchen! – Als Popanz zuerst für die Regierenden, damit sie hinter freien Regungen überhaupt gleich Communismus vermuthen – und deßhalb sich um so weniger zu Zugeständnissen verleiten lassen; – für die Besitzenden, damit sie gegen die armen und arbeitenden Classen desto härter verfahren und durch Druck und Härte sie um so eher dem Communismus in die Arme führen, damit die Schwergedrückten endlich gar dem blinden Glauben der Verzweifelten sich hingeben: es gebe für sie kein anders Heil und keine Bestimmung, als Blut und Leben einzusetzen für die Verwirklichung des Communismus; – endlich auch als Schreckbild für die Liberalen, damit sie, weil sie nun nach zwei Seiten hin zu kämpfen haben, um so leichter ermüden, und damit sie, um nicht auch als Communisten verschrieen zu werden, vorsichtiger und zurückhaltender werden in Tadeln und Fordern.

Damit ist schon Viel gewonnen.

Zugleich sind auch in den Verdächtigungsnetzen des Polizeirath Schuhmacher, zwei Liberale mit gefangen worden: Graf Jaromir von Szariny und Gustav Thalheim, zwei Schriftsteller für uns von der gefährlichsten Sorte. Man wird sie der Regierung als Theilnehmer an communistischen Comploten bezeichnen, da sie mit den aufsässigen Fabrikarbeitern in Berührung gekommen sind – man wird sich entweder ihrer bemächtigen, oder doch wenigstens ihre Schriften verbieten – obgleich diese radical und Nichts weniger als communistisch sind – oder sie des Landes verweisen, ihnen ihre literarische Thätigkeit erschweren, und so werden wir mit guter Manier zwei unsrer gefährlichsten Gegner los – indem sie entweder ganz unschädlich gemacht oder vielleicht aus Rache und Erbitterung das werden, für was man sie bisher nur hielt und als was sie nun einmal verdammt und gebrandmarkt sind: Communisten. So ist es zugleich mit gelungen, der schlechten Presse die Schuld an den Arbeiteraufständen mit zuzuschreiben – auch davon werden die guten Folgen nicht ausbleiben.

So müssen uns alle Dinge zum Besten dienen.

Das ist immer unsere Ordensregel gewesen.

Und so habe ich denn in der Kürze versucht, mein frommer Bruder, Dir anzudeuten, welche schwierige Stellung wir hier haben – wie wir aber trotzdem nicht verzagen, sondern bereits auf eine neue Aera uns vorbereiten – damit auf alle Fälle unser heiliger Orden selbst dann nicht untergeht, wenn man alle bestehende Ordnung der Dinge umkehrt.

Gesegnet sei der heilige Loyola, der die Seinen schützt!

Grüsse alle unsere Brüder.

Pater Xaver.«

VI. Auf dem Schlosse

»Der Bund, der sich auf Treue gründet,
Hat Schild und Schwert zu Schutz und Wehr;
Die Flamme, die im Herzen zündet,
Durchstrahlt die Nacht als Feuermeer.«
K. Haltaus.

Als Pauline mit dem Doctor Thalheim in die Rotunde in Hohenthal ging, in welcher sie Elisabeth treffen sollte, hörte sie leises Geflüster und sagte deshalb zu Thalheim:
»Elisabeth scheint nicht allein dort zu sein.«
Diese Worte hatte Elisabeth selbst vernommen. »Das ist Paulinens Stimme,« sagte sie zu Jaromir; »komm – Hand in Hand wollen wir ihr unser Glück verkünden, das sie vielleicht ahnt, das ich ihr bis jetzt aber noch nicht zu gestehen wagte. –« Ohne daran zu denken, daß wahrscheinlich auch Pauline nicht allein käme und nicht nur laut mit sich und den Bäumen gesprochen – trat die von ihrer Seligkeit halbberauschte Braut an der Hand des Geliebten unter den Bäumen hervor.
Plötzlich standen sich vier überraschte Menschen sprachlos gegenüber.
Elisabeth war plötzlich regungslos wie festgezaubert, die Blicke zu Boden gesenkt, als sie Thalheim erkannt hatte. Diesen selbst durchzuckte bei Jaromirs Anblick eine seltsame Art von Schmerz – wenn auch unschuldig, war dieser doch die Ursache seines gemordeten Lebensglückes und daß er nun gerade ihm hier begegnen mußte.
Jaromir sann nach, wer der Fremde wohl sei, der ihn mit einem so seltsamen Blicke maß – und der ihm wohl auch kein ganz Fremder sei – er mußte ihn schon irgend einmal gesehen haben.
Am Unbefangensten war noch Pauline, die sich doch über weiter Nichts zu verwundern hatte, als daß sie Jaromir so vertraulich an der Freundin Seite sah. Daher konnte auch sie zuerst das Wort nehmen, und indem sie Elisabeths Hand drückte, sagte sie: »Also überraschen wir Dich doch! Schon glaubte ich, Du wärest auf dieses Wiedersehen vorbereitet.« Und eh' noch die Angeredete geantwortet, übernahm sie deren Amt und stellte die Herrn einander förmlich vor.
Bei Nennung von Thalheims Namen zuckte es auch seltsam über Jaromirs Gesicht – aber das war bald verbannt und vorüber und er erwiderte Thalheims Gruß mit einigen freundlichen Worten. Elisabeth war noch immer sprachlos geblieben – ein Schweigen, das für die Andern beinah peinlich zu werden begann – da sagte sie plötzlich mit der ihr eignen Heftigkeit, welche sie jedes Mal überkam, sobald sie sich bei erschütternden Momenten bemüht hatte, ihrer Bewegung Meister zu werden und dann still bei sich dies Bemühen um äußerer Formen und des Herkommens willen kleinlich und unwürdig der edleren Gefühle gefunden hatte, gegen deren Aeußerung sie damit eben ankämpfte:
»Es ist zu viel Glück auf ein Mal! Neben mir der, den mir heute Elternsegen zum Bräutigam gegeben – mir gegenüber plötzlich mein verehrter Lehrer, den ich kaum wiederzusehen hoffen durfte – neben mir die langentbehrte Freundin – was fehlte noch, um ein Menschenherz so von Wonne überfließen zu lassen, daß es darüber die Sprache verliert?«
»Vielleicht ich?« sagte lachend Aurelie, die eben auch zu der Gruppe trat – eine neue Ueberraschung für Thalheim und Pauline, denn Beide wußten noch Nichts von ihrer Anwesenheit.
Und wie es dann manchmal geht, wenn je mehr der verschiedenen Elemente mit ihren verschiedenen Berührungspunkten, je nachdem innre Wahlverwandtschaften zu einander hintreiben oder äußere Einwirkungen die Annäherungen und Mischungen erleichtern – so war denn auch jetzt durch das Hinzutreten der Allen bekannten, aber Allen mehr gleichgültigen Aurelie in ihrer heitern Harmlosigkeit plötzlich die feierliche Stimmung, welche sich mit einem beinah ängstigenden Druck dieser vier Menschen hatte bemächtigen wollen – von ihnen genommen und wich einer leichtern heitern Unterhaltung, aus Glückwünschen für das Brautpaar, Fragen nach dem inzwischen Erlebten und Gesehenen gemischt.

Elisabeth erklärte dann fröhlich entschieden, daß heut' ihr schönster Festtag sei und daß Niemand, wer einmal gekommen sei, unterlassen dürfe, ihn mit zu feiern – Niemand werde vor Abend wieder vom Schloß entlassen. Ein Diener berief dann die kleine Gesellschaft zur Gräfin, und als diese dann hier Elisabeths Einladung freundlich wiederholte, so galt weiter keine Einrede, man blieb beisammen wie der Zufall es einmal gefügt hatte.

Aurelie begegnete Paulinen mit Herzlichkeit, obschon sie sich vorher nicht hatte überwinden können, sie in der Fabrik aufzusuchen, freute sie sich doch jetzt aufrichtig dieses unverhofften Wiedersehens.

Pauline empfand bei Elisabeths Glück die fröhlichste Theilnahme – aber zuweilen, wenn sie einen jener zärtlichen Blicke sah, wie Liebende sie gern zu tauschen pflegen, oder einen jener innigen Händedrücke bemerkte, oder ein liebeseliges Wort, das sie einander zuflüsterten, vernahm – da beschlich eine unendliche Wehmuth ihr Herz, ein bitteres, unzufriedenes Gefühl mischte sich hinein, und tief in ihrem Innern schrie es auf, wie eine schrillende Dissonanz. – Und wenn sie auf Thalheim sah, der mit obenan saß neben dem Grafen Hohenthal und von diesem mit hochachtungsvoller Aufmerksamkeit behandelt ward – da zuckte es auch seltsam traurig durch ihre Seele wie zu einer anklagenden Frage an das Schicksal – sie dachte an Franz, an den ausgestoßenen armen Franz und deshalb war sie zuweilen so still und in sich gekehrt unter all' diesen frohen Menschen, deren Glück ihr doch auch so Viel galt. Sie meinten wohl, es sei ihre Art so, oder bürgerliche Schüchternheit, wenn sie still war. Nur Thalheim sah, was in ihr vorging – er fühlte dann das Gleiche mit und konnte selbst sie kaum ohne Wehmuth betrachten.

Aber auch Elisabeth's Schicksal bekümmerte ihm Der erklärte Geliebte der Sängerin Bella, er, der schon so viel Mädchenherzen durch seine Schönheit, sein einnehmendes Wesen, durch all' seine geistig hervorragenden Eigenschaften, freilich oft mehr willenlos als absichtlich an sich gefesselt hatte – und sie dann wegwarf, weil er keine Befriedigung bei ihnen gefunden – gleich viel, ob sie dabei brachen und blutend zuckten – konnte der eine Bürgschaft dafür geben, daß Elisabeth endlich dies ruhelose Herz ausfüllen und daß er sie dauernd beglücken werde?

Elisabeth war von Thalheims Gegenwart wunderbar ergriffen. Sie fühlte es jetzt wohl, wo ihr Herz mit dem Jaromirs so selig zusammenschlug – nicht Liebe war es gewesen, was sie einst für den Lehrer empfunden hatte – denn noch fühlte sie sich von demselben Gefühl beherrscht wie damals. Es war eine Art kindlicher Ehrfurcht, welche sie vor ihm hatte, und zugleich auch zärtlichste Verehrung, die sie ihm darbrachte, wie einem höhern Wesen. Es war, als habe er eine unsichtbare Gewalt über sie, von der freilich er am Wenigsten Etwas ahnte, die aber sie selbst um so tiefer fühlte.

Am Nachmittag im Park ging sie einmal neben Thalheim allein – die Andern folgten in einiger Entfernung.

Die Beiden hatten zusammen von vergangenen Tagen in der Residenz gesprochen.

»Als ich Szariny zum ersten Mal sah,« sagte Elisabeth, »war es an Ihrer Seite – er war bei Ihnen gewesen – Sie hatten ihn herausbegleitet – ich trat aus der entgegengesetzten Thüre – nachher war mir der Gedanke immer so freundlich, daß doch gerade Sie es sein mußten, der uns zuerst zusammenführte.«

Diese Erinnerung durchzuckte Thalheim schmerzlich – er sagte nur betroffen: »Ich?« weil er gar nicht wußte, was er sonst sagen sollte.

»Freilich ohne es zu wissen – und dann wieder! O, wir haben oft davon gesprochen, Szariny und ich.«

»So hat er Ihnen Alles erzählt?«

»Was meinen Sie?«

»Nein – dann würden Sie nicht fragen!« sagte er mehr zu sich selbst als zu ihr – aber sie hatte es doch gehört und war davon betroffen – er wollte diesen Eindruck verwischen und fügte dann bei: »Sie hatten den Grafen schon in der Residenz näher kennen gelernt?«

»Nur daß ich ihn zwei Mal sah, lohne seinen Namen zu kennen – Sie wissen, wie eingezogen wir dort im Institut lebten. Ein Mal noch hatte ich ihn ganz flüchtig gesehen, wo er mich nicht bemerkte – es war im Opernhaus – ich weiß es noch genau, Othello ward gegeben und Bella sang die Desdemona.«

In diesem Augenblick waren die folgenden Personen den Vorangegangenen näher gekommen. Jaromir trat neben Elisabeth und indem er ihr den Arm bot, sagte er scherzend zu Thalheim gewendet:

»Wenn ich wagen darf, die Schülerin ein Wenig zu zerstreuen?«

»Ei,« sagte Elisabeth in gleichem Tone – »wir hatten zuletzt von der Oper und der Sängerin Bella gesprochen, und da kannst Du mich noch besser belehren.«

Diese heiter und unbefangen gesagten Worte nahm er für argwöhnischen Spott – Thalheim kannte sein früheres Verhältniß zu Bella, da er mit ihr in demselben Haus wohnte – und wie wäre Elisabeth gerade jetzt darauf gekommen, wenn nicht Jener sogleich seine Entfernung benutzt hätte, um das vertrauende Herz der Geliebten für ihn mit einem elenden Stadtgeschwätz zu vergiften? Er schwieg tief in innerster Seele verwundet – aber seine Augen flammten zürnend und herausforderd gegen Thalheim auf.

Dieser begriff sogleich, was in Jaromir vorgegangen und dessen Verdacht – aber er fühlte sich so über denselben erhaben, daß er davon, wie ihn Jener hegen konnte, innerlich beleidigt ward; und deshalb sagte er in einem kältern Ton, als in dem seiner gewohnten Milde: »Ich werde Ihnen Alles erklären, sobald Sie wünschen.«

Jaromir versetzte kalt: »Nun kann es mir gleichgültig sein.«

Elisabeth begriff nicht, wie diese beiden ihr so theuern Männer auf ein Mal zu so sichtlicher Gereiztheit kamen, sie zog mit edelm Stolz ihren Arm aus dem Jaromir's, trat einen Schritt zurück und sagte: »Wenn ein Mißverständniß zwischen Ihnen waltet, das vielleicht in meiner Gegenwart nicht aufzuklären ist, so bitt' ich doch, dies nicht länger zu verschieben.«

Jaromir wollte sie um Verzeihung bitten, wenn er sich vergessen – Thalheim aber stimmte Elisabeth bei und führte ihn mit sich fort, während sie Aureliens Arm nahm, welche vorhin mit Jaromir zugleich ihnen nachgekommen war.

Aurelie lachte zu Elisabeths Nachsinnen über diesen kleinen Auftritt, sie sagte heiter: »Hast Du denn nicht bemerkt, daß Jaromir nur sein Gewissen schlug, als Du von Bella sprachst? Ich kann mir denken, daß ein Bräutigam ungehalten wird, wenn man Anspielung auf eine frühere Geliebte macht.«

»Ich verstehe nicht.«

»Als wenn nicht alle Welt wüßte, daß er Bella's erklärter Liebhaber war.«

»Jaromir?«

»Das hättest Du wirklich nicht gewußt? Nun dann freilich hätt' ich's nicht ausschwatzen sollen.«

Die beiden Männer hatten sich schnell verständigt und kehrten jetzt wieder zu den beiden Damen zurück, auch Pauline kam mit hinzu. Elisabeth war, von Aureliens Worten betroffen, erst ein Weilchen still und in sich gekehrt, – aber Jaromir, der gern seine vorige Aufwallung wieder vergessen machen wollte, war liebenswürdiger, lebendiger denn je, und so ward auch sie wieder von ihm hingerissen und dachte nicht mehr an das Wort, das sie vorhin bestürzt gemacht hatte.

Man nahm einen Platz im Freien ein. Eine halbrunde Bank von Eisenguß zierlich ineinander gefügt in einen Halbkreis, im Hintergrund mit Weingeländ umgeben, das aber vorn für eine weite lachende Aussicht sich öffnete, war dazu ausgewählt.

Elisabeth saß zwischen Thalheim und Jaromir, der dicht zu ihr gerückt war und ihre Hand in der seinigen hielt. Aurelie saß auf der andern Seite Thalheims und neben ihr Pauline.

Bald waren Alle in einem heiter ernsten Gespräch vereinigt und auf all' diesen Gesichtern malte sich eine angenehme Befriedigung der Stunde, eine harmonische Stimmung zu einander und zu der schönen friedlichen Umgebung, zu der ganzen schönen Natur.

Welch' eine fürchterliche Unterbrechung war auf einmal der gellende Schrei, welcher sich aus nächster Nähe hören ließ.

Alle schraken zusammen – am Meisten Thalheim – ihm war diese Stimme bekannt – und dennoch schien es ihm unmöglich, daß er sie jetzt hier hören könne.

Nur einige Schritte hatte man zu gehen – eine weibliche Gestalt, deren auf den Boden gedrücktes Gesicht man vor einem seidnen Hut nicht sehen konnte, lag auf dem Wege und warf sich wie in Krämpfen hin und her.

Aurelie hatte sie zuerst erkannt und war hingeeilt und um sie beschäftigt, ohne ihren Namen zu nennen

Thalheim rief unwillkürlich: »Amalie!« und nahm sie in seine Arme.

Jaromir trat betroffen in einige Entfernung hinter die Bäume zurück. Elisabeth stand bei ihm.

»Dies unerwartete Wiedersehen getrennter Gatten muß fürchterlich sein!« sagte sie.

»Fürchterlich!« wiederholte er dumpf und sah vor sich nieder, dann faßte er plötzlich Elisabeths Hand, sah sie mit unaussprechlichem, flehendem Ausdruck der Liebe an und sagte feierlich:

»Elisabeth – das ist ein Stück aus meinem Leben – ich habe Dir bis jetzt nur von meiner Gegenwart, von unsrer Zukunft gesprochen – aber nun will ich Dir all mein Leben erzählen – wie mein Herz in seinen ersten heiligen Regungen betrogen und zertreten ward – wie es dann vergebens suchte und niemals das Rechte fand – bis mein Herz endlich bei all' diesem vergeblichen Ringen sich selbst Hohn sprach, sich selbst verlachen und verspotten konnte – und als es aufgehört hatte zu suchen, fand es, woran es nie mehr geglaubt – solches mit Dir Elisabeth! Aber Dein Herz ist ein heiliger Altar und Du bringst mir seine heilige Erstlingsflamme als Opfer dar – groß und heilig stehst Du in Deiner lichten Unschuld davor als geweihte Priesterin und weißt nicht, daß Du es bist – und vielleicht weißt Du nicht, daß es mit der Liebe auch anders kommen kann in einem Menschen. – Wirst Du mich verstoßen, wenn ich Dir sage, wie Viel mein Herz schon erfahren?«

Sie umschlang ihn innig, wie zum Zeichen, daß sie ihn nimmer lassen könne – aber sie antwortete nicht.

»Elisabeth!« seufzte er schmerzlich. »Nicht wahr – nun glaubst Du meiner Liebe nicht?«

Sie machte sich sanft von ihm los, um ihm desto inniger in die Augen zu sehen – da fielen ihre Augen auf zwei blühende Sträuche Monatsrosen – der eine war buschig und hatte einen starken Stamm, der andere war klein und schlank, aber sie blühten Beide. Elisabeth brach von jedem eine Rese und gab sie Jaromir.

Er sah sie fragend an.

»Sieh – der eine dieser Sträuche hat schon manchen Sommer geblüht, der andere hat jetzt seine Rosen gebracht – ich sehe keinen Unterschied an den Blumen!«

Im seligsten Entzücken drückte er sie in seine Arme, an sein Herz.

An der ganzen Scene und an der welche in der nächsten Nähe des Paares spielte, war Nichts Schuld, als ein verlegter Schlüssel.

Die Oberstin Treffurth litt, vielleicht auch weil ihre Nerven immer angegriffen waren, sehr an Zerstreutheit, in dieser verlegte sie oft die nöthigsten Dinge an die unpassendsten Plätze, ohne es selbst zu wissen, und konnte dann, wenn sie einen solchen Gegenstand vermißte, wieder Stunden lang in ungeduldiger Hast danach suchen, durch welche sie am Allerwenigsten zum Ziele kam. So hatte sie auch heute einen Schlüssel verlegt, den sie nothwendig haben mußte, und da er durchaus nicht zu finden war, kam sie auf die Vermuthung, daß er von Aurelien mitgenommen worden sei, wie denn die Oberstin überhaupt nie ihre Zerstreutheit eingestand, sondern deren Folgen immer auf Rechnung Anderer brachte. Der Kutscher war schon weggeschickt, das Dienstmädchen mußte im Garten und Hofe suchen, und so ward denn Amalie gebeten, auf das Schloß zu gehen und Aurelien nach dem Schlüssel zu fragen.

Amalie wußte, daß Jaromir in Hohenheim war, und an demselben Morgen hatte sie ihn vom Fenster aus gesehen, sein Verhältniß zu Elisabeth kannte sie aber nicht. Auch die Ankunft ihres Gatten war ihr noch fremd.

Als sie jetzt in das Schloß kam und nach Aurelien fragte, zeigte ihr ein Kammermädchen den Platz, wo sie Aurelien finden werde: »bei dem neuem Brautpaar.«

Amalie erreichte die Stelle, von wo aus sie plötzlich Elisabeth Hand in Hand mit Jaromir und neben Thalheim sah – neben ihrem Gatten, den sie niemals hatte wiedersehen wollen.

Beides war zu Viel für die Reizbarkeit einer Frau wie Amalie – und so stieß sie den Schrei der Ueberraschung aus, welcher Jene erschreckte, und verfiel in Krämpfe, von denen sie bei allen heftigen Gemüthserschütterungen erfaßt ward.

Thalheim, gleichfalls auf's Tiefste von diesem Wiedersehen erschüttert, kniete neben ihr nieder und hielt sie halb in seinen Armen. Aurelie und Pauline waren scheu und verlegen zur Seite getreten.

So waren einige Minuten vergangen – da raffte sich Amalie plötzlich auf, riß sich von dem Gatten los und eilte zwischen die Bäume hinein auf die Stelle, wo Elisabeth und Jaromir standen.

»Junge Gräfin!« sagte sie hastig in seltsam schneidendem Tone, »ich wünsche Ihnen Glück dazu, daß sie jetzt meine Stelle einnehmen – Jaromir war vor Ihnen mein – er war der Grund, daß ich mich von meinem Gatten trennte – und daß ich Sie jetzt wie einst mich selbst in meiner Jugend zwischen diesen Beiden Männern sah, die an meinem Elend Schuld sind – nahm mir die Fassung.«

Große und unschuldige Frauenseelen haben, besonders wenn die erste Allmacht der Liebe sie plötzlich mit ungeahnten Offenbarungen geweiht hat, oft einen Seherblick, der das verwandte Edle, das sich ihm naht, auch ohne äußeres Zeichen erkennt und das Niedrige, Unreine, das sich in seinen Kreis drängt, eben so schnell, auch wenn es eine andere Maske borgen will, herausfindet und zurückweist – so zog auch jetzt Elisabeth mehr ahnend als verstehend Jaromirs Hand an ihr Herz und sagte im allmächtigen Vertrauen der Liebe:

»Ich will Alles gut machen, was verbrochen ward.«

Amalie konnte es nicht ertragen, länger dieser hohen Jungfrau gegenüber zu stehen – um so mehr als sie fühlte, daß sie es schon durchschaute, wie ja sie, Amalie, selbst es war, welche an Jaromir ein Unrecht begangen, nicht er an ihr – auch kam sie jetzt erst eigentlich zur Besinnung, wie sehr sie Ort und Personen vergessen und wo und zu wem sie sprach. Als nun Thalheim ihr den Arm bot, um sie hinweg zu führen, so folgte sie erst willig – dann aber machte sie sich plötzlich los und sagte:

»Jetzt ist eine Erklärung zwischen uns nicht möglich, es bedarf auch weiter keiner – wir wollten uns nicht wiedersehen – denke, es sei so gewesen. Willst Du mir einen Dienst erweisen, so entschuldige mich bei Fräulein Aurelie.«

Und damit eilte sie schnell fort. Er konnte ihr nicht folgen, wenn er nicht das Auge der Spaziergänger auf sich und sie lenken wollte, welche auf der Straße vorüber gingen, die sie bereits erreicht hatten.

VII. Zwei Gesellschaften

»Und still versammeln sich die Streitgenossen.«

Fr. Steinmann.

In der Schenke der Fabrikarbeiter ging es ziemlich lärmend her. Der Wirth hatte die zweite Stube zugemacht, weil sich nun Niemand mehr absondern durfte. Im Grunde war's dem Wirth so Recht. Die jungen Arbeiter hatten sonst nur Bier getrunken und keiner mehr als ein Glas. Dabei konnten sie wenig betrogen werden und der Verdienst dabei war ein geringer. Nun drängte sich Alles in der großen Stube zusammen. Nach dem Kruge Vier trank nun wohl fast Jeder noch einen Schnaps – die Hitze der und Dunst in der Stube vermehrten den Durst und da folgte dem ersten Schnaps wohl noch ein zweiter und dritter. Das war beßrer Verdienst für den Wirth. Auch löste er wieder mehr an Kartengeld – denn wer einmal dem Spiel zusah, bekam bald Lust, auch einmal die Karte zur Hand zu nehmen und sein Heil zu versuchen. Und hatte nun einmal die Hand nach den Karten gegriffen, so gab sie die neue Bekanntschaft sobald nicht wieder auf. Wer verlor, spielte fort, um endlich das Verlorene zurückzugewinnen, und wer gewann, spielte fort, weil es doch eine schöne Sache war, so sein Geld zu mehren. Dabei trank man sich noch Muth und desto mehr, je länger man blieb. So mehrten sich wieder die Zänkereien und Schlägereien unter den Fabrikarbeitern – dies schien den Herrn Fabrikbesitzern und Factoren gleichgültig zu sein – vielleicht hatten sie auch noch den beliebten jesuitischen Grundsatz: *divide et impera.*

Wilhelm lehnte mit August und ein paar Andern in einer Ecke.

August warnte wieder: »Ich bitte Euch nur vor allen Dingen, seid gegen Anton auf Eurer Huth! – Was hat er denn ewig, wenn's Dunkel wird, nach Hohenheim zu schleichen, wenn dahinter nicht eine Schufterei steckt?

»Ach was, er wird dort einen Schatz haben –« versetzte einer der Arbeiter.

»Das braucht er nicht vor uns geheim zu halten – einen Schatz hat Jeder –« sagte ein Anderer.

Wilhelm meinte ruhig: »Er denkt aber gerade wie wir, daß er den Franz nicht mehr leiden kann, und sagt, wir sollten uns vor dem in Acht nehmen – nun wer weiß, ob er darin Unrecht hat.«

»Denkt wie wir,« eiferte August, »ei ja doch, spricht wie wir! Woher weißt Du denn seine Gedanken? Ein gutes Maul hat er immer gehabt. Und wenn er nun vollends den Franz verlästern will, da soll er mir nur kommen! Als ob es einen bravern Burschen gebe!«

»Nun ja, ein guter Junge war er,« rief Wilhelm, »das hab' ich wohl am Besten gewußt – den letzten Heller hat er oft hergegeben, wenn er damit helfen konnte – aber jetzt ist er eigensinnig verstockt geworden und will mit offnen Augen nicht sehen – mir hat er neulich geradezu erklärt: nun sei er mein Gegner.«

»Das ist ehrlich und daran erkennt man den Franz – Anton würde das im Leben nicht sagen. Am Ende bleibt doch Franz besser als wir Alle, wenn er gleich jetzt mit uns nicht fort will – seine Tugend lehrt ihn die Noth ertragen – wir haben keine Tugend, darum müssen wir es freilich umkehren und aus der Noth eine Tugend machen. Franz mag uns widersprechen, verrathen wird er uns nie! Anton wiederspricht nicht und wird uns verrathen! Seht, ich weiß gewiß, daß er in Hohenheim ein Mal bei demselben Schuft gewesen ist, der den Fabrikherrn wider uns aufgehetzt hat, denn nach dem Tage, wo so ein alter Schwarzfrack in der Fabrik gewesen, kam das Verbot unsers Vereins, wißt Ihr?« erzählte August.

»Es ist wahr, wir wollen uns vor Anton in Acht nehmen! Franz hat mir ein Mal erzählt, wie es auch in andern Verhältnissen, unter den Bürgern zum Beispiel, solche Leute gebe, die am Schlimmsten auf Vorgesetzte schimpften und dagegen lärmten, nur damit man ihnen beistimme und sie Einen hernach an zeigen könnten! Vorsicht ist nöthig,« mahnte ein anderer Arbeiter.

Eben trat ein älterer Arbeiter mit verstörtem Gesichte herein. »Gebt mir einen Schnaps, daß man sich den Jammer vertrinken kann – weiter giebt's ja doch keinen Trost auf der Welt für unser Einen!«

»Was hast Du denn, Berthold? Du siehst ja ganz grimmig aus und wie zerschmettert obendrein!« bestürmten ihn Einige fragend.

»Bin's auch – bin auch grimmig und zerschmettert, da habt Ihr ganz Recht!«

»Nun und was hast Du denn?«

»Was? Da habt Ihr gut fragen – mein Weib ist eine Leiche!«

»So schnell?«

»Hatte sie nicht Aussicht auf Mutterschaft?«

»Ich habe sie doch noch heute früh gesehen? so fragte man ihn wieder.

»Das war's,« sagte Berthold und schrie in schmerzlicher Wuth: »Sie hatte heute noch eine Arbeit in der Fabrik, wobei sie Schweres heben mußte, sie hat gesagt, das könne sie nicht – aber ein Aufseher meint, es sei Ziererei und sie muß – sie hat aber Recht gehabt – bis zum Feierabend schleppt sie sich noch so hin – wie sie zu Hause kommt, legt sie sich – und da ist sie nicht wieder aufgestanden – das Kind ist todt, weil's zu früh kam und es hat auch ein gräßliches Ende gehabt –« er stürzte den Branntwein hinter und trank seine bittern Thränen mit hinab, die in das Glas fielen.

»Das ist Jammer!«

»Es ist schändlich!«

»Das ist doppelter Mord.«

»Ein abscheuliches Verbrechen!«

»Das müßt Ihr auf Mord klagen!« so hallten die Antworten der Arbeiter durch einander.

»Donner und Teufel! Davon werden Weib und Kind nicht wieder lebendig. Und denkt Ihr, daß die Unmenschen, die sie in den Tod brachten – Etwas auf ihren Tod geben werden? Es ist weniger Bettelvolk auf der Welt, so sprechen sie – ihr habt nun weniger zu sorgen – es ist eine Wohlthat!« rief Berthold.

»Ja!« sagte Wilhelm, der jetzt hervortrat, »die einmal todt sind, die stehen nicht wieder auf! Aber wir, wir leben noch und das wollen wir ein Mal unsern Peinigern beweisen. Sie sollen vor der Lebenskraft erschrecken, die noch in unsern ausgehungerten Körpern wohnt! – Berthold, wir wollen alle mit Deiner Frau zu Grabe gehen – und dann, wenn wir armes Volk einer armen Todten die letzte Ehre angethan haben – dann wollen wir hingehen und ein Mal ein deutliches Wort mit den reichen Lebenden reden!«

Ein allgemeines Geschrei und Gelärm erhob sich, man stimmte Wilhelm jauchzend bei und wechselte damit ab, ihm Recht zu geben, den Fabrikherrn, ihre ganzen Bedrücker, alle Reichen zu verfluchen, Berthold zu beklagen und mit Zerstörung aller Maschinen und der ganzen Fabrik zu drohen. Wilhelm und August mahnten zur Ruhe, warnten davor, den Plan laut werden zu lassen, und die Meisten folgten diesen Mahnungen.

Während sich hier Entsetzliches vorbereitet, gab der Rittmeister von Waldow auf seinem Gut in nächster Nähe ein großes Fest.

Es galt, die Rückkunft seines Sohnes Karl zu feiern, während Thalheim und Eduin noch anwesend waren.

Die sämmtliche Gesellschaft des Kurortes war geladen und die Familie Hohenthal.

Ein paar Tage waren seit Jaromirs und Elisabeths Verlobung vergangen und diese eben jetzt durch Karten und Zeitungen die große Neuigkeit des Tages geworden.

Jaromir hatte gleich am Tage nach derselben wegen eines dringenden literarischen Geschäftes in die Residenz reisen müssen, und ward erst am Tage des Waldow'schen Festes wieder zurück erwartet. So hatte er Elisabeth noch nicht wieder gesehen und so auch sein Wort nicht halten können, ihr sein Leben zu erzählen. – Als an jenem Morgen Aarens bei dem Grafen Hohenthal gewesen, hatte der unglückliche Bewerber, der so plötzlich aus seinem Himmel, den er eben mit sichern Schritten hatte betreten wollen, herabgeworfen worden war, sich nicht gleich in seine gewohnte Stellung wieder zurecht finden können und war kleinlich genug gewesen, dem Grafen Hohenthal Vorwürfe zu machen, daß er sein Wort um eines Szariny willen habe brechen können, an dem er allerdings schon oft das Talent kennen gelernt habe, Frauenherzen zu bethören, aber jetzt auch das neue: verständige Eltern zu betrügen.«

Mit dieser Unart war er gegangen und hatte dadurch erreicht, was er am Allerwenigsten bezweckt hatte: sowohl der Graf als die Gräfin waren erfreut, den nicht Schwiegersohn nennen zu müssen, der im Stande war, wenn er sich gekränkt fühlte, sogar alle äußeren Formen so sehr zu verletzen.

Den Auftritt mit Amalien hatte man zu verbergen gesucht, so gut es eben gehen wollte. Nur daß die getrennten Gatten sich unerwartet wiedergesehen, war der Familie Hohenthal und Treffurth bekannt geworden, die Sache war zu delicat, um weiter danach zu fragen – auch interessirte die Aristokratin sich wenig für dieses bürgerliche Paar, das sie nur in einem untergeordneten Verhältniß zu sich betrachtete. Amaliens Aeußerung über Jaromir hatte freilich für Aurelie und Pauline Manches zu denken gegeben – aber Beide hatten Zartgefühl genug, das Gehörte nicht weiter zu verbreiten.

Elisabeth hielt fest an ihrer Liebe, Jaromir selbst hatte diese Ueberzeugung gewonnen. Aber Thalheim war schmerzlichst bewegt. Er hatte Amalien wiedergesehen, seine treue Liebe zu ihr war plötzlich in all ihrer frühern sanften Größe wieder aufgewacht – da hatte sie ihm durch die halb wahnsinnig gesprochenen Worte gezeigt, wie unwerth sie seiner Liebe sei – und wie er jahrelang sie bei sich entschuldigt, mit ihr Geduld gehabt und Nachsicht mit ihrer Schwäche und ihren Launen, was Monate lang, als sie in steter Vereinigung zusammen lebten, ihm entgangen war, – das trat jetzt in dem einen Augenblick des Wiedersehens in seiner widerwärtigsten Gestalt vor ihn hin – als er Amalien wieder und gerade so gehässig sprechen hörte – so starb plötzlich seine Liebe zu ihr, endete sein Mitleid – er fühlte, wie sie beides nicht mehr werth sei, und sein Inneres wendete sich mit Verachtung von ihr ab.

Nur fühlte er, daß sie darin Recht hatte: sie wollten sich nicht wiedersehen, sie waren getrennt für immer; sie hatten einander auch Nichts mehr zu sagen. Am Liebsten wäre er nun gleich abgereist und hätte den Ort verlassen, wo er ihr wieder begegnen konnte. Aber Eduin von Golzenau wollte noch bleiben bis zu Jaromir's Rückkehr. Denn wie es manchmal geht, so hatte erst Eduin Jaromir in Hohenheim verfehlt und dann war Jaromir gerade in einer Stunde zu dem Rittmeister gekommen, als Eduin ausgeritten gewesen, so hatte Jaromir abreisen müssen und die beiden Verwandten, die einander von frühern Zeiten her noch innig zugethan waren, hatten sich noch gar nicht einmal begrüßt. –

Die Gesellschaft war in dem Gartensalon des Rittmeisters von Waldow bereits versammelt – nur Jaromir fehlte noch. Eduin und Elisabeth warteten auf ihn mit gleicher Ungeduld. Dem unbestimmten Zuge der Herzen folgend, hatte dies Gefühl einer gewissen Leere und einer sehnsüchtigen Erwartung sie einander nahe gebracht, und sie freute sich innig der liebevollen Aeußerungen des Jünglings, mit welchen er schwärmerisch von ihrem Jaromir als seinem Ideal sprach. Auch Thalheim saß in ihrer Nähe und sie würde sich ganz dem freundlichen Behagen an diesem Zusammensein überlassen haben, wenn sie nicht mit einer noch süßern Erwartung für die kommenden Stunden beschäftigt gewesen wäre.

Aarens war auch da, er behandelte Elisabeth mit kalter Höflichkeit und machte, wie es schien, auf eine ziemlich absichtlich bemerkbare und auffallend zudringliche Weise Aurelien den Hof. Diese, welche nicht wußte, welche andern Absichten er noch kurz vorher gehegt, nahm diese Huldigungen mit sichtlichem Wohlgefallen auf und ward durch sie in die heiterste und muthwilligste Laune versetzt.

Waldow, der Neffe, war noch immer der treue Schatten der Geheimräthin von Bordenbrücken, welche, indem sie alle ihre Bemühungen, auf Szariny einen Eindruck zu machen, hatte scheitern sehen, gegen diesen nun einen erbitterten Groll gefaßt hatte, welcher sie, nachdem es ihr mißlungen war, ein blindes Werkzeug für die Untersuchungscommission ihres Gatten zu sein, vielleicht um so brauchbarer zu einem sehenden machte, da ihr gekränkter Stolz sich gern für ihre vernachlässigten Bemühungen an Jaromir geräcft hätte.

Die übrige Gesellschaft bestand außer den bereits bekannten noch aus mehreren unbedeutenderen Badegästen und den Bewohnern und Besitzern benachbarter Rittergüter.

Die Stunden waren vergangen – Jaromir war noch nicht gekommen. Man setzte sich zur Tafel und er war noch immer nicht da – Elisabeth ward blässer und stiller und suchte dann doch wieder durch lebhafteres Sprechen ihre innere Unruhe zu verbergen. Eduin stürzte in seinem Unmuthe manches Glas Wein hinunter und ward dadurch nur immer ungeduldiger. Die Gräfin Hohenthal sah sehr kalt und unbeweglich aus wie immer, wenn sie irgend eine innere Erregtheit zu verbergen hatte. Die Anwesenden flüsterten sich hier und da, mit Blicken auf Elisabeth, Bemerkungen zu, welche sie zum Gegenstand hatten, aber ja nicht von ihr gehört werden durften.

Es schien Elisabeth, als habe man schon ewig bei Tafel gesessen, als man endlich aufstand, um in den Garten zu gehen, wo ein Feuerwerk angebrannt werden sollte.

Eduin war vom Wein aufgeregter als gewöhnlich – er nahm Elisabeths Arm und sagte heftig: »Kommen Sie mit mir, denn die Andern amüsiren sich und warum sollen Ihretwegen warme Herzen sich Zwang anthun und lachen, wo sie weinen mögen?«

Sie ging mit ihm. – Als sie dann im Garten von der Gesellschaft etwas entfernt im Gebüsch standen, rief es plötzlich hinter ihnen: »Elisabeth!«

Sie erkannte Jaromir's Stimme und sank in seine Arme. Dann bewillkommnete er Eduin:

»Endlich!« rief dieser. »Wie oft hab' ich mich, seit ich in den Alpen Dein Bild fand, nach dieser Stunde gesehnt, nun hattest Du sie immer weiter hinausgeschoben und doch hatte ich gerade Dich jetzt Viel zu fragen, Du solltest mir erzählen von der herrlichen Frau, an die ich Dein Bild wieder zurückgab, ich muß sie wiedersehen, weißt Du, wo ich sie finden kann?«

Jaromir sah ihn verwundert an, denn er konnte ihn nicht verstehen.

Aber aus Eduin sprach der Rausch, der sich jetzt nur noch vermehrt hatte, als er aufgestanden und in das Dunkel getreten war, aus dem doch jetzt die unruhigen Gebilde des Feuerwerks vor ihm aufzitterten, er rief laut: »Du liebst ja nur Elisabeth – gieb mir Bella, – aber sie liebt Dich auch – und Du konntest sie vergessen! – Wie kann man jemals einer Bella untreu werden?«

Jaromir schwieg.

»Sie ist in der Residenz – Jaromir! – Du bist bei ihr gewesen!« rief Eduin immer heftiger.

Elisabeth trat zurück und lehnte bleich und halb bewußtlos an einem Baume.

Wenn Du Deinen Rausch ausgeschlafen hast, Knabe,« sagte jetzt Jaromir stolz, »will ich Dich um Erklärung Deiner jetzigen Rede bitten.«

In diesem Augenblick trat der Rittmeister zu dem neuangekommenen Gast. Er entschuldigte seine Verspätung mit der Wegsunkenntniß seines Kutschers. – Die Gesellschaft vereinigte sich wieder, dann fuhr der Graf Hohenthal mit Gemahlin und Tochter ab, ohne daß diese noch ein vertrautes Wort mit Jaromir hatte wechseln können.

VIII. Der Aufstand

»So mag denn über Dich, Du Brut,
Du stolze Brut, das Aergste kommen!«

A. Meißner.

Polizeirath Schuhmacher war triumphirend zurückgekehrt. Er hatte mit Erfolg seinen Unterricht ertheilt in der von ihm gerühmten Kunst, da hinein zu verhören, wo Nichts heraus zu verhören war; und so hatte er denn glücklich erfahren, daß einer der gefänglich eingezogenen Eisenbahnarbeiter früher ein guter Freund von Franz Thalheim gewesen war und einen Brief von diesem an ihn ausgeliefert erhalten, in welchem Frau; geschrieben hatte: daß die Fabrikarbeiter noch weniger verdienten, als die Arbeiter bei den Eisenbahnen.

Diese Worte genügten, um die weitläufigsten Folgerungen und Combinationen daran zu knüpfen und die lange Reihe von Anklagen, welche man schon gegen Franz in Bereitschaft hatte, zu vervollständigen.

Der Polizeirath brachte einen Polizeidiener und einen Verhaftsbefehl mit.

Es schien ihm aber gerathener, den Befehl gleich in in aller Frühe, wenn Franz noch zu Hause, Alles noch still und dämmerig sei, als am hellen Tage, und vielleicht mitten unter den Arbeitern, zu vollziehen.

Daher gingen der Polizeidiener, der Gensdarm des Ortes und noch zwei zuverlässige Männer in aller Frühe, da es noch dunkel war, nach Thalheims Wohnung.

Aber so früh und dunkel es auch noch war, schon trieben sich viele Frauen und Kinder vor den Thüren herum und machten seltsame neugierige Gesichter.

Wie die vier Männer an ihnen vorüberkamen, stießen ein paar beisammenstehende Frauen sich leise an und sagten:

»Was wollen denn die?«

»Sie werden es doch nicht schon gehört haben mit ihren Maulwurfsohren?«

»Mit denen nehmen wir's auch noch auf, laßt sie nur kommen!«

»Sie machen grimmige Gesichter –«

»So wollen wir ihnen bald noch bessere schneiden.«

So murmelten die Frauen unter einander hin und her –

Jetzt kam Franz mit gesenktem Haupte langsam des Weges her – zwei andere Männer folgten ihm. –

Heute war nämlich der Morgen, an welchem Berthold's Weib sammt Kind begraben wurde. Alle Arbeiter waren leise aufgestanden und mit hingezogen auf den fernen Kirchhof. Auch Franz war mitgegangen – dieser neue Jammer hatte ihm in tiefster Seele weh gethan – ihm selbst war wie einem Menschen zu Muthe, der aus hundert Wunden blutet und darüber nicht mehr fühlt, welche ihn am Meisten schmerzt. Aber er wußte noch nicht, was die Arbeiter sannen, warum sie gerade heute Alle einer Leiche folgten, da doch oft eine solche einsam hinausgetragen ward. Denn die Kameraden mißtrauten ihm jetzt und hielten deshalb ihre Absichten vor ihm geheim. Auch wußten eigentlich nur Wenige von einem bestimmten Vorsatz und Plan, die Meisten thaten aus einem blinden Instinkt wie die Andern.

Draußen am Grabe hielt Wilhelm eine Rede: »Das ist das Loos unsrer Weiber und Kinder,« sagte er. »Uns macht man zu elenden Sklaven, unsre Weiber und Kinder mordet man! – Ich brauche Euch nicht erst an unser ganzes erbärmliches Dasein zu erinnern – Ihr habt es ja täglich vor Augen! Und Ihr habt es auch täglich vor Augen, wie, während man so mit uns verfährt, unsere Peiniger von unsrem Schweiß und Blut Paläste aufbauen und mit dem schwelgen, wovon uns ein gutes Theil gehört – eilen wir uns dieses Theil zu nehmen!«

Wildes Beifallsgeschrei folgte darauf.

Ein Anderer sagte: »Und Ihr wißt auch, wie die verfluchten Maschinen daran Schuld sind, daß wir jetzt schlechtern Verdienst haben – sie machen unsere Hände entbehrlich – nun, so wollen wir auch hier das Ding umkehren und die Maschinen vernichten – sie sind unsre schlimmsten Feinde!«

»Weg mit den Maschinen, wir wollen sie alle zerstören!« schrie die Menge.

»Brüder, Kameraden, das wird nicht gut, hört mich,« begann Franz.

»Laßt ihn nicht zu Worte kommen!« riefen viele Stimmen.

Franz suchte sie zu überschreien: »Hört mich dennoch! wenn wir Recht haben wollen, dürfen wir nicht mit einem Unrecht anfangen! – Wir wollen Einige hingehen und sagen, daß wir nicht länger arbeiten könnten, weil solche Theuerung geworden sei, wenn –«

Aber die Andern übertäubten ihn. »So haben die Eisenbahnarbeiter angefangen und sind dafür bestraft worden und schlecht genug weggekommen; wir müssen es gleich besser anfangen, nicht betteln, sondern zugreifen.«

Franz hatte sich aus dem Gedränge zurückgezogen, er war tief bekümmert, denn er sah ein, daß Keiner auf seine Warnungen mehr hören werde. So ging er schnell und traurig von dannen.«

Wie Andere dies bemerkten und ihn allein auf die Fabrik zugehen sahen, riefen sie: »Eilt ihm nach, damit er uns nicht verräth!«

»Das thut er nicht,« sagten Andere, »er hat nun einmal immer seinen Kopf für sich.«

So folgten ihm zwei Arbeiter, gleichsam um ihn zu bewachen.

Als sie so eine Weile gegangen waren, wurden sie die Vier von vorhin gewahr: den Polizeidiener, den Gensdarm und die zwei Männer.

Diese traten auf Franz zu, griffen ihn und sagten roh: »Du kommst mit!«

»Wohin? Und was wollt Ihr?« fragte Franz und trat zurück.

»Dich verhaften und einstecken!«

»Das ist nicht möglich, ich habe Nichts verbrochen, Ihr täuscht Euch!«

»Nein, denn Du bist Franz Thalheim, und hier gilt weiter kein Federlesen.«

Der eine der Arbeiter, welche Franz begleitet hatten, stieß einen gellenden Pfiff aus und lief den Weg zurück, auf dem sie hergekommen; der Andere holte weit mit dem großen Knittel aus, den er in der Hand trug, und schlug damit den Einen, welcher Franz binden wollte, daß er hinfiel.

»Bindet ihn auch!« rief der Gensdarm.

Franz hatte sich geduldig den Strick umlegen lassen der Andere wehrte sich tüchtig mit seinem Stock.

Da scholl hundertstimmiges Geheul durch die Luft – die ganzen Arbeiter kamen mit Stöcken, Knütteln und Steinen bewaffnet dahergezogen und überfielen jene Vier, die sich dessen nicht im Geringsten versehen hatten.

Franz stand ruhig da und regte sich nicht – aber eine große Thräne trat in sein frei aufblickendes Auge. Diese Vier waren gekommen, ihn wie einen Missethäter zu verhaften, weil sie ihn anklagten gegen Ordnung und Gesetz, gegen das Bestehende aufgewiegelt zu haben – und jene wilden Rotten hatten ihm noch vorhin gezürnt und ihn einen Verräther genannt, weil er zur Ruhe geredet hatte – aber es waren seine Kameraden, welche jetzt kamen, ihn zu befreien und nicht duldeten, daß Andere ihm Unrecht thaten, wie sie ihm nur eben erst selbst gethan.

Das war seine Genugthuung.

Er hatte sich von beiden Parteien verketzert gesehen, eben weil er nur das Recht wollte und auf den beiden Seiten seiner Angreifer das Unrecht war – so sprach ihn sein Gewissen frei und unschuldig! Und so stand er groß da, der Mann, den die Gesellschaft von sich ausstieß, dem sie ein paar Lumpen zuwarf und Brod, daß er nicht verhungerte – das war ihre ganze Gabe für ihn! Und unter den Tausenden, welche schimmernd sich kleideten und in Prunkgemächern wohnten, schlug kaum ein Herz so groß wie dieses, an das sie niemals glaubten.

August trat schnell vor und zerhieb mit seinem Beil die Stricke, welche um Franz geknüpft waren und dabei rief er:

»Seht, der ließ sich für uns geduldig binden von unsern Feinden, den Ihr einen Verräther nanntet, hier bittet es ihm Alle ab!«

Andere Stimmen riefen: »Nun, Franz, siehst Du wohl, wie gut die es mit Dir meinen, für die Du bei uns sprechen wolltest! Nun, siehst Du wohl, wie weit die armen Leute kommen, wenn sie von den Leuten des Gesetzes ihr Recht erwarten! Nun hast Du eine gute Lehre empfangen, und wirst es nun doch mit uns halten! Wozu Dich unser Zureden nicht brachte, dahin bringt Dich nun die Strenge des Gesetzes! Was willst Du nun thun?«

»Am Liebsten an die Arbeit gehen wie alle Tage – und daß Ihr friedlich mit mir kämet!« sagte Franz.

Wildes Gelächter antwortete darauf.

Während dem hatten Einige die beiden Männer mit denselben Stricken gebunden, welche für Franz bestimmt gewesen waren, während Andere sich noch mit dem Polizeidiener und Gensdarme herumprügelten.

Unter Wilhelms Anführung zog ein ganzer Haufe gegen das Fabrikgebäude, in welchem sie meist zu arbeiten pflegten. Schreiende Weiber und Kinder schlossen sich jubelnd dem Zuge an – verwundert standen hier die Aufseher, daß noch Niemand bei der Arbeit erschienen war; der unerhörte Fall konnte nichts Gutes bedeuten; aber als jetzt die tobende Rotte herbeikam, so löste sich die Verwunderung jener bald in das größte Entsetzen. Einige fielen über sie her, mißhandelten sie und drangen dann in das Innere des Hauses. Unter Spotten, Fluchen und Lachen wurden hier die Maschinen mit Aexten, Stangen und Stämmen zerstört, und was etwa von den einzelnen, zertrümmerten Stücken an Eisenwerk brauchbar schien, damit bewaffnete man sich für spätere Zerstörungen. Am Aergsten trieb es hier die lange Lise:

»Für jedes Kind eine Maschine!« rief sie. »Da langen die Maschinen nicht zu, jede hat mehr als einen Kindermord auf dem Gewissen – unsre Vergeltung ist noch immer viel zu gnädig! Ein Kind ist mehr werth als eine Maschine, das hat doch eine Seele und Leben – die Maschinen aber sind todt und lügen sich nur lebendig und sind doch schändlich genug, um morden zu können!«

Pauline ward von dem entsetzlichsten Geschrei aus sanftem, gaukelndem Morgentraume geweckt – sie wußte sich die Töne nicht zu erklären – auch im ganzen Hause hörte sie ein ängstliches Hin- und Wiederlaufen, Thürenöffnen und zuwerfen, lautes Rufen und leises Murmeln durch einander.

Sie sprang auf, öffnete die Thüre und rief nach Friedericke. Dann eilte sie an das nächste Fenster – draußen lag in schöner Morgendämmerung der Wald dampfend von silberweißen Nebeln, und erste blitzende Sonnenlichter flatterten feeenhaft aus blühenden Himmelsrosen hervor – denn so zierten den Himmel morgenrothe Wolken wie ein Halbkranz gluthvoller Rosen. Und drunten in den zitternden Thautropfen auf dem sammtnen Rasengrün spiegelte auch dies Roth sich wieder, wie ein farbiger Schleier. Es war ein schöner Anblick – aber Paulinen faßte ein eigenes Grausen dabei. Waren vielleicht ihre Augen vom Schlummer noch blöde? Dies Morgenroth sah ihr heute aus wie lauter Blut, und sogar im Rasenthau, wo es so sanft und schön sich spiegelte, schienen ihr blutige Bäche darüber hinzufließen. Das seltsame Stimmengewirr, wie sie es noch niemals gehört, hörte sie noch immer – die ganze Luft zitterte davon.

Jetzt trat Friedericke ein, bleich und verstört, nachlässig angezogen und mit herabfallenden Haaren. Sie konnte ihr Schluchzen nicht verbergen.

»Um Gottes Willen, was ist denn geschehen, Friedericke?« fragte Pauline.

»Ach, liebes Fräulein – das Unglück! Die ganzen Arbeiter widersetzen sich – sie sind alle bewaffnet gekommen, und statt an die Arbeit zu gehen, sind sie jetzt Alle dabei, die Maschinen zu zerstören – dabei fluchen und schimpfen sie und singen gotteslästerliche Lieder, daß es ein Gräuel ist – ach, und das Allerärgste dabei bleibt doch – –«

»Nun was denn, was kann es noch Schlimmeres geben? Wo ist mein Vater – rede heraus und sage Alles!«

»Der Herr ist unten und wagt sich nicht heraus – aber was ich meine, das ist –: Wilhelm führt die ganze Bande an! Ach, das hätt' ich doch in meinem Leben nicht gedacht!«

»Und Franz?«

»Von dem weiß ich Nichts.«

»Ich muß mit meinem Vater sprechen,« sagte Pauline, zog schnell einen dunkeln Morgenüberrock über und steckte die halb aufgelösten, goldenen Hagre unter ein Häubchen hinauf; dann eilte sie die Treppe hinab und in das Comptoir.

Herr Felchner war ganz außer Fassung – er hatte so zu sagen von dem ungeahnten plötzlichen Schrecken den Kopf ganz und gar verloren. Vor sich hinstaunend, die Hände auf den Rücken rannte er jetzt im Zimmer hin und her. Eine furchtbare Angst und Verzagtheit hatte ihn ergriffen. Wie jetzt Pauline eintrat, so lief er auf sie zu und faßte sie bei beiden Händen: »Du weißt es auch, Pauline? Die Schändlichen zerstören meine Maschinen, meine schönen neuen Maschinen! Erst vor wenigen Tagen kam die letzte aus England – und sie zerstören sie auf's Abscheulichste, sie werden gar nicht wieder herzustellen sein – Tausende sind vernichtet – ich bin ein geschlagener Mann!« –

»Ach, Vater, das ist wohl das Wenigste!«

»Das Wenigste! Kind, rede nicht so unverständig! Hast Du einen Begriff vom Gelde und wie mühsam man es erwerben muß, daß Du so sprechen kannst, als ob man Tausende wie Nichts zu verlieren hätte?«

»Ach, mein Vater, nur jetzt sprich nicht so, wo die Hunderte gegen uns wüthen, die nie Etwas erwerben konnten und sich dennoch immer mühen müssen. – Aber was willst Du thun, damit das Unheil nicht noch schlimmer über uns kommt, damit die tobenden Leute wieder zur Besinnung kommen?«

»Die Soldaten werden sie zur Besinnung bringen!«

»Willst Du ein Mittel der Güte nicht eher als das des Zwanges versuchen?«

»Was wäre das für ein Mittel? – Meine Faktoren haben sie mit Steinwürfen zurückgejagt.«

»Vater! Du hörtest nicht auf mich, als ich die Einflüsterungen des Geheimraths widerlegen wollte; daß Du jetzt meinen Worten folgtest!«

»Der Geheimrath hatte ganz Recht, wie Du siehst, daß diesem Volke nicht zu trauen war.«

»Weil Du ihm vorher nicht trautest, das Mißtrauen hat sie verdorben – hättest Du sie zuletzt nicht härter behandelt, so hätten sie jetzt Nichts an uns zu rächen.«

»Soll ich von einem Kinde und noch dazu von meinem Kinde in der Stunde des Unglücks auch noch Vorwürfe hören? Doch der Schreck hat Dich verwirrt – wie kämst Du sonst zu solcher Auffassung?«

»Vater, nur ein Mal folge meinem Rath. Diese Leute haben vor Dir immer nur Furcht gehabt, alle schlimme Behandlung, die sie von den Factoren erfahren haben, schreiben sie Dir zu. – Was soll daraus werden, wenn sie jetzt so fortwüthen? Siehe, ich bin ihnen manchmal freundlich gewesen und habe ihnen geholfen in meiner Weise – mich lieben sie, mir thut keiner Etwas zu Leide. Komm, Vater, wir wollen zusammen hinausgehen, wir wollen es wagen – und dann will ich sie fragen: was wollt Ihr? Geht wieder heim in Eure Wohnungen und an Eure Arbeit, wir wollen Euch bessern Lohn dafür geben und Euere Kinder sollen Schule bekommen und nur vier Stunden des Tages arbeiten – aber wer von Euch nicht zu Hause geht, den wollen wir bestrafen lassen, wie es recht ist. Komm, Vater, komm, folge nur dies Mal Deinem Kinde!«

»Du bist irre geworden – ich folge keiner Närrin!«

»Vater, was hat es denn genützt, wenn Du dem Rath der Menschen folgtest, die Alles nur weise berechnen wollten? Nur ein Mal wage mit mir den Versuch! Was willst Du thun? Eine Schlägerei anfangen zwischen diesen rohen Menschen? Dann sie mit Soldaten zur Arbeit hetzen lassen? Warum Gewalt, wo Du Alles in Güte kannst? Sie werden Dich segnen – oder Dir fluchen, Dir und uns Allen. – Ach Vater, es ist hart, den Fluch so Vieler durch ein ganzes Leben mit sich schleppen zu müssen – und vielleicht noch über das Leben hinaus!«

Ueberwältigt von ihrer Angst, von der Wichtigkeit seiner Entscheidung, fiel sie ihm zu Füßen und umklammerte seine Kniee – da klangen von draußen die Stimmen wieder lauter, ein freches Spottlied singend mit pfeifenden und jauchzenden Lauten begleitet.

Der Fabrikherr, wie er das hörte, stieß sein Mädchen mit dem Fuße zurück und machte sich los: »Für diese freche Bande kann ein sittsames Mädchen bitten? Mußt Du nicht bei ihren schlechten Liedern erröthen? – Draußen führen sie eine wahnsinnige Posse auf und Du willst mit Deinem Vater auch Comödie spielen – geh' und besinne Dich! Ich hätte Dir mehr weibliches Zartgefühl zugetraut.«

»Vater,« rief sie außer sich, »ich erröthe nicht mehr über die grobe Gemeinheit schlechter Worte, als darüber, daß es solche verwilderte Menschen noch giebt – und über uns, die wir Schuld sind an dieser Entsittlichung. Vater – hast Du schon um militairische Hülfe gebeten?«

»Ja – sie kann schon diese Nacht kommen, wenn sie nicht langsam sind.«

Sie wollte zur Thüre hinaus.

»Wo willst Du hin?« rief er und hielt sie fest.

»Ich will es den Leuten sagen, daß sie ruhig werden, ehe man auf ihre Verzweiflung mit Waffen antwortet.«

»Das fehlte noch!« schrie Felchner vor Unmuth blaß und bebend, während seine kleinen Augen unheimlich funkelten. »Das fehlte noch, daß auch mein Kind gegen mich rebellirte! – Geh' hinauf in Deine Stube!«

Er führte sie bis an die Treppe; sie ging schweigend hinauf von Friedericken gefolgt.

Wie er hörte, daß Beide oben waren, lief er selbst nach, schloß sie leise ein, zog den Schlüssel ab und steckte ihn zu sich.

IX. Ein Plan

»Wird der Retter ihm erscheinen?
Bricht er dann das Joch entzwei?«

K. Beck.

Am Morgen nach dem Waldowschen Fest kam Gustav Thalheim nach Hohenthal, um Abschied zu nehmen. Am Abend wollte er abreisen.

Die Gräfin Mutter war unwohl von der Gesellschaft und nicht zu sprechen, der Graf war auf die Jagd gegangen, und so empfing Elisabeth Thalheim allein. Sie sah sehr blaß aus und ihre Augen waren matt wie von einer durchwachten Nacht und von Thränen. Sie trat ihm freundlich entgegen und sprach ihre Freude darüber aus, daß er noch ein Mal komme, um Abschied zu nehmen. Aber auch bei ihrem Lächeln entging es ihm nicht, daß sie im Innersten schmerzlichst bewegt war.

Um ihm das eigne Weh im Herzen zu verbergen und es bei sich selbst nicht quälender aufkommen zu lassen, begann sie von Fremden zu sprechen – und zwar von Paulinen.

»Seitdem ich weiß, was Liebe ist,« begann sie mit einem unterdrückten Seufzer, »kann mich Paulinens Schicksal auf das Tiefste bekümmern – was auch ihr Loos sein mag: glücklich wird sie niemals werden können!«

»Und fühlt sie das selbst schon, oder sprechen Sie nur aus der Erfahrung theilnehmender Freundschaft?«

»Ich habe sie plötzlich besser selbst verstehen lernen, als sie sich versteht – weil ich zum Bewußtsein der Liebe gekommen bin – sie ist's vielleicht noch nicht.«

»So wissen Sie Alles – und bestätigen die Ahnungen meines Bruders?«

»Ja – ich habe es errathen. – Und was wird ihr Loos sein?«

»Sich dem Herkommen zu fügen – und die grauen Haare eines zärtlichen Vaters zu ehren.«

»Eines Tyrannen, dem sie eben deshalb gehorcht, weil sie ihn weder achtet noch liebt – und er ihr doch das Leben gegeben hat. Und was hat Pauline mit dem andern Tyrannen – mit dem Herkommen zu thun? Sie lebt hier still und abgeschlossen von der Welt, sie hat keinen Umgang mit ihr – die Leute wissen nur, daß der reiche Felchner ein Töchterlein hat – das wieder einen Reichen freien muß! – Und so soll ihr Leben ein lächerliches Opfer sein, für gar Nichts gebracht, während, wenn sie ihrem Herzen folgte, sie Hunderte beglücken könnte?«

»Elisabeth – bevor die Erde kein Paradies ist, sind die Gefühle unsrer Herzen nicht immer zu verwirklichen. Prüfen Sie die Sache besser. Pauline giebt vielleicht einem Fabrikherrn, den sie achtet, die Hand und läßt es die Aufgabe ihres Lebens sein, indem sie ihn zur Milde und Menschenliebe stimmt, Einrichtungen zu verwirklichen, welche auch Tausende beglücken, oder wenigstens ihr Loos verbessern.«

»Und Ihr Bruder?«

»Mein Bruder ist ein armer Arbeiter – und für einen solchen ist es schon eine Genugthuung, wenn das Weib, das er vor Allen hochstellte, ihr Leben dem Wohl seiner Kameraden weiht.«

»Sie sind Brüder – ich habe mich gefragt: Wenn Sie um Paulinen geworben, wenn sie ihren Vater mit Bitten bestürmt hätte – vielleicht würde er sich haben erweichen lassen, denn er will sie im Grunde doch nur glücklich machen – aber auf seine Weise – aber Ihr Bruder ist ein armer Arbeiter – ist sein Sclave – er muß aufhören das zu sein!«

»Was meinen Sie?!«

»Befreien Sie ihn aus dieser unwürdigen Lage,« sie stand auf und gab ihm ein versiegeltes Papier unter seiner Adresse. »Hier ist Geld, unnütz für mich, nützlich für ihn, wovon er leben kann, bis er eine andre Stellung sich erworben. Ich habe die Bücher gelesen, die er geschrieben – er hat Talente, die ihm weiter helfen können – dann kommt er vielleicht in Jahren wieder wie Sie – Pauline ist ihm treu geblieben – Felchner vielleicht todt – dem bescheidnen Mann, der mit der Feder sein Brod verdient, darf sie ihre Hand reichen vor den Augen der Welt – nur dem armen Proletarier nicht – und dann, o, dann wird aus den Schöpfungen dieser beiden Menschen ein Utopien aufblühen –«

Er nahm das Geld und ihre Hand zugleich: »Ihr großes, schwärmendes Herz,« rief er, »macht mich selbst mit schwärmen – ja! Und ist es ein Irrthum – einem schönen und edeln sich hinzugeben, ist auch kein verlorenes Gefühl. – Wenn man verzagen will im Glauben an die Menschheit und findet noch Herzen wie Sie und Pauline, da richtet man wieder begeistrungsmuthig sich auf!«

»Diese Herzen danken Ihnen, was Sie jetzt an Ihnen rühmen wollen –« und sie sah innig zu ihm auf.

In diesem Augenblick trat ein Diener ein und übergab ihr ein kleines Päcktchen, welches mit der Post gekommen war und die Bemerkung trug: »sogleich zu eröffnen.«

Sie bat um Entschuldigung und öffnete – es enthielt ein großes goldenes Medaillon. Auf einer beigefügten Karte stand nur:

»Ich wünsche Ihnen zu ihrer Verbindung Glück und übergebe das Bild, das ich bisher an meinem Halse trug, dem Herzen, das jetzt dem Original vertraut! – Bella.«

Sie öffnete das Medaillon – es war Jaromir's Bild.

Durch die rückhaltlose Unterredung über die Freundin war jetzt auf ein Mal das Band des Vertrauens innig geknüpft zwischen diesen Beiden, darum faßte sie wieder seine Hand und sagte flehend und stürmisch:

»Von Ihnen allein kann ich einen Rath fordern – mein Vertrauen in Jaromir war nicht erschüttert – wenn er vor mir geliebt, was habe ich davon Rechenschaft zu fordern? – Aber gestern Eduins Worte und nun dieser Brief – Wenn er eine Andere um mich betrogen hätte – wenn ich daran Schuld wäre? Ich hätte es ihm verbergen sollen, daß ich ihn liebte – aber ich wußte es ja selbst nicht eher, bis das Wort ausgesprochen war! – Und wenn ich nun die Ursache geworden, daß ein anderes Herz um ihn bräche?«

Er sah vor sich nieder und schwieg – was sollte er auch sagen? War Jaromir dieser vertrauenden Liebe werth – er, den eine leichtfertige Schauspielerin bethören konnte? Und sollte er ihn verklagen – konnte er es, ja durfte gerade er es? War er es nicht, der ihm, wenn gleich ohne es zu wissen, die erste Geliebte genommen – und sollte er ihm jetzt vielleicht auch die letzte nehmen?

Sein Verstummen erschreckte sie: »So habe ich Recht?« fragte sie tonlos.

Er besann sich und sagte nun: »Sie irren! Fällt Ihnen denn der Name nicht auf? – Die Dame, von der Eduin sprach, und diese, welche Ihnen jetzt das Bild schickt, ist nur eine und dieselbe – die Sängerin Bella.«

Da richtete sie sich plötzlich groß auf und sagte: »Dank dem Himmel! So darf ich ihn mein nennen, so darf ich darauf vertrauen, daß meine reine Liebe ihm vollen Ersatz geben wird für diese, die ihn aufgibt und zu der sein sehnsüchtiges Herz sich verirren konnte.«

Thalheim stand auch auf und sah bewundernd zu ihr – vor einer solchen Liebe begann er plötzlich selbst wieder ihre Allgewalt zu empfinden. In diesem Augenblicke ging Etwas in ihm vor, das seinem Herzen eine stumme Sprache zu sich selbst gab, auf die er nicht länger hören mogte.

»Leben Sie wohl und glücklich,« sagte er, »vergönnen Sie mir einen schnellen Abschied.« Er drückte ihre Hand sanft an seine Lippen – eine Thräne fiel darauf.

»Ich scheide heute anders von Ihnen – als das letzte Mal – damals hatte ich meinen Lehrer verloren – jetzt habe ich einen Freund gefunden – Sie werden mich auch nicht vergessen, und wir werden uns wiedersehen!« sagte sie innig bewegt, aber mit edler jungfräulicher Würde.

In diesem Augenblick öffnete sich die Thüre und Jaromir trat ein. Thalheim ließ Elisabeths Hand los und warf sich erschüttert in seine Arme:

»Graf,« rief er, »wir haben uns in einer der schwersten Stunden des Lebens begegnet, wo unser Beider Herzen heftiger schlugen als gewöhnlich – es war bei einem Weibe, das nicht werth war, daß wir es Beide geliebt hatten. – Heute ist es anders, heute schlagen unsere Herzen wieder anders als gewöhnlich – aber der Himmel hat einen seiner Engel in eine Frauengestalt zu uns gesandt, damit ein Weib Alles sühne, was ein Weib verbrach. – Graf! Der Augenblick, wo das

Männerherz vor dem weiblichen Ideal sich neigen darf, wiegt Alles auf, was man durch Weiberfalschheit gelitten – streben Sie danach, den Engel zu verdienen, der sich Ihnen weiht – enden kann Ihre Liebe niemals, das fühl' ich jetzt, und Ihre Liebe ist ihre Seligkeit.«

Darauf ließ er den seltsam Ueberraschten los, führte ihn zu Elisabeth und stürzte fort.

Sie lehnte sich innig in Jaromir's Arme und sagte mit in Wonne leise vergehender Stimme: Ja! Unsere Herzen sind vereint für ewig!«

Als sie sich aus dieser Umschlingung wieder aufrichteten, sah er auf das Madaillon – er ward bestürzt und blickte sie wieder an.

»Ich kam, Dir heute mein Leben zu erzählen – und man hat mir wohl wieder vorgegriffen?« sagte er finster.

Sie lächelte: »Und Du siehst, was man damit erreicht hat!«

Nun setzten sie sich zusammen und er sagte ihr sein ganzes Leben und sein ganzes Herz – und sie schwor ihm dazwischen, daß nun seine Täuschungen ein Ende hätten und daß ihn niemals ein Herz geliebt wie das ihrige.

Als ihm auch jetzt Elisabeth Alles sagte und er sah, welche kleinliche und niedrige Rache Bella's beleidigte Eitelkeit an ihm hatte nehmen wollen, so endete auch das Gefühl der Freundschaft, das in seinem Herzen noch für sie gesprochen.

Aber während Bella bei andern Liebhabern den Einen zu vergessen strebte, sann die unglückliche Amalie noch in finstrer Mißgunst, wie sie Jaromirs Glück verderben wolle.

Seltsame Verirrung des weiblichen Herzens!

Amalie selbst war es ja, welche das erste Unrecht begangen an Jaromir, als sie ihm untreu geworden aus thörigter Eifersucht, aus eitler Grille. Sie war es, welche den Glauben an das Schöne und Edle der weiblichen Natur in ihm zerstört, weil sie seiner heiligen ersten Liebe sich unwerth zeigte, sie hatte Rauch und Asche in das heilleuchtende reine Feuer seiner Liebe getrieben, so daß dann die Flamme auseinander wehte und lange Zeit vergeblich nach edler Nahrung suchte und trübe und düster lodernd auf niedrigem Boden dahinkroch. Sie hatte ihn unglücklich gemacht, denn ihr Verrath war die Ursache, daß er für sein zertretnes Herzensglück Ersatz suchte bei niedrigen Leidenschaften. – Und als sie darauf nach Jahrelanger Neue über ihr Unrecht, eine Neue, die mehr Egoismus als ein edles Gefühl war – ihn wiedersah und erkannte, wie er von seinem Schmerz genesen war und die Zeit gesühnt hatte, was sie an ihm verbrochen – da kehrte ihr Herz sich wieder um, und sie haßte ihn nun, weil er im Kampfe mit sich selbst und dem Schmerze Sieger geblieben war. Und jetzt – als sie ihn abermals wieder sah, glücklich durch Liebe an der Seite einer schönen, bewunderten Jungfrau – da erwachte all' ihre Eitelkeit wieder – sie sah sich verblüht, alt und häßlich geworden, und doch hatte sie einst derselbe schöne Mann geliebt, der jetzt eine würdige Wahl war für jenes hohe Mädchen – und er wäre der Ihrige gewesen, wenn sie nicht selbst sich von ihm getrennt hätte. Die Schuld zu tragen an dem eignen vernichteten Lebensglück! Wohl mag das hart sein – und eine Frau wie Amalie ohne höhern Schwung der Seele, ohne Größe des Herzens konnte wohl bei solchem Bewußtsein untergehen, von Stufe zu Stufe sinken und endlich noch ein Recht zu haben meinen, die eigne Schuld fremden Menschen oder einem blinden Schicksal aufzubürden. Wer niemals gelernt hat, gerade darin einen Stolz zu setzen, größer zu sein als sein Schicksal – der läßt sich in ohnmächtiger Schwäche von ihm darnieder beugen und nennt das dann noch: christliches Dulden.

Amalie hatte dies gethan – sie hatte geduldet – nun verlangte sie dafür eine Genugthuung. Sie hatte durch ihr Benehmen, als sie Jaromir bei Elisabeth wieder sah, und wo das Unerwartete sie zu einer niedern Heftigkeit hinriß, ihren Zweck verfehlt, das sah und wußte sie. Erst hatte sie Jaromir's Briefe aufbewahrt, um durch sie vielleicht einmal sein Liebesglück zu zerstören – dazu waren sie ihr jetzt nutzlos, wenn Elisabeth bereits um Jaromirs erste Liebe wußte. Von dieser Seite konnte sie nicht zu ihrem Ziel kommen.

In düstrer Stimmung war sie eines Abends allein zu Hause, als ein Herr kam und den Oberst von Treffurth zu sprechen wünschte.

Als er eintrat, standen die Beiden sich betroffen gegenüber und sahen sich an.

Amalie erkannte in dem Polizeirath Schuhmacher denselben, welcher bei ihr Haussuchung gehalten – und er erkannte sie, denn ein Mann bei der geheimen Polizei hat ein fabelhaftes Gedächtniß für Personen. Da er jetzt einige Wochen von Hohenheim entfernt gewesen war, hatte Amalie bisher seiner Aufmerksamkeit entgehen können. Er knüpfte sogleich weitläufige Combinationen an diese Begegnung.

Durch ihre Seele schoß es ebenfalls wie ein Blitz: um Jemand zu nützen, stellt man keine geheimen Haussuchungen an – dieser Mann hatte also damals Gefährliches im Sinne gehabt – und er hatte sich gefreut, als er Papiere von Szariny gefunden – vielleicht war es in der Macht dieses geheimnißvollen Mannes, Szariny irgend ein Uebel zuzufügen – sie durfte die Gelegenheit nicht vorübergehen lassen.

Nach den ersten Fragen und Antworten über des Obersten Abwesenheit begann Amalie:
»Sie wollten einst Auskunft von mir über den Grafen Szarinh.«
»Sie meinten damals, Sie hätten mir keine weitere zu geben.«
»Sie fanden mich damals in einer entsetzlichen Stimmung, Sie wissen es.«
»O, regen Sie Sich durch die Erinnerung nicht auf – wenn Sie damals verschlossen gegen mich waren, so haben Sie allerdings Recht, daß jetzt der Augenblick gekommen ist, es auszugleichen.«
»Sie suchten nach Briefen von Szariny; die Sie fanden, waren Ihnen zu alt – vielleicht kann ich Ihnen neue geben.«
»Sie würden Sich dadurch ein großes Verdienst erwerben.«

Es kam nun zu einem weitläufigen Hin- und Herreden, wo Keines dem Andern seine Absichten verrathen wollte, man capitulirte förmlich und gelobte sich Schweigen. Endlich sagte Amalie: »Wir haben hier mit einigen Familien ein gemeinschaftliches Portefeuille, worin die Briefe kommen, welche am andern Tage zur Stadt gebracht werden sollen. Der Oberst macht von diesem kleinen Verein gewissermaßen den Postrath – das Portefeuille ist hier,« – sie holte es. »Graf Szariny hat heute einige Briefe hergeschickt.«

Dem Polizeirath war es doch bedenklich, seine Geheimmittel, wie man allwissend wird, eine Frau wissen zu lassen. Er wieß ihren Vorschlag zurück.

Sie hatte dennoch das Portefeuille geöffnet und hielt ihm einen Brief mit Szarinys Wappen und Handschrift hin. Er war an den Redacteur eines neuen Volksblattes adressirt, welches eine ziemlich radicale Färbung hatte. Der Umstand war bedenklich.

Der Polizeirath wog ihn bedenklich und bemühte sich, durch das dünne Couvert zu lesen; er unterschied die Worte: Franz Thalheim, ein Fabrikarbeiter.

In staatsgefährlichen Zeiten ließ sich am Ende Alles entschuldigen – auch wenn Amalie nicht schwieg – und sie gelobte Schweigen – ein heißgeglühtes Federmesser hob mit leichter Mühe das starke Siegel unverletzt ab.

Der Brief enthielt an den befreundeten Redacteur eine Empfehlung Franz Thalheims zum Mitarbeiter, da dieser wahrscheinlich sich in Kurzem ganz der Volksschriftstellerei widmen werde. Es hieß darin unter Anderm: »Sein Bruder und ich halten ihn für vollkommen befähigt zu dem neuen Lebensplan, welchen jener für ihn ausgesonnen.«

Der Polizeirath war befriedigt, der Brief ward notirt und wieder vorsichtig versiegelt. Amalie erfuhr den Inhalt nicht, aber sie las es in seinen Mienen, daß sie einen Schritt zu ihrem Ziel gethan. Ehe er mit ihr ein neues Verhör über Gatten und Schwager anstellte, fand er es gerathen, mit Bordenbrücken Rücksprache zu nehmen. Darum ging er.

Von dem Geheimrath erfuhr er alles unterdeß Vorgefallene. Anton, der schon seit jener ersten Bekantschaft mit Schuhmacher, als er den Namen Stiefel angenommen, immer als Aufpasser und Berichterstatter in dessen geheimen Sold geblieben war, hatte angezeigt, daß die Brüder Thalheim mehrfach lange Zwiesprache gehabt, daß seitdem Franz sie Alle meide, immer zur Ruhe und Frieden rede, aber daß hinter dieser Maske jedenfalls die rebellischsten Absichten steckten. Daß ferner durch den Tod einer Frau und ihres Kindes unheimliche Stimmung entstanden sei. Da man sich zuletzt vor Anton hütete, so hatte er nicht mit berichten können, was eigentlich wirklich schon Bestimmtes zu fürchten war.

Der Polizeirath hatte seinen Verhaftsbefehl gegen Franz schon mit und so sollte er denn in morgendlicher Stille benutzt werden.

Am Abend vor diesem Morgen war Gustav Thalheim ahnungslos abgereist. Er hatte den Bruder nicht noch ein Mal sprechen können, ihm aber seinen Plan geschrieben und diesen Brief einem gewissenhaften Diener Waldows zur Besorgung gegeben. Das Geld sollte er sich selbst bei Karl von Waldow holen.

Den eröffneten Brief hatte Jaromir auf Elisabeths Bitte geschrieben, welche ihm ihre Unterredung mit Thalheim mitgetheilt hatte.

X. Vereinigung

>»Der Zorn, daß noch der alte Fluch
>Vom armen Volke nicht gewichen,
>Daß aus dem großen Lebensbuch
>Das Wort Despot noch nicht gestrichen;
>Dann möge durch Dein Herz wie Gluth
>Die Thräne Deiner Mutter lodern,
>Dann gebe Gott Dir Kraft und Muth,
>Die Schuldner vor Gericht zu fodern!«
>
>*Ludwig Köhler.*

Waldows Diener, um den Brief gewissenhaft zu übergeben, den er von dem Doctor Thalheim erhalten, war auch frühzeitig nach der Fabrik gegangen. Er wußte sich den Tumult nicht zu deuten. Als er endlich näher kam und das Entsetzliche gewahr ward, kamen einige Arbeiter auf ihn zu, fragten ihn, ob er wie sie thun wolle und gegen die Reichen zu Felde ziehen, deren Sclave er ja doch auch nur sei? Andere verhöhnten sein Tressenkleid, sagten, daß er sich darin wohl gefalle und noch Staat mache mit seiner Sclaverei. Mit Schlägen und Schimpfreden umringten sie ihn.

Da schrie der Gemißhandelte laut aus Leibeskräften nach Franz Thalheim.

Das rettete ihn, denn Franz war in der Nähe und nahm ihm den Brief ab. Er bat die Andern, den Diener laufen zu lassen, er möge es den Leuten immer erzählen, was hier vorgehe, verborgen könne es doch nicht bleiben. Von Mehreren wie ein Wild gehetzt entfloh der Befreite.

Unterdeß hatte Franz den Brief seines Bruders gelesen – erst leuchteten seine Augen – denn es war ihm, als griffen erbarmungslose Hände in sein Herz und rissen es in Tausend Stücke – und um die innere Empfindung im Aeußern nachzuahmen, zerriß er den Brief und streute die Blättchen rings um sich. Noch gestern – wenn er da den Brief erhalten, hätte er seiner Mahnung folgen, fortgehen und irgendwo eine andre Heimath suchen können – für die Kameraden hier konnt' er ja doch Nichts mehr thun, sein Werk hatte man ihm zerstört und gewehrt und die Kameraden liebten ihn und trauten ihm nicht mehr – hier war sein Geschäft aus.

Aber heute konnte er nicht gehen, heute nicht! Das wäre feige Flucht gewesen! – Man hatte ihn einkerkern wollen und die Kameraden hatten ihn befreit, das mußte er ihnen vergelten. Jetzt waren sie aufgestanden in wilder, zerstörender Wuth – sie hatten das Entsetzliche gethan und jede nächste Stunde konnte für sie eine entsetzlichere Vergeltung bringen – nun durfte er sie nicht verlassen in der Stunde der Gefahr, da sie ihn nicht verlassen hatten – nun hatte diese Alle eng verbrüdert. Er mußte mit ihnen stehen und fallen, siegen und verderben oder sterben. Das fühlte er klar. Und Pauline? Welche Gefahren konnten ihr jetzt drohen? Wer sollte sie schirmen und schützen, wenn nicht er?

»Komm August!« rief er jetzt, indem er auf diesen zueilte. »Komm! Da ich das Verderben einmal nicht aufhalten konnte, das jetzt hereingebrochen, so wollen wir's auch redlich theilen! Nur stellt mich nicht hin zur blinden Zerstörung, ich mag nicht kämpfen mit wehrlosen Dingen! Aber wo Gefahr ist, da laßt mich sein – ich gehöre zu Euch, denn Ihr habt mich frei gemacht, und konnt' ich Euch im Leben nicht mehr nützen – wollte nun nur Gott, ich könnt's mit meinem Tod!«

Ein Wagen näherte sich der Fabrik und wollte durch ein Gedränge von Männern, Weibern und Kindern nach den Wohnhause zu – aber die Menge fiel den Pferden in die Zügel, zerhieb die Stränge und rief: »Auch die Pferde sollen heute frei sein, wenn sie's gleich im Leben besser gehabt haben als wir!«

Dann ward der Kutscher verspottet, der entsetzt vom Bocke sprang und den Pferden nachsah. Elisabeth hatte ihren Wagen geschickt, um Pauline zu holen, und so ward er empfangen.

In den nächsten Dörfern hatte man die Bauern aufgeboten, herbei zu kommen und die aufrührerischen Rotten von weitern Zerstörungen abhalten zu helfen. Aber Herr Felchner hatte sonst oft vor Gericht in Streitigkeiten mit ihnen gestanden, er hatte ihre Feld- und Gartenfrüchte immer so schlecht als möglich bezahlt, und sie waren in keinem Stück mit ihm in gutem Einvernehmen gewesen, So kam es, daß nur Wenige Lust hatten, ihm zu Hülfe zu eilen und die Meisten von Denjenigen, welche sich dazu entschlossen, waren solche, die nur gern bei Raufereien und Schlägereien waren. Sie bewaffneten sich mit Spaten, Sensen und Düngergabeln, tranken sich erst Muth und zogen singend und lärmend nach der Fabrik. Da kam ihnen ein Haufe junger Arbeiter entgegen, Wilhelm an der Spitze.

»Was wollt Ihr?« rief er ihnen zu. »Kommt Ihr als unsre Feinde – dann würdet Ihr verloren sein, denn Ihr seid nur eine kleine Schaar und wir sind viel mehr als Ihr. Aber wir können auch nicht glauben, daß Ihr so thörigt wäret, in uns Euere Feinde zu sehen. Wir sind von Natur Eure Freunde und Brüder, und nur die unbarmherzigen Reichen, welche elendes Geld aufhäufen, um Tausende verhungern zu lassen, sind unsere Gegner. Wir wollen nur diesem geizigen Tyrannen hier zeigen, daß seine Reichthümer von Rechtswegen uns gehören müßten, und da er uns unser rechtmäßiges Eigenthum entzogen hat, so wollen wir es uns nehmen. Deshalb werdet Ihr nun uns doch nicht Uebles anthun wollen, weil wir in die Welt ein Bischen bessere Ordnung bringen mögen? Und wer von Euch arm oder dienend ist, der ist unser natürlicher Bundesgenoß und wird uns beistehen gegen diesen geizigen Tyrannen hier!«

Und so sprach er noch weiter – da stimmten ihm viele von den Bauern bei und schrien: »Ja wir wollen Euch helfen!« und mischten sich unter die Fabrikarbeiter; Andere aber, welche dies nicht mogten, ergriffen die Flucht und wurden von Steinwürfen und Peitschenhieben wieder zurückgejagt in ihre Dörfer. Einzelne, welche sich widersetzten, geriethen in ein fürchterliches Handgemenge, und eine blutige, entsetzliche Scene folgte auf die andre – aber überall zogen die Bauern den Kürzern.

Der Fabrikherr ward vor Schrecken noch bleicher, als er das hörte. – Wo nun Hülfe finden? Das Militair konnte kaum vor dem andern Morgen kommen – und was konnte nicht Alles geschehen bis dahin! Jetzt war es erst Mittag, und schon hatten die Leute fast alle seine Maschinen zerstört und wütheten noch in den vordern Fabrikgebäuden. Jetzt hatten sie den etwas entfernt liegenden, einzeln in den Felsen gehauenen Keller erbrochen, ein Faß Wein heraufgeschroten und saßen nun um dasselbe herum und tranken die Gesundheit der neuen Zeit und der armen Leute in dem besten Französischen Weine des Fabrikherrn. Sie ruhten dabei aus von ihrem Zerstörungswerk, um sich neue Kräfte und frischen Muth zu trinken.

Nur die Factoren, Markthelfer und Kutscher waren dem Fabrikherrn treu geblieben, die Andern waren Alle gegen ihn. Helfen konnten diese wenigen Menschen gegen den überlegenen und wüthenden Feind auch nur Weniges – durchkommen konnte jetzt auch Keiner mehr, weder herein noch heraus. Georg war auch ganz wie vernichtet – er hatte nie weiter Etwas gekonnt als rechnen und schelten – jetzt wußte er nicht mehr, was zu thun sei. Es blieb Nichts übrig, als auf die militairische Hülfe zu warten, die von außen das umzingelte Wohnhaus der Fabrik gleichsam wie eine Festung entsetzen mußte. Man mußte sich darauf beschränken, dieses zu verschließen und zu verrammeln, desgleichen auch den Hof, der es umgab und die nächsten Gebäude, welche noch frei waren.

Ein Gewölbe mit Vorräthen von Fleisch, Butter, Kraut und Rüben, das sich neben dem Weinkeller befand, war auch eröffnet worden – an einem großen Feuer im Freien kochten die Weiber davon und die Männer ließen es sich dann mit ihnen trefflich schmecken, so daß jetzt Alles ganz friedlich und gemüthlich aussah. War es ja doch eigentlich nur der Hunger, welcher die Meisten dieser Armen zum Aufstand gebracht hatte! Denn von communistischen Theorien, die sie etwa verwirklichen wollten, wußten sie Nichts, die spukten nur in Wilhelms Kopf, welcher sie in unklaren Reden zu verbreiten suchte, aus denen Jeder die Sache nur gerade so verstand, wie sie in seinem Gedankenkram paßte. Darin waren sie einig, daß sie Alle Etwas zu rächen hatten an dem Fabrikherrn: Hunger, Frost, Blöße, Krankheit, verstümmelte Glieder, Tod oder Elend ihrer Kinder, harte Behandlung und all' die Noth und Sorge von einem jammervollen Tag zum andern. Ihre leiblichen Bedürfnisse waren es, welche jetzt diesen Wuthausbruch hervorgerufen – und wie viel er hier unbefriedigt gelassen und doch hätte befriedigen können, wenn er menschlich gewesen, das wußten sie – aber ein unklarer Instinkt drängte sie in gleicher Weise zur Rache – jener Instinkt, welcher sie hieß, für Alles, was in ihren und ihrer Kinder Seelen Gutes und Edles und Bildungsfähiges erstickt und todtgeschlagen worden war, durch all' ihr äußeres Elend, sich auch dafür zu rächen und eben gerade dadurch, daß sie ihrer Entsittlichung und Verwilderung in ihrer schlimmsten Art und ohne Zügel verderbensvoll walten ließen.

Der Abend begann schon herein zu dämmern – im Haus des Fabrikanten herrschte Todtenstille. Alles war in banger Erwartung des Kommenden, was man thun konnte, war gethan. Es blieb nichts Anders übrig, als zu warten. Dieses Warten war fürchterlich!

Pauline war nicht mehr eingeschlossen in ihrem Zimmer, die Vorsicht war nicht nöthig, da nun das ganze Haus verrammelt war. Aber sie war allein in ihrer Stube geblieben, weil sie bei diesem Ereigniß ganz anders dachte und fühlte, als die Andern alle, welche mit ihr in dies Haus eingeschlossen waren.

»Das Alles wäre nicht geschehen, wenn mein Vater nicht seine Härte und Unbarmherzigkeit auf's Aeußerste getrieben hätte, es wäre nicht geschehen, wenn seine Geschäftsführer und Diener auch in den armen Menschen den Menschen geehrt hätten! Und das Verbrechen, das jetzt diese armen entehrten, gemißhandelten, gequälten Menschen begingen, was war es denn anders, als ein zweites Verbrechen, um ein erstes zu rächen? Was war es denn anders, als eine zweite schlechte That, die eine erste voraussetzte, ohne welche sie nie geschehen konnte und die ihr Geschehen eben voraussetzte? Und selbst diese rohen abscheulichen Töne, welche wie ein thierisches Geheul durch die Luft hallten und doch von Menschen kamen – was waren sie anders als der Aufschrei der beleidigten menschlichen Natur, welche zum thierischen Stumpfsinn herabgestoßen und entwürdigt war – durch andere Menschen?« So sagte sie zu sich – aber sie wollte die grauen Haare ihres Vaters ehren und nicht jetzt, wo er oft in Verzweiflung in sie hineinfuhr, um sie auszuraufen, seinen Jammer noch mit ihrer Anklage vermehren, sie wollte nicht zu ihm sprechen: »Vater – ich hab' es Dir vorausgesagt – wie ein Strafgericht Gottes kommt es nun über uns – und wir dürfen in der Stunde der Gefahr und des Entsetzens nicht frei und unschuldig unsere Häupter zu ihm aufheben, wir müssen sie in Demuth neigen und still Alles dulden.« Sie wollte ihm das nicht sagen, denn das Kind ist nicht berufen zum Richter des Vaters und sie fühlte es wohl: jetzt richtete Gott durch seine geschändeten, verstümmelten Creaturen – aber vielleicht hätte sie doch auf sein Klagen, das mit Beten und Fluchen abwechselte, etwas Hartes erwidert – und darum wich sie ihm aus.

Aber wie sollte sie Ruhe und Sammlung finden selbst allein in ihrem stillen Zimmer? Als sie es zum ersten Mal betreten, wo sie kurz vorher die erste Ahnung von dem Elend der Armuth empfangen hatte, war sie schon vor der Pracht dieses Zimmers erschrocken – es war ihr, als hänge der Jammer von Hunderten daran – und nun vollends! Sie schauderte vor diesem Ueberfluß und sie begriff, daß die Armen ein Recht hätten, die Reichen nicht nur zu beneiden, sondern auch zu verachten.

Zuweilen lief sie dann auf den Oberboden des Hauses, um weiter sehen zu können, ob sie vielleicht eine neue Bewegung der Aufrührer erspähen könne – ob sie vielleicht Franz gewahre. Ihn sah sie nicht. Aber sie sah, wie die Arbeiter mit den Bauerburschen, Manche taumelnd vor Trunk unter sittenlosen Scherzen, mit den Frauen in dem Schutt eines zertrümmerten Gebäudes Steine zusammensuchten – und schaudernd wendete sich Pauline ab.

Dann lief sie wieder hinunter, fragte, was weiter geschehen sei. Man zuckte die Achseln. – »Die Gefahr und der Pöbel wächst wie eine anschwellende Wasserfluth – wir können noch Gräßliches erleben, ehe die Hilfe kommt.«

Dann faßte sie wieder Friedericken, die ihr das einzige fühlende Wesen schien, welches sie verstehen könne – aber Friedericke jammerte immer nur über das ganze Unglück und daß Wilhelm auch mit dabei sei – und nun könnten sie sich im Leben nicht heirathen!

So dämmerte denn der Abend herein.

Pauline lag in ihrem Zimmer auf ihren Knieen und betete still.

Sie hatte kein anderes Gebet als nur die vier Worte: »Herr, wie Du willst!«

Da war es plötzlich, als bebte das ganze Haus von einer ungeheuern Erschütterung.

Sie fuhr zusammen – durch ihre Seele zuckte eben so plötzlich ein kleiner Gedanke: »Ach, möcht' es zusammenstürzen, dies auf Flüchen erbaute Haus, wenn es nur mich und ihn unter seinen Trümmern begrübe!«

Sie hatte nicht Zeit, den Gedanken weiter auszudenken. Sie stand auf, ruhig, muthig – eine seltsame Klarheit leuchtete auf ihrer Stirn – sie war gefaßt, denn sie fühlte, daß sie in Gottes Hand stehe. Wer einmal in der Stunde der Gefahr und der bangsten Entscheidung dies Gefühl so recht in seiner tiefsten Allgewalt empfunden hat, der allein begreift, wie Paulinens leicht erschrecktes Mädchenherz jetzt plötzlich ruhig schlagen konnte, wie in den stillsten Stunden.

Das Haus war erschüttert worden von dem Wehruf der Hunderte, welche jetzt in den verrammelten Hof gebrochen waren und einen Steinhagel nach dem Hause schleuderten, Pauline ward das gewahr und sah von der Seite durch das Fenster.

Da sah sie, wie Franz todtenbleich aus der Menge hervorsprang, nach einem gegenüberstehenden Haus sich wandte und laut schrie:

»Hierher, Brüder! Auf dies Haus! Was wollt Ihr dort? Ich weiß, in diesem Hause hat er seine besten Schätze aufbewahrt – kommt hierher, wir wollen dies Haus erbrechen!«

Das Haus, auf welches er deutete, war nicht bewohnt und enthielt nur Vorräthe der Fabrikerzeugnisse – Pauline hatte Franz verstanden – um sie zu schonen, warf er sich auf dies Haus und leitete die Kameraden irre. Viele folgten seinem Wink. Wilhelm aber schrie:

»Nein, nicht dorthin – hierher, komm Franz, wir holen uns unser Liebchen!«

Klirrend stürzten von neuen Steinwürfen einige Fenster ein.

Tiefer sank der Abend herab – es ward endlich ganz dunkel.

Die Arbeiter begannen mit ihren Aexten an der Thüre zu arbeiten, um sie aufzusprengen.

Da schoß Georg zum Fenster heraus über ihnen eine Flinte ab und rief:

»Wenn Ihr nicht zurückgeht, so schießen wir mit Kugeln – es sind Soldaten im Hause!«

Das kam unerwartet – im ersten Schrecken zogen sich die Arbeiter zurück.

Bald aber rief Wilhelm: »Laßt Euch nicht auslachen, Laßt Euch nicht belügen! Wie wären Soldaten hereingekommen? – Da würden sie uns nicht blos damit drohen! Kommt, wir wollen doch nachsehen, wo diese Soldaten stecken – und wer uns belogen hat, den spießen wir auf!«

»Brüder,« rief Franz, »ein Menschenleben darf's nicht kosten – wir wenigstens wollen kein Blut vergießen! Die armen Leute müssen barmherzig sein, sonst dürfen sie die Reichen, die es nicht waren, auch nicht zur Rechenschaft fordern!«

Mit erneuter Wuth drangen nun die wilden Rotten auf das Haus ein – alle Versuche zur Gegenwehr waren fruchtlos – endlich waren die verrammelten Thüren doch aufgestoßen und ungehindert strömten die rasenden Aufrührer hinein. In blinder Rachewuth zertrümmerten sie unter Lachen und Fluchen die Spiegel, alle Meubles und alles Geräthe. Der roheste Spott ward damit getrieben, der schrecklichste Vandalismus machte sich geltend.

Franz war mit Einer der Ersten, die in das Haus gestürmt, nicht um mit zu zerstören, sondern um zu retten. Da er die Wüthenden einmal nicht hatte zurückhalten können, so wollte er wenigstens nun nicht zurückbleiben, wo er vielleicht Paulinen gegen diese Entsetzlichen beschirmen konnte.

Er wußte den Weg zu ihrem Zimmer – er lief hinauf – die Thüre war schon aufgerissen – da stand sie allein vielen rohen Männern gegenüber. Zwei von ihnen waren trunken und wollten sie umfassen, August aber hielt die Axt vor sie hin und schrie:

»Rührt sie nicht an – sie hat uns Nichts zu Leide gethan; wenn sie gekonnt hätte, wie sie gewollt, wir hätten's ganz anders gehabt.«

Und ein Anderer sagte: »Fürchten Sie Sich nicht, Mamsellchen, wir thun Ihnen Nichts, denn Sie haben Gutes an unsern Kindern gethan – aber kommen Sie mit uns herunter, denn, sehen Sie, wenn wir das Haus anbrennen, müssen Sie erst heraus sein.«

Da trat Franz ein.

»Franz,« rief sie, als sie ihn sah – »ich will mit Dir gehen – ich weiß es, daß ich Dir noch trauen darf – aber schütze mich vor diesen –«

Er faßte sie fest in seine Arme und wehrte mit August die Trunkenen zurück, die sie ihm streitig machen wollten. So trug er sie die Treppe hinab.

»Franz,« rief sie, »rette meinen Vater!« Und weiter bat sie in höchster Angst, »laß' mich! Du siehst, ich finde immer noch Beschützer, wenn ich gleich ein wehrloses Mädchen bin, thun sie mir doch Nichts – aber meinen Vater hassen sie, denn er ist ihnen niemals freundlich gewesen – rette Du ihn, rette ihn um meinetwillen, Franz, wenn Du mich liebst!«

Da rannte Wilhelm an ihm vorüber. »Ha,« lachte er, »Du hast Dein Mädchen und das meine ist entwischt!«

»Wo ist Friedericke?« fragte Pauline bebend.

»Durch die Hinterthüre fort mit dem Herrn Papa,« lachte er, »aber entgehen können sie uns nicht!«

»Mein Vater ist geflohen?«

»Ja, sie haben ihn laufen sehen – wie eine Maus ist er fortgewischt – aber ich werd ihn schon finden!« Und Wilhelm lief fort.

»Gott sei Dank! Er wird ihn ferner schützen!« sagte Pauline, indeß Franz durch den Hof und das finstre Gedränge lief mit der süßen Bürde.

Sie waren schon aus den Hof heraus auf einen freien Platz gekommen, wo Franz einen Augenblick ruhte in der tiefen Dunkelheit.

»Du bringst mich doch nach Hohenthal – zu Elisabeth?« fragte sie. O, ich werd' es Dir ewig danken.«

»Ach, Pauline, Du siehst mich mit unter den Schuldigen und Du vergiebst mir?«

»Ich habe Dir Nichts zu vergeben, Du hast es nicht so gewollt. – Was kann Einer wider Hunderte. Du hast Dich ihnen nicht widersetzen können, wie ich mich nicht meinem Vater – Du und ich, wir Beide haben Nichts verbrochen, daß es so kommen mußte.«

»Ach unsere Herzen sagen's uns, daß wir nur das Beste gewollt haben – aber das Schicksal ist grausam.«

»Nein, klage es nicht an – es hat uns ja auch selbst in diesem Schrecken zusammenzeführt. – Du hast mich gerettet – ich werde Dich dann wieder retten können, wenn die Menschen Dich verklagen wollen.«

In diesem Augenblick kam eine schreiende, heulende Bande auf sie zu und die Beiden befanden sich plötzlich Mitten in dem Getümmel, ohne zu wissen, woher es so plötzlich kam.

»Sie kommen! Sie kommen! Weh uns!« schrie es durcheinander von allen Seiten. »Sie kommen! – Die Soldaten! Die Schützen – weh uns! Sie sind schon da!«

Und sie waren da.

Und sie riefen die Aufrührer an, daß sie auseinander gehen möchten.

Aber der Ruf ward übertönt von dem Geschrei der Menge.

Und da tönte das Commando: »Feuer!«

Und da knackten die Hähne.

Da war's geschehen!

Wehruf ertönte – das entsetzlichste Geheul schallte zum Himmel auf und überschallte auch das Röcheln der Sterbenden.

Die Kugel folgt ihrem blinden Lauf und weiß nicht, wohin sie trifft – und die Hand, die im Dunkeln und auf Commando den Hahn abdrückt, die Hand weiß auch nicht, daß sie das Herz des Bruders treffen kann.

»Pauline – das traf!«

»Franz – Du auch? – Die Kugel steckt in meiner Brust – ach, so sind wir vereint, so ist's ja gut – der Himmel ruft die vereinten Seelen vereint – hinauf.«

»Pauline! Nun bist Du mein!«

Und sie drückten sich fest aneinander und ließen ihr Blut zusammen strömen und im heißen Kuß der Liebe flohen die Seelen nach kurzem Erdenkampf aus den jugendlichen Körpern.

XI. Schluß

Was nun weiter geschah? Was soll's weiter? Man weiß es ja wie das alle Mal kommt und alle Mal endet. Es ist hart, so Etwas wieder erzählen zu müssen, wieder erzählen zu hören! –

Im Publikum, in den Zeitungen trug man sich mit allerhand abenteuerlichen Gerüchten voller Unklarheiten und Widersprüche. Endlich begnügte man sich mit dem Bericht der in der Kürze festgestellten Thatsachen.

In der Fabrik des Herrn Felchner hatte lange eine unheimliche Gährung geherrscht. Endlich war es sogar dahin gekommen, daß eines Tages die Arbeiter bewaffnet in die Fabrikgebäude drangen, die Maschinen zerstörten und als es Abend geworden war, sogar das Wohngebäude förmlich erstürmten und darin den barbarischsten Unfug verübten. Das aus der nächsten Stadt requirirte Militair war noch in später Abendstunde auf den Schauplatz dieses unheilvollen Ereignisses eingetroffen und so war es ihm gelungen, noch in derselben Nacht ziemlich und am andern Tage vollkommen die Ordnung wieder herzustellen. –

Herrn Felchners große Verluste die er durch die sinnlose Wuth der Aufrührer erlitten, gab man auf noch unberechenbare Tausende an – als den schrecklichsten Verlust, der ihn betroffen, galt natürlich der seiner einzigen Tochter Pauline, welche in jener entsetzlichen Nacht so plötzlich und unbeschützt um's Leben gekommen war – getödtet von den Kugeln derjenigen, deren Kommen ihr strenger Vater mit solcher Ungeduld erwartet hatte! – Er hatte wohl nicht daran gedacht, nicht darnach gefragt, ob unter den Schuldigen, denen er die mörderischen Kugeln entgegenschickte, auch Unschuldige sein könnten – und wenn er daran gedacht hatte, so hatte es ihn nicht gekümmert – er litt ja eben jetzt auch unschuldig – wie er meinte – das Schlimmste – aber da stand er wie vom Donner gerührt, als das eigne unschuldige Kind mit getroffen war von dem blinden Strafgericht, das er den Schuldigen zugedacht hatte. –

Darüber, ob in der Fabrik des Herrn Felchner wirklich großer Nothstand der Arbeiter geherrscht habe – ob wirklich communistische Verbindungen unter ihnen bestanden – und ob die Noth – ob communistische Aufhetzereien – ob die Organe und Vertreter der schlechten Presse die meiste Schuld trügen an all' dem Unheil, das so plötzlich hereingebrochen war: darüber waren die Meinungen der Zeitungsleser sehr getheilt – ein jeder von ihnen bildete sich wohl seine eigene selbst.

Herr Felchner raufte sich seine grauen Haare an der Leiche seiner Herzenstochter – aber es war, als sei mit ihr sein guter Engel gewichen – er ward immer mißtrauischer, immer tyrannischer und überlebte sie nicht lange.

August und Wilhelm kamen in's Zuchthaus. Anton erhielt eine Medaille.

Der Geheimrath von Vordenbrücken bekam einen Orden und der Polizeirath Schuhmacher, weil er schon Orden aus allen Classen hatte, eine goldne Dose.

Gustav Thalheim und Graf Jaromir von Szariny waren von ihnen als Theilnehmer an communistischen Verbindungen angeklagt worden. Thalheim war aber mit Eduin von Golzenau schon über die Deutsche Grenze, als man sich seiner bemächtigen wollte – so ward ihm nun die Rückreise in das Vaterland verweigert. Da gegen Jaromir der Verdacht noch geringer, er ein Graf war und einflußreiche Verbindungen hatte, so begnügte man sich damit, die Censoren auf seine Artikel besonders aufmerksam zu machen. –

Amalie verzweifelte daran, sein Glück zu zerstören, und schleppte ihr freudloses, überflüssiges Leben, dem es weder gelingen wollte, Glück noch Unglück zu verbreiten, in stiller Apathie mit sich weiter.

Aurelie gab ihre Hand dem Kammerjunker von Aarens.

Jaromir und Elisabeth standen an dem schönen Marmordenkmal über Paulinens Grab:

»Sie dort oben in Liebe vereint – wir hier unten – wem ist das bessere Theil geworden?«

»Für ihre Liebe war das nur dort erreichbar – die unsere darf schon auf der kleinen trauten Erde ihre Freudenfeste feiern!«

So sprachen die Liebenden und hielten sich selig umfangen.

MIX
Papier aus verantwortungsvollen Quellen
Paper from responsible sources
FSC® C105338